V. C. ANDREWS®

Das Lied der Nacht

Markert

Mit ihrem ersten Roman »Blumen der Nacht« wurde V. C. Andrews weltweit zur Bestsellerautorin. Es folgten zahlreiche weitere spektakuläre Erfolge, unter anderem »Wie Blüten im Wind«, »Dornen des Glücks« oder »Schatten der Vergangenheit«. Seit ihrem Tod bringt ihre Familie zusammen mit einem sorgfältig ausgewählten Autor neue packende V. C. Andrews-Serien auf den Markt. V. C. Andrews-Romane werden in zahllose Sprachen übersetzt und faszinieren Millionen von Lesern in aller Welt.

Folgende Titel von V. C. Andrews® sind bereits als Taschenbuch erschienen:

DAS ERBE VON FOXWORTH HALL:

Gärten der Nacht. Roman (9163) · Blumen der Nacht. Roman (6617) · Wie Blüten im Wind. Roman (6618) · Dornen des Glücks. Roman (6619) · Schatten der Vergangenheit. Roman (8841)

DIE CASTEEL-SAGA:

Dunkle Wasser. Roman (8655) · Schwarzer Engel. Roman (8964) · Gebrochene Schwingen. Roman (9301) · Nacht über Eden. Roman (9833) · Dunkle Umarmung. Roman (9882)

DIE CUTLER-SAGA:

Zerbrechliche Träume. Roman (42045) · Geheimnis im Morgengrauen. Roman (41222) · Kind der Dämmerung. Roman (41304) · Stimmen aus dem Dunkel. Roman (41305) · Stunden der Nacht. Roman (42404)

DIE LANDRY-SAGA:

Ruby. Roman (44291) · Dunkle Verheißung. Roman (35164) · Fesseln der Erinnerung. Roman (41590) · Tödlicher Zauber. Roman (41598) · Karussell der Nacht. Roman (41629)

DIE LOGAN-SAGA:

Melody. Roman (41635) · Im Netz der Lügen. Roman (35111) · Das Lied der Nacht. Roman (35229) · Stärker als der Sturm. Roman (35292) · Olivia. Roman (35375)

DIE ORPHAN-SAGA:

Dunkler Schmetterling. Roman (35454) · Die Flucht der Waisen. Roman (35456)

und:

Das Netz im Dunkel. Roman (6764)

V. C. ANDREWS®

Das Lied der Nacht

Roman

Der dritte Band der Logan-Saga

Aus dem Amerikanischen von Uschi Gnade

BLANVALET

Die amerikanische Originalausgabe erschien 1997
unter dem Titel »Unfinished Symphony«
bei Pocket Books, New York.

Umwelthinweis:
Alle bedruckten Materialien dieses Taschenbuches
sind chlorfrei und umweltschonend.

Blanvalet Taschenbücher erscheinen im
Goldmann Verlag,einem Unternehmen der
Verlagsgruppe Random House GmbH.

Taschenbuchausgabe November 2002

The books in this new series are based on characters, ideas,
and storytelling techniques originated by the late V. C.
Andrews and completed by a specially selected writer
working under the direction of the V. C. Andrews estate.

Umschlaggestaltung: Design Team München
Umschlagfoto: Wolf Huber
Satz: DTP Service Apel, Hannover
Druck: Elsnerdruck, Berlin
Verlagsnummer: 35783
UH · Herstellung: Heidrun Nawrot
Made in Germany
ISBN 3-442-35783-7
www.blanvalet-verlag.de

1 3 5 7 9 10 8 6 4 2

Liebe Virginia-Andrews-Leser,

diejenigen unter uns, die Virginia Andrews gekannt und geliebt haben, wissen, daß ihr nichts in ihrem Leben so wichtig war wie ihre Romane. Nie war sie so stolz wie in dem Moment, als sie das erste gedruckte Exemplar von *Blumen der Nacht* in der Hand hielt.

Virginia war eine einzigartige und begnadete Erzählerin, die Tag für Tag fieberhaft schrieb. Ständig entwickelte sie Ideen für neue Geschichten, aus denen schließlich Romane werden sollten. Gleich nach dem Stolz auf ihre Werke kam für sie die Freude, die es ihr bereitete, Briefe von Lesern zu erhalten, die von ihren Büchern beeindruckt waren.

Seit ihrem Tod haben viele von Ihnen an uns geschrieben und sich gefragt, ob weiterhin neue Romane von V. C. Andrews erscheinen würden. Kurz bevor sie starb, gelobten wir uns, einen Weg zu finden, um weitere Geschichten zu entwickeln, die ihrer Phantasie entsprungen sind.

Angefangen mit den letzten Bänden der Casteel-Saga, haben wir eng mit einem sorgsam ausgewählten Autor zusammengearbeitet, um ihre Begabung durch das Erschaffen neuer Romane weiterzuentwickeln, die von ihrem wunderbaren Erzähltalent inspiriert worden sind.

Wir glauben, es hätte V. C. Andrews große Freude bereitet, wenn sie gewußt hätte, daß vielen von Ihnen dieses weitere Lesevergnügen vergönnt ist. Inzwischen wurden zahlreiche neue Romane veröffentlicht, darunter etliche, die auf Geschichten gründen, die Virginia noch vor ihrem Tod fertigstellen konnte. Neue Sagas wurden in ihrem Geist gesponnen, zuletzt die Landry-Saga, die mit den Bänden *Tödlicher Zauber* und *Karussell der Nacht* ihren Abschluß fand.

Doch wir freuen uns nun auf *Das Lied der Nacht,* die dritte Folge der neuen großen Romanserie, der Logan-Saga, die mit *Melody* und *Im Netz der Lügen* begonnen hat. Wir hoffen, daß Ihnen auch diese wie all die vorangegangenen grandiosen Familiengeschichten ans Herz wachsen wird.

Hochachtungsvoll
Die Andrews-Familie

Prolog

Die Skyline von New York City verschlug mir den Atem. Als Holly und ich der glitzernden Stadt entgegenfuhren, sann ich über die Flut der Ereignisse nach, die mich hierhergeführt hatten. Ich war zu aufgeregt, um mich auszuruhen, aber andererseits auch zu müde, um mich mit Holly zu unterhalten, und daher beschloß ich, einen Brief an Alice Morgan zu schreiben und mich bei ihr für das Bild zu bedanken, das sie mir zugeschickt hatte und das mich schlagartig diese Odyssee hatte antreten lassen, diese Reise, die dazu dienen sollte, meine Vergangenheit zu ergründen.

Liebe Alice,
danke, danke und noch mal danke für den Versandhauskatalog, den du mir zugeschickt hast und in dem dieses Mannequin abgebildet war, das eine so unwahrscheinliche Ähnlichkeit mit meiner Mutter aufweist. Da Kenneth und ich deiner Meinung sind, hat sich Kenneth mit dem Versandhaus in Verbindung gesetzt. Dort hat man ihm sowohl den Namen des Mannequins genannt, Gina Simon, als ihm auch ihre Adresse gegeben. Und du wirst niemals erraten, wohin ich gerade unterwegs bin, jetzt, in diesem Moment, in dem ich dir diesen Brief schreibe. Es geht schnurstracks nach Los Angeles! Hollywood! Also, genaugenommen bin ich im Augenblick in New York (oder zumindest auf der Durchfahrt – gerade eben sind wir am Empire State Buildling vorbeigerauscht!). Kenneths Freundin Holly war so nett, mich nach

New York zu bringen, und Hollys Schwester Dorothy und ihr Mann Philip haben sich gern bereit erklärt, mich anschließend in ihrem Haus in Beverly Hills aufzunehmen. Ist das nicht toll?
Allerdings macht es mir auch ein wenig Angst, einem Traum, und nichts weiter als einem Traum, so weit nachzujagen. Was ist, wenn sich herausstellen sollte, daß es sich bei dieser Gina Simon lediglich um eine Frau handelt, die Mommy auffallend ähnlich sieht? Und was passiert – eine vielleicht sogar noch schlimmere Vorstellung –, wenn sie tatsächlich meine Mutter ist? Was hätte das zu bedeuten? Wer läge dann in ihrem Grab in Provincetown? Und warum hat sie mir nicht Bescheid gegeben, daß es ihr gutgeht und daß sie bei diesem Autounfall in Wirklichkeit gar nicht ums Leben gekommen ist? Vielleicht war sie krank und hat das Gedächtnis verloren. Falls Mommy unter Gedächtnisverlust leiden sollte, könnte es durchaus sein, daß sie mich jetzt dringender braucht denn je. Es bleibt mir gar nichts anderes übrig als hinzufahren. Ich muß die Antworten auf all diese Fragen finden.
In Anbetracht der hellen Aufregung, in die es mich versetzt, endlich einen Hinweis gefunden zu haben, der zu meiner Mutter führen könnte, sollte man meinen, ich sei glücklicher. Aber statt dessen hat mir der Abschied von Provincetown nahezu das Herz gebrochen. Ich weiß, daß ich dir in meinem letzten Brief geschrieben habe, wie einsam ich mich fühle und daß mir Großmama Olivia das Leben schwermacht, und daran hat sich weiß Gott nichts geändert, aber Cary und ich sind einander mit der Zeit so nahegekommen, daß die Trennung von ihm schmerzlich für mich war. Und es war einfach gräßlich anzusehen, wie die kleine May geweint hat, als sie mir zum Abschied nachgewunken hat. Wir sind tatsächlich zu einer Art Familie zusammengewachsen. Und Cary bedeutet mir inzwischen natürlich noch viel mehr. Wenn wir das nächste Mal in Ruhe miteinander reden, muß ich dir alles ganz genau erzählen.

Mach's gut, Alice. Ich hoffe, daß ich bald Neuigkeiten für dich habe, und ich hoffe auch, daß du im guten alten Sewell deinen Spaß hast. Ganz im Ernst, ich vermisse West Virginia. Und natürlich auch dich! Grüß alle in der Schule schön von mir, und drück mir die Daumen!

Alles Liebe
Melody

1

Ein Blick in die Zukunft

Wenn man darin stand, wirkte Hollys Laden klein, denn jeder verfügbare Platz wurde genutzt. Der Geruch von Räucherstäbchen hing in der Luft, und eine Art fernöstlicher Musik wurde gespielt. Große Kristalle, scharfkantig und schimmernd, lagen auf antiken Tischen mitten im Verkaufsraum, und an den Seitenwänden standen hohe Bücherregale aus Eichenholz. Ich wandte meinen Blick den Büchern zu, die direkt neben mir standen, und stellte fest, daß die Regale mit Titeln aufgefüllt waren, in denen es um Meditationstechniken und Astrologie ging, um das Gesundbeten, das Leben nach dem Tod und parapsychologische Wundertaten, was auch immer das sein mochte.

Über die Rückwand zog sich eine breite Glasvitrine voller Glückssteine, auch blauer Topas und Zitrin, Amethyste, Granaten und andere Mineralien, die in Ohrringe eingefaßt waren. Auf den Regalen hinter der Glasvitrine standen Schächtelchen mit Räucherstäbchen, Teekistchen, Tarotkartensets und Heilkräutersortimente. Die Decke war mit Himmelskarten von den Sternbildern bedeckt, und dazwischen waren Poster angebracht, auf denen die Kräfte verschiedener Steine erklärt wurden. Über der Registrierkasse hing, von Blumen umrahmt, die Fotografie eines Mannes, von dem Holly sagte, es sei der buddhistische Guru, der sie in die Meditation eingeführt habe. Ein Vorhang aus bunten Perlenschnüren hing in der Tür, die zu den Hinterzimmern des Ladens führte.

Wir hatten den Verkaufsraum gerade erst betreten, als sich

der Vorhang teilte und ein junger Mann in einem Rollstuhl im Laden erschien. Ich wußte, daß es sich bei ihm um Billy Maxwell handeln mußte. Er hatte seidiges ebenholzschwarzes Haar, das ihm auf die Schultern fiel und sein Gesicht umrahmte, ein Gesicht, dem der klare, nahezu alabasterne Teint einen engelhaften Glanz verlieh. Sowie er uns sah, leuchteten seine hellgrünen Augen auf, und ein liebevolles Lächeln breitete sich auf seinem Gesicht aus. Selbst in dem weiten hellblauen Hemd war ihm deutlich anzusehen, wie kräftig und muskulös sein Oberkörper war. Aufgrund seiner Behinderung war er mehr als andere Menschen auf seine Arme und Schultern angewiesen. Er trug eine dunkle Jeans, weiße Socken und Turnschuhe. An einem Goldkettchen um seinen Hals baumelte ein großer, runder Edelstein in einer goldenen Fassung, und im durchstochenen rechten Ohrläppchen trug er einen Türkisohrring.

»Hi, Billy«, sagte Holly, als er in seinem Rollstuhl näher kam und den Blick starr auf mich richtete.

»Hi. Ich hatte dich noch nicht so früh zurückerwartet. Wie ist es gelaufen?« fragte er sie, konzentrierte sich dabei jedoch weiterhin auf mich.

»Gut. Das ist Melody.«

»Es freut mich, dich kennenzulernen«, sagte Billy und reichte mir die Hand. Er hatte lange, zarte Finger, und seine Handfläche fühlte sich warm an.

»Hi«, sagte ich. Sein Gesicht schien eine solche Friedfertigkeit auszustrahlen, eine Ruhe, die dazu beitrug, daß ich mich gleich wie zu Hause fühlte.

»Dann hast du also eine große Reise angetreten«, sagte er und lehnte sich bei diesen Worten zurück.

»Ja«, antwortete ich und konnte meine Nervosität nicht verbergen.

»Die Chinesen sagen, eine Reise von tausend Meilen beginnt mit einem einzigen Schritt, und diesen einen Schritt hast du getan. Das ist gewöhnlich der schwierigste Teil«, fügte er hinzu. »Jetzt bist du in Schwung gekommen, und diese Triebkraft wird sich verselbständigen und dich dahin tragen, wohin du gehen mußt.«

Ich nickte und warf dann Holly einen Blick zu, weil ich nicht sicher war, was ich jetzt sagen oder tun sollte. Sie lachte.

»Hier wirst du gute Ratschläge bekommen, Melody. Billy ist der beste Reiseführer in unserer Galaxis.«

Billy lächelte, ließ mich aber nicht aus den Augen. Es war befremdlich, daß er mich so intensiv anstarrte, aber ich fühlte mich nicht eingeschüchtert oder gehemmt. Ich konnte deutlich seine Aufrichtigkeit und seine Anteilnahme wahrnehmen, und es kam mir vor, als seien wir schon seit Jahren miteinander bekannt und nicht erst seit wenigen Minuten.

»Was hat sich hier inzwischen getan?« fragte Holly.

»Mrs. Hadrons Tochter hatte heute in den ersten Morgenstunden eine Frühgeburt, aber dem Baby geht es gut. Sie hat vorbeigeschaut, um sich bei uns für den Rauchquarz zu bedanken – er hat ihrer Tochter wirklich sehr dabei geholfen, die Krise zu überstehen. Und Mr. Brul ist heute morgen hier gewesen, um dir mitzuteilen, der Variszit sei ihm eine große Hilfe gewesen, sich an ein früheres Leben zu erinnern. Er hatte aufregende Einzelheiten zu berichten.«

»Ein früheres Leben?« fragte ich.

»Ja. Er glaubte, in England, Mitte des neunzehnten Jahrhunderts, gelebt zu haben. Er hat gesagt, er sei Buchhalter gewesen, und das fand er einleuchtend. Heute ist er Wirtschaftsprüfer.«

»Soll das etwa heißen, du glaubst tatsächlich, daß wir alle frühere Leben haben?« fragte ich und ließ meinen Blick von ihm zu Holly schweifen, ehe ich wieder ihn ansah.

»Ja«, sagte Billy lächelnd. »Daran besteht für mich kein Zweifel.«

»Tja, aber für den Moment werden wir uns mit Melodys derzeitigem Leben befassen müssen«, sagte Holly. »Hier entlang, Schätzchen.«

»Es tut mir leid, daß ich euch mit dem Gepäck nicht helfen kann«, entschuldigte sich Billy.

»Wir schaffen das schon«, erwiderte Holly. »In ein paar Minuten sind wir zurück.«

»Laß mich dich hier willkommen heißen, Melody, und mach dir keine Sorgen. Du bist von positiven Energien umgeben.« Seine Augen wurden klein. »Für dich wird sich alles zum Guten wenden«, sagte er voller Zuversicht. Es war, als könnte er tatsächlich in die Zukunft sehen.

»Danke«, sagte ich.

Die Türglocke läutete, und zwei ältere Damen betraten das Geschäft. Während Billy sie bediente, führte Holly mich durch den Perlenvorhang zu den Wohnräumen hinter dem Laden.

»Die hinteren Zimmer sind unsere«, erklärte sie. Ich folgte ihr durch die Tür in einen kleinen Flur. Gleich rechts neben uns lag ein Wohnzimmer mit einem breiten Dreiersofa, einem kleineren Zweiersofa, zwei Sesseln, einem Glastisch und zwei Stehlampen.

»Das hier ist Billys Schlafzimmer«, sagte sie und wies mit einer Kopfbewegung auf das erste Zimmer links. »Es ist einfacher für ihn, das Zimmer gleich hinter dem Laden zu haben. Das Zimmer nebenan ist meines, und du kannst das Zimmer gegenüber haben«, sagte sie und öffnete die Tür.

Es war ein sehr kleines Zimmer, mit einem einzigen Fenster nach hinten hinaus. Zu sehen gab es nicht gerade viel: nur eine schmale Gasse, die der Müllabfuhr als Zufahrtsweg diente, und einen kleinen umzäunten Bereich für einen Hund aus der Nachbarschaft. Der Hund hielt sich im Moment in seiner Hundehütte auf, und nur seine großen schwarzen Pfoten waren zu sehen. Vor dem Fenster hingen hellbraune Baumwollgardinen, und auf den Fensterladen waren eine Mondsichel und ein Stern gemalt. Auf dem Nachttisch stand eine große, kugelförmige zartviolette Kerze. Auf dem Bett aus dunklem Kiefernholz lagen eine hellbraune Steppdecke und farblich darauf abgestimmte Kissen. Mit seinem ockerfarbenen Teppich, den Wänden, die dunkelrosa gestrichen waren, der Lampe, dem Schaukelstuhl, dem Tischchen und der passenden Kommode aus dunklem Kiefernholz machte das Zimmer einen sehr gemütlichen Eindruck. In der Ecke über dem Stuhl hingen Glöckchen, die sich im Moment fast gar nicht bewegten.

»Dieses Zimmer wird häufig benutzt«, erklärte Holly. »Viele Leute aus unserem Freundeskreis kommen auf dem Weg nach da oder dort durch New York und bleiben über Nacht. Ich weiß selbst, daß es nur ein kleines Zimmer ist, aber ...«

»Es ist ganz prima, Holly. Ich danke dir.«

»Warum machst du es dir nicht einfach bequem hier? Das Bad ist am Ende des Ganges. Mach dich frisch. Ich werde mich auch frisch machen und meine Schwester anrufen. Dann essen wir etwas zu Abend. Billy kocht jeden Abend.«

»Ach?«

»Und er ist auch der Feinschmecker in diesem Haushalt.«

»Du hast es mir zwar genau erzählt, aber ich habe vergessen, warum er im Rollstuhl sitzt. Sagtest du nicht, auf ihn sei geschossen worden?«

»Er ist auf der Straße überfallen worden, vor etwa fünf Jahren, gar nicht weit von hier. Er ist fortgerannt, und sein Angreifer hat auf ihn geschossen und Billys Rückenmark verletzt.«

»Wie gräßlich, aber ich bin trotzdem froh, daß du es mir gesagt hast. Ich wollte nichts Falsches sagen.«

»Mach dir darüber keine Sorgen. Billy hat weitgehend Frieden mit sich selbst und mit seinem Gebrechen geschlossen. Aufgrund seiner Spiritualität hat er häufiger Mitleid mit anderen Menschen als sie mit ihm. Ich kann mich nicht an einen einzigen Augenblick in diesen letzten fünf Jahren erinnern, in dem er deprimiert gewesen wäre. Jeder, der bei uns hereinschaut und sich auch nur im geringsten selbst bedauert, schämt sich normalerweise, wenn er wieder geht, für sein eigenes Selbstmitleid, nachdem er mit Billy geredet hat. Und außerdem ist er ein wunderbarer Dichter, dessen Lyrik in vielen Literaturzeitschriften veröffentlicht wird. Ich werde ihn überreden, dir später etwas vorzulesen.«

Holly legte mir einen Arm um die Schultern und drückte mich.

»Wie Billy vorhin schon gesagt hat, es wird sich alles zum Guten wenden, Melody.«

Ich nickte. Die Entdeckungen, die wir gemacht hatten, der schnelle Entschluß, die Reise anzutreten und zu unserer Fahrt nach New York aufzubrechen, aber auch meine ersten Eindrücke von dieser überwältigenden Stadt – all das löste plötzlich eine enorme Ermattung aus. Ich spürte, wie mein Körper in sich zusammensackte, wie meine Knie weich wurden und meine Lider bleischwer.

»Ruh dich aus«, lautete Hollys kluger Rat. Sowie sie mich allein gelassen hatte, legte ich mich hin und ließ meinen Kopf auf das Kissen sinken.

Ein leises Klirren weckte mich, ganz ähnlich dem Geräusch von Gläsern, die auf dem Einsatz einer Spülmaschine aneinanderklappern. In den ersten Sekunden wußte ich nicht, wo ich war. Die Sonne war untergegangen, und das Zimmer lag im Schatten. Während ich geschlafen hatte, war jemand hereingekommen und hatte die kleine Lampe neben dem Schaukelstuhl angeknipst. Ich setzte mich auf, um mir den Schlaf aus den Augen zu reiben. Das Fenster stand einen Spalt weit offen, und die Brise, die hineinwehte, ließ die Glöckchen, die von der Decke hingen, aneinanderschlagen, womit das Geheimnis des Geräuschs geklärt war, das mich geweckt hatte.

Ich hörte ein behutsames Klopfen an der Tür.

»Ja?«

Holly streckte den Kopf herein. Sie trug eines ihrer leuchtend gelben Kleider mit einem gelb und grün gemusterten Stirnband, und silberne Ohrringe mit Steinen baumelten ihr bis auf die Schultern.

»Du hast eine ganze Weile geschlafen. Wirst du allmählich hungrig?«

»Ja«, sagte ich.

»Prima. Ich habe mit meiner Schwester Dorothy gesprochen, und es ist alles geregelt. Sowie wir wissen, wann dein Flug ankommt, werde ich sie anrufen, und sie wird dich mit ihrem Chauffeur vom Flughafen abholen. Meine Freundin kümmert sich bereits um das Ticket und hat mir versprochen, innerhalb der nächsten Stunde zurückzurufen. Billy hat ein Festmahl zubereitet. Mach dich frisch und komm, wenn du soweit bist«, sagte sie.

»Danke, Holly.«

»Nichts zu danken, meine Süße. Ach, noch etwas«, sagte sie, ehe sie die Tür wieder schloß. »Ich habe mit Kenneth gesprochen. Er läßt dich grüßen und wünscht dir viel Glück«, fügte sie hinzu, doch mir fiel auf, daß sich ihr Tonfall verändert hatte.

»Stimmt etwas nicht?«

»Er hat ein wenig bedrückt auf mich gewirkt. Vielleicht vermißt er uns. Vor allem dich«, sagte sie entgegenkommend.

»Wahrscheinlich arbeitet er zwanzig Stunden am Tag.«

»Zwanzig? Wohl eher zweiundzwanzig«, sagte sie mit einem gepreßten Lachen. Dann schloß sie die Tür, und ich stand auf und öffnete meinen Koffer, um etwas rauszusuchen, was ich anziehen konnte. Nachdem ich mich gewaschen, mir das Haar gekämmt und mich umgezogen hatte, begab ich mich in die Küche. Das Essen duftete verführerisch. Bei meinem Eintreten war Billy über einen Tisch gebeugt, der offensichtlich niedriger als gewöhnlich war, damit er die richtige Höhe für seinen Rollstuhl hatte. Er drehte sich zu mir um. Holly war im Laden mit einer Kundin beschäftigt.

»Hi. Wie fühlst du dich?« fragte Billy.

»Nach meinem Nickerchen geht es mir gleich viel besser. Es sieht ganz so aus, als hätte ich länger geschlafen als geplant. Kann ich dir bei irgend etwas helfen?«

»Es ist alles fertig«, sagte er und wies mit einer Kopfbewegung auf den Tisch, den er bereits gedeckt hatte. »In etwa zehn Minuten wird Holly den Laden schließen, und dann essen wir zu Abend. Laß mich schnell noch die Kerzen anzünden«, sagte er. »Ich mag gern Schummerlicht beim Essen. Das Geschmacksempfinden verstärkt sich, wenn man die anderen Sinne weitgehend ausschaltet. Hast du das gewußt?«

»Nein.«

»Es ist aber wahr«, sagte er und lachte über meine Skepsis. »Ist dir noch nie aufgefallen, daß jedes Essen im Dunkeln besser schmeckt? Vorausgesetzt natürlich, daß das Essen gut ist.« Er zündete der Reihe nach die Kerzen an und kehrte dann an seinen Arbeitstisch zurück.

»Wann hast du angefangen, selbst zu kochen?«

»Als ich Vegetarier geworden bin. Man hat es viel leichter, wenn man sich selbst etwas kocht, und außerdem ist die Zubereitung von Speisen eine Kunst und äußerst befriedigend. Heutzutage halten die meisten Menschen das Kochen für eine Last, aber das liegt nur daran, daß sie nicht stolz auf das sind, was sie bewerkstelligen. Sie haben den Blick für das Wesentliche verloren, für wirklich dankbare Aufgaben, und sie halten nicht mehr Ausschau nach der Belohnung, die von innen heraus kommt. Für sie ist das Leben eine reine Qual. Sie sind nie ausgeglichen und können sich nur selten an ihren eigenen Leistungen erfreuen. Ihre Tage sind angefüllt von Streß und negativer Energie.«

Er drehte sich jetzt wieder zu mir um.

»Ich möchte dich nicht mit einem Vortrag langweilen. Holly sagt, wenn ich erst einmal anfange, dann bin ich wie ein aufgezogenes Uhrwerk, das einfach nicht ablaufen will.«

»Oh nein, mich stört das ganz und gar nicht«, sagte ich. »Warum bist du Vegetarier geworden?«

Billy unterbrach seine Essensvorbereitungen und drehte seinen Rollstuhl so weit um, daß er mich direkt ansehen konnte.

»Ich hänge zahlreichen buddhistischen Bräuchen an und erachte jedes tierische Leben für heilig, aber auch andere religiöse Gruppen praktizieren den Vegetarismus. In der römisch-katholischen Kirche beispielsweise wird es im klösterlichen Leben seit 1666 von den Trappistenmönchen praktiziert, und unter den Protestanten zählen die Adventisten-des-Siebenten-Tages zu den Anhängern. Ich glaube fest daran, daß das Töten von Tieren grausam und überflüssig ist und beträchtlich zur Mißachtung des menschlichen Lebens beitragen kann. Und außerdem lebt man als Vegetarier gesünder, solange die Proteinzufuhr nicht vernachlässigt wird.« Er lächelte.

»Jetzt hältst du mich für einen ganz schönen Spinner, stimmt's?«

»Nein«, sagte ich, »aber ich kenne eine Menge Leute in Cape Cod, die unglücklich wären, wenn die Menschen aufhören würden, Fisch zu essen.«

»Also, in dem Punkt mache ich eine Ausnahme«, sagte er und zwinkerte mir zu. »Gelegentlich esse ich Fisch, der in einem Netz gefangen worden ist, vorausgesetzt, er ist garantiert frei von chemischen Zusätzen.«

»Irgendwas riecht hier sehr gut«, räumte ich ein.

»Das ist unser Abendessen«, kündigte Billy an und nahm auf seinem Stuhl eine aufrechte Haltung ein. »Beginnen werden wir mit einer eisgekühlten Okra-Joghurt-Suppe, dann gibt es einen Salat aus Orangen, Walnüssen und Lattich, gefolgt von Reis, Karotten, Pilzen und Pekannußfrikadellen auf geröstetem Siebenkornbrot. Zum Nachtisch habe ich einen Karottenkuchen mit einer Glasur aus Ricotta und Johannisbrot zubereitet. Etwas ganz Besonderes, um deine Ankunft zu feiern«, fügte er hinzu.

Mein Schweigen brachte ihn zum Lachen.

»Du weißt wohl nicht, was auf dich zukommt, was?« sagte er.

»Das klingt alles sehr . . . interessant«, sagte ich, und er lachte noch lauter.

»Was ist denn hier los?« fragte Holly, als sie in die Küche kam.

»Ich habe Melody gerade die Gänge unseres Menüs aufgezählt, und sie war sprachlos. Dann hat sie gesagt, das klänge interessant. Findest du das nicht äußerst diplomatisch?«

»Oh. Mach dir keine Sorgen, Melody. Dir steht eine freudige Überraschung bevor«, versicherte mir Holly.

»Hast du den Laden abgesperrt?« fragte Billy. Holly nickte.

»Dann kann das Festmahl ja beginnen«, kündigte er an und klatschte in die Hände.

Ich fragte noch einmal, ob ich etwas helfen könnte, doch Billy behauptete beharrlich, ich sei der Ehrengast. Es überraschte mich, wie flink er sich auf seinem Rollstuhl durch die Küche bewegen konnte. Holly schaltete die Lichter aus und setzte sich auf ihren Platz.

Die Suppe war köstlich und erfrischend. Der Salat schmeckte sehr gut, doch am meisten erstaunten mich die vegetarischen Nußfrikadellen, weil sie nicht nur in ihrer Konsistenz, sondern sogar geschmacklich große Ähnlichkeit mit Fleisch aufwiesen.

»Wie hast du das hingekriegt?« fragte ich mit vollem Mund.

»Er hat das richtige Gespür dafür«, sagte Holly.

Billy fragte mich über Cape Cod und das Leben aus, das ich dort geführt hatte, aber er erkundigte sich auch nach meinem früheren Leben in Sewell, West Virginia. Er war ein guter Zuhörer, der jede Einzelheit in sich aufsog. Gelegentlich tauschten er und Holly Blicke miteinander aus, die mir deutlich sagten, daß sie sich ausgiebig über mich und meine Situation unterhalten hatten.

»Du mußt dir darüber klarwerden«, sagte Billy, als ich meine Erklärung für den Antritt dieser Reise abgeschlossen hatte, »daß Orte Menschen verändern. Wir reagieren auf unsere Umgebung, auf die anderen Menschen um uns herum, auf das Klima und insbesondere auf die Kraftfelder der Energien, die dort herrschen. Selbst wenn es sich bei dieser Frau um deine Mutter handeln sollte, könnte sie dir inzwischen fremder geworden sein, als du es erwartest.«

»Das möchte ich nicht hoffen«, sagte ich kläglich.

»Trotzdem solltest du darauf vorbereitet sein«, riet mir Billy.

»Ich weiß nicht, wie man sich auf etwas Derartiges vorbereiten könnte.«

»Vielleicht kann ich dir dabei helfen«, sagte er und sah mich eindringlich an.

Das Telefon läutete, und Holly sprach mit ihrer Freundin vom Reisebüro. Nachdem sie aufgelegt hatte, teilte sie mir mit, mein Flug sei für übermorgen gebucht.

»Du wirst etwa um elf Uhr vormittags Ortszeit in Los Angeles ankommen. Ich rufe Dorothy an und gebe ihr die Flugnummer und die Ankunftszeit durch«, fügte sie hinzu und nahm den Telefonhörer wieder ab. Mein Herz begann heftig zu pochen, da meine Pläne jetzt in die Tat umgesetzt wurden. Als ich zu Billy aufschaute, sah ich, daß er mich liebevoll anlächelte, und in seinen Augen fand ich Trost. Das erleichterte es mir, wieder ruhiger zu werden.

Als Holly diesmal den Hörer auflegte, schüttelte sie den Kopf.

»Dorothy wird dich bestimmt zum Mittagessen in irgendein Restaurant in Beverly Hills ausführen, in dem man für ein Bröckchen Sellerie und eine Handvoll Nudeln hundert Dollar zahlt«, sagte sie. »Du mußt dir unter meiner Schwester jemanden vorstellen, den man bei Laune halten muß. Auf Hollywood trifft das ohnehin zu, aber in einem gewissen Sinne ist ganz Los Angeles nichts weiter als eine Art Disneyland für die Reichen und Berühmten.«

»Du solltest sie lieber ihre eigenen Schlußfolgerungen ziehen lassen, Holly«, sagte Billy nachsichtig. »Wer weiß? Möglicherweise fühlt sie sich in dieser Welt wohl.«

»Doch nicht ausgerechnet dieses Mädchen, das mit beiden Füßen auf dem Boden steht. Hör auf mich, Melody. Sieh zu, daß du es so schnell wie möglich hinter dich bringst. Finde heraus, was du herausfinden mußt, und falls es nicht das sein sollte, was du erwartet hast oder dir wünschst, dann schnappst du dir den nächsten Flieger, und wenn du Lust hast, kommst du noch einmal bei uns vorbei, ehe du nach Cape Cod zurückkehrst«, sagte Holly. »Und außerdem kann ich dir nur raten, neunzig Prozent dessen, was meine Schwester dir erzählt, zu ignorieren und die übrigen zehn Prozent mit Skepsis zu betrachten.«

Das Telefon läutete wieder. Holly redete ein Weilchen mit

dem Anrufer, und nachdem sie aufgelegt hatte, teilte sie uns mit, sie müsse kurz weg.

»Ich muß jemandem die Karten legen. Das ist schon längst überfällig. Es gefällt mir gar nicht, daß ich an deinem ersten Abend nicht bei dir sein kann, aber ...«

»Das geht schon in Ordnung«, sagte Billy.

»Wirst du ihr eines deiner Gedichte vorlesen?«

»Wenn sie es möchte«, erwiderte er und wandte sich zu mir um.

»Oh ja, bitte«, sagte ich. »Aber ich bestehe darauf, daß du mich beim Abspülen helfen läßt.«

»Kein Problem. Ich bin ein Gourmetkoch, und alle Gourmetköche nehmen beim Abspülen gern Hilfe von anderen an.«

Er und Holly lachten, und ich lächelte strahlend. Ich war erst seit wenigen Stunden in New York, und doch fühlte ich mich hier jetzt schon mehr zu Hause als bei meinen sogenannten Verwandten und nahen Angehörigen. Vielleicht hatte Billy recht; vielleicht gab es tatsächlich so etwas wie positive Energie, und vielleicht würde er mir so viel von dieser Form von Energie abgeben können, daß ich es schaffte, die dunklen Täler und die finsteren Tunnel zu überstehen, die sich vor mir auftaten. Die Frage war nur, ob ich am Ende des Tunnels ein Licht finden würde.

Nachdem ich die Küche aufgeräumt und das Geschirr gespült hatte, verstaute ich die Kochutensilien in den Schränken und schaute dann ins Wohnzimmer. Dort saß Billy und hielt den Blick auf einen Notizblock gerichtet, der auf seinem Schoß lag.

»Komm rein«, sagte er. »Ich habe mir gerade überlegt, was von den Dingen, die ich geschrieben habe, deiner momentanen Situation besonders angemessen ist, und diese Gedanken haben mich weit zurückgeführt, bis hin zu meiner Wiedergeburt.«

»Wiedergeburt?«

Er nickte und schnippte sich einige Haarsträhnen aus den Augen. Auf seinen Lippen spielte wieder dieses zarte, engelsgleiche Lächeln. Nie war mir jemand begegnet, der so sehr den Eindruck vermittelte, seinen inneren Frieden gefunden zu haben. Ich fühlte mich an die tiefe Ruhe vor einem Sturm erinnert, wenn die ganze Welt den Atem anzuhalten scheint. Cary bezeichnete das als Mutter Naturs arglistige Täuschung, und er behauptete, sie wolle uns heimtückisch in dem Glauben wiegen, alles sei in Ordnung, ehe sie die Furien über uns hereinbrechen ließ.

»Ja, meine Wiedergeburt, denn ich war tot für so viele Dinge, ehe ich . . . ehe ich gestorben bin«, sagte er. »Ich war so wie die meisten Menschen, blind und taub, verwirrt und abgelenkt von all dem Getrappel und Geplapper. Ich habe materiellen Werten nachgejagt, auf der niedersten Ebene gelebt und niemals die Weise gehört.«

»Die Weise?«

»Die wohltuende Weise des Spirituellen, diese liebliche Melodie, die Stimme, die tief in uns allen ertönt, die Klänge, die uns miteinander verbinden, mit jedem Lebewesen und auch mit allem, was nicht lebendig ist. Sogar der Mann, der auf mich geschossen hat, ist ein Bestandteil dieser allgegenwärtigen spirituellen Essenz, und in ebendiesem Sinne sind wir für immer miteinander verbunden, und jeder von uns beiden ist ein Teil des anderen.«

»Hat man ihn je geschnappt?«

»Nein, aber das spielt keine Rolle. Als er auf mich geschossen hat, hat er auch auf sich selbst geschossen. Diese Tat kettet uns bis in alle Ewigkeit aneinander.«

»Soll das heißen, du vergibst ihm?« fragte ich verwundert.

»Ja, selbstverständlich. Da gibt es nichts zu vergeben. Die negative Energie, die er in sich getragen hat, ist genau das, was vertrieben werden muß. Er war ein Gefangener dieser negativen Energien, eingesperrt in ihnen, ebenso, wie auch ich durch die Kugel, die mein Rückenmark zerschmettert hat, eine Zeitlang zu einem Gefangenen gemacht worden bin, der eingesperrt sein Dasein gefristet hat.«

»Wie kannst du dir so sicher sein?« fragte ich voller Neugier und Erstaunen.

»Ich habe in meinem Krankenhausbett gelegen und schreckliches Selbstmitleid gehabt, mir all die Dinge aufgelistet, die ich fortan nicht mehr tun kann, und ich habe es bedauert, wie groß meine Abhängigkeit von anderen Menschen war, und in Wirklichkeit wollte ich sterben«, erklärte er, »als plötzlich Holly neben meinem Bett stehengeblieben ist. Sie war in Begleitung ihres Gurus, eines älteren Mannes aus Indien, der Augen wie Juwelen hatte. Die beiden hatten sich es unter anderem zur Aufgabe gemacht, um anderen Gutes zu tun, gebrechliche Menschen aufzusuchen und Kranken Hoffnung zu geben. Gleich vom ersten Moment an habe ich etwas an diesem Guru wahrgenommen, eine Art innere Kraft, von der er mir etwas abgeben konnte, die er mir einflößen konnte. Er hat mir das Meditieren beigebracht und die Türen zu meinem neuen Ich geöffnet. Mein erstes Gedicht habe ich ihm gewidmet. Inzwischen ist er wieder nach Indien zurückgegangen. Im Laden hängt ein Bild von ihm. Später ist Holly zu mir gekommen und hat mir einen Job in ihrem Laden angeboten, und ich habe eingewilligt. Seitdem bin ich hier«, beendete er seinen Bericht.

»Sehen wir mal«, sagte er dann und blätterte die Seiten um. »Ah ja. Damals hatte ich gerade erst angefangen, Gedichte zu schreiben, kurz nachdem ich meine Arbeit hier aufgenommen hatte. Ich hatte in diesem Blatt, das im Village erscheint, ein paar Gedichte gelesen und mir gesagt, daß ich gern versuchen würde, meine Gedanken ebenfalls niederzuschreiben. Möchtest du es hören?«

»Ja, sehr gern.«

Lange Zeit blickte er stumm die Seite an, und dann las er mit einer sehr zarten, leisen Stimme die Worte.

»Ich war am Ende des Tageslichts angelangt
und stand vor der Tür zur Dunkelheit.
Doch als ich mein Gesicht berührte,

erkannte ich, daß ich die Augen geschlossen hielt und meine Haut kalt war.
Alles, was ich zu brauchen und zu lieben glaubte, war entschwunden,
und ich war nackt und zitterte vor Elend.
Sie nahmen Maß für meinen Sarg.
Plötzlich vernahm ich den Ruf einer Stimme aus meinem Innern.
Ich verdrehte die Augen, um hinter mich zu sehen,
um hinunter in die Tiefe zu schauen,
und ich sah eine einzige Kerze.
Sie lockte mich an, bis ich die Hand ausstrecken
und meine Finger in die Flamme halten konnte.
Langsam, mit unsäglicher Bedächtigkeit, ließ ich meinen toten Körper verbrennen,
und als nichts mehr von ihm übrig war, war ich nicht mehr nackt.«

Er blickte langsam auf.

»Das ist wunderschön«, sagte ich, »aber ich bin mir nicht ganz sicher, ob ich es verstanden habe.«

»Ich mußte aus meinem alten Körper herauskriechen, der jetzt verkrüppelt ist, und ich mußte ihn verbrennen, weil er buchstäblich mein Gefängnis war. Als ich erst einmal das innere Licht erblickt hatte, die wahre Spiritualität, war ich in der Lage, die Grenzen des physischen Leibs zu überschreiten und eine höhere Ebene zu erreichen. Eines Tages wird es auch dir so ergehen. Alles, was du liebst und zu brauchen glaubst, scheint verloren zu sein. Du bist auf der Suche, weil du dich nackt fühlst, ohne Sinn, Ziel oder Hoffnung; aber du wirst sehen, daß du alles, was du brauchst, in dir selbst trägst und du keinen einzigen Schritt in irgendeine Richtung unternehmen mußtest.«

Ich sagte nichts. Wir blickten einander schweigend an, und dann lächelte er.

»Jetzt hast du wieder diesen Ausdruck in den Augen. Du hältst mich jetzt wieder für einen Spinner.«

»Nein«, sagte ich lachend. »Ich hoffe sogar ganz im Gegenteil, daß das, was du sagst, wahr ist.«

»Es ist wahr, aber solche Entdeckungen muß jeder für sich selbst machen. Ich kann dir nur den Weg zeigen, dich in eine Richtung weisen.«

»Hat Holly dich deshalb als den besten Reiseführer in der Galaxis bezeichnet?«

»Ja«, sagte er lachend. »Für heute abend ist es genug von den Belehrungen. Hast du Lust, einen Spaziergang zu machen?«

»Einen Spaziergang?«

Er lachte über mein Erstaunen.

»Tja, das heißt, du wirst laufen und mich schieben«, sagte er.

»Ach so. Ja, klar«, sagte ich und hoffte nur, ihn mit meiner Verblüffung nicht verletzt zu haben.

»Draußen ist es ziemlich warm. Du brauchst keine Jacke.« Er zögerte gar nicht erst lange, sondern drehte seinen Stuhl um und rollte aus dem Wohnzimmer durch die Küche und aus dem Laden hinaus. Ich mußte nahezu rennen, um ihn einzuholen. Wir hielten vor der Ladentür an, damit er sie abschließen konnte, und dann bat er mich, ihn die Straße hinauf zu schieben. Wir überquerten die nächste Kreuzung und bogen in eine Querstraße ein, die an Geschäften, einigen Restaurants und einem kleinen Theater vorbeiführte. Auf den Bürgersteigen drängten sich gutgekleidete Leute, und es bereitete mir Freude, das geschäftige Treiben dieser feinen Leute zu beobachten.

Als wir das Universitätsgelände erreichten, ließ Billy mich auf dem Campus anhalten, um den Rednern zu lauschen. Einige von ihnen hielten politische Reden, andere droschen Phrasen über den bevorstehenden Weltuntergang. An einer Ecke stand ein Mann, der Gitarre spielte und einem kleinen Grüppchen, das sich versammelt hatte, Folksongs vortrug. Er hatte seinen Hut vor sich auf dem Boden liegen, und die Leute warfen Kleingeld und Dollarscheine hinein.

An der nächsten Ecke gab eine Gruppe von jungen Männern spirituelle Lieder ohne instrumentale Begleitung zum besten. Sie machten ihre Sache wirklich sehr gut, und auch sie hatten einen geflochtenen Korb für Spenden aufgestellt.

»Was hältst du davon?« fragte mich Billy, als wir unseren Weg auf den Gehsteigen fortsetzten, vorbei an Obdachlosen, die um Almosen bettelten, an einem Mann, der sich lautstark mit einem Baum stritt, und an einem jungen Schwarzen, der auf seinen Bongos trommelte und ganz so aussah, als könnte er nicht älter als zwölf Jahre sein.

»Jetzt verstehe ich, warum Holly New York als Rummelplatz des Lebens bezeichnet.«

Billy lachte und bat mich, ihn zu einer Bank zu schieben, auf der niemand saß und in deren Umgebung kein Lärm herrschte. Ich setzte mich, und wir beobachteten die Vorübergehenden, Touristengruppen und Einheimische, auf dem Weg von hier nach dort.

»An dieser Kreuzung war es«, sagte Billy plötzlich.

»Was war an dieser Kreuzung?«

»Hier ist es passiert. In diese Richtung dort bin ich gelaufen.« Er wies mit einer Kopfbewegung nach links. »Es war zwei Uhr morgens. Ich habe damals hier studiert, verstehst du.«

»Ach. Macht es dir nichts aus, wieder hierherzukommen?«

»Nein. Es fasziniert mich. Diesen Rat kann ich dir geben, Melody Logan«, sagte er mit einer tieferen Stimme, die so dunkel klang, daß mein Rückenmark prickelte. »Ergreife den Moment beim Schopf, sieh dem, was dir Angst einjagt, ins Auge, und suche, bis du einen Ausweg findest. Was auch passiert, laß nicht zu, daß du dich in dir selbst verschließt. Wohin du auch gehst und was du auch siehst, denk dann an diese Kreuzung und an diese Schatten, wenn du dich am meisten fürchtest, und denk an mich, wie ich hier sitze und mich selbst durch die Zeit zurückverfolge, wie ich mich selbst anstarre und den Schützen, wie ich den Knall der Pistole höre und mich auf diesem Gehweg zusammenbrechen sehe, und wie ich mich dann plötzlich über mich selbst erhebe und über mein früheres Ich hinauswachse.«

Er streckte einen Arm aus und nahm meine Hand, und es kam mir vor, als griffen sein Mut und seine spirituelle Kraft auf mich über und strömten in mich hinein. Ich lächelte.

»Danke, Billy.«

»Danke dir selbst, halte dich selbst in Ehren, und laß dich von niemandem kleinkriegen.«

Er lehnte sich zurück und wirkte plötzlich so erschöpft, als hätte er seine gesamten Energien auf mich verwendet und sich verausgabt.

»Vielleicht sollten wir jetzt besser umkehren«, schlug ich vor. Er nickte.

Als wir nach Hause kamen, war Holly noch nicht zurück.

»Kann ich dir bei irgend etwas behilflich sein?« fragte ich.

»Ich komme bestens zurecht«, sagte er lächelnd. »Danke.«

Billy rollte in den Korridor, erst zum Bad und dann in sein Zimmer. Ich machte mich ebenfalls bereit zum Schlafengehen. Als er auf dem Rückweg an meinem Zimmer vorbeikam, hielt Billy vor meiner Tür an.

»Gute Nacht, Melody.«

»Gute Nacht, Billy«, rief ich. Er rollte in sein Zimmer, und ich staunte über seine Heiterkeit und auch darüber, wie er die Schatten der Einsamkeit von seiner Tür verscheucht hatte.

Ich hatte mich noch keine fünf Minuten in mein Zimmer zurückgezogen, als mich eben diese Schatten zu belagern begannen. Hier war ich jetzt also, an einem fremden Ort, fern von all denen, die ich liebte oder die mich liebten, und ich fühlte mich wie ein Wanderer, der jegliches Orientierungsvermögen verloren hat und den Heimweg nicht mehr findet.

Aus welchem Quell des Glaubens schöpfte Billy Maxwell soviel Kraft?

Ich lag im Dunkeln und dachte an Cary, hörte sein Gelächter und erinnerte mich an das seltene Aufblitzen seines Lächelns, an seine betörenden Augen und sogar an sein hämisch verzogenes Gesicht. Bei dem Gedanken an ihn wurde mir gleich wohler zumute. Ich schloß die Augen und konzentrierte mich auf die Erinnerung an die Geräusche des Ozeans, und ich rief mir den Anblick der Flut vor Augen, wenn sie einläuft und den Strand überspült.

Und schon bald wichen die Schatten der Einsamkeit zurück. Schlaf spülte wie die Flut über mich hinweg.

Ich trieb mit ihr hinaus.

Als ich am nächsten Morgen erwachte, war es mir peinlich, wie lange ich geschlafen hatte. Ich sprang mit einem Satz aus dem Bett, wusch mich und zog mich an. Holly und Billy hatten den Laden bereits geöffnet und bedienten Kunden.

»Es tut mir leid, daß ich so lange geschlafen habe«, entschuldigte ich mich, als die Kunden gegangen waren.

»Das macht doch nichts, Schätzchen«, sagte Holly. »Du mußt erschöpft gewesen sein. Billy hat mir erzählt, daß ihr beide einen Spaziergang unternommen habt«, fügte sie hinzu.

»Vermutlich hat mich all die Aufregung darüber, in New York zu sein, restlos ermattet.«

»Ich mache ihr das Frühstück«, rief Billy, während er sich auf den Weg zur Küche machte.

»Es ist mir ein Greuel, daß ich euch derart zur Last falle.«

»Du fällst uns nicht zur Last. Wenn du gefrühstückt hast, holen wir dein Flugticket«, sagte Holly. »Dann würde ich dir gern etwas von New York zeigen. Was möchtest du sehen?«

»Ich weiß es nicht.« Mir schwirrte der Kopf, wenn ich an die Möglichkeiten dachte, an die zahllosen Orte, über die ich bisher nur gelesen hatte, an die Dinge, über die Alice und ich uns früher in Sewell unterhalten hatten, als wir beide Zukunftspläne für eine gemeinsame Reise geschmiedet hatten. Was einst nichts weiter als eine kindliche Phantasie gewesen war, war jetzt für mich wahr geworden.

»Ich glaube, ich würde mir gern das Empire State Building ansehen und den Broadway, die Freiheitsstatue, das Museum für Naturgeschichte und . . .«

»Wir haben nur einen Tag Zeit«, sagte Holly lachend.

»Das meiste davon werde ich ihr zeigen«, rief Billy aus der Küche. »Ich habe Obst, eine Schale Vollkornflocken, Saft und Kaffee für dich, Melody.«

»*Du* wirst mich herumführen?« fragte ich und konnte mein Erstaunen nicht besonders gut verbergen. Er und Holly sahen einander an und lachten dann beide.

»Billy kommt ebensoviel in der Gegend herum wie andere Leute auch«, sagte Holly. »Er hat einen Lieferwagen mit einer Hebebühne und einem speziell angefertigten Lenkrad.«

»Ein Geschenk von meinen Eltern«, sagte er, und mir erschien es seltsam, daß er sie bisher noch nicht erwähnt hatte. »Ich kann dich doch nicht einfach von eurem Laden fernhalten. Ich . . .«

»Was soll das heißen? Ich habe mir ohnehin einen freien Tag verdient, stimmt's, Holly?«

»Mehr als nur einen«, erwiderte Holly darauf. »Und jetzt solltest du am besten gleich frühstücken, damit ihr aufbrechen könnt«, sagte sie. »Geh schon«, drängte sie mich. »Hör auf, dir ständig unnötige Sorgen zu machen.«

Ich lachte und ging in die Küche, um zu frühstücken. Hinterher fuhren Holly und ich zu dem Reisebüro, in dem ihre Freundin arbeitete, und ich nahm mein Flugticket in Empfang. Als ich es in der Hand hielt und die Flugzeiten schwarz auf weiß vor mir hatte, bekam ich es plötzlich mit der Angst zu tun. Würde ich morgen tatsächlich in dieses Flugzeug steigen und ans andere Ende des Kontinents reisen, um dort bei Leuten unterzukommen, die ich nicht kannte, und eine der größten Städte des Landes nach meiner Mutter abzusuchen, die mich möglicherweise gar nicht sehen wollte?

Bei unserer Rückkehr hatte Billy seinen Wagen schon vor dem Laden geparkt. Er zeigte mir, wie die Hebebühne funktionierte, und dann nahm er am Steuer Platz. Holly winkte uns zum Abschied nach, als wir zu meiner Führung durch New York aufbrachen, und Billy schien ebenso sehr darauf gespannt zu sein wie ich.

»Es macht immer wieder Spaß, vertraute Dinge mit jungfräulichen Augen zu sehen«, erklärte er. »Es hilft einem dabei, die Dinge mehr zu würdigen, die man als selbstverständlich hinnimmt.«

Das Empire State Building aus der Ferne zu sehen, war zwar beeindruckend, aber es war doch ganz etwas anderes, direkt drauf zuzufahren und zu ihm aufzublicken.

»Möchtest du rauffahren?« fragte Billy.

»Geht das?«

»Ja, natürlich. Ich fahre in dieses Parkhaus dort, und wir nehmen den Lift. Wir haben einen schönen Tag dafür erwischt. Wahrscheinlich können wir bis Kanada schauen.«

»Im Ernst?«

»Nein«, sagte er lachend.

»Du hältst mich bestimmt für eine Landpomeranze«, sagte ich und verzog das Gesicht zu einer Grimasse.

»Absolut nicht, und selbst wenn du eine wärest, was wäre schon dabei? Es wäre ehrlich und erfrischend«, erwiderte er. Billy konnte alles Negative in etwas Positives verwandeln, sagte ich mir. Wie konnte jemand bloß derart vollkommen sein?

Billy bewegte sich durch die Stadt, als sei es eine Kleinstadt, nicht größer als Sewell. Die Horden von Menschen, ein Meer aus Leibern und Gesichtern, das sich über die Bürgersteige wälzte, die Unmengen von Fahrzeugen, der Lärm und der ganze Trubel schienen nicht zu existieren. Er nahm kaum etwas von alledem wahr, während er sich auf seinem Rollstuhl voranbewegte, wogegen meine Blicke hin und her und auf und ab glitten und das Geschehen und die Anblicke, die sich mir boten, bis in alle Einzelheiten aufsogen.

Die Fahrt im Aufzug zur Aussichtsplattform des Empire State Building zählte zu den aufregendsten Dingen, die ich je erlebt hatte, und als wir aus dem Lift kamen und uns ans Geländer begaben, glaubte ich, wir seien buchstäblich auf dem Dach der Welt angelangt. Ich stieß vor Erstaunen einen schrillen Schrei aus. Billy lachte und gab mir Kleingeld für das Fernrohr, durch das ich den Hudson River und New Jersey deutlich sehen konnte.

Hinterher fuhren wir zum Broadway, an all den Theatermarkisen und den großen Neonschildern vorbei, und kamen dann über den Times Square, einen Platz, den ich nur aus dem Fernsehen und aus Büchern kannte. Mein Herz pochte vor Aufregung. Ich konnte es kaum erwarten, Alice zu schreiben. Billy meinte, wir sollten im weltberühmten Chinatown zu Mittag essen, denn dort gab es sein Lieblingsgericht – Gemüse *lo mein.* Auf dem Rückweg zum Wagen kaufte er mir einen wunderschönen handbemalten Fächer.

Nach dem Mittagessen fuhren wir zur Freiheitsstatue.

Der Himmel war immer noch fast wolkenlos, und vom Hafen von New York wehte eine warme Brise herüber. Als wir ans Ufer zurückkehrten, fiel mir auf, daß Billy erschöpft war, es aber nicht zeigen wollte, und daher sagte ich zu ihm, es sei jetzt an der Zeit, daß wir uns auf den Rückweg zum Laden machten. Ich schützte vor, selbst müde zu sein, aber ich war alles andere als müde. New York hatte eine Art an sich, mir die Energie einzuflößen, die nur dieser Stadt zu eigen ist. Die Vielseitigkeit der Menschen und Dinge, die es hier zu sehen gab, und erst die Vorstellung, was man hier alles unternehmen konnte, zogen mich in ihren Bann und halfen mir dabei, all meine Sorgen und Befürchtungen zu vergessen.

Als wir wieder im Laden waren, setzten wir uns zu dritt hin und tranken Tee, und ich ließ mich unermüdlich über die Dinge aus, die wir gesehen und unternommen hatten. Hinterher zog sich Billy in sein Zimmer zurück, um zu meditieren, und Holly und ich nahmen uns der Kunden an. Es faszinierte mich, wie viele Leute sich für diese Steine und Mineralien begeisterten und wie sehr sie an deren Kräfte glauben wollten. Alle Arten von Menschen kamen herein, um etwas zu kaufen und sich nach Dingen in der Auslage zu erkundigen: alte und junge Leute, Männer und Frauen gleichermaßen. Es waren einige Stammkunden darunter, und viele bestätigten die Behauptungen, die Holly zu der Wirkung ihrer Steine anstellte.

Als Billy wieder aus seinem Zimmer kam, wirkte er erfrischt und gestärkt. Wieder bot ich ihm meine Hilfe beim Zubereiten des Abendessens an, und auch dieses Mal sagte er, ich sei der Gast und er habe seinen Spaß am Kochen. Nachdem sie den Laden geschlossen hatte, setzten Holly und ich uns ins Wohnzimmer und ruhten uns aus, während Billy das Abendessen vorbereitete. Ich erzählte ihr von dem Gedicht, das Billy mir vorgelesen hatte, und ich berichtete ihr auch, was er zu mir gesagt hatte.

»Er ist ein wunderbarer Mensch. Ich bin sehr froh darüber, ihn als Partner zu haben.«

»Er hat gesagt, seine Eltern hätten ihm den Wagen geschenkt, aber ansonsten hat er seine Familie mir gegenüber nicht erwähnt. Wo leben seine Eltern?«

Holly schnitt eine Grimasse.

»Sie leben im Norden des Staates, und sie sind froh darüber, ihn nicht in ihrer Nähe zu haben. Sie akzeptieren seine heutige Lebensweise nicht. Sein Vater bezeichnet ihn als einen Hippie.«

»Was für ein Jammer.«

»Billy findet das gar nicht gut, aber er hat sich damit abgefunden und akzeptiert die Tatsachen.«

»Hat er Geschwister?«

»Einen älteren Bruder, der als Anwalt arbeitet. Er besucht ihn jedesmal, wenn er nach New York kommt; oder vielleicht sollte ich besser sagen, ab und zu, wenn er nach New York kommt. Ich glaube nicht, daß er sich jedesmal meldet. Er wollte, daß Billy nach Hause kommt und wieder bei seinen Eltern wohnt, aber Billy läßt sich nicht wie einen Behinderten behandeln, wie dir wahrscheinlich auch schon aufgefallen ist.«

»Er ist ein erstaunlicher Mensch«, sagte ich. »Und so inspiriert.«

Holly nickte. Dann wurde sie etwas ernster.

»Ich habe mich mit deinem Horoskop befaßt, Melody«, sagte

sie. »Da ich inzwischen mehr über dich und die bevorstehenden Ereignisse weiß und die Dinge genauer bestimmen kann, war es mir möglich, mir ein klareres Bild zu machen.«

»Und was ist dabei herausgekommen?«

»Ich glaube nicht, daß du das vorfinden wirst, was du dir erhoffst«, sagte sie behutsam. »Vielleicht solltest du besser umkehren und dein bisheriges Leben wieder aufnehmen, zu den Menschen zurückgehen, von denen du weißt, daß Verlaß auf sie ist.«

Es war wie ein Donnerschlag über meinem Kopf. Ich holte scharf Luft und lächelte.

»Du weißt, daß das nicht geht«, sagte ich leise, und sie nickte. »Aber nachdem ich Billy begegnet bin und etwas von ihm gelernt habe, fürchte ich mich weniger als vorher.«

»Das ist gut so.«

»Ich bin dir sehr dankbar für das, was du für mich getan hast. Ich weiß nicht, ob ich den Mut aufgebracht hätte, diese Reise anzutreten, wenn du nicht gewesen wärest, Holly. Ich danke dir.«

Sie lächelte nicht.

»Ich kann nur hoffen, daß ich das Richtige getan habe«, sagte sie.

Ich fragte mich, was sie wohl in den Sternen gesehen hatte und ihr Anlaß zum Zweifeln gab.

Es ist besser, sagte ich mir, wenn ich sie nicht danach frage.

2
Verlorene Unschuld

Am nächsten Morgen rollte Billy seinen Stuhl vors Haus, um zuzusehen, wie Holly und ich in ihren Wagen stiegen. Nachdem ich mein Gepäck eingeladen hatte, ging ich auf ihn zu, um mich von ihm zu verabschieden, und er nahm meine Hand in seine und sah mir tief in die Augen.

»Oft, nein, ich sollte lieber sagen meistens, sind wir Menschen wie Schiffe, die sich in der Nacht begegnen«, sagte er. »Wir lassen uns so wenig Zeit füreinander, wertvolle Zeit, die wir wirklich nutzen, und häufig lernen wir einander kaum auch nur kennen, aber bei dir empfinde ich das nicht so, Melody. Du bist so gütig und vertrauensvoll gewesen, mir dein Herz zu öffnen. Ich danke dir dafür, daß ich daran teilhaben durfte.«

»Teilhaben? Teilhaben woran?« fragte ich lächelnd. »An meinen Problemen?«

»Deine Probleme sind nur ein Teil von dir, aber du hast mich nicht nur in deine Probleme eingeweiht. Du hast mich auch deine Aufregung spüren lassen. Ich war in der Lage, deine Energien wahrzunehmen, und das hat mir Kraft gegeben.«

Ich sah ihn voller Erstaunen an. Wie konnte ich im Moment einem anderen Menschen Kraft geben, ich, die ich zitternd auf dem Bürgersteig stand, weil mir vor meiner bevorstehenden Reise graute?

Er beugte sich vor und zog die goldene Kette mit dem außergewöhnlichen Anhänger von seinem Hals. Dann reichte er sie mir.

»Das möchte ich dir geben«, sagte er. »Es ist ein Lapislazuli.

Er hilft dabei, Anspannung und Ängste abzubauen, aber noch wichtiger ist, daß er deine Fähigkeit fördern wird, mit deinem höheren Ich zu kommunizieren. Er ist mir eine große Hilfe gewesen.«

»Wenn das so ist, dann sollte ich ihn nicht annehmen«, sagte ich.

»Doch, doch, das ist schon in Ordnung. Ich möchte, daß du ihn trägst. Bitte«, beharrte er.

Ich sah, daß er sich nicht zufriedengeben würde, solange ich sein Geschenk nicht annahm, und daher nahm ich die Kette entgegen und legte sie an. Er lächelte.

»Danke, Billy.« Ich beugte mich hinunter, um ihm einen Kuß auf die Wange zu drücken, die sich daraufhin augenblicklich tiefrot verfärbte. Dann eilte ich zum Wagen.

»Paß gut auf die Galaxis auf, bis ich wieder da bin«, rief Holly ihm zu. Er lachte und winkte uns nach, als wir losfuhren. Ich wandte mich um und winkte noch einmal, bis wir um eine Ecke bogen und er aus meiner Sicht entschwand.

»Es ist seltsam. Ich bin nicht ganz zwei Tage hier gewesen, und doch kommt es mir so vor, als sei ich mit Billy schon seit vielen Jahren vertraut«, sagte ich.

Holly nickte.

»So wirkt Billy auf alle Menschen. Es freut mich, daß du die Gelegenheit hattest, ein Weilchen bei ihm zu sein, ehe du nach Kalifornien aufbrichst«, fügte sie hinzu.

Kalifornien! Alleine schon, wie sie das sagte und was ich mir darunter vorstellte, ließ es mir wie einen anderen Planeten erscheinen. Ich saß mit zusammengepreßten Knien da und rang nervös die Hände auf dem Schoß, als wir uns den Weg aus der Stadt hinaus zum Flughafen bahnten. Denk an etwas Erfreuliches, an etwas Beruhigendes, sagte ich mir.

Auf dem Weg zum Flughafen gab mir Holly eine genauere Beschreibung ihrer Schwester, gestand jedoch auch, daß sie einander schon seit fast einem Jahr nicht mehr gesehen hatten.

»Ich denke gar nicht daran, sie in Kalifornien zu besuchen,

und selbst dann, wenn sie herkommt, habe ich das Gefühl, sie ständig in Verlegenheit zu bringen. Sie ist sieben Jahre älter als ich, und daher liegt fast eine ganze Generation zwischen uns, aber tief in ihrem Innern ist sie wirklich sehr gutherzig.«

»Es ist sehr nett von ihr, daß sie all das für mich tut, für jemanden, der ihr vollkommen fremd ist«, sagte ich und fragte mich dann doch, wie tief in ihrem Innern ihre Gutherzigkeit wohl verborgen war.

»Dorothy spielt sich liebend gern als die edelmütige Gönnerin auf. Das bestätigt sie in ihrer Rolle als Königin«, sagte Holly lachend. »Ich möchte dir etwas für sie mitgeben.« Sie griff in ihre Handtasche und zog ein kleines Schmuckkästchen heraus, das in Geschenkpapier mit der Darstellung von Widdern eingepackt war, dem Sternzeichen Dorothys. »Es ist ein Armband, in das Amethyste eingefaßt sind. Der Amethyst und der Diamant sind die Steine des Widders, aber Diamanten hat sie schon genügend. Du wirst es ja selbst sehen.«

»Ich werde ihr das Päckchen gleich bei meiner Ankunft geben«, versprach ich und verstaute das winzige Schächtelchen in meiner Handtasche.

»Danke. Nun«, sagte sie, als die Flughafengebäude in Sichtweite kamen, »wir sind fast da.«

Mein Herz schlug einen Trommelwirbel beim Anblick all der Fahrzeuge. Zahllose Limousinen und Busse standen da und Leute eilten in alle Richtungen. Hupen dröhnten, und Polizisten riefen Autofahrern Anweisungen zu und trieben mit fuchtelnden Armen Fußgänger zu größerer Eile an. Flugzeuge donnerten über unseren Köpfen. Wie sollte ich mich in diesem hektischen Labyrinth jemals zurechtfinden? Alle anderen erweckten in mir den Eindruck, als wüßten sie genau, wohin sie gingen, und dementsprechend schnell bewegten sie sich voran. Ich kam mir vor, als schwebte ich durch einen Traum und könnte ohne den geringsten Aufwand in jede beliebige Richtung getrieben werden.

»Mach dir jetzt bloß keine Sorgen«, sagte Holly, als sie

meinen Gesichtsausdruck sah. »Sowie wir vorfahren, wird einer der Beamten von der Flughafenabfertigung sich um alles Weitere kümmern. Er wird dir dein Gepäck abnehmen und dir einen Gepäckschein dafür aushändigen. Dann wird er dir sagen, von welchem Flugsteig du abfliegst. Im Flughafengebäude ist alles bestens ausgeschildert«, versicherte sie mir. »Und falls du doch irgendwelche Fragen haben solltest, wird immer jemand von einer der Fluggesellschaften in deiner Nähe sein.«

Ich holte tief Atem. Jetzt war ich hier; ich würde mich tatsächlich in ein Flugzeug setzen. Holly fuhr an den Randstein, und wir stiegen aus. Der Mann von der Flugabfertigung lud meine Taschen auf und heftete die Empfangsbestätigung an mein Flugticket.

»Flugsteig einundvierzig«, murmelte er. »Flugsteig einundvierzig?«

Ich wollte ihn bitten, dies noch einmal zu wiederholen, doch er fertigte bereits andere Passagiere ab. Ich drehte mich zu Holly um.

»Ich kann hier nicht länger parken. Man darf gerade nur so lange stehenbleiben, um jemanden abzusetzen. Im Flughafengebäude wirst du einen Monitor mit deiner Flugnummer und dem Flugsteig sehen, und darauf findest du auch die genaue Abflugzeit.«

»Danke für alles, was du für mich getan hast, Holly.«

»Ruf an, und ich melde mich auch bei dir«, sagte sie. Sie hielt meine Hände fest und sah mich lange an. Dann schüttelte sie den Kopf. »Deine Mutter muß reichlich blind gewesen sein, wenn sie eine Tochter wie dich im Stich gelassen hat«, sagte sie. Sie umarmte mich, und ich klammerte mich an sie, umschlang sie wie eine Boje, die mich in diesem tosenden und brodelnden Meer von Menschen vor dem Untergehen bewahrte.

Sie ließ mich los, wandte sich ab, stieg wieder in ihren Wagen und lächelte mir ein allerletztes Mal zu. Ich beobachtete, wie sie losfuhr, und ich winkte und sah hinter ihr her, bis sie verschwunden war. Jetzt war ich wirklich ganz allein und auf mich selbst gestellt, ohne einen einzigen Freund auf Erden. Zwei ältere Menschen drängten sich unsanft an mir vorbei, und keinem von beiden fiel auf, daß sie mich mit ihren Koffern beinah zu Boden geworfen hatten. Ich stand im Weg, an einem ungeeigneten Ort, und daher preßte ich meine Handtasche an mich und eilte in das Gebäude, ehe mich weitere Personen niedertrampeln konnten.

Drinnen konnte ich keinen großen Unterschied zu draußen feststellen. Leute eilten von da nach dort, zogen Gepäckstücke auf Rädern hinter sich her und riefen einander allerlei zu. Am Schalter stritt sich ein Mann heftig mit dem Beamten, während die Leute in der Schlange hinter ihm ausnahmslos verärgert und frustriert wirkten. Wie gut hätten sie doch alle Billy Maxwells beruhigende Worte und seine Meditationstechniken gebrauchen können, sagte ich mir kopfschüttelnd.

»Was soll daran so komisch sein?« fragte ein junger Mann in einem dunkelgrauen Anzug. Er hatte blondgelocktes Haar, verschmitzt wirkende grüne Augen mit braunen Sprenkeln und in der rechten Wange ein Grübchen, das sich deutlich zeigte, als er die Mundwinkel hochzog. Er trug eine schwarze Aktentasche und einen Regenschirm bei sich.

»Was? Ach so. Ich habe nur gerade diese Leute beobachtet und gesehen, wie ihnen schier der Dampf aus den Ohren kommt.«

»Dampf?« Er drehte sich um und sah die Schlange an. »Ach so.« Er lächelte freundlich. »Du bist wohl eine erfahrene Vielreisende, was?«

»Wer? Ich? Oh nein, Sir, ich habe noch nie in einem Flugzeug gesessen!« rief ich aus.

»Tatsächlich? So wirkst du aber gar nicht auf mich. Wohin fliegst du? Doch nicht etwa zufällig nach Los Angeles?«

»Oh doch«, erwiderte ich. »Ich muß zu Flugsteig einundvierzig.«

»Nichts leichter als das. Da muß ich auch hin.« Er wies mit einer Kopfbewegung nach links. Nach ein paar Metern blieb er stehen, als ich ihm nicht folgte. »Ich beiße nicht«, scherzte er.

»Das habe ich auch nicht geglaubt«, sagte ich nervös und ging los.

»Ich heiße Jerome Fonsworth«, sagte er. »Leider bin ich gezwungen, viel zu reisen, und daher bin ich im Gegensatz zu dir tatsächlich ein erfahrener Reisender.« Er schnitt eine Grimasse. »Hotelzimmer, Taxis und Flughäfen, so sieht mein Leben aus. Was für ein Leben«, schloß er und verzog hämisch das Gesicht.

»Weshalb reisen Sie so viel?« Wie alle anderen legte auch er ein forsches Tempo vor. Ich konnte nur im Laufschritt an seiner Seite bleiben.

»Ich bin im Bankgeschäft tätig, und ich muß oft von Boston nach New York, Chicago oder Denver fliegen. Manchmal reise ich auch nach Atlanta, und ab und zu verschlägt es mich nach Los Angeles. Heute geht es mal wieder nach Los Angeles. *Wenn wir heute Dienstag haben, muß das Belgien sein.* Hast du mal was von diesem Film gehört?«

Ich schüttelte den Kopf.

»Macht nichts, aber genau so geht es mir. Ich schwirre immer und ewig in der Gegend herum. Manchmal komme ich mir vor wie eine emsige Biene«, murmelte er und schwang beim Laufen seinen Aktenkoffer. Plötzlich blieb er abrupt stehen und drehte sich zu mir um.

»Sieh mich an«, sagte er. »Sehe ich aus wie ein Mann von Ende Zwanzig oder wie ein Mann von Ende Dreißig, Anfang Vierzig? Belüg mich nicht.«

»Ich belüge niemanden«, sagte ich. »Und Fremde schon gar nicht.«

Er lachte.

»Das gefällt mir.« Er legte den Kopf nachdenklich zur Seite. »Ich muß schon sagen, das leuchtet mir ein. Man muß jemanden erst einmal kennenlernen, ehe man sich genug aus ihm macht, um ihn zu belügen. Ich lüge Fremden gegenüber auch nicht oft.« Er dachte nach und nickte. »Also, was ist?«

»Sie wirken nicht wie ein Mann in seinen Vierzigern«, sagte ich.

»Aber ich sehe aus wie ein Mann in seinen Dreißigern?« Er wartete, und seine Augen wurden schmaler.

»Anfang oder Mitte Dreißig«, gab ich zu.

»Das liegt nur daran, daß mein Haar über der Stirn schon etwas schütter ist, und das kommt vom Streß. Ich bin wirklich erst achtundzwanzig.«

Er wollte sich gerade wieder abwenden, drehte sich dann aber doch noch einmal zu mir um. »Was sagtest du doch schnell noch mal? Wie war dein Name?«

»Ich habe Ihnen meinen Namen bisher noch nicht genannt, aber ich heiße Melody. Melody Logan.«

»Melody? Jetzt erzähl mir bloß nicht, daß du singst und auf dem Weg nach Los Angeles bist, um dort ein Star zu werden«, sagte er geringschätzig und lief weiter.

»Nein, ich fliege nicht hin, weil ich ein Star werden will«, entgegnete ich, doch ich glaubte nicht, daß er meine Erwiderung wirklich gehört hatte.

»Hier geht's rauf«, sagte er und deutete auf einen Aufzug. »Sie werden den Inhalt deiner Handtasche überprüfen. Falls du also eine Waffe bei dir trägst, solltest du sie besser jetzt rausholen.«

»Eine Waffe!«

»Das war nur ein Witz«, sagte er.

Als wir den Zugang zu den Flugsteigen erreicht hatten, beobachtete ich, wie er seine Aktentasche auf den Tisch legte, und mir wurde klar, daß die Beamten auf einen Röntgenschirm sahen. Ich stellte meine Handtasche auf das Fließband und lief durch den Metalldetektor. Ein Schrillen ertönte, und eine Angestellte kam auf mich zu.

»Hast du Kleingeld oder Schlüssel in den Taschen?«

»Nein, Ma'am«, sagte ich.

»Wahrscheinlich ist es diese Halskette. Leg sie dort in den Korb«, ordnete sie an.

Jerome Fonsworth stand da, behielt mich im Auge und lächelte mich an. Langsam zog ich die Kette über den Kopf, die Billy mir geschenkt hatte, und legte sie in den Korb. Dann ging ich wieder durch den Metalldetektor, und diesmal blieb das Schrillen aus.

»In Ordnung«, sagte die Beamtin und reichte mir das Körbchen, damit ich meine Kette herausnehmen konnte. Ich tat es eilig und hing sie mir gleich wieder um. Dann schnappte ich meine Handtasche und schloß mich Jerome an.

»Ich hätte dich vorwarnen sollen. Ich muß diese Uhr jedes Mal abstreifen.« Er warf einen Blick auf seine funkelnde goldene Armbanduhr, als er sie wieder an sein Handgelenk gleiten ließ. »Du fliegst auch mit American, Flug Eins-Null-Zwo?«

»Ja.«

»Uns bleibt noch fast eine Stunde. Möchtest du eine Tasse Kaffee oder irgendwas anderes?« fragte er und steuerte die Cafeteria an.

»Vielleicht sollte ich eine Tasse Tee trinken.«

»Dir ist wohl schon ganz kribbelig im Magen«, scherzte er.

»Richtig, genauso ist es«, sagte ich. Ich sah nicht ein, weshalb ich mich meiner Nervosität hätte schämen sollen. Ich wette, er ist auch nervös gewesen, als er seine erste Flugreise angetreten hat, sagte ich mir. Er überhörte nicht, daß mein Tonfall abweisend war.

»Ist ja schon gut. Wenn mir nicht schummerig im Magen ist, dann liegt das nur daran, daß sich mein Magen längst in eine Konservendose verwandelt hat. Das kommt von diesem ganzen Imbißkram, den ich unterwegs zu mir nehme, und von dem Fraß, den sie einem im Flugzeug vorsetzen. Komm schon«, sagte er und lief in die Cafeteria voraus. Er bestellte einen Kaffee und einen Doughnut und eine Tasse Tee für mich.

»Danke«, sagte ich, als er darauf bestand, mir meinen Tee zu bezahlen.

»Nicht der Rede wert. Ich bin leitender Angestellter in der Bank meines Vaters. Geld wächst an den Bäumen«, sagte er und suchte einen Tisch in der vorderen Reihe aus. Wir setzten uns, und er reichte mir den Tee.

»Hassen Sie Ihren Job wirklich so sehr, wie Sie es behaupten?« fragte ich.

»Meinen Job hassen? Nein, mit mir ist es so weit gekommen, daß ich in der Hinsicht überhaupt nichts mehr empfinde. Es ist eine reine Routineangelegenheit. Ich erledige, was getan werden muß, und dann mache ich mich auf den Heimweg«, sagte er. Er sah mich beim Reden nicht an. Seine Blicke schweiften unablässig durch die Gegend. Wie alle anderen um mich herum schien auch er ein Bündel unbändiger Energie zu sein. Ich dachte mir, er könnte jeden Moment verpuffen und in einem kleinen Wölkchen zur Decke aufsteigen.

»Wo sind Sie zu Hause?«

»In Boston. Das habe ich dir doch schon erzählt«, sagte er. »Du hast mir nicht zugehört, Melody Logan.« Er drohte mir mit seinem langen rechten Zeigefinger. »Siehst du, ich habe mir deinen Vor- und Zunamen gemerkt. Achte auf alles und jeden, wenn du auf Reisen bist«, riet er mir. Er biß in seinen Doughnut und bot ihn mir dann an.

»Nein, danke.«

»Du wirst ruhiger werden, wenn du erst einmal in der Luft bist«, versicherte er mir. »Wenn man es genau nimmt, ist das Fliegen die beste Art zu reisen. Man setzt Kopfhörer auf, lehnt sich zurück und nickt ein. Meistens muß ich im Flugzeug arbeiten, weil ich mit meinem Papierkram hinterherhinke. Ich hasse Büroarbeiten.«

»Was genau tun Sie eigentlich?«

»Ich bearbeite Geschäftsdarlehen«, sagte er. »Nicht halb so schick wie das, was die Leute in Hollywood tun. Und warum fliegst du hin? Machst du dort Ferien?« Er sah sich weiterhin um, nachdem er mir Fragen gestellt hatte, ganz so, als interessierten ihn meine Antworten ohnehin nicht oder als hielte er nach jemandem Ausschau.

»Nein, ich werde dort meine Mutter treffen.«

»Ach.« Er wandte sich mir wieder zu. »Deine Eltern sind geschieden, und du lebst bei deinem Vater?«

»Nicht direkt«, sagte ich.

»Du brauchst mir deine Privatangelegenheiten nicht zu erzählen. Ich stelle nur neugierige Fragen, um mir die Zeit zu vertreiben. Du heißt also Melody, aber du singst nicht?« fragte er. Er sah nach rechts und kaute schnell auf seinem Doughnut herum, schlang ihn regelrecht in sich hinein.

»Ich spiele Fiedel.«

»Fiedel?« Er drehte sich wieder zu mir um und lachte. »Soll das heißen, daß du Geige spielst?«

»Nein, das ist etwas anderes. Ich bin in West Virginia aufgewachsen, und dort ist die Fiedel ein sehr beliebtes Instrument.«

»Ach. Ich dachte mir gleich, daß dein Akzent ein wenig ungewöhnlich klingt. So, so, Fiedel. Das ist doch sicher sehr hübsch.« Er verschlang den letzten Bissen von seinem Doughnut und leckte sich die Finger ab. »Ich habe größeren Hunger, als ich dachte. Ich glaube, ich hole mir noch einen Doughnut.«

»Oh nein, lassen Sie mich das machen. Sie haben meinen Tee bezahlt«, bot ich an.

Er lachte.

»Eine Frau mit eigenen finanziellen Mitteln. Das gefällt mir. Klar, nur zu. Hol mir einen ohne alles . . . nein, diesmal nehme ich einen mit Schokoladenüberzug«, sagte er. Ich griff in meine Handtasche, öffnete mein Portemonnaie und zog zwei Dollarscheine heraus.

»Reicht das?«

»Ja«, sagte er kopfschüttelnd. »Das ist mehr, als dein Tee gekostet hat, und daher würde ich nicht direkt von einem fairen Handel sprechen«, warnte er mich.

»Eine ganz typische Bemerkung, wie man sie von einem Bankier erwartet«, erwiderte ich, und er lachte schallend.

»Danke.«

Ich ging ans Büfett und suchte den Doughnut aus. Als ich zurückkam, funkelten seine Augen immer noch vor Lachen.

»Ich bin es nicht gewohnt, von Frauen eingeladen zu werden. Die Mädchen, die ich kenne, gehören zur Familie der Blutsauger«, sagte er, als ich ihm den Doughnut gab. »Komm schon, den teilen wir jetzt miteinander, abgemacht?«

»In Ordnung«, sagte ich und nahm die Hälfte, die er abbrach. Wir aßen schweigend.

»Vor zwei Monaten war ich auf einer Tagung in Los Angeles«, sagte er, als er seine Hälfte aufgegessen hatte.

»Hat es Ihnen gefallen?«

»Los Angeles? Ich war im Beverly Hilton untergebracht. So sieht man sich Los Angeles am besten an ... Chauffeure, die besten Restaurants. Genaugenommen ist das überall, wohin man kommt, die beste Art sich umzusehen. Wo wohnt deine Mutter?«

Ich rasselte die Adresse herunter, da ich sie mir schon bald, nachdem Kenneth Childs sie mir in Provincetown gegeben hatte, ins Gedächtnis eingeprägt hatte.

»West Hollywood? Das könnte hübsch sein«, sagte er. »Wie kommt es, daß du bisher noch nie dort gewesen bist?«

»Sie ist noch nicht allzu lange da«, erwiderte ich. Er konnte mir deutlich im Gesicht ansehen, daß noch viel mehr hinter dieser Geschichte steckte, aber er machte nicht den Eindruck, als wollte er noch weiter nachhaken. Er nickte und sah sich dann wieder um.

»Mir ist gerade eingefallen, daß ich noch einen Anruf machen muß. Würdest du auf meine Aktentasche aufpassen? Ich bin gleich wieder da«, sagte er und sprang auf, ehe ich etwas darauf erwidern konnte. Er eilte durch das Flughafengebäude. So wie dieser junge Mann Energien verbrannte, würde er wahrscheinlich schon bald wie vierzig oder fünfzig aussehen, sagte ich mir.

Ich lehnte mich zurück und beobachtete die Menschenscharen, die vorbeiströmten, die Kinder, die sich an die Hände ihrer Eltern klammerten, die Paare, die sich ebenfalls an den Händen hielten oder nebeneinander herliefen. Wohin wollten all diese

Menschen bloß? fragte ich mich. Waren auch welche unter ihnen, die, so wie ich, zum ersten Mal eine Flugreise machten?

Plötzlich tauchte Jerome wieder auf und wirkte vollständig atemlos.

»Wir haben in der Bank ein kleines Problem«, sagte er. »Hier in New York.«

»Oh, das tut mir aber leid.«

»Ich muß ganz dringend in die Stadt zurückfahren.« Er nahm seine Aktentasche und hielt dann inne. »Das Ärgerliche ist nur, daß diese Papiere heute noch in Los Angeles ankommen müssen. Hör mal, könntest du mir einen großen Gefallen tun? Ich bezahle dich auch gern dafür.«

»Worum geht es?« fragte ich.

»Wenn du ankommst, wird schon ein Mann am Ausgang des Flugsteigs warten. Er wird ein Schild hochhalten, auf dem ›Fonsworth‹ steht. Übergib ihm einfach nur diese Aktentasche. Ich rufe an und sage ihm Bescheid, daß er dich erwarten kann. In Ordnung?«

»Ich soll ihm einfach nur die Aktentasche übergeben?«

»Das ist alles«, sagte er. »Abgemacht? Hier«, fügte er hinzu und nahm einen Fünfzigdollarschein aus seiner Brieftasche.

»Für eine solche Kleinigkeit brauchen Sie mir doch kein Geld zu geben«, sagte ich.

»Ich bestehe darauf.«

»Wenn Sie darauf bestehen, mir Geld dafür zu geben, tue ich es nicht. Wenn wir einander keine kleinen Gefälligkeiten erweisen könnten . . .«

Er lächelte.

»Weißt du, ich hatte gleich das Gefühl, heute sei mein Glückstag, als ich dich in dieser Schlange stehen und lächeln sah. Danke. Und falls wir uns jemals wieder über den Weg laufen sollten, vergesse ich bestimmt nicht, dich zu einer Tasse Tee einzuladen.«

Er schob mir die Aktentasche zu.

»Ein Mann wird mit einem Schild dastehen . . . ›Fonsworth‹.

Er wird nicht schwer zu finden sein«, beteuerte er mir, ehe er ging und in den Menschenmassen verschwand, die gerade mit anderen Flugzeugen angekommen waren.

Ich trank meinen Tee aus und stand auf. Die Aktentasche war etwas schwerer, als ich erwartet hatte, aber sie war nicht zu schwer. Ich lief durch das Flughafengebäude, bis ich Flugsteig einundvierzig erreicht hatte. Dort standen schon viele andere Leute bereit. Ich fragte eine Angestellte, was ich als nächstes zu tun hätte.

»Du läßt dir am Schalter deine Bordkarte aushändigen«, belehrte sie mich, und ich stellte mich an. Zehn Minuten später stand ich am Schalter und reichte der Flugbegleiterin mein Ticket. Sie gab mir meine Bordkarte, und ich setzte mich hin und wartete gemeinsam mit allen anderen Passagieren, bis die Flugbegleiterin ankündigte, es sei jetzt Zeit zum Einsteigen.

Mein Herz begann wieder rasend zu pochen. Als meine Sitznummer aufgerufen wurde, stellte ich mich an und begab mich mit den anderen zum Einstieg. Die Stewardeß, die in der Tür stand, schickte mich mit einem herzlichen Lächeln nach rechts.

»Du hast den Sitz direkt am Gang«, sagte sie. Ich fand ihn schnell. Auf dem Fensterplatz saß bereits ein älterer Mann in einem hellbraunen Anzug. Er hatte die Augen geschlossen, schlug sie jedoch auf, als ich mich neben ihn setzte.

»Hallo, Kleines«, sagte er.

»Hallo.« Ich verstaute die Aktentasche unter dem Sitz direkt vor mir und befolgte auch die Aufforderung, mich anzuschnallen. Dann lächelte ich den älteren Herrn wieder an.

»Du machst dich wohl auf den Heimweg?«

»Nein, ich fliege zum ersten Mal nach Los Angeles«, sagte ich. »Und was ist mit Ihnen?«

»Ich fliege nach Hause. Ich habe meinen Bruder in Brooklyn besucht. Er ist zu alt, um noch zu reisen, und daher muß ich zu ihm kommen, wenn ich ihn sehen will. Früher haben wir uns abgewechselt. Es ist nicht leicht, alt zu werden, aber du weißt ja, wie man so schön sagt – es ist immer noch besser als die Alternative«, fügte er lachend hinzu, und die Brille mit den dicken Gläsern hüpfte auf seinem Nasensteg herum.

»Wie alt ist Ihr Bruder?«

»Vierundneunzig, zwei Jahre älter als ich«, erwiderte er.

»Sie sind zweiundneunzig Jahre alt?« fragte ich verblüfft.

»Zweiundneunzig Jahre jung. Wenn man sich selbst erst einmal als alt ansieht, dann ist man alt«, sagte er rundheraus. Er hatte hellgraue Augen, die bemerkenswert jung wirkten, dichteres Haar, als ich es bei einem Mann seines Alters für möglich gehalten hätte, und ein Gesicht, dessen Stirn und Schläfen zwar von tiefen Falten durchzogen waren, das aber keineswegs einen verwitterten Eindruck machte. Er war schlank, sah jedoch ganz und gar nicht gebrechlich und schwach aus.

»Ich muß Sie bitten, mich in Ihr Geheimnis einzuweihen«, sagte ich lächelnd.

»Du meinst das Geheimnis, wie man in Schwung bleibt?« Er beugte sich zu mir herüber. »Tu, was du tun mußt, aber überlaß es anderen, sich Sorgen zu machen«, erwiderte er und lachte dann wieder. »Es spielt sich alles nur hier oben ab.« Er deutete auf seine Stirn. »Der Sieg des Geistes über die Materie. Und was ist mit dir? Besuchst du das College?«

»Noch nicht«, sagte ich und erzählte ihm ein bißchen mehr über mich. Er hatte ein Hörgerät, das meiner Meinung nach sehr gut funktionieren mußte. Jedenfalls schien er alles zu hören, was ich sagte.

Ich merkte erst, wie lange ich schon mit dem alten Mann geredet hatte, als der Pilot ankündigte, unser Flugzeug erhielte als nächste Maschine die Starterlaubnis. Ich lehnte mich zurück und hielt den Atem an.

»Fliegst du zum ersten Mal?«

»Ja, Sir, zum allerersten Mal«, sagte ich.

»Denk daran, was ich dir gesagt habe«, meinte mein älterer Freund mit einem schalkhaften Funkeln in den Augen. »Überlaß es anderen, sich Sorgen zu machen.«

Er schloß die Augen, lehnte sich zurück und wirkte vollkommen entspannt. Es war mein Glück, daß ich neben ihm saß, denn er übte eine beruhigende Wirkung auf mich aus. Wie hätte ich nervös sein können, wenn ein Mann in seinen Neunzigern so tapfer war?

Als wir erst einmal in der Luft waren, erzählte er mir alles über sein Leben. Er konnte sich an den Kanonenbootkrieg nach dem kubanischen Aufstand erinnern und natürlich auch an den Ersten und den Zweiten Weltkrieg. Es war eine schwindelerregende Vorstellung, wie viele Veränderungen er zu seinen Lebzeiten miterlebt hatte. Er und sein Bruder hatten gemeinsam mit ihrem Vater in der Bekleidungsindustrie gearbeitet, als die beiden Söhne erst zehn und zwölf Jahre alt gewesen waren. Er hatte im Lauf seines Lebens viele verschiedene Berufe ausgeübt und war schließlich Versicherungskaufmann geworden, hatte geheiratet und war nach Kalifornien gezogen, wo er, wie er sagte, mit Immobilien sein Geld verdient hatte. Seine Frau war vor fast vierzehn Jahren gestorben. Ich hörte mir Geschichten über seine Kinder und über seine Enkel an. Er redete so viel, daß ich gar nicht merkte, wie schnell die Zeit verging. Wir bekamen das Mittagessen vorgesetzt, und dann machte er ein Nikkerchen, und ich las eine Zeitschrift. Ich schlief selbst auch für ein Weilchen ein, und als ich wach wurde, hörte ich den Piloten sagen, wir näherten uns bereits Los Angeles.

»Denk daran«, sagte mein älterer Freund und legte seine Hand auf meine, »Streß und Sorgen, das ist es, was einen altern läßt. Die Zeit dagegen, die Zeit gemahnt uns nur daran, daß wir nicht ewig hier sein werden.«

»Ich danke Ihnen«, sagte ich.

Anschließend geschah alles so schnell – die Landung des Flugzeugs, das Zusammensuchen meiner Sachen, der Abschied von meinem neuen Freund und dann das Aussteigen. Mein Herz schlug rasend und hämmerte so heftig in meiner Brust, daß ich fürchtete, ohnmächtig zu werden, ehe ich Hollys Schwester fand. Sie stand direkt am Ausgang des Flugsteigs und war absolut unverwechselbar, eine elegante Schönheit mit einem breitkrempigen weißen Hut und einem Spitzenmantel über ihrem blütenweißen Seidenkleid. Sie trug passende Seidenhandschuhe und große Diamantohrringe. Ihr kurzgeschnittenes Haar lag dicht am Kopf an, wie ein kleiner Helm aus matt schimmerndem Gold, und es war aus dem Gesicht zurückgekämmt, um ein gemeißeltes Profil und ein faltenloses Gesicht herauszustreichen.

Holly hatte mich gewarnt, ihre Schwester Dorothy sei die Haupteinnahmequelle mehrerer Schönheitschirurgen in Beverly Hills. Holly sprach von Dorothys Faltenpanik. Wenn sich auch nur das kleinste Fältchen zeigte, geriete sie sofort außer sich, sagte sie, und riefe ihren Schönheitschirurgen an. Ihre Nase war begradigt und gekürzt, und ihre Augenlider und ihre Haut waren schon so oft gestrafft worden, daß ihr Gesicht einer Maske glich, doch sie besaß von Natur aus diese jungen, grüngesprenkelten Augen, die mir schon an Holly aufgefallen waren. Ihre Lippen dagegen waren voller als die von Holly. Später erfuhr ich, daß auch das auf einen Eingriff zurückging, den ihr plastischer Chirurg durchgeführt hatte.

Neben ihr stand ihr livrierter Chauffeur, ein gutaussehender junger Mann mit meergrünen Augen, die schon fast türkis schimmerten. Sein Haar hatte die Farbe von frischem Stroh und war an den Seiten kurz geschnitten, fiel jedoch in einem kühnen Schwung über seinen Hinterkopf. Er hatte ein gespaltenes Kinn, markante Kieferknochen, die sehr kräftig wirkten, und hochangesetzte Wangenknochen. Seine Lippen waren straff, und im Moment war der rechte Mundwinkel ein wenig hochgezogen. In seinen Augen stand ein Lachen, als er mich beobachtete, wie ich mit weitaufgerissenen Augen und voller Entsetzen die Ankunftshalle betrat.

Dorothy war groß, mindestens zehn Zentimeter größer als Holly, wenn nicht mehr. Ich hatte den Eindruck, daß ihr Chauffeur gut einen Meter neunzig maß. Er wirkte so schneidig und geschniegelt wie ein Filmstar, und er war auch so braungebrannt. Sein Teint wies diese makellose Bräune auf, die so typisch für Hollywood war und die ich von den Starfotos in den Fanzeitschriften kannte. Der Karamelton seiner Haut ließ seine blaugrünen Augen noch kräftiger leuchten.

Dorothy winkte. Neben den beiden standen zwei uniformierte Polizisten, die sorgsam jeden einzelnen Passagier musterten, der mit diesem Flug eingetroffen war. Ich winkte zurück und lief eilig los.

»Melody?«

»Ja«, sagte ich.

»Ich habe gleich gewußt, daß du es bist. Nicht wahr, Spike?« sagte sie, als ich näher kam.

»Die Beschreibung war treffend«, sagte er und lächelte noch strahlender.

»Meine Güte, sieh dich nur an. Du bist einfach entzückend«, sagte sie. »Haben Sie jemals ein so frisches junges Ding gesehen, Spike?«

»Nein, Ma'am«, sagte er und gaffte mich an. Auf seinen Lippen stand ein stummes Lachen.

»Willkommen in Los Angeles«, erklärte Dorothy feierlich. »Meine Schwester hat mir schon alles über dich erzählt, aber natürlich möchte ich dich selbst auch besser kennenlernen. Ich bin ganz sicher, daß die Dinge, die sie mir berichtet hat, mindestens zur Hälfte Übertreibungen oder Ausgeburten ihrer zügellosen Phantasie sind. Spike, nehmen Sie ihr die Aktentasche ab. Die Aktentasche?« wiederholte sie dann fragend und zog die Augenbrauen hoch, sowie sie diese Worte an sich selbst gerichtet hatte. »Weshalb solltest du einen . . . einen so unansehnlichen Gegenstand mit dir herumtragen? Hätte meine Schwester dich nicht mit einer angemessenen Tasche ausstatten können? Du weißt schon, etwas Feminineres?«

»Das ist nicht meine Tasche. Ich wollte jemandem einen Gefallen tun«, sagte ich und sah mich hinter den beiden nach dem Mann mit dem Schild um.

»Einen Gefallen?« Dorothy sah Spike an. Er zuckte die Achseln.

»Ich habe in New York auf dem Flughafen einen Bankier kennengelernt. Er war auf dem Weg hierher, als ihm unerwartet etwas Brenzliges dazwischengekommen ist und er in die Stadt zurückfahren mußte. Er hat mich gebeten, diese Aktentasche nach Los Angeles mitzunehmen und sie einem Mann zu übergeben, der ein Schild mit seinem Namen hochhält, dem Namen Fonsworth«, sagte ich und sah mich dabei immer noch um. »Aber ich kann ihn nirgends sehen.«

»Eine solche Unverfrorenheit«, sagte Dorothy. »Ausgerechnet einem jungen Mädchen, das zum ersten Mal hierherkommt, so etwas aufzubürden.« Als sie Spike wieder ansah, hatte sich sein Lächeln verflüchtigt und war von einer finsteren Miene und Falten in der Stirn abgelöst worden. Sein Blick richtete sich auf die Polizisten hinter mir, und dann griff er schnell nach der Aktentasche und riß sie mir praktisch aus den Händen. Ich fand sein Benehmen grob und wollte protestieren. Schließlich war ich verantwortlich für diese Tasche. Er entfernte sich eilig.

»Hattest du einen angenehmen Flug, meine Liebe? Manchmal rumpelt es ganz schön, und sie bringen es immer wieder fertig, einem das Essen genau dann zu servieren, wenn der Flug gerade besonders unruhig ist. Ich fliege nur noch, wenn ich erster Klasse fliegen kann. Nicht etwa, daß es dann weniger holpern würde, aber man weiß wenigstens, daß man es etwas bequemer hat. Aber du mußt mir wirklich alles über dich selbst und dein Abenteuer erzählen und natürlich auch alles über meine Schwester. Ich hoffe, du glaubst ihr nicht die Hälfte dessen, was sie nach ihren eigenen Behauptungen bewerkstelligen kann. Wir werden zusammen zu Mittag essen«, fügte sie hinzu, ehe ich auch nur eine Silbe herausbringen konnte, »nachdem Spike dein Gepäck geholt hat.«

Sie holte tief Atem. Spike lief immer noch mehrere Schritte vor uns her.

»Ich möchte wirklich diese Aktentasche dem Mann aushändigen, der schon drauf wartet«, sagte ich. »Ich habe es versprochen, und jetzt fühle ich mich dafür verantwortlich.«

»Ja, selbstverständlich, Liebes. Spike?«

Er drehte sich um, als wir in den langen Korridor einbogen.

»Der Mann, den sie sucht, wartet doch gewiß an der Gepäckausgabe, meinen Sie nicht auch?« sagte Dorothy.

Spike blieb stehen, sah sich um und wollte dann die Aktentasche öffnen, doch sie war abgesperrt.

»Ich finde, es gehört sich nicht, die Tasche aufzumachen«, protestierte ich.

»Ich bin gleich wieder da«, sagte er zu Dorothy und lief auf die Herrentoilette zu.

»Warum überläßt er mir diese Aktentasche nicht einfach?« fragte ich.

»Ich habe keine Ahnung«, sagte sie. »Er ist natürlich Schauspieler, und wie alle Schauspieler ist er launisch und unberechenbar. Heutzutage gibt es in L. A. niemanden mehr, der nicht bestrebt ist, entweder in der Unterhaltungsindustrie Fuß zu fassen oder Immobilien zu verkaufen. Aber jetzt haben wir uns lange genug über Spike unterhalten. Erzähl mir doch bitte mehr über dich. Wo hast du meine Schwester kennengelernt?«

Ich berichtete ihr von Provincetown und Kenneth, von Hollys Auftauchen am Strand und auch davon, wie wir uns miteinander angefreundet hatten.

»Sie fährt also immer noch dieses alberne Zirkusgefährt, das sie Auto nennt?«

»Ja«, sagte ich lachend und dachte an die grellen psychedelischen Farben.

»Sie war erst acht Jahre alt, als sie sich Löcher in die Ohren hat stechen lassen, verstehst du. Sie hat es sich von einer Freundin machen lassen, und sie mußte schleunigst zum Arzt gebracht werden, bevor sich die durchstochenen Ohrläppchen entzündeten. Mein Vater war wütend.«

Bevor Dorothy weiterreden konnte, kam Spike zurück, aber ohne die Aktentasche.

»Wo ist Mr. Fonsworths Aktentasche?« erkundigte ich mich augenblicklich schroff.

»Im Abfalleimer. Und jetzt sollten wir zusehen, daß wir von hier verschwinden«, sagte er zu Dorothy.

»Was? Warum haben Sie das getan?« schrie ich.

»Sei still«, sagte er mürrisch.

»Einen Moment mal«, setzte ich an, da ich entschlossen war, eine Erklärung von ihm zu verlangen. Zu meinem Erstaunen packte er meinen Arm am Ellbogen und zog mich weiter. Ehe ich dagegen protestieren konnte, wandte er sich an Dorothy. »Rauschgift«, sagte er.

»Ach du meine Güte.«

»Was?«

»In dieser Aktentasche war Kokain. Schon mal was davon gehört?« sagte er sarkastisch. »Wahrscheinlich war das der Grund dafür, daß die Polizei schon am Ausgang gewartet hat. Sie haben einen Wink bekommen. Er hat es rausgekriegt und ihr die Tasche angedreht«, sagte er zu Dorothy und sah dann mich an. »Wenn diese Polizisten dich angehalten hätten, dann hättest du großen Ärger bekommen Vielleicht hätten wir sogar alle gewaltige Scherereien bekommen«, fügte er hinzu.

»Aber ...« Ich sah Dorothy an, die fast so große Augen machte wie ich. »Es ist ein netter junger Mann gewesen, ein Bankier. Hier liegt doch gewiß ein Irrtum vor«, rief ich aus.

Spike schüttelte den Kopf.

»Er muß die Kleine eine Meile weit gerochen haben«, sagte er zu Dorothy.

Ich riß meinen Arm aus seiner Umklammerung los und schluckte schwer, denn ich hatte einen dicken, schmerzenden Kloß im Hals.

»Das ist nicht wahr. Ein unerwartetes Problem ist aufgetaucht, und woher hätte er überhaupt wissen sollen, daß ich ihm diesen Gefallen tue?« fragte ich.

»Wenn du dich geweigert hättest, dann hätte er sich eben nach jemand anderem umgesehen oder es für heute aufgegeben. Du hast eine beträchtliche Menge Kokain von einem Ende des Landes ans andere transportiert, und fast hättest du es sogar in Mrs. Livingstons Haus eingeschleppt«, fügte er streng hinzu.

Ich spürte, wie mir mulmig wurde, und die Tränen brannten in meinen Augen, als ich Dorothy ansah. Sie sah Spike kopfschüttelnd an und bedachte ihn mit einem kühlen, tadelnden Blick.

»Sie dürfen sie nicht so hart rannehmen, Spike. Sie hat doch nichts davon gewußt.« Dorothy tätschelte meine Schulter. »Mach dir nichts daraus, meine Liebe. Solche Dinge passieren nun einmal in der heutigen Welt, aber darüber wollen wir uns jetzt nicht den Kopf zerbrechen. Wir wollen nur noch schnell ihr Gepäck holen und dann sehen, daß wir von hier verschwinden, Spike. Ich bin restlos ausgehungert. Wir fahren von hier aus direkt zum ›Vine‹ am Beverly Drive. Warte nur, bis du dort den Salat mit gebackenem Ziegenkäse probiert hast, Melody, und die Sandwiches mit gegrillten Auberginen.«

Als ich an die Scherereien dachte, die ich mir gerade jetzt, zu Beginn dieser Reise, hätte einhandeln können, schnürte sich meine Kehle zusammen Ich holte tief Atem, seufzte erleichtert auf und warf einen schnellen Seitenblick auf Spike. Jetzt schämte ich mich dafür, daß ich so wütend auf ihn gewesen war, während er doch nur getan hatte, was ihm notwendig schien, um uns alle zu schützen. Auf dem Weg zur Gepäckausgabe sagte er kein Wort, und als wir dort ankamen, entdeckte ich einen Mann in einem hellblauen Jackett und einer blauen Hose aus derbem Stoff. Er hielt ein kleines Schild in der Hand, auf dem nur das Wort »Fonsworth« stand.

»Sieh ihn nicht an«, zischte Spike mir zu.

Wir eilten an dem Mann vorbei zum Gepäckband. Ich konnte es allerdings nicht lassen, mich ab und zu nach ihm umzusehen. Als sich die Menge lichtete, machte er kehrt und verließ eilig die Ankunftshalle.

»Es tut mir leid«, sagte ich zu Dorothy. »Ich habe nicht geahnt, was ich für diesen Mann befördert habe.«

»Es ist schon gut, Liebes. Bitte, mir graust vor unerfreulichen

Dingen. Wenn etwas Scheußliches passiert, dann kaufe ich mir einfach etwas Neues zum Anziehen, denn wenn ich mir etwas Gutes tue, geht es mir gleich wieder viel besser.« Sie sog mich mit ihren Blicken von Kopf bis Fuß in sich auf. »Und genau das werden wir später mit dir tun. Wir werden dir etwas Hübsches zum Anziehen kaufen. Ich bin sicher, daß du nicht das Richtige hast. Du brauchst etwas Schickeres, um durch Beverly Hills zu schlendern.«

»Oh, etwas Derartiges kann ich unmöglich von Ihnen verlangen.«

»Nein, natürlich nicht, aber ich kann dir doch trotzdem etwas Hübsches kaufen«, sagte sie lachend.

Ich entdeckte eine meiner Taschen, und Spike nahm sie vom Band.

»Fast hätte ich es vergessen«, sagte ich und wühlte in meiner Handtasche herum. »Das hat mir Holly für Sie mitgegeben.« Ich reichte ihr das kleine Päckchen mit den Widdern auf dem Geschenkpapier. Dorothy verdrehte die Augen.

»Oh nein, nicht schon wieder ein solcher Talisman, dem sie irgendwelche Zauberkräfte zuschreibt. Was ist es denn diesmal?«

Sie ließ das Schächtelchen in ihre Handtasche fallen, ohne es vorher auch nur auszupacken. Ich malte mir Hollys Enttäuschung aus, doch ehe ich etwas sagen konnte, tauchte meine zweite Tasche auf, und ich machte Spike darauf aufmerksam. Wir zeigten dem Beamten an der Tür meine Gepäckabschnitte, und Spike trug meine Taschen zu der bereitstehenden Limousine. Es war ein langer, schnittiger schwarzer Mercedes mit feudalen weichen Ledersitzen, einer eingebauten Bar und einem kleinen Fernsehgerät vor dem Rücksitz. Spike hielt uns die Tür auf, und wir stiegen ein. Das Leder roch brandneu.

»Das, was vorhin passiert ist, tut mir wirklich leid«, sagte ich noch einmal. Je länger ich darüber nachdachte, desto mehr schämte ich mich dafür, Menschen in Gefahr gebracht zu haben, die so freundlich zu mir waren.

»Ich kann dich nicht hören«, zwitscherte Dorothy. »Unerfreuliche Dinge höre ich nicht. Ich habe mich dazu erzogen, mich vollkommen taub zu stellen, wenn es sein muß, und daher kannst du ebensogut gleich das Thema wechseln. Laß uns lieber wieder über dich reden. Erzähl mir etwas von diesem Städtchen ... in diesem Kohlebaugebiet, und wie es dich nach Provincetown verschlagen hat«, sagte sie. »Cape Cod gefällt mir wirklich gut, aber wir sind dort immer nur in Hyannis. Da leben die Kennedys, verstehst du. Spike, nehmen Sie doch bitte die schnellere Strecke zum ›Vine‹«, forderte sie ihn auf, als er sich hinter das Steuer setzte. »Ich bin nämlich wirklich am Verhungern.«

»Ja, Ma'am«, sagte er und zwinkerte mir zu, als er vom Parkplatz fuhr und auf die Straße einbog.

Nach allem, was passiert war, hatte ich noch nicht einmal zu dem prachtvollen blauen Himmel aufgeblickt. Wir reihten uns in den Verkehr ein und befanden uns schon bald auf einem der berühmten kalifornischen Freeways. Ich war tatsächlich hier angekommen, und es konnte gut sein, daß sich irgendwo, gar nicht weit von hier, auch meine Mutter aufhielt. Falls ich sie jemals wirklich gebraucht habe, sagte ich mir, dann jetzt.

3
Zerschlagene Hoffnungen

Durch Los Angeles zu fahren war etwas ganz anderes, als durch New York zu fahren. Hier schien alles soviel weiter voneinander entfernt zu sein, und es gab nicht annähernd so viele hohe Gebäude, obgleich es viel mehr Straßen zu geben schien. Dennoch kannte sich Spike offensichtlich hier aus, denn als wir uns auf dem Freeway einem Stau näherten, nahm er sofort die nächste Ausfahrt und begann, sich mit der Limousine einen Weg durch die Straßen der Stadt zu bahnen. Dorothy sagte, es sei nicht gerade die netteste Gegend von Los Angeles, aber mir schienen sogar die ärmeren Viertel in einen strahlenden Glanz getaucht zu sein. Die Bürgersteige funkelten, und auf riesigen Reklametafeln wurde für neue Filme geworben. Mir fiel jedoch auf, daß nicht so viele Leute auf den Gehwegen herumliefen wie in New York. Hier schien sich alles nur in Autos voranzubewegen. Wenig später deutete Dorothy eifrig auf ein Schild, dessen Aufschrift CITY OF BEVERLY HILLS lautete.

»Hier sind wir zu Hause«, verkündete sie mit einem tiefen, dankbaren Seufzer. So, wie sie darüber sprach, schien es mir, als sei Beverly Hills eine Insel, auf der sie sich sicher und geborgen und vor dem Rest der Welt beschützt fühlte.

Spike fuhr vor dem »Vine« vor, einem Restaurant, zu dem ein Weg mit einem jagdgrünen Geländer führte, von leuchtend roten und rosa Bougainvilleen umrankt. Es gab eine Terrasse vor dem Haus, auf der nahezu alle Plätze besetzt zu sein schienen. Oberkellner und Hilfskellner in gestärkten weißen Hemden und schwarzen Hosen mit schwarzen Hosenträgern huschten grazil umher und bewegten sich wie unsichtbare Gestalten zwischen der offensichtlich begüterten Kundschaft, die ausnahmslos in Gespräche vertieft zu sein schien. Sowie Spike ausgestiegen und um den Wagen herumgelaufen war, um uns die Tür aufzuhalten, kam ein Restaurantdiener herangeeilt und half uns beim Aussteigen.

»*Merci*«, sagte Dorothy und wedelte mit ihrem Handschuh.

Als Spike wieder in den Wagen stieg, fragte ich mich, wo er wohl zu Mittag essen würde, doch ich fand keine Zeit, mich danach zu erkundigen. Dorothy eilte mir über den gepflasterten Pfad voran, der zu dem kleinen Tor der Terrasse führte, und dort erwartete uns eine sehr attraktive junge Frau, deren Aufgabe darin bestand, den Gästen Tische zuzuweisen.

»Mrs. Livingston«, sagte sie mit einem Lächeln, das einer Zahnpastawerbung zu entstammen schien, »wie geht es Ihnen heute?«

»Ich bin am Verhungern, Lana. Ich möchte Ihnen Melody vorstellen, die junge Freundin meiner Schwester. Sie ist gerade eben aus New York gekommen. Sie war noch nie in Los Angeles, und ich dachte mir, als erstes mache ich sie mit dem ›Vine‹ vertraut. Besorgen Sie uns also bitte einen besonders schönen Tisch«, forderte Dorothy.

Lana drehte sich um und musterte die Terrasse gründlich.

»Ich habe Nummer zwölf zu vergeben«, kündigte sie dann an, als sei das eine ganz erstaunliche Leistung.

Warum war es so wichtig, wo wir saßen? fragte ich mich. Sämtliche Stühle sahen gleich aus, und die Terrasse mit ihrem Brunnen und den bunten Blumen sah bestimmt von allen Tischen gleichermaßen schön aus.

»*Bellissimo*«, sagte Dorothy zustimmend. Lana setzte sich in Bewegung, und wir folgten ihr, bis sie an einem Tisch stehenblieb, der fast genau in der Mitte stand. Dorothy strahlte vor Zufriedenheit, und nachdem wir uns gesetzt hatten, reichte Lana uns die Speisekarten, deren lederne Einbände in demselben Jagdgrün gehalten waren wie das Geländer.

»Wir haben heute als Spezialität Engelshaarpasta mit roten Paprikaschoten und Steinpilzen anzubieten, Mrs. Livingston.«

»Oh, das klingt gut. *Merci.*«

Sowie Lana gegangen war, beugte sich Dorothy zu mir vor.

»Dieser Tisch ist normalerweise für Filmstars reserviert«, sagte sie. »Hier wird man von allen gesehen.«

»Ach so.« Warum wollte sie von allen gesehen werden? fragte ich mich. Ich fühlte mich jetzt um so mehr gehemmt in bezug auf mein Haar, meine Kleidung und jede einzelne Bewegung.

Ich sah in die Speisekarte. Die Preise waren schockierend. Man konnte nur à la carte essen, und die Salate waren fast so teuer wie die Vorspeisen. Einfachste Speisen wurden so kunstvoll verbrämt, daß ich nicht sicher war, ob ich sie wiedererkannte. Was waren Sellerieherzen?

»Mach dir bloß keine Gedanken wegen der Preise«, sagte Dorothy und nahm damit meine Reaktion vorweg. »Philip, mein Mann, schreibt alles, was ich ausgebe, auf die eine oder andere Weise ab.« Sie lachte. »Er sagt, da ich so viel dazu beitrage, die amerikanische Wirtschaft anzukurbeln, ist es das mindeste, was wir von der Regierung erwarten können, daß sie mich subventioniert.«

»Was macht Ihr Mann beruflich?« fragte ich. »Ich kann mich nicht erinnern, daß Holly es mir erzählt hätte.«

»Er ist als Buchhalter und Finanzverwalter tätig und hat einige sehr eindrucksvolle Kunden«, erwiderte sie und zog die Augenbrauen hoch. Dann huschte der Ausdruck eines schwärmerischen kleinen Mädchens über ihr Gesicht. »Oh, ich glaube, dort drüben in der Ecke sitzt jemand«, sagte sie und sah nach rechts. Ich drehte mich um.

»Jemand?«

»Ein Fernsehstar, stimmt's?«

»Ich weiß es nicht«, sagte ich.

»Doch, ganz gewiß. So, dann wollen wir mal sehen«, sagte sie und wandte sich der Speisekarte wieder zu. »Warum nehmen wir nicht die Engelshaarpasta und vorher den Salat mit Schafskäse, einverstanden? Magst du Eistee? Er wird hier mit etwas Minze serviert.«

»Ja, Ma'am.«

»Sprich mich doch bitte nicht mit Ma'am an, Melody.« Sie blickte sich nervös um, weil sie sehen wollte, ob jemand in unserer unmittelbaren Nähe es gehört hatte. »Das klingt, als sei ich uralt. Nenn mich Dorothy.«

»Ja, Ma' ... Dorothy«, sagte ich, und sie lächelte und hielt ihre Hutkrempe fest, als sie beifällig nickte. Ein Kellner kam an unseren Tisch. Er sprach mit einem ausgeprägten spanischen Akzent. Ich hatte Schwierigkeiten zu verstehen, was er sagte, aber Dorothy bereitete es keine Probleme. Sie gab unsere Bestellung auf und fügte *»por favor«* hinzu. Mir war bereits aufgefallen, wie gern sie spanische, französische und italienische Ausdrücke in die Unterhaltung einfließen ließ, und wenn sie das tat, schnippte sie unweigerlich mit dem Handgelenk.

»Ich kann mir nicht vorstellen, daß du im Flugzeug besonders gut gegessen hast, nicht wahr, du armes Ding?«

»Ich war zu nervös«, gestand ich.

»Das macht doch nichts. Ich bin auf Reisen immer nervös und kann nichts essen. Philip läßt sich von nichts so sehr aus der Ruhe bringen, daß ihm der Appetit verlorengeht. Und jetzt laß uns direkt auf dein Problem zu sprechen kommen«, sagte sie und unterbrach ihren Redefluß nur, als ein Hilfskellner unseren Eistee servierte. »Soweit ich verstanden habe, willst du herausfinden, ob diese Frau deine Mutter ist – eine Frau, die hergekommen ist, um hier Filmstar zu werden. Man hat dir gesagt, sie sei bei einem Unfall in einem brennenden Wagen ums Leben gekommen, und ihre Leiche ist sogar nach Provincetown transportiert worden?«

»Ja.«

»Das klingt alles sehr, sehr kompliziert. Ich habe Philip davon erzählt, und er meint, wir sollten einen Privatdetektiv engagieren. Weshalb sollte ein junges Mädchen einer solchen Geschichte persönlich auf den Grund gehen?«

»Oh nein«, stöhnte ich. »Das ist etwas, was ich ganz allein erledigen muß. Vielen Dank für das Angebot, aber ich muß mich wirklich persönlich darum kümmern«, beharrte ich.

»Wirklich?« Sie starrte mich einen Moment lang an und verdrehte dann die Augen. »Nun, ich vermute, die ersten Schritte kannst du selbst unternehmen. Ich werde Spike sagen, daß er dich herumfahren soll. Er stellt sich sehr geschickt an, wenn es um schwierige Dinge geht, wie du selbst schon gesehen hast, aber du mußt auf ihn hören«, ermahnte sie mich. »Ich möchte nicht, daß dir etwas zustößt, solange du bei mir zu Gast bist«, sagte sie. Dann dachte sie über die Worte nach, die sie gerade ausgesprochen hatte, und fügte hinzu: »Ich möchte unter gar keinen Umständen, daß dir jetzt oder irgendwann später in deinem Leben etwas zustößt.«

»Danke, Dorothy. Ich weiß Ihre Sorge um mich zu schätzen, und ich weiß auch zu würdigen, was Sie für mich tun«, sagte ich.

»Aber, aber, darüber wollen wir uns gar keine Gedanken machen. Sonst werde ich taub«, drohte sie mir wieder. Ich fing an zu lachen. »So«, sagte sie, ohne zwischendurch Atem zu holen, »und jetzt erzähl mir mehr über mein liebes kleines Schwesterchen. Lebt dieser verkrüppelte Mann immer noch mit ihr hinter diesem Mauseloch von einem Laden?«

»Ich sehe Billy nicht als Krüppel an«, begann ich und schilderte ihr meine Reise nach New York und meine gemeinsamen Unternehmungen mit Billy innerhalb dieser kurzen Zeit. Sie hörte mit einem gepreßten matten Lächeln zu. Ich hatte das Gefühl, daß sie mich eindringlich musterte und den Dingen, die ich sagte, weitaus weniger Aufmerksamkeit schenkte als meinem Aussehen.

»Es ist so wunderbar, wenn man noch jung und leicht zu beeindrucken ist«, erklärte sie seufzend. »Es ist beinah ein Jammer, dich mit der rauhen Wirklichkeit des wahren Lebens vertraut zu machen. Holly hat sich schon immer geweigert, der Realität ins Auge zu sehen. Aber du hast ja selbst gesehen, wie meine Schwester lebt, wie ein Hippiemädchen . . . wie eine Zigeunerin. Und dabei kann sie so hübsch und gescheit sein, wenn sie bloß will. Ich könnte im Handumdrehen einen angemessenen Ehemann für sie finden, wenn sie mich nur ließe, aber *que sera, sera.*«

Ich wollte gerade Einwände erheben und ihr erklären, meiner Meinung nach sei Holly so, wie die Dinge lagen, glücklich und zufrieden und führte ein angenehmes Leben, doch unsere Salate wurden gerade serviert. Sie sahen einfach köstlich aus. Allerdings nahm ich die Portionen mit einem Lächeln und einem Kopfschütteln zur Kenntnis. Gerade mal ein paar Bissen, um den Teller leerzuputzen. Ich hatte ein schlechtes Gewissen, weil Dorothy für diesen Spaß bezahlen würde.

»Das ist ziemlich teuer für eine so kleine Portion, Dorothy.«

»Unsinn. Die Portionen sind mehr als reichlich. Du mußt an deine Linie denken, vor allem hier, meine Liebe. Du brauchst dich doch nur umzuschauen und dir diese Frauen anzusehen. Jetzt sieh dich schon um«, ordnete sie an, und mir wurde klar, daß sie es diesmal ernst meinte.

Ich sah mich so unauffällig wie möglich in dem Restaurant um. Dort saßen viele attraktive Frauen, alle mit wunderbaren Frisuren und Kleidern, die kostbar wirkten. Offensichtlich traf sich hier alles, was reich und schön war.

»Alle achten auf ihre Figur. Rivalität, Rivalität, Rivalität, meine Liebe. Hier liegt jede einzelne Frau im Konkurrenzkampf mit allen anderen Frauen und will sie ausstechen.«

»Aber wozu?« fragte ich.

Dorothy lachte.

»Wozu? Um die Blicke eines Mannes auf sich zu ziehen, was denn sonst? Viele dieser Frauen haben es auf Filmrollen oder auf einflußreiche Männer abgesehen. Aber mach dir keine Sorgen, das werde ich dir alles später noch erklären. Das wenige, was du mir über deine Herkunft erzählt hast, hat bereits genügt, um mir klarzumachen, wieviel du noch zu lernen hast, und es bereitet mir wirklich große Freude, einer jungen Frau dabei zu helfen, sich eine gewisse Lebensart zuzulegen«, erklärte sie. »Und iß bloß nicht zu schnell. Du willst doch nicht wie ein naives junges Mädchen aus dem Mittleren Westen wirken. Und außerdem ist das der beste Tisch. Wir sollten es genießen, daß uns dieser Moment im Rampenlicht vergönnt ist. Siehst du, die Leute fragen sich schon, wer wir sind«, sagte sie und beschrieb mit einem Nicken Gäste an anderen Tischen. Sie hatte recht – sie sahen tatsächlich in unsere Richtung. Dorothy rückte ihren Hut zurecht und lächelte jemanden an.

»Du darfst durchaus freundlich sein«, sagte sie, während sie immer noch nickte und Leute anlächelte, »aber sprich von dir aus niemanden an. Laß die Leute auf dich zukommen. Warte immer auf die anderen, und erzähle niemandem zuviel von dir selbst«, warnte sie mich. »Je geheimnisvoller du bist, desto höher steigen deine Aktien. So würde Philip es ausdrücken.« Sie nickte jemandem zu unserer Rechten zu. »Mach dir keine Sorgen, du wirst es schon noch lernen. Nach einer Weile«, versicherte sie mir.

»Deshalb bin ich wirklich nicht hergekommen, Dorothy«, sagte ich behutsam. »Ich bin lediglich hier, um nach meiner Mutter zu sehen.«

»Ja, selbstverständlich, aber es wird dir so wie allen anderen ergehen, die herkommen, und du wirst dich schon bald verlieben.«

»Verlieben? In wen oder was?« fragte ich.

»In dich selbst natürlich, meine Liebe. In wen denn sonst?« sagte sie lachend. »Ich bin ganz sicher«, fügte sie hinzu, als ich sie einfach nur wortlos anstarrte, »daß das genau auch das ist, was deiner Mutter zugestoßen ist.«

Nach einem Mittagessen, das sich als eines der längsten in meinem ganzen Leben erweisen sollte, mit kleinen Tassen Cappuccino und Obstkuchen zum Nachtisch, der soviel kostete wie die vorangegangene Mahlzeit, brachen wir endlich auf. Spike erwartete uns in der Limousine direkt vor dem Haus. Er hielt uns die Türen auf, und ich kam mir tatsächlich wie etwas ganz Besonderes vor, denn die Fußgänger blieben stehen und sahen uns an, und schon vorher hatte die gesamte Belegschaft des Restaurants, angefangen mit der Dame, die uns einen Tisch zugewiesen hatte, um Dorothy herumscharwenzelt und sie hofiert. Sie war wie ein Schwamm, der das künstliche Lächeln der Kellner in sich aufsog und sich aufblähte, fetter daran wurde als an den knickrigen Portionen, die man uns vorgesetzt hatte. Es war mir gelungen, einen flüchtigen Blick auf die Rechnung zu werfen, und Holly hatte mit ihren Preisvorstellungen wirklich nicht weit danebengelegen. Dorothy hatte für unser Mittagessen mehr als fünfundsiebzig Dollar bezahlt!

Wir fuhren an anderen Restaurants vorbei, die einen teuren Eindruck machten, und dann ging es den Santa Monica Boulevard hinauf zum Rodeo Drive, von dem mir Dorothy erzählte, er sei weltberühmt.

»Dort führe ich dich morgen hin, meine Liebe, damit wir etwas Passendes zum Anziehen für dich finden.«

Spike bog nach rechts ab und fuhr uns an großzügig angelegten Privathäusern mit griechischen Säulen und hohen Hecken vorbei, und eine Villa schien prachtvoller als die andere zu sein. Während der Fahrt rasselte Dorothy die Namen von Filmstars, Sängern und Tänzern herunter, die ich auf der Leinwand gesehen hatte. Sie kannte auch die Namen der Filmregisseure und Produzenten, die in einigen dieser Häuser lebten, da etliche von ihnen zu Philips Kunden zählten. Schließlich fuhren wir langsamer und hielten vor einem zweistöckigen Haus im Tudorstil an, größer als jedes andere Haus, das ich je zuvor gesehen hatte. Es hatte ein spitz zulaufendes Giebeldach und hohe schmale Sprossenfenster. Am linken Ende des Dachs erhob sich ein gewaltiger Schornstein, den drei dekorative Kappenaufsätze zierten. Es war ein Ziegelbau, der zum Teil mit Holz verschalt war, ein Haus von der Sorte, wie ich sie bisher nur auf Einbänden von Liebesromanen gesehen hatte.

»Was für ein schönes Gefühl es doch ist, wieder zu Hause zu

sein«, ließ sich Dorothy vernehmen, als Spike in die rosa geflieste Einfahrt bog, die von Tiffanylampen gesäumt wurde. Der Rasen wirkte wie ein Smaragdteppich, und jeder einzelne Grashalm war auf die perfekte Länge gestutzt. Zu unserer Linken stand eine gewaltige Trauerweide, deren Äste nahezu den Boden berührten, und rechts erhob sich eine stämmige Eiche und wirkte stolz und majestätisch, wie sie so dastand und über die Blumenbeete, den Steingarten und die gelben, weißen und lila Bougainvilleen aufragte, die sich an dem hohen hölzernen Zaun in ihrem Schatten emporrankten.

»Das Haus ist ja riesig!« rief ich aus. »Ich habe nicht gewußt, daß Häuser in einer Stadt so groß sein können. Diese Villa ist das reinste Herrenhaus!«

»Ich nehme an, man könnte durchaus von einem Herrenhaus sprechen. Wir haben zwanzig Zimmer«, sagte sie, »wenn man die Zimmer der Haushilfe hinzurechnet, ebenso wie Philips Büro, Philips Gymnastikraum ...«

»Ein Gymnastikraum! Zwanzig Zimmer!«

Dorothy lachte.

»Philip klagt ständig darüber, daß das Haus nicht groß genug ist, vor allem dann, wenn ich meinen Frauenclub zu Gast habe.«

Neben dem Haus stand eine Garage, die Platz für drei Wagen bot, aber da man das Haus von der Seite betrat, erschien es dadurch nur noch größer. Auch über der Garage sah ich Fenster.

Spike parkte vor der bogenförmigen Eingangstür und stieg eilig aus, um Dorothy die Wagentür aufzuhalten. Sowie sie ausgestiegen war, lief er um die Limousine herum, um meine Tür zu öffnen und mir mit einer Hand unter dem Ellbogen beim Aussteigen behilflich zu sein. Ich kam mir albern dabei vor, daß man mir die simpelsten Handgriffe abnahm, aber andererseits fürchtete ich auch jeden gesellschaftlichen Fauxpas.

»Seien Sie doch so gut und bringen Sie ihre Taschen ins rosa Zimmer, Spike«, ordnete Dorothy an. »Wir haben zwar zahlreiche Gästezimmer, aber ich glaube, dieses wird dir am besten gefallen. Junge Leute fühlen sich wohl darin«, sagte sie. Spike sah mich mit einem kleinen Lächeln auf den Lippen an und öffnete dann den Kofferraum.

»Ich möchte dir erst das Haus zeigen, ehe du dir die Ruhe gönnst, die du gewiß dringend nötig hast«, sagte Dorothy zu mir. Ich folgte ihr zur Haustür, die sich wie durch Zauberhand zu öffnen schien, als wir näher kamen.

Ein kleingewachsener, untersetzter, kahlköpfiger Mann mit buschigen Augenbrauen und einer Stupsnase begrüßte uns. Er trug einen dunkelblauen Anzug und eine Krawatte, und er hatte einen hellen Teint mit rostfarbenen Flecken auf den Wangenknochen und der Stirn. Seine Glatze war mit Punkten übersät, die wie Sommersprossen aussahen und sich in einer willkürlichen Anordnung von der Schädeldecke bis zu den Schläfen zogen. Seine dicken Lippen wiesen nahezu dieselbe orangefarbene Tönung auf.

»Hallo, Alec. Das ist Melody. Sie wird eine Zeitlang bei uns wohnen.«

Er nickte.

»Selbstverständlich, Madam«, sagte er mit der kaum wahrnehmbaren Andeutung einer Verbeugung. Sein Tonfall war gestochen scharf und kultiviert. Seine hellgrauen Augen glitten über mich und gaben mir das Gefühl, ich müßte mich erst seiner gründlichen Prüfung unterziehen, ehe ich in das Haus eingelassen wurde. Im nächsten Moment wich der Mann zur Seite, und wir betraten das Haus.

Die Eingangshalle war mit dunkelbraunen Steinplatten gefliest, die kostbar wirkten und eine passende Ergänzung zu den Wänden darstellten, die mit dunklem Zedernholz getäfelt waren. Über unseren Köpfen funkelte ein Lüster aus tropfenförmigem Kristallglas. Die geschwungene Treppe mit dem Mahagonigeländer und den reich verzierten Pfosten war auf Hochglanz gebracht. Spike stieg mit meinem Gepäck die Stufen hinauf, gefolgt von Alec, doch ich ließ mich von Dorothy tiefer in das Haus hineinführen.

Rechts neben uns befand sich ein sehr großes Wohnzimmer mit einer Standuhr in einem Gehäuse aus dunklem Kiefernholz, die gerade dröhnend drei Uhr schlug. Sämtliche Möbelstücke waren überdimensional, um den gewaltigen Raum auszufüllen. Vor den Fenstern waren hellblaue Satinvorhänge drapiert, und auf dem Marmorfußboden lagen große ovale Perserteppiche in einem passenden Blauton. Hier gab es so viel zu sehen, daß ich nur noch den Kopf schütteln konnte: riesige Ölgemälde, die Straßenszenen in Paris und London darstellten, aber auch grandiose Gärten, alle in kunstvoll verzierten goldenen Rahmen; gläserne Skulpturen, die so aussahen, als kosteten sie Hunderte von Dollar; Porzellanfigürchen, die so zierlich und vollendet wirkten, daß sie sicherlich handbemalt sein mußten; silberne und goldene Kerzenhalter, antike Schwerter ... wie konnte jemand bloß so reich sein?

»Gemütlich, findest du nicht auch?« fragte Dorothy voller Stolz.

Gemütlich? Es war kein Zimmer, um sich darin zu entspannen und sich wohl zu fühlen, sondern vielmehr ein Raum, in dem man Führungen veranstalten konnte, doch ich nickte nur.

Sie zeigte mir das Fernsehzimmer mit seinen behaglichen prallgefüllten Sofas und Sesseln, die mit feinstem Leder bezogen waren, Philips Büro, das Eßzimmer mit seinem Tisch, an dem zwanzig Personen gleichzeitig Platz gefunden hätten, und die Küche, die eher wie eine Restaurantküche aussah. Besonders stolz war sie auf ihre Öfen, obwohl sie schnell mit der Erklärung zur Hand war, sie selbst würde nie auch nur Teewasser aufsetzen.

»Das ist Selenas Aufgabe«, meinte sie und stellte mich ihrer Köchin vor, einer sehr kleinen und äußerst rundlichen Peruanerin mit Augen, die so dunkel wie Torfmoos waren. »Selena wohnt hinten im Haus«, erklärte Dorothy. »Spike hat ein Apartment über der Garage, und Christina, mein Hausmädchen, lebt im Westen von L. A. Sie kommt jeden Morgen um sieben und macht sich nach dem Abendessen auf den Heimweg, gewöhnlich etwa um acht Uhr. Philip bezahlt sie alle unter der Hand«, fügte sie flüsternd hinzu.

»Unter der Hand?«

»So machen das die Buchhalter nun mal, um dem gierigen Staat ein Schnippchen zu schlagen. Und jetzt zeige ich dir dein Zimmer, damit du dich dort häuslich einrichten kannst. Du willst doch nach der langen Reise sicher duschen und dich frisch machen.«

»Ja, liebend gern. Und dann möchte ich die Adresse aufsuchen.«

»Die Adresse?«

»Unter der sich meine Mutter aufhalten könnte«, sagte ich.

»Jetzt gleich?« Sie verzog das Gesicht. »Das kann doch gewiß bis morgen warten.«

»Ich brächte es lieber so bald wie möglich hinter mich. Schließlich ist das der Grund für mein Kommen«, hob ich hervor.

Sie zog die Augenbrauen hoch.

»Ich vergesse immer wieder, wieviel Energie junge Menschen haben«, sagte sie. »Also gut, wenn du darauf bestehst. Spike wird in einer Stunde für dich bereitstehen.«

»Danke, Dorothy, und auch vielen Dank dafür, daß Sie mir Ihr Haus gezeigt haben. Es ist wirklich wunderbar.«

Sie strahlte.

»Ich habe die Inneneinrichtung weitgehend selbst übernommen. Natürlich mit professioneller Hilfe. Holly ist nur ein einziges Mal hier gewesen. Kannst du dir das vorstellen? Ich glaube, sie fürchtet sich davor, noch einmal herzukommen. Sie hat Angst davor, der Tatsache ins Gesicht zu sehen, daß es ihr hier gefallen könnte«, fügte sie mit einem Zwinkern hinzu.

Das bezweifle ich, dachte ich. Holly läßt sich von spirituellen Dingen beeindrucken, nicht von materiellen Werten, hätte ich gern zu Dorothy gesagt, doch meine Lippen blieben versiegelt.

Wir stiegen die Treppe hinauf. Alec hatte meine Sachen

bereits ausgepackt und alles in dem Schrank aufgehängt, was aufzuhängen war. Meine übrigen Kleidungsstücke hatte er in den Schubladen der Kommode verstaut. Es war mir peinlich, als ich begriff, daß er all das für mich getan hatte, und insbesondere störte mich die Vorstellung, daß er meine Unterwäsche verstaut hatte.

Das Schlafzimmer schockierte mich allerdings dermaßen, daß mir selbst für Verlegenheit keine Zeit mehr blieb. Es war kein Zimmer, sondern ein Gemach, das sich für eine Prinzessin geziemt hätte. Diese Pracht, diese Eleganz und dieser Luxus – es war einfach unfaßbar! Die Wände waren mit Seidendamast tapeziert, in einem herrlichen Erdbeerrot, viel kräftiger als das Zartviolett des Teppichs, dessen Flor meines Erachtens mindestens fünf Zentimeter hoch sein mußte. Darauf stand ein gewaltiges Himmelbett aus heller Kiefer. Irgendwie mußte das Holz behandelt worden sein, denn es wies eine durchgängige blaßrosa Maserung auf. Auf dem Bett lag eine flauschige Felldecke. Sogar das Ankleidezimmer war keineswegs ein begehbarer Kleiderschrank, sondern größer als jedes Zimmer, in dem ich je zuvor geschlafen hatte. Dort gab es auch Schuhregale und am hinteren Ende einen Spiegel über einer kleinen Kommode. Das Zimmer selbst war jedoch ebenfalls mit einem Schminktisch und dazu passenden Kommoden eingerichtet.

Sämtliche Armaturen im Badezimmer waren aus Messing, und der weiße Steinboden wirkte kostbar. Außer der Whirlpoolwanne gab es auch noch eine gläserne Duschkabine, die so aussah, als könnte sie eine ganze Familie gleichzeitig aufnehmen, und einen Waschtisch mit zwei Becken. Überall hingen Spiegel, die den Ausdruck meines Staunens wiedergaben. Das war das Gästezimmer! Wie mußte dann erst Dorothys und Philips Schlafzimmer aussehen?

»Ich kann einfach nicht glauben, was für ein wunderbares Haus Sie haben, Dorothy«, sagte ich noch einmal.

»Es freut mich, daß du dich hier wohl fühlen wirst«, erwiderte sie.

»Wohl fühlen? Es ist der reinste Palast. Wie könnte sich jemand hier nicht wohl fühlen?«

Sie lachte.

»Bist du immer noch sicher, daß du dich heute schon nach West Hollywood schleppen willst? Warum verwöhnst du dich nicht ein wenig, meine Liebe? Nimm ein Whirlpoolbad, ruh dich aus, sieh dir im Fernsehen etwas Nettes an. Wir werden ein paar kleine Horsd'œuvres zu uns nehmen, bevor Philip nach Hause kommt, und dann gibt es ein gutes Abendessen . . .«

»Das klingt ganz wunderbar, Dorothy, aber mein Gewissen plagt mich. Ich bin nicht hergekommen, um hier meinen Spaß zu haben. Ich bin hier, um meine Mutter zu finden«, rief ich ihr noch einmal ins Gedächtnis zurück.

Sie seufzte und zuckte dann die Achseln.

»Heutzutage haben es alle so eilig. Nun gut, ich werde Spike sagen, daß er sich bereithält.«

»Danke. Für alles«, sagte ich.

Sie lächelte mich strahlend an und ließ mich dann allein, damit ich duschen und mich umziehen konnte. Ich war sehr müde und am Rande der Erschöpfung, doch meine Aufregung darüber, daß ich hier war und so dicht davorstand, Mommy zu finden, war noch stärker. Ich stellte mich unter die Dusche und ließ das warme Wasser über mich rinnen, bis meine Haut prickelte, und dann stellte ich die Dusche ab, zog eine Jeans und meine beste Bluse an, bürstete mir gründlich das Haar, holte mehrfach hintereinander tief Atem, schloß die Augen und dachte an Billy Maxwell und Holly, die neben mir gesessen und mir Ratschläge erteilt hatten, wie ich gegen meine Nervosität angehen und neue Energien schöpfen konnte, Energien, die ich jetzt mehr denn je gebrauchen konnte.

Dann erhob ich mich und brach zu der Suche nach meiner Mutter auf.

Als ich an die lange Zeit dachte, die vergangen war, seit Mommy mich bei den Verwandten meines Stiefvaters in Provincetown zurückgelassen hatte, quälte mich plötzlich eine neue, wenngleich auch alberne Befürchtung. Hatten die Zeit und die Ereignisse mich so sehr verändert, daß sie mich möglicherweise nicht erkennen würde, insbesondere dann, wenn sie unter leichtem Gedächtnisverlust litt? Soviel Zeit war nun auch wieder nicht vergangen, aber ich fühlte mich so anders. Wo sollte ich beginnen, wenn ich ihr gegenüberstand? Es erschien mir lächerlich, auf jemanden zuzugehen und zu sagen: »Hallo, erinnerst du dich noch am mich? Ich bin deine Tochter. Du bist meine Mutter.« Falls andere Menschen bei dieser Begegnung anwesend sein sollten, dann würden sie mich bestimmt für verrückt halten.

Als ich die Stufen der geschwungenen Treppe hinunterstieg und durch die Eingangshalle auf die Haustür zuging, hatte ich das Gefühl, ich würde schrumpfen. Das war natürlich eine Illusion, ausgelöst dadurch, daß alles um mich herum so gewaltig war, aber vor allem, und das war noch entscheidender, wurde dieses Trugbild durch die gewaltige Aufgabe hervorgerufen, die ich jetzt in Angriff nehmen würde. Ich holte tief Atem und trat ins Freie.

Spike lehnte an der Limousine und las ein Exemplar von *Variety.* Er blickte zu mir auf und lächelte. Dann schlug er die Zeitung zu, öffnete die hintere Wagentür, trat mit einer anmutigen Bewegung einen Schritt zurück und verbeugte sich übertrieben theatralisch.

»Madam«, sagte er.

»Danke«, sagte ich, und meine Stimme war kaum mehr als ein Flüstern. Ich wollte gerade einsteigen, als mir noch etwas einfiel. »Ach ja, hier ist die Adresse«, sagte ich und reichte ihm den kleinen Zettel, der durchaus den Schlüssel zu meiner Zukunft enthalten konnte. »Ist das weit von hier?«

»In dieser Stadt ist alles zum Greifen nahe, außer einer guten Rolle«, bemerkte er.

Ich stieg ein, und er schloß die Tür, lief um den Wagen herum und nahm eilig auf dem Fahrersitz Platz.

»Möchtest du vielleicht darin ein wenig blättern?« sagte er und bot mir sein Exemplar von *Variety* an.

»Nein, danke«, erwiderte ich.

Er zuckte die Achseln.

»Ich dachte nur, dich interessiert vielleicht, wie eine Hollywood-Zeitung aufgemacht ist. Dort wimmelt es nur so von Neuigkeiten über Schauspieler und Schauspielerinnen. Ich wette, eine solche Zeitung hast du noch nie gelesen«, murmelte er.

»Nein. Dafür gab es bisher keinen Grund«, erklärte ich.

Er lachte und ließ den Motor an.

»Ich habe nicht vor, Schauspielerin oder dergleichen zu werden«, fügte ich hinzu, als seine Lippen höhnisch verzogen blieben.

»Alle Frauen sind von Natur aus Schauspielerinnen und wollen deshalb liebend gern zum Film«, scherzte er.

»Ich nicht. Und es ist auch nicht jede Frau eine Schauspielerin«, fauchte ich ihn an.

Er lachte wieder. Das herablassende Lächeln, das nicht von seinem Gesicht weichen wollte, regte mich auf.

»Ich möchte das College besuchen und andere Dinge tun«, fuhr ich fort und fragte mich, warum es mir so wichtig war, mich verständlich zu machen.

»Deine Mutter ist doch auch hergekommen, um Schauspielerin zu werden, oder nicht?« fragte er, als wir die lange Auffahrt hinunterfuhren. Ich zog die Schultern steif zurück.

»Wenn Sie Schauspieler werden wollen, warum sind Sie dann Chauffeur?« erwiderte ich in Form einer Gegenfrage.

Er drehte sich zu mir um, weil er sehen wollte, ob ich es ernst meinte.

»Es kostet eine Menge Zeit und intensive Studien, und man muß an zahllose Türen klopfen und Hunderte von Malen vorsprechen, ehe man den ganz großen Durchbruch schafft«, jammerte er. »Zwischenzeitlich nimmt man, wenn man nicht mit einem Silberlöffel im Mund geboren ist oder reiche Freunde hat, die bereit sind, einen zu fördern, jeden Job an, den man kriegen kann, um davon die Lebensmittel und die Miete zu bezahlen. Für mich ist das gar kein schlechter Job. Mrs. Livingston läßt mir großen Spielraum. Wenn ich einen wichtigen Termin zum Vorsprechen habe, gibt sie mir jedesmal frei, selbst wenn sie dann ein Taxi in Anspruch nehmen muß.«

»Wie lange sind Sie jetzt schon hier und versuchen Ihr Glück als Schauspieler?« fragte ich ihn.

»Drei Jahre. Seitdem betreibe ich es ernsthaft«, erwiderte er.

»Haben Sie in dieser Zeit in irgendwelchen Filmen mitgespielt?«

»Ich habe ein paar kleine Nebenrollen bekommen. Ich bin offiziell als Schauspieler anerkannt worden und habe einen entsprechenden Ausweis, der das bestätigt. Das ist immerhin mehr, als viele andere von sich behaupten können. Vor sechs Monaten habe ich in einem Stück mitgespielt. Es ist fast einen Monat lang aufgeführt worden.«

»Dann müssen Sie wirklich gut sein«, sagte ich. Er drehte sich zu mir um und bedachte mich mit einem charmanten Lächeln.

»Ich *bin* gut. Ich muß nur alle anderen dazu bringen, daß sie es erkennen. Ich meine, die entscheidenden Personen«, sagte er. »Nach einer Weile ist das ohnehin alles nur noch reine Glückssache«, fügte er hinzu. »Es geht eben darum, zur rechten Zeit am rechten Ort zu sein.«

»Glauben Sie an Astrologie?« fragte ich.

»He, ich glaube an alles, woran ich glauben soll, Hauptsache, ich kriege eine Rolle«, sagte er.

»So wichtig ist es Ihnen?«

»Soll das ein Witz sein?« Er drehte sich um und sah mich an, als sei ich gerade erst von einem anderen Planeten gekommen. Dann lächelte er. »Wenn du erst einmal eine Weile hier bist, wirst du es verstehen«, sagte er. »Es liegt in der Luft.«

»Ich hoffe, so lange brauche ich nicht hierzubleiben«, murmelte ich und sah zum Fenster hinaus. Spike beobachtete mich weiterhin im Rückspiegel. Ich gestattete es mir, ihm einen Moment lang im Spiegel in die Augen zu sehen, ehe ich mich abwandte und mehr oder weniger blind auf die Kulisse hinausschaute, die vor dem Fenster vorbeirauschte. Ich kam nicht gegen meine Nervosität an, denn in wenigen Minuten würde es soweit sein. Mein Magen schlug Purzelbäume. Endlich nahm Spike meine Besorgnis wahr und erbarmte sich meiner.

»Es ist schon eine ganze Weile her, seit du deine Mutter das letzte Mal gesehen hast, was?« fragte er behutsam.

»Ja.«

»Und du bist dir nicht einmal sicher, daß es deine Mutter ist?«

»Nein, ich bin mir nicht sicher«, sagte ich, »obwohl alles darauf hinweist, daß sie es ist.«

Er schüttelte den Kopf.

»Eine irre Story. Diese Adresse hier, das ist eine billige Eigentumswohnanlage. Die meisten der Besitzer vermieten an Leute unter, die ins Geschäft kommen wollen.«

»Ins Geschäft?«

»Die in Hollywood einsteigen wollen, die ganz groß rauskommen wollen«, sagte er. »Darum dreht sich hier doch alles.« Er lachte.

»Ich komme mir vor wie in einem anderen Land«, murmelte ich, aber er konnte es trotzdem hören und lachte noch lauter. »Du willst wohl wirklich nicht berühmt werden? Nicht ins Showbusiness einsteigen? Ich wette, daß du auf irgendeinem Gebiet Talent hast.«

Ich starrte weiterhin aus dem Fenster.

»Ich spiele Fiedel, und es gibt Leute, die behaupten, ich sei sehr gut.«

»Na, siehst du. Etliche Stars unter den Countrymusikern sind berühmte Filmschauspieler geworden«, sagte er.

»Ich bin bei weitem kein Star«, sagte ich kopfschüttelnd. Wie leicht manche Leute doch in diese Falle gehen konnten, überlegte ich mir. Sie begannen einfach nur, an ihre eigenen Wunschträume zu glauben. War es das, was Mommy zugestoßen war?

»Du mußt ein positives Bild von dir selbst haben. Sieh mich an. Ich muß zehn- oder auch zwanzigmal in der Woche vorsprechen, und die meiste Zeit gibt man mir hinterher nicht mal Bescheid, aber lasse ich mich davon etwa entmutigen? Nein. Ich melde mich von mir aus immer wieder. Früher oder später ... früher oder später«, summte er hypnotisch vor sich hin.

Ich sah ihn an und fragte mich, ob nicht eher er derjenige war, den man bemitleiden sollte, anstatt meiner.

»Hier in der Straße müßte es sein«, sagte er schließlich, nachdem er nach rechts abgebogen war. Mein Herz schien stehenzubleiben, und dann hämmerte es wie Faustschläge gegen eine abgeschlossene Tür. Ich hielt den Atem an, als die Limousine langsamer fuhr.

»Da wären wir«, sagte er. »Die Ägyptischen Gärten. Ich finde es einfach toll, welche Namen sie solchen Wohnblocks geben.«

Ich sah zum Fenster hinaus. Hohe Hecken zogen sich wie eine Mauer um den rosafarbenen Betonkomplex, der L-förmig um einen Pool gebaut war. Die einzelnen Gebäude waren nur fünf Stockwerke hoch, und jede Wohnung hatte ihren eigenen kleinen Balkon. Manche Leute hatten Blumenkästen aufgestellt, und die Pflanzen rankten sich an den Gitterstäben hinunter. Auf jedem Balkon standen ein kleiner Tisch und Stühle. Trotz des grellrosafarbenen Anstrichs wirkten die Gebäude herabgewirtschaftet, stellenweise beschädigt und ein wenig verkommen. Der Rasen war scheckig, und einige der Sträucher sahen kränklich aus und trugen an den meisten Zweigen keine Blüten.

Eine große Tafel mit den Klingelschildern der Bewohner hing gleich rechts neben dem Haupteingang, über dem der Name der Wohnanlage in verschnörkelten dunkelgrauen Buchstaben stand. Spike hatte recht. Ich konnte nichts Ägyptisches oder auch nur halbwegs Arabisches an den Gebäuden wahrnehmen, und ebenso wie er fragte auch ich mich, warum die Anlage den Namen »Die Ägyptischen Gärten« trug. Das Haupttor öffnete sich, und zwei junge Männer in Shorts und Polohemden kamen lachend heraus. Sie trugen Turnschuhe ohne Socken. Beide waren schlank und sahen gut aus, und beide hatten welliges dunkles Haar. Sie sahen einander tatsächlich so ähnlich, daß der Eindruck entstand, sie könnten Zwillinge sein.

»Hübsche Jungs«, murmelte Spike. Er kam um den Wagen herum und hielt mir die Tür auf. Ich glaubte, meine Beine würden mich nicht tragen, aber ich gab mir einen Ruck und stieg aus. »Ich warte hier auf dich«, sagte Spike.

»Danke«, sagte ich, oder zumindest glaubte ich, mich bedankt zu haben. Ich war nicht sicher, ob ich tatsächlich einen Laut von mir gegeben hatte. Er neigte den Kopf zur Seite.

»Fehlt dir was?«

Ich schüttelte den Kopf und ging auf das Haupttor zu. Ich blickte zu den Klingelschildern auf und las die Namen, bis ich Gina Simon fand. Meine Finger zitterten, als ich die Hand hob, um auf den Knopf neben dem Namen zu drücken.

»Das ist völlig zwecklos«, hörte ich eine weibliche Stimme sagen, und als ich mich umdrehte, kam eine junge Frau mit blondiertem Haar auf mich zu und blieb neben mir stehen. Sie trug ein rosa Oberteil und weiße Latexshorts und hatte sich das Haar zu einem Pferdeschwanz zusammengebunden. Während sie mit mir sprach, lief sie auf der Stelle. Ihr hübsches Gesicht war gerötet, und Schweißperlen standen auf ihrer Stirn. »Die Klingeln funktionieren nicht. Letzte Woche hätte die Klingeltafel repariert werden sollen und in der vorletzten Woche auch schon. Aber hier klappt nichts auf Anhieb.« Sie holte mehrfach tief Atem und hob weiterhin in einem gleichmäßigen Rhythmus die Füße. »Wen suchst du?«

»Gina Simon.«

»Ach, Gina. Klar. Sie wohnt direkt gegenüber von mir. In 4-C. Komm mit«, sagte sie und lief im Dauerlauf durch das Haupttor. Als sie kurz stehenblieb, um mir das Tor aufzuhalten, rannte sie wieder auf der Stelle. »Es ist nicht abgeschlossen. Soviel zu den Sicherheitsvorkehrungen.«

Ich folgte ihr hinein, und sie joggte weiter. Ich lief selbst fast im Laufschritt, um mithalten zu können. Am Pool blieb sie stehen. Drei junge Frauen in Bikinis sonnten sich auf Liegestühlen. Ich warf einen schnellen Blick in die Runde, um zu sehen, ob Mommy sich auch am Pool aufhielt. Es erleichterte mich, daß sie nicht da war. Ich wollte ihr nicht vor den Augen all dieser fremden Menschen gegenübertreten.

Ein großer, sehr dünner Mann mit kurzem hellbraunem Haar saß auf dem Sprungbrett und ließ die Beine baumeln.

»He, Sandy, wie war das Training?« fragte er die junge Frau, mit der ich gekommen war.

»Nicht weit vom Melrose hätte mich so ein Idiot auf einem Motorrad beinah angefahren«, sagte sie.

Eine der Frauen, die auf den Liegestühlen lagen, setzte sich auf und stützte sich auf einen Ellbogen. Sie hatte langes rotbraunes Haar. Bis auf ihre Nase, die sehr spitz war, hatte auch sie ein hübsches Gesicht.

»Hast du die fünf Pfund schon abgenommen?« fragte sie, und dabei verdrehte sie die Augen und lächelte hämisch.

»Bald habe ich es geschafft«, sagte Sandy. Sie machte auf dem Absatz kehrt und sah mich an. »Komm schon, ehe sie dich bei lebendigem Leib auffressen«, sagte sie, und die drei jungen Frauen lachten. Ich eilte hinter ihr her. Sie führte mich um den Pool herum und über einen Gehweg zur Treppe des zweiten Gebäudes. Sowie wir im Haus standen, hörte sie auf zu joggen.

»Ich versuche gerade, für einen Fototermin abzunehmen. Du weißt ja selbst, wie die Kamera einem die Pfunde draufzaubert. Hier ist der Aufzug«, sagte sie und bog in den Korridor nach links ab. »Ich heiße Sandra Glucker, aber im Showbusiness werde ich Sandy Glee genannt.«

»Ich heiße Melody«, sagte ich.

»Einfach perfekt, dieser Name«, sagte sie kopfschüttelnd. »Ich finde ihn ganz toll. Bist du Schauspielerin, Tänzerin, Sängerin?«

»Nein«, sagte ich.

»Nein?« Sie blieb stehen und drehte sich zu mir um. »Schreibst du?«

»Nein«, sagte ich lächelnd. »Ich bin nicht im Geschäft.«

»Ach so. Ach so«, wiederholte sie, als fiele ihr eben erst auf, daß es in Kalifornien auch noch andere Leute gab. Sie sah mich noch einmal an. »Aber hübsch genug bist du, um es zu schaffen.«

»Danke.«

»Gina Simon. Woher kennst du Gina? Ach was, schon gut. Du brauchst es mir nicht zu sagen. Ich bin einfach nur klatschsüchtig, aber gegen andere Süchte, die es hier gibt, ist das harmlos.«

Wir stiegen in den Lift, und sie drückte den Knopf zum vierten Stock.

»Wir kennen uns schon von früher«, sagte ich in der Hoffnung, sie würde sich damit zufriedengeben.

»Ihr kennt euch von woanders? Gibt es denn noch andere Orte auf der Welt?« Sie lachte über ihre eigene Bemerkung. Ich lächelte, und die Aufzugtür glitt zur Seite. »Du bist aus Ohio?«

»Ohio?«

»Da kommt Gina her, aus irgendeiner Kleinstadt in der Nähe von Columbus, glaube ich. Also, was ist? Kennst du sie noch aus deiner Schulzeit oder so was?«

»Aus meiner Schulzeit? Nein.« Für wie alt hielt sie mich eigentlich? Und was noch viel wichtiger war, für wie alt hielt sie Gina Simon?

»Was ist denn los? Ist das etwa streng geheim? Da haben wir 4-C.« Sie deutete auf die Tür am Ende des Ganges, betrat jedoch keineswegs ihr eigenes Apartment, sondern blieb statt dessen stehen und beobachtete mich neugierig, als ich auf Apartment 4-C zuging.

Ich sah mich nach ihr um und lächelte nervös. Dann holte ich tief Atem und klopfte an die Tür.

»Die Türklingel funktioniert«, sagte sie. »Oder sie sollte wenigstens funktionieren.«

»Ja, sicher. Danke.« Ich drückte auf die Klingel und wartete. Sie wartete ebenfalls. Niemand kam an die Tür. Ich läutete noch einmal. Die Sekunden erschienen mir eher wie Minuten.

»Wahrscheinlich ist sie nicht da. Vielleicht ist sie zu einem

Vorsprechtermin gegangen. Hast du sie vorher nicht angerufen?«

»Nein«, sagte ich betrübt.

»Das ist ein Jammer. In L. A. sollte man vorher immer anrufen, wenn man verabredet ist. Wahrscheinlich sehe ich sie später noch. Soll ich ihr ausrichten, daß du hier warst?«

»Nein«, sagte ich, und mir fiel selbst auf, daß ich zu schnell damit herausgesprudelt war. Ich lächelte. »Es sollte eine Überraschung werden.«

»Na, so was! Ich liebe Überraschungen. Gina wird sicher auch ganz begeistert sein.« Sie schnalzte mit den Fingern. »Du bist doch nicht etwa zufällig ihre Schwester? Sie hat mir erzählt, daß sie eine jüngere Schwester hat. Und genau die bist du, stimmt's?« folgerte sie, ehe ich etwas dazu sagen konnte. »Das ist ja toll. Sie wird sich schrecklich freuen. Sie vermißt ihre Familie furchtbar.«

»Ist das wahr?«

»Natürlich. Sie mag noch so schön aussehen und sich noch so weltgewandt geben, aber tief in ihrem Innern ist Gina ein einfaches Mädchen. Gerade deshalb wird sie von allen geliebt. Möchtest du in meiner Wohnung auf sie warten?«

»Äh, nein. Ich komme lieber später noch mal. Danke«, sagte ich.

»Bist du sicher? Weil ich nämlich . . .«

»Nein, danke«, sagte ich mit pochendem Herzen. Ich floh schleunigst in den Aufzug und drückte auf den Knopf zum Erdgeschoß. Als sich die Türen gerade schlossen, kam Sandy Glee auf mich zu, um mich ein letztes Mal anzusehen. Auf ihrem Gesicht drückte sich tiefe Verwirrung aus.

Sowie sich die Türen öffneten, eilte ich hinaus. Dann lief ich tatsächlich im Dauerlauf über den Gehweg um den Pool herum, an dem alle aufblickten, und zum Tor. Ich rannte schnell auf die Straße und lief sofort zum Wagen.

»Was ist passiert?« fragte Spike, während er ausstieg, um mir die Tür zu öffnen.

Ich schüttelte den Kopf.

»Sie war nicht da, und ...«

»Und was?«

»Ich glaube nicht, daß sie meine Mutter ist!« platzte ich heraus.

4
Eine andere Welt

»Soll ich dich gleich wieder nach Hause bringen?« fragte Spike.

»Das ist mir ganz egal«, sagte ich wehleidig und kauerte mich auf dem äußersten Ende des Rücksitzes zusammen. Ich habe diesen weiten Weg umsonst gemacht, sagte ich mir. Es war nichts weiter als ein Traum, ein kindlicher Traum. Ich hätte auf Dorothys Vorschlag eingehen und einen Privatdetektiv mit der Lauferei beauftragen sollen. Aber selbst das war eine alberne Idee. Woher hätte ich das Geld nehmen sollen, um ihn zu bezahlen? Großmama Olivia hätte mir für dieses Vorhaben keinen Penny gegeben. Ihr war vollkommen egal, ob meine Mutter tatsächlich noch am Leben war oder nicht, solange das für sie nicht hieß, daß sie mich los war und ich aus Provincetown verschwinden würde, um so weit wie möglich von ihrer heiß und innig geliebten Familie entfernt zu leben.

»Es tut mir leid, daß du eine Enttäuschung einstecken mußtest«, fuhr Spike fort, »aber in L. A. muß man lernen, mit Enttäuschungen zu leben.«

»Ich will nicht in L. A. sein!« rief ich aus.

»Das ist doch gar nicht wahr. Du weißt nur noch nicht, wie schön es hier ist«, erwiderte er. »Sieh dir diese Häuser dort oben an. Das hier sind die Hollywood Hills. Die Aussicht ist umwerfend. Siehst du, daß manche direkt über den Hang gebaut sind? Ich wette, den Bewohnern läuft ein Schauer über den Rücken, wenn die Erde bebt, was meinst du?«

Gegen meinen Willen lugte ich durch meine Finger, um mir die Häuser anzusehen.

»Und man ist hier so nah am Meer. Wenn man sich ein Weilchen entspannen oder ein bißchen Sonne tanken will, dann braucht man nur ein paar Meilen rauszufahren. Ich zeige es dir«, sagte er. An der nächsten Kreuzung bog er ab, beschleunigte und fuhr nach Westen. »Verstehst du, du kommst zum Beispiel von der Arbeit und hast einen schlechten Tag hinter dir, und was tust du, ehe du nach Hause zu deiner Alten fährst? Du machst einen kleinen Umweg«, faselte er. »Im Hinterland hältst du vor einer schmuddeligen Kneipe an und brütest verdrossen über deinem Gesöff. Aber hier ... he, sieh dir das an. Diese Gebäude dort drüben. Die Fassade haben sie in *Vom Winde verweht* als Vorderansicht benutzt. Das ist Tara!« Ich sah zum Fenster hinaus.

»Und dort ist ein Filmstudio«, fuhr er fort. Ich setzte mich auf und betrachtete die weitläufigen weißen Gebäude. Wenig später sagte Spike zu mir, ich solle den Blick nach vorn richten, und dort lag er ... der Pazifik. Allein schon der Anblick der Wellen und die enorme Weite des silbrig blauen Wassers ließen mein Herz aufgehen. Ich dachte an Cary und May und an die Spaziergänge, die ich mit Ulysses, Kenneths Hund, der nicht von meiner Seite gewichen war, am Strand unternommen hatte. Ich erinnerte mich an den Wind in meinem Haar, an den Geruch der salzigen Luft, an die Geräusche der Seeschwalben über mir und an das wunderbare Gefühl, am Leben und ein Teil der Natur zu sein.

Spike hatte recht. Wir kamen mitten aus der Großstadt, und wenige Minuten später waren wir hier und parkten auf einer Klippe über einem langen Streifen Sandstrand.

»Laß uns zum Zaun rüberlaufen und auf den Pacific Coast Highway hinunterschauen.« Er stieg aus und hielt mir die Tür auf. Ich holte tief Atem und spürte, wie ich mich entspannte. »Komm schon«, drängte er mich.

Wir liefen über das Gras. Dort waren ein paar Bänke aufgestellt, und ältere Leute saßen um ihre Klapptische herum und spielten Karten.

»Das hier ist Santa Monica«, erklärte Spike. »Ein netter kleiner Ort, in dem es von europäischen Touristen nur so wimmelt, aber es leben auch noch viele Einheimische hier. Und dort ist der Santa Monica Pier«, sagte er und deutete zum Strand hinunter. »Siehst du das Riesenrad? Und ein Karussell gibt es auch. Man kann dort wirklich Spaß haben. Die Leute kommen gerade vom Strand zurück«, fügte er hinzu und schaute auf den Küstenstreifen hinunter. Auf dem Pacific Coast Highway herrschte reger Verkehr, und in der Ferne stand die Sonne direkt über dem Horizont und lugte zwischen zwei Wolken hinaus. »Das ist Malibu«, setzte Spike seine Erklärungen fort. »Nett, nicht wahr? Wenn beim Vorsprechen wieder mal absolut nichts herauskommt, fahre ich manchmal raus und schaue einfach nur aufs Meer. Das gibt mir eine neue Perspektive und hebt die Moral, wenn du weißt, was ich meine.«

»Ja«, sagte ich. »Ich habe in Cape Cod gelebt. Ich kenne die Macht des Meeres.«

»Ja, klar. Das hatte ich ganz vergessen. Aus irgendwelchen Gründen bringe ich dich immer nur mit einer Kleinstadt in West Virginia in Verbindung. Diesen Akzent wirst du niemals los«, scherzte er. »Eigentlich ist er ganz niedlich, und ich wette, es gibt ein paar Regisseure, die sich dafür begeistern würden.«

Ich nickte und biß mir auf die Unterlippe, denn es kostete mich große Mühe, meine Gefühle nicht zu zeigen.

»Meine Mutter und mein Vater waren viel älter als die meisten Eltern, als sie mich bekommen haben«, sagte Spike von sich aus. »Meine Mutter war schon fast vierzig, und mein Vater war in seinen Fünfzigern.«

»Als Sie geboren wurden?« fragte ich und war ihm dankbar dafür, daß er das Thema gewechselt hatte.

»Ja. Ich denke mir, sie sind wohl eines Morgens wach geworden, haben einander angesehen und gesagt: ›Weißt du was? Wir haben ganz vergessen, Kinder zu bekommen.‹« Er lachte. »Dad ist letztes Jahr gestorben. Auf neunundsiebzig hat er es gebracht.«

»Woher kommen Sie?«

»Aus Phoenix. Meine Mutter lebt noch dort. Sie wohnt mit ihrer Schwester in einer dieser Anlagen für die goldenen Jahre des Lebens. Sie spielt Golf und ist völlig verrückt danach. Wenn ich sie anrufe, redet sie immer nur über ihr Handicap und den tollen Putt, den sie geschlagen hat. Ich habe schon zu ihr gesagt, wenn sie stirbt, sorge ich dafür, daß die Leute in Golfwägelchen hinter ihrem Sarg herfahren.« Er lachte wieder und schüttelte dann den Kopf. »Sie fand das gar nicht komisch.«

Wir standen beide da und starrten auf das Meer hinaus. Die Segelboote sahen aus, als seien sie an den blauen Himmel gekleistert, der sich schnell dunkler färbte, und weiter draußen fuhr ein Kreuzfahrtschiff nach Südwesten. »Wenn du einmal Lust hast, einen Tag am Strand zu verbringen, fahre ich dich gerne hin«, erbot sich Spike.

»Danke, aber ich weiß nicht, ob ich jetzt noch viel länger hierbleiben werde.«

»Ich wette, den Livingstons macht es gar nichts aus, wenn du länger bleibst. Das solltest du ausnutzen.«

»Ich möchte ihre Gastfreundschaft nicht übermäßig beanspruchen«, sagte ich. »Und außerdem gibt es in Provincetown Menschen, die auf mich warten.«

»Menschen? Du meinst wohl, dein Freund wartet dort auf dich?« fragte er mit einem schelmischen Funkeln in den Augen.

»Ja«, gestand ich.

»Was treibt er?«

»Im Moment fährt er mit dem Fischerboot seines Vaters auf Hummerfang, und im Herbst wird er Moosbeeren ernten.«

»Das klingt . . . recht reizvoll«, sagte Spike freundlich, doch er hatte den Kopf abgewandt, und ich konnte seine Augen nicht sehen. War es sein Ernst? Verspürte er tatsächlich Sehnsucht nach etwas Handfesterem als der Schauspielerei oder, besser gesagt, dem Versuch, als Schauspieler Fuß zu fassen, oder sagte er das nur, um mir eine Freude zu machen?

»Es ist auch reizvoll«, sagte ich nachdrücklich. Ein kleines Lächeln spielte auf seinen Lippen, als er einen Blick auf mich warf.

»Du bist noch zu jung, um dich festzulegen, Melody. Sieh nur hinaus. Die große weite Welt liegt vor dir und will erkundet werden. Es gibt noch so viel zu tun und zu sehen.«

Unsere Blicke trafen sich. Wenn er es nicht aufrichtig meinte, dann war er wirklich ein guter Schauspieler, dachte ich.

»Wie bist du eigentlich zu der Überzeugung gelangt, daß diese Frau nicht deine Mutter ist?« fragte er schließlich.

»Sie stammt aus dem Mittleren Westen, aus Ohio, und anscheinend ist sie wesentlich jünger als meine Mutter«, sagte ich.

»Aber in diesem Katalog sieht sie deiner Mutter ähnlich?«

»Sogar sehr ähnlich. Sie hat zwar eine andere Haarfarbe, aber das ist auch schon alles«, sagte ich.

»Weißt du, hier lügen die Leute, wenn es um ihr Alter geht. Das ergibt sich ganz von allein. In Hollywood muß man jung sein, vor allem Frauen, und das gilt insbesondere für eine Frau, die zum Film will oder Arbeit als Model sucht.«

»Ist das wirklich wahr?«

»Und wie wahr das ist«, sagte er.

»Diese Frau hat andererseits behauptet, eine jüngere Schwester zu haben, und meine Mutter hat keine Geschwister«, sagte ich.

»Na und? Hier erfindet man seine Vergangenheit selbst. Es ist, als kämen die Leute aus einem Film, den sie selbst gedreht haben«, fuhr er fort. »Ehe du aufgibst, würde ich noch einen Versuch unternehmen. Warum versuchst du nicht, sie später anzurufen?«

»Ich habe mir keine Telefonnummer geben lassen«, sagte ich.

»Sie wird im Telefonbuch stehen, vor allem dann, wenn sie als Schauspielerin oder Model arbeiten möchte. Sie will, daß man sie mühelos erreichen kann.«

Ich nickte.

»Ich denke, wir sollten uns jetzt lieber auf den Rückweg machen«, sagte ich. »Dorothy war ohnehin nicht gerade begeistert darüber, daß ich sofort losgezogen bin.«

»Klar«, sagte er. Er schenkte mir ein freundliches Lächeln, nahm mich an der Hand und führte mich zu der Limousine zurück. Als er mir die Tür aufhielt, blickten die Leute, die dasaßen und Karten spielten, auf, um zu sehen, wer ich war, und Wagen fuhren langsamer, weil die Fahrer einen Blick auf mich werfen wollten. Hier waren alle so begierig darauf, eine Berühmtheit zu entdecken, dachte ich. Zum ersten Mal seit meiner Ankunft wünschte ich mir tatsächlich, ich wäre eine dieser Berühmtheiten. Hatte ich mich jetzt schon an dieser Krankheit angesteckt?

Als ich in die Villa der Livingstons zurückkehrte, kam Dorothy durch die Eingangshalle geeilt, um mich zu begrüßen.

»Was ist passiert? Ich habe auf glühenden Kohlen gesessen. Ich hätte Spike sagen sollen, daß er mich von der Limousine aus anruft. Also, was ist?« fragte sie.

»Ich habe immer noch keine Gewißheit«, sagte ich und erklärte ihr, was vorgefallen war und warum mich neue Zweifel plagten.

»Du armes Ding. Den weiten Weg zurückzulegen und dann derart enttäuscht zu werden. Warum konnte diese gräßliche Frau nicht einfach da sein?« sagte sie und zog einen Schmollmund.

»Spike sagt, ich sollte versuchen, jetzt bei ihr anzurufen.«

»Ach, hat er das gesagt? Nun, das läßt sich machen. Aber in etwa einer halben Stunde essen wir zu Abend. Philip ist schon zu Hause und macht sich zurecht.«

»Er macht sich zurecht?«

»Wir ziehen uns zum Abendessen immer schön an. Mach dir keine Sorgen. Zieh einfach dein schönstes Kleid an«, sagte sie. »Morgen gehe ich mit dir zu ›Adroni's‹ am Rodeo Drive, und dort besorgen wir dir etwas Schickes.«

»Also, ich glaube wirklich nicht ...«

»Denk daran«, flötete sie. »Ich werde taub.«

Ich lächelte.

»Danke, Dorothy.«

»Meine Schwester, das Medium, wenn du diesen Ausdruck entschuldigst, hat vorhin angerufen, um sich zu erkundigen, ob du gut angekommen bist. Ich habe sie gefragt, wie es eigentlich kommt, wenn sie doch ein Medium ist, daß sie die Antworten auf ihre Fragen nicht schon kennt, ehe sie sie gestellt hat.« Dorothy lachte über ihren eigenen Witz. Ich lächelte und malte mir Hollys Reaktion aus. »Das kleine Geschenk, das du mir gleich am Flughafen überreicht hast, hatte ich vollständig vergessen, und daher mußte ich so tun, als hätte ich es mir angesehen. Vor ein paar Minuten habe ich es dann tatsächlich ausgepackt. Was glaubt sie wohl, zu welchen Anlässen ich dieses Ding tragen kann?« fügte sie kopfschüttelnd hinzu. »Jedenfalls habe ich ihr gesagt, du würdest sie morgen anrufen. Sie wollte gerade aus dem Haus gehen, um irgendeinen Voodoozauber zu veranstalten.«

»Danke«, sagte ich und ging auf die Treppe zu. »Ich komme gleich wieder nach unten.«

»Mach wir wegen dieser Frau bloß keine Sorgen, mein Liebes. Wenn sie nicht deine Mutter ist, bist du uns nach wie vor willkommen und kannst hierbleiben und in Los Angeles deinen Spaß haben, so lange du willst.«

»Danke«, rief ich zurück und eilte die Stufen zu meinem luxuriösen Zimmer hinauf.

Erst als ich mich auf das Bett fallen ließ, erkannte ich, wie müde ich war. Ob jung oder nicht, die Zeitverschiebung machte sich letztendlich bemerkbar. Schließlich war es für mich drei Stunden später am Tag als für jeden anderen hier. Ich werde mich einfach ein paar Minuten ausruhen, sagte ich mir und ließ mich zurücksinken. Ich schloß die Augen. Ein lautes Pochen an meiner Tür wecke mich unsanft. Ich setzte mich ruckartig auf.

»Was ist? Herein!«

Die Tür öffnete sich, und Alec schaute durch den Spalt.

»Mr. und Mrs. Livingston erwarten Sie im Eßzimmer«, kündigte er an.

»Oh. Meine Güte, ich muß eingeschlafen sein! Ich komme gleich«, rief ich und sprang mit einem Satz vom Bett. Er verzog das Gesicht und schloß die Tür.

Ich spritzte mir kaltes Wasser ins Gesicht, riß mir die Bluse und die Jeans vom Leib und zog ein Kleid an. Ich fuhr mir flüchtig mit der Bürste durch das Haar und lief dann eilig aus dem Zimmer und die Stufen hinunter.

Die Livingstons saßen am hinteren Ende des langen Tisches. Mr. Livingston hatte den Platz am Kopfende eingenommen. Er trug ein dunkles Freizeitjackett und eine marineblaue Krawatte. Sein dunkelbraunes Haar, das schon schütter wurde, war auf der rechten Seite gescheitelt und säuberlich um die Ohren herum geschnitten. Er blickte zu mir auf, und seine grüngesprenkelten Augen glitten schnell über mich, ehe er den Blick wieder senkte und an seiner schmalen, knochigen Nase hinabschaute, unter der er einen gepflegten Schnurrbart trug. Er hatte dünne Lippen und ein weiches, fast schon rundes Kinn.

»Hallo, meine Liebe. Ich möchte dir Philip vorstellen. Philip, das ist Hollys kleine Freundin Melody.«

»Hallo«, sagte er und sah mich mit einem Lächeln an, das so schnell über seine Lippen zog, als hätte jemand einen Lichtschalter angeknipst und sofort wieder ausgeschaltet.

»Setz dich doch bitte«, sagte Dorothy und wies mit einem Nicken auf den Stuhl, der ihr direkt gegenüber stand. Sie trug ein schwarzes Abendkleid mit Puffärmeln und einem quadratischen Rüschenkragen, tropfenförmige Diamantohrringe mit einer passenden Halskette und einem Armband und mindestens zwei Ringe mehr als bei unserer ersten Begegnung.

Ich nahm meinen Platz ein, und Philip sah augenblicklich zu Alec auf. Der Butler setzte sich schleunigst in Bewegung und begann uns zu bedienen.

»Ich habe Philip schon alles erzählt, was du heute erlebt

hast«, setzte Dorothy an, »und er hat einen wunderbaren Vorschlag gemacht. Sag du es ihr, Philip«, drängte sie ihn.

»Sprich ruhig weiter«, erwiderte er und warf einen Blick auf mich, ehe er seinen Teller ansah und mit den Fingerspitzen auf den Tisch trommelte. Alec begann uns Suppenschalen mit klarer Hühnerbrühe zu servieren, in der ein paar Reiskörner und Karottenstreifen schwammen.

»Philip sagt, diese Frau muß bei der Sozialversicherung gemeldet sein und dort unter einer Nummer geführt werden. Jeder hat eine Sozialversicherungsnummer. Er wird den Geschäftsleiter des Katalogherstellers anrufen, um dort die Nummer zu erfragen, denn dann läßt sich mühelos feststellen, ob diese Nummer unter ihrem eigenen Namen oder unter dem deiner Mutter geführt wird.«

Ich nickte und sah Philip an. Er fing an zu essen.

»Nichts weiter als gesunder Menschenverstand«, murmelte er zwischen einem Löffel Suppe und dem nächsten. Dann hielt er in der Bewegung inne, und sein voller Löffel verharrte regungslos in der Luft vor seinem Mund, ohne das geringste Zittern seiner Hände. »Natürlich ist es schon vorgekommen, daß Leute gefälschte Ausweispapiere vorlegen und sich eine neue Sozialversicherungsnummer geben lassen«, sagte er seelenruhig. »Aber das werden wir ja sehen«, fügte er hinzu.

»Wie du siehst, meine Liebe, brauchst du jetzt keine Zeit mehr darauf zu vergeuden, dieser Frau nachzujagen. Du kannst ganz entspannt sein und deinen Besuch hier genießen«, sagte Dorothy.

Philip zog den rechten Mundwinkel so weit hinunter, daß seine Lippen wirkten, als seien sie aus blaßrosa Ton geformt.

»Über Nacht kann ich das allerdings nicht erledigen«, murmelte er.

»Das macht nichts. Ich möchte diese Frau trotzdem kennenlernen«, sagte ich.

»Philip meint, das könnte sich als gefährlich erweisen.«

»Von gefährlich war nicht die Rede. Ich sagte, es könnte sich unerfreulich gestalten.«

»Das ist doch im Grunde genommen dasselbe«, beharrte Dorothy.

Er legte seinen Löffel hin und lehnte sich zurück. Alec kam sofort, um seine Suppenschale abzuräumen. Ich hatte meine kleine Portion bisher kaum angerührt und aß schnell zwei Löffel, als ich auch schon wahrnahm, daß Alec dicht hinter meiner Schulter wartete. Dorothy tauchte ihren Löffel höchstens zweimal in die Suppe, doch das schien ihr zu genügen.

Es folgte ein kleiner Salat, zu dem hauchdünne Scheiben Toast serviert wurden, so dünn, daß sie mir zwischen den Fingern zerbröselten.

Das Hauptgericht bestand aus Kalbsmedaillons in einer Zitronensauce mit grünen Bohnen und Kartoffelpüree als Beilage. Gewürze verliehen dem Püree eine Geschmacksnote, die ich nicht identifizieren konnte. Es schmeckte alles absolut köstlich, doch mir entging nicht, daß Dorothy mich beim Essen beobachtete, und ihre Warnung, nicht zuviel zu essen, fiel mir wieder ein. Ich legte mein Besteck auf den Teller, obwohl ich noch mehr hätte essen können.

Philip sagte kaum etwas, aber er interessierte sich für meine Schilderung des Hummerfangs und der geschäftlichen Seite dieses Erwerbszweigs sowie für die Touristikbranche in Cape Cod. Er sagte, einige seiner Klienten zeigten Interesse daran, in eine Hotelkette auf dem Cape zu investieren, aber er hielte nicht viel davon.

Das Abendessen wurde mit Kaffee in einem silbernen Service und mit einer Vanillespeise abgerundet. Das Essen hatte ganz ausgezeichnet geschmeckt, und das sagte ich auch, als ich mich bei den beiden bedankte.

»Vielleicht sollten wir Selena bitten, morgen abend Melody zu Ehren Hummer zuzubereiten, Philip«, sagte Dorothy, als die Mahlzeit ihrem Ende nahte.

»Hummer ist derzeit hoffnungslos überteuert«, murrte er.

Wie konnte sich jemand, der soviel Geld hatte, über die Hummerpreise aufregen? fragte ich mich.

»Ach, Unsinn«, sagte Dorothy.

»Wenn ich etwas esse, wovon ich ganz genau weiß, daß es überteuert ist, dann schmeckt es mir nicht mehr«, beharrte er.

»Meinetwegen ist das wirklich nicht nötig, Dorothy.«

»Nein, natürlich nicht«, sagte Philip. »Auf dem Cape bekommt sie spottbilligen Hummer, und so gut wie dort ist er hier ohnehin nicht. Laß dir etwas anderes einfallen«, sagte er zu Dorothy. »Ich habe noch ein paar Arbeiten in meinem Büro zu erledigen«, erklärte er, als er sich erhob. Mir fiel auf, daß er nicht ganz so groß war wie Dorothy. »Es war nett, dich kennenzulernen«, sagte er abschließend und nickte mir zu, ehe er ging.

»Philip ist der praktischste Mann, der mir je begegnet ist«, sagte Dorothy kopfschüttelnd. »Und so geschäftstüchtig. Einmal im Monat überprüft er die Haushaltsbücher und macht brillante Vorschläge, wie sich Geld einsparen läßt. Er sagt, wenn er das für seine Klienten ohnehin tut, warum kann er es dann nicht auch für sich selbst tun? Vermutlich ist das wahr. Möchtest du dir vielleicht etwas zum Lesen suchen? Du kannst unsere Bibliothek benutzen. Ich bemühe mich ständig, auf dem laufenden zu bleiben. Ich bin Mitglied in drei Buchclubs.«

»Als erstes würde ich gern versuchen, Gina Simon anzurufen«, erklärte ich.

»Ja, sicher. Tja, wenn das so ist, warum benutzt du dann nicht den Anschluß im Salon? Dort bist du ungestört«, schlug sie vor.

»Danke«, sagte ich und versuchte, mich daran zu erinnern, wo sich in diesem großen Haus der Salon befand. Sie mußte mir diese Überlegung im Gesicht angesehen haben.

»Du gehst einfach nur durch die Eingangshalle zur dritten Tür links, Liebes. Auf der Ablage des kleinen Tischchens liegt ein Telefonbuch.«

»Danke.«

»Nichts zu danken. Ich komme dann später nach, und wenn du Lust hast, können wir ins Fernsehzimmer gehen und uns etwas ansehen. Heute abend läuft *Desperate Lives*. Verfolgst du diese Serie? Philip sagt, es sei nichts weiter als eine Soap, aber es steckt soviel mehr dahinter, soviel . . . mehr«, sagte sie.

»Nein, ich habe noch nichts davon gehört«, sagte ich.

»Du hast noch nichts davon gehört? Ach du meine Güte. Nun, vielleicht gefällt es dir ja«, sagte sie, und ich ging in den Salon. Ich fand das Telefonbuch und stieß dort auf drei Gina Simons, doch die Adresse gab mir Aufschluß darüber, welche die richtige war. Meine Finger zitterten wieder, als ich den Hörer abnahm. Es war ein antikes Messingtelefon mit einer Wählscheibe aus Elfenbein, und beim ersten Anlauf verwählte ich mich und bekam KEIN ANSCHLUSS UNTER DIESER NUMMER.

Beim nächsten Mal wählte ich die richtige Nummer, aber schon nach dem dritten Läuten schaltete sich ein Anrufbeantworter an.

»Hier spricht Gina Simon. Es tut mir leid, daß ich diesen Anruf nicht persönlich entgegenehmen kann. Hinterlassen Sie bitte nach dem Piepton Ihren Namen, den Zeitpunkt Ihres Anrufs und eine kurze Nachricht«, forderte mich die Stimme auf. Ich hörte ganz genau hin. Es klang so, als sei es Mommy, aber ich nahm auch eine Affektiertheit wahr, die ich nicht an ihr kannte, als achtete sie übertrieben genau auf ihre Aussprache. Ich wartete und rief dann noch einmal an, einfach nur, um die Stimme zu hören. Es klingt so, als sei sie es, sagte ich mir. Das muß Mommy sein.

Dorothy betrat mit einem kleinen Angorakätzchen auf dem Arm den Salon.

»Das ist Fluffy«, sagte sie. »Ist sie nicht wunderschön?«

»Oh, doch, das ist sie.«

»Philip läßt nicht zu, daß ich sie ganz normal im Haus halte. Sie ist in den hinteren Räumen bei Selena untergebracht. Er sagt, jedesmal, wenn ich ihr erlaube, frei im Haus herumzulaufen, verliert sie überall Haare. Er ist so pingelig, wenn es um das Haus geht. Wenn auch nur ein Staubflöckchen herumliegt, merkt Philip es sofort.«

Sie seufzte und setzte sich auf den weich gepolsterten Sessel, der mir gegenüber stand. Das Kätzchen schnurrte auf ihrem Schoß.

»Hast du schon versucht, diese Frau anzurufen?«

»Ich habe nur einen Anrufbeantworter erreicht«, sagte ich. »Die Stimme klingt ganz nach meiner Mutter.«

»Hast du eine Nachricht hinterlassen?«

»Nein. Ich wußte nicht recht, was ich sagen soll.«

»Es kann sein, daß sie da war und zugehört hat«, sagte Dorothy mit einem Nicken. »Das ist hier recht üblich. Die Leute warten, um zu sehen, ob es ein wichtiger Anruf ist, ehe sie selbst rangehen. Wenn ihnen der Anrufer nicht wichtig genug ist, lassen die den Anrufbeantworter die Nachricht entgegennehmen. Philip sagt, das ist eines dieser Machtspiele.«

»Machtspiele?«

»Ja, man spricht nicht mit jedem. Damit würde man der eigenen Wichtigkeit Abbruch tun.«

»Ich kann mir nicht vorstellen, daß meine Mutter so denkt.«

»Wenn diese Frau es in der Filmbranche zu etwas bringen will, dann benimmt sie sich ganz genau so wie alle anderen und hält sich an die Spielregeln, das kannst du mir glauben. Mir sind genug Leute von der Sorte begegnet.«

Ich dachte darüber nach. Was hatte Billy Maxwell zum Abschied zu mir gesagt, ehe ich New York verlassen hatte ... ich müsse darauf vorbereitet sein, eine ganz andere Frau anzutreffen, selbst wenn es meine Mutter war. Vielleicht war das nur zu wahr.

»Ich wünschte, die Welt, in der wir leben, würde nicht ganz soviel Wert auf jede Kleinigkeit legen«, sagte Dorothy mit verträumtem Blick, während sie die Katze tätschelte, die schnurrend auf ihrem Schoß lag. »Philip will, daß ich perfekt bin und perfekt bleibe. Wenn sich auch nur ein einziges Haar aus meiner Frisur löst, fragt er mich, warum ich diese Woche nicht im Schönheitssalon war«, sagte sie etwas kläglicher, als ich es von ihr erwartet hätte.

»So kommt er mir gar nicht vor«, sagte ich zu ihr. Sie riß sich abrupt aus ihrer Träumerei heraus und zog die Augenbrauen hoch.

»Er ist schließlich ein Mann, oder etwa nicht? Die sind doch alle gleich. Sie nehmen einen gründlich unter die Lupe, halten Ausschau nach Falten und Altersflecken, messen ständig deinen Busen, deine Taille, deine Hüften und suchen nach ein paar Gramm unappetitlichen Fettes.«

»Ich habe einen privaten Trainer«, fuhr sie fort, »der dreimal wöchentlich ins Haus kommt. Es langweilt mich schrecklich, aber um Philips willen lasse ich es über mich ergehen. Und vermutlich tue ich es auch für mich selbst«, sagte sie seufzend. »Eine Frau muß eben tun, was sie kann, oder etwa nicht?« fügte sie hinzu.

»Ich bin mir nicht sicher. Ich nehme an, ich habe mir noch nie ernsthafte Gedanken darüber gemacht«, sagte ich.

»Natürlich nicht. Du bist noch jung und schön. Vor dir liegen noch etliche gute Jahre, aber glaube mir, der Tag wird kommen, an dem du morgens aufwachst, in den Spiegel schaust und ein kleines Fältchen hier und eine leichte Schwellung da entdeckst, und dann wird dir klar, daß es dich von dem Moment an einige Arbeit kosten wird, schön auszusehen.«

»Wenn man klug genug ist«, fuhr sie fort, »läßt man sich natürlich nicht mit irgend jemandem ein, sondern heiratet einen vermögenden Mann, wie ich es auch getan habe, damit du dir auf dem Sektor der Schönheitschirurgie das Beste vom Besten leisten kannst.«

»Chirurgie?«

»Sitz bloß nicht da und schmeichle mir. Du willst doch nicht etwa behaupten, dir sei noch nicht aufgefallen, wie stramm mein Hintern für eine Frau in meinem Alter ist, und du seist nicht auf den Gedanken gekommen, daß ich wohl etwas damit habe machen lassen«, sagte sie lächelnd.

»Es ist mir wirklich nicht aufgefallen, aber ...« Sie hatte sich einer Operation an ihrem Hinterteil unterzogen?

»Da gehört auch nicht mehr dazu als zum Entfernen von

Bauchspeck, du weißt schon, diese Röllchen. Ich kann dir gar nicht sagen, wie oft ich mir das schon habe machen lassen. Ja, und natürlich um die Augen herum. Manche Leute haben ja ein solches Glück. Sie werden mit Genen geboren, die ihnen dabei helfen, länger jung auszusehen. Philips Mutter beispielsweise hatte noch mit Ende Siebzig kaum eine Falte, und du brauchst dir Philip doch nur anzusehen. Aber bei Männern ist das schließlich etwas ganz anderes. Die dürfen Falten haben. Das verleiht ihnen ein distinguiertes Aussehen, aber wir Frauen ...«

»Glaubst du etwa«, sagte sie, und ihr Gesicht wurde etwas lebhafter, »unsere sexuelle Beziehung wäre so stark, wenn ich nichts dafür täte, weiterhin attraktiv zu bleiben? In der letzten Ausgabe von *Venus* ist ein Artikel darüber. Wissenschaftliche Studien belegen, daß eine Beziehung nur dann erfolgreich ist, wenn ein Mann durchschnittlich fünfmal im Monat mit seiner Frau schläft, sogar in unserem Alter. Ich habe Philip von dem Artikel erzählt, und er hat gesagt, seine eigenen Beobachtungen wiesen auf vier- bis sechsmal hin. Wir streichen es im Kalender an. Wahrscheinlich ist er dir an der Wand neben unserem Bett aufgefallen. Philip weiß Ordnung in seinem Leben zu schätzen.«

»Oh ja, ich weiß durchaus, was Männer tun, wenn sie mit häßlichen Frauen verheiratet sind«, fuhr sie fort, ohne darauf zu achten, daß mein Mund sperrangelweit offenstand. »Vor allem hier in dieser Stadt.« Sie nickte. »Eine Frau muß an ihrer Beziehung arbeiten. Darin besteht ihre Aufgabe. Und es macht mir gar nichts aus, dir zu versichern, daß ich in der Hinsicht sehr erfolgreich bin.«

»Du hast ja selbst gesehen, wie mich die jungen Kellner im ›Vine‹ angeschaut haben«, sagte sie lächelnd und zwinkerte mir zu. »Sie haben keine Ahnung, wie alt ich bin, und sie werden es auch nie erfahren«, fügte sie mit fester Stimme hinzu. »Man hütet das Geheimnis seines Alters mit derselben Sorgfalt, mit der man über sein Leben wacht. Nenne einem Mann niemals dein wahres Alter. Du mußt mindestens fünf bis sieben Jahre abziehen«, riet sie mir.

»Nein, so was«, sagte sie plötzlich und stand auf. »*Desperate Lives* hat schon begonnen. Mach schnell«, forderte sie mich auf und trippelte eilig aus dem Salon.

Ich blieb noch einen Moment sitzen und bemühte mich, die Dinge zu verdauen, die sie gesagt hatte. Es hatte etwas von dem Versuch, Speisen zu verdauen, die bei weitem zu scharf gewürzt sind. Die Worte wiederholten sich unermüdlich.

»Komm endlich rüber, Liebes!« rief sie.

Ich stand auf und holte sie im Korridor ein. Sie ging mir ins Fernsehzimmer voraus und schaltete das Gerät ein. Dann ließ sie sich auf ihren prallgefüllten Sessel plumpsen, zog die Füße unter sich an und sah so gebannt auf den Bildschirm wie ein Teenager, der jeden Moment sein jugendliches Idol sehen wird. Ich setzte mich auf das Sofa neben ihr und lauschte ihrem leisen Seufzen und Stöhnen, während ein gutaussehender junger Mann nach dem anderen vor unseren Augen über den riesigen Bildschirm stolzierte.

Die Ermattung stieg jedoch in meinem Körper auf wie Quecksilber in einem Thermometer. Ich spürte, wie meine Lider schwerer und immer schwerer wurden, und ein paarmal nickte ich ein und wurde immer wieder davon wach, daß sie dem Fernseher etwas zurief oder sich über Dinge beklagte, die eine der Personen sagte oder tat, ganz so, als glaubte sie, sie könnten sie tatsächlich hören.

»Da kann man doch glatt aus der Haut fahren«, jammerte sie und wandte sich zu mir um. Ich nickte, obwohl ich keine Ahnung hatte, worüber sie sich so sehr aufregte. »Und außerdem hasse ich es, wenn sie einen derart in der Luft hängenlassen. Aber«, sagte sie und lächelte plötzlich, als sich ihre Stimmung radikal ins Gegenteil verkehrte, »wie Philip so richtig sagt, ist es genau das, womit sie einen dazu bringen daß man sich Abend für Abend wieder einschaltet, und nur auf die Art können sie all diese Produkte verkaufen. Du wirkst müde, meine Liebe. Vielleicht solltest du jetzt besser ins Bett gehen. Ich weiß, daß es schon spät für dich ist.«

»Ja, ich vermute, jetzt hat mich endlich alles eingeholt«, sagte ich und stand auf. »Vielen Dank für alles.«

»Unsinn. Morgen fahren wir gleich nach dem Frühstück zum Rodeo Drive und besorgen dir etwas Anständiges zum Anziehen. Sag bloß nichts«, warnte sie mich mit erhobener Hand, um meine Einwände zu unterbinden, »was mich zwingt, taub zu werden. Philip und ich haben keine Kinder. Mir hat die Vorstellung, schwanger zu sein, nie sonderlich zugesagt, und Philip kann kleine Menschen sowieso nicht besonders gut ertragen. Aber es macht uns beiden Spaß, ab und zu etwas für junge Leute zu tun. Vorausgesetzt, sie haben es verdient, was auf dich natürlich zutrifft.« Sie lächelte. »Ich wünsche dir eine gute Nacht. Und schlaf gut.«

»Danke«, sagte ich noch einmal, denn ich war ohnehin zu müde für eine Auseinandersetzung. Dann ging ich nach oben und stieg die Stufen hinauf, als wandelte ich bereits im Schlaf. Ehe ich die Lichter ausschaltete und unter die Decke kroch, nahm ich trotz meiner Erschöpfung noch einmal den Telefonhörer ab und wählte Gina Simons Nummer. Es läutete und läutete, bis der Anrufbeantworter sich wieder einschaltete, und wieder lauschte ich gespannt ihrer Stimme. Ich wurde von Mal zu Mal zuversichtlicher, daß sie wie Mommys Stimme klang. Oder konnte es sein, daß ich mir das nur wünschte?

Und warum ging sie nicht ans Telefon? War sie etwa fortgefahren? Vielleicht würde es Tage oder sogar Wochen dauern, bis ich ihr von Angesicht zu Angesicht gegenüberstand.

Ich ließ meinen Kopf auf das Kissen sinken und schloß die Augen. Ich war dankbar dafür, daß ich zu müde war, um mir noch länger Gedanken zu machen, und doch sah ich besorgt den Dingen entgegen, die der morgige Tag bringen würde.

5
Eine bittere Pille

Wieder wurde ich von einem zarten Klopfen an meiner Tür geweckt, doch diesmal trat eine freundlich wirkende Frau ein, durch deren dunkelbraunes Haar sich graue Strähnen zogen. Das Frühstückstablett, das sie trug, war mit einer silbernen Kaffeekanne beladen, einer Tasse und einer Untertasse, einem Teller, Besteck, einem kleinen Schälchen mit Deckel, einem Croissant, Marmelade und Butter und einem großen Glas mit frisch gepreßtem Orangensaft. Dazwischen stand eine schmale Vase mit einer roten Rose.

»Guten Morgen«, sagte die Frau. Sie hatte ein nettes Lächeln, das durch das unglaublich warme Blau ihrer Augen zusätzlich unterstrichen wurde. Sie maß weniger als einen Meter sechzig und hatte einen kleinen Busen und ganz entschieden zu breite Hüften für Dorothys Geschmack. Ihre Unterarme waren kräftig, aber sie hatte kleine Hände. »Ich bin Christina, Mrs. Livingstons Hausmädchen. Sie hat mich gebeten, dir heute morgen das Frühstück ans Bett zu bringen.«

»Aber das wäre doch wirklich nicht nötig gewesen«, sagte ich und setzte mich auf. Ich bemühte mich, die Augen offenzuhalten. »Wie spät ist es?« Ich warf einen Blick auf die Uhr, deren Zifferblatt sich im Bauch einer hellblauen Keramikmöwe verbarg. »So lange habe ich noch nie geschlafen.«

»Das macht doch nichts, meine Liebe. Mrs. Livingston hat darauf bestanden, daß du ausschläfst«, sagte Christina und stellte das Tablett auf einem kleinen Tisch neben dem Bett ab, den sie aus dem Ankleidezimmer geholt hatte.

»Ich habe dir zwei Zweiminuteneier gebracht«, sagte sie und hob den Deckel des Gefäßes an. »Hast du sonst noch Wünsche? Oder hättest du lieber etwas anderes? Haferflockensuppe oder einen anderen Fruchtsaft? Ich kann dir frisch gepreßten Pflaumensaft oder Grapefruitsaft anbieten.«

»Nein, es ist alles bestens, aber ich hätte wirklich nach unten kommen können«, sagte ich, da mir gar nicht behaglich dabei zumute war, daß sie soviel Aufhebens um mich machte.

»Zum Frühstück kommt grundsätzlich nur Mr. Livingston nach unten«, erwiderte Christina lächelnd. »Er liest die Morgenzeitungen, und es macht ihm gar nichts aus, allein zu frühstücken. Mrs. Livingston nimmt ihr Frühstück immer im Bett ein. Brauchst du sonst noch etwas?« fragte sie und ging ins Bad. »Mehr Handtücher oder dergleichen?«

»Im Moment fehlt es mir an nichts«, sagte ich und trank meinen Saft. »Danke.«

Sie nickte mir zu und behielt mich im Auge, als ich in das Croissant biß.

»Ich habe gehört, daß du aus dem Osten kommst und zum ersten Mal in Kalifornien bist«, sagte sie.

»Ja, das stimmt.«

»Ich war nie in New York, aber ich hoffe, daß ich demnächst einmal hinkomme. Ich habe eine Tochter, die nicht viel jünger sein kann als du«, fügte sie hinzu. »Sie heißt Stacy. Dieses Jahr beginnt sie ihr Studium am städtischen College. Sie arbeitet nebenbei in einem Kaufhaus, um ihren Lebensunterhalt zu verdienen. Später möchte sie Grundschullehrerin werden.«

»Das ist ja prima«, sagte ich. »Sie hat sicher gern mit Kindern zu tun.«

»Ja, sie ist mir eine große Hilfe mit meinen anderen. Ich wünschte, wir könnten es uns leisten, ihr ein komplettes Studium zu finanzieren, damit sie nicht nebenbei noch arbeiten muß, aber . . . im Moment läßt sich das einfach nicht machen.«

»Wie viele Kinder haben Sie?«

»Vier.«

»Vier Kinder?«

Wie schaffte sie es bloß, vier Kinder großzuziehen, während sie gleichzeitig bei Fremden im Haushalt arbeitete, und dabei noch ein so freundliches Naturell zu bewahren? fragte ich mich.

»Das jüngste ist sechs, ein Junge.« Sie blieb in der Tür stehen. »Stell einfach alles neben das Bett. Ich komme dann später rauf und hole das Geschirr«, sagte sie zu mir. »Gib mir Bescheid, wenn du etwas brauchst«, fügte sie hinzu, ehe sie ging. Ich fühlte mich nicht recht wohl in meiner Haut, weil ich mich derart verwöhnen ließ. Der Grund meiner Reise war schließlich ein anderer, und daher nahm ich das köstliche Frühstück geschwind zu mir, duschte dann und zog mich an. Ich ließ mir mehr Zeit als sonst mit meinem Haar. Dorothy hatte mir mein Aussehen so deutlich bewußt gemacht, daß ich fürchtete, wenn ich nicht hübsch genug war, um den kalifornischen Morgen zu begrüßen, würde sie mich augenblicklich in einen Schönheitssalon schleifen.

Mr. Livingston verließ gerade das Haus, als ich nach unten kam. Er trug einen Nadelstreifenanzug und eine braun-weiß gemusterte Krawatte. Als ich die Treppe hinunterkam, blieb er in der Eingangstür stehen und blickte zu mir herauf.

»Guten Morgen«, sagte er.

»Guten Morgen.«

»Ich hoffe, du hast gut geschlafen«, sagte er, ohne zu lächeln.

»Ja.«

»Dann wünsche ich dir einen schönen Tag«, fügte er hinzu. Es schien ihm nicht zu behagen, sich mit mir allein zu unterhalten. Er fummelte an seiner Aktentasche herum und eilte dann zur Tür hinaus.

Ich spielte mit dem Gedanken, Gina Simons Nummer wieder anzurufen, doch das ließ ich sein, da ich befürchtete, doch nur den Anrufbeantworter zu erreichen. Es war besser, wenn ich mich persönlich zu ihr begab. Unwillkürlich fragte ich mich, ob Sandy Glee wohl etwas von meinem Besuch erzählt und mich ihr beschrieben hatte.

»Entschuldigen Sie, Miss«, sagte Alec, der plötzlich aus dem Nichts aufgetaucht war. »Ich habe einen Anruf für Sie.«

»Einen Anruf? Für mich?«

»Sie heißen doch Melody, oder etwa nicht?« fragte er mich mit scharfer Stimme, ganz so, als glaubte er, ich hätte angezweifelt, was er sagte.

»Doch.«

»Dann ist der Anruf auch für Sie. Sie können ihn im Salon entgegennehmen«, sagte er und wies mit einer Kopfbewegung in die entsprechende Richtung.

»Vielen Dank.«

Ich eilte ins Zimmer hinein und nahm den Hörer ab.

»Hallo.«

»Hi«, sagte Holly. »Tut mir leid, daß ich dich gestern verpaßt habe, aber ich mußte jemandem die Karten legen, und hinterher dachte ich mir, es könnte schon zu spät sein.«

»Das macht doch nichts.«

»Wie geht es dir? Hast du die Frau aus dem Katalog schon getroffen? Kenneth hat mich heute morgen ganz früh angerufen, um sich zu erkundigen, ob ich schon etwas von dir gehört habe.«

Ich erzählte ihr von meinem Besuch in der Wohnanlage und auch davon, was mir Sandy Glee über Gina Simon erzählt hatte.

»Ich habe ein ganz ungutes Gefühl, Melody. Denk daran, was ich dir gesagt habe. Pack deine Sachen und komm zurück, falls sich die Dinge nicht so entwickeln sollten, wie du es dir erhofft hast«, sagte sie.

»Das werde ich ganz bestimmt tun«, versprach ich ihr.

»Gut. Wie behandelt meine Schwester dich?«

»Fürstlich. Wie die Angehörige eines Königshauses«, sagte ich. Ich erzählte ihr von meinem Zimmer und von meinem Frühstück im Bett.

Holly lachte.

»Ich kann es mir vorstellen. Sie ist wirklich eine Nummer,

findest du nicht auch? Und was ist mit Philip? Hat er schon mehr als zwei Worte von sich gegeben?«

»Etwa sieben oder acht«, sagte ich lachend. Es tat so gut, Hollys Stimme zu hören, ihre Aufrichtigkeit zu spüren und zu wissen, wie gut sie es mit mir meinte. »Es ist nett von dir, daß du mich angerufen hast, Holly. Es tut gut zu wissen, daß du dich dafür interessierst, was aus mir wird.«

»Würdest du dich etwa anders verhalten, wenn die Rollen vertauscht wären?« fragte sie. »Billy läßt dich auch grüßen.«

»Grüß ihn von mir, und ich gebe euch sofort Bescheid, wenn ich . . . mehr weiß«, sagte ich.

»Okay. Paß gut auf dich auf, und laß dich nicht von Dorothy zu einem Lifting überreden, solange du dort bist«, warnte sie mich, ehe sie auflegte.

Ich hatte das Telefon noch nicht wieder hingestellt, als Dorothy auftauchte.

»Du bist schon auf. Das ist gut«, sagte sie, als sie das Zimmer betrat. »Die Geschäfte öffnen gerade.«

»Es tut mir leid, daß ich verschlafen habe. Normalerweise stehe ich wesentlich früher auf.«

»Verschlafen? So ein Unsinn. Eine Frau braucht ihren Schlaf. An dieser altmodischen Idee mit dem Schönheitsschlaf ist zufällig etwas dran. Ich stehe nie viel früher auf als heute, es sei denn, ich habe einen wirklich dringenden Grund dafür. Jedenfalls habe ich den Wagen schon vorfahren lassen. Ich muß Selena nur noch schnell sagen, was Philip heute abend essen möchte, und dann fahren wir einkaufen.«

»Ehrlich gesagt, Dorothy, am liebsten möchte ich jetzt gleich noch einmal die Wohnung von Gina Simon aufsuchen und . . .«

»Vorher brauchst du etwas Anständiges zum Anziehen. Hinterher kannst du dann hinfahren«, beharrte sie.

»Wirklich, ich . . .«

»Taub«, sagte sie und preßte sich die Hände auf die Ohren, um dann den Kopf zu schütteln. »Wir treffen uns draußen. Spike fährt den Wagen jeden Moment vor.«

Sie machte sich auf den Weg zur Küche. Mir blieb gar nichts anderes übrig, als ihre Großzügigkeit anzunehmen und erst anschließend den Ägyptischen Gärten einen weiteren Besuch abzustatten.

Gegen meinen Willen war ich beeindruckt von den Geschäften am Rodeo Drive. Papa George und Mama Arlene, die in Sewell, West Virginia, unsere Nachbarn gewesen waren, hatten immer wieder gesagt, ihre Großeltern seien in dem Glauben nach Amerika gegangen, dort seien die Straßen mit Gold gepflastert. Was ich hier sah, kam dieser Vorstellung schon recht nahe, fand ich. Die Läden der Modedesigner mit ihren üppig drapierten Schaufensterpuppen, die grandiosen Kunstgalerien und die Antiquitätengeschäfte, die wunderbaren Restaurants und die teuren Juwelierläden vermittelten den Eindruck, daß hier nur die Reichen und Privilegierten ihre Einkäufe machten. Wohin ich auch sah, mein Blick fiel immer wieder auf einen Rolls-Royce, einen Mercedes und andere kostspielige Wagen. Überall hielten livrierte Chauffeure Türen für Leute auf, die alle so wirkten, als nähmen sie an einem Wettbewerb teil, bei dem es galt, mit seiner Kleidung alle anderen auszustechen.

»Halten Sie gleich hier, Spike«, ordnete Dorothy an und wandte sich dann an mich, um zu mir zu sagen: »Diese Boutique kenne ich gut. Dort haben sie Kleider von der Sorte, wie sie den jungen Mädchen von heute gefallen. Du wirst es ja sehen«, versprach sie mir.

Als wir das Geschäft betraten, glaubte ich, wir seien in die letzten Tage eines Räumungsverkaufs wegen Geschäftsaufgabe geraten. Es waren so wenige Kleidungsstücke ausgestellt, daß jeder einzelne Gegenstand wie ein ganz besonderes Kunstwerk präsentiert zu sein schien. Am hinteren Ende des Ladens befand sich eine Bar, an der ein Barkeeper Cappuccino, Milkshakes und Espresso für die Kunden zubereitete. Die Verkäuferin erkannte Dorothy sofort, und ihre hohen Absätze klapperten auf den spanischen Fliesen, als sie herbeigeeilt kam.

»Ich bin entzückt, Sie zu sehen, Mrs. Livingston. Wie geht es

Ihnen, meine Liebe?« fragte sie und hielt Dorothy matt die Hand hin. Ein goldenes Armband, in das Diamanten eingefaßt waren, baumelte an ihrem schmalen Handgelenk. Sie sah aus, als hätte sie auf ihr Make-up und auf ihre Frisur einen halben Tag verwendet. Nicht ein einziges Haar stand störrisch ab, und ich hatte noch nie einen so gleichmäßig getönten goldenen Teint gesehen. Ihr Gesicht und ihr Hals wirkten braungebrannt, und diese Bräune endete abrupt an einer einwandfreien schneeweißen Linie, so gerade, wie mit dem Lineal gezogen. Dorothy gab ihr einen flüchtigen Händedruck.

»Danke, bestens, Farma. Das ist die Freundin meiner Schwester von der Ostküste. Sie mußte überstürzt abreisen und ist auf die Schnelle nicht dazu gekommen, ihre guten Sachen einzupacken. Daher dachte ich mir, wir suchen einfach etwas Nettes für sie aus, was sie tagsüber tragen kann, und dann noch etwas Schickes für den Abend.«

»Was für eine reizende Idee«, erwiderte Farma und strahlte mich mit Dollarzeichen in den Augen an. »Da hätten wir gerade diesen italienischen Hosenanzug reinbekommen, eine perfekte Farbe für ...«

»Melody«, sagte Dorothy. »Ich wußte doch, daß Sie etwas Passendes für sie haben.«

»Kommen Sie mit, meine Liebe«, sagte sie und sog mich mit ihren Blicken auf, um meine Maße zu nehmen. »Was für eine bezaubernde zierliche Figur Sie haben.«

»Ja, nicht wahr?« sagte Dorothy.

Etwas so Weiches wie das Material, aus dem der Hosenanzug hergestellt war, hatte ich noch nie gefühlt. Er war eierschalenfarben, mit einem kühnen Spiralmuster in Zartrosa, und er saß perfekt. Als ich mich im Spiegel betrachtete, spürte ich, wie mein Selbstbewußtsein stieg. Dann warf ich einen Blick auf das Preisschild, das am linken Ärmel baumelte, und ich wäre fast in Ohnmacht gefallen. Das Stück kostete vierzehnhundert Dollar!

»Sie sieht phantastisch darin aus«, sagte Dorothy. »Und

dieser Anzug eignet sich blendend für den Tag«, fügte sie hinzu, ohne den Preis auch nur eines Blickes zu würdigen. »Und jetzt wollen wir uns noch etwas für den Abend einfallen lassen. Ich möchte sie morgen Abend zu Chasens mitnehmen, und man weiß ja nie, wer dort noch so alles auftaucht.«

»Oh, da hätte ich ein niedliches schwarzes Kleid, das gerade eben aus Paris eingetroffen ist.« Farma lief los, um es zu holen, und ich wirbelte zu Dorothy herum.

»Dorothy, sehen Sie sich diesen Preis an!« rief ich aus. Sie las teilnahmslos das Preisschild.

»Was ist damit, meine Liebe? Soviel bezahlt man eben heutzutage für etwas Anständiges zum Anziehen.«

»Aber das ...«

»Bitte«, sagte sie und riß die Augen weit auf, »bring mich nicht in Verlegenheit. Ich kenne sämtliche Verkäufer in diesen Läden hier, und man kennt mich. Das sieht aber wirklich süß aus«, sagte sie, als Farma das Abendkleid mit den schmalen Trägern brachte. Widerstrebend probierte ich es an, und es saß ebenfalls perfekt und schmeichelte meiner Figur, aber es kostete achtzehnhundert Dollar! Ich schluckte heftig, als Dorothy die Verkäuferin anwies, das Abendkleid einzupacken.

»Den Hosenanzug wird sie jetzt gleich tragen«, kündigte sie an.

»Wie Sie wünschen«, sagte Farma.

»Dorothy ...« Ich stand fassungslos da.

Sie kam näher, damit sie die Stimme senken konnte.

»Wenn ich mein Geld nicht ausgebe, investiert Philip es ja doch nur in einen dieser langweiligen Rentenfonds, und dann liegt es für Jahre fest. So, wie die Dinge stehen, schaffe ich es ohnehin nicht, mein monatliches Taschengeld auszugeben.«

»Sie bekommen Taschengeld?« fragte ich, denn mich überraschte die Vorstellung, eine erwachsene Frau könnte Taschengeld bekommen.

»Ja, selbstverständlich. Und wenn ich es nicht restlos verprasse, kann ich ihn doch nicht dazu bringen, daß er es erhöht, verstehst du? Er ist zu gescheit. Er wird ganz einfach sagen, daß ich ohnehin nicht einmal das ausgebe, was ich im Moment bekomme. Weshalb also sollte er es erhöhen? All meine Freundinnen bekommen Taschengeld, und ich liege mit meinem in Führung. Ich habe ganz und gar nicht vor, diese Führungsposition einzubüßen«, fügte sie hinzu.

»Und außerdem«, fuhr sie fort, »macht es mir viel mehr Spaß, einem hübschen jungen Mädchen etwas zum Anziehen zu kaufen, als mein Geld für wohltätige Zwecke zu spenden. Wenn ich dir etwas kaufe, dann fühle ich mich ...«, sagte sie lächelnd, »... dann fühle ich mich selbst wieder jünger. Früher habe ich so eine Figur wie du gehabt ... von Natur aus. Und jetzt geh schon und zieh diesen Anzug an. Wir werden in einem ganz besonders eleganten Restaurant zu Mittag essen, und viele meiner Freundinnen werden dort sein.«

Sie lächelte triumphierend.

»Wenn Spike dich wieder zu der Wohnanlage fährt, werden die Leute dir mehr Beachtung schenken. Sie werden beeindruckt von dir sein und dich ernster nehmen. Du wirst es ja selbst sehen. Hier läßt sich jeder in erster Linie von Kleidern und von Autos beeindrucken, und erst dann sieht man sich die Leute näher an, die diese Kleider tragen und aus diesen Wagen steigen. Das wirst du mit der Zeit noch lernen.«

»Ich habe das Gefühl, man hätte mir einen Reisepaß ausstellen sollen, als ich die Ostküste verlassen habe«, bemerkte ich, und Dorothy lachte so laut darüber, daß sie Farma erzählen mußte, was ich gerade von mir gegeben hatte. Dann lachten sie beide darüber.

Während ich mich umzog und in den italienischen Hosenanzug schlüpfte, kaufte sich Dorothy drei Blusen und zwei Röcke. Die Rechnung, die sie beglich, als wir den Laden schließlich verließen, belief sich auf eine Summe, die in Sewell eine vierköpfige Familie monatelang ernährt und obendrein auch noch für die Miete gereicht hätte. Ich wagte es dennoch nicht, weitere Einwände zu erheben.

Ehe Dorothy Spike aufforderte, uns zum Mittagessen in ein Restaurant zu fahren, bestand sie noch darauf, mir ein passendes Paar Schuhe für den Hosenanzug und ein weiteres Paar für das Abendkleid zu kaufen. Dann aßen wir in einer Seitenstraße des Rodeo Drive in einem kleinen Café zu Mittag, und dort kostete ein Sandwich soviel wie eine komplette Mahlzeit anderswo. Dorothy schien alle zu kennen, und sie stellte mich als eine enge Freundin ihrer Schwester vor. Ich hörte zu, wie sich die Damen über Kleider, Schmuck und all die Dinge unterhielten, die sie an jenem Vormittag erstanden hatten. Allen gelang es, in das Gespräch einfließen zu lassen, wieviel sie für die jeweiligen Artikel bezahlt hatten, als sei ein Kauf um so eher gerechtfertigt, je höher die Kosten waren.

Als Dorothy und ich uns von Spike nach Hause fahren ließen, schwirrte mir der Kopf von diesen astronomischen Ausgaben. Alec kam aus dem Haus, um meine Päckchen in mein Zimmer zu bringen, und dann stand es mir endlich frei, der Wohnanlage einen Besuch abzustatten.

»Du siehst prima aus«, sagte Spike. »Du bist dafür geschaffen, kostspielige Kleider zu tragen.«

»Niemand ist dafür geschaffen, Dinge zu tragen, die soviel kosten. Es ist ein unerhörter Frevel«, sagte ich. Er lachte.

»Genauso ist es doch gedacht. Wir sind hier in Hollywood. Später fahre ich dich zu Grauman's Chinesischem Theater, und dort kannst du dir die Fußabdrücke und die Handabdrücke der Stars ansehen.«

»Es wäre mir lieber, wenn ich die Fußspuren meiner Mutter fände«, murrte ich und lehnte mich zurück. Ich hoffte nur, daß mir diesmal mehr Erfolg beschert sein würde.

Da ich inzwischen wußte, daß die Klingeln am Eingang nicht funktionierten, betrat ich die Anlage durch das Haupttor und folgte dem Pfad, der am Pool vorbeiführte. Ein halbes Dutzend junger Männer und Frauen sonnte sich auf Liegestühlen, und einige von ihnen hielten sich Reflektoren unter das Kinn. Ganz im Gegensatz zu meinem ersten Besuch hier nahm diesmal niemand Notiz von mir. Von Sandy Glee war nirgends etwas zu sehen. Als ich auf das Gebäude zuging, in dem sich, wie ich jetzt wußte, Gina Simons Wohnung befand, hörte ich ein vertrautes lautes Lachen. Ich war ganz sicher, daß es sich bei der Frau, die in Begleitung eines kleinen, untersetzten Mannes mit schütterem grauem Haar und einer Knollennase zur Tür herauskam, um Mommy handelte. Der Mann hatte wulstige Lippen und trug eine Brille mit dicken Gläsern, die seine Augen wie die eines toten Fisches wirken ließen.

Ich wußte ganz genau, daß es Mommy war, denn als sie mich sah, schnappte sie nach Luft, schlug sich eine Hand auf die Kehle und blieb stehen. Ihr Begleiter sah sie gespannt an und musterte dann mich. Mommy holte tief Atem, gewann die Fassung wieder und lächelte den Mann an.

»Stimmt etwas nicht mit dir?« fragte er. Ich stand mit trommelndem Herzen erwartungsvoll da. »Hast du etwas vergessen?« erkundigte er sich besorgt, als sie nichts erwiderte.

»Nein«, sagte sie eilig. »Es ist alles in bester Ordnung.«

»Dann sollten wir uns jetzt besser beeilen. Gerry Spindler ist ein Produzent von der Sorte, die es sich herausnimmt, zu einem Termin zu spät zu erscheinen, von ihren Gesprächspartnern jedoch absolute Pünktlichkeit erwartet. Das soll nicht etwa heißen, daß ich Zweifel an dir hätte, meine Süße. Er müßte aus Stein sein, wenn er dir widerstehen könnte«, sagte der untersetzte Mann mit einem grotesken Lachen, das seine Lippen verzog und seine Hängebacken wackeln ließ. Mommy heftete ihren Blick auf mich, als die beiden auf mich zukamen.

»Mommy!« rief ich aus, als sie kaum mehr als einen Meter von mir entfernt war.

»Wie bitte?« sagte sie.

Der untersetzte Mann riß den Kopf herum.

»Mommy, was geht hier vor? Alice ist in einem Katalog auf ein Foto von dir gestoßen und hat es mir nach Provincetown geschickt, und Kenneth hat für mich herausgefunden, wer du bist und wo du dich aufhältst«, sprudelte ich eilig hervor. »Großmama Olivia hat mir das Geld gegeben, das ich für den Flug brauchte. Mommy, erkennst du mich denn nicht?«

»Was soll das heißen?« fragte sie lachend.

»Wer ist das?« erkundigte sich der untersetzte Mann.

»Ich habe keine Ahnung«, sagte Mommy. Ihre Augen wurden so kalt wie zwei kleine Steine in einem der Gebirgsbäche von West Virginia.

»Ich bin es, Mommy. Melody. Du erkennst mich nicht? Wirklich nicht?«

»Zu allererst einmal wollen wir festhalten, Schätzchen«, sagte sie mit einer scharfen, unerbittlichen Stimme, »daß ich niemals deine Mommy sein könnte. Ich hätte sechs Jahre alt sein müssen, als ich dich bekommen habe.«

Der untersetzte Mann brach in schallendes Gelächter aus.

»Und zweitens habe ich dich in meinem ganzen Leben noch nicht gesehen. Ich wünschte wirklich, sie würden diese verdammte Sicherheitsanlage endlich reparieren«, sagte sie zu ihm. »Zwielichtiges Gesindel kann ungehindert von der Straße hereinspazieren, und du weißt ja selbst, was für ein Pack sich heutzutage hier herumtreibt.«

»Ja, allerdings«, sagte er mit einem Nicken und musterte mich eingehend.

»Mommy ...« Tränen brannten unter meinen Lidern. Ich versuchte zu schlucken, damit ich weiterreden konnte, aber der Kloß in meiner Kehle fühlte sich wie ein Brocken Kohle an.

»Vielleicht will sich jemand einen schlechten Scherz mit dir erlauben«, wandte der untersetzte Mann hilfreich ein. »Und wegen der Sicherheitsanlage brauchst du dir keine Gedanken zu machen. Wenn du diesen Job bekommst, dann kannst du es dir leisten, in eine elegante Luxuswohnanlage umzuziehen, Schätzchen. Und Mr. Marlin natürlich auch.«

»Hör mir doch bitte zu«, brachte ich schließlich heraus.

Mommy sah mich kurz an und warf dann schnell den Kopf zurück, um sich das Haar aus den Augen zu streichen. Es schockierte mich, wie leer ihre Augen plötzlich waren, bar jeglicher Gefühlsregung, als verstünde sie sich darauf, all ihre Emotionen wie auf Knopfdruck abzuschalten. Ihre Hand schloß sich fester um den Arm ihres fetten Begleiters, und sie lief weiter, als existierte ich gar nicht.

Ich stand da, starrte den beiden nach und beobachtete, wie Mommy sich entfernte. Sie lachte über etwas, was der Mann gesagt hatte, und dann warf sie noch einen letzten geringschätzigen Blick auf mich, ehe sie aus meinem Sichtfeld verschwand. Ich sank benommen auf eine steinerne Bank am Wegrand. Mir war kühl, und ich zitterte tatsächlich in der heißen kalifornischen Sonne. Trotz ihrer eisigen Kälte hatte ich in Mommys Augen deutliche Anzeichen dafür entdeckt, daß sie mich erkannt hatte und keineswegs unter Gedächtnisverlust litt, aber gleichzeitig hatte ich dort auch eine Botschaft gelesen, die besagte: »Verschwinde, und wage es bloß nicht, dich noch einmal hier blicken zu lassen, schon gar nicht jetzt.«

Wie konnte sie sich als eine Frau in ihren Zwanzigern ausgeben? Sie mochte zwar so aussehen, aber sie wußte selbst genau, daß sie es nicht war, und wie konnte sie mich einfach stehenlassen, fassungslos und schockiert, nachdem ich diesen weiten Weg gemacht hatte? Ich begrub mein Gesicht in den Händen und begann zu schluchzen. Sollte ich denn die weite Reise nur angetreten haben, um jetzt von meiner eigenen Mutter ignoriert und abgewiesen zu werden? Dabei hatte ich mir doch erhofft, sie würde sich so sehr freuen, mich zu sehen, daß schon allein mein Auftauchen sie von ihrem Gedächtnisverlust heilen würde. Ich holte tief Atem und lehnte mich zurück. So blieb ich sitzen, sah starr vor mich hin, schüttelte den Kopf und spürte eine entsetzliche Übelkeit in mir aufsteigen. Tränen strömten über meine Wangen und tropften von meinem Kinn, doch ich machte keinen Versuch, sie wegzuwischen.

Ein gutaussehender, dunkelhaariger junger Mann und eine sehr hübsche blonde Frau eilten an mir vorüber. Beide warfen einen Blick auf mich und lächelten ganz so, als sei es hier ein alltäglicher Anblick, jemanden heulend auf einer Bank sitzen zu sehen. Ihr helles Lachen wehte hinter ihnen her, als sie in dem Gebäude verschwanden. Über mir stand ein Fenster offen, aus dem lateinamerikanische Rhythmen drangen. Das war kein Ort für Traurigkeit und Düsternis, sagte ich mir und stand auf. Im ersten Moment wankte ich, und die Welt um mich herum drehte sich. Ich hielt mich an der Rückenlehne der Bank fest und wartete darauf, daß das Schwindelgefühl vorübergehen würde, doch der Anfall verflog nicht, wie Krämpfe, die nicht nachlassen wollten.

»He, was tust du denn da?« hörte ich, und als ich mich umdrehte, sah ich Spike hinter mir stehen. »Fehlt dir etwas?«

»Ja«, jammerte ich.

»Was ist passiert? Ich warte schon seit einer Ewigkeit. Ich dachte mir, ich sehe mal nach, ob ich dich finden kann. He«, sagte er und sprang mit einem Satz auf mich zu, um zu verhindern, daß ich mitten auf dem Gehweg zusammenbrach.

Wenige Minuten später kam ich in seinen Armen wieder zu Bewußtsein. Er saß auf der Bank, hielt mich auf seinem Schoß und klatschte mir sachte auf die Wangen.

»Melody . . . Melody . . .«

»Was ist passiert?«

Meine Lider öffneten sich flatternd, und die Welt um mich herum nahm wieder klare Konturen an.

»Du bist ohnmächtig geworden«, erklärte er.

»Oh. Das tut mir leid«, sagte ich, und es war mir schrecklich peinlich. Zum Glück waren keine Gaffer stehengeblieben. Wir waren immer noch allein. Spike half mir, als ich versuchte, mich aufzusetzen.

»Ist es jetzt wieder gut? Du mußt tief durchatmen. Mach schon. Ja, so ist es brav. Was ist passiert?« fragte er, als Farbe in mein Gesicht zurückgekehrt war.

»Ich bin ihr begegnet«, sagte ich. »Genau hier. Sie ist mit einem Mann aus dem Gebäude gekommen, und ich habe direkt vor ihr gestanden, keinen halben Meter weit entfernt von ihr.«

»Und?«

»Es war meine Mutter, aber sie hat so getan, als hätte sie mich noch nie gesehen. Sie hat gesagt, sie sei nicht alt genug, um eine Tochter in meinem Alter zu haben, und sie hat mir ins Gesicht gelacht.« Ich fing wieder an zu schluchzen. »Zu dem Mann hat sie gesagt, ich gehörte zu diesem Gesindel, das einfach von der Straße hereinspaziert, und sie wünschte, die Sicherheitsanlage würde endlich repariert werden, um Leute wie mich auszusperren.«

»Nimm es dir nicht so sehr zu Herzen«, sagte Spike und legte mir einen Arm um die Schultern. »Wahrscheinlich wollte sie nur diesem Kerl etwas vormachen.«

»Aber warum? Weshalb könnte ihr das wichtiger sein als ich? Ich bin durch das ganze Land gereist, um sie zu finden, und sie hat mich schon so lange nicht mehr gesehen. Warum nur?«

Er zuckte die Achseln.

»Wahrscheinlich hatte sie einen Termin zum Vorsprechen oder so was Ähnliches, und vielleicht war der Kerl ein Produzent, den sie dorthin mitgeschleift hat. Ich weiß es nicht. Schließlich sind wir hier in Hollywood.«

»Das sagen Sie ständig, als sei es eine Rechtfertigung für alles, was hier vorgeht«, fauchte ich ihn an. »Mir ist ganz egal, ob wir hier in Hollywood sind oder nicht. Die Leute sollten trotzdem anständig miteinander umgehen, und von Müttern und ihren Töchtern sollte man das erst recht erwarten können.«

Er lächelte mich an, als hätte ich etwas unglaublich Albernes gesagt.

»Weißt du was?« bemerkte er und nahm meinen Abscheu mit einem Nicken zur Kenntnis. »Du könntest eine richtig gute Schauspielerin werden. Du besitzt Integrität. Du kannst tief in dich schauen, Emotionen aus dir herausholen und in bestimmten Situationen richtig reagieren.«

»Ich will aber keine Schauspielerin werden! Ich will nicht in Hollywood sein! Ich tue nicht nur so, als fühlte ich mich elend.

Ich fühle mich wirklich elend! Ich will, daß meine Mutter sich dazu bekennt, meine Mutter zu sein, und ich will eine Erklärung dafür haben, daß sie diese scheußlichen Dinge getan hat«, rief ich aus.

»Vielleicht wird sie es dir bei Gelegenheit erklären«, sagte er unbeirrt. »Aber momentan ist offensichtlich nicht der richtige Zeitpunkt dafür. Und jetzt laß uns von hier verschwinden. Ich hasse solche Wohnanlagen, in denen es von Leuten wimmelt, die ganz groß ins Geschäft einsteigen wollen. An diesen Orten hängt die Verzweiflung so dick in der Luft, daß man sie schneiden kann. Ich finde das deprimierend«, sagte er, als er aufstand. »Komm mit.« Er hielt mir seine Hand hin. Ich nahm sie und stand auf. »Bist du in Ordnung? Glaubst du, daß du laufen kannst?«

»Ja«, sagte ich.

»Prima.« Er legte wieder einen Arm um mich, und wir liefen auf das Tor zu. Der Anblick eines Chauffeurs, der seinen Arm um eine junge Frau in einem kostspieligen italienischen Hosenanzug geschlungen hatte, zog etliche Augenpaare auf uns, als wir am Pool vorbeikamen. Fast hätte ich laut gelacht, aber für jede Form von Heiterkeit war mir das Herz zu schwer. Ich konnte an nichts anderes denken als an Mommys kalte, teilnahmslose Augen und an ihre Stimme, die sich messerscharf durch mich hindurchgeschnitten hatte.

Ich stieg in die Limousine, und Spike fuhr los. Auf der Fahrt fand er immer wieder neue Entschuldigungen für Mommy.

»Falls sie tatsächlich deine Mutter ist, wird sie sich ganz anders verhalten, wenn du ihr allein begegnest«, versicherte er mir. »Du hast sie überrumpelt, das ist alles.«

»Sie ist eindeutig meine Mutter«, sagte ich. »Ich wußte es in dem Moment, in dem ich ihr gegenübergestanden habe, und sie hat auch gewußt, daß ich es bin. Sie hat sich nur . . . ganz anders gegeben.«

»Das liegt an . . .«

»Sagen Sie es bloß nicht«, warnte ich ihn. Er lachte.

»He, du mußt Abstand gewinnen, Atem holen und es dann noch einmal versuchen. Ich bin ganz sicher, daß du es schaffen wirst, der Sache auf den Grund zu gehen.«

Ich erwiderte nichts darauf. Mit leerem Blick schaute ich auf die Kulisse hinaus, die vorbeirauschte, doch jetzt sah ich die traumhaften Blumen und die gepflegten Rasenflächen nicht, die todschicken Läden und die aufregenden Reklametafeln. Mit diesem Ort hier wollte ich lieber nichts zu tun haben, sagte ich mir. Ich schloß die Augen und wünschte, ich ginge am Strand spazieren. Ich konzentrierte mich nach Kräften, bis ich hören konnte, wie die Wellen auf den Strand schwappten, und ich konnte sogar sehen, wie die weißen Schaumkronen im Sonnenschein von Neuengland funkelten. Diese Eindrücke zauberten ein Lächeln auf mein Gesicht.

»Ist alles in Ordnung mit dir?« fragte Spike, der mich im Rückspiegel beobachtete.

»Ja.«

»Gut. He, habe ich dir eigentlich schon erzählt, daß ich morgen Chancen auf eine wirklich starke Rolle habe?«

»Nein.«

»Es ist eine lukrative Rolle. Weißt du, was das heißt?«

»Nein.«

»Also, falls ich die Rolle bekomme, spiele ich in dieser Episode mit, und hinterher werden mich die Autoren dann in andere Episoden hineinschreiben. Das bedeutet für mich Arbeit auf einer regelmäßigen Basis, und außerdem kann ich mit echter Breitenwirkung rechnen. So lernen mich die Leute kennen. Wenn man das schafft, kann man nach den Sternen greifen«, sagte er. »Für den Anfang ist es keine besonders große Rolle, nur etwa dreißig Zeilen, aber was zählt, ist, daß man in der Sendung einschlägt wie eine Bombe. Möchtest du das Drehbuch sehen und mir vielleicht beim Einstudieren helfen?«

»Beim Einstudieren? Wie könnte ich das tun?«

»Ich spreche meinen Text, und du liest die anderen Personen. Es wäre mir lieb, wenn du mich beim Proben hören könntest.

Du bist so herrlich unbefangen und würdest wahrscheinlich ganz von selbst auf meine Fehler aufmerksam.«

»Ich verstehe nicht das geringste von der Schauspielerei, Spike.«

»Das macht dich gerade hier in diesem Landstrich zu einer Expertin«, sagte er lachend. »Komm schon, sag ja. Du willst doch nicht die ganze Zeit mit Dorothy rumsitzen, oder?«

»Nein, nicht wirklich«, sagte ich. Wahrscheinlich war es gar nicht nett, so etwas über jemanden zu sagen, der so großzügig und gastfreundlich zu mir war, aber ich war wirklich nicht dazu aufgelegt, mir Ausführungen über teure Kleider oder Tips zur Schönheitspflege anzuhören. Wie sehr ich mir doch wünschte, ich hätte bei Holly und Billy vorbeischauen können. Wenn die beiden doch bloß nicht so weit fort von hier gewesen wären! Ich sehnte mich aber auch danach, die Leiter zu Carys Arbeitsraum auf dem Dachboden hochzusteigen und mich ihm in die Arme zu werfen.

Aber jetzt war ich hier, unter Fremden, und meine eigene Mutter war mir noch fremder als alle anderen.

»Tust du das für mich? Bitte«, sagte er.

»Okay«, erwiderte ich.

»Prima«, sagte Spike. »Ich weiß das wirklich zu schätzen.«

Als wir die Villa der Livingstons erreichten, fuhr Spike nicht vor dem Haus vor, sondern parkte die Limousine in der Garage. Er hielt mir die Tür auf und führte mich zu einer Seitentür, von der aus wir über eine Treppe in seine Wohnung gelangten. »Stör dich nicht an der Unordnung hier«, sagte er und warf einen Berg von Kleidungsstücken hinter das Sofa. »Wenn ich Mrs. Livingston durch die Gegend fahre und mich auf Termine zum Vorsprechen vorbereite, bleibt mir zwischendurch nicht viel Zeit für meinen Haushalt. Ist es stickig hier?« fragte er und riß ein Fenster auf.

»Mich stört das nicht«, sagte ich. Auf dem Sofa türmten sich Drehbücher. Er räumte sie eilig zur Seite, um Platz zu machen, damit ich mich setzen konnte. »Möchtest du etwas trinken? Bier, Saft, Wasser?«

»Danke, ein Glas Wasser nehme ich gern«, sagte ich.

»Klar.« Er lief in die Küche. Ich sah mich in dem schmucklosen Apartment um. Es hing nichts an den Wänden, und wenn man von den Manuskripten absah, die sich überall stapelten, von den herumliegenden Kleidungsstücken und dem Geschirr, das wüst herumstand, drückte sich in dieser Umgebung keinerlei Persönlichkeit aus. Ich fühlte mich an die schäbigen Motelzimmer erinnert, in denen Mommy, Archie Marlin und ich auf unserer Fahrt nach Provincetown übernachtet hatten. Jetzt schien es mir, als seien seitdem Ewigkeiten vergangen. Es war kaum zu glauben, daß die Frau, der ich gegenübergestanden hatte, dieselbe Frau war, doch sie war es. Ich war mir ganz sicher, und das versetzte mich jetzt plötzlich in Wut.

»Mann, was für ein Gesichtsausdruck!« sagte Spike, als er mit einem Glas Eiswasser zurückkam. Er reichte es mir, und ich trank einen großen Schluck.

»Sie hatte kein Recht, mich so zu behandeln, ganz gleich, wer ihr Begleiter war«, sagte ich.

Spike nickte.

»Und genau das wird sie sich von dir anhören müssen«, sagte er. »Ich will dir mal eins sagen.« Er trat einen Schritt zurück und nickte, während er mich von Kopf bis Fuß eingehend musterte. »Wenn du in Wut gerätst und dein Gesicht glüht und es ganz so aussieht, als würden hinter deinen Augen Kerzen brennen, dann ist das ziemlich aufregend.«

Er formte mit den Händen einen Ausschnitt, Daumen an Daumen wie ein Filmregisseur, und als er mich durch die Öffnung ansah, bewegte er sich, wie es ein Kameramann getan hätte, der nach dem besten Winkel für eine Aufnahme sucht. Ich schüttelte den Kopf und lachte.

»Sie leben wohl ständig nur in einem Film«, sagte ich.

»Das ganze Leben ist ein Film. Ich bemühe mich, gute Kritiken zu bekommen, das ist alles«, sagte er und lachte über seinen eigenen Witz. Dann schenkte er sich ein Glas Bier ein und reichte mir ein Drehbuch mit markierten Seiten.

»*Desperate Lives?*« sagte ich, als ich einen Blick auf das Titelblatt warf. »Das ist Dorothys Lieblingssendung.«

»Ja, ich weiß. Ich habe ihr noch nicht erzählt, daß ich mich für eine Rolle in dieser Serie bewerbe. Sie würde mich bestimmt nur nervös machen. Also, die Situation ist folgende: Ich bin Trent Windfield, der gerade festgestellt hat, daß er in Wirklichkeit viel mehr in die Schwester seiner Freundin verliebt ist als in seine Freundin. Sie heißt Arizona.«

»Arizona? Das ist doch ein Bundesstaat«, sagte ich und fand den Namen auf der Seite.

»Danach haben ihre Eltern sie benannt, weil sie dort diese Ranch im Wert von vielen Millionen Dollar besitzen. In dieser Szene beschließt Trent, Arizona seine wahren Gefühle zu offenbaren. Das Problem liegt darin, daß er kurz vor dem Abschluß seines Studiums steht und sie noch zur Schule geht. Ihr Vater, ein aufbrausender Mann, würde ihn erschießen lassen.«

»Was empfindet Arizona für Trent?« fragte ich und schaute auf den Text hinunter.

»Trent war schon immer ihr Schwarm, aber sie hätte im Traum nicht geglaubt, daß jemals etwas daraus werden könnte. Sie ist überwältigt, sprachlos und fasziniert zugleich. Ihr größter Traum ist wahr geworden. Bist du soweit?« fragte er und baute sich vor mir auf.

»Ja, ich denke schon.«

»Ganz oben auf der Seite«, sagte er. Ich beobachtete, wie er den Kopf senkte und ihn dann langsam wieder hob. Sein Gesicht veränderte sich, und in seinen Augen drückte sich Gefühlsüberschwang aus.

»Niemand weiß, daß ich zu Hause bin«, sagte er. »Ich bin gleich zu euch rübergefahren.« Er ließ sich vor meinen Füßen auf die Knie sinken. Mit dieser Geste überrumpelte er mich, und ich sah ihn fassungslos an. »Lies deinen Text«, soufflierte er mir aus dem Mundwinkel.

»Oh.« Ich sah auf die Seite hinunter. »Warum? Warum bist

du gleich hergekommen und nicht erst nach Hause gefahren, Trent?«

Er nahm meine Hand.

»Weil die Dinge, die ich direkt vor meinem Aufbruch zu dir gesagt habe . . . meine Gefühle, die ich dir geschildert habe, mich wie ein Spuk verfolgt haben. Ich konnte nicht lernen. Ich konnte mit niemandem reden. Ich habe nichts anderes getan, als an dich zu denken. Jedesmal, wenn ich ein anderes Mädchen ansehe, hat sie dein Gesicht, Arizona.« Er stützte sich auf meine Knie und rückte näher.

Ich blickte wieder auf die Seiten.

»Wenn du dir einen Scherz mit mir erlaubst, dann ist das grausam«, sagte ich.

»Es wäre, als würde ich mir einen Scherz mit mir selbst erlauben, als sei ich grausam zu mir selbst«, sagte er. »Ich weiß, daß es ein Biß in die verbotene Frucht ist, aber für einen einzigen Kuß von dir würde ich riskieren, aus dem Paradies vertrieben zu werden«, sagte er.

Ich wollte meinen Blick gerade wieder auf die Seiten senken, als seine Finger unter mein Kinn glitten und mein Gesicht behutsam anhoben, damit er sich darüberbeugen und mich zart auf die Lippen küssen konnte. Ich riß die Augen weit auf.

»Arizona«, sagte er. »Dein Name ist in mein Gehirn eingebrannt.«

Er küßte mich wieder, und diesmal legte er seine Hände auf meine Schultern, um mich festzuhalten und mich enger an sich zu ziehen. Sein Kuß war jetzt weniger zart, und seine Zunge schob sich vor und glitt durch meine Lippen. Überrascht lehnte ich mich zurück.

»Ich wußte doch, daß du mich ebenso sehr liebst wie ich dich. Ich habe es gleich gewußt«, sagte er und bedeckte mein Gesicht mit Küssen. Seine Lippen glitten auf meinen Hals hinunter, und seine Hände legten sich um meine Taille.

»Spike«, sagte ich.

»Trent«, erwiderte er und bedeckte erneut meinen Mund mit

seinen Lippen. Sein Kuß zwang meinen Rücken flach auf das Sofa. Seine rechte Hand hob sich von meiner Taille und glitt über meine Rippen bis zu meinen Brüsten.

»Warte«, rief ich.

»Zum Warten bleibt uns keine Zeit mehr«, sagte er und tat immer noch so, als spielten wir die Szene, die er einstudieren wollte. Aber meine Worte waren meine eigenen Worte. Ich las sie nicht von einer Seite ab. Tatsächlich war mir das Drehbuch aus den Händen gefallen. Spike stieß mich auf das Sofa zurück, und seine Lippen glitten auf mein Kinn und auf meinen Hals, und dann öffneten seine Finger die Jacke meines Hosenanzugs, und seine Hand schob sich unter meine Seidenbluse. Als seine Finger an meinem BH angekommen waren, wand ich mich und zappelte, um mich zu befreien.

»Hab keine Angst«, flüsterte er mir ins Ohr. »So lieben sich Erwachsene.«

»Spike, hör auf!« rief ich aus. Er schob meinen BH höher nach oben, und gleich darauf glitten seine Fingerspitzen über meine Brüste und spielten mit einer Brustwarze, während seine Lippen weiterhin meinen Hals und mein Gesicht erkundeten. Seine linke Hand war auf meinen Hinterkopf gepreßt, und er versuchte, mich dazu zu bringen, daß ich seine Küsse erwiderte.

Ich zog die Knie höher an und stieß sie dann mit aller Kraft in seinen Magen. Er verlor das Gleichgewicht und fiel vom Sofa. Ich wartete nicht lange, um ihm gar nicht erst die Gelegenheit zu geben, sich wieder zu fangen. Ich sprang auf, wandte mich von dem Sofa ab und rückte meine Kleidung schnell zurecht.

»Sind Sie verrückt geworden?« fragte ich schroff.

Er lehnte sich mit einem dämlichen breiten Grinsen auf dem Gesicht zurück.

»Ich stimme mich doch nur auf meine Szene ein. Weshalb regst du dich denn so auf?«

»Das steht nicht in Ihrer Szene«, sagte ich vorwurfsvoll.

»Wir nennen das Improvisation. Das Improvisieren hilft dabei, die jeweilige Rolle auszuloten, sich in die Person, die man spielt, hineinzuversetzen. Das ist alles. Komm schon«, sagte er und klopfte mit einer Hand auf das Sofa. »Laß es uns noch einmal versuchen, und wenn du dich wirklich darauf einläßt . . .«

»Ich denke gar nicht daran, mich auf etwas einzulassen«, sagte ich und wich zurück. »Wenn das zum Schauspielen dazugehört, dann würde ich noch lieber anderer Leute Wäsche waschen«, fügte ich hinzu.

Er lachte.

»Also wirklich, Melody . . .«

»Vielen Dank für diese Einführung in die hohe Schauspielkunst«, sagte ich auf dem Weg zur Tür. »Gewiß werden Sie sich als Schauspieler sehr gut machen. Viel Glück«, fügte ich hinzu, als ich aus seiner Wohnung stürmte, die Treppe hinunterrannte und in den Sonnenschein hinauslief.

Vielleicht waren hier alle verrückt. Vielleicht lebte hier tatsächlich jeder, wie Spike gesagt hatte, in seinem eigenen Film. Auf Mommy schien das mit Sicherheit zuzutreffen.

Ich machte mich nicht auf den Rückweg zum Haus, sondern lief auf den Steinplatten der Einfahrt zur Straße hinunter. Der Himmel war jetzt diesig, und es herrschte eine angenehme kühle Brise, obwohl die Sonne noch kräftig schien. Der Verkehr bewegte sich in einem gemächlichen Tempo voran, und Leute musterten mich neugierig. Gärtner stutzten Hecken und kehrten vor wunderschönen Villen Laub und Unrat zusammen. Ich hatte die Arme beim Laufen unter meinen Brüsten verschränkt, und der Vorfall mit Spike ließ mein Herz immer noch pochen.

Und dann blieb ich stehen, um zu beobachten, wie ein kleines Mädchen mit langen goldenen Zöpfen von einer Frau, die nur seine Mutter sein konnte, aus einem Wagen gehoben wurde. Das kleine Mädchen klammerte sich liebevoll an ihr fest und schaute mich über ihre Schulter an. Da es glücklich war und sich geborgen fühlte, schenkte es mir ein bezauberndes Lächeln und winkte mir dann zu, als seien wir gut miteinander bekannt. Ich winkte zurück, und einen Moment lang kam es mir vor, als winkte ich mir selbst zu, dem kleinen Mädchen, das ich vor vielen langen Jahren einmal gewesen war, etwa im selben Alter wie die Kleine, zu Zeiten, als mein Stiefdaddy noch am Leben gewesen war. Natürlich wußte ich damals noch nicht, daß er mein Stiefdaddy war. Ich hielt ihn für meinen echten Daddy. Er liebte mich so sehr wie ein richtiger Daddy.

Die Frau trug ihr kleines Mädchen in das schöne große Haus. Dort war es geborgen und in Sicherheit, und allein schon der Gedanke an etwas Unerfreuliches wurde auf der Türschwelle zurückgelassen. Ich stand lächelnd da und träumte versonnen vor mich hin. Ich weiß nicht, wie lange ich so dagestanden hatte, als ich plötzlich merkte, daß ein Wagen in meiner unmittelbaren Nähe angehalten hatte und jemand mich ansah.

Es war Mr. Livingston.

»Ist alles in Ordnung mit dir?« fragte er.

»Ja«, sagte ich. »Danke. Ich habe nur einen kleinen Spaziergang unternommen.«

»In Beverley Hills gilt das als äußerst ungewöhnlich«, bemerkte er. »Lauf nicht zu weit«, sagte er dann, ehe er seine Fensterscheibe wieder schloß und weiterfuhr. Ich beobachtete, wie er in die Auffahrt einbog, und dann machte ich mich ebenfalls auf den Rückweg. Vielleicht war es tatsächlich seltsam, wenn man hier allein auf der Straße herumstand und nachdachte.

Ich würde genau das tun, was Spike mir vorgeschlagen hatte. Ich würde mir Mommy noch einmal vornehmen, diesmal jedoch hoffentlich allein, und wenn das zum selben Ergebnis führen sollte, würde ich mich so schnell wie möglich wieder ins Flugzeug setzen und fortfliegen, und Mommy und meine Vergangenheit würde ich hinter mir zurücklassen.

6

Ein Pakt mit dem Teufel

Alec begrüßte mich an der Tür, als ich von meinem kurzen Spaziergang zurückkehrte, und teilte mir in einem sehr steifen und förmlichen Tonfall mit, Mr. und Mrs. Livingston wünschten mich augenblicklich im Salon zu sprechen.

»Melody, meine Liebe, wo hast du bloß gesteckt?« fragte Dorothy in dem Moment, in dem ich in der Tür erschien. Sie saß auf dem kleinen Zweiersofa, und Philip saß ihr gegenüber in majestätischer Haltung auf dem prallgefüllten Lehnstuhl. Die beiden wirkten, als hätten sie gerade ein sehr ernsthaftes Gespräch miteinander geführt. »Philip hat mir eben erzählt, er hätte dich ziellos durch Beverly Hills schlendern sehen. Warum bist du denn nicht gleich ins Haus gekommen und hast mir von deinem zweiten Besuch in diesen ägyptischen Dingsdas berichtet?«

»Ich wollte einfach nur ein Weilchen allein sein«, sagte ich. Ich hatte ganz und gar nicht die Absicht, ihnen etwas über Spike und das kleine Drama zu erzählen, das sich in seinem Apartment abgespielt hatte. »Ich bin nicht ziellos durch die Gegend geirrt. Ich wußte genau, wo ich war. Geht denn hier niemand nur so zum Spaß spazieren? Warum hat man dann überhaupt Bürgersteige angelegt?«

»Mein armes Kleines. Du wirst dich jetzt sofort zu uns setzen und uns in allen Einzelheiten von deinem Besuch berichten«, beharrte sie und klopfte neben sich auf das Sofa.

Philip saß da und starrte mich an. Seine Fingerspitzen waren zusammengepreßt, und in seinen kleinen, glänzenden, dunklen

Augen drückte sich Mißfallen aus. Ich ging langsam näher und setzte mich. Dann holte ich tief Atem und begann mit meiner Schilderung.

»Ich bin ihr begegnet«, sagte ich mit einer Stimme, die sogar in meinen eigenen Ohren wie eine Grabesstimme klang, »und sie hat so getan, als würde sie mich nicht kennen.«

Philip nickte und sah Dorothy finster an.

»Genau das habe ich vorhergesehen«, sagte er. »Sogar das wenige, was ich über diese bizarre Situation wußte, hat ausgereicht, um zu diesem Schluß zu gelangen.«

»Sei jetzt still, Philip. Wir werden diese Angelegenheit selbst in die Hand nehmen«, sagte sie, doch er wirkte keineswegs erleichtert.

»Hier haben wir es nicht mit einem deiner kleinen Gesellschaftsspielchen zu tun, Dorothy. Was ich davon halte, habe ich dir bereits gesagt, als ich zum ersten Mal etwas davon gehört habe. Wir bedauern deine Situation zutiefst, Melody«, sagte er und wandte sich direkt an mich, »aber wir sind ganz und gar nicht darauf eingerichtet, das Problem zu lösen, obwohl Dorothy das nach wie vor zu glauben scheint. Für mich hört es sich ganz so an, als sollte man die Polizei mit dieser Angelegenheit beauftragen. Fest steht, daß wir es hier mit Betrug zu tun haben«, fuhr er fort. »Ich weiß nicht recht, wer wen betrügt. Vielleicht geht es um einen Versicherungsbetrug. Ich kann unmöglich zulassen, daß ich in irgendeiner Form mit diesem Fall in Verbindung gebracht werde. Ich trage große Verantwortung gegenüber meinen Klienten, die ausnahmslos hohes Ansehen genießen, und ich kann es mir nicht leisten, daß man schlecht über mich redet. Du scheinst eine intelligente junge Frau zu sein, und daher nehme ich an, daß du das verstehen kannst.«

»Ja, Sir. Es tut mir leid. Ich werde morgen abreisen.«

»So schnell brauchst du wirklich nicht aufzubrechen«, sagte Dorothy, doch es fehlte ihr an der Entschiedenheit, die sie mir gegenüber sonst an den Tag legte.

»Ich möchte dir nicht das Gefühl geben, daß wir dich rauswerfen. Du bist eine Freundin meiner Schwägerin, und Dorothy hat ihrer Schwester ein Versprechen gegeben«, fügte er hinzu und sah seine Frau mißbilligend an. »Du kannst noch ein Weilchen bleiben, solange du diesen Schmutz nicht in unser Haus trägst, aber wenn ich höre, was hier geschieht, dann kann ich dir nur noch den Rat geben, an den Ort zurückzukehren, den du dein Zuhause nennst, und zu den Menschen, die dich mögen«, sagte Philip.

»Ja, Sir«, erwiderte ich kleinlaut, und meine Stimme überschlug sich beinah.

»Du kannst die zuständigen Behörden über das informieren, was du weißt, damit sie die notwendigen Schritte unternehmen«, fuhr er fort. »Dabei kann ich dir helfen, wenn du magst.«

»Deshalb bin ich nicht gekommen. Das interessiert mich alles überhaupt nicht. Ich wollte nur herausfinden, was meiner Mutter wirklich zugestoßen ist. Ich wollte sehen, ob sie mich braucht.«

Bei diesen Worten standen Tränen in meinen Augen, doch ich ließ ihnen keinen freien Lauf.

»Ich verstehe. Also gut, Dorothy weiß Bescheid, falls Geld für deine Rückreise erforderlich sein sollte ...«

»Ich habe alles, was ich brauche. Trotzdem vielen Dank«, sagte ich.

»In Ordnung. Es tut mir leid, daß du in solchen Schwierigkeiten steckst. Du bist eine sehr nette junge Dame, und ich bin sicher, daß du deine Fassung wiederfinden und etwas Lohnendes mit deinem Leben anfangen wirst.«

»Oh, dabei wird sie es nicht belassen«, sagte Dorothy. »Sie ist eine ganz außerordentliche junge Dame und wird es noch viel weiter bringen.«

»Ja, sicher. Jedenfalls werde ich jetzt nach oben gehen und mich für das Abendessen umziehen.« Er warf Dorothy einen noch strengeren Blick als bisher zu. »Du solltest dir nicht anmaßen, Ratschläge zu erteilen, die du besser nicht erteilen solltest, Dorothy.«

»Ich glaube, ich weiß recht genau, wozu ich jemandem raten kann und wozu nicht, Philip.«

»Das möchte ich allerdings hoffen«, sagte er, und in seinen Augen stand eine Warnung. Er warf noch einen Blick auf mich, ehe er sich erhob und den Salon verließ.

»Es tut mir leid«, sagte ich. »Ich möchte Ihnen keinen Ärger machen. Vielleicht sollte ich besser jetzt gleich gehen. Ich kann in ein Motel ziehen, bis ich meine Rückreise antrete.«

»Das kommt überhaupt nicht in Frage. Hör nicht auf ihn. Er ist eben . . . er ist eben Philip Livingston«, sagte sie, als sei damit alles erklärt oder gerechtfertigt. »Und jetzt möchte ich alle Einzelheiten hören. Komm schon. Erzähl mir alles ganz genau von Anfang an«, bettelte sie und beugte sich mit weitaufgerissenen Augen zu mir vor. Einen Moment lang hatte ich das Gefühl, sie behandelte mich und mein Problem, als sei das alles nichts weiter als eine neue Folge ihrer liebsten Fernsehserie. Dennoch berichtete ich ihr die Vorfälle genau so, wie sie sich zugetragen hatten, und ließ nur den Zwischenfall mit Spike aus. Als ich am Ende angelangt war, seufzte sie tief. »Vielleicht hat Philip doch recht, meine Liebe. Vielleicht solltest du möglichst schnell sehen, was du mit deinem eigenen Leben anfängst. Das heißt nicht etwa, daß ich dich fortjagen will, aber . . .«

»Meine Mutter ist ein Bestandteil meines Lebens«, sagte ich. Dorothy lächelte und sah mich kopfschüttelnd an, als hätte ich etwas Albernes gesagt.

»Verwandte können einem gewaltig zur Last fallen. Du brauchst dir doch nur anzusehen, was ich mit Holly am Hals habe.«

»Holly ist glücklich und zufrieden, und sie hat viele Freunde und kennt eine Menge wunderbarer Menschen«, warf ich ihr an den Kopf. »Mir fällt niemand sonst ein, der je so nett zu mir gewesen ist.«

»Oh, sie hat ein Herz aus Gold, vor allem, wenn es sich darum dreht, anderen Menschen zu helfen, aber wird sie es jemals lernen, sich selbst zu helfen? Nein, Holly nicht. Sie ist schon immer so gewesen, hat schon immer auf einer Wolke geschwebt. Ich habe versucht, sie dazu zu bringen, daß sie bodenständiger wird und mehr mit ihrem Leben anfängt, aber das, was man für einen anderen Menschen tun kann, hat seine Grenzen, und wenn man diese Grenzen erkennt, dann muß man genau das tun, was Philip gesagt hat, nämlich sehen, wie man sein eigenes Leben weiterführt. Philips Ratschläge sind immer die besten. Und sie sind es auch schon immer gewesen. Manchmal habe ich das Gefühl, er ist mir eher ein Vater als ein Ehemann.« Sie lächelte. »Geht es dir gut, Liebes? Gibt es sonst noch etwas, was du mir erzählen möchtest?«

»Ich bin müde«, sagte ich. Dorothy war derart mit sich selbst beschäftigt, daß sie ohnehin nie etwas gehört hätte, was sie nicht hören wollte, sagte ich mir. »Ich werde jetzt nach oben gehen und mich ein Weilchen ausruhen.«

»Ja, natürlich, tu das. Nimm ein Schaumbad im Whirlpool, und schon sieht die ganze Welt wieder viel erfreulicher aus. Das kannst du mir glauben. Wenn ich deprimiert bin, gehe ich einfach in den Kosmetiksalon zu einer Gesichtsbehandlung, und hinterher nehme ich ein Schlammbad mit anschließender Massage. Wozu soll Geld gut sein, wenn man es nicht dafür ausgibt, sich etwas Gutes zu tun und den Trübsinn zu vertreiben?« fügte sie mit einem dünnen Lachen hinzu. Ihre Worte erinnerten mich wieder an unseren Einkaufsbummel und das viele Geld, das sie für mich ausgegeben hatte. Trotz allem, was sie mir erzählt hatte, war ich jetzt sicher, daß Philip wütend werden würde, wenn er es herausfand.

»Es wäre mir lieb, wenn Sie das Abendkleid zurückgeben könnten, Dorothy. Ich werde es jetzt ja doch nicht mehr brauchen, und . . .«

»Natürlich kannst du es gebrauchen. Gehst du denn drüben im Osten nicht auch manchmal richtig schick aus? Überleg dir doch nur, wie sehr dich all die anderen jungen Frauen beneiden werden, wenn sie dich in einem Modellkleid sehen.«

Ich starrte sie an, aber ich war zu erschöpft, um mich auf eine Auseinandersetzung einzulassen.

Sie läutete, und wenige Sekunden später tauchte Christina in der Tür auf.

»Christina, würden Sie bitte ein Schaumbad für Melody einlassen?«

»Das kann ich doch selbst tun«, sagte ich.

»Nun seien Sie schon so nett, Christina«, sagte Dorothy mit Nachdruck.

»Ja, Mrs. Livingston«, erwiderte Christina und ging, um ihrem Wunsch augenblicklich nachzukommen.

»Also wirklich, meine Liebe. Du mußt es den Dienstboten überlassen, ihre Aufgaben zu erledigen. Andernfalls ...« Sie lachte. »Andernfalls bräuchten wir keine Dienstboten, und dann wären sie arbeitslos. Christina kann es sich nicht leisten, ihre Stellung zu verlieren. Sie hat eine ganze Kinderschar durchzufüttern. Ich wünsche dir ein erholsames Bad. Alec wird dich zum Abendessen rufen.«

Sie erhob sich, blieb einen Moment lang stehen und sah mich an.

»Ich wünschte, du könntest eine Weile hierbleiben. Ich hätte dir noch soviel beizubringen«, sagte sie, und ihre Lippen verzogen sich mitleidig, als sie kopfschüttelnd den Salon verließ. Du hättest mir noch soviel beizubringen? dachte ich und sah mich in diesem Palast um, bewohnt von zwei Menschen, die gemeinsam in einem Reichtum lebten, der mein Vorstellungsvermögen überstieg, und doch schienen die beiden einander fremd zu sein. Ich will nicht lernen, wie man in einem Restaurant den besten Tisch zugewiesen bekommt oder wie ich jedes kleinste Fältchen in meinem Gesicht vermeide, dachte ich. Nein, ich wollte eine viel tiefere Wahrheit ergründen. Ich wollte herausfinden, wo mein Platz auf Erden war und wohin ich in Wirklichkeit gehörte. Selbst wenn ich noch zehn Jahre hiergeblieben wäre, glaubte ich nicht, daß ich das Dorothy hätte begreiflich machen können.

Meine Beine schienen bleischwer zu sein, als ich aufstand und auf die Treppe zuging. Draußen herrschte auch heute wieder strahlender Sonnenschein, doch in meinem Herzen war der Himmel mit dichten, dunklen Wolken der Verzweiflung verhangen. Als ich auf mein Zimmer zuging, hörte ich Christina im Bad singen.

»Ich habe dir ein duftendes Schaumbad eingelassen«, sagte sie, als sie mich eintreten hörte.

»Vielen Dank.«

Sie musterte mich genauer.

»Hast du einen schlechten Tag hinter dir?« fragte sie dann.

Ich schüttelte den Kopf, doch meine Lippen zitterten, und mein Kinn bebte. Ich mußte mir auf die Unterlippe beißen, um ein Schluchzen zu unterdrücken.

»Du armes Mädchen«, sagte sie und kam auf mich zu. Ich konnte mich nicht länger zusammenreißen. Als ich anfing zu weinen, schlang sie die Arme eilig um mich, drückte mich an sich und strich mir über das Haar. »Aber, aber, so schlimm kann es doch gar nicht sein.«

»Oh doch, es ist sogar noch schlimmer«, klagte ich. »Meine eigene Mutter hat sich heute geweigert, mich zu erkennen. Sie ist davongelaufen und hat mich bei Verwandten im Osten zurückgelassen, und ich glaube, danach hat sie ihren Tod vorgetäuscht, um mich für immer loszuwerden«, heulte ich Christina vor.

Im ersten Moment schien sie schockiert zu sein, doch dann nickte sie bedächtig und kniff die Lippen fest zusammen.

»Eine Frau, die ihr eigenes Kind verleugnet, muß in Schwierigkeiten stecken«, sagte sie entschieden. »Das ist unnatürlich, und es muß sehr schmerzlich für sie sein.«

»Glauben Sie das wirklich?« fragte ich und wischte mir die Augen trocken.

»Oh ja. Wenn du erst einmal Mutter bist, dann wirst du es

verstehen«, sagte sie lächelnd. »Dein Kind ist ein Teil von dir, und es wird immer dein Baby bleiben. Es ist schmerzhaft mitanzusehen, wie Kinder groß werden, denn man weiß, daß sie sich immer mehr von einem entfernen werden, aber das ist eine ganz andere Form der Loslösung, eine gesunde und natürliche Loslösung. Ich bin sicher, daß sich deine Mutter bei dir melden wird«, sagte sie und drückte liebevoll meine Hand.

»Sie weiß nicht, wo ich hier wohne.«

»Dann erwartet sie, daß du wiederkommst«, versicherte Christina mir.

»Ich weiß nicht recht«, sagte ich und dachte darüber nach. Ich hätte ihren Optimismus gern geteilt, damit all diese Schrecklichkeiten belanglos und unbedeutend erschienen, und ich wollte auch glauben, daß auf jedes Unwetter ein Regenbogen folgt, aber ich war schon so oft enttäuscht worden.

»Du mußt mehr Zuversicht haben, mein Liebes«, sagte sie. »Nimm ein entspannendes Bad, iß etwas Leckeres zum Abendessen, sieh zu, daß du heute nacht gut schläfst, und wenn du ausgeruht aufwachst, wird dir der morgige Tag gleich wesentlich vielversprechender erscheinen.«

Ihr Lächeln war wie der Sonnenschein nach einem Regenschauer. Ich mußte unwillkürlich ebenfalls lächeln.

»Danke«, sagte ich. »Ihre Kinder können von Glück sagen, daß sie eine so gute Mutter haben.«

»Das sage ich ihnen auch ständig«, scherzte sie. Damit brachte sie mich zum Lachen, und einen Moment lang fühlte ich mich wieder wie ich selbst, fröhlich und munter.

Ich nahm ein genüßliches Bad, entspannte mich und machte Meditationsübungen. Ich dachte an Billy Maxwell, der eine private Katastrophe überwunden hatte, und der Gedanke an ihn flößte mir Kraft ein. Ich wurde sogar allmählich wieder hungrig und freute mich auf das Abendessen.

Ich hatte mich gerade erst angezogen, als an meine Tür geklopft wurde und Christina den Kopf hereinstreckte.

»Ist alles in Ordnung?«

»Ja, Christina. Danke.«

»Du hast einen Anruf«, sagte sie. »Laß im Bad einfach alles stehen und liegen. Ich komme noch mal rauf und räume auf, ehe ich nach Hause gehe«, fügte sie hinzu und schloß die Tür, damit ich ungestört telefonieren konnte. Ich rechnete damit, daß Holly sich noch einmal melden würde. Vielleicht hatte Dorothy sie angerufen und ihr erzählt, was Philip gesagt hatte. Holly wollte sicher, daß ich nach New York zurückflog und dort eine Weile bei ihr blieb. Ich mußte zugeben, daß das die beste Lösung zu sein schien.

»Hallo.«

»Melody«, sagte Cary. Es überraschte mich, daß er sich bei mir meldete.

»Cary!«

»Ich habe Holly angerufen und mir von ihr die Nummer ihrer Schwester geben lassen. Geht es dir gut? Wie war die Reise?«

Ich sprach schnell und faßte in wenigen Minuten alles zusammen, was sich zugetragen hatte, angefangen mit der Katastrophe, zu der es auf dem Flughafen beinah gekommen wäre. Er lauschte wortlos, bis ich meinen Bericht beendet hatte. Mir wurde klar, daß es im Osten schon spät am Abend sein mußte.

»Das klingt ganz so, als sei alles schiefgegangen seit dem Tag, an dem du New York verlassen hast«, sagte er.

»Aber wie geht es dir?« fragte ich.

»Hier stehen die Dinge gar nicht gut, Melody. Ich rufe aus dem Krankenhaus an.«

»Aus dem Krankenhaus? Was ist dir zugestoßen?«

»Mir ist gar nichts zugestoßen. Dad ist wieder in die Herzstation eingeliefert worden. Er hat den nächsten Herzinfarkt gehabt. Ich glaube, diesmal hat er sich das selbst zuzuschreiben, mit seinen ewigen Klagen darüber, daß er in seiner Bewegungsfreiheit eingeschränkt ist, und mit seinem Beharren, mehr zu tun, als ihm die Ärzte erlauben.«

»O Cary, das tut mir ja so leid. Wie geht es Tante Sara?«

»Du kennst doch Ma. Sie arbeitet ununterbrochen, damit sie nicht zum Nachdenken kommt.«

»Und wie geht es May?«

»Nicht so gut. Du fehlst ihr sehr«, sagte er. »Mir fehlst du noch viel mehr. Aber ich kann verstehen, warum du diese Reise machen mußtest«, fügte er eilig hinzu.

»Du fehlst mir auch sehr, Cary.«

»Was wirst du jetzt tun?«

»Ich bin mir noch nicht sicher. Ich rufe dich an, sowie ich es weiß«, versprach ich ihm. »Wenn es sich machen läßt, sag Onkel Jacob doch bitte, daß ich ihm gute Besserung wünsche.«

»Ich richte es ihm aus.«

»Und paß auf dich auf, Cary. Du kannst nicht für alle da sein und dich selbst übernehmen«, sagte ich, da ich ihn kannte.

Er lachte.

»Und das mußt ausgerechnet du sagen. Rate mal, wen ich heute morgen im Krankenhaus gesehen habe«, sagte er. »Großmama Olivia. Sie konnte sich einfach nicht zurückhalten. Sie hat mich tatsächlich gefragt, ob ich schon etwas von dir gehört hätte. Ich habe ihr erzählt, ich würde dich heute abend anrufen, und sie hat sich von mir versprechen lassen, daß ich sie über die Neuigkeiten auf dem laufenden halte.«

»Sie hofft doch nur, daß sich ihre Investition bezahlt macht und ich nie mehr zurückkomme«, sagte ich trocken.

»Aber sie wird die Gelackmeierte sein«, sagte er und lachte dann nervös.

»Ich glaube, im Moment bin ich die Gelackmeierte«, stöhnte ich.

»Heute nachmittag habe ich Kenneth in der Stadt gesehen. Ich habe nicht mit ihm gesprochen. Ich habe ihn gerade noch wegfahren sehen. Er hat noch . . . zotteliger als sonst gewirkt, falls das überhaupt möglich ist. Er tut nicht gerade viel für sein Äußeres.«

»Was für ein Jammer. Ich hatte gefürchtet, daß es dazu kommen könnte.«

»Es geht mit uns allen bergab, seit du nicht mehr hier bist«, sagte Cary.

»O Cary.«

»Ich weiß nicht, ob ich es dir oft genug gesagt habe, damit du mir wirklich glaubst, Melody, aber ich liebe dich. Im Ernst.«

»Ich glaube dir, Cary, und du fehlst mir auch.«

»Paß gut auf dich auf, und verlieb dich nicht in irgendwelche Filmstars«, scherzte er.

»In dem Punkt kannst du unbesorgt sein«, sagte ich lachend. Seine Verabschiedung flatterte wie ein Band im Wind, das einen Moment reglos verharrte und nach Beendigung des Telefongesprächs fortgeweht wurde. Ich hielt den Hörer noch ein paar Minuten in der Hand, ganz so, als könnte ich auf die Art länger an Carys Stimme und meinen liebevollen Erinnerungen an ihn festhalten.

Als ich zum Abendessen nach unten ging, schien mir die Luft noch dicker als sonst zu sein. Philip gab so gut wie kein Wort von sich. Er aß und starrte dabei vor sich hin, als sei er allein im Raum. In ihrem Bemühen, Konversation zu betreiben, erzählte mir Dorothy von einem neuen Make-up, das sie entdeckt hatte, und von einer Hautcreme, die ihr das Gefühl gab, zarte Babyhaut zu haben.

Das Essen war einfach köstlich, ein mexikanisches Gericht, das sich Fajita nannte. Dorothy erzählte mir, mexikanisches Essen erfreute sich in Los Angeles großer Beliebtheit.

»Es kommt daher, daß es hier so viele Mexikaner gibt, und die meisten von ihnen sind gute Köche«, erklärte sie.

Nach dem Abendessen wollte sie, daß ich mir mit ihr etwas im Fernsehen ansah; es schien, als unternähme Philip abends so gut wie nichts mit ihr gemeinsam. Gewöhnlich hatte er noch Arbeiten in seinem Büro zu erledigen, und wenn er nicht arbeitete, las er. Dorothy hatte mir erzählt, daß er das Fernsehen verabscheute, es sei denn, er sah sich Börsenberichte an, die sie wiederum grauenhaft langweilig fand. Ich fragte mich, was diese beiden Menschen vor einem Altar zusammengeführt haben mochte, um einander unsterbliche Liebe und Hingabe zu geloben, bis daß der Tod sie scheiden würde. Es schien mir, als entbehrte Dorothys Leben jeglicher Romantik, abgesehen von dem Geschehen in ihren Soap Operas, die sie mit geradezu religiösem Eifer verfolgte.

Ich dachte an die Dinge, die Christina gesagt hatte, und ich dachte an Cary und May und auch an Kenneth und all die anderen Menschen in Provincetown, die mich brauchten. Ich gelobte mir, keinen Tag mehr als nötig zu vergeuden.

»Ich werde noch ein letztes Mal zu den Ägyptischen Gärten fahren«, erklärte ich nach dem Abendessen. Daraufhin belebte sich Philips Gesicht. »Und ich werde nicht gehen, solange ich nicht ein paar wahrheitsgemäße Antworten bekommen habe.«

»Heute abend noch?« fragte Dorothy.

»Ja, jetzt gleich«, sagte ich.

»Also wirklich, Melody, hältst du das für klug? Und dann auch noch um diese späte Tageszeit?« fragte Dorothy und sah Philip hilfesuchend an.

»Ich würde dir davon abraten«, sagte er. »In Anbetracht dessen, was dir dort bereits widerfahren ist, ist das keine besonders kluge Idee.«

»Manchmal müssen wir den Befehlen unseres Herzens folgen, statt uns den Ratschlägen unseres Verstandes zu beugen«, erwiderte ich.

»Was unausweichlich in die Katastrophe führt«, gab er zurück.

Ich sagte kein weiteres Wort, doch beiden war klar, daß ich hinfahren würde.

»Es wäre mir lieber, wenn unsere Limousine nicht für diese Fahrt benutzt würde«, sagte Philip, als er vom Tisch aufstand.

»Ich rufe mir einfach ein Taxi.«

»Philip«, sagte Dorothy.

»Ich fürchte, darauf muß ich bestehen«, sagte er zu mir.

»Das leuchtet mir ein. Sie sind beide sehr nett zu mir gewesen, und ich bin Ihnen dankbar für Ihre Gastfreundschaft.«

»Es ist nicht das erste Mal, daß mich meine Schwägerin in eine schwierige Lage gebracht hat«, bemerkte Philip.

»Warum wartest du nicht bis morgen früh, Melody? Vielleicht liegen die Dinge dann ...«

»Ob bei Tag oder bei Nacht, ich möchte nicht, daß unser Wagen in diese Geschichte hineingezogen wird«, wiederholte Philip mit erhobener Stimme. Dorothy sank gegen ihre Stuhllehne zurück, als sei sie geohrfeigt worden.

»Ich gehe jetzt. Ich kann ja jederzeit ein Taxi anhalten«, sagte ich und erhob mich.

»In Los Angeles kann man kein Taxi auf der Straße anhalten. Man bestellt telefonisch ein Taxi und läßt sich von ihm abholen«, sagte Philip. »Ich werde dafür sorgen, daß Alec sich darum kümmert.«

Er stolzierte aus dem Eßzimmer.

»Sieh dich bitte vor, meine Liebe«, sagte Dorothy.

»Ja, ganz bestimmt.« Mein Herz raste vor mir her, als ich nach oben rannte, um meine Handtasche zu holen. Im Grunde genommen war ich ohnehin froh darüber, daß Spike mich nicht fahren würde. Nach allem, was in seinem Apartment passiert war, war ich mir nicht sicher, ob ich ihm jetzt noch ohne weiteres ins Gesicht sehen konnte.

Das Taxi fuhr gerade vor, als ich aus dem Haus trat. Ich eilte ihm entgegen und nannte dem Fahrer die Adresse. Schon jetzt hatte ich beschlossen, dies sei mein letzter Versuch, von mir aus auf Mommy zuzugehen. Falls mein Vorhaben scheitern sollte, würde ich am kommenden Morgen nach Hause zurückfliegen.

Die Ägyptischen Gärten wirkten abends anders als bei Tag, nämlich noch schäbiger, falls das überhaupt möglich war. In einigen der Laternen, die den Gehweg säumten, brannte kein Licht, und auch die Beleuchtung der Gebäude funktionierte nur teilweise. Die Schatten waren länger, tiefer, dunkler. Das Tor quietschte, als ich es öffnete und eintrat. Vor mir am Pool unterhielten sich zwei junge Männer, die Getränke in hohen

Gläsern in den Händen hielten. Sie drehten sich zu mir um, als ich an ihnen vorbeikam. Als ich gerade den Pool umrundet hatte und auf das Gebäude zuging, in dem Mommy wohnte, sah ich einen Mann zur Tür herauskommen. Er blieb stehen, um sich eine Zigarette anzuzünden. Die Flamme des Streichholzes warf einen Moment lang einen flackernden Lichtschein auf sein Gesicht und sein Haar, und ich keuchte und verbarg mich in der Dunkelheit. Es war Archie Marlin. Ihn hätte ich überall wiedererkannt.

Er hatte immer noch kurzes orangerotes Haar und fahle Haut, mit Sommersprossen auf dem Kinn und auf der Stirn. In Sewell hatten immer alle gesagt, er sähe zehn Jahre jünger aus, als er in Wirklichkeit war, obwohl niemand sein genaues Alter kannte. Niemand wußte allzuviel über Archie Marlin. Wenn man ihm Fragen zu seiner Person stellte, bekam man unweigerlich ausweichende Antworten zu hören. Ihm fiel jedesmal wieder ein Scherz ein, oder er zuckte die Achseln und gab eine alberne Bemerkung von sich. Aber Mommy war auf seine zahllosen Versprechen reingefallen und mit ihm fortgelaufen.

Ich hielt den Atem an, als er mit einem hinterhältigen kleinen Lächeln auf seinen Lippen an mir vorbeikam. Er schlenderte über den Gehweg und verschwand um die nächste Wegbiegung. Mit pochendem Herzen stieß ich den Atem aus, den ich angehalten hatte. Ich wollte ihm im Moment nicht gegenübertreten und am liebsten sogar nie mehr, aber sein Anblick war für mich die letzte und endgültige Bestätigung dafür, daß es sich bei der Frau im obersten Stockwerk dieses Gebäudes zweifellos um meine Mutter handelte.

Meine Beine kamen mir so dünn und schwach vor wie die Strohbeine einer Vogelscheuche, als ich das Gebäude betrat und auf den Aufzug zuging. Als sich die Türen öffneten, stieg ich schnell ein und drückte den Knopf zur vierten Etage. Das Herz schien mir in der Kehle zu schlagen. Wie gräßlich, dachte ich, wie absolut gräßlich, daß mich diese unglaubliche Beklommenheit befiel, wo es doch eigentlich nur darum ging, meine eigene

Mutter zu besuchen. Wenige Momente später stand ich vor ihrer Tür, und meine Finger zögerten über dem Klingelknopf. Endlich preßte ich ihn und wartete.

Die Tür wurde aufgerissen, und Mommy stand in einem Bademantel da, ungeschminkt und mit ungekämmtem Haar und glasigen Augen. Sie wankte und brachte die Worte schon heraus, ehe sie sah, wer vor ihrer Tür stand.

»Was hast du denn jetzt schon wieder vergessen, Richard?« fragte sie und sah dann, daß ich es war. Ihr Ausdruck erstarrte. Erst glaubte ich noch, einen Anflug von Freude durchschimmern zu sehen, doch er wurde schnell von Verärgerung abgelöst. »Du schon wieder?« sagte sie.

»Mommy ...«

Sie starrte mich an, und dann streckte sie den Kopf weiter zur Tür hinaus, um sich im Korridor umzusehen.

»So leicht werde ich dich anscheinend nicht los. Rein mit dir«, forderte sie mich barsch auf, während sie mich in ihre Wohnung zerrte.

Mommy schloß die Tür schnell hinter mir, sah mich verdrossen an und ging dann ins Wohnzimmer. Sie hielt mir den Rücken zugekehrt.

»Warum tust du so, als würdest du mich nicht kennen, Mommy?« fragte ich und wischte mir eilig eine Träne aus dem Gesicht.

»Weil ich dich nicht kenne«, sagte sie. »Ich kenne niemanden mehr aus jenem Leben. Ich kann es nicht, es ist mir einfach unerträglich«, sagte sie und schlug sich mit den Fäusten auf die Oberschenkel, ehe sie zu mir herumwirbelte. »Warum bist du hergekommen? Wie hast du mich gefunden?«

»Alice hat dein Foto in einem Katalog gesehen und ihn mir geschickt. Ich habe ihn zu Kenneth mitgenommen, und er hat ihn sich ganz genau angesehen und gesagt, er sei sicher, daß du es bist. Dann hat er einen Freund in Boston angerufen, der ihm dabei geholfen hat, dich für mich aufzuspüren.«

»Kenneth?« Ihre zusammengekniffenen Lippen wurden etwas weicher und verzogen sich zu einem kleinen Lächeln, doch sowie sie merkte, was sie getan hatte, nahmen ihre Augen wieder diesen harten, wütenden Ausdruck an. »Ich kenne niemanden, der Kenneth heißt, mit Ausnahme von Ken Peters bei ICM. Du mußt wieder zurückfahren«, sagte sie. »Und allen erzählen . . . erzähl einfach allen, daß ich nicht die bin, für die du mich gehalten hast, und daß . . .«

»Aber warum, Mommy?«

»Es ist für alle Beteiligten das Beste«, sagte sie. Sie verschränkte die Arme unter ihren Brüsten und zog die Schultern so steif zurück wie eine von Kenneths Statuen, um sich in ihrer Entschlossenheit zu bekräftigen und ihren Widerstand zu stärken. Ich fing jetzt an, ganz unverhohlen zu weinen. »Laß das«, sagte sie. »Begreifst du es denn nicht? Du bringst mir alles durcheinander, und gerade jetzt, wenn sich endlich etwas tut, wirst du mir all meine Chancen ruinieren. Es sieht so aus, als könnte ich eine gute Rolle in einem Film bekommen und auch einen anderen Job als Mannequin an Land ziehen, einen noch viel besseren Job. Ich lerne laufend einflußreiche Leute kennen. Und jetzt, wo es endlich soweit ist, tauchst du aus heiterem Himmel auf und bringst mir alles ins Wanken.«

»Ich verstehe das alles nicht, Mommy.« Ich holte tief Atem. »Wie hast du das bloß angestellt? Zu Hause haben alle geglaubt, du seist gestorben. Sogar eine Leiche hat es gegeben. Du bist in Provincetown im Familiengrab beigesetzt worden.« Sie lachte, öffnete ein Etui aus imitiertem Elfenbein, das auf dem gelblich braunen Couchtisch lag, und zog eine Zigarette heraus.

»Soll das etwa heißen, Olivia Logan hat es gestattet, den Leichnam in ihrem kostbaren Familiengrab beizusetzen, obwohl sie geglaubt hat, ich sei es?« Sie lachte wieder, fand ein Streichholz und zündete ihre Zigarette an. Dann ließ sie sich auf den abgenutzten Sessel mit dem Bezug aus bedruckter Baumwolle fallen und starrte mich an, während sie paffte. »Du siehst gut aus«, sagte sie. »Es steht dir, daß du fülliger geworden bist. Ich nehme an, Jacob hat dich nicht vor die Tür gesetzt.«

»Er ist sehr krank, Mommy. Er hat einen Herzinfarkt gehabt und wäre fast gestorben. Im Moment ist er wieder im Krankenhaus.«

»Das wundert mich gar nicht. Er hat viel zuviel von seiner Mutter, um das Leben zu genießen oder es andere genießen zu lassen. Wahrscheinlich hat diese Haltung schließlich sein eigenes Herz angefressen.« Sie holte tief Atem, schüttelte den Kopf und sah durch die gläsernen Schiebetüren, die zum Balkon führten. »Ich kann keine Tochter in deinem Alter haben«, sagte sie. »Dann bekäme ich niemals einen anständigen Job in dieser Stadt.«

»Und warum nicht?«

»So ist es eben. Junge Leute können hier alles haben, insbesondere Frauen. Sieh mal, bei mir hast du nichts verloren, Schätzchen. Ich bin keine gute Mutter. Ich bin es auch nie gewesen, und ich werde es auch nie sein. Es entspricht meinem Charakter einfach nicht.«

»Und warum nicht?« fragte ich.

»Weil ... weil ich zu egozentrisch bin. In dem Punkt hat Chester recht gehabt. Erinnerst du dich denn nicht mehr? Chester ist immer derjenige gewesen, der alles für dich getan hat, was wichtig war, und nicht etwa ich. Und den größten Teil deiner Kindheit hast du nebenan bei Arlene und George verbracht.«

»Papa George ist gestorben, Mommy«, sagte ich betrübt.

»Ach wirklich?« Sie nickte. »Er war schon ziemlich krank, als ich fortgegangen bin. Ich habe damals schon nicht geglaubt, daß er es noch lange machen wird. Siehst du«, sagte sie und riß den Kopf hoch. In ihren Augen stand Furcht, als sie mich ansah. »Da siehst du selbst, wie kurz das Leben ist und wie schnell man seine Chancen vertan hat. Hier gibt man mir keine zweite Chance, Melody. Genau das ist das Richtige für mich. Deshalb habe ich ja auch getan, was Archie vorgeschlagen hat, als der Unfall passiert ist.«

»Das verstehe ich nicht, Mommy. Was ist passiert?«

»Archie war wirklich in einen Unfall verwickelt«, sagte sie und fuchtelte mit ihrer Zigarette in der Luft herum. »Er war auf dem Rückweg von einer Party in einer Bar, in der angeblich ein Treffen von Produzenten und Agenten stattfinden sollte. Er hatte eine seiner jüngeren Klientinnen mitgenommen. Es war wirklich noch ein sehr junges Mädchen, aber sie hat alle zum Narren gehalten, außer Archie natürlich. Jedenfalls hat er gesagt, ich soll ihr für den Abend meinen Ausweis leihen. Auf der Rückfahrt hat Richard, wie er sich jetzt nennt, aber das weißt du ja, die Kontrolle über den Wagen verloren, und bei dem Aufprall ist der Wagen sofort in Flammen aufgegangen. Er ist rausgeschleudert worden, aber das Mädchen war eingekeilt und ist in dem Wrack ums Leben gekommen. Als die Polizei die Leiche und meinen Ausweis gefunden hat, haben Archie und ich uns lange darüber unterhalten und beschlossen, es sei das beste, wenn ich diesen Vorfall dazu nutze, mich endgültig von der Familie zu lösen. Daher habe ich eine neue Identität angenommen. Ich bin jetzt Gina Simon. Gina Simon, hast du gehört? Hier halten mich alle für viel jünger, als ich bin!« fügte sie zu ihrer Verteidigung hinzu. »Hier bringe ich es zu nichts, wenn ich nicht blutjung bin, und deshalb habe ich es getan. Sieh mich bloß nicht so an«, fauchte sie. »Schließlich habe ich genau gewußt, daß es dir gutgeht und daß du bei Verwandten gut aufgehoben bist. Es ist ja nicht so, als hätte ich dich einfach irgendwo sitzenlassen.«

»Verwandte«, sagte ich, und mein Gesicht verzerrte sich vor Wut. »Du hast mich bei einer Familie zurückgelassen, von der du wußtest, daß sie dich nicht mag.«

»Ja, aber du bist nicht ich«, sagte Mommy. »Ich habe mir gedacht, mit der Zeit werden sie das schon selbst merken und dich nicht dafür bestrafen, daß du meine Tochter bist. Und sie sind alle finanziell gut gestellt, sogar Jacob.«

»Nicht mehr. Er muß sich ziemlich abmühen, um im Geschäft zu bleiben, und es ist harte Arbeit, und jetzt ist er noch dazu sehr krank . . .«

»Du kannst nicht bei mir leben. Weshalb bist du hergekommen? Wie könnte ich dich bei mir aufnehmen? Geh dorthin zurück, wo du herkommst, und warte, bis ich mich hier etabliert habe und einen Haufen Geld verdiene. Dann hole ich dich zu mir«, versprach sie. »Du mußt von hier verschwinden, ehe jemand dahinterkommt, wer du bist. Wo wohnst du überhaupt?« fragte sie eilig, als ihr klar wurde, daß es Menschen geben könnte, die bereits Bescheid wußten.

»Ich wohne bei Dorothy Livingston, der Schwester von Holly Brooks, aber nur noch heute nacht«, sagte ich.

»Holly Brooks? Den Namen kenne ich.«

»Sie ist eine Freundin von Kenneth.«

»Ach so. Ah ja. Lebt sie mit ihm zusammen?«

»Nein, sie lebt in New York City. Sie ist sehr nett zu mir gewesen. Sie hat mir geholfen, sonst wäre ich jetzt nicht hier.«

»Und diese Dorothy . . . was weiß sie über uns?«

»Nur das, was ich ihr erzählt habe . . . daß du so getan hast, als sei ich jemand, den du nicht kennst.«

»Gut. Du wirst jetzt zu ihr zurückfahren und ihr erzählen, du seist noch einmal hier gewesen und hättest festgestellt, daß du dich geirrt hast. Und dann gehst du wieder zu Jacob und Sara.«

»Ich kann nicht zu Jacob und Sara zurückgehen«, sagte ich. »Wenn ich zurückgehe, muß ich bei Großmama Olivia leben.«

»Olivia? Warum denn das?« fragte sie. Ich setzte mich auf das Sofa und begann, ihr die Geschichte meiner Entdeckungen zu erzählen. Ich berichtete ihr von meinem Besuch bei ihrer Mutter, meiner Großmutter Belinda, und ich schilderte ihr, wie ich erfahren hatte, daß Richter Childs in Wirklichkeit der Vater meiner Mutter war.

»Erst dann konnte ich endlich verstehen, warum Kenneth und sein Vater nicht miteinander auskommen. Er gibt seinem Vater die Schuld daran, daß er dich verloren hat«, sagte ich.

Mommy lächelte.

»Kenneth«, sagte sie liebevoll und schwelgte in Erinnerungen. »Ich nehme an, wenn die Dinge anders gestanden hätten, hätte ich ihn geheiratet. Du kannst dir gar nicht vorstellen, wie gut er ausgesehen hat und wie intelligent er war. All meine Freundinnen waren verrückt nach ihm. Er war schon immer anders als die anderen, und mit ihm war alles so spannend.« Ihr Lächeln verblaßte. »Aber als ich die Wahrheit erfahren habe und ihn einweihen mußte, war es, als hätte ich ihm einen Vorschlaghammer über den Schädel gezogen.

Nach außen hin sind sie alle so anständig und sittsam, diese guten Familien, die mir das Gefühl gegeben haben, ich sei ihnen unterlegen. Ich war das arme, kleine, abgeschobene Mädchen, das Findelkind, das alles nur Olivias Güte und ihrer Großzügigkeit zu verdanken hatte. Sie hat es mich ständig merken lassen. Sie hat mich nur bei sich aufgenommen, um ihrer Familie Peinlichkeiten zu ersparen, aber sie hat mich vom ersten Moment an gehaßt und ihre Jungen in dem Glauben erzogen, an mir könnten sie sich anstecken. Aber ich habe ihr ein Schnippchen geschlagen, stimmt's? Ich habe ihr Chester abgeluchst, und dafür hat sie mich bis in alle Ewigkeit gehaßt.

Hat sie auf meiner Beerdigung gelächelt? Ich wünschte, ich wäre dort gewesen, nur um diese Heuchler zu beobachten«, sagte Mommy und paffte in vollen Zügen.

»Nein, sie hat nicht gelächelt. Ihr Auftreten war würdevoll. Es war ein sehr schönes Begräbnis. Kenneth ist auch dagewesen.«

»Der arme Kenneth. Hat es ihm sehr zugesetzt?«

»Ja, sehr.«

Sie lehnte sich zufrieden zurück.

»Es ist gar keine schlechte Idee, sich vorzeitig begraben zu lassen, vor allem, wenn man gleichzeitig die häßliche Vergangenheit zu Grabe tragen kann.« Sie starrte mich ausdruckslos an. »Aber das ist alles vorbei, Melody, zwei Meter tief unter der Erde. Du kannst mich nicht ausgraben. Das wäre nicht fair. Ich habe endlich die Ketten abgeworfen, die Bürde meiner Vergangenheit, und jetzt bieten sich mir Gelegenheiten, und ich habe neue Freunde ...« Sie sah sich um. »Das hier ist nur etwas

Vorübergehendes. Noch ein paar kleine Jobs, und dann werde ich in einer todschicken Luxusanlage leben, vielleicht in Brentwood. Archie versichert mir, daß es klappt«, sagte sie.

Ich schlug die Augen nieder. Mein Herz war so schwer, daß ich glaubte, es könnte aus meiner Brust fallen.

»Warum will Olivia, daß du jetzt bei ihr einziehst?«

»Weil Onkel Jacob so krank ist, und weil sie nicht will, daß es zu einem öffentlichen Skandal kommt. Ich habe ihr gesagt, daß ich bei Kenneth leben möchte, denn schließlich ist er mein richtiger Onkel, aber sie sagt, das würde nur Gerüchten Vorschub leisten.«

»In dem Punkt hat sie recht. Olivia kennt ihr Territorium. Vielleicht ist das gar nicht einmal eine so schlechte Idee. Es ist ein wunderschönes Haus. Ich habe gern dort gelebt, wenn sie mir gerade mal nicht über die Schulter geschaut oder mich pausenlos wegen diesem oder jenem angeschrien hat.«

»Sie will eine anständige Schule für mich finden, und sie hat gesagt, ich sei die Erbin von Großmama Belindas Hälfte des Gordon-Vermögens.«

»Das ist doch prima. Dann siehst du also ein, daß du dich auf den Rückweg machen solltest, und zwar schleunigst.«

»Aber . . . mir geht es doch nicht um Geld, und ich möchte auch keine versnobte Mädchenschule besuchen, Mommy. Olivia ist nicht meine Mutter. Sie ist noch nicht einmal meine richtige Großmutter. Ich habe Angst davor, bei ihr zu leben. Ich fürchte mich davor, daß sie mir das Leben genauso zur Qual machen wird, wie sie es schon mit dir getan hat.«

»Es war nicht allein ihre Schuld. Einiges hatte ich mir selbst zuzuschreiben«, gestand Mommy. »Ich war wütend auf sie alle, und ich wollte sie für mein Unglück büßen lassen.«

»Wenn sie mich ansehen, werden sie jedesmal dich in mir erkennen«, sagte ich. »Olivia geht es so, ganz gleich, was sie mir auch erzählen mag, und Onkel Jacob sowieso. Sogar auf Kenneth trifft das zu«, fügte ich hinzu, und sie horchte auf.

»Ach?«

»Er hat mich für sich Modell stehen lassen, genauso, wie du ihm früher auch Modell gestanden hast«, sagte ich.

Sie riß die Augen weit auf.

»Ach wirklich? Und hast du es getan?«

»Ja. Er hat eine wunderbare neue Skulptur geschaffen. Er sagt selbst, es sei sein größtes Kunstwerk, die *Tochter des Neptun.* Aber das Gesicht der Skulptur hat mehr von deinen Zügen als von meinen«, berichtete ich ihr. Ich konnte deutlich erkennen, daß sie das freute.

»Steh auf«, sagte sie plötzlich. Ich tat es. »Du hast wirklich eine hübsche Figur. Du bist ein sehr attraktives junges Mädchen. Kenneth entgeht so etwas nicht.« Sie dachte wieder einen Moment lang nach. »Hat es dir denn in Provincetown gar nicht gefallen? Hast du nicht vielleicht einen netten Jungen kennengelernt?«

»Cary ist nett, sogar sehr nett. Er fehlt mir, und ich mag May schrecklich gern, aber du hast mir gefehlt, Mommy. Ich habe dich wirklich sehr vermißt. Ich möchte nicht . . . allein sein. Es ist nicht fair.«

Sie nickte und drückte ihre Zigarette aus.

»Es hat mich schon ziemlich bedrückt, dich im Stich zu lassen und dich zu belügen«, sagte sie. »Vielleicht nicht ganz so sehr, wie du es dir gewünscht hättest, aber zugesetzt hat es mir doch. Mir hat die Vorstellung nicht behagt, dich zurückzulassen, aber um zu tun, was ich jetzt tue, ist mir gar nichts anderes übriggeblieben. Kannst du das verstehen?«

Ich nickte, obwohl ich es eigentlich nicht begreifen konnte.

»Ich mußte auf Archie hören. Er hat mit all diesen Dingen so viel mehr Erfahrung gehabt als ich«, brachte sie zu ihrer Verteidigung vor. »Was tun wir jetzt bloß?« fragte sie sich.

»Bitte, laß mich bei dir bleiben, Mommy.«

Sie sah mich an und lächelte.

»Du hast schon immer einen ernüchternden Einfluß auf mich gehabt, nicht wahr, Melody? Wenn ich in Sewell zu lange in Frankie's Bar und Grill geblieben bin und dann nach Hause kam, hat ein einziger Blick in dein Gesicht genügt, um ein verdammtes Schuldbewußtsein bei mir wachzurufen, und ich war sofort wieder klar im Kopf. Dafür habe ich dich manchmal gehaßt«, gab sie zu, »aber später habe ich dich dann dafür geliebt, vermutlich so sehr, wie ich ein Kind nur irgend lieben kann.«

Sie richtete sich auf.

»Zu allzuviel habe ich es hier noch nicht gebracht«, sagte sie. »Im Vergleich zu dem, was Olivia hat und dir bieten kann, ist es weniger als ein Tropfen auf den heißen Stein.«

»Das macht mir überhaupt nichts aus, Mommy. Mir geht es nur drum, bei dir zu sein.«

»Du kannst nicht bei mir leben«, klagte sie. »Ich kann es mir nicht leisten, eine Tochter in deinem Alter zu haben.«

Ich dachte verzweifelt nach, und mir fiel wieder ein, was ihre Freundin Sandy gesagt hatte.

»Du könntest mich als deine jüngere Schwester ausgeben«, schlug ich vor. »Du hast den Leuten doch erzählt, du hättest eine kleine Schwester.«

»Woher weißt du das?«

»Als ich das erste Mal hier war, habe ich eine Frau kennengelernt. Sie heißt Sandy, und sie hat geglaubt, ich sei deine jüngere Schwester, die dich überraschen will«, sagte ich.

»Das sieht ihr ähnlich.« Sie sah mich lächelnd an. »Wir sehen tatsächlich wie Schwestern aus. Ich meine, ich wirke doch jung genug, um deine Schwester zu sein, nicht wahr?«

»Doch, Mommy, das glaubt dir jeder.«

»Da siehst du es.« Sie stach mit dem Zeigefinger in die Luft. »Genau darin besteht das Problem. Du kannst mich nicht ›Mommy‹ nennen. Eine jüngere Schwester redet ihre ältere Schwester nicht mit ›Mommy‹ an, stimmt's?«

»Ich werde es nie wieder tun.«

»Du wirst es vergessen.«

»Nein, ganz bestimmt nicht«, beharrte ich. Sie entspannte sich ein wenig und dachte über meinen Vorschlag nach.

»Wenn ich eine jüngere Schwester hier bei mir aufnehmen würde, dann würde ich sogar noch glaubwürdiger wirken«, sagte sie.

»Ja, ganz genau«, sagte ich und nickte.

»Aber du darfst mich nur Sis oder Gina nennen. Nicht einmal das darfst du vergessen und mich aus Versehen Haille nennen.«

»So habe ich dich nie genannt, Mommy.«

»Mommy!«

»Im Moment ist doch außer uns niemand hier«, warf ich schnell ein.

»Archie wird das gar nicht gefallen. Er wird wütend auf mich sein«, sagte sie kopfschüttelnd.

»Er hat kein Recht, wütend auf dich zu sein. Du hast doch schließlich alles getan, was er wollte, oder etwa nicht?«

»Doch, das kann man wohl sagen«, seufzte sie. Sie starrte mich an und lächelte dann. »Wenn ich ihm erzähle, daß er eine erstklassige neue Klientin hat, wird er ohnehin nicht mehr wütend sein«, sagte sie.

»Eine erstklassige neue Klientin?«

»Dich, du kleiner Dummkopf. Du bist sehr schön. Du kannst doch auch Model und Schauspielerin werden. Wir werden allen erzählen, daß ich dich zu mir geholt habe, weil du Karriere machen willst. Genau wie ich. Dann werden wir wirklich Schwestern sein!« rief sie aus. »Vielleicht wird man uns sogar gemeinsam engagieren.«

Ich schüttelte den Kopf.

»Ich könnte niemals . . .«

»Klar kannst du das. Es geht ganz leicht. Du lächelst, wenn sie von dir wollen, daß du lächelst, und ansonsten klimperst du mit den Wimpern, wenn es sein muß, und ehe du dich versiehst, hast du einen Auftrag, und sie zahlen dir etliche hundert Dollar in der Stunde, und das nur dafür, daß du vor der Kamera stehst.«

»Ich weiß nicht, ob ich das kann«, sagte ich und dachte wieder daran, was ich von Spike über das Filmgeschäft gelernt hatte.

»Glaube mir, wenn ich dir sage, daß du es kannst«, sagte sie. »Also gut, du kannst das zweite Schlafzimmer haben, und wir unternehmen einen Versuch. Aber wenn es nicht klappt, kehrst du nach Cape Cod zurück und gehst wieder zur Schule, das mußt du mir versprechen. Also, was ist? Du wolltest bei mir sein, und ich habe dir eine Lösung angeboten. Entscheide dich.«

Ich stand da und war im ersten Moment sprachlos. Konnte ich mir eine Gelegenheit, wieder bei Mommy zu sein, wirklich entgehen lassen? Brauchte ich nicht nur den perfekten Augenblick abzupassen, um herauszufinden, wer mein Vater war? Ehe ich dazu gekommen war, mir ernstliche Gedanken über ihren Vorschlag zu machen, hörten wir, wie es an der Tür läutete.

»Wer zum Teufel kann das so früh schon sein?« murrte Mommy und erhob sich, um die Tür zu öffnen. Es war Sandy Glee.

»Ich habe dich gesehen«, zwitscherte sie und sah mich über Mommys Schulter an. »Ich habe von meinem Balkon aus gesehen, wie du auf das Haus zugekommen bist. Was ist los, Gina? Willst du mich deinem unerwarteten Gast nicht vorstellen?«

»Melody«, sagte Mommy und wandte sich dabei an mich, »jetzt siehst du selbst, warum man hier keine Geheimnisse haben kann. Es wimmelt von Schnüfflern. Das ist meine kleine Schwester«, sagte sie und musterte mich besorgt.

»Das habe ich doch gleich gewußt«, bemerkte Sandy und schlug ihre schmalen Hände zusammen.

»Sie wird eine Zeitlang bei mir wohnen und ihr Glück in Hollywood probieren, wie wir Schwachköpfe es auch alle tun.«

»Sie wird sich auch von Richard managen lassen?«

»Genau.«

»Das ist gut. Willkommen in der Arena«, sagte Sandy. »Ich habe für morgen abend ein paar Leute eingeladen. Ganz formlos, auf einen Happen. Kommt einfach rüber, wenn ihr Lust habt. Dann kannst du sie mit den anderen bekanntmachen«, sagte Sandy.

»Wir kommen ganz bestimmt«, versprach Mommy.

»Dann bis später, Sis«, sagte Sandy und winkte zum Abschied. Sie verließ die Wohnung, und Mommy drehte sich mit einem strahlenden Lächeln auf dem Gesicht zu mir um.

»Es hat geklappt. Ich habe es doch gleich gewußt. Ich sehe tatsächlich jung genug aus, um deine Schwester zu sein. In dieser Stadt nimmt jeder jedem all seine Lügen ab. Einen besseren Ort gibt es gar nicht für Menschen, denen die Wahrheit verhaßt ist. Willkommen zu Hause, Melody«, sagte sie mit aufrichtiger Herzlichkeit. »Jetzt kann ich dir endlich meine Arme um den Hals schlingen.«

Sogar in dem Moment, in dem sie mich umarmte und mir die Zuneigung gab, die ich so dringend brauchte, mußte ich mich unwillkürlich fragen, worauf ich mich hier eingelassen hatte.

7
Ein neuer Anfang

Mommy kochte Kaffee für uns, und wir saßen in ihrer kleinen Küche und redeten, erzählten uns gegenseitig, was seit dem Tag, an dem sie Provincetown verlassen hatte, alles vorgefallen war.

»Mir war wirklich scheußlich dabei zumute, dich dort zurückzulassen«, sagte sie. »Du erinnerst dich doch sicher noch daran, wie schwer es mir gefallen ist, nicht wahr? Ich glaube, auf der Fahrt von Provincetown nach New York City habe ich pausenlos geweint, aber Archie, ich meine Richard, hat recht gehabt, als er mir damals geraten hat, dich nicht mitzunehmen. Es war eine anstrengende Reise. Ständig haben wir uns bemüht, unterwegs Arbeit zu finden, in den Großstädten haben wir versucht, Termine mit wichtigen Leuten zu vereinbaren, wir sind von einem billigen Motel ins nächste weitergezogen, und manchmal hat das Geld kaum für etwas Eßbares gereicht. Jede einzelne Minute dieser Zeit wäre dir verhaßt gewesen. Wenn ich nur an die vielen Abende denke, an denen wir dich in einem schäbigen Motelzimmer allein gelassen hätten. In manchen Zimmern gab es noch nicht einmal einen Fernseher. Wie hätte sich dieses Leben daran messen können, frische Meerluft einzuatmen, eine gute Schule zu besuchen und leckere Sachen zu essen ...? Du verstehst doch, warum ich es getan habe, nicht wahr, Schätzchen? Du wirfst es mir doch nicht mehr vor?« fragte sie mit zitternder Stimme.

Ich holte tief Atem und wandte den Blick ab, damit sie nicht sehen konnte, wie tief sie mich damals verletzt hatte. Kenneth hatte einmal zu mir gesagt, ich könnte ebensogut durchscheinende Haut haben. So einfach war es, meine Gedanken zu lesen und mir meine Gefühle anzusehen. Aber nachdem ich meine Mutter jetzt endlich wiedergefunden hatte, war es zwecklos, unaufrichtig zu sein und sie zu belügen, sagte ich mir.

»Lange Zeit habe ich dich dafür gehaßt, Mommy«, gab ich zu. »Immer wieder habe ich in Lauras Zimmer gesessen, die Ohren gespitzt und angestrengt durch die Wände gelauscht, um das Telefon klingeln zu hören, und ich habe dich dafür gehaßt, daß du nicht angerufen hast, dich für all die Versprechen gehaßt, die du nicht gehalten hast.«

»Ich weiß. Und es hat mich bedrückt. Aber Richard hat immer wieder zu mir gesagt: ›Wenn du sie anrufst und sie nicht zu dir holen kannst, dann ist das noch grausamer, meinst du nicht auch?‹ Er hat recht gehabt.«

»Er hat überhaupt nicht recht gehabt. Ich habe mich danach verzehrt, deine Stimme zu hören, Mommy«, beharrte ich.

Sie knallte ihre Kaffeetasse so fest auf den Tisch, daß sie fast zerbrochen wäre.

»Du mußt endlich aufhören, mir Vorwürfe zu machen. Ich kann keinen Streß gebrauchen«, jammerte sie. »Streß läßt einen altern. Man bekommt Falten davon und sieht furchtbar aus, und dann bekommt man keine Arbeit. Verstehst du, die Kamera hebt jede kleinste Einzelheit hervor. Niemand will einen haben, wenn man für Nahaufnahmen nichts taugt. Dann stehe ich ohne Arbeit da. Ist es das, was du willst? Richard macht das ohnehin nicht mit. Er wird dir nicht erlauben hierzubleiben«, warnte sie mich.

Ich sah mich in der Wohnung um und begriff jetzt erst, was sie da eigentlich sagte.

»Wohnt er etwa auch hier?«

»Was hast du denn gedacht? Du machst dir keine Vorstellung davon, wie teuer das Leben in Los Angeles ist. Wohnungen wie diese sind sehr schwer zu bekommen. Wozu sollte es gut sein, daß jeder von uns eine eigene Wohnung hat und wir doppelt Miete zahlen?«

»Seid ihr verheiratet?« fragte ich und hielt den Atem an.

»Nein, wir haben nie geheiratet. Ich mochte mich noch lange, lange Zeit nicht wieder verheiraten. Aber Richard ist ... nun ja, er ist nicht nur mein Agent; er ist außerdem auch noch mein Finanzberater. Er verwaltet mein Geld und kümmert sich um unsere gesamten finanziellen Belange. Das tut er für all seine Klientinnen.«

»Wie viele Klientinnen hat er denn?« fragte ich.

»Ein halbes Dutzend, aber keine von ihnen verdient soviel wie ich im Moment, und gerade deshalb ist es so wichtig, daß weiterhin alles reibungslos läuft«, wiederholte sie. »Und jetzt wollen wir nicht mehr über die gräßliche Vergangenheit reden«, sagte sie und winkte mit beiden Händen ab. »Ich will nichts darüber hören, wie sehr du gelitten hast, und ich will auch nicht daran erinnert werden, was ich damals getan habe, als ich noch in diesem scheußlichen Kaff gelebt habe. Stell mir bloß keine Fragen, und nenne keinen dieser Namen jemals wieder in meiner Gegenwart«, befahl sie mir. »An diese Regeln mußt du dich halten, wenn du hier wohnen willst, verstanden? Es ist mein Ernst, Melody.« Sie sah mich an, und ihre Augen waren noch kälter, als ich sie von den übelsten Momenten in Erinnerung hatte.

»Gilt das sogar für Kenneth?« fragte ich.

»Ja, ja, ja, sogar für Kenneth. Niemand wird genannt. Ich verbiete es dir. Vor diesem Leben hier habe ich kein anderes Leben geführt. So will ich es jetzt sehen. Richard sagt, das sei die richtige Einstellung. Unser eigenes Wohlergehen hat uns zu diesen Veränderungen gezwungen. Ich hasse es, selbstsüchtig zu sein, aber es hat auch sein Gutes, denn es führt uns zum Erfolg.«

»Warum mußte er seinen Namen ändern, Mommy? Diese Geschichte, daß Archie nur sein Spitzname ist, habe ich dir nie geglaubt.«

»Du hast recht. Er hieß nie Archie. Sein älterer Bruder hieß so, und er hat den Namen angenommen, damit man ihn für älter hält, als er aus seiner Heimatstadt fortgegangen ist. Das ist der große Unterschied zwischen Männern und Frauen. Männer werden gern für älter gehalten. Man bestraft sie nicht dafür, daß sie alt und grau werden und Falten kriegen, aber uns Frauen bestraft man dafür.«

»Jedenfalls«, fuhr sie fort, »hat sich sein Bruder mit Kredithaien und dergleichen großen Ärger eingehandelt, und sowie Richard das herausgefunden hat, hat er diesen Namen fallenlassen wie eine heiße Kartoffel, damit sie sich nicht irrtümlich auf ihn stürzen. Deshalb wollte er nie über seine Familie reden. Er hat sich ihrer geschämt. Sein Vater war kein bißchen besser. Denk bloß daran, diese Dinge in seiner Gegenwart mit keinem Wort zu erwähnen. Verstanden? Sonst würde er wütend auf mich. Er ist in dem Punkt sehr empfindlich.«

»Ich sage kein Wort«, beteuerte ich ihr, denn ich nahm ihr diese Geschichte ohnehin nicht ab.

»Gut. Solange du tust, was man dir sagt, ist alles in Ordnung. Oder auch nicht«, sagte sie, denn sie schien sich immer noch nicht sicher zu sein.

Wieder sah sie mich mit festem Blick an, und dann neigte sie lächelnd den Kopf zur Seite.

»Was du da anhast, gefällt mir gut.«

»Dorothy Livingston hat es mir gekauft.«

»Ach wirklich? Wir beide haben fast dieselbe Größe. Wir können unsere Kleider miteinander austauschen. Aber wenn ich dir etwas zum Anziehen gebe, dann mußt du gut darauf aufpassen, hast du gehört? Einige meiner Sachen sind etwas ganz Besonderes, speziell zum Vorsprechen entworfen. Hast du viele von deinen eigenen Kleidern nach Kalifornien mitgebracht?«

»Nein, nicht besonders viel.«

»Wo sind deine Sachen?«

»Bei den Livingstons.«

»Tja, ich nehme an, du wirst deinen Kram dort abholen müssen. Erzähl ihr bloß nicht zuviel, wenn du dorthin zurückgehst.« Sie dachte einen Moment lang nach. »Ich weiß, was du am besten sagst«, sprach sie dann aufgeregt weiter. »Du erzählst dieser Dorothy, daß du wieder nach Provincetown gehst. Wahrscheinlich siehst du sie ohnehin nie wieder, und wenn du das sagst, wird sie jedem anderen, der nach dir fragt, erzählen, du seist abgereist.«

»Warum kann ich ihr nicht einfach die Wahrheit sagen?« fragte ich.

Sie lachte.

»Man sagt niemals die Wahrheit, wenn es nicht unbedingt sein muß, Schätzchen. Die Wahrheit behält man als Trumpf im Ärmel, als allerletzte Ausflucht. Laß dir das von jemandem gesagt sein, der es im Leben nicht leicht gehabt hat. Ich weiß genau, wovon ich rede. Je weniger du anderen Leuten von dir erzählst, desto besser wirst du später dastehen. Man gerät immer wieder mal in die Klemme, und wenn man sich daraus befreien muß, verringert die Wahrheit die Möglichkeiten, die einem offenstehen. Diese Lektion hat mich Richard gelehrt, und ich war eine wirklich gute Schülerin«, sagte sie und nickte vor sich hin.

»Also gut«, fuhr sie fort, »dann wollen wir doch mal sehen, wo du schläfst.« Sie stand auf und ging auf die Tür des zweiten Schlafzimmers zu.

Ich folgte ihr, und sie schaltete das Licht an. Ein matter Schein fiel von der Decke, denn auf der Birne klebte eine dicke Staubschicht.

»Das ist dein Zimmer. Wie du siehst, haben wir nur ein Bad. Du mußt also auf mich Rücksicht nehmen. Du kannst mir dabei helfen, die ganze Wohnung sauberzuhalten. Von einer berufstätigen Frau ist es ohnehin zuviel verlangt, daß sie sich um den Haushalt kümmert und gleichzeitig ständig so hübsch hergerichtet ist, daß sie auf die Schnelle zu einem Vorsprechtermin erscheinen kann. Deshalb sieht es im Moment nicht ganz so ordentlich hier aus«, sagte sie, aber ich konnte mich noch lebhaft daran erinnern, daß Mommy nie eine besonders gute Hausfrau gewesen war. In unserem Wohnwagen in Sewell hatten mein Stiefvater Chester und ich die schweren Hausarbeiten übernommen.

Ich sah mich in dem kleinen Schlafzimmer um. Die Wände waren rosa gestrichen, aber die Farbe war verblaßt, zerschrammt und blätterte ab. Sogar Hollys Gästezimmer mit seinem kleinen Fenster in New York war gemütlicher und wirkte wohnlicher als dieser staubige Raum mit den nackten Wänden und einem Bett, auf dem jetzt Kleidungsstücke, Aktenordner, alte Ausgaben von Filmmagazinen und Fachzeitschriften herumlagen. Der dünne Läufer war abgewetzt, stellenweise durchgescheuert und fadenscheinig. Die Vorhänge vor den beiden Fenstern hingen staubbeschwert und schlaff hinunter und waren von der Sonne ausgebleicht. In den Ecken spannten sich große Spinnweben von der Decke. In der hinteren rechten Ecke des Zimmers fiel mir ein Stapel schmaler Aktentaschen auf.

»Was liegt dort in der Ecke?« fragte ich.

»Das darfst du unter gar keinen Umständen anrühren. Es sind Richards Uhren, antike Uhren. Er verkauft sie nebenbei. Ein Freund von ihm hat hier Kontakte für ihn hergestellt, und damit verdient er sich ein nettes Taschengeld.«

»Er verkauft antike Uhren? Ich dachte, er sei Agent und hätte ein halbes Dutzend Klientinnen.«

»Jeder, der ganz groß ins Geschäft einsteigen will, sucht sich zwischenzeitlich einen anderen Nebenerwerb, Melody. Die meisten Leute, die hier leben, arbeiten als Kellner oder Kellnerinnen in Restaurants, manche verdingen sich als Parkplatzwächter, und einige packen sogar an den Kassen von Supermärkten die Lebensmittel für die Kunden ein. Man tut alles, damit Essen auf den Tisch kommt und man die Miete bezahlen kann, bis man den großen Durchbruch geschafft hat.«

»Ich weiß. Dorothys Chauffeur ist Schauspieler. Er hat mir erzählt, daß er in ein paar Filmen mitgespielt hat.«

»Wie heißt er?« fragte sie sofort.

»Spike. An seinen Nachnamen kann ich mich nicht erinnern.«

»Spike. Ich kenne mindestens zehn Spikes, wenn ich überhaupt einen kenne«, sagte Mommy lachend.

Wir drehten uns beide um, als die Tür aufging und Archie Marlin eintrat. Sowie sein Blick auf mich fiel, rötete sich sein Gesicht erst vor Erstaunen und dann vor Wut.

»Was zum Teufel soll das heißen? Wie kommt sie hierher?« fragte er barsch. Er knallte die Tür hinter sich zu, stemmte die Arme in die Hüften und blieb vor uns stehen. Eine Zigarette baumelte in seinem Mundwinkel, und er zog sie zwischen seinen Lippen heraus. »Los, was ist?« sagte er und deutete mit der Zigarette auf mich. »Hast du sie hinter meinem Rücken zu dir bestellt?«

»Nein, Richard. Eine ihrer Freundinnen in Sewell hat mein Foto im Katalog von *En Vogue* gesehen. Sie hat ihr den Katalog zugeschickt, und Melody ist damit zu jemandem gegangen, der sich in der Werbebranche auskennt. Er hat mich für sie ausfindig gemacht, und sie ist nach L. A. gekommen, um mich zu suchen.«

»Das ist ja prima«, sagte er und warf die Arme in die Luft. »Genau das, was wir im Moment gebrauchen können. Deine Tochter«, sagte er angewidert.

»Aber niemand weiß, daß sie mich tatsächlich gefunden hat, nicht wahr, Schätzchen?« fragte sie mich.

Ich schüttelte den Kopf.

»Na und? Was fangen wir jetzt mit ihr an?« fragte er, als sei ich irgendein Welpe, den jemand vor ihrer Schwelle ausgesetzt hatte. »Und das ausgerechnet jetzt, nachdem ich gerade alle davon überzeugt habe, daß du jung genug bist, um ihre Rollen zu spielen.«

»Damit werden wir keine Probleme haben. Wir haben uns schon Gedanken darüber gemacht«, sagte Mommy zu ihm.

»Ach ja? Und wie soll das gehen?« sagte er. Er ließ sich auf den abgenutzten Sessel fallen, und von seiner Zigarette rieselte Asche auf seine Hose und auf die Polster. Er schien es entweder nicht wahrzunehmen oder sich nicht daran zu stören. »Sandy hat sie für meine jüngere Schwester gehalten. Erinnerst du dich noch an die Geschichte, die du dir für mich ausgedacht hast? Daß ich zu Hause, im Mittleren Westen, eine kleine Schwester habe?« sagte sie und nickte, um seinem Erinnerungsvermögen nachzuhelfen. Ich konnte mir gut vorstellen, daß es ihm Schwierigkeiten bereitete, sich all die Lügen zu merken, die die beiden von West Virginia bis Kalifornien verbreitet hatten.

»Ja, jetzt erinnere ich mich wieder. Und?«

»Begreifst du es denn nicht?« Sie drehte sich zu mir um. »Melody ist mir gefolgt, weil sie selbst auch Karriere machen will«, sagte Mommy. Er wandte sich von ihr ab und sah mich plötzlich mit neu erwachtem Interesse an.

»Eine jüngere Schwester? Die selbst auch Karriere machen will? Na, so was.« Er beugte sich vor. »Komm näher«, forderte er mich auf.

»Jetzt geh schon zu ihm, Schätzchen. Richard beißt nicht«, sagte Mommy lächelnd.

Ich ging ein paar Schritte auf ihn zu, und er hob seine lüsternen grünen Augen, um mich anzusehen. Ich fühlte mich von seinen Blicken, die träge über meinen Körper glitten, splitternackt ausgezogen. Seine Lippen verzogen sich.

»Ja, sie ist inzwischen älter geworden, nicht wahr? Wie alt bist du eigentlich? Nein, schon gut. Von jetzt an bist du einundzwanzig, klar?«

»Einundzwanzig?« Ich sah Mommy an, doch sie lächelte nur und nickte. Dann wandte ich mich wieder an Richard. »Das glaubt mir kein Mensch«, sagte ich zu ihm.

»Natürlich glaubt man es dir. Und außerdem interessiert es ohnehin keinen, ob du lügst oder nicht, und genau darauf kommt es an. Ja«, sagte er lächelnd und nickte, während sich seine Augen durch meine Kleidung brannten, »ich kann bestimmt Arbeit für sie finden.«

»Ich würde mir lieber selbst Arbeit suchen«, sagte ich, und er zuckte zusammen.

»Hast du Geld?«

»Ja. Großmama Olivia hat mir Geld für die Reise gegeben.«

»Das ist nicht gerade viel. Die Miete ist hoch hier, und Lebensmittel kosten eine ganze Menge. Wenn du bei uns einziehst, dann wirst du einen gerechten Anteil zu unserem Haushalt beisteuern müssen, stimmt's, Gina?« sagte er.

Einen Moment lang hatte ich vergessen, daß das der erfundene Name war, den Mommy sich zugelegt hatte. Ich blinzelte verwirrt, doch dann fiel es mir wieder ein, und ich sah sie an. »Er hat recht, Melody. Du bist jetzt alt genug, um dich auf deine eigenen Füße zu stellen. Und außerdem könnte es gut sein, daß Richard auch aus dir einen Star macht.«

»Das könnte klappen«, sagte er und nickte. »Ich fand schon immer, sie sei ein hübsches Mädchen. Schließlich ist sie deine Tochter«, sagte er und lächelte Mommy an. Sie strahlte über das ganze Gesicht. »Also«, sagte er und lehnte sich zurück. »Du hast deine Mutter im Katalog von *En Vogue* gesehen. Diesen Job habe ich ihr besorgt«, prahlte er, »und wir haben gut daran verdient, stimmt's, Gina?«

»Ja, allerdings, Richard.«

»Natürlich haben wir längst alles ausgegeben, aber gestern habe ich ihr einen neuen Job besorgt. Ich habe den Handel gerade abgeschlossen, Schätzchen«, sagte er.

Mommy quietschte vor Vergnügen.

»Oh, das ist einfach wunderbar. Siehst du, Liebling? Hier werde ich es zu etwas bringen. Was ist das für ein Job?«

»Du wirst drüben im Beverly Center ein neues Parfüm vorführen, und dann wirst du dich als Model für die Produkte einer Kosmetikfirma schminken lassen«, erklärte er.

Mommys Lächeln verflüchtigte sich nicht, doch es büßte seinen Glanz weitgehend ein.

»Und was ist mit dieser Filmrolle, Richard?« fragte sie leise.

»Das wird sich herausstellen. Du bist noch im Gespräch«, sagte er. »Es könnte sogar tatsächlich sein, daß du morgen einen Anruf bekommst.«

Ihr Lächeln wurde wieder strahlender.

»Gut. Hör zu, Richard. Melody muß noch einmal dorthin zurückfahren, wo sie untergebracht war, um ihre Kleider und ihre Sachen abzuholen.«

»Ach ja? Wo hast du bisher gewohnt?« fragte er mich.

»In Beverly Hills, bei der Schwester einer Freundin«, erwiderte ich.

»In Beverly Hills? So, so, du kommst ja ganz schön in der Weltgeschichte herum.« Er lachte. »Bist du sicher, daß du dich dazu herablassen möchtest, bei gewöhnlichen Menschen wie uns einzuziehen?«

»Ich wäre morgen früh ohnehin ausgezogen«, sagte ich. »Mrs. Livingston hat mich nur bei sich aufgenommen, um ihrer Schwester einen Gefallen zu tun.«

»Also gut. Ich bringe sie hin, damit sie ihre Sachen holen kann. Ich fahre sowieso gern durch Beverly Hills. Das gibt mir Gelegenheit, das Haus auszusuchen, das ich schon sehr bald kaufen werde«, sagte er mit verträumtem Blick.

»Das ist wirklich sehr nett von dir, Richard. Siehst du, Schätzchen? Solange du auf uns hörst, wird schon alles bestens klappen. Das meinst du doch auch, Richard?«

»Genau«, sagte er und sah mich streng an. »Solange du weißt, wer hier den Ton angibt. Du wirst genau das tun, was ich dir sage.«

»Er weiß, was das beste für uns ist, Schätzchen«, sagte Mommy. Ich wandte den Blick von ihr ab, und als ich ihn ansah, nahm ich die Selbstzufriedenheit in seinen funkelnden Augen wahr. Mir fiel wieder ein, was Christina zu mir gesagt hatte. Mommy brauchte mich jetzt tatsächlich mehr denn je. Irgendwie würde ich sie aus den Klauen dieses schleimigen Mannes befreien, der sie vollständig in der Hand hatte, gelobte ich mir.

Er schien die Herausforderung zu ahnen, die ich ihm wortlos ins Gesicht schleuderte. Seine Schultern bogen sich zurück, und er verzog die Lippen und wies auf die Tür.

»Laß uns gehen. Ich habe Wichtigeres zu tun.«

»Danke, Richard«, sagte Mommy zu ihm. »Das ist wirklich sehr nett von dir.« Er zuckte die Achseln.

»Solange sie ihren gerechten Anteil beisteuert, juckt mich das gar nicht«, sagte er. »Und«, fügte er finster und drohend hinzu, »solange sie sich gut merkt, daß sie deine Schwester und nicht deine Tochter ist.«

»Sie wird es nicht vergessen. Bis bald, Schwesterchen«, sagte Mom lachend. Richard sah mich an. Er hatte den Kopf zur Seite geneigt, und auf seinen Lippen stand jetzt ein sarkastisches Lächeln.

»So, und was erwiderst du darauf?«

Ich sah Mommy wieder an. Mit ihrem Gesichtsausdruck wollte sie mich dazu überreden, genau das zu tun, was von mir erwartet wurde.

»Also dann, bis bald ... Gina«, brachte ich hervor, obwohl mir der Name in der Kehle steckenbleiben wollte.

Richard Marlin brüllte vor Lachen und öffnete mir selbstzufrieden die Tür.

»Miss Simon«, sagte er und trat mit einer übertriebenen Verbeugung zur Seite. »Was halten Sie davon, wenn wir jetzt Ihre Sachen bei den Livingstons abholen?«

Ich ging mit pochendem Herzen zur Tür hinaus, doch mein Rückgrat war so steif, wie ich es an Großmama Olivia gesehen hatte, wenn sie sich herausgefordert fühlte. Vielleicht hatte sie recht, sagte ich mir. Vielleicht war ich ihr wirklich ähnlicher, als ich mir eingestehen wollte.

»Und jetzt erzähl mir, wie es dir ergangen ist, seit wir dich in Cape Cod zurückgelassen haben«, sagte Richard, als wir vom Parkplatz fuhren. Er hatte einen anderen Wagen, ein älteres Fahrzeug mit Dutzenden von Beulen und Kratzern und einem Sprung in einer der hinteren Fensterscheiben. Durch den Beifahrersitz zog sich ein tiefer Riß.

Er warf einen Blick auf mich. »Es scheint dir nicht schlecht bekommen zu sein. Ich würde mal sagen, sie haben dich gut genährt, und du brauchtest nicht hart zu arbeiten.«

»Ich bin schon irgendwie zurechtgekommen«, sagte ich, und er lachte.

»Ich wette, du hast bei diesen Muschelgräbern ein faules Leben geführt.«

»Sie sind keine Muschelgräber. Sie sind Fischer, die auf Hummerfang gehen, und sie ernten Moosbeeren. Das ist harte Arbeit, und man muß sich mit dem Meer auskennen und ...«

»Schon gut, schon gut. Das ist sicher eine prima Sache, wenn man mit den Hühnern aufstehen und sich täglich abrackern will. Aber für mich ist das nichts. Für Richard Marlin kommt das nicht in Frage«, prahlte er. »Ich werde es mir im Leben leichtmachen, und zwar schon bald. Ich stehe jetzt schon besser da als die meisten anderen hier.«

Nach allem, was ich gesehen hatte, war es ihm sogar als Barkeeper in Sewell besser gegangen, dachte ich.

»Was ist aus Ihrem anderen Wagen geworden?« fragte ich. »Er war wesentlich schöner.«

»Was? Ach so. Ich zahle doch kein Geld dafür, im Stadtverkehr einen schicken Wagen zu haben. Die Leute fahren einem ständig rein, und wenn man einen schönen Wagen fährt, dann stiehlt ihn zwangsläufig früher oder später jemand wegen der Ersatzteile. Viele große Schauspieler und Produzenten fahren alte, verbeulte Wagen wie diesen«, versicherte er mir. »Damit fallen sie nicht so leicht auf, verstehst du? Wenn die Leute erst einmal dahinterkommen, daß man Agent und Manager ist, hetzen sie einen zu Tode, weil sie sich davon erhoffen, daß man sie als Klienten annimmt.«

»Dann fürchten Sie also, Sie könnten zu viele Klienten haben?« fragte ich ungläubig.

»Ich habe jetzt schon so viele, daß es kaum zu schaffen ist. Wir werden ganz groß rauskommen, deine Mutter und ich. Du wirst es ja sehen.« Er sah mich genauer an und schaute dann wieder auf die Straße hinaus. »Bist du ganz sicher, daß du bei uns einziehen willst?« fragte er. »Wir werden keine Zeit haben, für dich den Babysitter zu spielen.«

»Ich brauche keinen Babysitter.«

»Los Angeles ist eine Stadt für erwachsene Menschen, für

Leute, die der rauhen Wirklichkeit gewachsen sind«, prahlte er.

»Ach wirklich? Nach allem, was ich bisher gesehen habe, kommt es mir eher wie eine Scheinwelt vor, ein einziger großer Sandkasten«, erwiderte ich. Er drehte sich mit hochgezogenen Augenbrauen zu mir um und lachte dann.

»Vielleicht wirst du hier doch besser zurechtkommen, als ich dachte.«

Als er das Haus der Livingstons sah, stieß er einen Pfiff durch die Zähne aus.

»Warum zum Teufel willst du freiwillig hier ausziehen?« fragte er. »Warum bleibst du nicht einfach, bis sie dich rauswerfen?«

»Genau das hat Mr. Livingston gerade vor«, bemerkte ich, als wir in die Einfahrt bogen.

»Sie sollten lieber im Wagen warten«, schlug ich ihm vor, als er aussteigen wollte.

»Was soll denn das heißen? Bist du schon so hochmütig geworden? Du glaubst wohl, ich bringe dich in Verlegenheit? Du hältst diese Leute für etwas Besseres als mich?« fragte er erbost.

»Nein, aber wenn Dorothy Livingston Sie sieht, kann es gut sein, daß sie ihrer Schwester eine Beschreibung von Ihnen abgibt, und die wird dann Leuten in Provincetown davon berichten, und diese Leute könnten ihrerseits wütend genug sein, um die Polizei zu verständigen und dort klarzustellen, was für ein Spiel Sie betrieben haben. Im Familiengrab der Logans ist eine Fremde beerdigt, und Olivia Logan ist keine Frau von der Sorte, die gütig über so etwas hinwegsieht«, sagte ich. »Noch dazu ist sie eine einflußreiche Frau, mit Freunden, die hohe Ämter bekleiden. Sie könnte Ihnen sogar das FBI auf den Hals hetzen«, fügte ich hinzu.

Er dachte einen Moment lang nach, sah das Haus an, nickte dann und lehnte sich zurück.

»In Ordnung. Eine kluge Überlegung. Du hast wahrhaftig

einen Kopf auf den Schultern. Das ist gut. Ich habe es satt, ständig allen anderen das Denken abzunehmen«, sagte er. »Geh schon. Beeil dich. Ich habe noch zu tun«, wies er mich barsch an, und ich stieg schnell aus dem Wagen aus und lief zur Haustür.

Alec erschien sofort an der Tür, als ich auf die Klingel drückte. Er warf einen Blick auf den Wagen, der in der Auffahrt stand, und trat dann mit der mißbilligenden Maske, die er gewöhnlich aufsetzte, zurück. Dorothy und Philip erschienen in der Eingangshalle. Sie kamen beide aus dem Fernsehzimmer. Alec schloß die Tür und entfernte sich wortlos, als die beiden auf mich zukamen.

»Was ist passiert?« fragte Dorothy. »Ich habe mir große Sorgen um dich gemacht, seit du aus dem Haus gegangen bist, und Philip war auch sehr beunruhigt«, sagte sie. Ich warf einen Blick auf ihn, doch er schien sich immer noch mehr um seinen Ruf als um irgend etwas anderes zu sorgen.

Ich dachte an Mommys Rat hinsichtlich der Wahrheit und beschloß, daß sie im Irrtum war. Ich würde mich nicht in dem Netz von Lügen verfangen, das sie und Richard webten.

»Ich habe sie dort angetroffen, und ich werde bei ihr einziehen«, sagte ich eilig. »Sie braucht mich.«

»Soll das heißen, sie hat zugegeben, daß sie es ist?« fragte Philip.

»Ja.«

»Aber warum hat sie dann vorher etwas so Scheußliches getan? Weshalb hat sie geleugnet, ihre eigene Tochter zu kennen?« fragte Dorothy.

»Sie hatte ihre Gründe«, sagte ich, »aber das ist jetzt alles bereinigt. Ich gehe nur schnell nach oben und hole meine Sachen.«

Ich lief auf die Treppe zu.

»Aber . . . bist du dort wirklich gut aufgehoben?« fragte Dorothy.

»Ich glaube, sie weiß selbst am besten, ob sie dort gut

aufgehoben ist, Dorothy«, sagte Philip, der offensichtlich froh darüber war, mich loszuwerden. »Schließlich ist sie alt genug.«

»Nein, das ist sie eben nicht. Sie ist . . .«

»Dorothy«, fauchte er.

Sie biß sich auf die Unterlippe und sah mir nach, als ich die Stufen hinaufstieg. Ich eilte in das Zimmer und packte eilig meine Sachen zusammen. Ich warf einen Blick auf das schwarze Abendkleid, das noch verpackt war, und überlegte mir, daß Dorothy es zurückbringen mußte, wenn ich es einfach daließ.

»Ich denke gar nicht daran, es zurückzubringen«, hörte ich Dorothy sagen, als hätte sie meine Gedanken gelesen. Als ich mich umdrehte, sah ich sie in der Tür stehen. »Du kannst es ebensogut mitnehmen, Melody. Hier wird es doch nur einstauben.«

»Ich möchte nicht undankbar sein, Dorothy. Sie sind einfach wunderbar gewesen, so freundlich und so großzügig, aber . . .«

»Kein Wenn und Aber und auch kein Vielleicht. Du sollst wissen, daß ich dir nur das Allerbeste wünsche, Melody. Du bist eine bezaubernde junge Dame«, sagte sie und kam in das Zimmer, um sich auf das Bett zu setzen. »Im Grunde genommen wünschte ich«, sagte sie und sah auf ihre Hände hinunter, »ich könnte etwas ebenso Bedeutsames für meine eigene Schwester tun, aber sie und ich . . . wir haben nie dieselben Auffassungen gehabt. Oh ja, wir lieben einander vermutlich so sehr, wie es unter Schwestern nur irgend möglich ist, aber ich weiß, daß Holly glaubt, mein einziges Ziel im Leben sei es, mir selbst etwas Gutes zu tun. Sie kennt mich nicht. Sie weiß nicht, wer ich bin«, sagte sie mit Tränen in den Augen. »Auch ich habe meine eigenen Hürden zu nehmen.«

Ich lächelte sie an.

»Ich bin sicher, daß ihr das klar ist, Dorothy. Sie mag Sie sehr gern, und sie hält sehr viel von Ihnen. Sie hat zu mir gesagt, Sie würden mich bestens behandeln, und sie hat recht gehabt. Vielen Dank.« Ich klemmte mir den Karton mit dem Kleid unter den Arm, und sie lächelte.

»Viel Glück, und versprich mir bitte, daß du nicht davor zurückschrecken wirst, mich anzurufen, falls du jemanden brauchst. Mach dir wegen Philip keine Sorgen. Er wird zwar murren, aber dann doch das Richtige tun.«

Ich nickte, und sie umarmte mich.

»Ich wünschte wirklich, ich hätte eine Tochter wie dich gehabt«, sagte sie. »Ich wünschte, ich hätte einen anderen Menschen um mich, jemanden, der mich braucht. Philip ist in einem so extremen Maß nicht auf andere angewiesen. Es tut so gut, gebraucht zu werden, und es ist einfach wunderbar, jemandem helfen zu können, der es nötig hat.«

»Ich weiß. Und genau deshalb möchte ich bei meiner Mutter sein«, sagte ich.

Sie nickte.

»Sie kann sich sehr glücklich schätzen. Ich bin sicher, daß sie dich nicht verdient hat.«

Dorothy folgte mir aus dem Zimmer und die Treppe hinunter. An der Eingangstür umarmten wir einander noch einmal. Von Philip war nirgends etwas zu sehen. Er war ohnehin nicht der Typ, der sich etwas aus Verabschiedungen machte, sagte ich mir. Morgen würde er mein Gesicht vergessen haben.

Ich eilte aus dem Haus und lief auf den Wagen zu. Auf dem Weg drehte ich mich noch einmal um und winkte. Dorothy hob die Hand und hielt sie einen Moment lang erhoben, ehe sie leise die Tür schloß. Einsamkeit, dachte ich, hat nichts mit Geld oder Reichtum zu tun; Einsamkeit hat nur mit dem Herzen zu tun. Wenn ein Herz nur für einen einzigen Menschen schlägt, nämlich für einen selbst, dann liegt es zur Hälfte brach.

»Was hast du bekommen, ein Abschiedsgeschenk?« fragte Richard mit einem Blick auf den Karton, als ich in den Wagen stieg.

»Mrs. Livingston war sehr großzügig. Sie hat mir etwas zum Anziehen gekauft.«

Er musterte noch einmal den Karton und sah den Namenszug.

»Das ist eine reichlich teure Boutique in Beverly Hills«, sagte er, als er den Motor anließ. »Was ist da drin?«

»Ein schwarzes Abendkleid.«

»Ach ja? Und wozu brauchst du so was Teures jetzt noch?«

»Sie wollte es mir unbedingt schenken«, sagte ich trocken.

Er stieß aus der Auffahrt zurück und sah mich an. »Ich habe eine Bekannte, die ein neues Kleid wie dieses zu barer Münze machen kann, vor allem, da du es noch nicht getragen hast, und das Geld könnten wir wahrhaftig gebrauchen. Ich wette, die Etiketten und das Preisschild sind noch dran, stimmt's?«

»Ja.«

»Gut.«

»Ich will das Kleid nicht verkaufen«, sagte ich. »Es ist ein Geschenk. Es hat ihr viel bedeutet, mir dieses Kleid zu schenken.«

»Tatsächlich? Wofür hältst du dich eigentlich, für eine Millionärin? Wirst du uns die ersten sechs Monatsmieten bezahlen? Und morgen Lebensmittel einkaufen und die Gasrechnung und die Stromrechnung bezahlen? Die Versicherung für meinen Wagen? Ich muß euch Mädels schließlich durch die Stadt kutschieren, zu den Vorsprechterminen und zu euren Jobs. Das kostet Benzingeld, und dazu kommen noch die Instandhaltungskosten. Hier hat man hohe Ausgaben«, jammerte er. »Wenn du mitmachen willst, dann mußt du deinen Anteil beisteuern. Wieviel Geld hat dir die alte Dame in Provincetown für die Reise gegeben?« fragte er barsch. »Sag schon, was ist?«

»Sie hat meine Flugtickets bezahlt und mir . . . fünfhundert Dollar gegeben«, sagte ich. Sie hatte mir zweitausend Dollar ausgehändigt, aber mir war klar, worauf Richards Fragen abzielten.

»Wo hast du das Geld?«

»Ich habe auf dem Hinweg schon fast alles ausgegeben«, sagte ich.

»Was hast du noch übrig?«

»Hundert Dollar.«

»Das ist alles? Also gut. Gib mir fünfundsiebzig. Die restlichen fünfundzwanzig kannst du als Taschengeld behalten, damit ich dir eine Zeitlang keines zu zahlen brauche. Mach schon, gib das Geld her«, sagte er. »Ich brauche Geld, um Leute anzubaggern, denn jetzt muß ich für dich auch noch einen Job suchen.«

Ich öffnete meine Handtasche und zählte fünfundsiebzig Dollar ab. Dabei achtete ich sorgsam darauf, daß er nicht sehen konnte, wieviel ich in Wirklichkeit bei mir hatte. Als ich ihm das Geld reichte, steckte er es ohne ein weiteres Wort ein. »Gut. So ist es richtig. Ich werde Arbeit für dich finden«, versprach er mir.

Ich kauerte mich auf der äußersten Kante des Beifahrersitzes zusammen und schaute zum Fenster hinaus, als wir Beverly Hills hinter uns zurückließen.

»Das ist mein Haus«, behauptete Richard und wies auf eine große Villa mit griechischen Säulen. »Es ist nur noch eine Frage der Zeit«, sagte er mit einem zuversichtlichen Lachen. Eine Frage der Zeit? Eine Frage von Jahrhunderten, dachte ich, doch ich behielt diese Überlegung für mich. Meine Augen füllten sich mit Tränen wilder Entschlossenheit. Irgendwie mußte ich Mommy dazu bringen, mit ihm und mit allem anderen zu brechen, und zwar schon bald.

Sowie wir in die Wohnung zurückgekehrt waren, erzählte Richard Mommy von meinem Abendkleid, und als Mommy es gesehen und anprobiert hatte, stöhnte sie nur noch und flehte ihn an.

»Irgendwann kommt ein Job, für den ich mich hübsch anziehen muß, und dann ist das genau das richtige, Richard. Das siehst du doch ein?« fragte sie und drehte sich vor dem Spiegel. »Und dann habe ich schon das entsprechende Kleid, und wir brauchen nicht zu einem Verleih zu gehen. Und außerdem hast du gesagt, wir würden schon bald wunderbare Partys bei wichtigen Leuten besuchen. Dann muß ich doch an deiner Seite gut aussehen, oder etwa nicht? Oh bitte, laß es uns behalten.«

»Es wird die Leute beeindrucken, daß Mommy so teure

Sachen trägt«, fügte ich hinzu, »und die Leute in der Filmbranche legen doch großen Wert auf Kleidung, nicht wahr?« warf ich zu ihrer Unterstützung ein.

Richard sah mich finster an.

»Woher willst du denn wissen, worauf die Leute in der Filmbranche Wert legen?«

»Ich habe einen Schauspieler kennengelernt, der mir das alles ganz genau erzählt hat«, sagte ich.

»Ach, du hast einen Schauspieler kennengelernt. Na toll.«

»Aber sie hat recht, Richard. Das hast du mir doch selbst gesagt. Deshalb brauchtest du doch das Geld für deine edlen Jacketts und Anzüge«, fügte Mommy hinzu.

Er wand sich.

»Dieses Kleid brächte uns einen hübschen Brocken Bargeld ein.«

»Mommy hat Arbeit, und Sie haben selbst gesagt, Sie seien ganz sicher, daß Sie mir auch bald Arbeit besorgen können«, mischte ich mich ein.

Er lief vor Wut rot an.

»Das stimmt doch, Richard«, sagte Mommy und betrachtete ihr Spiegelbild.

»Du sagst immer noch Mommy«, fauchte er mich an. »Du wirst dich bestimmt vor Fremden versprechen.«

»Nein, ganz bestimmt nicht«, beharrte ich.

»Du solltest mich lieber Sis oder Gina nennen, auch wenn wir allein miteinander sind, Melody«, riet mir Mommy. »Damit du dich daran gewöhnst.«

»In Ordnung. Von jetzt an halte ich mich daran. Dieses Kleid steht dir einfach wunderbar . . . Gina«, fügte ich hinzu und kostete genüßlich aus, wie Richard sich auf seinem Sessel wand, als sich die Aussicht, Geld für das Kleid zu bekommen, zunehmend verschlechterte.

»Richard«, jammerte Mommy. »Ich wünsche mir schon so lange ein hübsches Kleid.«

»Also gut, von mir aus. Aber es bleibt dabei, daß ich es mir nur dieses eine Mal anders überlege. Wenn wir die nächste Entscheidung treffen ...«

»Wir werden auf dich hören. Wir versprechen es dir«, sagte Mommy.

Er lächelte blöde, warf einen argwöhnischen Blick auf mich und schaltete dann den Fernseher an, während Mommy und ich mein Zimmer herrichteten.

»Die Livingstons müssen wirklich sehr reich sein, Melody«, sagte Mommy. »Ein so kostbares Geschenk. Aber bald werde ich mir solche Dinge selbst kaufen können. Dann lasse ich mich in meinem Rolls nach Beverly Hills fahren und spaziere auch in die teuersten Geschäfte hinein«, sagte sie und tat so, als sei mein schäbiges Zimmer eine Designerboutique. »Das Verkaufspersonal wird mir entgegeneilen, und alle werden begierig darauf sein, mich zu bedienen und mir die neuesten Modelle vorzuführen«, holte Mommy aus. Ich setzte mich auf das Bett und sah zu, wie sie eine Pose einnahm, als sähe sie sich gerade ein Kleid an. »Ja, das könnte etwas für mich sein. Sieh mal einer an! Nur fünftausend Dollar? Das ist doch nicht etwa ein Sonderangebot?«

Sie lachte und drehte dann eine Pirouette, um sich noch einmal in meinem Abendkleid zu bewundern. Ich mußte auch lachen.

»Was für ein schönes Kleid«, seufzte sie. Dann sah sie mich an. »Aber in Wirklichkeit gehört es dir.«

»Nein, Mommy, es gehört dir. Ich möchte es dir schenken. Häng es in deinen Kleiderschrank.«

»Wirklich? Danke, mein Liebes. Aber ich bitte dich«, flüsterte sie, »versuch, mich Sis oder Gina zu nennen. Du mußt dich wirklich anstrengen.« Sie warf einen Blick auf die Tür. »Vor allem, wenn er da ist.«

Ich nickte. Sie drückte mich kurz an sich und ging dann zu Richard.

Es war ein seltsames Gefühl, in dieser ersten Nacht in der Wohnung der beiden einzuschlafen, denn es erinnerte mich an die Fahrt von Sewell nach Cape Cod. Die Nächte unterwegs waren in meinem Gedächtnis haften geblieben, Nächte in Motelzimmern, in denen die beiden ganz in meiner Nähe ein Bett miteinander geteilt hatten, genauso wie heute.

Damals konnte ich an nichts anderes als an meinen Stiefdaddy denken und mußte mich immer wieder fragen, wie Mommy so kurz nach seinem Tod einen anderen Mann in den Armen halten und ihn küssen konnte. Vielleicht fürchtete sie sich davor, allein zu sein. Möglicherweise war ihre Angst so groß, daß sie sogar bereit war, sich an jemanden wie Archie Marlin zu klammern. Er nutzte ihre Verletzbarkeit aus und ersetzte ihre Ängste durch Hirngespinste. War Mommy so betrübt, daß sie nicht merkte, was gespielt wurde? Aber was war heute? Welche Rechtfertigung konnte sie dafür vorbringen, daß sie ihn heute über ihr Leben bestimmen ließ?

Ich kam mir selbst ganz klein und allein vor, als ich in diesem trostlosen Kämmerchen schlief. Wenn Mommy bis jetzt noch nicht erkannt hatte, um was für eine Sorte Mann es sich bei Archie Richard Marlin handelte, wie konnte ich dann hoffen, ihr die Augen zu öffnen? Er versprach ihr Ruhm und Reichtum, Flitter und falschen Glanz. Was hatte ich ihr statt dessen zu bieten, außer der Wahrheit? Und für Mommy konnte die Wahrheit durchaus eine bittere Pille sein, zu schmerzhaft, um sie freiwillig zu schlucken.

Wie so vielen anderen Menschen in Los Angeles waren auch ihr die Träume lieber, selbst wenn sie noch so hohl oder unrealistisch waren. Wenigstens, dachte ich, habe ich sie gefunden, und jetzt besteht zumindest eine Chance.

Am nächsten Morgen stand ich vor den beiden auf. Ich kochte Kaffee und toastete altbackenes Brot. Viel mehr hatten sie nicht im Haus, weder Frühstücksflocken noch Eier und nur sehr wenig Butter und Marmelade. Dennoch lockte der Duft des frisch übergebrühten Kaffees beide aus dem Schlafzimmer.

»Das sieht man doch gern«, sagte Richard. »Normalerweise muß ich aus dem Haus gehen, um morgens meinen Kaffee zu trinken. Deine Schwester kriegt die Augen nicht so schnell und nicht so weit auf, um am Morgen als erstes Wasser aufzusetzen.«

»Sag so etwas nicht, Richard.«

»Wieso? Erzähle ich ihr vielleicht etwas Neues über dich, was sie noch nicht gewußt hat?« sagte er lachend.

»Wir brauchen Lebensmittel«, sagte ich.

Er zog die Augenbrauen hoch.

»Na und? Du hast doch noch ein paar Mäuse. Ich fahre deine Schwester jetzt zur Arbeit, und du kannst solange einkaufen gehen. Bring mit, was du willst«, sagte er.

Ich entschloß mich, genau das zu tun.

»Und putz unser Zimmer, während wir fort sind«, befahl er mir. »Ich habe es satt, in einem Schweinestall zu hausen, und solange du noch keine Arbeit hast und kein Geld nach Hause bringst, wirst du dir auf diese Art deinen Unterhalt verdienen.«

»Ich habe Ihnen Geld gegeben«, beharrte ich. Er wurde rot.

»Was für Geld?« fragte Mommy.

»Nur einen Teil ihres Taschengeldes, kaum der Rede wert, aber ich brauche es, damit ich durch die Gegend fahren und Leute treffen kann. Schließlich muß ich ihr einen Job besorgen, das ist doch logisch. Oder stimmt das etwa nicht?« hakte er nach.

»Doch, vermutlich schon«, stimmte Mommy ihm zu. Es schien, als gäbe es nichts, was sie nicht gesagt, gedacht oder getan hätte, wenn er es wollte.

Sie tranken ihren Kaffee, knabberten auf dem Toast herum und zogen sich dann zurück, um sich anzuziehen. Ich wartete, bis sie aus dem Haus gegangen waren, und dann rief ich Holly an und berichtete ihr, wo ich war und was sich zugetragen hatte.

»Dann hast du dich also entschlossen dortzubleiben?«

»Ja«, sagte ich. Ich erzählte ihr zwar nicht, wie sehr sich Philip gewünscht hatte, ich würde sein Haus verlassen, aber ich schilderte ihr, wie traurig Dorothy meiner Meinung nach war.

»Sie kann gar nicht so viele Dinge kaufen, um die Finsternis von ihrer Schwelle zu vertreiben«, sagte ich zu Holly.

»Ich weiß. Ich habe schon früher mit ihr darüber geredet. Vielleicht sollte ich sie demnächst wieder einmal besuchen.«

»Ich wünschte, du tätest es. Sie vermißt dich sehr«, sagte ich.

»Hör sich das einer an! Du erteilst doch tatsächlich anderen Leuten Ratschläge und versuchst, ihnen zu helfen, während deine eigene Zukunft immer noch ungewiß ist. Übernimm dich nicht, meine Süße, und ruf mich an, wenn du mich brauchst.«

»Ja, ganz bestimmt. Danke, Holly.«

Sowie ich aufgelegt hatte, rief ich Cary an, da ich hoffte, er sei gerade nach Hause gekommen. Er war nicht da, aber Tante Sara war versessen darauf, mit mir zu reden.

»Jacob ist sehr krank«, berichtete sie mir. »Diesmal ist es noch schlimmer gekommen. Und jetzt mache ich mir auch noch Sorgen um Cary. Er kommt kaum noch zur Ruhe. Er fährt mit dem Boot hinaus, er kümmert sich um unser Geschäft, und zwischendurch fährt er ins Krankenhaus. Ich wollte mich auch gerade auf den Weg machen.«

»Das tut mir leid, Tante Sara. Ich wünschte, ich wäre da und könnte dir helfen.«

»Geht es dir gut, mein Liebes? Ich habe dich noch gar nicht danach gefragt, wie sich deine Suche angelassen hat. Entschuldige, bitte.«

»Das macht doch nichts. Du hast selbst genug Sorgen. Gib doch bitte Cary meine Telefonnummer, aber sag ihm, daß er auf keinen Fall anrufen soll, wenn er nicht wirklich Zeit dafür hat. Es ist nichts Ernstes.«

»Ich fürchte, die Lage hier ist sehr ernst«, sagte sie verzagt. »Wir bemühen uns alle, stark zu sein, aber es wird immer schwieriger, den Mut nicht zu verlieren.«

Ich hörte, wie sie zu schluchzen begann, und dann entschuldigte sie sich hastig und legte auf. Mir war scheußlich zumute, weil ich nicht bei Tante Sara und der Familie war, jetzt, wo die Dinge dort gerade besonders schlimm standen. Ich fühlte mich vollständig hin und her gerissen. Mommy brauchte mich auch, aber sie schien sich selbst in ihre mißliche Lage gebracht zu haben. Cary, Tante Sara und May waren unfreiwillig in ihr Unglück geraten.

Wohin gehörte ich in Wirklichkeit?

Es schien mir, als hätte ich schon immer nach einem Zuhause gesucht. Und in dem Moment, in dem ich glaubte, es gefunden zu haben . . .

8
Ein leuchtender Stern am Himmel

Nachdem ich mich angezogen hatte, ging ich nach unten und fragte einen Mann, der auf dem Anwesen arbeitete, wo ich den nächsten Lebensmittelladen finden könnte. Er sprach gebrochenes Englisch, in das er spanische Brocken einfließen ließ, aber ich erinnerte mich noch gut genug an meinen Spanischunterricht in der Highschool und konnte mich daher mit ihm verständigen. Der Supermarkt war gut drei Straßen weit entfernt. Als ich dort ankam und all die köstlichen Leckereien sah, hätte ich meinen Einkaufswagen am liebsten bis zum Rand gefüllt, doch der Gedanke an den weiten Heimweg bewahrte mich davor, über die Stränge zu schlagen. Es war jetzt schon heiß und stickig, und nur ein paar kleine Wattewölkchen trieben träge dem Horizont entgegen. Ein schöner Tag für einen Spaziergang, aber nicht, um Lebensmittel durch die Gegend zu schleppen.

Ein gutaussehender junger Mann mit dunkelbraunem Haar gab an dem Schalter neben mir gerade seinen Kittel ab, als ich an der Kasse stand, und ich ertappte ihn dabei, daß er in meine Richtung sah, als ich meine Einkäufe bezahlte. Ich verließ den Laden und hoffte, daß meine beiden Tüten nicht reißen würden, als ich eine Stimme hinter mir sagen hörte: »Ich habe den Eindruck, du könntest Hilfe gebrauchen.«

Als ich mich umdrehte, sah ich den gutaussehenden jungen Mann wieder, der mir schon im Geschäft aufgefallen war. Im Sonnenschein hatte sein Haar einen kupferfarbenen Schimmer. Seine lachenden Augen waren grün mit braunen Sprenkeln, und seine Wimpern waren lang. Er war zwar nicht gerade das, was ich als muskulös bezeichnet hätte, aber er war wohlproportioniert, sehnig und geschmeidig, und sein Gesicht wirkte äußerst maskulin, vor allem um den Mund herum.

»Ich könnte eine dieser Tüten für dich tragen«, bot er mir an. »Ich stehle dir das Essen schon nicht«, fügte er mit einem freundlichen Lächeln hinzu, als ich zögerte.

»Woher willst du wissen, wohin ich will?« fragte ich.

»Du willst zu den Ägyptischen Gärten, stimmt's? Ich habe dich gestern dort gesehen. Ich habe mich am Pool gesonnt, als du vorbeigekommen bist. Ich wohne auch dort«, sagte er. »Wir haben ohnehin dieselbe Richtung«, fügte er hinzu. Er zuckte die Achseln, als ich nichts darauf erwiderte. »Es ist Grün.«

»Was?«

»Wir können jetzt die Straße überqueren«, sagte er und wies auf den Verkehr, der angehalten hatte.

»Oh.«

Er streckte eine Hand aus und nahm mir eine meiner Tüten ab. »Du solltest dich lieber beeilen«, sagte er. »Diese Ampel hier hat eine der kürzesten Grünphasen in ganz L. A.«

Er legte eine Hand unter meinen Ellbogen und führte mich behutsam über die Straße. Wir liefen schnell und sprachen erst wieder miteinander, als wir auf dem gegenüberliegenden Bürgersteig standen.

»Ich kann dir nicht verdenken, daß du mein Angebot abgelehnt hast. Ich würde meine Lebensmittel auch keinem Fremden anvertrauen«, sagte er mit einem koboldhaften Lächeln, das ziemlich albern wirkte. »Mich sprechen ständig fremde Frauen an und wollen eine meiner Tüten tragen.«

»Sehr komisch.«

»Ich heiße Mel Jensen.«

»Melody . . . Simon«, sagte ich.

»Siehst du. Jetzt sind wir keine Fremden mehr«, scherzte er. »Ich kann dir in Zukunft immer die Lebensmittel nach Hause tragen.«

»Wir haben uns einander vorgestellt, aber das heißt noch

lange nicht, daß wir keine Fremden mehr sind«, erwiderte ich, und er wurde sehr ernst.

»Du hast recht. Außerdem kann man hier nie sicher sein, ob jemand sich mit seinem richtigen Namen vorstellt«, sagte er, und einer seiner Mundwinkel zog sich ein klein wenig nach oben. Ich spürte, wie ich knallrot anlief. Er sah mich nicht an, und daher fiel es ihm nicht auf. »Aber ich heiße wirklich so, und ich werde dafür sorgen, daß mein Name bald in allen Haushalten bekannt sein wird, ein echter Markenname«, prahlte er und drehte sich dann zu mir um, weil er meine Reaktion sehen wollte.

»Was verkaufst du denn?« fragte ich, und als er lachte, leuchteten seine Augen noch strahlender. Da er sah, daß ich es ernst meinte, blieb er stehen.

»Das ist doch nicht dein Ernst? Du hältst mich für einen Handelsvertreter?«

»Du hast von Markennamen gesprochen, und da dachte ich mir . . .«

»Was tust du überhaupt in L. A.?« fragte er. Plötzlich war er sehr neugierig und mißtrauisch geworden. Ich wandte den Blick ab, ehe ich etwas darauf antwortete.

»Ich besuche meine Schwester«, sagte ich.

»Deine Schwester? Simon?« dachte er laut. »Ach, du bist Gina Simons Schwester?«

»Ja«, sagte ich. Ich hatte mich noch nie für eine gute Lügnerin gehalten, und ich bezweifelte, daß es mir gelingen würde, Leute so zum Narren zu halten, wie Mommy und Richard Marlin es sich wünschten. Ich war ganz sicher, daß die Leute mich durchschauen oder das Zögern in meiner Stimme hören würden, und dann wüßten sie augenblicklich, daß ich nicht die Wahrheit sagte, aber falls Mel Jensen meinen Betrug durchschaute, ging er nicht darauf ein.

»Natürlich«, sagte er und nickte. »Ihr beide seht euch wirklich sehr ähnlich. Ich nehme an, du willst auch Schauspielerin und Model werden?«

»Nicht wirklich, aber der Agent meiner Schwester glaubt, daß es sich machen läßt. Er hat gesagt, er wird versuchen, einen Job für mich zu finden, solange ich hier bin«, erwiderte ich.

»Es sind schon seltsamere Dinge passiert. Dem Portier vom *Vierjahreszeiten* ist eine kleine Rolle in einem Pilotfilm für eine Fernsehserie angeboten worden. Der Pilotfilm hat sich gut angelassen, und er hat eine lukrative Rolle in der Serie bekommen. Jetzt ist er Schauspieler und fährt in seinem eigenen Mercedes vor dem *Vierjahreszeiten* vor und läßt sich die Türen aufhalten.«

»Bist du auch Schauspieler?«

»Nein, ich bin Tänzer, eine Art Jazzinterpret, wenn du so willst. Wenn sie heute noch Musicals drehen würden wie zu den Lebzeiten von Gene Kelly und Fred Astaire, dann wäre ich beim Film«, behauptete er. »Jedenfalls habe ich diesen Job im Supermarkt nur, um mich über Wasser zu halten. Ich packe den Kunden ihre Waren ein und fülle die Regale nach, damit ich ein Dach über dem Kopf habe. Ich teile mir eine Wohnung mit zwei anderen Typen, die zufällig Schauspieler sind. Kommt ihr nicht irgendwo aus dem Mittleren Westen, deine Schwester und du?«

»Ja«, sagte ich eilig und hoffte nur, er würde mich nicht nach den Einzelheiten fragen. Ich war nicht über sämtliche Lügen informiert, die Mommy und Richard über sich selbst in Umlauf gesetzt hatten.

»Ich komme aus Portland.«

Wir erreichten die Ägyptischen Gärten, und ich blieb stehen, um ihm meine zweite Tüte wieder abzunehmen.

»Schon gut«, sagte er. »Ich bringe dich rauf. Ich habe es nicht eilig. Im Moment wartet nichts auf mich. Ich habe morgen früh einen Termin, und dann werde ich in der Nähe meines Telefons bleiben.« Er lachte, und wir liefen über den Pfad zu dem Gebäude, in dem Mommy wohnte. »Du solltest uns drei sehen, wenn wir uns alle irgendwo vorgestellt haben und dann das Telefon läutet. Es ist das reinste Irrenhaus. In der letzten Zeit hatten wir alle drei etliche Enttäuschungen einzustecken, aber das Blatt wendet sich. Ich kann es spüren.«

»Ich hoffe es für dich«, sagte ich.

»Danke. Siehst du, jetzt können wir uns nicht mehr fremd sein. Du hast mir sogar schon Glück gewünscht.«

Er trat mit mir in den Aufzug und trug meine Lebensmitteltüte bis zu Mommys Wohnungstür.

»Danke«, sagte ich, als er mir die Tüte in den Arm drückte.

»Ein ganz spezieller Service, den wir unseren Kunden im Bay Market anbieten«, erwiderte er mit einem betörenden Lächeln auf den Lippen. »Was fängst du mit dem Rest dieses wunderschönen Tages an?«

»Ich werde . . . saubermachen«, sagte ich.

»Dafür ist es heute zu heiß.«

»Es muß aber sein«, sagte ich.

»Komm runter zum Pool, wenn du zwischendurch eine Pause machst, und ich stelle dich noch ein paar anderen Mietern vor.«

»Das wäre schön«, sagte ich zögernd.

»Dann bis später«, erwiderte er und lief auf den Lift zu.

Ich wußte selbst nicht, warum ich gesagt hatte, ich käme vielleicht später an den Pool. Ich hatte nicht einmal einen Badeanzug. Ich verstaute die Lebensmittel und begann, die Wohnung zu putzen. Aus den Staubklumpen und den Spinnweben konnte ich mühelos ersehen, daß weder Mommy noch Richard die Wohnung seit ihrem Einzug ordentlich geputzt hatten. Das Wasser im Putzeimer färbte sich schwarz, als ich den Scheuerlappen eintauchte, mit dem ich gerade erst begonnen hatte, den Küchenboden aufzuwischen. Die Fenster waren derart von Dreck verkrustet, daß die Welt draußen sogar an einem so schönen Tag grau wirkte.

Das Badezimmer war noch übler verschmutzt. Hartnäckiger Schimmel hatte sich in jeder Ritze und in jedem Spalt gebildet, und als ich einen kleinen Vorleger vor der Badewanne zur Seite zog, ließ mich die Größe der Insekten, die darunter herauskrochen, mit einem Satz zurückspringen.

Schließlich wandte ich meine Aufmerksamkeit dem Schlafzimmer zu. Die kleinen Staubbälle unter dem Bett waren die reinsten Wollmäuse. Einen Staubsauger gab es nicht, und daher mußte ich unter den Betten fegen und die Stellen, die ich mit dem Schrubber nicht erreichen konnte, auf den Knien mit einem Lappen putzen. Ich wußte nicht, ob Mommy wollte, daß ich mir die Schubladen der Kommode vornahm, in denen sie und Richard ihre Sachen verstaut hatten, aber ich sah, daß sie ihre Kleidungsstücke immer noch nicht ordentlicher zusammenfaltete, als sie es früher in Sewell getan hatte. Schon damals hatte meist ich das Waschen und Bügeln übernommen.

Kleidungsstücke hingen achtlos über Stuhllehnen, und eine Jeans und eine Bluse lagen zerknittert auf dem Boden. Als ich gerade dabei war, eine von Mommys Schubladen aufzuräumen, stieß ich auf einen zweiteiligen Badeanzug in einem zarten Rosaton, und ich dachte an Mel Jensens Aufforderung. Draußen war es immer noch sehr sonnig und warm, und ich hatte wirklich eine Pause nötig.

Als ich den Badeanzug anprobierte, mußte ich jedoch feststellen, daß er sehr freizügig geschnitten war. Ich würde diesen Zweiteiler ausziehen, sowie ich einen züchtigeren Badeanzug gefunden hatte, sagte ich mir, doch ich fand lediglich einen Bikini, der noch knapper geschnitten war.

Ich erhob mich aus meiner gebückten Haltung und sah mich noch einmal im Spiegel an. Der Badeanzug saß gut. Ich hatte etwas mehr Oberweite als Mommy, und daher lag das Oberteil eng an. Meine Hüften waren schmaler, aber der Badeanzug war so gut wie neu und überhaupt nicht ausgeleiert. Ich drehte mich im Kreis, betrachtete mich aus verschiedenen Blickwinkeln und war nicht unzufrieden mit dem, was ich sah. Ich hielt nichts davon, wenn Mädchen mit ihren Reizen protzten, aber ich sah auch nicht ein, weshalb ich mich dafür hätte schämen sollen, daß ich eine hübsche Figur hatte. Eine leichte Bräune konnte mir gar nicht schaden, sagte ich mir, und ich beschwor Mel Jensens attraktives, einschmeichelndes Lächeln vor meinen Augen herauf. Würde ich den Mut aufbringen, mich in diesem kecken Zweiteiler am Pool zu zeigen? Allein schon die Vorstellung ließ mir einen Schauer über den Rücken laufen.

Während ich mir noch Gedanken darüber machte, läutete das Telefon. Es war Cary.

»Ich habe vorhin schon mal versucht, bei dir anzurufen«, sagte er, »aber als sich der Anrufbeantworter eingeschaltet hat, habe ich beschlossen, keine Nachricht zu hinterlassen. Du hättest ohnehin nicht gewußt, wann du mich erreichen kannst. Ich bin ständig unterwegs.«

»Ich habe nur schnell Lebensmittel eingekauft.«

»Lebensmittel eingekauft? Wo steckst du? Was hast du Ma erzählt? Sie kann sich derzeit überhaupt nichts merken. Was tust du gerade?« Er warf mir Fragen an den Kopf, ohne zwischendurch auch nur Atem zu holen.

Ich berichtete ihm von meinem Besuch bei Mommy und faßte ihre Geschichte kurz zusammen.

»Dann haben sie also die Leiche einer Fremden nach Provincetown überführen lassen? Ich kann es einfach nicht glauben. Das verstößt gegen das Gesetz, nicht wahr?« fragte er.

»Ich glaube schon«, sagte ich.

»Was ist mit der Frau, die jetzt in dem Grab liegt? Wird sie von niemandem gesucht?«

»Ich kenne noch nicht alle Einzelheiten, aber hier wimmelt es von Leuten, die ihrer Familie für immer den Rücken gekehrt haben. Und außerdem glaube ich, daß es in erster Linie Richard Marlins Werk war«, fügte ich hinzu. »Mommy scheint sich alles von ihm ... vorschreiben zu lassen, aber ich werde sie hier rausholen«, sagte ich und erklärte ihm, warum ich in Los Angeles bleiben und versuchen wollte, sie aus Richards teuflischen Krallen zu befreien.

»Vielleicht will sie gar nicht errettet werden, Melody«, sagte Cary.

»Ich muß es wenigstens versuchen.«

»Warum? Ihr war doch auch gleichgültig, was aus dir wird.

Du brauchst dir doch nur anzusehen, was sie getan hat. Wenn deine Freundin in West Virginia nicht auf das Foto in dem Katalog gestoßen wäre, glaubst du etwa, dann hättest du jemals wieder etwas von deiner Mutter gehört?« argumentierte er. »Sie ist genauso wie diese anderen Menschen, von denen du gesprochen hast, Leute, die ihre Familie vergessen.«

Ich wußte, daß es ihm nur darum ging, mich wieder zu sich nach Hause zu holen, obgleich das, was er sagte, nicht unrichtig war.

»Genau das ist es ja, Cary. Ich habe das Foto nun mal gesehen, und ich habe sie gefunden, und ich weiß, daß sie mich braucht. Eines Tages wird sie hier ganz auf sich allein gestellt sein. Sowie Richard merkt, daß er aus ihr nichts mehr rausholen kann, wird er sie sitzenlassen.«

»Daran hätte sie selbst denken sollen. Du hast dort nichts zu suchen«, beharrte er. »Das sind Verbrecher, die uns die Leiche einer Fremden geschickt haben, damit sie begraben wird, als sei es deine Mutter. Großmama Olivia wird außer sich geraten.«

»Vielleicht solltest du ihr vorerst nichts davon sagen.«

»Und was tue ich, wenn sie fragt, etwa lügen? Ist es das, was du in L. A. lernst?«

»Nein.«

»Deine Mutter ist eine gute Lehrmeisterin«, murrte er. »Das wissen wir alle beide.«

»Sieh mal, Cary, ganz gleich, was sie getan hat, sie ist trotz allem meine Mutter. Du würdest an meiner Stelle genauso empfinden.«

»Nein, eben nicht«, sagte er leise, und ich konnte die Traurigkeit aus seiner Stimme heraushören.

»Wie geht es deinem Vater?« fragte ich.

»Unverändert. Er liegt immer noch auf der Intensivstation des Krankenhauses. Heute morgen hat es hier geregnet, ein leichtes Unwetter, und deshalb sind wir nicht mit dem Boot rausgefahren. Ich bin ohnehin schon auf die Moosbeerernte angewiesen, damit wir einigermaßen über dieses Jahr kommen«, fügte er hinzu. »Bald gibt es hier eine ganze Menge Arbeit zu tun.«

»Vielleicht kann ich zurückkommen und helfen«, schlug ich vor.

»Und was dann? Willst du hinterher wieder nach L. A. zurück?«

»Ich weiß es nicht, Cary.«

»Wahrscheinlich gefällt es dir dort. Hollywood«, zischte er. »Das hat viel mehr Flair, als in einem alten Haus zu wohnen und Moosbeeren zu ernten. Ich kann es dir nicht verübeln«, sagte er mit matter Stimme. »Ich wünschte, ich könnte auch vor meinen Verpflichtungen davonlaufen.«

»Ich laufe nicht vor meinen Verpflichtungen davon, Cary Logan. Ich laufe auf sie zu. Ich versuche, meiner Mutter zu helfen«, sagte ich mit fester Stimme, denn ich war wild entschlossen, es ihm begreiflich zu machen.

»Klar. Also, du weißt ja, wo ich bin. Ruf mich gelegentlich mal an, falls du die Zeit finden solltest«, sagte er und bemühte sich gar nicht erst, seine Frustration und seine Wut zu verbergen.

»O Cary, du weißt doch, daß ich dich anrufen werde.«

»Ich muß jetzt wieder ins Krankenhaus fahren«, sagte er. »Ich habe Ma und May dort gelassen. Tschüß.«

»Cary.«

Er hatte aufgelegt. Ich hielt den Hörer noch einen Moment lang in der Hand, ehe ich ihn wieder auf die Gabel legte, und mein Herz fühlte sich an wie kalter Stein. Cary konnte nicht gut mit Traurigkeit und Nöten umgehen. Er zog sich in sich selbst zurück und verschloß sich verbittert wie eine Muschel. So hatte ich ihn damals kennengelernt, als Mommy mich dort zurückgelassen hatte, damit ich bei Onkel Jacob und Tante Sara lebte, und es hatte eine ganze Weile gedauert, bis ich ihn dazu gebracht hatte, auch nur ein oder zwei freundliche Worte an mich zu richten. Mir war abscheulich zumute, weil ich nicht an seiner Seite war, jetzt, wo er mich so sehr gebraucht hätte.

Als ich mich jedoch in diesem kleinen Apartment umsah und daran dachte, daß Mommy sich restlos von Richard beherrschen ließ, wußte ich, daß ich bleiben mußte. Ich mußte es versuchen. In Momenten wie diesem wünschte ich, ich hätte mich in zwei Personen aufspalten können. Dann hätte ich mein zweites Ich jetzt nach Provincetown geschickt. Ich hätte diejenige sein sollen, die eine Zwillingsschwester hat, nicht Cary, dachte ich.

Sprudelndes Gelächter drang zum Balkon hinauf. Ich trat ins Freie und lauschte. Zwei junge Frauen liefen auf den Pool zu. Beide trugen Bikinis, die noch viel knapper geschnitten waren als der, den ich anhatte.

Ich könnte jetzt wirklich eine Pause gebrauchen, sagte ich mir, nur eine kleine Ablenkung von all diesen unerfreulichen Überlegungen. Für ein ganz kleines Weilchen werde ich so tun, als sei ich eine von ihnen. Meine einzige Furcht bestand darin, der Wahnsinn, von dem sie alle angetrieben wurden, könnte ansteckend sein, und Carys böse Ahnungen könnten sich bewahrheiten. Dann würde ich feststellen, daß es leichter war, mich einfach in meine Träume und Phantasien zu flüchten und mir, wie alle anderen hier, keine Sorgen mehr darüber zu machen, ob mein Verhältnis zur Wahrheit halbwegs vernünftig war.

Trotz dieser Befürchtungen suchte ich ein Badetuch und fand es ganz unten im Kleiderschrank, und daneben stand ein Paar Sandalen. Ich schnappte mir Mommys Frotteebademantel mit den Kaffeeflecken und den Brandlöchern und schlüpfte hinein. Dann machte ich mich auf den Weg zum Pool und sagte mir, es sei schließlich nur für ein kleines Weilchen. Das konnte doch nicht schaden. Nicht wahr?

»Das ist Melody Simon«, sagte Mel Jensen zu dem untersetzten Mann mit dem hellbraunen Haar, der auf dem Liegestuhl neben ihm lag. »Melody, darf ich dir Bobby Dee vorstellen«, sagte Mel.

»Sei mir gegrüßt«, murmelte Bobby Dee. Er hielt sich den Sonnenreflektor unter das Kinn und sah mich kurz an.

»Bobby ist Schlagzeuger bei den *Cross Me Outs,* einer Rockband, die letzte Woche ihre erste Single aufgenommen hat.«

»Oh. Ich gratuliere«, sagte ich. Bobby Dee murrte etwas vor sich hin. Mel zog einen Liegestuhl näher, damit ich mich neben ihn setzen konnte. Am anderen Ende des Pools sonnten sich Sandy und zwei ihrer Freundinnen. Sie wurden von zwei anderen jungen Männern belagert. Alle sahen mich an, als ich Mommys Bademantel auszog und ihn ordentlich auf dem Liegestuhl ausbreitete. Mels Lächeln wurde strahlender.

»Du solltest dich lieber einschmieren«, schlug er vor. »Du bist recht blaß, und stellenweise scheint deine Haut die Sonne schon seit einer ganzen Weile nicht mehr gesehen zu haben.« Er reichte mir seine Sonnenmilch.

»Danke«, sagte ich und rieb mir die Arme und Beine ein.

»Ich kann dir den Rücken einreiben«, bot er mir an.

»Sieh dich vor. Das ist sein üblicher Einstieg«, murmelte Bobby Dee. »Erst ist es der Rücken, dann kommen die Arme, und dann . . .«

»Kümmere dich um deine eigenen Angelegenheiten, du Großmaul«, sagte Mel. Er nahm die Flasche und stellte sich hinter mich. Seine Hände fühlten sich warm auf meiner Haut an, aber die Sonnenmilch war kalt, und ich zuckte zusammen.

»Der Kerl hat Magie in den Händen.« Bobby ließ seinen Reflektor sinken und sah mich jetzt erst genauer an. »Du singst nicht zufällig, oder doch? Wir suchen gerade eine neue Sängerin.«

»Ich singe, wenn ich die Fiedel spiele«, sagte ich. »Aber ich bin nicht gut genug, um in einer Band zu singen.«

»Die Fiedel. Du meinst die Form von Musik, wie sie auf dem Land in Scheunen gespielt wird?«

»Vermutlich ja«, sagte ich. Mel rieb meine Arme mit Sonnenmilch ein und beschäftigte sich dann ausführlich mit meinen Schultern und meinem Nacken. »Danke«, sagte ich zu ihm. Ich hatte das Gefühl, wenn ich nichts sagte, würde er den ganzen Nachmittag so weitermachen.

»Gern geschehen.«

»Die Band *Hell's a Poppin* hat einen Fiedelspieler«, sagte Bobby. »Sie haben einen Gig im Valley, im Market Square, nicht weit vom Ventura Boulevard. Hast du von denen schon mal was gehört?«

»Sie ist gerade erst hier angekommen, Bobby. Sie weiß noch nicht mal, was du meinst, wenn du vom Valley sprichst«, sagte Mel.

»Ach wirklich?« Er musterte mich einen Moment lang und wandte sich dann wieder seinem Sonnenreflektor zu.

Sandy und eine ihrer Freundinnen sprangen in den Pool und schwammen zu uns rüber. Die beiden jungen Männer sprangen ihnen sofort hinterher.

»Hallo«, rief Sandy und stellte sich im Pool auf den Boden, um mich anzusehen.

»Hi.«

»Wie ich sehe, hast du Mel kennengelernt«, sagte sie.

»Sie ist in mein Büro gekommen«, sagte er zu ihr.

»Paß auf, er beißt«, warnte sie mich lachend, als sie sich wieder vom Poolrand abstieß.

»Warum warnen mich alle vor dir?« fragte ich ihn.

»Reiner Neid«, sagte er. »Nimm dich vor dem grünäugigen Ungeheuer in acht. Früher oder später ergreift es hier von jedem Besitz.«

Bobby murrte vor sich hin.

»Ausgerechnet der muß das sagen«, warf er ein. Mel drehte sich zu ihm um.

»Du willst mir doch nicht etwa erzählen, du seist nicht neidisch auf *Tommy and the Loafers*?« fragte Mel.

»Ein reiner Glücksfall für sie, daß sie den Vertrag bekommen haben und nicht wir«, erwiderte Bobby.

»Und doch beneidest du sie darum«, sagte Mel. »Siehst du?« sagte er zu mir. Ich lächelte, lehnte mich zurück und schloß die

Augen. Jemand schaltete ein Radio ein, und die Musik kam zu uns herübergeweht. Es war warm in der Sonne. Um mich herum hörte ich Gelächter. In dieser Umgebung fiel es einem leicht, Probleme zu vergessen. Daran könnte ich mich gewöhnen, dachte ich beschämt.

»Gehst du heute abend zu Sandys Party?« fragte Mel.

»Ich glaube ja«, sagte ich.

»Prima.«

Ich öffnete ein Auge und sah ihn an. Er lag auf der Seite, mir zugewandt.

»Warum bringst du nicht heute abend deine Fiedel zu Sandy mit?« schlug er vor.

»Ich habe sie nicht hier«, sagte ich.

»Du hast sie nicht mitgebracht? Warum denn das?«

»Ich ... ich hätte nicht geglaubt, daß hier jemand einen Fiedler hören möchte«, sagte ich.

»Hat Jerry nicht eine Fiedel?« fragte Mel Bobby.

»Doch. Wir werden sie heute abend mitbringen.«

»Nein, lieber nicht. Ich bin wirklich nicht besonders gut«, sagte ich.

»Wenn es einen Ort auf Erden gibt, an dem sich Bescheidenheit nicht auszahlt, dann ist das L. A.«, sagte Mel. »Hier giltst du als sonderlich, wenn du keine Eigenwerbung betreibst.«

»Dann werde ich eben als sonderlich gelten«, sagte ich mit fester Stimme, »denn ich denke gar nicht daran, die Trommel für mich selbst zu rühren und mich aufzuspielen.«

Bobby lachte.

»Sie spielt die Fiedel, nicht die Trommel, du Dummkopf«, sagte er.

»Ich wette, du spielst gut«, beharrte Mel. Ich erwiderte nichts darauf. »Na, los«, sagte er und stieß mich an. »Laß uns ins Wasser gehen.«

Er stand auf und tauchte in den Pool, mit einem so geschmeidigen und anmutigen Sprung, daß kaum ein Tropfen Wasser in die Luft spritzte.

»Komm schon rein«, sagte er zu mir, als er wieder an die Oberfläche kam. »Das tut gut.«

Ich sah Bobby an, der die Achseln zuckte und sagte: »Ich habe diese Woche schon ein Bad genommen.«

Mel trat im Wasser auf der Stelle, und Sandy und die anderen Mädchen begannen ihn naßzuspritzen. Er spritzte sie auch naß. Es sah aus, als hätten sie alle ihren Spaß, und daher stand ich auf und setzte mich auf die Kante des Pools. Mel kam auf mich zugeschwommen und umfaßte meine Knöchel.

»Komm ins Wasser. Du wirst schon nicht ertrinken. Es ist nur einen Meter fünfzig tief.« Er zog an meinen Knöcheln, und ich fiel vornüber in seine Arme und in den Pool. Die Mädchen kamen zu meiner Rettung angeschwommen und spritzten ihm soviel Wasser ins Gesicht, daß er untertauchen mußte. Ich alberte gemeinsam mit ihnen herum, doch als sie sich zu mir umdrehten, weiteten sich ihre Augen schockiert. Ich wurde neugierig.

»Was ist passiert?« fragte ich.

Sandy schwamm auf mich zu.

»Dein Badeanzug«, sagte sie, und ich sah auf das Bikinioberteil meiner Mutter hinunter. Im Wasser wurde der Bikini durchsichtig. Ich war so gut wie nackt.

»Oh nein«, jammerte ich und schlang mir die Arme um die Brüste.

»Warte einen Moment«, sagte Sandy und stieg aus dem Pool. Sie holte mein Handtuch von meinem Liegestuhl und kam damit zurück. Ich stieg aus dem Wasser und wickelte das Handtuch um mich. Alle sahen uns an, und etliche der Männer, die inzwischen hinzugekommen waren, schüttelten schadenfroh die Köpfe. Sogar Bobby Dee lachte mich aus.

In meiner unbeschreiblichen Verlegenheit rötete sich nicht nur mein Gesicht, sondern auch mein Körper, so daß es aussah, als hätte ich mir einen üblen Sonnenbrand zugezogen.

»Danke«, sagte ich zu Sandy. »Der Bikini gehört meiner Mut ... meiner Schwester. Ich wußte nicht, daß das passieren würde«, erklärte ich. Ich sah die anderen an und schnappte dann die Wohnungsschlüssel von dem Tischchen neben meinem Liegestuhl und floh.

Oben in der Wohnung sah ich mich im Spiegel an. Dieser Bikini war offensichtlich nicht zum Schwimmen gedacht, sagte ich mir. Ich zog ihn eilig aus, trocknete mich ab und schlüpfte in meine Kleidungsstücke. Als ich mir gerade das Haar trocknete, hörte ich, daß an der Tür geklingelt wurde. Es war Mel, der mir den Rest meiner Sachen brachte.

»Wenn das kein dramatischer Abgang war«, sagte er, als ich die Tür öffnete. »Du bist eindeutig eine Schauspielerin. Du hast einen gewaltigen ersten Eindruck hinterlassen.«

»Vielen Dank. Es wäre mir lieber, wenn ich unbemerkt geblieben wäre. Mir war nicht klar, daß dieser Bikini nicht zum Schwimmen gedacht ist. Ich habe ihn bei meiner Schwester gefunden und ihn mir geborgt, ohne sie zu fragen.«

»Du brauchst mir nichts zu erklären. Ich hatte jedenfalls meinen Spaß daran«, sagte er und kam näher auf mich zu.

»Das kann ich gar nicht verstehen«, sagte ich sarkastisch, und dann nahm ich ihm den Bademantel und die Sandalen ab. »Nett von dir, daß du mir die Sachen gebracht hast.«

»Nicht der Rede wert. Wir sehen uns dann später bei Sandy«, sagte er. »Du wirst doch angezogen dort erscheinen?«

»Ich will heute keinem Menschen mehr unter die Augen treten«, jammerte ich.

»Das ist doch albern. Dafür hat jeder Verständnis. So was passiert hier regelmäßig.«

»Aber mir doch nicht«, rief ich aus. Er lachte, als ich die Tür schloß.

Als Mommy und Richard Marlin nach Hause kamen, nahm ich Mommy zur Seite und erzählte ihr, was vorgefallen war.

»Oh, ich habe noch nie an diesem Pool gelegen«, sagte sie. »Solche Badeanzüge sind für Kameraaufnahmen da. Wenn man in meinem Alter ist, hütet man sich davor, allzuoft in die Sonne zu gehen. Davon bekommt man Falten«, erklärte sie.

»Es war furchtbar peinlich«, sagte ich, doch sie lachte nur.

»Ich wette, damit hast du dich bei den jungen Männern hier sofort beliebt gemacht«, sagte sie, und eine Spur von Neid war aus ihrer Stimme herauszuhören.

»Ich wäre lieber nicht allzu beliebt.«

»Natürlich willst du gern beliebt sein. Je mehr Männer dich beachten, desto mehr gewinnst du an Ansehen«, sagte sie zu mir. »Nimm dir die Zeit, dich jedem einzelnen in Ruhe zu widmen. Vor dir liegen noch viele lange Jahre, bevor du tust, was ich getan habe, und dich an einen einzigen Mann kettest.«

»So hast du es also empfunden, Mommy? Du hattest die ganze Zeit über das Gefühl, angebunden zu sein?«

»Ja«, gestand sie, ohne erst zu zaudern. »Und denk bitte daran, daß du mich nicht Mommy nennen darfst«, flüsterte sie. Richard kam aus der Küche.

»Du hast ganz schön viel eingekauft«, sagte er. »In diesem Haus gibt es zur Abwechslung tatsächlich mal was Eßbares im Kühlschrank.«

»Heute abend brauchen wir uns damit nicht zu belasten. Wir gehen zu Sandys Party«, rief ihm Mommy ins Gedächtnis zurück.

»Ich kann unmöglich mitgehen, Sis. Nicht nach dem Zwischenfall heute nachmittag.«

»Unsinn, Melody.«

»Was ist denn heute nachmittag passiert?« fragte Richard. Mommy erzählte es ihm, und er lachte. Dann sah er mich ernst an.

»Ich glaube, ich habe einen Job für dich gefunden. Ich habe einem Produzenten von dir erzählt, und er will dich morgen sehen. Nachdem ich Gina im Einkaufszentrum abgesetzt habe, bringe ich dich ins Studio.«

»Oh Melody, das ist ja phantastisch. Und wie schnell es gegangen ist! Jetzt werden die anderen Mädchen hier wirklich vor Neid sterben.«

»Das grünäugige Ungeheuer«, sagte ich nickend und dachte wieder an Mels Worte.

»Was soll das heißen?«

»Nichts weiter. Was ist das für ein Job?« fragte ich Richard. »Welches Produkt soll ich vorführen?«

»Sei nicht so vorwitzig. Zufällig handelt es sich um eine Filmrolle«, sagte er, »in einem *Independent*-Film.«

Ich sah Mommy an, die über das ganze Gesicht strahlte.

»Aber ich habe doch gar keine Erfahrung.«

»Dann wirst du es eben lernen«, sagte Richard. Er sah sich um und nickte. »Sie hat die Wohnung wirklich ordentlich hergerichtet, stimmt's, Gina?«

»Ja. Danke, Schätzchen.«

»Vielleicht klappt es ja doch mit uns dreien. Wir werden es ja sehen«, sagte Richard und lächelte verschlagen. Sein Lächeln sandte mir einen Schauer über den Rücken. Plötzlich kam ich mir vor wie ein kleines Mädchen, das in die Enge getrieben worden ist.

Der Zwischenfall am Pool machte mich auf Sandys Party zum Star des Abends. In dem Moment, in dem wir drei zur Tür hereinkamen, wurde uns zugejubelt. Es war mir peinlich, soviel Aufmerksamkeit zu erregen, doch ich fand, alle waren sehr freundlich zu mir. Die Party war bereits in vollem Schwung, als wir dort eintrafen, denn Mommy hatte eine Ewigkeit gebraucht, um sich zu schminken und zu entscheiden, wie sie ihr Haar zu diesem Anlaß tragen wollte.

»Und außerdem«, sagte sie zu mir, »gilt es in Hollywood als ein Zeichen von Schwäche, wenn man pünktlich kommt. Eine vornehme Verspätung kann nie schaden.«

Mel hatte Sandy mit dem Essen geholfen und ihr Fertiggerichte und Salate mitgebracht, die im Supermarkt an der Theke frisch verkauft wurden. Anfangs wurden Schallplatten aufgelegt, doch als mehr Gäste eintrafen, begannen Bobby Dee und seine Band zu spielen. Die Wohnung war nicht viel größer als unsere, und mir schien es, als seien sämtliche Bewohner des

Apartmentkomplexes hier erschienen. Es dauerte nicht lange, bis alle anfingen zu tanzen. Sogar Leute, die dastanden und sich miteinander unterhielten, bewegten sich beim Reden zum Rhythmus der Musik. Wenn gute Laune tatsächlich ansteckend sein kann, dann ist das hier ausnahmsweise mal der Fall, sagte ich mir, denn ich konnte selbst nicht stillhalten und bewegte mich fröhlich zu der Musik und dem Gelächter um mich herum.

In fast allen Gesprächen, die ich mit anhörte, ging es um Vorsprechtermine, Rollen, Agenten und Produzenten. Am meisten erstaunte mich, daß alle Anwesenden Mommy anstandslos als eine etwa Gleichaltrige akzeptierten. In ihrem Minirock aus Mikrofaser und in dem knappen schwarzen Oberteil wirkte sie tatsächlich eher wie meine Schwester und nicht wie meine Mutter. Ich begriff jetzt, warum man ihr diese Lüge so leicht abnehmen konnte.

Ich wurde aus meinem Gedankengang herausgerissen, als Mel mich aufforderte, mit ihm zu tanzen. Während wir durch das Zimmer wirbelten, fiel mir auf, daß Richard sich mit zwei hübschen Frauen unterhielt, während Mommy mit jemandem tanzte, der sich Stingo nannte. Sein Haar hatte dieselbe Länge wie meines, und er trug zwei silberne Ohrringe. Mommys Gelächter übertönte schon bald die Musik. Ab und zu warf sie einen Blick in meine Richtung und lächelte mich strahlend an. Sie wirkte glücklich, wie jemand, der seine Jugend noch einmal geschenkt bekommen hat. Sollte es tatsächlich möglich sein, daß man die Zeit einfach zurückdrehen und wieder jung werden konnte?

Plötzlich hörte Bobbys Band auf zu spielen, und er kündigte den Gästen an, in ihrer Mitte befände sich ein neues Talent, eine frische und unschuldige Stimme. Ich hatte keine Ahnung, von wem er sprach, bis er die Fiedel hervorzauberte und laut meinen Namen rief. Mommys Erstaunen schien ebenso groß zu sein wie meines.

»Nein«, wandte ich bebend ein. »Ich habe dir doch gesagt, daß ich nicht gut genug spiele.«

»Darüber werden wir uns selbst ein Urteil bilden«, kündigte Bobby an. »Komm schon, du bist hier unter erbitterten Freunden«, fügte er mit einem Lächeln hinzu.

»Geh schon«, drängte mich Mel.

»Ich kann nicht. Ich ...«

»Tu es lieber. Sonst läßt er dich nicht in Ruhe. So ist Bobby nun mal.«

Widerstrebend trat ich vor, und alle jubelten. Mommy und Richard standen Seite an Seite da und beobachteten das Geschehen mit Interesse und unverhohlenem Erstaunen. Richard schien sich zu freuen, doch über Mommys Gesicht zog ein seltsamer Ausdruck. Wenn ich es nicht besser gewußt hätte, hätte ich fast glauben können, sie sei neidisch.

»Ich spiele jetzt ein Lied, das mir ein alter Freund beigebracht hat«, sagte ich und nahm die Fiedel entgegen. Die Gäste verstummten, aber ich bemühte mich, nicht an sie zu denken. Statt dessen dachte ich an Papa George und an das Vergnügen, das es ihm jedesmal bereitet hatte, wenn ich ihm etwas vorspielte. »Es ist ein altes Lied aus den Bergen, und es handelt von einer Frau, deren Geliebter in einer Fehde stirbt. Sie trauert so sehr um ihn, daß sich ihr Herz in einen Vogel verwandelt, davonfliegt und hinaufstrebt, um sich zu seiner Seele zu gesellen.«

Jemand lachte, und ein anderer Gast sagte zu ihm: »Sei still, du Idiot.«

Ich nahm den Bogen und begann zu spielen; anfangs sang ich leise, doch dann erhob ich die Stimme und schloß die Augen. Als ich das Lied beendet hatte, herrschte Totenstille.

»Das war einfach toll«, sagte Mel gerade so laut, daß alle ihn hören konnten. Ein zustimmendes Murmeln ertönte, und dann erklangen Jubelrufe und lauter Beifall.

»Es sieht ganz so aus, als hättest du dir eine richtig gute neue Klientin an Land gezogen, Richard«, rief ihm Bobby über den Raum hinweg zu. Richard lächelte und nickte.

»Für Talente habe ich doch schon immer ein Gespür gehabt, nicht wahr?«

»War das eine Frage?« schrie jemand, und Gelächter ertönte. Bobby und seine Band fingen wieder an zu spielen, und die fröhliche, ausgelassene Stimmung war schnell wiederhergestellt.

»Das war wirklich ganz reizend«, sagte Mommy, als sie auf mich zukam. »Du hast weiß Gott keine Zeit vergeudet, dich mit allen bekanntzumachen und jedem zu erzählen, daß du Fiedel spielst.«

»Das ist nicht wahr. Ich habe nur . . .«

»Aber ich glaube wirklich nicht, daß man mit dieser Form von Musik heutzutage in Hollywood Erfolge feiern kann, Melody. Steck deine Hoffnungen also lieber nicht zu hoch.«

»Oh, ich erwarte nicht, mit meinem Fiedelspiel berühmt zu werden. Ich hatte gar nicht vor, heute etwas zu spielen. Deshalb bin ich nicht hergekommen.«

Sie lachte.

»Oh, vielleicht doch«, sagte sie und zwinkerte mir zu. Ohne ein weiteres Wort packte sie einen großen, dunkelhaarigen jungen Mann am Arm und zog ihn auf die Tanzfläche.

Als ich mich in Bewegung setzte, gratulierten mir alle, an denen ich vorbeikam, und Sandy drückte mich fest an sich.

»Du bist einfach toll«, behauptete sie. »Du wirst es schaffen.«

»Es schaffen? Was schaffen?«

»Erfolg zu haben, was denn sonst, du Dummkopf«, sagte sie, ehe sie sich wieder ins Getümmel stürzte.

Mel tauchte an meiner Seite auf.

»Du bist wie eine Bombe eingeschlagen. Bisher ist noch niemand in diese Wohnanlage eingezogen und hat so schnell die Aufmerksamkeit aller auf sich gelenkt«, behauptete er.

»Darauf habe ich es überhaupt nicht abgesehen.«

»Worauf hast du es denn abgesehen? Auf einen Job im Supermarkt? Dazu kann ich dir verhelfen«, scherzte er. »Aber irgendwie habe ich den Verdacht, daß du mehr willst als wir alle hier.«

»Nein«, beharrte ich.

Ich sah mich in dieser Ansammlung von hoffnungsvollen jungen Menschen um, die alle fest daran glaubten, daß etwas Wunderbares passieren würde, wenn sie sich nur genügend anstrengten. Sie kamen von überall, aus dem Osten, dem Mittleren Westen, aus dem Norden Kaliforniens, und jeder einzelne von ihnen wartete auf den großen Durchbruch. Gegen Ehrgeiz ist an sich nichts einzuwenden, aber es gibt Grenzen, einen Unterschied zwischen Ehrgeiz und hohlen Träumen, Träumen, die nur Leid und Enttäuschung nach sich ziehen würden. Ich hatte keine Ahnung, wo diese Grenzen waren oder wer sie überschritt, aber ich gelobte mir, daß ich nicht zu denjenigen gehören würde. Und doch konnte ich erkennen, wie leicht sich Menschen in Versuchung führen ließen, an Märchen zu glauben. Ich konnte nicht leugnen, daß die Komplimente und der Zuspruch mich davon träumen ließen, eines Tages eine berühmte Musikerin zu sein.

Carys Worte hallten plötzlich in meinem Gedächtnis wider: *»Das hat viel mehr Flair, als in einem alten Haus zu wohnen und Moosbeeren zu ernten. Ich kann es dir nicht verübeln.«*

»Ich bin müde«, sagte ich zu Mel, als meine Gedanken wieder auf den Boden der Tatsachen zurückkehrten. »Ich habe einen harten Tag hinter mir.« Ich lächelte ihn strahlend an und packte Mommy am Arm, als sie das nächste Mal in meiner Nähe vorbeitanzte. »Ich werde jetzt gehen. Ich bin müde, Sis.«

»Wie du willst«, sagte sie und nahm kaum wahr, was ich gesagt hatte. Das Tanzen beanspruchte sie voll und ganz.

»He, es ist doch noch früh am Abend«, sagte Mel, als ich auf die Tür zuging.

»Es ist der Jetlag«, erwiderte ich kurz angebunden.

»Du läßt dir eine Menge Spaß entgehen. Die Party hat noch gar nicht richtig begonnen«, versuchte er mich zu überreden. Er hielt immer noch meine Hand.

Ich entzog sie ihm behutsam.

»Es wird noch mehr Partys geben«, sagte ich. »Danke für alles.«

Die Enttäuschung stand ihm ins Gesicht geschrieben.

»Gern geschehen. Es war ohnehin nicht der Rede wert«, sagte er und wandte sich ab.

Ich verließ schleunigst die Party, schlich mich unauffällig davon und lief durch den Korridor. Sowie ich die Tür unseres Apartments hinter mir geschlossen hatte, stieß ich die Luft aus, die ich lange angehalten hatte. Mein Gesicht glühte. Die Brise, die durch das Fenster kam, war zu warm, um mich abzukühlen, und daher trat ich auf den Balkon hinaus, setzte mich und schaute zu den funkelnden Sternbildern über den Hausdächern auf.

Ich fragte mich, ob Cary Tausende von Meilen weit entfernt zu denselben Sternen aufblickte. Ich vermißte es, die Sterne über dem Meer glitzern zu sehen und mir etwas zu wünschen, wenn ich am Strand entlanglief und eine Sternschnuppe sah. Ob das Meer heute nacht wohl ruhig war? Schwappten die Wellen sachte auf den Strand? Wenn ich Carys Stimme auch noch so gern gehört hätte, dann wußte ich doch, daß es zu spät war, um ihn jetzt noch anzurufen. Wahrscheinlich schliefen ohnehin alle, sagte ich mir.

Ich hörte, wie auf der Straße vor dem Gebäudekomplex die Alarmanlage eines Wagens aufheulte. Es klang wie ein verwundetes Tier, ein streunender Köter, der sich verletzt hatte, und der schrille Schrei ertönte gut zwei Minuten lang, ehe er abriß. Dann war es wieder relativ still. Meine Lider sanken ermattet hinunter. Ich stand auf und machte mich bereit zum Schlafengehen. In der Sekunde, in der mein Kopf das Kissen berührte, war ich auch schon eingeschlafen.

Ein paar Stunden später wurde ich jedoch von Mommys und Richards Gelächter geweckt, als sie in die Wohnung stürmten. Es klang so, als seien sie beide betrunken und störten sich überhaupt nicht daran, wieviel Lärm sie verursachten.

Mommy rief lauthals: »Wo steckt denn meine talentierte kleine Schwester?« Sie lachte und tauchte in meiner Tür auf. »Der größte Clou der ganzen Party. Wie gefällt dir das, Richard?«

»Ich finde es ganz toll«, rief er ihr zu, und sie lachte wieder. Ich stellte mich schlafend, aber ich öffnete die Augen einen Spalt weit und sah sie schwankend in der Tür stehen. »Das fanden sie alle total cool, Melody . . . man wird gefeiert und verläßt daraufhin sofort die Party. Wirklich cool. Es sieht ganz so aus, als hätte ich dir mehr beigebracht, als ich dachte«, sagte sie; »aber vergiß bloß nicht, wer deine Lehrerin war.«

»Komm ins Bett, Gina.«

»Ich komme ja schon.«

Sie blieb in der Tür stehen und sah mich finster an. Ich rührte mich nicht.

»Schlaf gut, Sis«, sagte sie. Dann lachte sie, wischte sich den Schweiß von der Stirn und torkelte davon. Ich hörte, wie etwas auf dem Fußboden zerschmetterte, und dann hörte ich sie fluchen.

»Komm ins Bett, ehe du die Wohnung demolierst und die gute Arbeit zunichte machst, die deine Schwester hier geleistet hat«, neckte Richard sie.

Mommy fluchte wieder, und dann ging sie ins Schlafzimmer und schlug die Tür so fest hinter sich zu, daß die ganze Wohnung bebte.

Ich hörte die gedämpften Stimmen der beiden durch die Wände. Mommy erhob ihre Stimme, und dann schrie Richard sie an. Hinterher hörte ich Mommy schluchzen und klagen. Endlich wurde es still.

Sie kann hier nicht glücklich sein, sagte ich mir. Es ist ganz ausgeschlossen. Morgen, gleich morgen früh, werde ich anfangen, ihr eine Rückkehr nahezulegen. Ich werde sie an meine Erbschaft erinnern und ihr ausmalen, wieviel Geld wir haben werden und daß sie alles tun kann, was sie will, solange sie endlich aufhört, jemand sein zu wollen, der sie nicht ist.

Es war, als sei ich ins Land der Geister geraten, wo jeder versuchte, ein anderer Mensch zu sein als derjenige, der er war, und das wahre Ich eines jeden schwebte um ihn herum und wartete darauf, in seinen verlorenen Körper zurückkehren zu dürfen. Ironischerweise war es genau das, was Mommy dringend nötig hatte . . . sie mußte zu ihrem eigenen Körper zurückkehren, zu ihrem eigenen Namen, zu der Identität, die sie in Provincetown zu Grabe hatte tragen lassen.

Würde sie jemals wieder Haille Logan sein wollen?

Ich hoffte es, denn Haille Logan war meine Mutter.

9

Achtung, Aufnahme!

Ich erwachte zu denselben Geräuschen, die ich vor dem Einschlafen gehört hatte, unterdrückte Schreie und ein ersticktes Schluchzen. Als ich aufgestanden war, mich angezogen hatte und in die Küche ging, um eine Kanne Kaffee aufzusetzen, war es jedoch wieder ruhig geworden. Richard tauchte als erster auf und schien wütend zu sein. Er schenkte sich eine Tasse Kaffee ein und murrte laut vor sich hin.

»Manchmal komme ich mir vor, als müßte ich Zähne ziehen. Warum mache ich das überhaupt mit?« murrte er. »Sie benimmt sich geradezu so, als täte sie mir einen Gefallen. LASS UNS EIN FÜR ALLEMAL KLARSTELLEN, WER HIER WEM EINEN GEFALLEN TUT«, schrie er in Richtung Schlafzimmer.

»Was ist passiert?« fragte ich, und er fiel über mich her.

»Was passiert ist? Alles, was nur passieren kann. Sie hat, wie üblich, zuviel getrunken, deinetwegen, versteht sich, und dann hat sie einen ihrer Heulkrämpfe bekommen und mich die ganze Nacht wachgehalten. Schließlich ist sie dann halbwegs ohnmächtig zusammengebrochen, und jetzt fühlt sie sich miserabel und hat einen Kater.«

»Meinetwegen?« fragte ich verwirrt, doch er ging nicht auf meine Frage ein.

»Sie ächzt und stöhnt, und sie ist aufsässig. Sie weiß genau, daß sie aufstehen und gut aussehen muß. SCHLIESSLICH STEHT HIER MEIN RUF AUF DEM SPIEL!« fügte er hinzu und schrie seine Worte wieder in Mommys Richtung.

Als sie endlich erschien, trug sie eine Sonnenbrille und lief mit behutsamen kleinen Schritten, wie jemand, der auf Eierschalen stolziert. Sie begab sich geradewegs zu der Kaffeekanne.

»Du kannst unmöglich den ganzen Tag über diese Sonnenbrille tragen, Gina. Ich habe dir gestern abend mindestens zehnmal gesagt, daß du aufhören sollst zu trinken. Stimmt's?« fragte er wütend.

»Ich kriege das schon hin«, sagte sie.

»Ja, klar. Du kriegst es hin. Du siehst halb tot aus, und du gibst dich auch so, und sie werden dich rausschmeißen, und man wird wieder einmal mir die Schuld zuschieben. Damit ist mir und meinen anderen Klientinnen ein weiterer Markt versperrt!« rief Richard aus.

»Deinen anderen Klientinnen?« Sie versuchte zu lächeln, aber davon schien sie Kopfschmerzen zu bekommen, denn sie faßte sich augenblicklich an die Stirn.

»Möchte jemand etwas essen?« fragte ich. Mommy erwiderte nichts, aber Richard wandte sich von Mommy ab und sah mich an.

»Nein. Und zieh dich schleunigst an«, fauchte er. »Du mußt mit uns kommen. Ich denke gar nicht daran, noch einmal zurückzufahren und dich hier abzuholen. Du hast deinen Termin im Westen von L. A.«

»Ich soll mich anziehen? Ich bin doch angezogen.«

»So kannst du nicht bleiben. Du mußt dich . . . sexier anziehen. Hast du denn keinen Minirock oder so was?«

»Nein, ich . . .«

»Sieh dich in Ginas Kleiderschrank um«, befahl er mir. Mommy lächelte.

»Ja, tu das, Melody. Aber zieh bitte nicht meinen anderen Badeanzug an.«

Sie lachte.

»Oh ja, du bist ja so komisch«, sagte Richard. »Ich trage hier die gesamte Verantwortung. Ich bin derjenige, der seinen Kopf in die Schlinge steckt. Es ist an der Zeit, daß das endlich anerkannt wird. Ich meine es ernst«, sagte er streng.

Mommy zog sich die Sonnenbrille von der Nase. Ihre Augen waren blutunterlaufen, und sie sah sehr müde aus.

»Wenn ich dich dort abliefere und du nicht in Topform bist, rückst du mich in ein schlechtes Licht«, sagte er. Dann wandte er sich an mich. »Habe ich dir nicht gesagt, daß du dir etwas zum Anziehen aussuchen sollst? Wir sind ohnehin schon spät dran, weil ich so lange gebraucht habe, um sie aus dem Bett zu scheuchen.«

Ich warf einen Blick auf Mommy. Sie setzte die Sonnenbrille wieder auf und trank ihren Kaffee. Sie hatte mir noch nicht einmal einen guten Morgen gewünscht. Ich ging in ihr Schlafzimmer. Es sah aus, als hätte in ihrem Bett ein Kampf stattgefunden: Die Decke war ein einziges Knäuel, das Laken zerknüllt, und eines der Kopfkissen lag auf dem Fußboden. Die Sachen, die Mommy gestern abend getragen hatte, stapelten sich auf ihren Schuhen vor dem Bett. Ich fand einen Minirock und eine passende Bluse in ihrem Kleiderschrank und zog beides an.

»Das ist schon besser«, sagte Richard. »Ihr Frauen müßt lernen, wie ihr euch von eurer besten Seite zeigt, wenn ich euch jemandem vorstelle«, belehrte er uns.

»Als ob wir nicht wüßten, was sie alle von uns wollen«, scherzte Mommy, und dann lachte sie.

»Sehr komisch. Und jetzt laßt uns gehen«, befahl Richard.

Er ließ mir keine Zeit zum Aufräumen. Ich kam kaum dazu, die Kaffeemaschine abzustellen, ehe er uns aus der Wohnung hetzte und dabei erbost murrte, wir setzten ihn ständig unter Druck, weil wir so lange bräuchten, um uns fertig zu machen. »Er ist ein Sklaventreiber«, sagte Mommy so laut, daß er es hören konnte. »Aber er hat recht. Ich kann froh sein, daß ich ihn habe, damit sich jemand um mich kümmert.«

»Wenn er sich um dich kümmert, warum hat er dann zugelassen, daß du zuviel getrunken hast?« fragte ich sie.

Sie sah mich an und zuckte dann steif zusammen.

»Er hat es nicht zugelassen. Du hast doch selbst gehört, was er in der Küche gesagt hat. Er hat versucht, mich daran zu hindern.«

»Und warum hast du es dann getan?« bohrte ich weiter.

»Weil ich im Gegensatz zu dir nicht der große Knüller der Party war, Melody. Ich bin alles andere als vollkommen, aber hier laufen viel schlimmere Gestalten rum als ich«, fügte sie mit einer lauteren Stimme hinzu, damit Richard es hören konnte.

»Ich bin auch nicht vollkommen, Mom . . . Sis, und ich bin ganz bestimmt nicht hingegangen, um auf dieser Party Erfolge zu feiern. Ehrlich.«

»Das macht doch nichts. Wen interessiert schon die Meinung dieser Versager? Die meisten von ihnen werden in sechs Monaten ohnehin verschwunden sein. Du wirst es ja selbst sehen«, sagte sie.

Ich setzte mich auf den Rücksitz des Wagens, und Mommy stieg vorn ein. Keiner von uns sagte etwas, als Richard sich einen Weg durch die Straßen der Stadt bahnte, andere Fahrer verfluchte und vor sich hin murrte, es sei höchste Zeit, daß sie in eine nettere Gegend zögen.

»Und ich würde auch längst in einem besseren Viertel leben, wenn ich die notwendige Unterstützung bekäme.«

»Es tut mir leid, Richard«, sagte Mommy, als wir auf den Parkplatz vor dem Shoppingcenter fuhren. »Ich weiß, daß ich ein ungezogenes Mädchen war.«

»Versuch einfach nur, deine Sache gut zu machen. Wichtige Leute kaufen hier ein, und du könntest durchaus jemandem auffallen. Denk immer daran, was ich dir gesagt habe . . . du mußt gesehen werden. Darum dreht sich hier schließlich alles.«

»Du hast recht. Es tut mir leid«, sagte sie und beugte sich vor, um ihm einen Kuß zu geben. Er ließ sich nicht erweichen, sondern saß mit steifem Rücken da und hielt den Blick starr geradeaus gerichtet.

»Ich komme später wieder und sehe, wie du dich hältst«, sagte er. Es kam als eine Drohung heraus. Mommy drehte sich zu mir um, ehe sie ausstieg.

»Viel Glück, Schätzchen«, sagte sie. »Und hör auf Richard. Tu alles, was er dir sagt.«

»Ich weiß nicht, worum es hier geht, oder ...«

»Würdest du dich jetzt bitte bewegen, Gina«, befahl Richard. »Du bist ohnehin schon ein paar Minuten zu spät dran.«

»Ja, ich gehe ja schon«, sagte sie und stieg aus. Ehe ich aus dem Wagen aussteigen konnte, um mich auf den Vordersitz zu setzen, fuhr Richard los.

»Wohin fahren wir genau?« fragte ich.

»Zu den Live Wire Studios«, sagte er. »Ein Freund von mir tut uns einen Gefallen und gibt dir eine Chance.«

»Aber ich verstehe das alles nicht. Wie kann ich ohne eine einzige Stunde Schauspielunterricht eine Rolle in einem Film spielen?«

»Der Regisseur bringt dir an Ort und Stelle alles bei, was du wissen mußt. Der Job ist wirklich gut bezahlt. Mit diesem einen Auftrag könnten wir die Miete für ein halbes Jahr einnehmen, wenn du deine Sache richtig machst«, sagte er.

»Die Miete für ein halbes Jahr?« Soviel Geld, dachte ich, und es hing alles nur von mir ab.

»Richtig, und das ist erst der Anfang. Ich habe deiner Mutter immer wieder gesagt, wie gut alles laufen könnte, aber von Zeit zu Zeit besäuft sie sich und treibt uns an den Rand des Ruins«, sagte er »Es ist nicht leicht für mich gewesen, ganz gleich, was du dir denkst.«

»Dann fühlt sie sich vielleicht doch nicht wirklich wohl hier«, wandte ich ein. Er schwieg. »Warum haben Sie gesagt, das, was gestern nacht passiert ist, sei meine Schuld gewesen?«

»Du hast sie an die Wand gespielt«, sagte er, »und Gina haßt es, an die Wand gespielt zu werden, vor allem von jemandem, der angeblich ihre kleine Schwester ist.«

»An die Wand gespielt? Aber ... ich hatte nichts dergleichen vor.«

»Klar«, sagte er lächelnd. »Ihr Frauen verfolgt niemals Absichten.«

»Zufällig handelt es sich um die Wahrheit«, fauchte ich.

Ich sah erbost aus dem Fenster hinaus. Die Gegenden, in die wir kamen, wurden immer schäbiger und wirkten reichlich heruntergekommen. Wohin fuhren wir bloß?

Endlich bog Richard in eine Auffahrt ein. Ich sah ein Gebäude, in dessen Vorbau sich eine Buchhandlung für Erwachsene befand, was auch immer das sein mochte. Die Auffahrt schlängelte sich um diesen Vorbau herum zu einem weiteren Bau, der wie eine Garage wirkte, aber über der Tür war ein Schild angebracht, auf dem LIVE WIRE STUDIOS stand.

»Wir sind da«, sagte Richard.

»Das soll ein Studio sein?«

»Die meisten Studios sehen so aus«, erklärte er. »Leute, die Hollywood nicht kennen, malen sich in ihrer Vorstellung etwas ganz Prunkvolles aus. In Wirklichkeit ist es auch nichts anderes als ein Warenhaus, eine Fabrik, die anstelle von Schuhen oder Stühlen Phantasiegebilde anfertigt. Das ist alles. Merk es dir gut«, warnte er mich. »Du bist einundzwanzig Jahre alt. Ach, noch etwas. Ich habe ihnen erzählt, du hättest in West Virginia in einem kleinen Film mitgespielt.«

»Was?«

»Das hat überhaupt nichts zu bedeuten. Hier erfindet jeder seine Vorgeschichte. Der Film hieß *Cherry Blossom.* Du hast Cherry gespielt.«

»Was?«

»Hör endlich auf, ›was‹ zu sagen«, befahl er mir und drehte sich zu mir um. »Du wirst diesen Leuten nicht mehr erzählen, als sie unbedingt wissen müssen. Und tu alles, was der Regisseur dir sagt, und zwar schnell und ohne Fragen zu stellen, kapiert? Du wirst den größten Teil des Tages hier verbringen. Ich hole dich um fünf ab.«

»Sie kommen nicht mit mir rein?«

»Ich habe schließlich auch noch andere Klientinnen und wichtigere Termine«, sagte er gereizt. »Ich bin nicht dein Babysitter. So fängt man nun mal an, wenn man ein Filmstar werden will.«

»Ich will kein Filmstar werden«, sagte ich und schaute auf den baufälligen Eingang des stumpfen braunen Betonblocks. Ich stellte fest, daß diese niedrige Halle keine Fenster hatte.

»Also, was ist? Du wirst es lächelnd über dich ergehen lassen und Ruhm und Lorbeeren kassieren. Du solltest froh sein, daß du diesen Job bekommen hast.« Er öffnete meine Tür. »Komm schon, lauf los. Um fünf Uhr bin ich wieder da«, sagte er und trat zurück.

Ich stieg zögernd aus dem Wagen, zu langsam für seine Begriffe. Er streckte die Arme aus und zog mich hinaus.

»Jetzt beweg dich endlich«, sagte er. »Alle haben ihren Teil beizutragen, damit wir uns über Wasser halten können. Wenn du bei uns wohnen willst, dann wirst du dir deinen Unterhalt verdienen, oder du kannst gleich wieder nach Hause gehen«, drohte er. »Also, was willst du?«

»Ich werde mich lächerlich machen«, sagte ich.

»Na und? Und außerdem«, sagte er mit einem verschlagenen Lächeln auf den Lippen, »habe ich das sichere Gefühl, daß du dich nicht lächerlich machen wirst. Du könntest sogar tatsächlich ein größerer Star werden als deine Mutter. Und das hast du dann ausschließlich mir zu verdanken.«

Er stieg wieder in den Wagen und wies auf die Tür des Studios.

»Der Regisseur heißt Parker, Lewis Parker.«

Er wendete den Wagen, fuhr aus dem Hinterhof hinaus und ließ mich vor der Tür des Studios stehen. Ich holte tief Atem, schluckte schwer, um meine Verwirrung und meine Furcht zu unterdrücken, und ging auf die Tür zu. Sie führte in einen finsteren schmalen Gang. Rechts befand sich ein winziges Büro, auf dessen kleinem Schreibtisch sich Papiere stapelten, und auf dem Fußboden lagen Berge von Drehbüchern herum. An der Wand über dem Schreibtisch hing ein Plakat mit einer Frau in einem durchsichtigen Nachthemd, die sich über einen Mann beugte, der Handschellen trug. Auf dem Poster stand: SCHLAFWANDLER. SIE WAR SEIN BESTER ALPTRAUM.

Ich lief durch den Gang zu einer weiteren Tür, über der ein

rotes Lämpchen angebracht war, das nicht brannte und unter dem die Worte standen: BEI BRENNENDEM LICHT NICHT EINTRETEN. Ich pochte an die Tür und wartete, und dann klopfte ich noch einmal an. Vielleicht war niemand da, sagte ich mir. Die Halle wirkte menschenleer.

Plötzlich wurde die Tür geöffnet, und ein junger Schwarzer mit krausem Haar begrüßte mich. Er steckte in einem Overall und einem weiten T-Shirt.

»Kann ich Ihnen behilflich sein?« fragte er.

»Ich bin Melody Simon«, sagte ich mit brüchiger Stimme.

»Ja, klar. Parker, das andere Mädchen ist hier«, rief er über seine Schulter. »Ich bin Harris. Folgen Sie mir«, sagte er.

»Führ sie gleich rein«, rief jemand hinter ihm, und Harris trat lächelnd zurück.

»Kommen Sie rein«, sagte er.

Ich trat langsam ein. Überall lagen Kabel, und viele Scheinwerfer standen herum. Ich sah die Kameras, insgesamt drei, und alle waren auf eine Art Schlafzimmer gerichtet, in dem ein Kameramann gerade die Beleuchtung korrigierte. Ein sehr dralles Mädchen mit platinblondem Haar saß auf der Bettkante, hatte sich zurückgelehnt und stützte sich auf ihre Arme. Sie wirkte nicht viel älter als ich, und ihr Busen war entblößt. Aus dem Spalt zwischen ihren Brüsten wand sich eine Tätowierung, die eine Schlange darzustellen schien. Das Mädchen trug nichts weiter als einen knappen Slip, und sie kaute Kaugummi und ließ eine Blase platzen, ehe sie den Kaugummi mit der Zunge wieder in ihren Mund zurückzog. Ich mußte hörbar nach Luft schnappen.

Ein dicklicher kahlköpfiger Mann drehte sich auf einem Stuhl um.

»Komm hier rüber«, rief er. »Ich bin Lewis Parker. Bist du das Mädchen, das Marlin geschickt hat? Wie heißt du noch mal?« fragte er.

Ich war immer noch so betäubt, daß ich kein Wort herausbrachte. Statt dessen schüttelte ich den Kopf.

»He«, sagte er. »Wir dürfen keine Zeit verlieren. Ich muß heute vier Szenen und zwei Einstellungen abdrehen.«

Als er sich von seinem Stuhl erhob, konnte ich sehen, daß er wirklich sehr fett war, und ich fragte mich, wie er überhaupt auf diesen Stuhl gepaßt hatte. Sein Gang war eher ein Watscheln, als er auf mich zukam, vor mir stehenblieb und mich von Kopf bis Fuß mit seinen Blicken aufsog. Ein zufriedenes Lächeln zerfloß wie geschmolzene Butter auf seinen Hängebacken und den dicken, fleischigen Lippen. Da er so schwer war, wirkten seine Augen klein und eingesunken in seinem großen Kopf.

»Marlin hat recht gehabt«, sagte er. »Sie sieht wirklich prima aus. Toll. Delores«, rief er, und eine Frau, die in ihren Fünfzigern zu sein schien, aber ebenfalls wasserstoffgebleichtes blondes Haar hatte und stark geschminkt war, kam hinter einem Kleiderständer heraus. »Kleide sie ein, und sieh zu, daß wir anfangen können, ja? Sorg dafür, daß sie . . . unschuldig wirkt. Das gefällt mir. Ja, so habe ich es gern.«

»Ja, Lewis.«

Sie kam auf mich zu.

»Hallo«, sagte sie. »Komm hier rüber. Wir haben keine Garderobe.«

»Eine Garderobe? Wozu bräuchten wir eine Umkleidekabine?« sagte Lewis Parker, und Harris und der Kameramann lachten. »Wir sind doch alle Freunde hier.«

»Das verstehe ich nicht«, sagte ich kopfschüttelnd und trat einen Schritt zurück. Die halbnackte junge Frau setzte sich auf und zeigte plötzlich Interesse an mir. »Was soll das heißen? Was für einen Film drehen Sie hier überhaupt?« fragte ich.

»Wovon redet sie?« fragte die Frau und sah Lewis Parker an. »Was soll das heißen? Was für einen Film wir hier drehen? Wir sind hier in den Live Wire Studios«, sagte Lewis Parker. »Und du bist Melody . . . Soundso, stimmt's? Du hast doch schon mal in einem schlüpfrigen Film mitgespielt, wie hieß er doch noch mal, dieser Porno, Harris?«

»*Cherry Blossom.* Sie hat die Hauptrolle gespielt«, sagte Harris.

»Ja, richtig. Du weißt also, was du zu tun hast. Unsere Zeit ist knapp.«

Lewis Parker ging wieder zu seinem Stuhl. Der Kameramann sah in meine Richtung und hörte auf, an seiner Ausrüstung herumzuspielen. Ich schüttelte noch einmal den Kopf und wich einen weiteren Schritt zurück.

»Nein, so was mache ich nicht«, sagte ich. »Und ich habe es auch noch nie getan.«

»Was?« Mr. Parker drehte sich so schnell zu mir um, wie seine schweren Beine es nur irgend zuließen. »Was soll das heißen, so was tust du nicht?«

»Ich weiß nicht, was Richard Ihnen erzählt hat, aber ... aber das kann ich nicht tun«, rief ich aus.

»He!«

Ich drehte mich um und rannte zur Tür hinaus, lief durch den kleinen Korridor und stürmte auf den Parkplatz. Einen Moment lang stand ich da und war verwirrt und unentschlossen, welche Richtung ich einschlagen sollte. Dann lief ich mit pochendem Herzen die Auffahrt hinunter auf die verkehrsreiche Straße. Als ich den Bürgersteig erreicht hatte, rannte ich erst in die eine Richtung und dann in die andere, da ich mich in dieser Gegend nicht auskannte. Autos rasten an mir vorbei, und doch wollte ich die Straße überqueren, und ein Fahrer hupte so laut, daß ich schleunigst wieder zurücktrat. Mein Magen schien in meine Kehle gehüpft zu sein, und Tränen strömten über meine Wangen. Ich holte tief Atem und schloß die Augen. Richard konnte unmöglich gewußt haben, was für einen Auftrag er mir vermittelt hatte. Er konnte doch nicht im Ernst von mir erwarten, daß ich einen solchen Job tatsächlich annahm ...

»Reiß dich zusammen«, befahl ich meinem Körper, von dem die Panik Besitz ergriffen hatte. Als ich die Augen wieder öffnete, sah ich eine Telefonzelle neben der Tankstelle auf der gegenüberliegenden Straßenseite. Ich spielte mit dem Gedanken, Dorothy anzurufen und sie zu bitten, daß sie mir Spike schickte, damit er mich abholte. Diesmal wartete ich, bis die Ampel grün wurde, ehe ich zu der Telefonzelle lief und in meinem Portemonnaie herumkramte, um Kleingeld zu finden. Erst als ich den Hörer abgenommen hatte und begann, die Münzen einzuwerfen, wurde mir klar, daß ich Hollys Schwester nicht anrufen konnte. Ihr Mann wäre wütend auf sie gewesen, wenn sie sich auf etwas Derartiges eingelassen hätte. Nach allem, was sie für mich getan hatte, wäre es nicht fair gewesen, sie in eine solche Lage zu bringen, sagte ich mir.

Aber ich wußte nicht, wo ich war, und ich hatte keine Ahnung, wie ich zu unserer Wohnung zurückkehren konnte. Ich dachte einen Moment lang nach und rief dann die Auskunft an, um mich nach Mel Jensens Telefonnummer zu erkundigen. Es gab drei Mel Jensens, aber ich wußte, daß ich den richtigen erwischen würde, als ich die Ägyptischen Gärten erwähnte. Sowie ich die Nummer bekommen hatte, wählte ich sie. Schon nach dem ersten Läuten nahm jemand ab.

»Hallo.«

»Ich möchte Mel Jensen sprechen«, sagte ich.

»Oh«, sagte die Stimme voller Enttäuschung. »Einen Moment. Es ist für dich«, hörte ich sie sagen, und Mel kam ans Telefon.

»Hallo.«

»Entschuldige, daß ich mich an dich wende, aber ich wußte nicht, wen ich sonst hatte anrufen können. Meine Schwester arbeitet in einem Shoppingcenter, und . . .«

»Melody?«

»Ja«, sagte ich.

»Wo bist du? Ich höre laute Verkehrsgeräusche.«

»Ich stehe an einer Straßenkreuzung. Ich habe mich verirrt, und . . . ich weiß nicht, wie ich zurückkommen kann, und da dachte ich mir . . .«

»Gib mir die Adresse. Wo bist du?«

»Die Adresse?« Ich schaute auf das Straßenschild und las es ihm vor.

»Okay. Ich weiß, wo das ist. Bleib, wo du bist«, sagte er. »Es wird gut zwanzig Minuten dauern, bis ich da bin.«

»Danke.«

Nachdem ich aufgelegt hatte, sah ich mich nach einer Sitzgelegenheit um, aber es gab nirgends eine Bank, auf der ich warten konnte, und daher ging ich in das Café gegenüber und setzte mich an den Tresen. Ich bestellte eine Tasse Kaffee, nippte jedoch kaum daran und behielt die Wanduhr im Auge. Als fünfzehn Minuten vergangen waren, verließ ich das Café und stellte mich an die Kreuzung. Während ich dort wartete, sah ich einen Mann, von dem ich glaubte, es könnte Harris sein, aus dem Studio kommen und in einer Seitengasse verschwinden. Fast zehn Minuten später, als ich gerade anfing nervös zu werden, hörte ich einen Wagen hupen und sah Mel. Noch nie in meinem Leben war ich so froh gewesen, einen Menschen zu sehen. Er fuhr an den Straßenrand, und ich stieg eilig ein.

»Wie zum Teufel bist du hierhergeraten?« fragte er.

Ich fing an zu weinen, schnaufte und erzählte ihm alles.

»Marlin wollte, daß du in einem Porno mitspielst? Das ist ja wohl der Hammer«, sagte er. »Damit läßt sich Kohle machen. Ich kann nicht behaupten, daß er in dem Punkt gelogen hätte. Weiß deine Schwester etwas davon?«

»Nein. Dann glaubst du also, Richard hat gewußt, was für ein Job das war?« fragte ich.

»Soll das ein Witz sein? Das sind doch genau die Jobs, die Marlin an Land zieht. Jedenfalls war es richtig, daß du einfach gegangen bist. Diese Dinge können dich Jahre später einholen, wenn du anständige Arbeit bekommst und ein Star bist.«

»Ich werde kein Star werden. Deshalb bin ich nicht hergekommen«, protestierte ich. Wollte mir denn kein Mensch glauben?

»Warum bist du denn sonst hergekommen?«

»Nur zu Besuch«, sagte ich. Nach einem Moment fügte ich hinzu: »Aber da ich jetzt hier bin, hoffe ich, daß ich meine

Schwester überreden kann, mit mir nach Hause zurückzukehren.«

Mel lachte.

»Ich kenne deine Schwester zwar nicht allzu gut, aber sie scheint infiziert zu sein, wie wir alle. Steck deine Hoffnungen nicht zu hoch.«

Da wir jetzt in seinem Wagen saßen und die Live Wire Studios hinter uns ließen, unterdrückte ich meine Panik und fühlte, wie mein Herzrasen nachließ.

»Ich bin dir ja so dankbar dafür, daß du hergekommen bist und mich abgeholt hast«, sagte ich.

»Am Telefon klang es so, als sei dir etwas Schreckliches zugestoßen. Ich habe den Wagen von einem meiner Mitbewohner ausgeliehen. Ich selbst habe kein Auto.«

»Oh. Es war wirklich nett von ihm, daß er dir seinen Wagen geliehen hat.«

»Ja. Und warum hast du die Party gestern abend schon so früh verlassen?«

»Ich war erschöpft. Du hast nicht gesehen, wie schmutzig die Wohnung meiner Schwester war und wie sehr ich mich damit abgerackert habe.«

Er lachte.

»Darauf würde ich wetten. Sie ist nicht gerade eine gute Hausfrau, was?«

»Nein. Sie ist es auch nie gewesen.«

»Haben deine Eltern sie so sehr verwöhnt?«

»Mein Vater hat sie verwöhnt«, sagte ich. Das war keine allzu große Lüge, sagte ich mir. »Der größte Teil der Arbeit ist an ihm und an mir hängengeblieben, sogar das Kochen.«

»Was ist mit eurer Mutter?«

»Sie ist gestorben, als wir noch ganz klein waren«, sagte ich.

»Oh, das tut mir leid.«

»Ich kann einfach nicht glauben, was Richard von mir wollte«, murmelte ich. Ich stand immer noch halbwegs unter Schock.

»Das wundert mich gar nicht. Für einen Manager oder Agenten ist das leicht verdientes Geld.«

»Ich muß eine andere Möglichkeit finden, um Geld zu verdienen, solange ich hier bin«, stöhnte ich.

»Ich kann dir immer noch einen Job im Supermarkt besorgen«, sagte er, halb im Scherz.

»Könntest du das wirklich für mich tun?«

»Das möchtest du im Ernst?«

»Ich täte alles, nur nicht das, wozu Richard mich bringen wollte«, erwiderte ich.

»Okay. Ich werde sehen, was sich machen läßt. Ich würde dich gern auf einen Happen einladen, aber ich muß zur Arbeit. Ich habe heute die Nachmittagsschicht.«

»Das macht doch nichts. Du hast ohnehin schon eine Menge für mich getan.«

»Du könntest dich revanchieren, indem du dich heute abend von mir zum Essen einladen läßt. Was hältst du davon?«

»Das soll eine Revanche sein?« fragte ich lachend.

»Ich bin gern mit dir zusammen«, sagte er lächelnd. »Also, was ist? Um halb sieben habe ich Schluß. Wir könnten circa um sieben essen gehen. Ißt du gern italienisch? Ich kenne ein süßes kleines Restaurant, nur zwei Kreuzungen südlich von uns.«

»Einverstanden«, sagte ich. »Aber eigentlich sollte ich dich einladen. Ich wünschte, ich könnte es mir leisten.«

»Mach dir deshalb keine Sorgen. Diesmal lade ich dich ein.«

Ich bedankte mich noch einmal bei ihm, als wir die Ägyptischen Gärten erreichten. Nachdem er mich abgesetzt hatte, eilte ich in die Wohnung hinauf, zog sofort Mommys Minirock und ihre Bluse aus und schlüpfte wieder in meine eigenen Sachen. Ich hatte mich inzwischen so weit beruhigt, daß ich mir etwas zum Mittagessen kochen konnte. Dann wandte ich mich wieder dem Putzen zu, um mich von dem äußerst unerfreulichen Vorfall abzulenken, und den Rest des Nachmittags verbrachte ich damit, auf dem Balkon Mommys Filmzeitschriften zu lesen. Kurz nach fünf hörte ich sie und Richard nach Hause kommen.

Ich stand von dem Liegestuhl auf und begab mich in die Wohnung. Wir trafen uns im Wohnzimmer. Richard hatte die Arme in die Hüften gestemmt und funkelte mich finster an. Mommy schien fast so wütend zu sein wie er. Ihre Hände waren zu Fäusten geballt.

»Was hast du bloß getan, Melody?« fragte Mommy mit leiser Stimme. »Was hast du Richard angetan?«

»Was sie mir angetan hat? Ich kann dir genau sagen, was sie mir angetan hat«, sagte Richard und kam auf mich zu, ehe ich Gelegenheit zu einer Erwiderung fand. »Sie hat einen Nagel in meinen Sarg getrieben. Sie hat meinem Ruf geschadet und mir einen lukrativen Markt vollständig verbarrikadiert. Ich hatte für drei andere Mädchen Jobs bei den Live Wire Studios vereinbart, und sie haben alle drei Angebote zurückgezogen. Du hast diese Mädchen um einen Haufen Geld gebracht, das sie wirklich dringend gebraucht hätten«, sagte er. »Von meinen verlorenen Vermittlungsgebühren rede ich gar nicht erst.«

»Melody, wie konntest du das bloß tun?«

»Mommy, du weißt nicht, wovon du redest«, rief ich aus.

»Da hast du es«, schrie er und stach mit dem Zeigefinger in die Luft. »Laufend vergißt sie es. Es wird nicht mehr lange dauern, bis sie dich vor diesen Leuten hier mit ›Mommy‹ anspricht, und dann kannst du dich glatt von deiner Karriere verabschieden.«

»Melody, ich habe dich angefleht, mich nicht mehr ›Mommy‹ zu nennen.«

»Ich weiß. Es tut mir leid«, sagte ich. »Ich bin vollständig außer mir. Es wird nicht wieder vorkommen.« Ich holte tief Atem. »Ich habe getan, was er gesagt hat. Ich bin ins Studio gegangen, und dort saß eine halbnackte Frau auf einem Bett, und sie wollten, daß ich . . . in diesem Film mitspiele.«

»Na und?« sagte Mommy. »Richard hat dir doch gesagt, wieviel Geld du damit verdienst. Ich wette, es war das Zweifache, wenn nicht gar das Dreifache dessen, was dir Kenneth dafür bezahlt hat, daß du ihm nackt Modell gestanden hast.«

Ich spürte, wie mein Herzschlag aussetzte, um dann um so schneller wieder einzusetzen. Jegliches Blut schien aus meinem Gesicht zu weichen. Ich versuchte zu sprechen, doch im ersten Moment konnte ich es nicht. Der Kloß in meiner Kehle war steinhart und wollte sich nicht von der Stelle rühren.

»Was ist? Du ziehst dich wohl nur für ganz bestimmte Männer aus, wenn du gerade Lust darauf hast?« verhöhnte mich Richard. »Wenn ich dir einen Job besorge, der uns allen eine große Hilfe gewesen wäre, beschließt du, dich zu zieren? Du rennst aus dem Studio und stellst mich als den größten Idioten des Jahres hin?«

»Sis, das war etwas ganz anderes. Was Kenneth erschafft, ist Kunst. Das weißt du doch selbst«, sagte ich schließlich. Ich konnte einfach nicht glauben, daß sie den Unterschied nicht begriff.

»Viele Leute sehen auch das als Kunst an, Melody. Du mußt Verständnis dafür aufbringen, und du darfst kein Snob sein«, sagte sie.

»Ein Snob? Aber, Sis, sie wollten von mir, daß ich mich ausziehe und mit dieser anderen Frau ins Bett steige und . . .«

»Was ist denn schon dabei? Ich habe das doch auch schon getan.«

»Du hast das selbst schon getan?« fragte ich sie, denn ich wollte es einfach nicht glauben.

»Ja, natürlich. Was glaubst du wohl, wie wir die Kaution und die beiden ersten Monatsmieten für diese Wohnung zusammengekratzt haben? Ist dir überhaupt klar, wieviel Geld das ist? Und ich mußte nur zwei Tage dafür arbeiten«, sagte sie stolz.

Ich schüttelte ungläubig den Kopf.

»Du kannst nicht hierbleiben, wenn du dir deinen Unterhalt nicht selbst verdienst«, beharrte Richard. »Wir führen doch kein Obdachlosenheim.«

»Ich werde Geld verdienen. Mel Jensen glaubt, daß ich einen Job im Supermarkt bekommen kann«, warf ich ihm an den Kopf.

»Im Supermarkt? Ist das etwa die Form von Arbeit, die dir vorschwebt?«

»Ja. Lieber würde ich für alle Zeiten Fußböden kehren und Konserven in Regale packen, als das zu tun, was dieser fette Mann in diesem sogenannten Filmstudio von mir wollte.«

»Ich muß schon sagen, du hast eine ziemlich gescheite Tochter großgezogen«, sagte Richard zu Mommy. »Sie will im Supermarkt arbeiten. Toll. Einfach phantastisch. In der Zwischenzeit kannst du diese Wohnung hier makellos sauberhalten und unsere Wäsche waschen. Wenn du kein Filmstar sein willst, dann sei eben unsere Hausangestellte. Vielleicht ist das sowieso das einzige, wozu du taugst.«

Ich sah Mommy an und hoffte auf ihren Beistand, doch sie nickte nur.

»Richard hat recht, Schätzchen. Da wir jetzt zu dritt sind, können wir uns keine Haushälterin und auch keine chemischen Reinigungen leisten, wenn du die Arbeit nicht annimmst, die Richard dir besorgt.«

»Es macht mir nichts aus, die Wohnung zu putzen und die Wäsche zu waschen«, sagte ich. Gewiß war sich Mommy nicht vollständig im klaren darüber, was Richard ihr antat und was er mir angetan hätte, wenn ich es zugelassen hätte. Schließlich waren wir hier diejenigen, die sich entblößten und Peinlichkeiten über sich ergehen ließen, die sich demütigten und in ihrer Selbstachtung sanken, wogegen er derjenige war, der dafür Geld kassierte. Ich mußte es ihr unbedingt begreiflich machen, und wenn es erforderlich war, daß ich mich zu ebendiesem Zweck eine Zeitlang versklaven ließ, sagte ich mir, dann würde ich mich eben versklaven lassen.

»Gut«, sagte Richard und begab sich ins Schlafzimmer.

»Sis, du machst dir keine Vorstellung davon, wie schrecklich es dort war. So etwas hättest du niemals tun können.«

»Sei nicht albern, Melody. Du kannst nicht ewig ein Kind bleiben. Da du jetzt hier bist, solltest du das Beste daraus machen und deine Chancen nutzen. Du hast automatisch einen

Manager und Agenten. Ist dir überhaupt klar, wie schwer es ist, jemanden zu finden, der ein neues Talent vertritt?«

»Talent? Braucht man etwa Talent, um sich nackt auszuziehen und vor den Augen eines lüsternen Kameramannes Dinge zu tun, die nicht jugendfrei sind?«

»Du würdest dich wundern«, sagte Mommy. »Die Kamera lügt nicht. Wenn du beim Schauspielen nicht aufrichtig bist, dann stellt die Kamera dich bloß.«

»Oh ja, von entblößen ist hier wirklich die Rede, und damit ist es noch nicht getan. Hör zu, Sis«, sagte ich, aber in dem Moment kam Richard wieder ins Wohnzimmer stolziert. Er hatte beide Arme voll mit Hemden und Hosen, und darauf hatte er auch noch mehrere Paare Schuhe gepackt.

»Kümmere dich darum, daß diese Sachen gewaschen und gebügelt werden. Eine chemische Reinigung können wir uns leider nicht leisten. Und diese Schuhe will ich auf Hochglanz poliert haben, bis ich mich darin spiegeln kann. Nachdem du alles verpfuscht hast, muß ich mich jetzt anstrengen, um einen noch besseren Eindruck zu machen«, behauptete er, während er mir den Kleiderberg vor die Füße warf.

Ich sah erst die Sachen an und dann Mommy, aber sie wandte sich wortlos ab und ging ins Schlafzimmer.

»Wenn es dir lieber ist«, sagte Richard leise, nachdem sie gegangen war, »kannst du natürlich wieder nach Cape Cod zurückgehen . . .«

Ich sah ihn mit Tränen in den Augen finster an, ehe ich mich bückte, um seine Kleidungsstücke aufzusammeln.

»Noch bin ich nicht soweit«, sagte ich. »Ich habe noch nicht erledigt, was ich mir vorgenommen habe.«

Er konnte mir meine Entschlossenheit ansehen, und sein Lächeln verflüchtigte sich.

»Sieh dich gut vor«, sagte er. »Und überschätze dich bloß nicht. Ich bin dir in diesem Spiel haushoch überlegen.«

»Ich spiele nicht«, erwiderte ich und begann, seine Sachen in mein Zimmer zu tragen.

Als ich eine Stunde später Richards Hemden bügelte, streckte Mommy den Kopf in mein Zimmer, um mir mitzuteilen, daß Richard und sie zum Abendessen ausgehen würden.

»Wir können es uns nicht leisten, dich mitzunehmen, Schätzchen«, sagte sie. »Aber du findest sicher etwas in den Küchenschränken.«

»Ich bin zum Abendessen eingeladen«, sagte ich leise, ohne zu ihr aufzublicken.

»Ach? Von wem denn?«

»Von Mel Jensen«, sagte ich. Als ich sie endlich ansah, konnte ich einen Ausdruck des Erstaunens auf ihrem Gesicht wahrnehmen.

»Ach, wirklich? Sieh dich bloß vor«, sagte sie. »Achte ganz genau darauf, was du sagst und was du ihm erzählst. Männer können einen dazu bringen, daß man ihnen viel zu schnell viel zuviel anvertraut«, warnte sie mich.

»Das solltest du ja am allerbesten wissen«, sagte ich. Ihr Rücken wurde steif, und ein strenger Ausdruck trat in ihre Augen.

»Sei nicht respektlos, Melody.«

»Ich bin nicht respektlos. Ich bin nur . . . Sis, wann können wir beide uns zusammensetzen und uns endlich ernsthaft miteinander unterhalten? Wann wird es wieder so sein wie früher, selbst wenn es nur für ein kleines Weilchen ist?«

»Ich weiß es nicht«, sagte sie mit einem Anflug von Traurigkeit. »Ich weiß nicht, ob das jemals wieder möglich sein wird. Und gerade deshalb . . . deshalb wäre es vielleicht das beste gewesen, wenn du dich nie auf die Suche nach mir gemacht hättest, Melody. Es tut mir leid«, sagte sie. »Aber ich weiß es wirklich nicht.«

Wir starrten einander einen Moment lang an, und dann ging sie wieder ins Wohnzimmer und verließ mit Richard das Haus. Es kam mir vor, als läge mir mein Herz wie ein Brocken Kohle im Magen. Ich setzte mich auf das Bett und begrub mein Gesicht in den Händen. Mein trockenes Schluchzen drohte mich zu ersticken. Billy Maxwell hatte ja so recht gehabt, als er gesagt hatte, daß die Orte, an denen sie sich aufhielten, und die Dinge, die sie taten, Menschen veränderten. Er hatte mich gewarnt, ich müsse darauf vorbereitet sein, Mommy vollständig verändert vorzufinden. Aber hatte sie sich tatsächlich verändert? Vielleicht war sie dieselbe Frau, die sie schon immer gewesen war, und ich hatte mich bisher standhaft geweigert, sie so zu sehen, wie sie wirklich war. Ich holte tief Atem, setzte mich aufrecht hin und fragte mich, was ich jetzt tun sollte. Sollte ich einfach fortgehen, sie sich selbst überlassen und vergessen, daß ich eine Mutter hatte, oder sollte ich bleiben und Schlachten gegen ihre Hirngespinste und ihren unechten Ritter in der schimmernden Rüstung schlagen? Wie konnte ich sie jemals dazu bringen, auf mich zu hören?

Ich war in einer derart verwirrten und bedrückten Verfassung, daß ich das Abendessen mit Mel vollständig vergaß, bis er an die Wohnungstür klopfte.

»Bist du soweit?« fragte er, als ich die Tür aufmachte.

»Oh, Mel. Ich hatte es ganz vergessen. Entschuldige.« Ich sah an mir herunter und bemerkte die Küchenschürze, die ich über meine Jeans gebunden hatte. »Ich brauche nur einen Moment«, sagte ich. »Komm rein.«

Ich eilte ins Schlafzimmer und zog mich um, und dann lief ich schnell ins Bad, um mir das Haar zu bürsten und Lippenstift aufzutragen. Mel saß auf dem Sofa und lachte, als er mich hektisch umherlaufen sah.

»Laß dir ruhig Zeit. Ich kann warten«, rief er.

Ich holte tief Atem, schloß die Augen und versuchte, mich zu beruhigen, ehe ich mich wieder blicken ließ.

»*Voilà*«, sagte er und stand auf. »Eine bemerkenswerte Verwandlung. Du siehst prima aus.«

»Aber ich fühle mich alles andere als prima«, stöhnte ich. Er öffnete die Tür und trat zur Seite, um mir den Vortritt zu lassen.

»Jetzt erzähl mir erst mal, wie Marlin darauf reagiert hat,

daß du den Auftrag nicht angenommen hast«, sagte er, als wir im Lift nach unten fuhren.

»Er war wütend. Er hat gesagt, ich hätte seinem Ruf geschadet.«

»Darauf würde ich wetten. Von seinem Portemonnaie ganz zu schweigen. Mir hat man solche Filme auch schon angeboten.«

»Wirklich?«

»Ja, klar. Viele, die zum Film möchten, glauben, so kämen sie ins Geschäft, und bedauerlicherweise nutzt man sie schamlos aus. Es ist ein rauhes Pflaster, eine gefräßige Stadt mit scharfen Zähnen, in der wir leben, und wer ein reines Herz hat, den verschlingt sie schonungslos«, bemerkte er.

»Warum bleibst du dann hier?« fragte ich.

»Weil hier alles möglich ist«, erwiderte er achselzuckend. »Und außerdem ist mein Herz nicht ganz so rein.« Er hing sich bei mir ein und führte mich zum Eingangstor hinaus.

Das Restaurant war klein und gemütlich, genau so, wie er es mir geschildert hatte, und das Essen war köstlich. Mel sprach über sich und erzählte mir alles über seine Herkunft und seine Familie. Jedesmal, wenn er mir Fragen stellte, mußte ich mich zusammenreißen, um ganz sicherzugehen, daß ich nichts sagte, was Mommys und Richards zahllose Lügen hätte auffliegen lassen. Ich bemühte mich, so wenig wie möglich zu sagen. Schließlich lehnte sich Mel zurück und kniff die Augen zusammen.

»Dir muß man wirklich jedes Wort mühsam aus der Nase ziehen, denn sonst redest du nicht über dich. Woran liegt das?«

»Ich weiß es nicht«, sagte ich und schlug schleunigst die Augen nieder. Er starrte mich weiterhin an.

»Bist du wirklich zu Besuch hier, oder bist du von zu Hause ausgerissen?« hakte er nach. Ich sah ihm lächelnd ins Gesicht.

»Ausgerissen? Wie kommst du denn auf den Gedanken?«

»Mir sind schon etliche Ausreißer begegnet, und sie benehmen sich alle ganz ähnlich wie du. Sie geben ausweichende

Antworten, wenn man ihnen eine Frage stellt, und sie verraten nur das Nötigste über sich selbst.«

»Es tut mir leid, daß ich dich enttäuschen muß. Ich bin wirklich zu Besuch hier«, sagte ich, und er lachte.

»Von mir aus.«

»Nein, wirklich!«

Wie kam es bloß, daß sämtliche Männer, die mir begegneten, sich einbildeten, mich besser zu kennen, als ich mich selbst kannte? Es brachte mich auf die Palme.

»Hier gibt es sehr gute Spumoni«, sagte er und bestellte für uns beide.

»Mir ist gar nicht wohl dabei zumute, daß du dein Geld für mich ausgibst«, sagte ich zu ihm, als ich mich allmählich wieder beruhigt hatte. »Ich weiß doch, wie schwer du es hast.«

»Das macht nichts. Wenn du es genau wissen willst: Ich habe dich nicht nur eingeladen, weil ich gern mit dir zusammen bin, sondern auch, weil ich etwas zu feiern habe. Ich habe eine Rolle in einer Theaterproduktion bekommen, die in zwei Monaten beginnen wird. Es ist schon soviel Zeit vergangen, seit ich dort vorgesprochen habe, daß ich die ganze Geschichte längst vergessen und abgeschrieben hatte, aber mein Agent hat aus heiterem Himmel einen Anruf bekommen und mich gerade noch erreicht, ehe ich dich vorhin abgeholt habe.«

»Ich gratuliere dir. Das sind ja wunderbare Neuigkeiten, Mel.«

»Ich erwarte dich bei der Eröffnungsvorstellung in der ersten Reihe«, sagte er. »Das heißt allerdings«, fuhr er fort und wurde ernster, »daß ich meinen Job im Supermarkt aufgeben muß. Ich habe heute nachmittag mit dem Manager gesprochen und ihm gesagt, ich hätte jemand Zuverlässiges an der Hand, der meinen Posten übernehmen kann. Das war ihm recht. Ich darf dir also auch gratulieren. Du kriegst in etwa drei Tagen deinen Job, wenn du ihn wirklich haben willst.«

»Prima«, sagte ich. »Dann kann sich Richard nicht mehr über mich beklagen. Ich danke dir.«

»Ich finde natürlich, du solltest deine Ziele höher stecken. Du hast Talent, und du siehst toll aus«, sagte er. »Aber du mußt es wirklich wollen und regelrecht besessen davon sein.«

»Ich will es aber nicht«, sagte ich, und er starrte mich mit diesem seltsamen Lächeln auf seinem Gesicht an.

»Vielleicht ist es das, was mich am meisten an dir fasziniert«, sagte er.

»Was?«

»Daß du der Versuchung widerstehen kannst und nicht darauf angewiesen bist, dein Ego ständig unter Beweis zu stellen. Du bist genau der Typ, der Erfolg hat und sich durchsetzt«, fügte er hinzu.

Ich sah ihn an und nahm erneut dieses schelmische Grinsen wahr. Es überraschte mich immer wieder, daß andere Leute Dinge in mir sahen, die ich selbst überhaupt nicht in mir sah. Auf dem Heimweg fragte mich Mel, ob ich noch in seine Wohnung mitkommen wollte.

»Wir könnten uns Musik anhören. Meine Mitbewohner sind heute abend nicht da.«

»Ich weiß nicht recht«, sagte ich. »Ich habe meiner Schwester versprochen, nicht allzu spät nach Hause zu kommen.«

»Aber es ist doch noch gar nicht spät«, beharrte er. »Und außerdem würde ich dir gern etwas vortanzen.«

»Du willst mir vortanzen?«

»Ja, klar. Ich führe dir das Stück vor, das mir den Job eingebracht hat. Einverstanden?«

Das klang interessant, und daher willigte ich ein, und wir gingen in seine Wohnung.

»Du mußt das Durcheinander entschuldigen«, warnte er mich vor der Wohnungstür. »Vergiß nicht, daß hier drei Typen hausen.«

Es sah nicht annähernd so unordentlich und schmutzig wie in Mommys Wohnung aus, ehe ich dort angefangen hatte aufzuräumen und zu putzen. Das sagte ich zu Mel, und er lachte darüber.

»Möchtest du etwas trinken? Vielleicht ein Glas Wein?«

»Ich denke, ein Glas Wein könnte ich noch vertragen«, sagte ich, und er schenkte mir ein. Anschließend ging er in sein Schlafzimmer, um sich umzuziehen. Ich hörte, wie die Musik einsetzte, und dann kam er plötzlich in das Zimmer gesprungen und trug derart enganliegende Sachen, wie ich sie überhaupt noch nicht gesehen hatte, so hauteng, daß nichts, aber auch wirklich gar nichts der Phantasie überlassen blieb. Er wirbelte auf den Zehenspitzen im Kreis herum und hob die Beine so hoch in die Luft, daß mir der Atem stockte, vor allem, als er dicht vor mir stehenblieb.

Die Musik wurde schneller, der Rhythmus zackiger. Er wechselte Ballettschritte mit atemberaubenden Sprüngen und Pirouetten ab. Schließlich blieb er schweratmend vor mir stehen, und seine Wangen waren vor Erregung gerötet. Ich fühlte mich ebenfalls von dem Wein und von seiner Darbietung berauscht.

»Nun, was sagst du?«

»Du bist einfach phantastisch«, sagte ich. »Ich kann mir nicht vorstellen, daß du keinen Erfolg haben wirst.«

Er lachte und trat näher. Die Musik spielte weiter, jetzt jedoch ein langsameres und romantischeres Stück. Er nahm mich an die Hand.

Ich schüttelte den Kopf, doch er zog fester an meiner Hand, bis ich aufstand und wir Wange an Wange miteinander tanzten. Ich konnte seinen schnellen, abgehackten Atem in meinem Nacken spüren. Als mein Blick auf unser Spiegelbild im Fenster fiel, sah es so aus, als tanzte ich mit einem nackten Mann.

Mein eigener Atem beschleunigte sich, während sein Atem sich verlangsamte, und dann lächelte er mich an und küßte mich zart. Ich spürte, wie er sich an meine Schenkel preßte.

»Du bist so süß«, sagte er. »Ich mag dich wirklich.« Er wollte mich noch einmal küssen, doch ich ließ es nicht zu. Ich trat einen Schritt zurück und senkte den Kopf, und als ich an ihm hinunterschaute, sah ich, wie erregt er war. Mein Herz fing an zu flattern, und ich fühlte mich kurzatmig.

»Ich muß jetzt nach Hause gehen«, sagte ich.

»Melody . . .«

Er kam einen Schritt auf mich zu.

»Ich muß jetzt wirklich gehen, Mel. Bitte.«

»Okay«, sagte er. »Ich dränge mich niemandem auf, aber ich hoffe doch, daß du mich magst.«

»Ich mag dich wirklich, aber nicht in der Form. Es tut mir leid«, sagte ich. »Ich bin ganz sicher, daß es viele Mädchen gibt, die sich darum reißen würden, jetzt hier bei dir zu sein«, fügte ich hinzu.

Er lächelte affektiert.

»Aber die wenigsten sind wie du. Abgemacht, ich werde dir Zeit lassen«, sagte er. »Sehen wir das doch einfach als meinen ersten Vorsprechtermin an. Vielleicht meldest du dich bei mir, ja?«

Ich lachte und bemühte mich, meinen Blick von seinem reichlich entblößten Körper loszureißen. Dann nahm ich meine Handtasche und ging zur Tür.

»Wenn du wartest, bis ich mich wieder umgezogen habe, begleite ich dich nach Hause.«

»Nein, das ist wirklich nicht nötig. Vielen Dank für das Abendessen.«

»Ich rufe dich an und gebe dir wegen des Jobs im Supermarkt Bescheid«, sagte er.

»Danke.«

Ich eilte zur Tür hinaus, und als ich mich noch einmal umsah, stand er da und sah lächelnd hinter mir her. Ich winkte, und als ich die Stufen hinunterlief, kam ich mir vor, als sei ich auf der Flucht.

Aber floh ich vor ihm oder vor mir selbst? Zum ersten Mal hatte ich den Eindruck, daß ich in Wirklichkeit vor allem meine eigene Schwäche und mein Verlangen fürchtete. In dieser Stadt wimmelte es nur so von Versuchungen aller Art. Die Ägyptischen Gärten hätten ebensogut der Garten Eden sein können, und ich rechnete fast damit, daß eine Schlange auf mich zukommen und mir etwas ins Ohr flüstern würde, als ich durch den Innenhof zu unserem Gebäude lief und mit dem Lift zur Wohnung hinauffuhr.

Bei meinem Eintreten läutete das Telefon. Ich lief eilig darauf zu, nahm den Hörer ab und hörte nichts, nachdem ich mich gemeldet hatte.

»Hallo?« sagte ich noch einmal. Ich hörte, wie jemand tief Atem holte, und dann ...

»Wo warst du?« fragte Cary.

»Ich war zum Abendessen aus, Cary. Was ist passiert?«

»Dad ist tot«, sagte er. »Er hat im Krankenhaus noch einen weiteren Herzinfarkt gehabt und ist gestorben.« Er lachte ganz seltsam. »Mir ist niemand sonst eingefallen, den ich hätte anrufen können, und du warst zum Abendessen aus.«

»Es tut mir ja so leid, Cary.«

»In seinem Grab wird wenigstens nicht die falsche Person liegen, stimmt's?«

»Cary ...«

»Ich bin müde. Es ist schon sehr spät hier. Als ich vom Krankenhaus zurückgekommen bin, bin ich zum Anlegesteg runtergelaufen, und ich habe einfach nur dagestanden und auf das Meer hinausgeschaut und an all die Ausfahrten gedacht, die er und ich gemeinsam mit dem Boot unternommen haben. Komisch«, sagte er heiser, »jetzt stehen wir also beide ohne Väter da.«

»Ich komme so bald wie möglich zurück, Cary. Ich verspreche es dir.«

»Okay«, sagte er bedrückt.

Und dann legte er auf und überließ es mir, für uns beide zu weinen.

10

Enthüllungen

Nachdem ich den Telefonhörer aufgelegt hatte, setzte ich mich in dem dunklen Wohnzimmer auf das Sofa und weinte leise vor mich hin. Ich dachte an Cary, die kleine May und Tante Sara und malte mir aus, was sie alle durchmachen mußten. Ich fragte mich, wie Großmama Olivia und Großpapa Samuel die Neuigkeit aufgenommen hatten, daß ihr Sohn gestorben war. Nichts konnte schlimmer sein, als ein Kind zu verlieren, sagte ich mir, ganz gleich, wie alt das Kind zu jenem Zeitpunkt war oder wie teilnahmslos, herablassend und gefühlskalt man selbst sein mochte.

Onkel Jacob war es ein Greuel gewesen, daß er mich bei sich und seiner Familie hatte aufnehmen müssen, aber die meiste Zeit hatte ich geglaubt, es läge daran, daß meine Anwesenheit ihm den Verlust seiner Tochter Laura klar vor Augen treten und ihn diesen Verlust dementsprechend schwerer verkraften ließ. Tante Sara hatte mich von Anfang an so behandelt, als sei ich ihr als ein Ersatz für Laura gesandt worden, doch was Onkel Jacob anging, wußte ich, daß ihm niemand jemals seine Tochter ersetzen konnte. Er hatte mich streng behandelt und war zwischendurch sogar regelrecht grausam gewesen, aber ich konnte mich auch an Momente erinnern, in denen er mich mit liebevolleren und freundlicheren Blicken angesehen hatte, vor allem, nachdem er gehört hatte, wie ich gesungen und die Fiedel gespielt hatte, aber oft auch dann, wenn er geglaubt hatte, ich merkte nicht, daß er mich ansah.

Er war ein hart arbeitender Mann gewesen, der nach Kräften

für seine Familie sorgte und sie ernähren wollte, so gut es ihm möglich war. Seine religiöse Inbrunst hatte oft dazu geführt, daß er mir gegenüber kalt und unfreundlich gewesen war, doch Cary hatte bei mehr als einer Gelegenheit angedeutet, nachdem Laura gestorben war, sei sein Vater viel frommer und strenger geworden, da er sich irgendwie schuldig an ihrem Tod fühlte. Als er zum ersten Mal im Krankenhaus lag, hatte er verlangt, mich allein zu sprechen, und da er glaubte, im Sterben zu liegen, hatte er mir gestanden, er und meine Mutter hätten in ihrer Jugend gemeinsam sündige Dinge getrieben. Damals hatte er es so hingestellt, als gäbe er sich selbst die Schuld daran, daß meine Mutter in ihrem späteren Leben so zügellos war und zu Ausschweifungen neigte. Hinterher leugnete er dann, jemals etwas dergleichen gesagt zu haben. Da er sich der Dinge schämte, die er mir erzählt hatte, war ihm meine Gegenwart nur noch unerträglicher geworden. Für mich stand fest, daß er froh gewesen war, als ich beschlossen hatte fortzugehen, um meine Mutter zu suchen, mindestens so froh wie Großmama Olivia, die es nur zu gern sah, daß ich von dort fortging.

Ich schloß die Augen und holte tief Atem. Minuten später schlief ich ein und wachte erst wieder auf, als ich hörte, wie die Tür aufgeschlossen wurde, gefolgt von lautem Gelächter. »Warum ist es so dunkel hier?« hörte ich Richard sagen, ehe er eine Lampe einschaltete. Das grelle Licht ließ mich blinzeln, und ich rieb mir die Augen, während ich mich eilig aufsetzte.

»Da sieh doch mal einer an, wer hier aufgeblieben ist, um auf uns zu warten«, sagte er.

»Warum bist du noch auf und vollständig angezogen? Wie war dein Abendessen, Melody?« erkundigte sich Mommy. »Du hast doch nicht etwa zuviel Wein getrunken oder so was? Hast du Mel noch nach oben mitgenommen?« Sie sah sich in dem Zimmer um, als suchte sie Indizien dafür, daß er sich in der Wohnung aufgehalten hatte. Sie wankte ein wenig, kam aber doch einen Schritt näher, und es gelang ihr, wenn auch nicht ohne Mühe, mich näher zu inspizieren. Schließlich fiel ihr dann auf, wie rot meine Augen waren, und auch die Tränenspuren auf meinen Wangen entgingen ihr nicht. »Was ist denn jetzt schon wieder los?« fuhr sie mich an.

»Onkel Jacob«, sagte ich und schluckte, aber das dauerte ihr alles viel zu lange.

»Was ist mit ihm? Ich kann mir nicht vorstellen, daß mich in Zusammenhang mit ihm irgend etwas interessieren könnte«, sagte sie zu Richard, der darüber lachte. »Also, was ist? Was hat er diesmal angerichtet?«

»Er ist gestorben«, sagte ich. »Sein Herz hat versagt.«

Sie starrte mich an, und diese Neuigkeit wirkte ernüchternd auf sie. Ich sah eine Unmenge von Gefühlen über ihr Gesicht ziehen, vom Schock bis zur Traurigkeit, von Wut bis hin zu Teilnahmslosigkeit. Sie lächelte Richard hämisch an, ehe sie sich mir wieder zuwandte.

»Sein Herz, wie du es nennst, hat ihm schon lange den Dienst verweigert. Ich wünsche niemandem etwas Schlechtes, aber ich kann nicht so tun, als ginge mir das schrecklich nahe«, sagte sie, und jede Spur von Fröhlichkeit war aus ihren Augen und von ihren Lippen geschwunden.

»Aber du bist mit ihm und Daddy gemeinsam aufgewachsen. So gleichgültig kannst du doch nicht sein«, erwiderte ich.

»Du machst dir keine Vorstellung davon, was für ein Leben es war, mit Jacob als meinem sogenannten Bruder aufzuwachsen, Melody«, sagte Mommy aufbrausend, »und ich kann nicht vergessen, wie er mich später behandelt hat, als ich und Chester in echten Schwierigkeiten gesteckt haben.«

Die Wut in ihren Augen betäubte mich und verschlug mir die Sprache.

»Ich kann es nicht leiden, wenn jemand Gina schlechte Nachrichten überbringt«, sagte Richard, der sich plötzlich als ihr Beschützer aufspielte. »Und schon gar nicht, wenn es sich um Neuigkeiten aus ihrer Vergangenheit handelt, und am allerwenigsten, wenn sie am nächsten Morgen einen Termin zum Vorsprechen hat.«

»Ja«, sagte Mommy und lächelte mich mit einem stolzen Glanz in ihren Augen an. »Morgen wird es wirklich spannend. Es geht um eine Rolle in einer Komödie für das Fernsehen. Ich muß jetzt sofort ins Bett gehen. Nur deshalb sind wir so früh nach Hause gekommen«, fügte sie hinzu.

Ich sah auf die Uhr. Früh? Es war kurz nach eins. Was verstand sie dann unter spät?

»Du solltest jetzt auch schlafen gehen«, sagte Richard. »Auch dir steht eine Menge Arbeit bevor.« Er lachte und wollte sich ins Schlafzimmer zurückziehen.

»Sara und die Kinder tun mir wirklich leid«, sagte Mommy, und ihre Stimme klang etwas freundlicher. »Sara ist immer nett zu mir gewesen.« Sie seufzte und zog den Kopf ein wenig zurück, als müßte sie ein paar Tränen schlucken, die versehentlich fließen wollten. »Wenn du meinst, du solltest zur Beerdigung zurückfliegen, dann ist mir das recht. Ich . . . kann es mir nicht leisten, heute noch etwas mit dieser Familie zu tun zu haben. Ganz gleich, wie viele Tränen ich auch vergieße, es wäre immer noch eine Träne mehr als die, die seine Mutter ihm nachweint. Das kannst du mir glauben«, sagte sie.

»Du haßt sie wirklich sehr, stimmt's?« fragte ich.

Ihre Mundwinkel verfärbten sich vor Zorn weiß.

»Ja, das kann ich nicht leugnen. Ich hasse sie, und sie mag mich auch nicht gerade besonders gern, Melody.« Ihre Augen glühten wie Kohlen, und dann machte sich ein Ausdruck von Selbstmitleid auf ihrem Gesicht breit. Sie stöhnte. »Ich finde es gräßlich, so aufgewühlt schlafen zu gehen«, sagte sie, als sie auf ihre Schlafzimmertür zuging. »Ich wünschte, du hättest mir nichts davon erzählt.«

Ich sah zu, wie sie das Schlafzimmer betrat und die Tür hinter sich schloß, und dann stand ich auf und ging selbst auch ins Bett. Vielleicht sollte ich wirklich nach Cape Cod zurückkehren, sagte ich mir. Vielleicht war die Mutter, die ich hier zu finden gehofft hatte, tatsächlich gestorben und in Provincetown begraben. Was war bloß mit Mommy los? Was hatte sie so egozentrisch werden lassen? Oder war ich einfach nur zu blind gewesen, um zu erkennen, daß das schon immer ihr wahres Ich gewesen war?

Mommy hatte jedoch in dem Punkt recht, daß das Einschlafen schwerfiel, wenn einem die Traurigkeit wie ein Felsbrocken auf die Brust drückte. Ich wälzte mich herum, warf mich von einer Seite auf die andere, schluchzte und seufzte und konnte für den größten Teil der Nacht Carys traurige Augen einfach nicht aus meinen Gedanken verbannen.

Kurz vor dem Morgengrauen schlief ich dann doch ein, und ich schlief so tief, daß ich nicht hörte, wie Richard und Mommy aufstanden. Ich erwachte erst, als ich hörte, wie er mich anschrie.

»Also, wenn das nicht toll ist. Niemand kocht uns Kaffee. Was hast du bloß für eine Haushaltshilfe angestellt, Gina? Es scheint sich herauszustellen, daß sie noch fauler ist als du.«

Ich stand sofort auf, schlüpfte in einen von Mommys dünnen Morgenmänteln aus Baumwolle und ging ins Wohnzimmer. Richard war schon angezogen, und Mommy kam aus ihrem Schlafzimmer und war recht hübsch zurechtgemacht.

»Ich koche Kaffee«, sagte ich. »Es wird nicht lange dauern.« Ich machte mich auf den Weg in die Küche.

»So lange können wir nicht warten«, sagte Richard und sah mich durchdringend an. Ich begriff, daß ich nicht viel anhatte, und er schien mühelos durch mein dünnes Nachthemd und den Morgenmantel hindurchschauen zu können. »Wir sehen zu, daß wir im Studio ein Frühstück bekommen. Räum unser Schlafzimmer auf, während wir fort sind. Ich habe dir noch mehr Bügelwäsche hingelegt«, fügte er auf dem Weg zur Wohnungstür hinzu.

Mommy sah mich mit ernster Miene an.

»Wünsch mir Glück«, sagte sie schließlich.

»Viel Glück.«

»Danke«, sagte sie mit einem Lächeln. Dann folgte sie Richard aus der Wohnung. Ich lauschte ihren Schritten, die sich durch den Korridor entfernten, und als sie den Lift erreicht hatten, ging ich in die Küche und setzte Kaffeewasser auf. Ich saß reichlich benommen da, trank Kaffee und knabberte auf einer Scheibe Toast mit Marmelade herum. Es dauerte nicht lange, bis meine Gedanken abschweiften und ich mich Erinnerungen an Cary und mich am Strand hingab. Ich dachte an Kenneth und seinen Hund Ulysses, und mir fiel auch wieder ein, wie ich Holly kennengelernt hatte und wieviel Spaß es uns bereitet hatte, wie Schwestern miteinander zu reden.

Wie konnte sich Mommy bloß ein solches Leben wünschen? fragte ich mich. Gegen ihren Willen sah sie mich gelegentlich liebevoll an, und daran änderten auch die Gemeinheiten nichts, die sie letzte Nacht von sich gegeben hatte, nachdem ich ihr von Onkel Jacob erzählt hatte. Tief in ihrem Herzen wünscht sie sich inbrünstig, wieder nach Hause zu gehen, sagte ich mir. Ich muß sie nur dazu bringen, daß sie es sich endlich eingesteht.

Ich behielt mein Nachthemd und Mommys Morgenmantel an, als ich das Schlafzimmer der beiden aufräumte und begann, Richards Hosen und Hemden zu bügeln. Ich verschwendete keinen Gedanken an das, was ich tat. Ich war von den tragischen Ereignissen betäubt und fühlte mich wie eine Art Roboter. Kurz nach der Mittagszeit hatte ich genug von diesen stumpfsinnigen Arbeiten, und ich ging ins Bad, um zu duschen. Ich stand mit geschlossenen Augen da und ließ das Wasser auf meinen Kopf prasseln und über mein Gesicht strömen. Nach langer Zeit schaltete ich die Dusche aus und trat hinter dem Duschvorhang heraus.

Im ersten Moment war ich verwirrt. Ich wußte genau, daß ich ein großes Badetuch und frische Kleidungsstücke ins Bad mitgenommen hatte, doch ich sah nur ein kleines Handtuch auf der Stange hängen, und von meinen Kleidern war nirgends etwas zu sehen. Da ich mir selbst nicht traute und an meinem eigenen Konzentrationsvermögen zweifelte, ging ich davon aus, ich hätte wohl vorgehabt, all diese Dinge ins Bad mitzunehmen, sei jedoch derart in Gedanken versunken gewesen, daß ich es nicht getan hatte. Tropfnaß rannte ich vom Bad in mein Schlafzimmer. Sowie ich mein Schlafzimmer betreten hatte, schloß sich die Tür hinter mir, doch ich war nicht diejenige, die sie geschlossen hatte.

Richard stand da, ebenfalls splitternackt, und sah mich lüstern an.

Stumme Schreie blieben in meiner Kehle stecken.

»Was haben Sie hier zu suchen? Und wo ist Mommy?« schrie ich schließlich und eilte zum Bett, um das Laken herunterzureißen und mich darin einzuhüllen. Sein Gelächter schallte durch den Raum wie das Klirren von dünnem Glas. Er kam auf mich zu und unternahm keinerlei Versuch, seine Männlichkeit vor mir zu verbergen.

»Habe ich dir nicht oft genug gesagt, daß du aufhören sollst, sie Mommy zu nennen?« sagte er und lächelte mich dabei immer noch an.

»Wo ist sie? Was tun Sie hier?«

»Du weißt doch, daß sie einen Termin zum Vorsprechen hat. Sie wird den größten Teil des Tages dort verbringen. Zahlreiche Schauspielerinnen bewerben sich um diese Rolle, und deshalb habe ich mich gefragt, warum ich meine Zeit dort vertrödeln soll. Also habe ich beschlossen, daß ich mich in der Zwischenzeit ebensogut nützlich machen kann. Ich habe mich ohnehin schon gefragt, wie du dazu kommst, einen so leichten Job für soviel Geld sausen zu lassen, und ich bin zu dem Schluß gelangt, es liegt schlichtweg daran, daß du so unschuldig bist. Du mußt erwachsen werden, und zwar schnell, oder du wirst es nie zu etwas bringen. Ich erweise dir somit einen ganz speziellen Dienst. Du solltest mir meine Großzügigkeit hoch anrechnen«, fuhr er fort und kam immer näher, bis er nur noch wenige Zentimeter von mir entfernt war.

Ich wandte mich ab und schlug die Augen nieder, statt ihm ins Gesicht zu sehen. Sein Atem stank nach Alkohol, und mein Magen schlug Purzelbäume.

»Komm schon«, sagte er. »Ich weiß doch, daß du dich schon darauf freust.«

»Lassen Sie mich in Ruhe!« schrie ich.

Er legte mir seine rechte Hand auf die Schulter und die linke auf die Taille, und daher war ich gezwungen, mich zu ihm umzudrehen.

»Entspann dich, und genieße es«, sagte er zu mir, und seine Lippen kamen meinem Mund bedrohlich nahe. Ich wandte abrupt den Kopf ab und versuchte, mich aus seiner Umklammerung zu befreien, doch er hielt mich nur noch fester und preßte seine Lippen auf meinen Mund. Ich würgte und trat um mich, und ich erwischte ihn mit einem Knie zwischen den Beinen. Sein Gesicht zersprang wie ein Luftballon, und er sackte in sich zusammen und hielt sich den Unterleib.

Ich wartete gar nicht erst ab, was als nächstes passieren würde. Ich bahnte mir einen Weg um ihn herum, rannte aus dem Zimmer hinaus und hielt dabei das Bettlaken umklammert. Irgendwie gelang es ihm, einen Arm auszustrecken, einen Zipfel des Lakens zu packen und ihn festzuhalten. Ich konnte mich nicht rühren, solange ich das Laken nicht losließ, und schließlich floh ich splitternackt aus dem Zimmer. Ich lief wieder ins Bad zurück, knallte die Tür hinter mir zu und schloß sie von innen ab. Dann blieb ich einen Moment lang keuchend und schluchzend stehen und lauschte auf Geräusche, die von draußen kamen. Mein Herz pochte so heftig, daß ich mich an die Tür lehnen mußte, um Halt zu finden. Bei der Erinnerung an den Gestank, der seinem Mund entströmt war, entrang sich mir ein trockenes Würgen.

»Du kleines Miststück«, hörte ich ihn schreien. Er kam an die Tür und versuchte, den Knopf umzudrehen. »Mach auf. Wie kannst du es wagen, mir das Knie zwischen die Beine zu rammen? Schließlich habe ich dir erlaubt hierzubleiben, oder etwa nicht?«

Er hämmerte mit der Faust gegen die Tür, und ich schrie aus voller Kehle. Dann hörte er auf zu pochen, und lange Zeit herrschte absolute Stille. Ich bemühte mich, den Atem anzuhalten, um zu lauschen, doch meine Lunge war zum Zerreißen gespannt, und das Donnern meines Herzens hallte in meinem Trommelfell wider.

»Das wird dir noch leid tun«, sagte er schließlich, und es drang als ein lautes Flüstern durch den Spalt zwischen der Tür und dem Türrahmen. »Ich hätte dir etwas beibringen können, dich über Nacht zu einer erwachsenen Frau machen können. Hinterher hättest du jede Raffinesse beherrscht, aber ein Richard Marlin läßt sich nur ein einziges Mal abweisen. Du wirst schon noch begreifen, was du verpaßt hast«, fügte er hinzu. »Hörst du?«

Er schlug wieder gegen die Tür. Ich schrie auf und wich zurück, da ich fürchtete, er wurde die Tür eintreten. Nach einer Weile war nur noch Stille zu vernehmen, und als ich mein Ohr an die Tür preßte, hörte ich, wie seine Schritte sich entfernten. Ich dachte gar nicht daran, aus dem Bad herauszukommen. Ich setzte mich auf den Wannenrand und wartete mit verschränkten Armen. Mein Schluchzen ließ nach, und mein Atem ging wieder gleichmäßiger. Ich hörte, wie sich die Haustür öffnete und gleich darauf wieder schloß. Es herrschte vollkommene Stille. War das ein Trick, mit dem er mich dazu bringen wollte, die Badtür zu öffnen?

Ich wartete endlos und lauschte, denn ich hoffte, falls er immer noch vor der Tür stand, würde er ungeduldig werden, doch ich konnte keinen Laut hören. Plötzlich läutete das Telefon. Es klingelte immer wieder, und ich stellte mir vor, wenn er noch dagewesen wäre, hätte er sich zu große Sorgen gemacht, der Anruf könnte für ihn sein, und er hätte den Hörer abgenommen. Jetzt war ich zuversichtlicher, daß er die Wohnung tatsächlich verlassen hatte, und daher schloß ich die Tür so behutsam und leise wie möglich auf. Ich zögerte und öffnete die Tür dann Millimeter für Millimeter, bis ich durch den Spalt hinauslugen konnte.

Es war nirgends etwas von ihm zu sehen. Ich warf einen Blick auf die Eßecke vor meinem Schlafzimmer. Die Tür stand weit offen. Erwartete er mich etwa wieder dort? Ich versuchte zu schlucken und dagegen anzukämpfen, daß mein Herz erneut raste, doch ich schaffte es einfach nicht. Sein Überfall hatte meine Knie weich werden lassen, und ich zitterte von Kopf bis Fuß, als ich die Badtür weiter und immer weiter öffnete, heraustrat und dann wartete, weil mir davor graute, er könnte plötzlich auftauchen und sich auf mich stürzen, aber es geschah nichts.

Mein Mut nahm zu, als ich auf Zehenspitzen zur Tür meines Schlafzimmers schlich. Dort blieb ich stehen, um zu lauschen. Ich hörte nichts. Nachdem ich tief Atem geholt hatte, betrat ich mein Schlafzimmer, sah mich geschwind um und ballte die Hände zu Fäusten, um auf ihn einzutrommeln, falls er doch noch auftauchen sollte. Es war nirgends etwas von ihm zu sehen. Ich schloß eilig die Tür, und dann sank mein Mut. Was war, wenn er sich in meinem Kleiderschrank versteckt hatte?

Ich wartete wieder einen Moment lang und lauschte. Als ich nichts hörte, ging ich auf den Kleiderschrank zu und zog die Tür auf. Ich hatte die Schranktür so heftig aufgerissen, daß der Luftzug meine Kleider auf den Kleiderbügeln flattern ließ, aber zum Glück verbarg sich dort kein Richard Marlin, der nur darauf wartete, wieder über mich herzufallen.

Ich zog mich so schnell wie möglich an, und dann floh ich aus der Wohnung, denn ich hatte das Gefühl, dort in der Falle zu sitzen und jederzeit Gefahr zu laufen, daß sich das schreckliche Erlebnis wiederholen würde, wenn ich blieb. Ich sah mich nicht um, als ich über den Gehweg eilte. Ich schoß durch das Eingangstor hinaus und raste über den Bürgersteig, als nähme ich an einem Rennen teil. Noch immer ohne mich umzusehen, lief ich so schnell ich konnte weiter. Ich überquerte Straßen und kämpfte mich durch den Verkehr voran wie jemand, der ein klares Ziel vor Augen hat. Es tat mir gut, mich schnell vorwärtszubewegen. Es hielt meinen Körper davon ab zu zittern, und je weiter ich mich von den Ägyptischen Gärten entfernte, desto sicherer fühlte ich mich. Ich war erschöpft und schwitzte heftig, als ich endlich an einer Straßenkreuzung stehenblieb, da ich unentschlossen war, in welche Richtung ich weiterlaufen sollte. Ich warf einen Blick auf das Straßenschild über meinem Kopf, auf dem »Melrose Avenue« stand, und dann sah ich mich nach anderen Fußgängern um.

Bis zu diesem Augenblick hatte ich nichts und niemanden wahrgenommen. Ich war blindlings drauflosgelaufen, und mein einziger Gedanke hatte meiner Flucht vor Richards gräßlicher Umklammerung gegolten. Jetzt mußte ich feststellen, daß ich mich in einem äußerst seltsamen Viertel befand.

Junge Menschen mit blauem, grünem und leuchtend rosa gefärbtem Haar kamen mir entgegen und liefen vor mir her. Sie trugen Jeans und Lederjacken. Viele von ihnen hatten Tätowierungen auf den Armen und auf der Brust. Zwei Mädchen hatten sogar Ringe in der Nase! Ich kam mir vor, als sei ich auf einen anderen Planeten geraten.

Ich machte auf der Stelle kehrt und schlug die entgegengesetzte Richtung ein. In dieser Stadt schien tatsächlich jeder in seinem eigenen Film zu leben, sagte ich mir, und ich kam mir vor, als sei ich in eine Filmkulisse hineinspaziert. Ich wußte nicht, ob ich lachen oder weinen sollte. Nachdem ich ein paar Minuten lang gelaufen war, befand ich mich in einer anderen Umgebung und verlangsamte meine Schritte, da mir schnell klarwurde, daß ich mich verirrt hatte. Ich blieb wieder stehen und sah mich um, und diesmal sah ich links neben mir ein kleines Schaufenster, auf dem stand: MADAM MARLENE LIEST IHNEN DIE ZUKUNFT. Ich sah die Kristalle und die Tarotkarten im Fenster und dachte an Holly und an Billy. Dieser Gedanke zauberte ein Lächeln auf meine Lippen. Vielleicht war ich in diesen üblen Zeiten auf der Suche nach angenehmen Erinnerungen. Jedenfalls betrat ich impulsiv den kleinen Laden.

In der Mitte des winzigen Raums standen ein dunkler Tisch aus Kirschbaum und zwei Stühle. Die Steine lagen in einer kleinen Glasvitrine an der rechten Wand, und in der Rückwand gab es wie in Hollys Laden eine Tür, vor der ein Vorhang aus Perlenschnüren hing. Bei meinem Eintreten hatte sich ein Surrer eingeschaltet. Eine kleine ältere Dame mit dunklem Haar teilte die Perlenschnüre. Sie trug eine schimmernde weiße Stola über einem dunkelblauen Kleid, und in dem langen Haar, das ihr bis über die Schultern fiel, glitzerten silberne Ohrringe mit Steinen, die wie Diamanten funkelten. Ihre dunklen Augen waren groß, doch der Kajal, mit dem sie die Lidränder nachgezeichnet hatte, ließ sie noch größer wirken.

»Hallo«, sagte sie. »Ich bin Madam Marlene. Möchtest du dir die Zukunft lesen lassen?«

Ich schüttelte den Kopf.

»Ah ... ich ... ich wollte nur ...«

»Du wirkst verstört«, sagte sie. »Bitte«, fügte sie hinzu und wies auf die Stühle, zwischen denen der Tisch stand. »Ruh dich einen Moment aus, und erzähl mir, was dich bedrückt.«

»Ich habe mich verirrt«, sagte ich. »Ich bin neu hier, und ich kann mich nicht erinnern, wie ich von hier aus den Heimweg zu meiner Wohnanlage finde.«

»Welche Wohnanlage ist es denn, meine Liebe?« fragte sie, und ihr Lächeln war freundlich und zart. Sie schien etwa fünfzig Jahre alt zu sein und nicht viel mehr als eineinhalb Meter zu messen.

»Die Ägyptischen Gärten«, sagte ich.

»Wenn das so ist, dann bist du gar nicht allzuweit vom Weg abgekommen. Du brauchst nur zwei Straßen weiterzulaufen, und dann biegst du nach links ab, und nach etwa zehn Minuten bist du da. Aber ich glaube, dich bedrückt in Wirklichkeit etwas ganz anderes, stimmt's?«

Ich nickte und sah mich in ihrem Laden um.

»Ich habe eine Freundin in New York City, die Glückssteine verkauft und Leuten die Zukunft liest. Sie heißt Holly.«

»Das ist interessant«, sagte Madam Marlene und zwinkerte mir vielsagend zu. »In Wirklichkeit bist du reingekommen, weil du etwas wissen willst, nicht wahr?« bohrte sie. Sie hatte den Kopf ein wenig zur Seite gelegt, und der warme Schein der matten Deckenlampen verlieh ihren Augen noch mehr Glanz.

Ich dachte einen Moment lang darüber nach und nickte dann. »Ich wollte wissen, ob ein Mensch, den ich liebe, jemals zu mir zurückkehren wird«, sagte ich.

Sie nickte, als hätte sie schon immer gewußt, daß ich eines Tages auf ihrer Schwelle auftauchen würde.

»Setz dich, bitte«, sagte sie.

»Ich bin überstürzt aus dem Haus gelaufen«, sagte ich. »Ich habe kein Geld bei mir.«

»Schon gut, das macht nichts«, sagte sie. »Du kannst mir später etwas schicken.« Sie setzte sich an ihren Tisch und bedeutete mir, ihr gegenüber Platz zu nehmen. Sowie ich saß, griff sie mit beiden Händen nach meiner rechten Hand, hielt sie fest und schloß die Augen. Dann nickte sie vor sich hin und schaute auf meine geöffnete Handfläche hinunter.

»Du hast bereits einen ziemlich unebenen Weg hinter dir«, sagte sie, »mit vielen Biegungen und Abzweigungen. Dein Leben hat mehr Talsohlen als die meisten anderen, aber ich sehe auch etliche Gipfel. Wie ich sehe, hast du geliebte Menschen verloren, ja?«

»Ja.«

»Und doch besitzt du große Energien. Wie heißt du?«

»Melody.«

»Ich sehe Musik in dir, ja, das stimmt. Diese Person, dieser geliebte Mensch, den du verloren hast, ist dir schon vor einer ganzen Weile verlorengegangen.«

»Ja«, sagte ich.

Sie sah meine Handfläche wieder an, und dann streckte sie eine Hand nach dem Anhänger aus, den Billy Maxwell mir geschenkt hatte. Sie drehte ihn einen Moment lang zwischen den Fingern.

»Lapislazuli. Ein Geschenk von jemandem, den du sehr gern hast und der dich sehr gern hat.«

»Genauso ist es«, sagte ich.

»Du bist wie ein Komet, etwas Schönes und Energiegeladenes, das durch den Weltraum treibt und auf der Suche ist . . .

auf der Suche nach einem Zuhause, nach deinem wahren Zuhause.«

»Das ist richtig«, sagte ich, und es faszinierte mich, daß sie so viel über mich zu wissen schien.

»Jemand, nach dem du suchst, ist auf dem Weg zu dir«, sagte sie und schloß die Augen wieder. Als sie Sekunden später die Augen wieder aufschlug, stand kein Lächeln mehr auf ihren Lippen. »Dort, wo du nach Liebe suchst, wirst du keine Liebe finden. Du wirst die Richtung ändern und dich anderswo danach umsehen müssen. Aber mach dir keine Sorgen. Deine Energien sind so stark, daß du dich nicht so schnell geschlagen gibst. Fürchte dich nicht davor, dich der Dunkelheit zuzuwenden, denn was wir für Sonnenschein halten, ist oft nur der Widerschein unseres eigenen Glanzes. Sieh dich nicht an den üblichen Orten nach Liebe um«, schloß sie und lehnte sich zurück, als hätte es sie erschöpft, mir die Hand zu lesen, meine Energie zu spüren und mir mein Leben vorherzusagen.

»Danke«, sagte ich und stand auf. Ich war unsicher, ob ich es schaffen würde, ihren Rat zu befolgen.

»Oh nein, es war mir ein Vergnügen. Es ist immer wieder die reinste Freude, ein so großes Herz wie deines sehen zu dürfen«, sagte sie und öffnete eine Schublade in ihrem Schreibtisch, um eine Visitenkarte herauszuziehen. »Da hast du meine Adresse. Normalerweise nehme ich zwanzig Dollar, aber du kannst mir fünfzehn schicken.«

»Danke«, sagte ich und nahm ihr die Karte aus der runzeligen Hand.

»Dein Anhänger wird dir viel Glück auf deiner Reise bringen. Lege ihn niemals ab«, rief sie mir nach, als ich zur Tür ging.

»Nein, ganz bestimmt nicht. Auf Wiedersehen.«

Als ich auf die Straße hinaustrat, fühlte ich mich ruhiger, und gleichzeitig hatte ich den Eindruck, von neuen Energien belebt zu sein. Es würde eine ganze Weile dauern, bis ich alles verstand, was sie zu mir gesagt hatte, aber ich würde mir Gedanken darüber machen. Seit ich die Bekanntschaft von Holly und Billy gemacht hatte, schenkte ich diesen Dingen mehr Beachtung und machte mich nicht mehr so schnell über etwas oder jemanden lustig, weil es mir neuartig oder ungewöhnlich erschien. Ich gestattete es mir, für neue Ideen und Erfahrungen offen zu sein. Es gab aber immer noch zahlreiche Erfahrungen, die ich unter gar keinen Umständen machen wollte.

Mir graute davor, Richard wieder gegenüberzutreten, als ich der Wegbeschreibung folgte, die mir Madam Marlene gegeben hatte, und mich auf den Heimweg machte. Eine gute halbe Stunde später kam ich durch das Haupttor und näherte mich mit größter Beklommenheit unserem Gebäude und dem Lift. Als ich aus dem Aufzug trat und auf die Wohnungstür zuging, blieb ich stehen. Ich mußte Mommy erzählen, was er mir hatte antun wollen, beschloß ich. Vielleicht würde sie jetzt endlich erkennen, was für ein Mensch er in Wahrheit war.

Ich öffnete die Tür, und als ich eintrat, stellte ich zu meinem Erstaunen fest, daß sie beide im Wohnzimmer saßen. Mommy sah aus, als hätte sie den ganzen Nachmittag geweint. Ihre Augen waren blutunterlaufen, und ihr Make-up war hoffnungslos verschmiert. Richard saß mit übereinandergeschlagenen Beinen da und machte einen ruhigen Eindruck. Er hielt eine Zigarette in der einen und einen Drink in der anderen Hand. Das vertrauliche Lächeln, mit dem er zu mir aufblickte, ließ mein Herz frösteln.

»Dann hast du also doch beschlossen, wieder zurückzukommen«, sagte Richard.

»Was hast du bloß angestellt, Melody? Und hinterher bist du dann auch noch fortgelaufen?«

»Ja«, sagte ich und sah Richard trotzig an. »Ich bin fortgelaufen, weil ich mich hier zu sehr gefürchtet habe. Ich hatte Angst, er könnte zurückkommen und es noch einmal probieren.«

»Ha!« sagte Richard und drückte seine Zigarette im Aschenbecher aus. »Hör dir das an.«

»Melody, wie konntest du nur?« fragte Mommy.

»Wie konnte ich was?« Ich starrte erst sie und dann ihn an, ehe ich sie wieder ansah und begriff, daß er ihr irgendeine Lüge aufgetischt hatte. »Er ist schuld gewesen, Mommy. Und ob ich dich Mommy nenne oder nicht, ist meine Angelegenheit«, fügte ich um Richards willen hinzu. »Er ist im Schlafzimmer über mich hergefallen. Er ist ins Bad gekommen, während ich unter der Dusche stand, und er ...«

»Was für eine Lügnerin. So habe ich sie schon immer eingeschätzt«, fiel mir Richard ins Wort. »Hinterhältig und verschlagen. Sag ein einziges Mal die Wahrheit, verstanden?«

»Die Wahrheit?«

»Ich habe hier gesessen, genau da, wo ich jetzt auch sitze, und ich habe versucht, mich zu entspannen, weil ich mir ein paar wichtige Anrufe vorgenommen hatte, als sie urplötzlich aus dem Bad kommt, nachdem sie geduscht hat, und sie stolziert splitternackt vor meinen Augen umher«, sagte er zu Mommy. »Sie ist ohne Umschweife auf mich zugekommen und direkt vor mir stehengeblieben, und sie hat mich angelächelt, als sei sie vollständig angekleidet. Jetzt erzähl es ihr endlich«, forderte er mich auf.

»Nein«, sagte ich kopfschüttelnd. »So war es nicht, Mommy. Er hat alles aus dem Bad entfernt, was ich zum Anziehen mitgenommen hatte, sogar mein großes Handtuch, und als ich aus dem Bad gekommen und in mein Schlafzimmer gegangen bin, hat er dort schon auf mich gewartet, und er war nackt!«

»Hast du so was schon mal gehört, Gina? Sieh mal, Melody, du versuchst schon seit dem Moment, in dem du hier eingezogen bist, Gina Konkurrenz zu machen. Unten am Pool hast du für Aufsehen gesorgt, und dann hast du dich auf der Party bemüht, alle anderen in den Schatten zu stellen. Ich besorge dir einen Job, aber dir ist er nicht gut genug. Oh nein. Dir wäre es das Liebste, wenn wir dich durchfüttern und für dich sorgen würden.«

»Mommy, hör mir zu ... es ist wahr. Er war im Schlafzimmer und hat dort schon auf mich gewartet. Er hat zu mir gesagt, er würde mir alles beibringen, was ich wissen muß. Er ...«

»Dir etwas beibringen? Jedesmal, wenn sie den Mund aufmacht, wird diese ganze Geschichte noch hirnverbrannter. Hör zu, Schätzchen, wenn du es in Hollywood zu etwas bringen willst, dann mußt du dir schon etwas Besseres einfallen lassen. Damit kommst du nicht weit.«

»Ich will es doch in Hollywood zu gar nichts bringen! Und du willst das auch nicht, Mommy. Du mußt mit mir nach Hause kommen. Du mußt von hier fortgehen«, rief ich aus.

»Siehst du?« sagte Richard Marlin und stach mit dem Zeigefinger in die Luft. »Das ist von Anfang an ihr Plan gewesen ... dir alles zu vermasseln, damit du von hier fortgehst. Sie ist neidisch auf ihre eigene Mutter. Das habe ich schon hundertmal erlebt, vor allem hier. Und jetzt sagt sie auch noch, daß es ihre Angelegenheit ist, ob sie dich ›Mommy‹ nennt oder nicht. Sie wird dich vorsätzlich in Gegenwart von anderen so ansprechen und dich in der gesamten Filmbranche zum Gespött machen. Mit dem, was sie sich bei Live Wire geleistet hat, hat sie uns ohnehin schon einen Haufen Ärger bereitet.«

»Mommy ...«, sagte ich und wandte mich zu ihr um. Sie sah mich kopfschüttelnd an.

»Du hast mich tief enttäuscht, Melody. Ich weiß wirklich nicht mehr, was ich sagen soll.«

»Sag, daß du mir glaubst. Du weißt doch selbst, daß er lügt und ein Schwindler ist, der hier überhaupt nichts für dich tun kann. Er tut doch nichts weiter, als dir lächerliche kleine Jobs zu besorgen oder dich an Sexhändler zu verschachern«, sagte ich flehentlich.

Richard lehnte sich zurück und wirkte ausgesprochen selbstzufrieden. Mommy biß sich auf die Unterlippe und wandte den Blick ab.

»Mommy ...«

»Mach nur so weiter, mach immer nur so weiter. Nenn sie weiterhin Mommy«, feuerte Richard mich an, als wollte er ein Fußballteam zu Höchstleistungen anspornen.

»Vielleicht hat Richard recht, Melody. Vielleicht ist es das beste für uns alle, wenn du dorthin zurückgehst, wo du hergekommen bist. So geht es einfach nicht.«

»Du glaubst ihm doch nicht etwa tatsächlich, Mommy?« brachte ich erstickt heraus. Es war kaum mehr als ein Flüstern.

Sie erwiderte nichts darauf. Ich sah das Grinsen, das sich auf Richards Gesicht ausbreitete, und ich funkelte ihn haßerfüllt an. Er wirkte so zuversichtlich, und Mommy wirkte so schwach und schien sich ihm vollständig ausgeliefert zu haben. Meine Frustration und mein Stolz gewannen die Oberhand.

»Vielleicht hast du diesen miesen Kerl ja wirklich verdient«, sagte ich und floh in mein Schlafzimmer, um meine Taschen zu packen.

Zwanzig Minuten später, nachdem das Telefon geläutet hatte, hörte ich, wie Richard Mommy anschrie und ihr Vorwürfe machte, weil sie wieder einmal eine Rolle nicht bekommen hatte. Dann hörte ich, wie er die Wohnung verließ. Wenige Minuten später kam Mommy in mein Schlafzimmer. Sie hatte ihre Sonnenbrille wieder aufgesetzt und wirkte sehr blaß und unglücklich.

»Ich nehme an, du hast es gehört«, sagte sie. »Bei dem Vorsprechen heute ist nichts herausgekommen. Richard sagt, es liegt nur daran, daß ich derzeit ständig abgelenkt bin.«

»Vielleicht liegt es aber auch nur daran, daß es dir nicht bestimmt ist, Schauspielerin zu werden, Mommy«, sagte ich und schloß meine Tasche.

»Nein, ich kann es schaffen. Ich weiß genau, daß ich es schaffen kann. Es zieht sich nur etwas länger hin, als wir erwartet haben, das ist alles.«

»Ich habe nichts von dem getan, was er behauptet, Mommy. Es hat sich umgekehrt verhalten. Ich schwöre es dir.«

»Das spielt doch keine Rolle, Melody. Richard hat recht. Du hast hier nichts zu suchen. Ich weiß selbst nicht, was ich mir dabei gedacht habe, als ich dir erlaubt habe, hier einzuziehen.«

»Du hast wie eine Mutter gedacht«, sagte ich zu ihr. »Du hast nur daran gedacht, das Richtige zu tun.«

Sie lächelte.

»Du bist schon immer eine Träumerin gewesen.«

»Ich?« Ich fing an zu lachen. »Du brauchst dich doch nur umzusehen, Mommy. Sieh dir an, wo du heute bist. Hier schießen Träume ins Kraut wie . . . wie in Sewell das Unkraut, das alles überwuchert hat.«

»So habe ich es nicht gemeint. Du bist eine Träumerin, weil du Dinge in mir siehst, die nicht vorhanden sind. Es tut mir leid, Schätzchen. Ich bin nicht die Mutter, die du dir wünschst.«

Ich nickte. Vielleicht sagte sie diesmal endlich die Wahrheit.

Ich setzte mich auf das Bett und sah auf meinen Schoß hinunter.

»Was wirst du jetzt tun? Hast du Geld?«

»Ja. Den größten Teil meines Geldes habe ich noch. Ich habe Richard nicht die Wahrheit gesagt, denn sonst hätte er mir doch nur alles abgenommen. Und ein Ticket für den Rückflug habe ich auch. Ich werde zum Flughafen fahren und den ersten Flug nehmen, den ich erwische«, fügte ich hinzu.

»Du willst nach Provincetown zurückgehen?«

»Ja.«

»Das ist gut. Mir wird es gleich wieder viel besser gehen, wenn ich weiß, daß du in Sicherheit bist, und dort bist du in Sicherheit«, sagte sie.

»Du meinst wohl, dann wird dir dein Gewissen nicht mehr zu schaffen machen, stimmt's, Mommy?« warf ich ihr erbost an den Kopf.

Sie wollte gerade wütend werden, doch dann sackten ihre Schultern hinunter, und sie nickte.

»Ja«, gab sie zu. »Vermutlich ist es an der Zeit, daß wir beide endlich aufhören, einander zu belügen.«

Ich starrte sie an und zwinkerte ungläubig.

»Chester war dir immer ein guter Vater, und ich bin dir nie eine gute Mutter gewesen«, sagte sie, und dann lachte sie. »Und das Komische daran ist, daß er noch nicht einmal dein Vater war. Das hat ihm aber überhaupt nichts ausgemacht.«

»Mommy«, sagte ich und schnappte nach Luft, »als du mich in Provincetown abgesetzt hast und ich die Wahrheit über dich und meinen Stiefdaddy herausgefunden habe, habe ich anfangs geglaubt, Kenneth sei mein richtiger Vater. Ich wußte ganz einfach, daß du gelogen haben mußt, als du Großpapa Samuel unterstellt hast, er sei mein Vater. Bitte, bitte, sag mir endlich die Wahrheit.«

Sie sah mich lange an, und ich glaubte schon, sie würde den Kopf schütteln und mich wortlos stehenlassen, aber statt dessen kam sie in mein Zimmer.

»Wie du weißt«, sagte sie, »habe ich sie alle gehaßt. Als Richter Childs mir damals erzählt hat, daß er in Wirklichkeit mein Vater ist und Kenneth und ich somit Halbbruder und Halbschwester sind, ist es mir vorgekommen, als hätte er tief in meine Brust gegriffen und mir das Herz herausgerissen. Ich habe mich unbeschreiblich betrogen gefühlt, Melody. Du kannst es dir nicht vorstellen. Da waren all diese herablassenden, hochgestellten Persönlichkeiten, die mir ständig das Gefühl gegeben haben, ich könnte ihnen aufgrund meiner unehelichen Geburt nicht das Wasser reichen und Olivia sei gezwungen gewesen, mich wie ein verwahrlostes Waisenkind aufzunehmen. Man hat mir unablässig ins Gedächtnis zurückgerufen, wie dankbar ich zu sein hätte und wie glücklich ich mich schätzen könnte.

Und in Wirklichkeit war dieses ganze Pack kein bißchen besser, nein, sie waren sogar noch viel schlimmer, dieses habgierige, hinterhältige und falsche Gesindel, Lügner und Scharlatane, und daher habe ich beschlossen, es ihnen heimzuzahlen. Als sie gemerkt haben, daß ich schwanger war, wäre Olivia am liebsten über mich hergefallen. Sie wollte mit dem Finger auf mich zeigen und öffentlich herausschreien: ›Seht, seht, das beweist nur, wie nichtsnutzig sie ist und wie tief sie gesunken ist und daß sie nichts weiter ist als eine dahergelaufene Schlampe.‹

Aber ich habe es ihr heimgezahlt. Ich habe es diesem ganzen Pack heimgezahlt, als ich den Spieß umgedreht und Samuel beschuldigt habe, der Vater meines ungeborenen Kindes zu sein. Olivia«, sagte Mommy, und die Erinnerung daran ließ sie lächeln, »ist vor Verlegenheit fast gestorben. Tagelang war sie krank und hat sich in ihrem Zimmer eingeschlossen. Ich habe ihr gesagt, ich würde dieses ganze sündige Pack bloßstellen. Ich würde alles auf der Straße herausschreien.

Chester ... Chester hat mich immer geliebt. Er hat sich sofort auf meine Seite geschlagen, nachdem ich zu ihm gegangen bin und mich an seiner Schulter ausgeweint habe. Er hat mir versprochen, für mich zu sorgen, ganz gleich, was geschieht. Ich habe sie alle gegeneinander ausgespielt. Chester und Jacob haben sich geprügelt. Olivia hat den Schwanz eingezogen und sich in einer Höhle verkrochen. Für Samuel hat es mir leid getan, aber mit ihm konnte man ohnehin nur Mitgefühl haben, denn er hat sich ständig von ihr schikanieren lassen und dabei auch noch so getan, als wüßte er nicht, daß sie in Wirklichkeit in Nelson Childs verliebt war, der wiederum eine Affäre mit ihrer Schwester hatte, meiner Mutter. Es war abscheulich, wie grausam sie von ihnen behandelt worden ist. Sie haben sie in diese Anstalt gesperrt, und ich mußte mich meiner eigenen Mutter schämen.

Nichts, was ich ihnen angetan habe, kann sich an dem messen, was sie mir angetan haben, Melody. Ich bereue nichts, mit einer einzigen Ausnahme, und das ist das ... was ich dir antun mußte. Es tut mir leid, aber ich weiß, daß du ohne mich zurechtkommen wirst.«

»Ich werde nicht zurechtkommen, solange ich nicht die ganze Wahrheit kenne, Mommy. Ich will wissen, wer mein richtiger Vater ist. Du mußt es mir sagen.«

Sie nickte und kehrte mir den Rücken zu, um aus dem Fenster zu sehen.

»Ich war unbändig. Ich habe mir so sehr gewünscht, sie alle zu verletzen, sie immer wieder zu verletzen, sie in Verlegenheit zu bringen und ihnen Peinlichkeiten zu bescheren. Ich habe getrunken, mich mit älteren Männern eingelassen und mit jedem geflirtet. Und dann habe ich eines Nachts beschlossen, zu Fuß nach Hause zu laufen, nachdem ich mit Freunden unterwegs war und einiges getrunken hatte. Es war eine warme, sternenklare Nacht. Ich kann mich noch daran erinnern, daß mir jedesmal schwindlig wurde, wenn ich zum Himmel aufgeblickt habe.

Und plötzlich war er da und hat seinen Wagen neben mir angehalten. Ich habe mich zu ihm umgedreht, und er hat sein Wagenfenster heruntergekurbelt und mich gefragt, warum ich so spät am Abend noch allein durch die Gegend laufe. Er wirkte so besorgt, und ich hatte wirklich den Eindruck, daß er mich beschützen wollte. Er hat gesagt, er würde mich nach Hause fahren, und daher bin ich in seinen Wagen gestiegen, aber er hat mich nicht nach Hause gefahren. Er ist auf einen Feldweg zu einem Strand eingebogen und hat mir von seinem unglücklichen Leben erzählt. Er hat mir vorgejammert, er sei mit einer wunderschönen Frau verheiratet und verdiene eine Menge Geld, aber er sei dennoch unzufrieden, weil in seinem Leben etwas fehlte. Ihm fehlte eine gewisse Form von Spannung, und er hat gesagt, jedesmal, wenn er mich sähe, ganz gleich wo oder was ich gerade täte, erfüllte ihn diese Spannung, wie man sie nur ein einziges Mal im Leben verspürt.«

Mommy drehte sich zu mir um.

»Du mußt verstehen, wie es für mich war, Melody. So hatte noch nie ein Mann mit mir gesprochen. Ich habe mich von diesem Mann im Sturm erobern lassen . . . er war wohlhabend und erfolgreich, und er hat mir erzählt, ich sei ihm wichtiger als alles andere. Wie hatte ich da widerstehen können?

Ich habe mich von ihm lieben lassen, und es war etwas ganz Besonderes. Hinterher haben wir uns oft getroffen, natürlich heimlich, und dann war ich schwanger mit dir, und es ist alles aus den Fugen geraten. Es hätte mir nichts genutzt, seine Identität preiszugeben. Er wollte seine Familie meinetwegen nicht verlassen, und als Olivia über mich hergefallen ist, habe ich den Entschluß gefaßt, mich zu rächen. Ich habe niemandem je die Wahrheit erzählt, noch nicht einmal Chester und auch nicht Kenneth, keinem Menschen.«

Ich hielt den Atem an, bis er meine Brust zu sprengen drohte. »Wer war es, Mommy? Lebt er heute noch in Provincetown?«

»Ja, Schätzchen, er lebt noch dort«, sagte sie. »Er heißt Teddy Jackson. Die Leute nennen ihn T. J.«, sagte sie.

Ich weiß, daß mein Herzschlag einen Moment lang aussetzte. Ich weiß, daß jegliches Blut aus meinem Gesicht wich. Ich spürte, wie sich der Raum um mich zu drehen begann. Mommy nahm schnell meine Hand. Ich schloß die Augen und rang um Atem.

»Fehlt dir etwas?«

Ich erwiderte nichts darauf. Ich wartete, bis mein Herz wieder zu schlagen begann, und dann schluckte ich und schüttelte den Kopf.

»Sein Sohn«, sagte ich. »Adam Jackson. Kurz nach meiner Ankunft dort hat er sich um mich bemüht. Er wollte mein Freund werden.«

»Bloß das nicht. Wolltest du gern seine Freundin sein?«

»Nein, ich konnte ihn nicht ausstehen. Er ist ein arroganter Schnösel.«

»Das ist gut«, sagte sie. »Einen Moment lang habe ich geglaubt, ich hätte dir das angetan, was Richter Childs Kenneth und mir angetan hat.«

»Ich glaube, ich habe etwas geahnt, was Mr. Jackson angeht, Mommy.«

»Er hat mit dir gesprochen?«

»Ab und zu auf der Straße, und er ist jedesmal auffallend nett zu mir gewesen.«

»Er wird niemals mit der Sprache herausrücken und es offen zugeben, Schätzchen. Er hat eine Familie und einen hohen gesellschaftlichen Status . . .«

»Das macht mir nichts aus. Ich wollte nur wissen, wer es ist«, sagte ich. »Danke, Mommy. Es war nett von dir, daß du es mir gesagt hast.«

Ich stand auf. Madam Marlene hatte recht gehabt, als sie mir aus der Hand gelesen hatte. Ich hielt am falschen Ort nach Liebe Ausschau.

»Vielleicht solltest du doch noch nicht gleich abreisen, Melody. Vielleicht solltest du noch einen Tag länger hierbleiben.«

»Nein. Ich habe hier nichts mehr verloren, Mommy, und Cary braucht mich. Er braucht mich viel mehr als du«, sagte ich.

Meine Mutter starrte mich an, als sei ich eine Fremde, und dann nickte sie.

Nun würden keine Lügen mehr zwischen uns stehen, und wie zwei Menschen, die sich endlich die Masken vom Gesicht gezogen hatten, sah jeder von uns den anderen jetzt so, wie er wirklich war.

Und wir wußten beide, daß wir von nun an mit dieser Wahrheit leben mußten, ob es uns gut tat oder nicht.

11

Wieder zu Hause, endlich wieder zu Hause

Ich beschloß aufzubrechen, ohne mich von irgend jemandem zu verabschieden. Ich wußte, daß Mommy eine glaubhafte Geschichte erfinden würde, die sie Mel Jensen und den anderen vorsetzen konnte. Inzwischen war ihr das Lügen so sehr zur Gewohnheit geworden wie das Atmen. Vielleicht war es schon immer so gewesen. Ich nahm ein Taxi zum Flughafen und richtete es so ein, daß ich den Nachtflug von Los Angeles nach Boston erwischte. Eine Zeitlang liebäugelte ich mit dem Gedanken, nach New York zurückzufliegen, um dort Holly und Billy einen Besuch abzustatten, aber der Sommer neigte sich schon dem Ende zu. Vor mir lag noch mein letztes Schuljahr, das ich gut abschließen wollte, und ich hatte es satt, mich anderen Leuten aufzudrängen und ihr Leben auf den Kopf zu stellen.

Es war ohnehin an der Zeit, daß ich erwachsen wurde, sagte ich mir, höchste Zeit, meinen Kinderglauben wieder in die Kiste zu packen, in der ich meine Wunschvorstellungen aufbewahrte, und für immer den Deckel über meiner Vergangenheit zuschnappen zu lassen. Ich mußte mich von der Hoffnung verabschieden, jemals eine richtige Mutter und einen richtigen Vater zu haben. Jetzt stand ich wahrhaft als Waisenkind da. Der einzige Mann, der mir ein echter Vater hatte sein wollen, war tot, und der Mann, der in Wirklichkeit mein Vater war, hatte diese Tatsache geheimgehalten und war froh darüber, daß er sich dieser Verantwortung hatte entziehen können.

In einem gewissen Sinne war meine Mutter zweimal gestorben: das erste Mal, als sie und Richard Marlin sich ihren Betrug ausgedacht und die Leiche einer Fremden im Sarg meiner Mutter zu uns geschickt hatten; und jetzt war sie ein zweites Mal für mich gestorben, nachdem ich sie wiedergefunden hatte und es mir mißlungen war, eine echte Mutter-Tochter-Beziehung wiederherzustellen und mütterliche Gefühle in ihr wachzurufen. Sie war mir wahrhaft zu einer Fremden geworden. Ich vergoß keine einzige Träne, als ich das Haus verließ, und ich konnte ihren Seufzer der Erleichterung hören, als sie die Tür hinter mir schloß. Ich hatte ihr das Leben zur Hölle gemacht, und jetzt konnte sie wieder die Lüge leben, die sie schon immer hatte leben wollen.

Auf dem Rückflug nach Boston saß niemand neben mir im Flugzeug, und dafür war ich dankbar. Ich war nicht zu Gesprächen aufgelegt, und Fremden gegenüber war ich ohnehin auf der Hut, nach meiner üblen Erfahrung in New York, die beinah tragisch geendet hätte. Dieser Mann hatte mich doch tatsächlich reingelegt, und ich hatte seine Aktentasche voller Rauschgift nach Kalifornien mitgenommen. Ich schloß ganz einfach die Augen und döste vor mich hin. Den größten Teil des Flugs verschlief ich.

Als ich in Boston ankam, fragte ich mich zum Busbahnhof durch und kaufte mir dort eine Fahrkarte nach Provincetown. Es war schon spät am Morgen, als der Bus auf den Highway fuhr. Für ein Frühstück war mir nicht mehr genug Zeit geblieben, aber ich hatte ohnehin kaum Appetit. Ich fühlte mich betäubt und ausgelaugt, und jeder Kampfgeist und sämtliche Energien schienen mich verlassen zu haben. Die Ungeheuer, die in den Schatten lauerten, waren zu groß und zu bedrohlich, und noch dazu waren es so viele. Es war besser, den Rückzug anzutreten, mich in mein Schicksal zu ergeben und fortan das zu sein, was mir anscheinend bestimmt war.

Diese finsteren Aussichten hatten sich tief in mein Herz eingegraben, und daher hielt ich es für das beste, nach meiner Ankunft in Provincetown sofort ein Taxi zu Großmama Olivia und Großpapa Samuel zu nehmen. Großmama Olivia war in dieser Familie unbestritten das Oberhaupt. Sie schien die einzige zu sein, die in der Lage war, über das Schicksal zu bestimmen. Sie war diejenige, die verfügt hatte, wie und wo meine Großmutter Belinda ihr Leben verbringen würde. Sie war diejenige, die über die Familie von Onkel Jacob und Tante Sara herrschte. Sogar Richter Childs hatte sie unter ihrer Fuchtel. Fest stand also, daß sie den Ton angab, und Großmama Olivia war, ganz gleich, was meine Mutter glauben mochte, diejenige gewesen, die Mommy verbannt und zu diesem harten Leben in dieser Bergarbeitersiedlung in West Virginia verdonnert hatte.

Jetzt war es an der Zeit, ihre Macht anzuerkennen und sich ihr zu beugen. Mir war kein Funke Widerstandsgeist geblieben. Ich fühlte mich wie eine Flagge auf halbmast. Als das Taxi in die Auffahrt zu Großmama Olivias Haus einbog, verstärkte sich mein Gefühl, eine Niederlage erlitten zu haben. Meine Bewegungen waren lethargisch und ermattet, und ich ging mit gesenktem Kopf auf die Haustür zu. Als ich auf die Klingel drückte, ähnelte ich jemandem, der gekommen war, um seine Kapitulation offiziell zu besiegeln.

Über mir hatte der spätnachmittägliche Himmel ein tiefes, dunkles Blau angenommen. Die Luft roch frisch und klar, aber ich war viel zu nervös, um den wunderschönen Tag zu genießen. Loretta, Großmama Olivias Hausmädchen, öffnete mir die Tür, und ihr Gesicht war eine Maske der Teilnahmslosigkeit, als sie dastand und mich ansah. Ich stellte mir vor, daß es sie abgestumpft haben mußte, in Großmama Olivias Diensten zu stehen. Sie verbrachte ihre Tage wie ein Rädchen im Getriebe, kontinuierlich und zuverlässig, aber teilnahmslos. Sie ließ keinerlei Reaktion auf mein äußeres Erscheinungsbild erkennen. Ich hätte ebensogut irgendeine beliebige Hausiererin sein können.

»Würden Sie meiner Großmutter bitte sagen, daß ich hier bin, Loretta«, sagte ich mit matter Stimme und trat ein. Sie zog die Augenbrauen hoch und starrte meine Koffer an.

»Sie braucht es mir nicht zu sagen«, hörte ich, und als ich den Kopf hob, sah ich Großmama Olivia in ihrer gewohnten majestätischen Haltung auf dem oberen Treppenabsatz stehen und auf uns herabblicken. Sie trug Trauerkleidung, eine schwarze Bluse und einen knöchellangen schwarzen Rock, und diese Aufmachung ließ sie irgendwie größer erscheinen, als sie in Wirklichkeit war. Ihr weißes Haar war ordentlich gebürstet und, wie sonst auch, aus dem Gesicht zurückgekämmt und zu einem Knoten aufgesteckt, und auf ihrem bleichen Gesicht war keine Spur von Make-up zu sehen.

»Sie können jetzt gehen, Loretta«, fuhr sie fort und kam die Stufen hinunter. »Sie dürfen sich wieder um die Vorbereitungen für das Abendessen kümmern.«

»Ja, Ma'am«, sagte Loretta und machte einen kleinen Knicks, ehe sie sich eilig entfernte.

»Dann bist du also zurückgekommen, so wie ich es dir gleich vorausgesagt habe. Es war die reinste Verschwendung, dir das Geld für diese Reise zu geben, aber immerhin hast du dein eigenes Geld zum Fenster rausgeworfen und nicht meines«, fügte sie hinzu. »Ich werde das Dokument aufbewahren, das du mir unterschrieben hast, und ich werde die Summe von deinem Treuhandvermögen abziehen.«

Sie setzte ihren Gang fort und ließ dabei die Hand über das Mahagoni des Treppengeländers gleiten. Ihr Kopf war hoch erhoben, und ihre Schultern und ihr Rücken waren kerzengerade.

»Ich brauche dich gar nicht erst zu fragen, was passiert ist. Ich kann es dir im Gesicht ansehen: Enttäuschung, verlorene Illusionen. Oder sollte ich vielleicht besser von einem endgültigen Erwachen sprechen? Du siehst endlich das in ihr, was sie wirklich ist?« fragte sie, ohne ihre Schadenfreude zu verbergen.

»Es liegt alles nur an dem Mann, mit dem sie zusammen ist . . .«, setzte ich an.

»Oh, schieb es bloß nicht auf andere«, fiel sie mir ins Wort und winkte unwillig ab. »Das hat Haille früher schon geschafft.

Immer und ewig hat jemand Ausflüchte zu ihrer Rechtfertigung gefunden und die Schuld und die Verantwortung für ihr grausames und selbstsüchtiges Verhalten anderen zugeschoben.« Sie unterbrach sich und lächelte hämisch. »Ich nehme an, sie hat ihren Tod vorgetäuscht, um sich jeder Verantwortung dir gegenüber zu entledigen«, sagte sie selbstgefällig. Sie zuckte mit keiner Wimper. Ihre Zuversicht war die eines Raubtiers, das sein Opfer in die Falle gelockt hat und sich darüber im klaren war, daß es nicht entkommen konnte. »Ja«, murmelte ich und schlug die Augen nieder. Selbst jetzt noch, nach allem, was ich durchgemacht hatte, schämte ich mich gegen meinen Willen für Mommy.

»Pah«, sagte Großmama Olivia. Tränen brannten unter meinen Lidern, als ich zu ihr aufblickte, doch ich ließ ihnen keinen freien Lauf, sondern hielt an einem letzten Funken von Stolz fest. Sie wandte den Blick von mir ab, doch als sie mich wieder ansah, glaubte ich, eine Spur von Mitgefühl zu entdecken. »Nun gut«, fuhr sie fort, »ich nehme an, du mußtest es tun, es mit deinen eigenen Augen sehen. Wenn du magst, kannst du mir die Einzelheiten zu einem späteren Zeitpunkt berichten. Aber ehrlich gesagt verspüre ich eigentlich nicht den Drang, sie zu erfahren.«

»Aber«, fuhr sie mit der Charakterstärke fort, die ich an ihr haßte und die ich doch respektierte, um die ich sie zeitweilig sogar beneidete, »dieser Teil deines Lebens ist nun vorüber, und wir müssen sehen, wie es weitergeht. Diese Familie muß sich weiterhin darum bemühen, ihren Status in der Gemeinde aufrechtzuerhalten. Es wäre das beste, wenn niemand etwas von diesem Skandal erfährt. Was mich angeht, so haben wir deine Mutter begraben. Ich denke gar nicht daran, herzugehen und irgendeine unglückliche Seele ausgraben zu lassen. Haille ist für mich ohnehin gestorben, und nach deinem Aussehen zu urteilen, scheinst du dasselbe zu empfinden. Wem hast du etwas von dieser ganzen Geschichte erzählt?«

»Nur Cary«, sagte ich. »Und Kenneth Childs weiß auch Bescheid.«

Sie dachte einen Moment lang nach.

»Kenneth wird es für sich behalten. Ich werde ein Wörtchen mit Cary reden, damit auch er nichts ausplaudert«, sagte sie mit einem schroffen Nicken.

»Du brauchst dir keine Sorgen zu machen. Cary plaudert nichts aus, und schon gar nicht, wenn es sich um unsere Familie dreht«, sagte ich, und sie lächelte, doch es war ein kaltes, hartes Lächeln, das ihre steinernen Augen in funkelndes Glas verwandelte.

»Unsere Familie, so sieht es also aus? Das ist gut. Genau das möchte ich hören.« Sie nickte, und ihr Lächeln wurde ein klein wenig freundlicher. »Du hast recht daran getan, gleich hierherzukommen«, sagte sie. »Du besitzt gesunden Menschenverstand. Du wirst von jetzt an hier leben, wie wir es schon vor dieser nutzlosen Reise besprochen haben.« Sie unterbrach sich, und ihre Gesichtszüge wurden wieder hart. »Du weißt sicher, daß mein Sohn während deiner Abwesenheit verstorben ist?«

»Ja«, sagte ich. »Es tut mir leid.«

»Mir auch, aber wir begraben die Toten, damit sich die Lebenden weiterhin abmühen können. Jacob war ein braver Mann, aber er hat einen ausgeprägten Hang zum Leiden besessen. Er hat sich alles viel zu sehr zu Herzen genommen, und sein Herz hat dem enormen Druck nicht standgehalten. Diese Lektion solltest du dir gut merken«, sagte sie und sah mich mit großen Augen an. »Man muß sein Herz in einer Schatulle aufbewahren, um es zu schützen. Man darf seine Zuneigung, sein Mitgefühl und seine Empfindungen nicht zu billig verkaufen, denn jedesmal, wenn man das tut, zahlt man drauf.

Du wirst hier noch viele andere Lektionen lernen«, sagte sie und richtete ihren Blick weiterhin so gebannt auf mich, daß ich es nicht wagte, die Augen abzuwenden.

»Wie ich dir schon vor deiner Abreise gesagt habe, hast du, und das ist mir nicht entgangen, Charaktereigenschaften an den Tag gelegt, die man, obgleich sie im Moment noch reichlich unausgeformt sind, fördern kann, um dich zu einem stärkeren

Menschen zu machen, zu einer Person, die den Dingen des Lebens gewachsen ist. Das funktioniert jedoch nur, wenn du gut zuhörst und gehorchst. Ich habe nicht die Absicht, die qualvolle Vergangenheit noch einmal zu durchleben, die deine Mutter mir beschert hat«, warnte sie mich. »Solange du unter diesem Dach lebst, wirst du dich gut benehmen, und du wirst nichts tun, was diese Familie in Verruf bringt.«

»Vielleicht ist es doch keine so gute Idee«, wandte ich ein. »Vielleicht sollte ich lieber wieder bei Tante Sara einziehen.«

»Und was könntest du dort wohl lernen? Selbstmitleid? Ha. Und außerdem hat sie mit ihrem behinderten Kind mehr als genug zu tun.«

»Ich kann ihr helfen. Ich kann ...«

»Du kannst dein Leben dort vergeuden«, beendete sie meinen Satz. Ihre kalten Augen wurden etwas freundlicher. »Da deine Mutter angeblich tot ist, erwartet ohnehin alle Welt von mir, daß ich mich deiner jetzt annehmen werde. Was glaubst du wohl, wie ich dastehe, wenn ich es zulasse, daß Sara ausgerechnet jetzt, nachdem sie Jacob verloren hat, noch eine weitere Last aufgebürdet wird?«

»Dann sorgst du dich also nur um deinen eigenen Ruf«, sagte ich, und sie nahm so schnell wieder eine so steife Haltung ein, daß es aussah, als hätte ein Stromschlag sie durchzuckt.

»Ich hatte gehofft, du würdest einsehen, daß ich dir eine Chance biete, nach der sich andere Mädchen in deinem Alter verzehren würden. Ja, meine Motive sind selbstsüchtig, aber sie dienen nicht mir selbst. Sie dienen dieser Familie. Dem guten Namen dieser Familie, ihrer Ehre und ihrem Ruf, und das sind die Dinge, die wirklich zählen, Melody. Das wirst du bei mir lernen, und nach einer Weile wirst du es verstehen.

Menschen ohne Familiensinn und Stolz sind schwach, und ihre Schwäche und ihr Mangel an Selbstbeherrschung fallen auf ihre ganze Familie zurück. Du brauchst dir doch nur diese Frau anzusehen, die du immer noch beharrlich deine Mutter nennst. Ist sie etwa stolz auf sich? Nun, was ist?« hakte sie nach.

»Nein«, gestand ich zögernd.

»Willst du so sein wie sie?« bohrte sie weiter. Ich blickte auf, und die Glut in meinen Augen entlockte ihr ein Lächeln. Dann nickte sie. »In deinen Adern fließt das Blut meiner Familie, und zwar mehr, als dir lieb ist«, sagte sie. »Also gut. Du wirst in das Zimmer einziehen, das früher einmal Haille bewohnt hat. In Erwartung dieses Tages habe ich es bereits für dich herrichten lassen. Du wirst hier leben, aber du wirst trotzdem deine Pflichten übernehmen und selbst für Ordnung sorgen. Loretta ist für meine persönlichen Belange engagiert, und sie wird nicht die Zeit haben, dich von vorn und hinten zu bedienen. Und außerdem haben wir genau diesen Fehler bei Haille gemacht: Wir haben sie zu reich beschenkt und sie verwöhnt. Genaugenommen ist Samuel derjenige gewesen, der sie verzogen hat, und du weißt selbst, welchen Dank er dafür geerntet hat.

Ich erwarte von dir, daß du weiterhin gute Noten nach Hause bringst. Außerdem erwarte ich von dir, nein, ich *verlange* es, daß du sowohl gesellschaftlich als auch in deinem privaten Umgang nur in den besten Kreisen verkehrst. Ich will niemals auch nur andeutungsweise hören müssen, daß du mit diesen scheußlichen Dingen in Berührung gekommen bist, die junge Leute in deinem Alter heutzutage tun. Kein Alkohol, kein Rauschgift, keine Promiskuität, und du wirst auch nicht in dieser albernen Kleidung herumlaufen, die die Jugend von heute für modisch hält.

Ich werde es so arrangieren, daß du Privatunterricht bekommst, der dich auf das College vorbereitet, damit du nach dem Abschluß an der Highschool in einem Jahr reibungslos dein Studium beginnen kannst«, sagte sie in einem ruhigeren Tonfall. »Dennoch gibt es, wie ich bereits sagte, Dinge, die du schlichtweg dadurch lernen wirst, daß du hier lebst und beobachtest, was um dich herum vorgeht, Dinge, die du in keiner Schule lernen kannst. Du darfst jetzt nach oben gehen und dich ausruhen. Du siehst müde aus. Komm in zwei Stunden wieder nach unten, wenn du etwas zu Abend essen möchtest.«

»Wo ist Großpapa Samuel?« fragte ich.

»Er schläft auf einem Liegestuhl hinter dem Haus. Damit verbringt er im Moment seine Zeit . . .« Sie hatte die Stimme gesenkt und sprach so leise, als hätte sie vergessen, daß ich auch noch da war. »Was ist? Warum stehst du noch herum?«

»Ich bin nicht sicher, welches Zimmer früher meiner Mutter gehört hat«, sagte ich schnell und schaute die Treppe hinauf.

»Die erste Tür links«, sagte sie. »Das Zimmer ist frisch geputzt, das Bad auch. Sorg dafür, daß alles in seinem jetzigen Zustand bleibt. Im Kleiderschrank und in der Kommode findest du etwas zum Anziehen. Ich habe diese Dinge bereits am Tag nach deiner Abreise für dich kaufen lassen«, fügte sie triumphierend hinzu.

»Ich wünschte, ich könnte die Zukunft genauso glasklar in einer Kristallkugel sehen wie du«, erwiderte ich trocken.

»Der Tag wird noch kommen«, sagte sie voller Zuversicht. Dann sah sie mich an, als überlegte sie, ob sie mich in meinem neuen Zuhause willkommen heißen sollte oder nicht. Sie sagte jedoch nichts, nickte und wandte sich dann ab, um durch die Eingangshalle in ihr Wohnzimmer zu gehen.

Ich kam mir vor wie jemand, dem man den Schlüssel zu einem Motelzimmer gegeben und den man angewiesen hat, sich allein zurechtzufinden, als ich die Treppe hinaufstieg. Vor der ersten Tür links blieb ich stehen, holte tief Atem und öffnete sie dann. Mein neues Zuhause, dachte ich, als ich mich in dem Zimmer umsah.

Falls dieses Zimmer früher auch nur den geringsten Hauch von Weiblichkeit aufgewiesen hatte, dann hatte Großmama Olivia ihn getilgt. Es wirkte fast so spartanisch wie eine Zelle in einem Nonnenkloster. Die Wände waren dunkelbraun tapeziert, ohne jedes Muster, und vor den Fenstern hingen schlichte weiße Gardinen. Auf einem schmucklosen Bett ohne Kopfteil lagen eine beigefarbene Decke und ein Kissen mit einem farblich passenden Bezug. In einer Ecke stand ein kleiner Schreibtisch, auf dem etliche Blocks, Federhalter, Bleistifte und ein Anspitzer lagen. Ansonsten gab es nur noch ein einziges weiteres Möbelstück, nämlich eine Kommode aus dunklem Fichtenholz mit sechs Schubladen, und neben dem Bett stand ein Nachttisch, ebenfalls aus dunklem Fichtenholz.

Nirgends war etwas von einer Frisierkommode zu sehen, und es gab auch nur einen einzigen Spiegel, nämlich den über dem Waschbecken im Bad. Selbstverständlich gab es kein Telefon im Zimmer und auch kein Fernsehgerät oder ein Radio. Als ich den Kleiderschrank öffnete, fand ich ein halbes Dutzend schlichte Kleider, zwei knöchellange Röcke und einige Blusen, die farblich darauf abgestimmt waren. In den Schubladen der Kommode entdeckte ich Unterwäsche, Socken und ein paar Wollpullover für kühlere Tage.

Ich öffnete meinen Koffer, packte die beiden Kleider aus, die Hollys Schwester mir gekauft hatte, und hing sie in den Kleiderschrank. Neben derart unauffälligen, billigen und praktischen Kleidungsstücken nahmen sie sich nahezu absurd aus. Die passenden Schuhe stellte ich auf den Fußboden des Kleiderschranks, und für den chinesischen Fächer, den Billy Maxwell mir gekauft hatte, fand ich einen Platz auf dem Nachttisch. Ich gelobte mir, nicht zuviel Zeit vergehen zu lassen, ehe ich ihn und Holly anrief und mich bei den beiden noch einmal für alles bedankte, was sie für mich getan hatten.

Als ich mit dem Auspacken fertig war, setzte ich mich einen Moment lang auf das Bett und starrte durch den Spalt zwischen den Vorhängen auf den fernen Ozean. Das blaue Meer wirkte einladend, friedlich und beruhigend. Wenigstens würde mir dieser Ausblick vergönnt sein, wenn ich mich traurig fühlte, was in diesem Haus wohl häufig zu erwarten stand.

Ich sah mich noch einmal um und fragte mich, wie dieses Zimmer wohl ausgesehen hatte, als meine Mutter hier gelebt hatte. Großmama Olivia mußte mit der Wucht eines Orkans gewütet und alles herausgerissen haben, was darauf hinwies, daß meine Mutter einst hier gewohnt hatte. Das Zimmer war recht groß. Ich konnte noch erkennen, wo früher einmal Regale an der Wand gehangen hatten. Wahrscheinlich hatte meine

Mutter dort ihre Puppen und ihre Stofftiere aufbewahrt. Aus dem wenigen, was Cary mir erzählt hatte, konnte ich schließen, daß Großpapa Samuel sie verwöhnt und ihr alles gekauft hatte, was ihr kleines Herz begehrte. Ich fragte mich, ob all diese Dinge gemeinsam mit den Bildern, die Cary mir einmal gezeigt hatte, in den Keller verbannt worden waren oder ob alles verschenkt, wenn nicht gar verbrannt worden war. Großmama Olivia war etwas Derartiges durchaus zuzutrauen.

Ich lehnte mich auf dem Bett zurück. Die Reise war anstrengend gewesen, obwohl ich im Flugzeug und im Bus geschlafen hatte. Mir wurde klar, daß das, was ich empfand, eine tiefgreifende emotionale Erschöpfung war. Ich fühlte die Ermattung bis in die Knochen. Ein Nickerchen im Flugzeug und im Bus genügte nicht, um dieses Gefühl zu ersticken. Andererseits war ich aber auch hungrig. Ich sagte mir, ich würde einfach nur die Augen schließen, mich kurz ausruhen und dann, wie Großmama Olivia vorgeschlagen hatte, zum Abendessen nach unten gehen.

Als ich die Augen wieder öffnete, war es jedoch so dunkel, daß ich die Tür nicht sehen konnte. Der Himmel war jetzt bewölkt, und daher war kein Stern zu sehen. Ich blinzelte, setzte mich auf und lauschte. Es war still im Haus, und kaum ein Laut war zu vernehmen. Ich tastete nach dem Schalter der kleinen Nachttischlampe, und als das Licht anging, kniff ich die Augen zusammen. Dann sah ich auf die Uhr. Es war tatsächlich zwei Uhr nachts. Ich hatte nicht nur das Abendessen verschlafen; ich hatte bis weit in die Nacht hinein geschlafen! Ein Gefühl von Panik rieselte mir wie Eiswasser über den Rücken. Ich hatte vorgehabt, Cary direkt vor oder nach dem Abendessen anzurufen und ihm Bescheid zu geben, daß ich wieder da war. Er würde sich darüber ärgern, daß er nicht der erste war, den ich verständigt oder aufgesucht hatte. Jetzt würde es Stunden dauern, ehe ich ihn von meiner Rückkehr unterrichten konnte. Und ich wollte auch so schnell wie möglich rausfahren und Kenneth sehen. Es gab soviel zu tun, und mir fiel nichts Besseres ein, als wertvolle Zeit zu verschlafen.

Nachdem mich beim Aufwachen eine solche Panik befallen hatte, konnte ich natürlich nicht wieder einschlafen. Der berüchtigte Jetlag, vor dem mich alle gewarnt hatten, forderte seinen Tribut. Mein Körper wußte nicht, wie spät es war, und mein Magen knurrte. Ich stand auf, ging zur Tür und lugte hinaus. Ich konnte einen schwachen Lichtschein im Korridor und über den Treppenstufen sehen. Die Tür quietschte, als ich sie weiter öffnete. Dann schlich ich mich auf den Zehenspitzen hinaus und die Treppe hinunter, und jede einzelne Treppenstufe verriet mich mit einem Ächzen, als ich hinabstieg. Ich wollte niemanden stören, aber ich brauchte dringend etwas Eßbares, und wenn es nur ein Glas Milch und eine Scheibe Brot war, ganz gleich, was.

Auf meinem Weg durch den Korridor, der zur Küche führte, sah ich, daß Licht aus dem Wohnzimmer drang. Als ich die Tür erreicht hatte, blieb ich stehen und warf einen Blick hinein. Großpapa Samuel saß mit ausgestreckten Beinen auf einem Sessel. Seine Hände lagen auf seinem Bauch, und er schlief mit offenem Mund. Auf dem Tisch neben ihm standen eine Karaffe Cognac und ein halbvoller Schwenker. Ich setzte meinen Weg in die Küche fort und belegte mir dort eine Scheibe Brot mit kaltem Truthahn. Ich aß sie eilig auf und kam mir vor wie eine Diebin.

Plötzlich hörte ich ein Keuchen, und als ich den Blick auf die Küchentür richtete, sah ich Großpapa Samuel dastehen, der wirkte, als sei jegliches Blut aus seinem Gesicht gewichen.

»Mein Gott«, sagte er, ehe er wankend näher kam und dann mit weitaufgerissenen Augen stehenblieb. »Haille?«

»Nein, Großpapa. Ich bin es, Melody«, sagte ich. »Es tut mir leid, daß ich dich geweckt habe, aber ...«

»Melody?« Er rieb sich mit den Handflächen kräftig das Gesicht, und dann sah er mich noch einmal an. In seinen Augen stand ein Ausdruck von Verwirrung. »Melody?«

»Ja, Großpapa. Ich hatte Hunger. Ich bin eingeschlafen und habe das Abendessen verpaßt, und ...«

»Ach so. Ja, sicher, Olivia hat es mir erzählt. Sie hat Loretta hochgeschickt, damit sie nach dir sieht.« Er schüttelte den Kopf. »Aber im ersten Moment . . . deine Mutter ist früher oft sehr spät nach Hause gekommen, und dann ist sie in die Küche gegangen und hat sich etwas zum Futtern gesucht. Oft hatte sie zuviel getrunken«, fügte er flüsternd hinzu, »aber davon habe ich Olivia nichts erzählt. Ich habe dafür gesorgt, daß sie auch wirklich etwas Eßbares zu sich nimmt, und dann habe ich sie gleich ins Bett geschickt.«

»Also dann«, fuhr er fort und wirkte immer noch ein wenig verwirrt. »Ich schätze, es ist schon ziemlich spät. Ich sollte jetzt nach oben gehen.« Großpapa Samuel warf einen Seitenblick auf mich. Er schien im Zwiespalt zu sein. Es war, als traute er mir immer noch nicht, traute seinen eigenen Augen nicht. »Ich habe dich gar nicht zur Haustür hereinkommen hören, Haille«, sagte er nach einem langen Moment. Dann schüttelte er den Kopf. »Ich sollte jetzt besser schlafen gehen. Ich schließe die Haustür wieder ab. Olivia hat den Schlüssel im Schloß umgedreht, als du nicht rechtzeitig nach Hause gekommen bist. Sie hat gesagt, ich soll dich ruhig auf der Straße schlafen lassen, aber ich habe die Haustür, wie üblich, wieder aufgeschlossen, als sie nach oben gegangen ist.«

»Was? Großpapa . . . ich bin es, Melody«, sagte ich leise und war verwundert über sein Benehmen. Vielleicht hatte ich einen Schlafwandler vor mir. Der noch dazu im Schlaf redete.

Er lächelte.

»Dann haben wir beide also noch ein kleines Geheimnis mehr miteinander, abgemacht? Und daß du mir morgen früh bloß nicht verschläfst«, warnte er mich und schwenkte drohend den rechten Zeigefinger. Dann lächelte er wieder. »Gute Nacht.«

Er wandte sich ab und stieg langsam die Treppe hinauf, und als er sich schlurfend entfernte, wirkte er mehr denn je wie ein alter Mann. Ich spülte das Geschirr, das ich benutzt hatte, und wischte den Tisch ab, sorgsam darauf bedacht, jegliche Spur meines nächtlichen Imbisses zu verwischen. Als ich die Treppe erreichte, schleppte sich Großpapa Samuel gerade die letzten Stufen hinauf und machte sich stöhnend auf den Weg zu dem Schlafzimmer, das er mit Großmama Olivia teilte.

Ich begab mich eilig wieder in mein Zimmer und schloß die Tür. Dann zog ich mich aus, schlüpfte in eines der neuen Nachthemden, die ich in der Kommode gefunden hatte, und kroch ins Bett. Jetzt hatte sich mein Magen endlich wieder beruhigt, aber dafür schwirrte mir der Kopf bei dem Versuch, Großpapa Samuels seltsames Benehmen zu begreifen. So ähnlich sah ich meiner Mutter wirklich nicht, oder etwa doch? fragte ich mich. Und nachdem ich ihm gesagt hatte, wer ich war, war ihm anscheinend alles wieder eingefallen. Warum also hatte er es gleich wieder vergessen und mit mir geredet, als sei ich Haille und als lebte er zwanzig Jahre eher, in einer fernen Vergangenheit?

»Da siehst du es selbst. Es ist Melody, unsere Enkelin. Melody, nicht Haille«, beharrte Großmama Olivia, als ich das Eßzimmer am nächsten Morgen rechtzeitig zum Frühstück betrat. Ich hatte mich noch im Bett geräkelt, als ich gehört hatte, wie die beiden an meinem Zimmer vorbeigekommen waren, und daraufhin war ich gleich unter die Dusche gehuscht und hatte mich so schnell wie möglich angezogen. Großpapa Samuel blickte von seinem Schälchen Hafergrütze auf, nickte und lächelte mich an, als ich am Tisch Platz nahm. Er trug ein Freizeitjackett und eine Krawatte, aber er hatte sich beim Rasieren ungeschickt angestellt. Auf seinem Kinn und auf seinen Backen waren stellenweise dichte graue Bartstoppeln zu sehen.

»Letzte Nacht hat er phantasiert und konnte sich gar nicht mehr beruhigen«, fuhr Großmama Olivia fort. »Er hat wieder einmal dummes Zeug geredet und mir erzählt, Haille sei zurückgekommen.«

»Guten Morgen, Großpapa Samuel«, sagte ich und war besorgt, er könnte etwas von meinem nächtlichen Ausflug in die Küche verraten, aber seine Augen wirkten glasig und schienen in die Ferne zu schauen. Ich sah Großmama Olivia fragend an.

»Die Realität entgleitet ihm zunehmend«, murmelte sie. »Dieser senile Narr.«

»Wovon sprichst du, Olivia?« fragte er. »Wer ist sensibel?«

»Von sensibel war hier überhaupt nicht die Rede, du Dummkopf«, fauchte sie ihn an. »Ich will, daß du heute noch wegen dieses Hörgeräts zum Arzt gehst. Ich habe Raymond schon gesagt, daß er dich hinfahren soll.«

»Ach so. Natürlich, das tue ich doch gern. Heute habe ich Zeit«, sagte er, und sie lachte.

»Hast du das gehört? Heute gestattet ihm sein hektischer Alltag ausnahmsweise etwas Zeit.«

Ich sah ihn an. Er wirkte unglaublich verändert, und diese Veränderungen hatten sich so schnell an ihm vollzogen, fand ich. Ich schaute Großmama Olivia wieder an, und sie sah die Verwirrung, die mir ins Gesicht geschrieben stand.

»So ist er seit Jacobs Tod«, erklärte sie. »Dieser Verlust hat ihn getroffen wie ein Vorschlaghammer und ihn innerhalb von Minuten um Jahre altern lassen.«

Großpapa Samuel pustete in seinen Löffel mit Hafergrütze und sah dabei geistesabwesend vor sich hin. Er schien durch mich hindurchzuschauen.

»Das ist aber wirklich ein Jammer«, sagte ich.

»Wie so vieles im Leben«, belehrte mich Großmama Olivia. »Und gerade deshalb ist es so wichtig, daß man lernt, wie man mit unerfreulichen Dingen umgeht, wie man hinnimmt, was sich nicht ändern läßt, und wie man das eigene Leben im Rahmen des Möglichen weiterführt. Vergeude deine Zeit nie mehr auf ein Unterfangen, das ohnehin zum Scheitern verurteilt ist. Dazu ist deine Zeit zu kostbar. Du bist noch jung und deshalb glaubst du, du würdest ewig jung bleiben, aber eines Tages wirst du aufwachen und feststellen, daß du die Runzeln und die grauen Haare nicht mehr zählen kannst, und du wirst Schmerzen und Wehwehchen haben, wie du sie vorher nie gehabt hast.«

Sie wandte sich wieder an Großpapa Samuel.

»Wenn du noch länger in deine Hafersuppe pustest, Samuel, dann wird sie eiskalt sein. Iß sie endlich.«

»Was ist los? Ach ja. Ich habe heute Zeit. Ich habe Zeit«, murmelte er vor sich hin.

»Ich weiß selbst nicht, warum ich mir noch diese Mühe mit ihm mache«, sagte Großmama Olivia. »Er wird schon bald im Zimmer neben meiner Schwester untergebracht werden. Du wirst es ja sehen.«

»Vielleicht legt es sich ja mit der Zeit . . .«, sagte ich.

»Mit der Zeit wird es nur immer schlimmer werden. Es ist zwecklos, Tränen darüber zu vergießen. Wie sehen deine Pläne für heute aus? Hast du alles, was du für den Schulanfang brauchst? Ich glaube, nächste Woche beginnt die Schule wieder, wenn ich mich nicht irre.«

»Ja, das ist richtig. Ich habe alles, was ich brauche. Ich hatte gehofft, ich könnte heute Cary, Tante Sara und May besuchen«, sagte ich.

»Diese erbärmliche Frau. Tag und Nacht heult sie und tut sonst nichts anderes. Ihre Augen sind derart blutunterlaufen – es ist das reinste Wunder, daß sie noch etwas damit sehen kann.«

»Ich bin sicher, daß es für sie alle sehr schwer gewesen ist«, sagte ich und erinnerte mich wieder daran, wie gräßlich mir nach dem Tod meines Stiefvaters Chester zumute gewesen war.

»Jacob hatte eine gute Lebensversicherung abgeschlossen. Für ihre gewohnte Lebensweise ist die Summe ausreichend, und ich habe dafür gesorgt, daß immer etwas Geld im Haus war. Sie werden schon nicht verhungern oder auf das Notwendigste verzichten müssen«, sagte sie mit gepreßter Stimme.

»Ich rede über mehr als nur Geld«, sagte ich und wunderte mich darüber, daß sie keinerlei Gefühlsregungen zeigte, wenn sie über den Tod ihres Sohnes sprach.

Sie lachte, als hätte ich etwas unglaublich Albernes gesagt.

»Gewiß, und falls du herausfinden solltest, was dieses andere Etwas ist, dann laß es mich wissen.«

»Das weißt du doch längst. Ich spreche von Liebe, von Mitgefühl, von Freundschaft . . .«

»Niemand liebt einen anderen Menschen mehr als sich selbst. Das wirst du mit der Zeit selbst feststellen.«

»Ich hoffe nicht«, sagte ich.

»Du hast bereits deine eigenen Erfahrungen damit gemacht«, erwiderte sie. »Was könnte intensiver sein als die Liebe einer Mutter zu ihrem eigenen Kind? Und doch liebt deine Mutter sich selbst mehr als dich. Bilde dir bloß nicht ein, mit der Liebe zwischen Mann und Frau verhielte es sich anders. Männer und Frauen benötigen einander, und sie geloben alles mögliche, wenn sie jung und verliebt sind, und im Lauf der Zeit beginnen sie, sich auseinander zu leben. Dann werden die eigenen Interessen wieder die Hauptinteressen. Ehe man sich versieht«, sagte sie und warf einen Blick auf Großpapa Samuel, der in den nächsten Löffel Haferschleim pustete, »sind fünfunddreißig Jahre vergangen, und man kennt den Mann kaum, mit dem man sein Bett teilt. Man kann noch von Glück sagen, wenn er einen nicht mit einem falschen Namen anspricht.

Setze bloß nicht zuviel Vertrauen in die große Liebe, Melody.«

»Und woran glaubst *du*, Großmama Olivia?«

»Das habe ich dir doch schon gesagt. An den Namen der Familie, an ihren Ruf und an die Selbstachtung.« Sie tupfte sich mit ihrer Serviette die Lippen ab und erhob sich. »Heute, aber auch nur heute, werde ich es Raymond erlauben, daß er dich zu Sara rüberfährt, ehe er Samuel zum Ohrenarzt bringt, aber ich habe nicht vor, ihn jedesmal zu entbehren, wenn du es dir in den Kopf setzt rüberzufahren.«

»Samuel«, fauchte sie ihn an. »Hast du die Absicht, den ganzen Vormittag mit deinem Essen zu spielen?«

»Was? Ist etwas? Ist es schon an der Zeit für mich?«

»Du bist schon lange überfällig«, sagte sie wehmütig. Die Traurigkeit in ihrer Stimme entging mir nicht, und ich starrte sie einen Moment lang an. Sie nahm meinen Blick sehr schnell wahr und erhob sich vom Tisch. »Iß dein Frühstück auf, Melody. Ich sage Raymond Bescheid, daß er vor dem Haus auf dich warten soll.«

Sowie ich mein Frühstück beendet hatte, stieg ich zu Großpapa Samuel in den Wagen. Als Raymond mich zu Tante Sara brachte, rechnete ich damit, daß Cary sicher schon mit dem Boot hinausgefahren war, doch als ich aus dem Wagen stieg und an die Tür klopfte, war er derjenige, der mir öffnete. Im ersten Moment füllten sich seine Augen mit Erstaunen, das jedoch gleich von Freude abgelöst wurde.

»Melody! Du bist wieder da!«

»Hallo, Cary«, sagte ich lächelnd.

Er kam auf mich zu und wollte mich umarmen, doch dann sah er Großmama Olivias Wagen, der gerade abfuhr.

»Was hat Raymond hier zu suchen? Wo sind deine Koffer? Wie lange bist du schon in Provincetown?« fragte er und warf mir eine Frage nach der anderen an den Kopf.

»Ich bin gestern angekommen, aber ich war so müde von der Reise, daß ich eingeschlafen bin, sowie mein Kopf das Kissen berührt hat, und ich habe bis tief in die Nacht hinein geschlafen«, sagte ich.

»Geschlafen? Wo hast du geschlafen? Du bist auf direktem Wege zu Großmama Olivia gefahren? Warum denn das?«

»Wo sind Tante Sara und May?« fragte ich anstelle einer Antwort.

»Im Haus. Was geht hier vor? Warum bist du zuerst zu Großmama Olivia gefahren? Du wirst doch nicht etwa bei ihr einziehen, oder?« fragte er barsch.

»Doch, Cary. Ich werde bei ihr wohnen.«

»Warum?«

»Du weißt selbst, daß wir diese Diskussion vor meiner Abreise schon einmal hatten, als ich gerade erst erfahren hatte, daß Richter Childs mein wirklicher Großvater ist und Kenneth mein Onkel.«

»Ja, aber ...«

»An alledem hat sich nichts geändert, Cary, und da meine Mutter in Wirklichkeit nicht tot und begraben ist . . .«

»Aber niemand weiß etwas davon, und da Dad jetzt nicht mehr lebt . . .«

»Das ist es ja gerade. Ich . . . ich halte es im Moment für die beste Lösung. Deine Mutter hat ohnehin schon genug zu tun, und ich meine, gerade weil alle glauben, daß meine Mutter tot und begraben ist, ist Großmama Olivia der Auffassung, es sei besser für alle Beteiligten. Aber ich werde dich täglich sehen, wie ich es dir schon vor meiner Abreise versprochen habe«, fügte ich eilig hinzu.

Seine grünen Augen schienen mich zu durchbohren, und seine Lippen verzogen sich zu einem hämischen Lächeln.

»Ich hätte nicht geglaubt, daß du nach deinem Aufenthalt in Kalifornien immer noch an diesem Entschluß festhältst, aber nachdem du jetzt einen Vorgeschmack auf Reichtum und Ruhm bekommen hast, ist es dir vermutlich lieber, in der großen Villa zu leben, stimmt's?«

»Nein, darum geht es überhaupt nicht«, protestierte ich und schüttelte energisch den Kopf.

»Es steht absolut außer Frage, daß sie weitaus mehr für dich tun kann als wir«, fuhr er fort und verschränkte die Arme vor der Brust. Er zog die Schultern zurück. »Ich kann dir keinen Vorwurf daraus machen.«

»Hör auf, so mit mir zu reden, Cary. Du verstehst das alles nicht.«

»Oh, ich verstehe es sehr wohl. Das ist ja gerade mein Problem. Ich verstehe es viel zu gut«, sagte er.

Diesmal ließ ich meinen Tränen freien Lauf.

»Der Besuch bei meiner Mutter war die reinste Katastrophe. Zuerst hat ihr Freund Archie oder Richard Marlin, oder wer auch immer er in Wirklichkeit ist, versucht, mich in einem Pornofilm unterzubringen, und Mommy hatte nicht das geringste dagegen einzuwenden«, sagte ich. Ein Teil der herablassenden Kälte fiel von Cary ab. »Dann hat er versucht . . . er hat versucht, mich zu vergewaltigen, und sie hat ihm geglaubt, als er behauptet hat, es sei alles nur meine Schuld gewesen. Sie war froh, als ich endlich abgereist bin. Sie macht allen vor, sie sei nicht viel älter als ich. Sie hat den Leuten erzählt, ich sei ihre Schwester, und ich mußte mich sogar tatsächlich als ihre Schwester ausgeben.

Ich habe keine Eltern mehr. Ich habe keinen Menschen mehr auf Erden, der sich wirklich etwas aus mir macht!« rief ich aus.

»Du hast mich, Melody, und du hast May und meine Mutter. Du weißt genau, daß sie jemanden braucht, der Lauras Platz in ihrem Herzen einnimmt.«

»Das ist es ja gerade ... Lauras Platz. Ich weiß das zu würdigen, aber ich muß ich selbst werden, und ich fürchte mich, Cary. Ich habe Angst, daß deine Mutter gerade jetzt, mehr denn je«, gestand ich und wandte dabei die Augen ab, »mehr denn je von mir wollen wird, daß ich Laura für sie bin. Es tut mir leid«, sagte ich und wischte mir die Tränen aus dem Gesicht. Er blieb stumm.

»Ich weiß, was du meinst, aber ... es ist nur so, daß ...«

»Du glaubst im Ernst, daß ich bei Großmama Olivia leben möchte? Sie ist grausam auf eine Art, die ich nicht nachvollziehen kann, aber sie ist stark, Cary, und wenn es jemals einen Zeitpunkt gegeben hat, zu dem ich einen starken Menschen wirklich gebraucht habe, dann ist das jetzt.«

»Ich bin stark«, behauptete er.

»Das bist du, aber du mußt jetzt in erster Linie für deine Mutter und für deine Schwester stark sein, und zwar gerade im Moment«, sagte ich. »Später, wenn das Schlimmste vorüber ist, möchte ich, daß du auch für mich stark bist.«

Diese Worte zauberten ein liebevolles Lächeln auf sein Gesicht. Er dachte einen Moment lang nach, und dann nickte er und kam näher, um mich zu umarmen. Ich fand es wundervoll, seine starken Arme um meinen Körper zu spüren. Ich wünschte, ich hätte mit ihm verschmelzen und mich für immer und ewig in seiner Liebe sicher und geborgen fühlen können.

Er küßte mir eine letzte Träne aus dem Gesicht und strich mir das Haar zurück.

»Ich dachte schon, ich hätte dich für alle Zeiten verloren«, sagte er. »Ich habe geglaubt, du würdest dich in Hollywood verlieben.«

»Es war mir verhaßt, Cary, oder zumindest alles, was ich davon mitbekommen habe. Das ist nicht der richtige Ort für mich und auch nicht für meine Mutter, aber ihr ist das bisher noch nicht klar. Ich fürchte, wenn sie es endlich begreift, wird sie daran zugrunde gehen.«

»Großmama Olivia hat recht, Melody. Du mußt Haille unbedingt vergessen. Du bist zu uns zurückgekehrt. Hier bist du zu Hause. Und jetzt mußt du anfangen, dir Gedanken über die Zukunft zu machen.« Er sah mich verlegen an. »Ich hätte nie geglaubt, daß ich einmal einer Meinung mit ihr sein würde.«

»Das ist mir klar. Ich sage es nur äußerst ungern, aber ich glaube tatsächlich, wir können beide eine ganze Menge von ihr lernen.«

Er lachte, und dann wurde er wieder ernst.

»Ich nehme an, du hast schon gesehen, wie schlecht es Großpapa Samuel geht.«

»Ja. Es ist, als sei in seinem Kopf eine Sicherung durchgebrannt, als dein Vater gestorben ist.«

Cary nickte, und jetzt funkelten auch in seinen Augen Tränen. Er schluckte und lächelte dann wieder.

»Tja, May wird sehr froh sein, dich zu sehen, und Ma freut sich bestimmt auch. Komm rein«, fügte er hinzu und trat zur Seite. Er gab mir noch einen Kuß auf die Wange, und dann gingen wir ins Haus.

May saß zu Tante Saras Füßen und las, und Tante Sara war mit einer Handarbeit beschäftigt. Ihre Hände bewegten sich mechanisch, und ihre Gedanken weilten eindeutig in weiter Ferne. Sie blickte langsam auf, und als sie mich sah, breitete sich auf ihrem Gesicht ein wunderbares liebevolles Lächeln aus, das

Lächeln, das ich gern auf dem Gesicht meiner Mutter gesehen hätte, das mir von ihr jedoch versagt geblieben war.

»Melody!« Sie legte ihre Handarbeit zur Seite, und diese Geste weckte Mays Aufmerksamkeit. In dem Moment, in dem May mich sah, strahlte sie vor Glück, und sie sprang sofort auf und warf sich in meine Arme. Ich hielt sie fest an mich gedrückt, bis sie einen Schritt zurückwich und mit einer solchen Geschwindigkeit in Zeichensprache auf mich einredete, daß ich beim besten Willen nicht mithalten konnte.

»Langsamer«, bedeutete Cary ihr. »Sie hat so viele Fragen an dich, daß sie dich schneller erschöpfen wird als eine Reise ans andere Ende des Landes.«

Ich lachte und trat vor, um Tante Sara zu umarmen.

»Es tut mir ja so leid, Tante Sara.«

»Ich weiß, daß es dir leid tut, Liebes. Er hat einen harten Kampf ausgefochten. Die Ärzte sagen, daß er bis zum bitteren Ende gekämpft hat. Er hat sich nicht so leicht geschlagen gegeben.«

»Dad doch nicht«, sagte Cary voller Stolz. »Er war ein echter Logan.«

Einen Moment lang dachte ich an die Worte, die Großmama Olivia in bezug auf die Würde der Familie ausgesprochen hatte, und Carys Stolz entlockte mir ein Lächeln.

»Komm, setz dich zu mir, und erzähl uns alles über deine Reise. Wo sind deine Koffer? Hat Cary sie schon nach oben getragen?« fragte sie und sah von mir zu ihm. Cary sagte kein Wort.

»Ich werde die nächste Zeit bei Großmama Olivia wohnen, Tante Sara. So, wie es derzeit um Großpapa Samuel bestellt ist, glaube ich, sie wünscht sich meine Gesellschaft«, erklärte ich. Das war noch nicht einmal so sehr gelogen, sagte ich mir. Tatsächlich hoffte ich sogar, daß es der Wahrheit entsprach.

»Oh, ich verstehe«, sagte sie und bemühte sich sehr, ihre Enttäuschung zu verbergen. Sie zwang sich zu einem Lächeln. »Wenn ich es mir recht überlege, kann sie wirklich viel für dich tun. Selbstverständlich solltest du bei ihr einziehen. Das ist eine sehr gute Idee. Dann war diese Frau wohl doch nicht Haille?«

Ich schaute Cary an, und seine Augen sagten mir, daß er ihr kein Wort erzählt hatte.

»Nein, Tante Sara, die Frau, die ich dort angetroffen habe, war nicht die Mutter, die ich zu finden gehofft hatte.«

»Was für ein Jammer.« Sie lächelte gepreßt und nickte. »Aber wenigstens bist du jetzt wieder hier bei uns, zu Hause bei deiner Familie. Du mußt uns alles über Kalifornien erzählen. Ich bin nie dort gewesen.«

Ich setzte mich neben Tante Sara auf das Sofa und berichtete ihnen von meiner Reise. May saß zu meinen Füßen und beobachtete meine Hände, und Cary nahm auf dem Sessel Platz, den ehemals sein Vater für sich beansprucht hatte. Er lauschte meiner Schilderung und ließ mich keinen Moment lang aus den Augen.

Wir aßen zusammen zu Mittag, und dann gingen Cary und ich mit May am Strand spazieren, wie wir es früher immer getan hatten.

»Während du fort warst, sind May und ich oft hier gewesen. Ich habe mir vorgestellt, du seist bei uns. Es ist mir leichtgefallen, weil sie nichts hört, und daher konnte ich mich laut mit dir unterhalten. Ich weiß nicht, wie oft ich dir gesagt habe, daß ich dich liebe.«

»Ich habe dich jedes einzelne Mal gehört«, sagte ich. Seine Hand schloß sich fester um meine.

»Kannst du zum Abendessen bleiben?«

»Ich glaube, zum Abendessen sollte ich besser wieder bei Großmama Olivia sein, aber heute nachmittag will ich dringend Kenneth sehen, und ich hatte gehofft, du könntest mich zu ihm rausfahren«, sagte ich.

Cary wandte sich eilig ab.

»Was ist los?« fragte ich.

»Ich bin gestern draußen gewesen«, sagte er. »Kenneth ist ... verändert. Ich glaube, er fühlt sich überfordert. Es ist wohl eine

Summe von Dingen, die zusammengekommen sind – die Vollendung seines großen Werks, die Entdeckung deiner Freundin, daß Haille noch am Leben ist, deine Abreise . . . all das hat schmerzliche Erinnerungen in ihm geweckt, Erinnerungen, die er vorher durch seine Arbeit verdrängen konnte.«

»Was fehlt ihm?«

»Er hat sehr viel getrunken. Wenn du es genau wissen willst, ich habe ihn schlafend am Strand vorgefunden, und Ulysses hat winselnd neben ihm gestanden. Ich habe ihm ins Haus geholfen. Offenbar hat er die ganze Nacht draußen am Meer verbracht.«

»Oh nein, Cary.«

»Ich weiß nicht recht, ob du ihn wirklich besuchen solltest.«

»Jetzt erst recht, Cary. Ich sollte ihn jetzt erst recht besuchen«, sagte ich.

Meine Worte kamen so nachdrücklich und entschieden heraus, daß ich selbst überrascht war.

»Du glaubst, dein eigenes Unglück und deine eigenen Sorgen erlauben es dir trotz allem, einem anderen Menschen zu helfen?« fragte er zweifelnd.

»Gerade deswegen muß ich es tun«, erwiderte ich und dachte an einige der Dinge, die Großmama Olivia gesagt hatte. »Es ist wichtig, daß man lernt, wie man mit unerfreulichen Dingen umgeht, wie man hinnimmt, was sich nicht ändern läßt, und wie man das eigene Leben im Rahmen des Möglichen weiterführt.«

»Und du glaubst, daß du etwas gegen Kenneths Unglück unternehmen kannst?« fragte er voller Skepsis und Erstaunen.

»Ja«, sagte ich und blickte auf die blauen Wellen hinaus, die auf uns zugerollt kamen. »Ja, das glaube ich.«

12
Stetiger Abstieg

Der Wind nahm beträchtlich an Stärke zu, als wir über den holprigen Dünenpfad zu Kenneths Haus fuhren. Ich konnte sehen, wie sich die Wellen des Meeres an den Felsen brachen und Gischt aufsprühte, und die Möwen machten den Eindruck, als kostete es sie Mühe, ihren Kurs zu halten. Der Himmel war immer noch recht blau, doch vom Horizont her schlängelten sich langgestreckte düstere Wolken mit unheilverkündend grauen Gesichtern auf uns zu.

»Ein leichter Nordostwind zieht auf«, sagte Cary. »Heute nacht wird es in Strömen regnen.«

Wir hielten neben Kenneths Jeep an, und uns fiel auf, daß die Tür neben dem Fahrersitz weit offenstand. Ich stieg langsam aus dem Lastwagen aus, ging auf den Jeep zu und sah mir die zahlreichen leeren Bierflaschen und die leeren Imbißtüten an, die auf dem Boden verstreut waren. Dazwischen lagen ein paar alte Pommes frites und kleine Ketchuptüten.

»Ich glaube, er hat seine Batterie komplett aufgebraucht«, sagte Cary, der mir über die Schulter sah. Er wies mit einer Kopfbewegung auf das Armaturenbrett. »Sieht ganz so aus, als hätte er die Scheinwerfer die ganze Nacht lang brennen lassen, nachdem er, von welcher Bar auch immer, zurückgekommen ist.«

Ich schüttelte den Kopf, und mein Herz schlug vor Besorgnis schneller, als wir auf das Haus zugingen. Die Tür war, wie üblich, nicht abgesperrt, aber nicht nur das, sie stand noch dazu einen Spalt weit offen. Das Haus war in einem noch übleren

Zustand als früher, ehe ich begonnen hatte, für Kenneth zu arbeiten. Es sah so aus, als hätte er seit meiner Abreise kein einziges Mal abgespült. In der Küche türmten sich Teller mit verkrusteten Essensresten. Gläser, die zum Teil noch mit schalem Wein, Whiskey, Bier und Cola gefüllt waren, standen überall herum, sogar auf den Fensterbänken.

Ich klopfte an die Tür, ehe ich in das Schlafzimmer schaute, doch Kenneth war nicht da. Ich wußte ohnehin nicht, wie er in diesem Schlafzimmer hätte schlafen können. Die Decken und das Bettzeug waren teilweise vom Bett gerissen und lagen auf dem Boden. Zwischen Kleidungsstücken und Schuhen, die er achtlos hatte fallen lassen, lag ein Kopfkissen. Ich watete durch das Chaos, und dann blieb ich stehen und bückte mich, um das Foto von Mommy und mir aufzuheben, das ich damals unter dem Bett gefunden hatte.

»Mann, stinkt das hier, findest du nicht auch?« sagte Cary. Ich sah verfaulte Essensreste und in einer Ecke etwas anderes, was wie ein Haufen Erbrochenes aussah. »Einfach ekelhaft. Was hast du da?«

»Ein Foto von mir und Mommy. Hast du schon im Bad nachgesehen?«

»Ja. Wahrscheinlich ist er in seinem Atelier«, sagte Cary. Er sah sich kopfschüttelnd in dem Zimmer um. »Ich habe dir ja schon gesagt, daß es schlecht um ihn bestellt ist, aber mir war nicht klar, wie schlimm es wirklich um ihn steht.«

»Wir sollten uns gleich auf die Suche nach ihm machen«, sagte ich, und wir liefen durch das Haus und waren beide froh, als wir an die frische Luft kamen. Ich warf einen Blick in den kleinen Teich, in dem Kenneth die Wasserschildkröte und ein paar Fische gehalten hatte. Zwei tote Fische trieben auf der Wasseroberfläche, und von der Schildkröte war nirgends etwas zu sehen.

Die Tür zum Atelier stand weit offen. Ich blieb im Eingang stehen und ließ meine Blicke über die Flaschen, die Teller, die Einwickelpapiere und die Bierdosen gleiten. Ein Sessel war umgefallen, und das kleine Sofa sah so aus, als fehlte ein Teil der Polsterung.

Kenneth lag der *Tochter des Neptun* zu Füßen. Er hatte sich zu einer embryonalen Haltung zusammengerollt und hielt eine fast leere Whiskeyflasche in einer Hand. Seine Wangen waren unrasiert, sein Bart sehr struppig, sein Haar lang und ungekämmt. Er trug schmutzige Jeans, keine Schuhe und ein ausgewaschenes braunes T-Shirt, das an der rechten Seite einen langen Riß aufwies. Seine Augen waren fest zugekniffen, und sein Gesicht war zu einer Grimasse verzerrt. Es sah ganz so aus, als hätte er einen gräßlichen Alptraum.

Ulysses, der an seiner Seite schlief, erhob sich mit großer Mühe und kam zur Begrüßung schwanzwedelnd auf uns zu.

»Oh Ulysses, du armes kleines Kerlchen«, sagte ich, als er mir die Hände und das Gesicht ableckte. »Wann bist du wohl das letzte Mal gefüttert worden?«

»Wahrscheinlich hat er die Teller abgeschleckt, sich von Essensresten ernährt«, warf Cary ein.

Wir sahen beide wieder Kenneth an. Er hatte sich nicht gerührt.

»Vielleicht sollten wir ihn lieber nicht wecken«, sagte Cary. »Ich habe dir zwar erzählt, daß ich es gestern auch schon getan habe, aber ich habe nicht dazugesagt, daß er nicht besonders freundlich darauf reagiert hat.«

»Wir können ihn nicht einfach so hier liegen lassen«, bestimmte ich. Dann holte ich tief Atem und ging auf ihn zu. Er stank abscheulich, aber ich kniete mich neben ihn und bog behutsam seine Finger auseinander, um ihm die Whiskeyflasche abzunehmen. Cary nahm sie mir ab und stellte sie auf den Tisch. Dann rüttelte ich sachte an Kenneths Schulter. Er machte den Mund zu und öffnete ihn wieder, doch seine Augen blieben geschlossen. Ich schüttelte ihn noch einmal, diesmal kräftiger.

»Kenneth. Kenneth, wach auf. Ich bin es, Melody. Ich bin zurückgekommen. Kenneth. Kenneth!« Ich zerrte an seinem Arm, und mit einem Stöhnen schlug er abrupt die Augen auf.

Er setzte sich so schnell auf, daß ich bei meinem Versuch, seinem ausholenden linken Arm auszuweichen, fast hintenüberfiel. Dann sah er mich starr an und rieb sich die Augen.

»Was ist los?«

»Ich bin zurückgekommen, Kenneth. Ich bin es, Melody.«

»Du bist wieder da?« Er rieb sich das Gesicht mit den Handflächen und ließ den Kopf sinken, als wollte er jeden Moment von neuem einschlafen, doch dann hob er den Kopf langsam wieder und sah mich noch einmal an. »Dann bist du also keine Halluzination, kein Traum? Du bist wirklich hier«, sagte er lächelnd.

»Ja, Kenneth. Ich bin wirklich hier. Was geht hier vor? Was hast du dir bloß angetan?«

Er lächelte.

»Was ich mir angetan habe? Gar nichts. Was du hier siehst, habe nicht ich angerichtet – es ist mir angetan worden«, erwiderte er. »Also ...« Erst jetzt nahm er Cary wahr, der etwas weiter abseits stand. »So, so, die Küstenwache ist mal wieder eingetroffen, was?«

»Hallo, Kenneth. Ich glaube, die Batterie von Ihrem Jeep ist leer. Sie müssen letzte Nacht die Lichter angelassen haben.«

»Gut möglich«, sagte er und nickte.

»Ich habe ein Starthilfekabel im Laster liegen. Damit kann ich Ihren Motor wieder zum Laufen bringen. Ich kümmere mich gleich darum.«

Kenneth führte die Hände erst an seine Schläfen und dann an seinen Mund, und anschließend verbeugte er sich.

»Der ewige Dank meiner Familie ist dir gewiß.«

Cary lachte, und dann sah er mich an und begriff, daß ich das alles überhaupt nicht komisch fand.

»Während ihr beide euch unterhaltet, gehe ich schnell die Batterie aufladen«, sagte er und verließ eilig das Atelier. Ulysses folgte ihm auf den Fersen.

»Während wir beide uns unterhalten? Du willst dich mit mir unterhalten?«

»Was ist dir zugestoßen, Kenneth? Vor meiner Abreise bist du nicht so gewesen.«

»Ich weiß es selbst nicht«, sagte er eilig und versuchte, auf die Füße zu kommen. Ich wollte ihm helfen, doch er stieß mich von sich. »Das schaffe ich wohl noch alleine«, sagte er, doch als er stand, wankte er so heftig, daß er sich mit der linken Hand an der Statue abstützen mußte. Er öffnete die Augen und lächelte. »Ich wußte doch, daß ich einen Grund dafür hatte, dieses Werk zu erschaffen. Für irgend etwas muß es schließlich gut sein.«

»Das ist bei weitem nicht das einzige, wofür es gut ist, Kenneth. Diese Statue ist spektakulär«, sagte ich und sah mir die *Tochter des Neptun* noch einmal an. Es stand außer Frage, daß es sich bei ihrem Gesicht um das Gesicht meiner Mutter handelte.

»Richtig. L'art pour l'art, um die Schönheit herauszuholen, die uns sonst ungesehen, ungehört und unberührt umgibt. Ich bin ein Prophet, ein Verkünder, ein ...« Er stöhnte. »... ein Mann, der fürchterlich verkatert ist.«

Er wankte auf das Sofa zu und ließ sich darauf fallen. Fast wäre das Sofa umgekippt.

»Warum trinkst du soviel? Du bringst dich noch um«, sagte ich.

»Nein, es sieht nur so aus. Ich kann unbegrenzt so weitermachen. Also«, sagte er, da er inzwischen wieder etwas klarer denken konnte, »Holly hat mich mehrfach angerufen. Anscheinend hat unsere Miss Cape Cod uns tatsächlich übers Ohr gehauen, was? Sie hat ihren Tod und ihre Auferstehung inszeniert, und wir haben alle richtig gelegen mit unserem Verdacht?«

»Ja, sie und ihr sogenannter Agent haben eine Situation dazu ausgenutzt, ihren Tod vorzutäuschen. Die Frau, die mit Richard Marlin in seinem Wagen gesessen hat, hatte sich den Ausweis meiner Mutter geborgt und ist anfangs irrtümlich für Mommy gehalten worden, und dann haben die beiden es bewußt so hingestellt, als sei sie es gewesen.«

»Olivia wird es gar nicht gutheißen, daß Knochen, die keiner blaublütigen Person entstammen, in ihrer geweihten Erde ruhen.«

»Wie kommt es bloß, daß immer alle gleich an Großmama Olivia denken und sich Sorgen machen, wie *sie* reagieren könnte?« stöhnte ich.

»Mir bereitet das überhaupt keine Sorgen. Es amüsiert mich sogar.« Er dachte einen Moment lang nach. »Es sollte mich eigentlich überhaupt nicht wundern. Haille hat sich schon immer gern für jemand anderen ausgegeben, vorzugsweise für eine Filmschauspielerin. Wenn sie es mit Fremden zu tun hatte, hat sie ihnen einen falschen Namen genannt und den Leuten Geschichten aufgetischt, die frei erfunden waren, und sie war ausgesprochen überzeugend, wenn sie das getan hat.«

»Wenn das so ist, dann ist sie jetzt genau am richtigen Ort gelandet«, sagte ich und begann, das Atelier aufzuräumen.

»Laß das bleiben. Mich interessiert nicht mehr, ob es hier aufgeräumt und sauber ist. Du hast es hier mit meinem letzten Werk zu tun«, sagte er und starrte die *Tochter des Neptun* an.

»Hör auf mit dem Unsinn, Kenneth. Es kommt gar nicht in Frage, daß du keine Kunstwerke mehr erschaffst. Du bist noch zu jung, um in den Ruhestand zu gehen.«

»In den Ruhestand?« Er lachte. »Ja, Ruhestand ist ein gutes Wort dafür. Kenneth Childs, der bekannte Bildhauer Neuenglands, hat sich offiziell in den Ruhestand zurückgezogen. Ich finde, das klingt wirklich gut.«

»Ich finde, es klingt abscheulich, weil es vor Selbstmitleid trieft«, sagte ich. Er riß die Augen weit auf.

»Hoppla. Und was ist mit dir, Melody? Geh erst mal in dich, und sieh in den Spiegel, ehe du Kenneth Childs verurteilst.«

»Ich kann dich gut verstehen, Kenneth, weil ich mich selbst in diesen Gefühlen gesuhlt habe.« Ich hob ein weiteres Sofakissen vom Boden auf und setzte mich neben Kenneth auf das Sofa. Dann erzählte ich ihm, was in Kalifornien vorgefallen war und warum ich so schnell wieder abgereist war. Er hörte mir zu, und seine Augen nahmen einen Teil ihres früheren Glanzes und der Lebhaftigkeit an, die ich von ihm kannte, vor allem, als ich ihm meine Mutter schilderte und ihm beschrieb, wie jung sie jetzt aussah.

»Dann ist sie also immer noch so schön?«

»Ja, aber es gibt viele schöne Frauen in Hollywood, von denen viele Talent besitzen, und wahrscheinlich haben sie alle anständigere und zuverlässigere Agenten. Richard Marlin ist nichts weiter als ein mieser, zwielichtiger Typ, der sie in seine Fänge gelockt hat«, sagte ich.

Er nickte.

»Sie tut mir leid. Sie war im selben Maß wie ich ein Opfer der Umstände. Und du tust mir auch leid«, fügte er eilig hinzu.

»Ich will dein Mitleid nicht. Ich werde mir keine Gedanken mehr darüber machen, und ich werde auch nicht versuchen, etwas zu erreichen, was ich nie erreichen kann.«

Er betrachtete mich mit neuerwachtem Interesse.

»Ich verstehe. Du lernst wohl gerade, wie man das alles lässig wegsteckt, was?«

»Ja, und ich will, daß du es auch lernst.« Ich unterbrach mich und fügte dann hinzu: »Im Grunde genommen kannst du wirklich froh sein, daß aus dir und meiner Mutter nichts geworden ist. Großmama Olivia hat recht mit ihrer Behauptung, daß andere immer Ausflüchte zu ihrer Rechtfertigung gefunden haben, sie laufend in Schutz genommen haben. Sie ist, wie sie ist, und was zwischen euch beiden war, hat nichts damit zu tun. Sie ist nicht etwa so geworden, weil sie dahintergekommen ist, daß dein Vater auch ihr Vater ist, sondern weil sie von Natur aus so ist, wie sie ist. Sie ist schon immer selbstsüchtig gewesen, Kenneth. Du weißt selbst, daß das wahr ist.«

Er lachte.

»Wie bist du auf all diese Weisheiten gestoßen?«

»Durch eine lange Reise«, sagte ich trocken, »und sie hat durch einen Wald aus Tränen geführt. Daß sie dich nicht als Geliebten haben konnte, heißt doch noch lange nicht, daß sie mich im Stich lassen mußte und mir keine Mutter sein konnte, oder? Wann wirst du endlich aufhören, deinem Vater die Schuld an allem zuzuschieben, was du dir selbst zuzuschreiben hast? Wann wirst du beginnen, die Schuld bei dir zu suchen?«

Seine Augen wurden groß.

»Du verstehst das nicht«, sagte er kopfschüttelnd, und seine Worte waren nicht mehr als ein heiseres Flüstern.

»Oh doch, ich verstehe es sehr wohl. Glaubst du etwa, ich hätte sie nicht lieben wollen? Glaubst du etwa, ich hätte mir keine Mutter gewünscht? Glaubst du etwa, als ich groß geworden bin und so viele Fragen hatte, die Fragen eines heranwachsenden Mädchens, hätte ich mich nicht danach verzehrt, daß sie sich Zeit für mich nimmt und nicht nur über sich selbst und ihre Pickel oder ein paar Gramm Fett an ihren Hüften redet? Glaubst du etwa, wenn es dir möglich gewesen wäre, sie zu heiraten, dann hättest du sie ändern können?«

»Ich weiß es nicht«, gestand er. »Ich weiß nur, daß ich gern die Chance gehabt hätte.« Er seufzte tief. »Schon gut, Melody, schon gut«, sagte er. »Ich werde aufhören, mich in Selbstmitleid zu suhlen, aber was meine Arbeit angeht, kann ich nichts versprechen.« Er sah die *Tochter des Neptun* an. »Dieses Projekt hat mich anscheinend restlos ausgelaugt. Vielleicht habe ich alles hineinfließen lassen, was ich zu geben habe.«

»Das bezweifle ich«, sagte ich. Wir hörten ein Hupen und sahen zur Tür. Cary reckte beide Daumen in die Luft.

»Er ist ein braver Kerl. Es muß hart für ihn sein, daß sein Vater gestorben ist. Er wird jetzt ganz schön seine Last haben. Bist du zurückgekommen, um wieder dort einzuziehen?«

»Nein. Ich werde bei Großmama Olivia wohnen. Erinnerst du dich noch, wie sie das alles schon geregelt hatte, ehe ich nach Kalifornien geflogen bin?«

»Ja, ich erinnere mich, und ich erinnere mich auch noch daran, daß ich die Idee gut fand. Du wirst eine Menge von ihr lernen.«

»Das erzählt sie mir auch ständig«, sagte ich trocken. Er

lachte, und dann streckte er eine Hand aus und strich mir über das Haar.

»Schön, dich wieder hier zu haben, obwohl ich um deinetwillen gehofft hatte, es würde anders ausgehen.«

»Danke, Kenneth. Äh, bist du schon soweit wieder in Form, daß ich dir einen kleinen Vorschlag unterbreiten dürfte?«

»Warum nicht?«

»Könntest du dich vielleicht möglichst bald unter die Dusche stellen oder ein Bad nehmen?«

Er lachte schallend und zog seine Hand von meinem Haar zurück.

»Okay, das habe ich verdient.«

»In der Zwischenzeit werde ich hier ein wenig Ordnung schaffen.«

Er schüttelte den Kopf und seufzte.

»Du hast einen schlechten Einfluß auf Leute, die sich im Selbstmitleid suhlen wollen, Melody.«

»Prima«, sagte ich, und sein Gesicht verzog sich erneut zu einem Lächeln. Ich hatte das Gefühl, daß er seit meiner Abreise so gut wie nie gelächelt hatte.

»Du hast ein Wunder an ihm vollbracht«, sagte Cary, als wir gut zweieinhalb Stunden später losfuhren. Bei unserem Aufbruch war Kenneth gerade dabei gewesen, etwas Warmes zu essen, und er hatte uns versprochen, sich auszuruhen und dem Whiskey, zumindest eine Zeitlang, abzuschwören.

»Ich weiß allerdings nicht, wie lange die Wirkung anhalten wird«, sagte ich betrübt. »Er ist an einem Punkt angelangt, an dem ihm seine Kunst nicht mehr genügt. Er braucht einen Menschen, den er liebt und der ihn liebt.«

»Das kann ich gut verstehen«, sagte Cary und drückte zart meine Hand.

»Ja, ich auch.«

Als wir in dem Laster über den Dünenpfad holperten, warf ich noch einen letzten Blick auf Kenneths Haus. Ulysses war ans

Tor gekommen, aber er folgte dem Lastwagen nicht wie sonst und bellte auch nicht hinter uns her. Cary sah in seinen Seitenspiegel.

»Ulysses kommt auch allmählich in die Jahre, was?«

»Ja«, sagte ich kläglich. »Und er ist Kenneths einziger Gefährte.«

Auf der Rückfahrt zu Großmama Olivia beobachteten wir, wie die Wolken von Norden her zu uns geweht wurden und den größten Teil des Himmels bedeckten. Als wir in die Auffahrt abbogen, hatte es angefangen zu regnen.

»Wie geht es jetzt mit dem Hummerfang weiter?« fragte ich Cary, als wir vor dem Haus anhielten.

»Roy hat das Geschäft übernommen und fährt mit dem Boot hinaus. Theresa hilft ihm häufig aus. Sie erkundigt sich oft nach dir.«

»Meiner Meinung nach ist sie das netteste Mädchen in der ganzen Schule. Mir ist egal, was die Snobs über die Bravas denken.«

Cary lachte. Die Bravas, wie die Einwohner von Provincetown genannt wurden, die zur Hälfte schwarz und zur anderen Hälfte portugiesischer Abstammung waren, wurden von den Mädchen, die in Großmama Olivias Augen aus ehrbaren Familien stammten, nicht ohne weiteres akzeptiert.

»Ich muß mich jetzt sowieso um die Moosbeerernte kümmern. Wir hatten dieses Jahr einen wärmeren Sommer als sonst, und daher sind sie ihrer Zeit ein wenig voraus«, sagte Cary. »Die meisten Beeren sind jetzt schon leuchtend rot. Normalerweise beginnen wir vor dem Oktober nicht mit der Ernte, aber ich glaube, dieses Jahr wird es schon in der dritten Septemberwoche losgehen.«

»Das wird meine erste Moosbeerernte sein. Was muß ich wissen, damit ich dir helfen kann?«

»Also, die Moosbeeren werden ausschließlich für Säfte und Saucen verwendet, und daher wird es eine ›nasse Ernte‹ sein, so nennt man das. Zuerst überschwemmen wir den Morast, bis die

Moosbeeren vollständig unter Wasser stehen. Dann kommen wir mit Lastern, die breite Reifen haben und ›Wasserhaspel‹ oder ›Schneebesen‹ genannt werden. Damit fahren wir durch den Morast, und die Drehspulen an den Maschinen lösen die Beeren von den Pflanzen, und dann treiben schließlich die Beeren an die Oberfläche. Das ist der Zeitpunkt, an dem die harte Arbeit beginnt.«

»Was heißt das?«

»Wir bauen eine Art Korall aus Brettern, mit Laschen aus Segeltuch dazwischen, und damit kreisen wir die Moosbeeren ein und ziehen sie ans eine Ende des Morasts. Direkt unter dem Wasserspiegel wird ein Rohr verlegt, und dieses Rohr führt zu einer Pumpe auf dem Trockenen, die die Beeren in einen Metallbehälter saugt, den wir Schüttrichter nennen. Der Schüttrichter sortiert alles fein säuberlich, und dann werden die Beeren auf Lastwagen geladen.«

»Du scheinst wirklich sehr viel davon zu verstehen«, sagte ich.

»Das mag schon sein, aber ich habe es bisher noch nie ohne Dad getan.«

»Du wirst es bestimmt blendend hinkriegen, und ich werde ständig an deiner Seite sein.«

Er lachte.

»Du wirst in der Schule sein«, sagte er.

»Ich nehme mir ein paar Tage frei«, versprach ich ihm.

»Du willst schwänzen? Du hast doch Chancen, als Klassenbeste von der Schule abzugehen und die Abschlußrede zu halten, oder nicht?«

»Das ist mir nicht so wichtig«, sagte ich, »wie dir zu helfen.«

Er lächelte und beugte sich vor, um mich zu küssen. Es war ein süßer, scheuer Kuß, und als er den Kopf zurückzog, sah ich ihm so tief in seine grünen Augen, daß ich das Gefühl hatte, tatsächlich mit ihm in Verbindung zu treten, mit seiner Seele, mit seinem wahren Wesen. Seine Augen waren wie Magnete. Ich bewegte meine Lippen wieder auf seinen Mund zu, und wir küßten uns, diesmal jedoch länger und leidenschaftlicher, und dabei hielten wir einander eng umschlungen.

»Ich bin froh, daß du wieder da bist«, flüsterte er. »Ich hatte Alpträume, ich würde dich nie wiedersehen.«

»Träum von jetzt an nur noch von schönen Dingen, Cary. Ich bin zurückgekommen, und ich werde dich nie mehr verlassen«, versprach ich ihm.

Er war so glücklich, daß ihm Tränen in die Augen traten. Wir wollten uns gerade wieder küssen, als ich über seine Schulter zu dem Haus aufblickte und sah, wie sich vor einem der Fenster im ersten Stock die Gardine bewegte. Ich war ganz sicher, daß Großmama Olivia auf uns herunterschaute.

»Ich sollte jetzt besser ins Haus gehen, Cary, ehe es anfängt, in Strömen zu regnen.«

»In Ordnung. Wann soll ich dich morgen abholen?«

»Ich rufe dich an. Wenn es sich einrichten läßt, würde ich gern Großmama Belinda besuchen.«

»Ja, gewiß. Ich fahre dich hin«, sagte er.

»Du solltest im Moment deine Zeit an der Seite deiner Mutter verbringen, Cary. Sie muß schrecklich traurig sein. Und so einsam.«

»Ich kann nicht den ganzen Tag dasitzen und ihr beim Weinen zuschauen, Melody. Es macht mich verrückt mit anzusehen, wie sehr sie um ihn trauert. Das beste ist es, wenn ich jetzt hart arbeite und ihr zeige, daß alles so weitergehen wird wie bisher. Dafür werde ich schon sorgen.«

»Ja, das weiß ich«, sagte ich und nickte nachdrücklich. »Ich rufe dich dann morgen an.«

Ich gab ihm einen schnellen Kuß und sprang aus dem Lastwagen. Er beobachtete, wie ich um den Wagen herumlief, und als ich auf die Haustür zuging, lächelte er mich an. Erst als ich die Tür öffnete und eintrat, ließ er den Motor anspringen. Ich winkte, und er fuhr los.

Es brannte kaum ein Licht, und die wenigen Lampen, die angeschaltet waren, waren heruntergedreht, so daß das Haus unter dem stark bewölkten Himmel düster und trostlos wirkte. Ich spürte, wie mich ein Frösteln durchzuckte, und ich verschränkte die Arme vor der Brust, während ich die Treppe hinaufeilte. Als ich den ersten Stock erreicht hatte und auf mein Zimmer zuging, stellte ich fest, daß Großmama Olivia mich bereits vor meiner Tür erwartete. Ohne ein Wort zur Begrüßung hielt sie mir die Tür auf und trat zur Seite.

»Wir beide müssen miteinander reden«, sagte sie grimmig.

Mit gesenktem Kopf und verschränkten Armen ging ich an ihr vorbei und betrat mein Zimmer. Sie schloß die Tür leise hinter sich.

»Wo hast du dich den ganzen Tag herumgetrieben?«

»Ich war bei Tante Sara und habe sie und May besucht, und dann hat Cary mich zu Kenneth rausgefahren«, erwiderte ich.

»Es wäre wahrscheinlich besser, wenn du ihn in Zukunft seltener in seinem Haus am Strand besuchen würdest«, legte sie mir barsch nahe.

»Warum denn das?«

»Es wird ohnehin schon genug geredet und geargwöhnt. Damit würdest du alles nur noch schlimmer machen.«

»Ich kann nicht vor jedem Flüstern in Provincetown davonlaufen«, sagte ich.

Sie nahm eine steife Haltung ein.

»Du wirst hier ein vorbildliches Leben führen. Du wirst niemandem einen Grund für den leisesten Verdacht liefern, und ich will auch nichts von Unbedachtsamkeiten hören«, kommandierte sie, als könnte sie nach Gutdünken über die Zukunft bestimmen.

»Ich denke gar nicht daran, meine Besuche bei Kenneth einzustellen. Er ist mein Onkel, mein richtiger Onkel.«

»Davon wirst du keinem Menschen jemals etwas sagen, verstanden?« fauchte sie und baute sich drohend vor mir auf. Ihr Blick wirkte gehetzt, und ich sah weniger Wut auf mich in ihren Augen als vielmehr ihre eigenen Ängste. Vor nichts auf Erden schien ihr mehr zu grauen als davor, es könnte sich im

Ort herumsprechen, daß Richter Childs mein Großvater war und ein Verhältnis mit ihrer Schwester gehabt hatte.

»Ich habe nicht die Absicht, die Leichen im Keller unserer Familie auszugraben, Großmama Olivia. Damit wäre nichts und niemandem gedient, und der einzige Zweck bestünde darin, Menschen weh zu tun, die wegen ebendieser Leichen ohnehin schon zuviel gelitten haben.«

Sie lächelte erleichtert. Dann nickte sie.

»Richtig. Genau so verhält es sich.«

»Wie geht es meiner Großmutter?« fragte ich mit fester Stimme.

»Belinda ist ... Belinda. Die Medikamente, die bewirkt haben, daß sie nicht ansprechbar war, sind abgesetzt worden, falls es das ist, was du meinst.«

»Gut. Ich werde sie morgen besuchen. Mach dir keine Sorgen, du brauchst kein Benzin auf mich zu verschwenden. Cary fährt mich hin«, fügte ich eilig hinzu.

»Das ist der Hauptgrund, aus dem ich dich sprechen wollte«, sagte sie. »Ihr beide seid einander zu sehr ans Herz gewachsen. Die Gründe kann ich gut verstehen«, fuhr sie fort und trat ans Fenster. Es regnete inzwischen stärker, und der Wind schleuderte die dicken Tropfen gegen das Haus und ließ sie einen wüsten Takt auf das Dach trommeln. »Du warst allein; du warst in einer fremden Umgebung, aber du hattest immerhin einen Gleichaltrigen, mit dem du reden und dich anfreunden konntest. Aber da du jetzt hier wohnst, mußt du mehr Abstand zwischen euch beide bringen.«

»Weshalb denn das?« fragte ich, und sie drehte sich überraschend schnell zu mir um.

»Cary ist ein braver und verantwortungsbewußter junger Mann, aber für dich sind seine Möglichkeiten von jetzt an zu beschränkt. Du darfst nicht die Fehler machen, die ich gemacht habe«, warnte sie mich. »Es wäre zwecklos, dich in meinem Haus aufzunehmen, wenn ich dir das nicht beibrächte«, fügte sie hinzu.

»Es kann niemals ein Fehler sein, wenn man mit einem Menschen zusammen ist, den man liebt«, erwiderte ich.

Sie schüttelte den Kopf.

»Wenn du erst einmal über diese albernen romantischen Vorstellungen hinausgewachsen bist, dann wirst du stark genug sein, um die Verantwortung zu übernehmen, die mir für dich vorschwebt. Und außerdem läßt du deine unmittelbare Zukunft außer acht. Du wirst dieses letzte Schuljahr hier abschließen und hinterher eine angesehene Privatschule besuchen, die dich auf die besten Colleges des Landes vorbereitet, und ich bin sicher, daß du dort jemanden aus einer vornehmen Familie kennenlernen wirst, mit dem du eine sinnvolle Beziehung eingehen kannst.«

»Du redest, als hättest du bereits mein ganzes Leben verplant.«

»Ich werde tun, was ich kann, aber du mußt dich kooperativ zeigen und mir gehorchen«, fuhr sie fort, da meine Gefühle sie offenbar nicht im geringsten interessierten. »Ich habe den ganzen Tag über dich nachgedacht und bin zu der Schlußfolgerung gelangt, daß wir deine Weiterbildung sofort in Angriff nehmen können. Zu diesem Zweck habe ich eine ausgezeichnete Hauslehrerin verpflichtet, eine Miss Louise May Burton, die früher an einem Mädchenpensionat tätig war und jetzt in Pension gegangen ist. Übermorgen wird dein Unterricht beginnen, also schlag dir deine albernen Pläne aus dem Kopf. Für Spaziergänge am Strand, Segelpartien oder irgendwelche Besuche bleibt dir keine Zeit mehr.«

»Unterricht? Unterricht worin?«

»In Etikette, Anstand und Benehmen. Du wirst Schulen besuchen, die ausschließlich von Töchtern aus den besten Familien frequentiert werden, Menschen von hohem gesellschaftlichem Rang, guter Herkunft, einer blendenden Erziehung und reinem Blut.«

»An meinen Manieren ist nichts auszusetzen«, klagte ich.

Sie lachte.

»Und woher glaubst du das zu wissen, meine Liebe? Bist du jemals unter Menschen gewesen, die den Unterschied erkennen?«

Ich starrte sie einen Moment lang an, und mein Blut kochte und siedete vor Wut. Ja, es stimmte schon, meine Mutter war eine gewaltige Enttäuschung, aber es hatte viele Menschen in meinem Leben gegeben, die warmherzig und anständig waren. Neben Papa George und Mama Arlene hätten sich Großmama Olivias blaublütige Bekannte wie Barbaren ausgenommen, wenn es um wahre und gute Gefühle und menschlichen Anstand ging, sagte ich mir.

Aber Papa George war tot, und Mama Arlene war fortgezogen, rief mir ein leises Stimmchen ins Gedächtnis zurück.

»Dann wäre das also geklärt«, fuhr Großmama Olivia fort. »Du wirst deine Kontakte zu Kenneth Childs und zu Cary einschränken, und du wirst dir schnell gute Manieren aneignen.«

»Meinen Kontakt zu Cary schränke ich nicht ein«, sagte ich herausfordernd.

»Wenn du es nicht aus freiem Willen tust, dann werde ich eben ein Wörtchen mit Tante Sara reden müssen. Und«, sagte sie lächelnd, »du weißt ja, wie groß mein Einfluß auf Sara ist. Trotz der spärlichen Einkünfte, die ihrer Familie aus dem dem Niedergang geweihten Hummerfang und dieser lächerlichen Moosbeerernte zufließen, sind sie alle auf mein Wohlwollen und auf meine Zuwendungen angewiesen, und zwar in einem Ausmaß, von dem du dir keinerlei Vorstellung machst. Sogar dieses armselige kleine Häuschen gehört in Wirklichkeit mir«, offenbarte sie. »Mein Sohn mußte sich das Geld für die Hypothek borgen.«

»Du würdest es nicht wagen, Tante Sara und ihrer Familie zu schaden«, konterte ich.

Sie sah mich fest an, und in ihrem Blick drückte sich eine Entschlossenheit aus, die das Blut in meinen Adern gefrieren ließ.

»Nein, solange du mich nicht dazu zwingst«, sagte sie. Dann lächelte sie. »Ich nehme an, du könntest immer noch fortlaufen und so ein Leben wie deine tote Mutter führen. Überleg es dir ganz genau, und ich bin sicher, du wirst zu dem Ergebnis kommen, daß deine größten Chancen auf ein anständiges Leben hier bei mir liegen, denn schließlich habe ich dir einiges zu bieten und bin bereit, viel für dich zu tun.«

»Was sind eigentlich deine wahren Gründe, all das für mich zu tun?« fragte ich sie, denn plötzlich hatte meine Neugier über meinen Zorn gesiegt.

»Das habe ich dir doch schon gesagt. Ich tue es um der Familie willen«, sagte sie.

Ich schüttelte den Kopf.

»Es gibt noch einen anderen Grund dafür.«

»Es gibt keinen anderen Grund ... es gibt für nichts einen anderen Grund«, behauptete sie, und dann wandte sie sich ab, um mein Zimmer zu verlassen.

Der Regen nahm weiterhin zu, und jetzt prasselte er nicht mehr nur auf das Haus, sondern trommelte seinen wilden Takt auch auf meinem Herzen. Ich sah Carys liebevolles Lächeln vor mir, seine tiefgrünen Augen, in denen sich deutlich zeigte, wie sehr er mich brauchte und wie groß sein Vertrauen zu mir war. Wie hätte ich ihn enttäuschen können? Großmama Olivias Drohungen jagten mir Angst ein. Ich dachte an die Wut, die ich in ihrem Gesicht gesehen hatte.

Vor langer Zeit hatte sie ihr Herz jemandem anvertraut, der sie verraten hatte, und diesem Verrat war meine Mutter entsprungen, eine Frau, die sie nicht nach ihren Wünschen formen und über die sie auch nicht herrschen konnte. Ich war ihre letzte Chance, sich dafür zu rächen.

Aber an wem wollte sie sich rächen? Woran?

Galten ihre Rachegelüste einer bestimmten Person oder schlichtweg einer Welt, die sie zu verabscheuen gelernt hatte? Vielleicht war es beides, sagte ich mir.

Ich war ganz sicher, daß ich im Lauf der Zeit alle Antworten auf meine Fragen finden würde, nur graute mir ebensosehr davor, diese Entdeckungen zu machen, wie mich Entsetzen bei der Vorstellung beschlich, ich würde nicht dahinterkommen.

Ich war ins Schwimmen geraten, und das in einer Welt, die aus dem Treibsand der Erwachsenen bestand. Wer würde mir einen Rettungsring zuwerfen und mich herausziehen? Kenneth? Richter Childs? Meine Großmutter Belinda? Cary? Sie schienen auch alle keinen festen Boden unter den Füßen zu haben.

Nur Großmama Olivia bildete eine Ausnahme. Nur sie schien sich auf sicherem Boden zu bewegen. Dafür mußte ich ihr Bewunderung zollen, und plötzlich beschlich mich eine neue Furcht.

Was war, wenn sie ihren Willen bekam und ich zu der Frau wurde, die sie aus mir machen wollte?

Würde ich dann so wie sie sein?

Das würde ihre Rachsucht ganz gewiß befriedigen.

Großpapa Samuel erschien nicht zum Abendessen. Als Loretta uns zu bedienen begann, erkundigte ich mich nach ihm. »Samuel ist nicht in der Verfassung, zum Abendessen herunterzukommen«, sagte Großmama Olivia und fing an, ihre Suppe zu essen.

»Hat er denn keinen Hunger?«

»Er kann sich nicht erinnern, wann er etwas gegessen hat und wann nicht«, bemerkte sie bissig.

»Aber das ist doch furchtbar, findest du nicht auch?« hakte ich nach.

»Doch«, sagte sie und legte ihren Löffel hin. »Ich überlege schon, ob ich eine Krankenschwester ins Haus holen sollte, die sich um ihn kümmert, oder . . .«

»Oder was?«

»Oder ob ich ihn in dem Heim unterbringen soll, in dem Belinda ist. Der Arzt wird ihn in ein paar Tagen noch einmal untersuchen, und dann wissen wir, was seiner Meinung nach das beste ist.«

»Er wird sich bestimmt bald wieder fangen. Der Kummer hat ihn eben überwältigt«, sagte ich.

Sie tupfte sich mit ihrer Serviette affektiert die Lippen ab und bedeutete Loretta dann, ihre Suppenschale abzuräumen.

»Also wirklich, Melody, ich weiß nicht, ob wir genug Platz haben, um es an die Tür zu hängen«, sagte sie.

»Es an die Tür zu hängen? Was an die Tür zu hängen?«

»Dein Diplom in Medizin. Ich wußte gar nicht, daß du Medizin studiert hast«, sagte sie ohne jede Spur von Humor.

»Ich sage doch nur, daß es sein kann. Schließlich ist es keineswegs ausgeschlossen, oder? Was er braucht, ist nichts weiter als liebevolle Fürsorge und Zuneigung. Es ist sehr schmerzhaft, einen geliebten Menschen zu verlieren«, warf ich ihr an den Kopf.

Von ihren dünnen, selbstgefälligen Lippen triefte Sarkasmus. »Natürlich ist es schmerzhaft, aber Traurigkeit und Schmerz über einen tragischen Verlust müssen unterdrückt werden, wenn man noch zu etwas nütze sein will, ob es nun für andere ist oder für einen selbst. Wenn man nichts weiter zuwege bringt, als sich in eine Flut von Tränen zu stürzen, dann könnte man sich ebensogut gleich in das Grab des geliebten Menschen werfen. In deinen Ohren mag das klingen, als sei ich unsensibel, Melody, aber ich bin nur realistisch und pragmatisch. Unser gesamter Erfolg und alles, was wir haben, ist ein Resultat dieser Stärke. »Und die Ironie an der ganzen Geschichte ist«, fuhr sie fort, »daß die schwächeren und sensibleren Angehörigen meines engeren Familienkreises restlos auf meine Stärke angewiesen sind. Wo blieben sie ohne mich? Was glaubst du wohl, wo Samuel hinkäme? Und was aus Belinda und Sara würde? Sie alle wären ohne mich verloren. Sogar du«, fügte sie hinzu.

Sie nickte Loretta zu, die daraufhin die Vorspeise zu servieren begann, aber gräßliche Angst zu haben schien, sie könnte Großmama Olivia in irgendeiner Form in die Quere kommen.

»Ich erwarte keine Dankbarkeit«, fuhr Olivia fort. »Ich

brauche keine unablässigen Streicheleinheiten in Form von Dank, aber ich lasse mich für das, was ich tue, auch nicht verabscheuen. Ist das klar?« fragte sie barsch.

Ich warf einen Blick auf Loretta, die den Eindruck erweckte, als wartete sie meine Antwort ab, ehe sie auch mir das Essen servieren würde.

»Ja, Ma'am«, sagte ich.

»Gut.« Großmama Olivia begann zu essen, doch ich stocherte nur auf meinem Teller herum. »Ich erlaube dir, morgen Belinda zu besuchen. Wenn ich es mir recht überlege, solltest du es sogar tun. Erzähl ihr von Haille. Berichte ihr bis in alle Einzelheiten, was ihre Tochter treibt. Eine deftige Portion Realität könnte ihr guttun«, sagte sie lächelnd und nickte.

Einen Moment lang starrten wir einander an, und dann aßen wir stumm. Keiner von uns sagte ein weiteres Wort, bis wir den Hauptgang hinter uns hatten. Loretta kam augenblicklich, um das Geschirr abzuräumen und mit leiser Stimme anzukündigen, sie würde sofort den Nachtisch servieren.

»Ich bin müde, und satt bin ich auch. Laß dir ruhig Zeit. Du solltest die Crème Brûlée probieren. Sie ist wirklich vorzüglich«, sagte Großmama Olivia und zog sich ins Wohnzimmer zurück.

Ich hatte keinen Appetit mehr und verließ das Eßzimmer kurz nach ihr. Als ich am Wohnzimmer vorbeikam, sah ich sie auf ihrem prunkvollen Sessel sitzen, und plötzlich wirkte sie sehr zierlich, ermattet und allein. Sie hatte ein Buch auf dem Schoß liegen, las aber nicht mehr darin. Sie starrte zum Fenster hinaus in den Regen und beobachtete, wie der Himmel die Tränen ausschüttete, die sie sich selbst nie gestattet hatte.

Ich stieg die Treppe hinauf und wollte in mein Zimmer gehen, doch als ich den oberen Treppenabsatz erreicht hatte, hörte ich, wie eine Tür geöffnet und wieder geschlossen wurde, und ich sah Großpapa Samuel durch den Flur kommen. Sowie er mich sah, eilte er mir entgegen. Er trug einen Schlafanzug und einen Morgenmantel aus dunkelblauem Samt, aber er war barfuß.

Seine Mähne war so zerzaust, daß es aussah, als sei er sich stundenlang mit den Fingern durch das Haar gefahren.

»Haille«, flüsterte er. »Ich bin so froh, daß du wieder da bist.«

»Nein, Großpapa. Ich bin Melody«, sagte ich leise und lächelte ihn an. »Melody.«

Er schüttelte den Kopf und sah sich um, als fürchtete er, jemand könnte uns belauschen.

»Sie hat es tatsächlich getan. Ich habe ihr gesagt, daß es so nicht geht, aber sie hat mir verboten, auch nur ein Wort von mir zu geben. Sie hat gesagt, es sei eine Schande für die ganze Familie, und wenn ich in der Öffentlichkeit oder Jacob und Sara gegenüber auch nur eine Andeutung fallenließe, dann würde sie mich rauswerfen. Sie hat gesagt, sie würde allen erzählen, ich sei doch für deine Schwangerschaft verantwortlich. Kannst du dir das vorstellen? Ich glaube, es war ihr Ernst.«

»Großpapa.«

»Ich behaupte ja gar nicht, daß sie im Unrecht war. Vielleicht ist sie da, wo sie jetzt ist, tatsächlich besser dran, aber du, Haille ...«

»Großpapa, ich bin es, Melody«, sagte ich. Ich nahm seine Hand. Er wandte sich mir zu und sah mir ins Gesicht.

»Was?«

»Sieh mich ganz genau an. Ich bin nicht meine Mutter.«

»Du darfst ihr nicht sagen, daß ich es dir erzählt habe«, sagte er. Er wirkte verängstigt.

»Ihr was sagen? Von wem sprichst du? Von Belinda?«

Er schüttelte den Kopf.

»Ich bin nicht dafür verantwortlich«, sagte er. Er entzog mir seine Hand und wich vor mir zurück. »Du darfst es mir nicht vorwerfen.«

»Großpapa.«

»Ich gehe jetzt ins Bett. Morgen früh wird alles ganz anders aussehen. Morgens sieht immer alles ganz anders aus. Aber wenn du mir nicht glaubst, dann geh in den Keller und sieh selbst nach. Du wirst die Papiere schon finden. Psst«, sagte er und preßte einen Finger auf seine Lippen. »Sag kein Wort. Sie darf nicht erfahren, daß ich es dir gesagt habe«, warnte er mich. »Tu einfach so, als seist du zufällig auf die Papiere gestoßen«, fügte er hinzu und machte eilig kehrt. Er sah sich nur noch einmal kurz nach mir um, ehe er in seinem Schlafzimmer verschwand und die Tür hinter sich schloß.

Von welchen Papieren sprach er bloß?

War all das nur ein Ausdruck seines Wahnsinns? Hatte ihn der Tod eines geliebten Menschen irre werden lassen, wie Ophelia in *Hamlet*? Wenn er diese Verwirrung, die inzwischen sein Dauerzustand zu sein schien, nicht abschütteln konnte, dann würde er in einem Pflegeheim enden, sagte ich mir betrübt.

Oder lagen etwa in einem Keller, den ich bisher noch nicht entdeckt hatte, weitere Leichen herum? War es vielleicht nicht nur der Wahnsinn, der ihm zusetzte, sondern hatten auch schmerzliche Erinnerungen ihn zu dem gemacht, der er jetzt war?

Ich hörte Schritte unter mir. Großmama Olivia kam die Treppe hinauf, und ich beschloß, Großpapa Samuels Worte bis auf weiteres für mich zu behalten.

In meinem Zimmer legte ich mich aufs Bett, und die wirren Gedanken, die mir durch den Kopf gingen, machten mir das Einschlafen unmöglich. Großpapa Samuels Worte hallten in meinen Ohren wider, und als ich endlich doch einschlief, träumte ich von Geheimnissen und Lügen und flüsternden Stimmen aus dem Jenseits. Den größten Teil der Nacht wälzte ich mich im Bett herum, bis ich den Versuch zu schlafen schließlich aufgab.

Lange Zeit lag ich mit weit offenen Augen da. Es regnete nicht mehr, doch der Wind pfiff immer noch um das große Haus herum, kratzte an den Fenstern und flüsterte einen Namen. Meine Alpträume hatten eine Stimme ertönen lassen. Ich konnte ihre Worte nicht verstehen, doch ich wußte, daß ich auf ein unvorstellbar tiefes Geheimnis gestoßen war, tiefer als alles, worauf ich je gefaßt gewesen war.

13

Rache ist süß

Am nächsten Tag kam Cary nach dem Frühstück vorbei, um mich zu Großmama Belinda zu fahren. Ich wartete im Wohnzimmer an einem der Fenster auf ihn, damit ich ihm entgegeneilen konnte, sowie er in die Auffahrt einbog. Ich wollte es ihm ersparen, den Ausdruck der Mißbilligung auf Großmama Olivias Gesicht zu sehen. Sonst würde er mich gewiß fragen, was es damit auf sich hatte, und dann würde ich ihm erzählen müssen, wie sie zu unserer Beziehung stand. Wenn es etwas gab, was ich im Moment mehr als alles andere vermeiden wollte, dann waren das familiäre Zwistigkeiten, vor allem, wenn ich selbst den Aufruhr verursacht hätte.

Das gestrige Unwetter war vorübergezogen, und die Wolken sahen aus wie kleine Kugeln Vanilleeis, die auf dem blaßblauen Himmel schmolzen. In dem Moment, in dem ich Carys Lastwagen sah, rannte ich aus dem Haus, um ihn zu begrüßen. Sowie wir Großmama Olivias trostloses Haus hinter uns ließen, unterhielten Cary und ich uns ganz normal, darüber, wie hell die Sonne schien, wie frisch und sauber die Luft war und wie schön das Gras und die Blumen heute aussahen. Diese Beteuerungen erfüllten mich mit einem neuerlichen Gefühl von Hoffnung und erinnerten mich an eine Zeit, als ich noch jünger war und fest daran geglaubt hatte, das Leben würde sich wie ein einziger langer und vollkommener Sommertag gestalten, ein Tag wie der heutige.

Gleich würde ich meine nächste Verwandte wiedersehen. Ich hoffte, das Absetzen der Medikamente hätte dazu geführt, daß sie jetzt einen klareren Kopf hatte. Ich konnte es kaum erwarten, sie zu umarmen und über alles mit ihr zu reden, insbesondere über all meine Träume und Pläne für die Zukunft. Belinda hatte wenigstens Zeit, um mir zuzuhören, sagte ich mir. Wenigstens hatte ich jemanden, den mir weder Mommy noch Großmama Olivia wegnehmen konnten.

Auf dem Weg zu dem Pflegeheim erzählte mir Cary von den Besuchen, die seine Zwillingsschwester Laura meiner Großmutter abgestattet hatte, ehe Onkel Jacob es ihr gänzlich untersagt hatte. Cary hatte schon seit längerer Zeit nicht mehr über Laura gesprochen. Als ich ihn bei meiner Ankunft in Provincetown kennenlernte, kam es mir so vor, als brächte er nur unter großen Qualen ihren Namen über die Lippen.

»Warum hat Laura sie so oft besucht, Cary?« fragte ich. Er dachte einen Moment lang über meine Frage nach, und die Erinnerungen ließen seine meergrünen Augen leuchten.

»Belinda hat sich vom ersten Moment an zu Laura hingezogen gefühlt. Es war, als hätten die beiden etwas Zartes und Liebevolles aneinander wahrgenommen, ein Geheimnis, das sie miteinander teilten. Belinda hat ihre Worte immer nur an Laura gerichtet, ganz gleich, wer sonst noch dabei war. Von Lauras erstem Besuch hier hat kein Mensch etwas gewußt. Wenn ich mich recht erinnere, ist mein Vater tatsächlich erst nach dem dritten oder vierten Mal dahintergekommen, und auch das nur, weil Großmama Olivia durch einen ihrer Spione etwas von den Besuchen erfahren hat. Sie hat Dad angerufen, und er hat Laura ausgescholten; schließlich war Belinda das schwarze Schaf der Familie. Ihr Name durfte nicht genannt werden, und ein Besuch bei ihr kam erst recht nicht in Frage.

Aber Dad ist es immer schwergefallen, Laura etwas zu verbieten«, fuhr Cary fort. »Jedesmal, wenn Laura und ich etwas angestellt haben, was er nicht gutgeheißen hat, hat sich Dad in erster Linie an mich gewandt und Laura kaum auch nur eines Blickes gewürdigt, als hätte sie nicht das geringste damit zu tun. Er wäre nie darauf gekommen, daß man ihm seine Schwäche für Laura anmerken konnte, aber es war ganz deutlich zu erkennen, daß er immer geglaubt hat, ich sei ohnehin an allem schuld, ganz so, als sei ich derjenige gewesen, der es hätte besser wissen müssen oder der verantwortungsbewußter hätte handeln sollen. Laura ist natürlich jedesmal zu meiner Verteidigung eingesprungen und hat einen möglichst großen Teil der Schuld auf sich genommen, aber davon wollte Dad nichts hören. Er hat ihr immer wieder vorgeworfen, sie versuchte, sich für mich einzusetzen.«

Die Erinnerung daran brachte Cary zum Lachen.

»›Aber Dad‹, hat sie dann ausgerufen. ›Cary war noch nicht mal in der Nähe!‹

›Das ändert nichts‹, hat Dad gemurrt. ›Er hätte nämlich dasein sollen, um dich davon abzuhalten oder um dich wenigstens zu warnen.‹

Einmal«, sagte er und drehte sich zu mir um, als wir über die schmale Nebenstraße zu dem Pflegeheim fuhren, »habe ich für uns beide eine ganz gehörige Tracht Prügel eingesteckt. Er hat mich mit einem dicken Lederriemen ausgepeitscht, und ich hatte so viele Striemen auf dem Hinterteil, daß ich tagelang nicht sitzen konnte. Ich mußte auf dem Bauch liegen. Laura ist in mein Zimmer gekommen und hat an meinem Bett gesessen und geweint, als fühlte sie den Schmerz ebensosehr wie ich. Ich kann dir sagen, ich habe auf der Stelle aufgehört, mich selbst zu bemitleiden, und die Schmerzen haben auch gleich nachgelassen. Für jede Träne, die ich geweint habe, hat sie zehn von ihren Tränen vergossen, und daher mußte ich aufhören zu heulen, denn sonst hätte sie uns beide ertränkt«, erklärte er lachend.

»Jedenfalls hat sie mit dem Fahrrad den weiten Weg hierher zurückgelegt und sich reichlich abgestrampelt, um Belinda zu besuchen, und nach allem, was ich gehört habe, hat Belinda ihren Besuchen regelrecht entgegengefiebert. Ich glaube, Großmama Olivia war eifersüchtig. Laura ist nie mit dem Fahrrad zu ihr rübergefahren, um sie zu besuchen.« Er lächelte und drehte sich wieder zu mir um. »Laura hat sich, genau wie du, mehr um andere Menschen als um sich selbst gesorgt, und sie war vor allem für diejenigen da, die weniger glücklich dran waren als sie, ganz gleich, ob es ihnen an Geld oder an Liebe gemangelt hat.«

Wir fuhren auf einen Parkplatz, stiegen aus dem Laster und gingen auf die Tür des Heimes zu. In der Eingangshalle empfing uns eine hübsche Krankenschwester. Auf ihrem Namensschild stand MRS. WILLIAMS. Ich sah sie zum ersten Mal hier. Sie schien nicht viel älter als Ende Zwanzig zu sein. Heute hielten sich nicht so viele Bewohner des Heims in der Eingangshalle auf wie bei meinem letzten Besuch hier, doch mein Erscheinen, noch dazu in Begleitung von Cary, zog auch diesmal wieder die Aufmerksamkeit aller auf sich; die Gespräche verstummten, und Spielkarten und Damesteine wurden achtlos liegengelassen.

Ich erklärte, wer wir waren und wen wir besuchen wollten, doch ehe Mrs. Williams etwas darauf erwidern konnte, kam Mrs. Greene aus ihrem Büro, und das Klappern ihrer Absätze auf den Bodenfliesen lenkte unsere Aufmerksamkeit auf sie.

»Ich muß schon sagen, seit deinem letzten Besuch ist eine ganze Weile vergangen«, sagte sie. »Ich hatte eher den Eindruck, du würdest in Zukunft häufig herkommen«, fügte sie hinzu, als hätte sie mich bei einer Lüge ertappt.

»Ich war fort«, erklärte ich. Sie lächelte affektiert und wandte sich an die Krankenschwester. »Ich kümmere mich um die beiden, Mrs. Williams.«

»Ja, Ma'am«, sagte die Krankenschwester und befaßte sich wieder mit den anderen Heimbewohnern.

»Deine Großmutter ist im Garten«, sagte Mrs. Greene und warf einen schnellen Blick auf Cary. »Ich nehme an, es handelt sich um einen Angehörigen?«

»Ja, er ist mit ihr verwandt. Wie geht es ihr?«

»Es geht ihr eigentlich recht gut. Ich sollte dich jedoch warnen. Seit du das letzte Mal hier warst, hat sich Miss Gordon mit Mr. Mandel angefreundet, einem ihrer Mitbewohner, und die beiden verbringen den größten Teil ihrer Zeit gemeinsam.« Cary lächelte, doch Mrs. Greene behandelte ihn wie Luft.

»Natürlich leisten die beiden einander nur Gesellschaft, mehr nicht«, fuhr sie mit gepreßter Stimme fort, als sie uns aus der Eingangshalle in einen Korridor führte. Von dort aus gelangte man durch eine Seitentür in die Gärten mit den Spazierwegen. »Aber wir fördern derartige Dinge. Wir haben festgestellt, daß es der geistigen Gesundheit unserer Patienten zuträglich ist, wenn sie Beziehungen zu ihren Mitbewohnern eingehen.«

»Sie reden über Ihre Patienten, als gehörten sie einer anderen Spezies an«, bemerkte ich. Cary riß die Augen weit auf. Mein Tonfall und meine Angriffslust überraschten ihn, aber ich konnte mich noch gut daran erinnern, mit welcher Haltung mir diese Frau bei meinen bisherigen Besuchen begegnet war, und ich war sicher, daß sie in irgendeiner Form in Großmama Olivias Diensten stand.

»Die älteren unter ihnen bilden im Grunde genommen wirklich eine andere Spezies«, erwiderte sie, ohne sich aus der Fassung bringen zu lassen. »Ich fürchte jedoch, das kann nur jemand verstehen, der sich tagein, tagaus mit ihnen abgeben muß.«

Sie bedachte uns mit einem unglaublich künstlichen Lächeln und wies dann mit einer Kopfbewegung auf Großmama Belinda und einen kleingewachsenen Mann mit Glatze, der neben ihr auf einer Bank saß. Er hielt einen Stock aus dunklem Holz in der Hand und stützte sich darauf. Seine Brille war auf dem Nasensteg hinuntergeglitten und balancierte jetzt auf seinen schmalen Nasenflügeln ganz unten auf der Nasenspitze. Er trug ein blaues Jackett und dazu eine Hose in einem helleren Blauton, fast schon grau. Seine Krawatte war ungeschickt geknotet, und die Socken waren ihm auf die Knöchel gerutscht.

Als wir näher kamen, hoffte ich nur, Großmama Belinda würde sich an mich erinnern. Ihr Gesicht hellte sich auf, und ich glaubte schon, sie hätte mich wiedererkannt.

»Sieh nur, wer da kommt, Thomas. Das sind mein Großneffe

und meine Großnichte«, sagte sie, und mir wurde klar, daß sie mich für Laura hielt, weil ich mit Cary gekommen war.

»Nein, Großmama«, sagte ich. »Ich bin es, Melody, nicht Laura.«

»Melody?« Sie sah Cary an.

»Das stimmt, Tante Belinda. Sie ist deine Enkelin Melody. Wie geht es dir?«

Sie sah von ihm zu mir und zwinkerte dann mehrfach schnell hintereinander. Sie schien zwar noch ihre liebe Last mit ihrem Gedächtnis zu haben, doch sie war bei weitem nicht mehr so blaß und ermattet wie bei meinem letzten Besuch hier. Sie machte einen munteren Eindruck, und ihre Wangen waren nahezu rosig. Sie hatte Sorgfalt darauf verwandt, ihr Haar ordentlich zu kämmen, und sie hatte sogar eine Spur Lippenstift aufgetragen. Ich sah, daß sie Mr. Mandels linke Hand hielt. Er blickte lächelnd zu uns auf und nickte uns freundlich zu.

»Ach ja«, sagte Großmama Belinda. »Ich möchte euch beiden Mr. Mandel vorstellen. Er ist früher Buchhalter gewesen und kann immer noch haufenweise Zahlen im Kopf zusammenrechnen, große Zahlen.«

»Übertreibe nicht, Belinda. Ich bin nicht mehr annähernd das, was ich früher einmal war«, sagte er jovial. »Es freut mich, euch kennenzulernen. Ich denke, ich lasse dich jetzt besser allein mit deiner Familie, Belinda«, sagte er, stand auf und tätschelte liebevoll ihren Handrücken.

»Sie brauchen doch unseretwegen nicht zu gehen, Mr. Mandel«, sagte ich, als ich die Enttäuschung auf Großmama Belindas Gesicht sah.

»Oh doch, ich muß mit Mrs. Landeau über ihre steuerfreien Geldanlagen reden. Ich habe es ihr versprochen. Ihr werdet schon ohne mich zurechtkommen. Hier, setz dich auf meinen Platz«, sagte er zu mir.

Großmama Belinda sah ihm betrübt nach, als er auf seinen Stock gestützt davonhumpelte. Dann verfinsterten sich ihre Augen, und auf ihren Zügen drückte sich eine solche Wut aus, daß die Ähnlichkeit mit Großmama Olivia nicht zu übersehen war.

»Ich weiß genau, was sie damit bezweckt, ihn um Rat zu fragen«, murmelte sie. »Sie hat es schon seit dem Moment auf ihn abgesehen, in dem er im Eßzimmer an meinen Tisch gekommen ist und sich zu mir gesetzt hat. Grün vor Neid ist sie geworden. Ich wette, sie hat keinen einzigen Cent mehr in irgendwas angelegt. Sie lügt, weil sie ihn dazu bringen will, daß er sich ihr widmet. Diesen Typ Frau kenne ich. Leute von der Sorte können es nicht mit ansehen, wenn andere glücklich sind.«

Cary lachte. Ich sah ihn an und schüttelte unmerklich den Kopf, damit er aufhörte zu lachen. Ich wollte nicht, daß Großmama Belinda das Gefühl hatte, von ihm ausgelacht zu werden. Dann setzte ich mich neben sie und nahm ihre Hand in meine.

»Großmama, kannst du dich nicht mehr an meine früheren Besuche erinnern?« fragte ich. »Erinnerst du dich nicht mehr an die Gespräche, die wir miteinander geführt haben?«

Sie blickte zu Cary auf und sah dann mich wieder an.

»Natürlich kann ich mich daran erinnern. Wie geht es deinen Eltern?«

Cary und ich sahen einander enttäuscht an. Sollten wir Großmama Belinda in kleinen Portionen die Realität vorsetzen, oder war es besser, in die Rollen zu schlüpfen, die ihr verwirrter Verstand uns zugeteilt hatte?

»Sieh mich an, Großmama Belinda. Ich bin Melody, Hailles Tochter, deine Enkelin. Ich bin nicht Laura. Ich bin gekommen, um dir von Haille zu erzählen. Ich habe sie in Kalifornien besucht.«

Sie starrte mich an und preßte die Lippen zusammen. Dann nahm ihr Gesicht härtere Züge an, und ihre Augen wurden kälter.

»Ich habe keine Tochter«, sagte sie. »Dieses unsinnige Gerede muß jetzt endlich aufhören.« Sie drehte sich zu Mr. Mandel um und sah ihm nach. Ihre Stimme bebte vor Wut. »Jetzt habt ihr Mr. Mandel vertrieben, und diese Corina Landeau wird ihn in die Krallen kriegen. Jedesmal, wenn ich jemanden finde, will ihn mir jemand wegnehmen. Meine Schwester bildet da auch keine Ausnahme.« Sie wandte sich uns wieder zu, und plötzlich huschte ein reizendes Lächeln über ihre Gesichtszüge. »Wie geht es eurer Mutter? Richtet ihr aus, ihre Plätzchen hätten mir gut geschmeckt, und ich hätte gar nichts dagegen einzuwenden, wenn sie mir bei Gelegenheit wieder welche backen möchte.«

»Großmama«, sagte ich mit zunehmender Verzweiflung, »versuch doch bitte, dich an meine früheren Besuche zu erinnern. Ich bin Melody. Melody, Hailles Tochter.«

Sie hatte den Blick wieder Mr. Mandel zugewandt, und ihr verträumter Gesichtsausdruck sagte mir, daß sie mir gar nicht zuhörte. Ich seufzte tief, und Cary legte mir eine Hand auf die Schulter.

»Großmama Olivia wollte, daß ich sie besuche und ihr eine gehörige Portion Realität vorsetze. Ich glaube, sie hat genau gewußt, was mich hier erwartet«, sagte ich erbittert.

»Sie ist hier gewesen«, sagte Großmama Belinda, doch sie sah uns immer noch nicht an. »Sie hat mich besucht. Ich nehme an, ich sollte mich geehrt fühlen.«

»Wer war hier, Großmama?« fragte ich.

»Ihre Majestät persönlich, wer denn sonst?« sagte sie und wandte sich uns wieder zu. »Sie hat mir erzählt, Haille sei schon lange tot, bei einem Autounfall ums Leben gekommen. Du siehst also selbst, daß ich gar keine Enkelin haben kann. Ich habe niemanden. Ich hatte Mr. Mandel, aber jetzt . . .«

»Das ist nicht wahr, Großmama. Sie hat dich belogen. Du hast mich, Großmama«, sagte ich. »Bitte, sieh mich an und erkenne mich wieder. Ich habe dich mehrfach besucht. Kannst du dich denn nicht mehr daran erinnern?« rief ich flehentlich aus. Sie starrte mich mit ausdruckslosen Augen an.

Ich drehte mich zu Cary um, und Großmama Belinda wandte ihm ebenfalls ihre Aufmerksamkeit zu.

»Wie geht es deiner Mutter, Cary?« fragte sie. »Stellt sie immer noch diese wunderschönen Handarbeiten her?«

»Ja, genau wie früher, Tante Belinda.« Er lächelte, und sie nickte.

»Früher habe ich auch Handarbeiten hergestellt, aber jetzt sind meine Finger zu ungeschickt dafür. Das kommt mit der Zeit. Man wird älter, und die Finger werden immer ungeschickter.« Sie schüttelte betrübt den Kopf, und dann sah sie wieder zu Mr. Mandel rüber und kniff die Lippen so fest zusammen, daß sie weiß wurden.

»Seht euch nur an, wie sie strahlt«, murmelte sie tonlos. »Er redet auf sie ein, und sie strahlt über das ganze Gesicht. Nicht einen Penny hat sie investiert. Ich habe es ihm gesagt, aber die Männer hören einem ja nie zu. Eine andere Frau braucht ihnen bloß zuzuzwinkern, und schon jagen sie ihr nach. Das ist dir doch klar, nicht wahr?« fragte sie und wandte sich dabei wieder an mich, als sei ihr eben erst aufgefallen, daß ich neben ihr saß. Sie lächelte. »Da sieh mal einer an. Ist es zu fassen? Du siehst so erwachsen aus, Laura. So erwachsen. Verlieb dich nur nicht zu schnell«, warnte sie mich und sah wieder Mr. Mandels Rücken an. »Warum gehen wir nicht einfach alle zu den beiden rüber, und ich tue so, als bräuchte ich auch seine Hilfe bei meinen Geldanlagen. Ja«, sagte sie und freute sich darüber, daß ihr zu diesem Problem eine Lösung eingefallen war.

»Großmama . . .«

Sie starrte weiterhin Mr. Mandel an.

»Es ist zwecklos, Melody«, sagte Cary. »Sie wird sich nicht daran erinnern. Du vergeudest nur deine Zeit und handelst dir noch größere Enttäuschungen ein.«

»Aber sie ist alles, was mir noch geblieben ist, Cary. Außer ihr habe ich keine Familie mehr«, stöhnte ich.

»Du hast mich«, sagte er mitfühlend.

»Ich dachte wirklich, sie würde sich an mich erinnern«, sagte ich und sah Großmama Belinda wehmütig an. »Ich dachte, ich könnte sie öfter hier besuchen, aber offenbar hat Großmama

Olivia dafür gesorgt, daß es nicht dazu kommt«, fügte ich hinzu. »Sie ist hier gewesen und hat sie restlos verwirrt. Sie hat es absichtlich getan.«

»Laß uns gehen, Melody.«

»Sie ist neidisch auf alles, sogar auf die zerbrechliche Beziehung zu meiner Großmutter, die ich gerade erst hergestellt hatte. Und sie kommt hier hereingerauscht und fegt alles fort.«

»Melody, es hat keinen Sinn, daß du dich immer mehr hineinsteigerst. Komm jetzt«, drängte er mich.

»Tu mir einen Gefallen«, sagte Großmama Belinda, als ich aufstand. »Geh kurz rüber zu den beiden und bitte Mr. Mandel, zu mir zurückzukommen. Sag ihm, daß ich ihn auf der Stelle brauche.«

»Er wird zu dir zurückkommen, Großmama«, sagte ich. »Du bist viel hübscher als sie.«

»Wirklich?« Sie strahlte wieder und nickte. »Ja, ich bin viel hübscher, nicht wahr?« stimmte sie mir zu und strich sich mit den Handflächen über das Haar. »Er wird es selbst merken. Sie hat auf dem Kinn dieses Muttermal, auf dem winzige Härchen wachsen. Und ich habe noch nicht mal viele Falten, oder?« Sie drehte sich zu uns um, hob das Gesicht mit geschlossenen Augen der Sonne entgegen und schürzte die Lippen wie ein kokettes junges Mädchen.

»Nein, Großmama, du hast fast keine Falten«, sagte ich und strich ihr über die Wange. Sie schlug die Augen auf und sah mich an.

»Jetzt siehst du aus wie ein Engel«, sagte sie. »Deine Mutter ist bestimmt stolz auf dich.«

»Ja, das kann man wohl sagen«, warf Cary eilig ein. »Sogar sehr stolz.«

»Das freut mich. So sollte es sein.«

Sie sah wieder finster in Mr. Mandels Richtung. Cary zog an meiner Hand, und ich stand auf.

»Sie wird es schon schaffen«, sagte er.

»Du hast recht«, sagte ich. Ich beugte mich hinunter und

drückte Großmama Belinda einen Kuß auf die Wange, doch sie nahm es nicht wahr. Ihre Augen waren starr auf Mr. Mandel geheftet. »Auf Wiedersehen, Großmama. Ich werde dich öfter besuchen. Das verspreche ich dir.«

»Vergeßt die Plätzchen nicht«, rief sie uns nach, als wir uns auf den Weg machten. Ich sah mich noch einmal nach ihr um, ehe wir den Garten verließen. Mr. Mandel hatte sich von der anderen Frau abgewandt und humpelte über den Pfad auf die Bank zu, auf der Großmama Belinda saß und sehr glücklich und zufrieden wirkte.

»Vielleicht ist es jetzt an der Zeit, daß du anfängst, mehr an dich selbst zu denken und dir über uns beide Gedanken zu machen«, sagte Cary, als wir das Pflegeheim verließen. »Vielleicht ist es höchste Zeit, daß wir beide in die Zukunft sehen und nicht mehr in die Vergangenheit, was meinst du?«

»Das kann schon sein«, stimmte ich zu, aber ich war nicht so zuversichtlich wie er, daß die Vergangenheit uns diese Haltung gestatten würde.

Ich sprach Großmama Olivia nicht auf ihren Besuch im Pflegeheim an. Ich mißgönnte ihr die Befriedigung, sich in dem Wissen zu sonnen, daß sie wieder einmal ihren Kopf durchgesetzt hatte. Als sie sich nach meinem Besuch erkundigte, sagte ich, es sei alles in Ordnung gewesen, und dabei beließ ich es. Wenn ich in ihrer Welt überleben wollte, dann mußte ich lernen, mich an ihre Spielregeln zu halten. Für den Moment würde ich so tun, als sei ich die junge Frau, die sie in mir sehen wollte.

Am nächsten Tag kam, wie Großmama Olivia mir zugesichert hatte, Miss Burton ins Haus, um mir Unterricht in Etikette zu erteilen, und sie gab mir von Anfang an das Gefühl, ich sei nicht viel besser als ein Bauerntrampel, der gerade erst an den vornehmen Gestaden von Cape Cod eingetrudelt war. Ich war sicher, daß Großmama Olivia mich so hingestellt hatte.

Sie rief mich in den Salon hinunter, um uns miteinander bekanntzumachen.

»Miss Burton, ich möchte Ihnen gern meine Enkelin Melody vorstellen«, sagte Großmama Olivia, und ich sah die große, dünne Frau an, die so stocksteif dastand, daß ich glaubte, ihr Rückgrat sei aus Stahl. Sie hatte sehr schmale Schultern, deren spitze Knochen sich deutlich durch ein dunkelblaues Baumwollkleid abzeichneten, das gerade an ihr herunterhing. Der Saum reichte bis auf ihre Knöchel, und der Kragen war zugeknöpft.

Miss Burton sagte nichts, hielt mir jedoch die Hand hin.

»Hi«, sagte ich zur Begrüßung, schüttelte kurz ihre Hand, wich zurück und sah Großmama Olivia an, die wie zu ihrer eigenen Bestätigung nickte.

»Bis zum Schulbeginn wird dich Miss Burton an jedem Wochentag um Punkt neun Uhr morgens erwarten. Nachdem die Schule begonnen hat, werden wir einen geeigneten Zeitpunkt für den weiteren Unterricht festsetzen.«

»Und für wie lange?« fragte ich.

»So lange, wie wir brauchen, um eine Dame aus dir zu machen«, erwiderte Großmama Olivia barsch.

»Ich glaube, das bin ich bereits«, gab ich zurück. Großmama Olivia lächelte kalt und sah Miss Burton an.

»Wie Sie sehen, haben Sie es hier mit einer echten Herausforderung zu tun, Louise.«

»Ich bin sicher, daß wir unser Bestes tun werden«, sagte Miss Burton, die mich immer noch eindringlich musterte.

»Dann überlasse ich es Ihnen jetzt, ans Werk zu gehen. Mir ist klar, daß Sie die Zeit nutzen müssen, und die anberaumten Unterrichtsstunden werden noch lange nicht genügen«, fügte Großmama hinzu und verließ mit diesen Worten den Salon. Einen Moment lang blieben Miss Burton und ich stehen und maßen einander mit unseren Blicken wie zwei Gegner vor Beginn der ersten Runde eines harten Kampfes. Dann räusperte sie sich und kam einen Schritt auf mich zu, als hätte jemand sie von hinten angestoßen.

»Ich kann dir nur helfen, wenn du dir helfen lassen willst«, sagte sie grimmig.

»Ich glaube nicht, daß ich Hilfe brauche«, erwiderte ich aufrichtig, da sie anscheinend mit offenen Karten spielen wollte.

»Meine Güte«, sagte sie lächelnd und schüttelte den Kopf, »du brauchst ganz entschieden Hilfe.«

»Ach wirklich?« sagte ich trocken. »Und wie können Sie das so schnell beurteilen? Oder gehen Sie von vornherein nur von den Dingen aus, die meine Großmutter Ihnen über mich erzählt hat?«

»Ich bilde mir mein eigenes Urteil über Menschen. Fangen wir doch einfach mit deinem Auftreten heute morgen an. Mrs. Logan hat mir dich in einer angemessenen Form vorgestellt. Es wird grundsätzlich so gehandhabt, daß man einen jüngeren Menschen dem älteren Menschen vorstellt, und nicht umgekehrt, aber der sagt dann nicht: ›Hi‹. Das mindeste, was man von dir erwarten kann, ist ein schlichtes ›Hallo‹. Das ist in den meisten Situationen annehmbar, aber natürlich nicht dann, wenn man sehr förmlich miteinander bekanntgemacht wird. Wir sind einander mehr oder weniger offiziell vorgestellt worden, und daher hättest du sagen sollen: ›Hallo, Miss Burton, es freut mich, Sie kennenzulernen‹ oder: ›Guten Tag, Miss Burton, wie geht es Ihnen?‹. Im übrigen sollte mit einer formellen verbalen Begrüßung ein direkter Blickkontakt einhergehen, was darauf hinweist, daß man dem Menschen, an den man seine Worte richtet, tatsächlich seine Beachtung schenkt. Du hast deine Blicke zu Mrs. Logan abschweifen lassen, dich im Zimmer umgesehen, mich kurz angeschaut, dann wieder Mrs. Logan angesehen und schließlich noch einmal mir ins Gesicht geschaut«, predigte sie mir. »Muß ich fortfahren?«

»Ja, vermutlich«, sagte ich und spürte, wie sich ein enger Knoten in meiner Magengrube zusammenzog.

»Ein älterer Mensch reicht dem jüngeren die Hand, wie ich es vorhin getan habe, aber man packt die Hand eines anderen nicht wie einen leeren Handschuh, und man schüttelt sie auch nicht so matt, als hätte die eigene Hand keine Knochen, sondern ein Händedruck sollte fest sein, und wenn man einem

Menschen die Hand schüttelt, sollte man ihm direkt in die Augen sehen.

Als nächstes«, fuhr sie im selben Atemzug fort, »kommt deine grauenhafte Haltung. Ein Mensch zeigt sich von seiner besten Seite, wenn er aufrecht dasteht und aufrecht dasitzt, denn nur dann wirkt er zuversichtlich und selbstbewußt, wie jemand, der seinen eigenen Wert kennt. Runde Schultern, eine gebeugte Haltung, die Arme vor dem Körper verschränkt, wie du jetzt dastehst . . . all das weist augenblicklich auf deine Nachlässigkeit und deinen Mangel an Kultiviertheit hin. Deine Schultern sollten zurückgezogen sein, das Kinn zurückgenommen und ein klein wenig nach oben gereckt, der Bauch eingezogen, der Rücken gerade und die Knie nicht durchgedrückt, sondern entspannt. Du darfst auch die Arme entspannt an den Seiten herunterhängen lassen. Und jetzt wollen wir mal sehen, wie du dich dort hinsetzt«, sagte sie und wies mit einer Kopfbewegung auf den prallen Polstersessel zu meiner Linken.

Ich musterte ihn wie eine überdimensionale Herausforderung, denn ich war sicher, daß ich alles falsch machen würde, ganz gleich, was ich tat. Dennoch ging ich auf den Stuhl zu, drehte mich um, sah ihr direkt ins Gesicht und setzte mich. Sie lachte.

»Was ist daran so komisch?«

»So sitzt man doch nicht da. So steif würde man sich niemals geben, und man läßt sich auch nicht auf einen Sessel plumpsen. Du mußt in einer lockeren Haltung dasitzen und darfst die Beine nicht spreizen«, fügte sie hinzu und wies auf meine Beine. »Die einzigen Menschen, die einen Blick auf deine Unterwäsche erhaschen wollen, sind Perverse. Du solltest ein wenig zur Seite gewandt dasitzen, um zu verhindern, daß du dich mit ausgestreckten Beinen auf dem Sessel herumlümmelst.«

»Diese Polster sind so weich, daß ich . . .«

»Das ist nur ein Grund mehr, auf deine Haltung zu achten und daran zu denken, wie du auf andere wirkst, die sich im selben Raum aufhalten.«

»Ich finde nicht, daß ich besonders nachlässig wirke«, protestierte ich.

»Du machst keinen nachlässigen Eindruck, aber du wirkst auch nicht wie eine kultivierte junge Frau, eine Frau von Rang und Format, eine Frau, zu der sich einer ihresgleichen hingezogen fühlen würde«, beharrte sie. »Du gehörst jetzt einer sehr vornehmen Familie an. Es ist deine Pflicht, ebenfalls vornehm zu sein, und wenn du auf einem Stuhl sitzt und die Beine so weit spreizt, daß ein Lastwagen zwischen ihnen hindurchfahren könnte, wenn du in einer gekrümmten Haltung dastehst, dich ruckhaft und ungelenk bewegst und andere anglotzt, dann läßt dich all das eher wie eine Person wirken, die von ungebildeten, unkultivierten Menschen von niederem Rang aufgezogen worden ist.«

»Das ist nicht wahr. Ich bin von braven Leuten aufgezogen worden, von anständigen Menschen, die für andere da waren, wenn sie gebraucht wurden, und die ...«

»Warum bemühst du dich dann nicht, alles zu tun, damit ebendiese Menschen stolz auf dich sein können, stolz auf das, was aus dir werden kann, und stolz auf die Person, die du jetzt bist?« gab sie zurück, ehe ich weitere Einwände erheben konnte.

Ich schluckte meinen Stolz und meine Empörung.

»Ich kann dir nur eine gute Lehrerin sein, wenn du es zuläßt, und es hängt ganz allein von dir ab, ob du eine gute Schülerin sein wirst. Sollen wir jetzt beginnen, oder wäre es dir lieber, wenn wir eine Stunde lang darüber diskutieren, ob du meine Hilfe brauchst oder nicht?« fragte sie mit fester Stimme, ohne auch nur einen Moment lang ihre korrekte Haltung zu lockern. In ihren kalten braunen Augen sah ich keine Spur von Wärme.

»Ich werde es versuchen«, sagte ich schließlich und atmete tief durch, denn ich war fest entschlossen, nicht zu weinen.

»Gut. Dann laß uns jetzt anfangen. Geh raus, und komm wieder rein. Tu so, als begegneten wir uns zum ersten Mal. Denk beim Eintreten an deine Haltung.«

Ich stand auf und verließ den Salon. Einen Moment lang

fühlte ich die Versuchung, einfach zur Haustür hinauszulaufen. Dann sah ich mich im Korridor um und stellte fest, daß Großmama Olivia mich beobachtete. Ich wußte, mit welcher Selbstgefälligkeit sie meine Flucht beobachtet hätte. Sie hätte einfach nur genickt und gesagt, ihr sei klar, daß ich nicht das Zeug dazu hätte, mich auf ihre Ebene aufzuschwingen. Der Gedanke an ihren Spott erboste mich, und daher zog ich die Schultern zurück und kehrte mit hocherhobenem Kopf wieder in den Salon zurück.

Miss Burton hielt mir die Hand hin, und ich drückte sie kräftig und sagte: »Hallo, Miss Burton. Es freut mich, Sie kennenzulernen.«

Sie lächelte und wies auf den Sessel. Ich setzte mich ihren Anweisungen gemäß hin und legte die Hände auf meinen Schoß.

»Sehr gut«, sagte sie. »Wir werden doch noch eine Dame aus dir machen.«

»Ich glaube, um eine Dame zu sein, genügt es nicht, zu wissen, wie man Leute begrüßt«, sagte ich zu ihr.

»Natürlich nicht, meine Liebe. Das Leitprinzip der Etikette ist Rücksichtnahme. Es gibt zehn Gebote für das Benehmen im Alltag. Sprich nie«, begann sie und hob warnend ihren langen, dünnen und knochigen Zeigefinger, »nur über dich selbst, rede über andere nie hinter ihrem Rücken, stelle niemals persönliche Fragen und steck deine Nase auch nicht in anderer Leute Angelegenheiten, bring niemals absichtlich jemanden in Verlegenheit, starre andere nie an und deute auch nicht mit dem Finger auf sie, kaue niemals mit offenem Mund auf einem Kaugummi herum und mach auch nie Kaugummiblasen, die du dann platzen läßt, und bekunde niemals öffentlich deine Zuneigung zu anderen«, sagte sie und hielt inne, um Atem zu holen. »Soweit ich weiß, ist gerade Letzteres ein Gebot, gegen das ihr jungen Leute heutzutage häufig verstoßt.«

»Ich nicht«, protestierte ich.

Sie schüttelte den Kopf.

»Du mußt deine eigene beste Kritikerin werden, und um das

zu erreichen, darfst du nicht lügen, und am allerwenigsten darfst du dir selbst etwas vormachen. Genau das passiert nämlich, wenn man andere belügt – es läuft darauf hinaus, daß man sich am Ende selbst belügt.«

»Aber . . .«

»Hast du nicht gerade erst kürzlich hier in dieser Auffahrt jemanden geküßt?« fragte sie.

Ich saß mit aufgesperrtem Mund da. Großmama Olivia hatte ihr erzählt, daß ich Cary geküßt hatte?

»Laß den Mund nicht so weit offenstehen. Das ist nicht nur unhöflich, sondern zudem noch äußerst unvorteilhaft.«

»Ich . . .«

»Küsse in der Öffentlichkeit sind ein Ausdruck von Zuneigung, oder stimmst du mir darin etwa nicht zu? Und jetzt laß uns weitermachen«, sagte sie und stand auf. »Heute wollen wir uns auf das Essen konzentrieren.«

»Das Essen?«

»Die Tischmanieren, meine Liebe. Folge mir bitte ins Eßzimmer.«

Ich stand auf und ging auf die Tür zu.

»Gestatte älteren Personen immer den Vortritt«, wies sie mich an. Ich blieb verlegen stehen und ließ sie vor mir zur Tür hinausgehen. »Komm bitte mit«, sagte sie. »Es besteht keine Veranlassung, so weit hinter mir zurückzubleiben.«

Ich schüttelte den Kopf und folgte ihr ins Eßzimmer, und dabei kam ich mir vor wie ein Welpe, den man systematisch erzieht, weil er noch nicht stubenrein ist. Als wir an der Treppe vorbeikamen, fiel mir auf, daß Loretta dort stand und mich beobachtete. Ihr Gesichtsausdruck war in dem schwachen Licht nicht zu erkennen, und ich hatte keinen Anhaltspunkt dafür, ob sich Loretta in diesem kalten und herzlosen Haus als meine einzige Freundin erweisen würde. Oder würde sich herausstellen, daß auch sie zu Großmama Olivias zahllosen Speichellekkern zählte und viel zu große Angst vor ihr hatte, um es zu wagen, nicht nach ihrer Pfeife zu tanzen?

Wenn ich gewußt hätte, daß ich Loretta trauen konnte, dann wäre ich in dem Moment auf sie zugegangen und hätte ihr gesagt, sie solle ganz genau hinschauen, denn ich würde Großmama Olivia demnächst mit ihren eigenen Waffen schlagen.

Die erste Gelegenheit dazu bot sich mir an jenem Abend beim Essen. Als ich auf das Eßzimmer zuging, hörte ich Stimmen im Salon und blieb gerade noch rechtzeitig in der Tür stehen, um zu hören, wie Großmama Olivia sagte: »Er benimmt sich absolut unmöglich. Er ist der reinste Vollidiot geworden. Ich kann nicht zulassen, daß er sich weiterhin in der Öffentlichkeit zeigt. Ich möchte, daß du deine Beziehungen spielen läßt, damit sie ihn ganz oben auf die Liste setzen, Nelson.«

»Aber ich dachte, der Arzt hätte gesagt, dadurch könnte sich sein Zustand nur verschlimmern«, erwiderte Richter Childs.

»Und was ist mit mir? Glaubst du etwa, mir ginge es nicht täglich schlechter?«

Ich trat ein, und der Richter sah mich im selben Augenblick. »Oh Melody!« rief er aus und stand auf, um mich zu begrüßen. Ich hielt ihm die Hand so hin, wie Miss Burton es mir beigebracht hatte. Meine Haltung war aufrecht, und den Arm hatte ich ziemlich steif ausgestreckt, um zu verhindern, daß er mich umarmte. Mir war nicht wohl zumute bei der Vorstellung, er könnte mir in Gegenwart von Großmama Olivia seine Zuneigung bekunden. Wenn sie den Verdacht geschöpft hätte, daß sich zwischen mir und meinem Großvater eine liebevolle Beziehung entwickelte, dann hätte sie unser Verhältnis zueinander bestimmt ebenso schnell zerstört wie die zarten Bande, die sich zwischen mir und Großmama Belinda gebildet hatten.

»Guten Abend, Richter Childs«, sagte ich. »Es freut mich, Sie wiederzusehen.«

Er erstarrte einen Moment lang, als hätte ihn der Schlag getroffen, und dann lächelte er und schüttelte mir zur Begrüßung kurz die Hand. Dabei sah er Großmama Olivia an, und sie nickte beifällig.

»Es freut mich zu sehen, daß du zurückgekommen bist.«

»Danke«, sagte ich mit einem gepreßten Lächeln und hoffte nur, er würde auf mein Spielchen eingehen.

»Äh . . . wir haben uns gerade . . . vor dem Abendessen ein wenig entspannt«, erklärte er, nicht ohne eine gewisse Unbeholfenheit.

Er wirkte so elegant wie eh und je, wenn er auch ein bißchen älter und grauer geworden war, und sein Gesicht kam mir etwas schmaler vor. Er trug ein marineblaues Freizeitjackett, eine Khakihose und eine gestreifte Krawatte, die lässig und halsfern gebunden war.

»Kommt Großpapa Samuel nicht zum Abendessen nach unten?« fragte ich. »Ich habe ihn den ganzen Tag noch nicht gesehen.«

»Nein«, sagte Großmama Olivia mit scharfer Stimme. »Sein Zustand hat sich verschlechtert. Der Arzt wird ihn morgen früh wieder untersuchen.«

»Gibt es irgend etwas, was ich tun kann, um ihm zu helfen?« fragte ich, denn ich wünschte, ich könnte allein mit meiner Willenskraft bewirken, daß es Großpapa Samuel wieder gutging.

»Keiner von uns kann etwas für ihn tun«, erwiderte sie trocken. In dem Moment erschien Loretta in der offenen Tür und kündigte mit einem kleinen Knicks an, das Abendessen könne jetzt aufgetragen werden.

»Endlich«, sagte Großmama Olivia und erhob sich. Richter Childs reichte ihr seinen Arm, und sie hing sich bei ihm ein. Gemeinsam gingen die beiden auf die Tür zu. Ich trat zur Seite, um ihnen den Vortritt zu lassen, und dann folgte ich ihnen flink durch den Korridor.

»Du mußt mir unbedingt von deiner Reise in den Westen erzählen«, sagte der Richter, als wir alle am Tisch Platz genommen hatten. »Vielleicht kannst du eines Tages mal rüberkommen und mich besuchen«, fügte er hinzu, nachdem er einen nervösen Seitenblick auf Großmama Olivia geworfen hatte.

»Sehr gern, Richter Childs«, sagte ich und faltete meine Serviette auseinander, um sie dann auf meinem Schoß auszubreiten. Großmama Olivia musterte meine Haltung und stellte fest, daß ich aufrecht dasaß und die Wirbelsäule fest gegen die Rückenlehne meines Stuhls preßte.

Sowie die Suppe serviert worden war und Großmama Olivia ihren Löffel in die Hand genommen hatte, begannen der Richter und ich zu essen. Mit Ausnahme von Großmama Olivias Haus hatte ich noch nie soviel Besteck neben den Tellern liegen sehen. Miss Burton hatte erklärt, daß wir immer mit dem Besteck beginnen, das am weitesten vom Teller entfernt liegt. Eine Zeitlang aßen wir schweigend, und Großmama Olivia und ich musterten einander ständig. Als die Flüssigkeitsmenge abnahm und der Löffel sich nicht mehr in die Suppe eintauchen ließ, schabte Großmama Olivia gerade laut genug, daß man es hören konnte, mit dem Löffel auf dem Grund ihres Suppentellers herum.

Ich neigte meinen Teller ein wenig in die Richtung, die mir abgewandt war.

»Ich glaube, so macht man das richtig, Großmama«, sagte ich und stellte zu meiner Begeisterung fest, daß ihr Gesicht sich rötete. Der Richter fing an zu lachen, hörte jedoch in dem Moment auf, in dem er die Wut in Großmama Olivias Augen sah.

»Ich weiß selbst, wie man seine Suppe ißt, aber ich habe meine Suppe noch nicht aufgegessen«, erwiderte sie.

»Es klang aber so«, sagte ich. Ich war zwar entschlossen, an meinem Vorhaben festzuhalten, doch jetzt begann ich zu glauben, daß es ratsam sein könnte, weniger forsch vorzugehen.

Sie kniff die Lippen zusammen und neigte ihren Teller, wie es sich gehörte, doch sie brachte es nur noch auf einen letzten Löffel Suppe. Als wir beide aufgegessen hatten, ließen wir unsere Löffel auf unseren Suppentellern liegen. Unsere Bewegungen waren nahezu simultan, und wir mußten wirken wie zwei Rivalinnen, die um einen Preis für die besten Tischmanieren wetteifern. Ich sah die Fragezeichen, die in des Richters Augen standen.

Loretta kostete es Mühe, keine Miene zu verziehen, als sie das Geschirr abräumte und mit der Vorspeise zurückkam, Muscheln, die in einer Schalenhälfte serviert wurden.

»Ich nehme an, du hast seit deiner Rückkehr schon bei Sara und den Kindern reingeschaut«, sagte der Richter. »Wie geht es ihnen?«

»Den Umständen entsprechend. Cary und May vermissen ihren Dad wirklich sehr. Und Tante Sara ist natürlich schrecklich traurig«, erwiderte ich.

»Richte Sara doch bitte die besten Wünsche von mir aus, wenn du sie wiedersiehst«, sagte er. »Ich werde etwas unternehmen müssen, um dieser armen Familie zu helfen«, fügte er hinzu und schüttelte betrübt den Kopf.

Als Großmama Olivia ihre Muscheln zu essen begann, griffen auch Richter Childs und ich herzhaft zu. Die Muscheln wurden auf gehacktem Eis serviert, das rund um kleine Schälchen mit Cocktailsauce arrangiert worden war. Wir spießten die Muscheln mit unseren dafür vorgesehenen kleinen Gabeln auf, tunkten sie in die Sauce und steckten sie dann im Ganzen in den Mund.

»Einfach köstlich, diese süßlichen Muscheln«, sagte der Richter und tätschelte zufrieden seinen Bauch.

Es folgten die Salate und dann der Hauptgang, der heute abend aus Lammkoteletts mit Beilagen bestand. Ich wäre fast an dem Bissen in meinem Mund erstickt, als der Richter eines der Lammkoteletts in die Hand nahm und das Fleisch vom Knochen abnagte. Ich konnte mir kaum ausmalen, was Miss Burton dazu wohl gesagt hätte! Großmama und ich schnitten unser Fleisch vornehm mit Messer und Gabel und aßen es in kleinen Bissen. Als ich mit dem Essen fertig war, legte ich Messer und Gabel auf den Teller und lehnte mich zurück. Loretta räumte meinen Teller und mein Besteck ab und wandte sich dann Großmama Olivias Teller zu. Der Richter gab seinen

Teller nicht her, ehe alles bis auf den letzten Happen aufgegessen war. Dann schmatzte er mit den Lippen und lobte den Geschmack des Lammfleischs.

»Das hier ist wirklich eines der besten Restaurants in Provincetown«, scherzte er.

»Und die Preise stimmen auch«, murmelte Großmama Olivia.

Der Richter lachte schallend. Dann beugte er sich vor, stützte die Ellbogen auf den Tisch und verschränkte die Hände.

»Nun, Melody, dann wirst du jetzt also dein letztes Schuljahr beginnen«, sagte er. »Ich wette, du bist schon ganz aufgeregt.«

»Ja, allerdings«, erwiderte ich aufrichtig.

»Ich dachte daran, sie zur Vorbereitung auf das College an die Rosewood-Schule zu schicken«, sagte Großmama Olivia, die sich keine Chance entgehen ließ, zu allem ihren Senf dazuzugeben.

»Oh ja, das ist eine noble Schule. Ich glaube, die Tochter des Kongreßabgeordneten Dunlap wird sie dieses Jahr besuchen, wenn ich mich nicht irre.«

»Du irrst dich nicht«, sagte Großmama Olivia.

Loretta servierte uns den Kaffee und einen Zitronenkuchen, den der Richter begehrlich beäugte. Als Großmama Olivia ihre Tasse hob, verschüttete sie ein paar Tropfen Kaffee auf ihre Untertasse. Es war, als hätte ein Solointerpret bei einem Konzertauftritt einen falschen Ton getroffen. Einen Moment lang erstarrte sie, ehe sie einen Schluck von ihrem Kaffee trank, ihre Tasse dann wieder hinstellte und ihre Aufmerksamkeit dem Zitronenkuchen zuwandte.

»Solltest du diese Untertasse nicht gegen eine frische austauschen lassen, Großmama?« fragte ich sie. Sie warf mir einen erbitterten Blick zu und lehnte sich zurück.

»Loretta«, rief sie. Loretta erschien gleich darauf. »Ich hätte gern eine frische Untertasse, wenn Sie so freundlich wären.«

»Selbstverständlich, Mrs. Logan«, sagte Loretta und eilte in die Küche zurück. Der Richter strahlte über das ganze Gesicht.

Großmama beugte sich wieder vor, um sich ein Stück von dem Zitronenkuchen abzuschneiden, und dann reichte sie dem Richter die Kuchenplatte.

»Ich habe gelernt, daß man Platten und Schüsseln gegen den Uhrzeigersinn herumreicht, Großmama. Ist mir vielleicht etwas Falsches beigebracht worden?« fragte ich und bemühte mich, meine Worte so unschuldig wie nur irgend möglich klingen zu lassen, obwohl meine Knie gegeneinanderschlugen. Ihr Gesicht lief mit einer solchen Geschwindigkeit dunkelrot an, daß ich fürchtete, ihr könnte tatsächlich etwas zustoßen. Sie zog die Kuchenplatte blitzschnell zurück, und ihre Hand zitterte so sehr, daß der Kuchen an den Rand der Platte rutschte. Um zu verhindern, daß er hinunterfiel, neigte sie die Platte nach der anderen Seite, doch diese Gegenbewegung war zu ruckhaft, und der Kuchen fiel von der anderen Seite der Platte herunter und landete direkt vor dem Richter, der seinen Stuhl zurückzog, um nicht von dem Puderzucker besprüht zu werden.

»Hoppla«, sagte er lachend. Loretta kam auf den Tisch zugestürzt.

Großmama Olivia, die jetzt so rot war wie die Touristen mit ihren Sonnenbränden, stieß ihren Stuhl vom Tisch zurück, um Loretta den Zugang zu dem entstandenen Schaden zu ermöglichen.

»Nichts passiert«, sagte der Richter. »Und wie der Kuchen aussieht, ist mir ganz egal. Ich esse ihn so oder so, Loretta.«

Sie lächelte ihn an, wandte den Blick jedoch gleich darauf Großmama Olivia zu, als hätte sie das Gefühl, in irgendeiner Form würde man sie für den Vorfall verantwortlich machen.

»Unsinn«, sagte Großmama Olivia. »Loretta, nehmen Sie den Kuchen mit in die Küche und richten Sie ihn wieder einigermaßen präsentabel her.«

»Ja, Ma'am«, sagte sie und entfernte sich eilig mit dem zerbröselten Kuchen.

»Ich hätte ihn auch vom Tisch gegessen«, sagte der Richter, damit sich die Spannung löste, doch Großmama Olivia erdolchte ihn mit ihren Blicken, bis er sich wie ein gehorsamer kleiner Junge zurücklehnte. Dann wandte sie sich langsam zu mir um.

»Wenn du mich nicht derart irritiert hättest . . .«

»Ich habe doch nur versucht, in der Praxis zu üben, was mir beigebracht worden ist, Großmama. Es tut mir leid, aber Miss Burton sagt, wir sollten unsere besten Manieren nicht der Außenwelt vorenthalten. Sie sagt, die Menschen, mit denen wir zusammenleben, haben unsere besten Manieren erst recht verdient.«

»Miss Burton?« fragte der Richter.

»Jemand, den ich engagiert habe, um sie in Etikette unterrichten zu lassen«, erwiderte Großmama eilig.

Loretta kehrte mit dem Kuchen zurück, den sie wieder halbwegs in Form gebracht hatte, doch diesmal lief sie um den Tisch herum und servierte jedem von uns ein Stück.

»Dieser Kuchen sieht doch prima aus, nicht wahr?« sagte der Richter.

»Doch, das kann man wohl sagen«, stimmte ich ihm zu und schnitt den Teig mit der Gabel. Großmama Olivia nahm nur ein paar kleine Happen zu sich und ließ mehr als die Hälfte der Kuchenscheibe auf ihrem Teller zurück.

Als Loretta gerade wiederkam, um das Geschirr abzuräumen, hörten wir, daß an der Tür geklingelt wurde. Loretta blieb stehen und erwartete Anweisungen.

»Sehen Sie nach, wer geläutet hat«, sagte Großmama.

»Erwartest du jemanden?« fragte der Richter.

»Nein, keineswegs«, sagte sie und war offensichtlich verärgert über diese Störung. Im nächsten Moment kam Loretta mit Cary im Gefolge zurück. Er trug eine Kuchenform in den Händen, die mit einem Tuch bedeckt war.

»Oh, das tut mir aber leid. Ich bin anscheinend zu spät gekommen, Großmama«, sagte er, »aber Ma schickt dir einen selbstgebackenen Moosbeerkuchen. Ich habe ein paar Beeren gepflückt, die früher reif waren als die anderen, und sie hat ihn heute nachmittag erst gebacken.«

»Hmm . . . ich habe mir noch nie viel aus Moosbeerkuchen gemacht«, sagte Großmama Olivia hochnäsig.

»Ich liebe Moosbeerkuchen«, sagte der Richter und zwinkerte mir zu.

»Dann nimm ihn mit«, sagte sie mit einer abfälligen Handbewegung.

»Danke, gern. Und du bedankst dich in meinem Namen bei deiner Mutter, Cary«, sagte er, als Cary mit dem Kuchen näher kam.

»Packen Sie den Kuchen für Richter Childs ein, Loretta«, ordnete Großmama Olivia an. »Wenn du erwartet hast, daß wir ihn heute abend essen, dann hättest du ihn früher bringen müssen«, sagte sie zu Cary.

»Ich hatte noch einiges am Anlegesteg zu tun, und . . .«

»Ach, mach dir deshalb keine Sorgen«, sagte der Richter. »Der Kuchen wird schon nicht schlecht werden, soviel steht fest.«

Cary stand unbeholfen da und wartete auf eine Aufforderung, sich an den Tisch zu setzen, doch Großmama Olivia bot ihm keinen Stuhl an. Er warf einen Blick auf mich und sah dann den Richter an.

»Würdet ihr mich jetzt bitte entschuldigen?« fragte ich. »Ich möchte gern am Strand spazierengehen.«

Großmama Olivia bedachte mich mit einem eisigen Blick.

»Es ist schon spät«, sagte sie streng.

»Spät?« fragte der Richter und warf einen Blick auf seine Armbanduhr, als sei er derjenige, der sich in der Zeit geirrt hatte.

»Für einen Spaziergang am Strand«, erklärte sie. »Ich dachte, du hättest Probleme am Anlegesteg, Cary.«

»Ich habe alles in Ordnung gebracht, Großmama. Jetzt kann ich es mir leisten, ein Weilchen zu bleiben«, sagte er geradezu flehentlich. Widerstrebend nickte sie.

Ich erhob mich.

»Danke, Großmama. Richter Childs, das Abendessen mit

Ihnen war mir ein Vergnügen. Ich hoffe, wir sehen uns bald wieder.«

»Wann du willst, meine Liebe. Von mir aus jederzeit. Komm einfach zu mir rüber«, sagte er und lächelte selig. Zum Glück war Großmama Olivia durch ihre eigenen Sorgen zu sehr abgelenkt, um die Einladung des Richters befremdlich zu finden. Ich verließ den Tisch und begleitete Cary zur Hintertür. Als wir ins Freie traten, kam ich mir vor, als hätte ich Ketten abgeworfen. Nie hatte ich die Abendluft so erfrischend empfunden.

»Was geht hier vor?« fragte Cary. »Die Luft war so spannungsgeladen, man hätte sie schneiden können.«

»Großmama und ich üben gute Tischsitten«, sagte ich und lachte. »Es scheint, als sei sie nicht so vollkommen, wie sie es sich einbildet. Ich glaube, mit diesen Anstandsregeln werde ich ziemlich viel Spaß haben.«

Cary nahm mich an der Hand, und wir liefen zum Strand hinunter. Das Meer war ruhig, und die Wellen plätscherten leise. In der Ferne sah ich die winzigen Lichter eines Tankschiffs. Sterne glitzerten direkt über dem Wasser, und einige wirkten wie funkelnde Diamanten, die auf einer Kette aufgereiht waren. Der Mond schien nicht, aber der Abend war so klar, daß der Himmel über uns schimmerte.

»Bist du ganz sicher, daß du bei ihr wohnen willst?« fragte Cary. »Heute abend hat sie auf mich gehässiger denn je gewirkt. Wo war mein Großpapa? Nach dieser ganzen Geschichte mit dem Moosbeerkuchen habe ich mich nicht mehr getraut, nach ihm zu fragen«, erklärte er.

»Sie hat ihn in seinem Zimmer eingesperrt. Ich habe sie mit dem Richter reden hören. Ich glaube, sie läßt Großpapa Samuel in dasselbe Heim stecken, in dem meine Großmutter bereits lebt«, sagte ich.

»Geht es ihm so schlecht?« fragte Cary und konnte nicht verhindern, daß seine Stimme bebte.

»Er redet wirres Zeug, das ich nicht verstehen kann, und er

vernachlässigt sich, Cary. Ich glaube leider, daß sie recht haben könnte. Er braucht tatsächlich Hilfe.«

»Es ist, als bräche um uns herum alles in Stücke«, sagte Cary betrübt. »Ma kann ihre Depressionen einfach nicht abschütteln. Und May ist so unglücklich.«

»Ich komme morgen vorbei«, versprach ich ihm, »und lasse mir Zeit für die beiden.«

»Danke. Du weißt ja, daß sie dich schrecklich vermissen.«

Wir blieben stehen und schauten auf das Wasser hinaus. Cary legte mir einen Arm um die Taille, und ich lehnte meinen Kopf an seine Schulter. Ich spürte seine Lippen auf meinem Haar, auf meiner Stirn und dann auf meinen Schläfen. Ich hob den Kopf und bog ihm mein Gesicht entgegen, und wir küßten uns. Es war ein langer, zärtlicher Kuß. Dann umarmte er mich und drehte mich zu sich um, damit er mich wieder küssen konnte. Ich hörte, daß sein Atem schneller ging.

»Ich liebe dich, Melody. Ich glaube, es vergeht keine Stunde, in der ich nicht an dich denke, sogar im Schlaf.«

»Cary. Wir haben ein Problem«, sagte ich und löste mich von ihm. Ich lief ein paar Schritte am Strand entlang.

»Was ist los?« fragte er und folgte mir langsam.

»Großmama Olivia will nicht, daß wir soviel Zeit miteinander verbringen. Sie hat es mir sogar regelrecht verboten.«

»Was? Warum denn das?«

»Sie verplant mein ganzes Leben und hat klare Vorstellungen von meiner Zukunft, und in ihren Plänen ist kein Platz für dich reserviert«, sagte ich zu ihm, da ich nicht recht wußte, wie ich diesen Hieb abschwächen sollte.

»Was? Aber ...«

»Daher halte ich es für das beste, wenn sie nicht erfährt, wieviel Zeit wir miteinander verbringen. Je weniger sie davon weiß, desto besser. Sie wird uns sonst nur Schwierigkeiten machen, vor allem dir«, sagte ich.

»Wie könnte sie das anstellen?« fragte er besorgt.

»Wie es ihr beliebt. Sie hat zahlreiche Möglichkeiten, und

darunter ist keine, die dir gefallen würde«, sagte ich. »Aber weshalb sollten wir Probleme verursachen, wenn es gar nicht nötig ist? Je mehr ich von der Welt der Erwachsenen sehe, desto klarer wird mir, daß sie um Millionen von kleinen Lügen herum aufgebaut ist, die auf Ketten aufgefädelt werden, Ketten, die aus Illusionen und Täuschungen bestehen. Ich habe es satt, dagegen anzukämpfen, Cary. Wenn wir uns unser Glück rauben müssen, dann werden wir es uns eben rauben«, sagte ich mit fester Stimme.

Er lächelte.

»Solange ich bloß mit dir zusammensein kann, ist mir ganz gleich, wie wir es anstellen«, sagte er.

»Für den Moment werde ich sie in dem Glauben wiegen, daß ich alles tue, was sie will. Das wird uns allen das Leben leichter machen. Deine Mutter kann derzeit nicht noch mehr Aufruhr in ihrem Leben gebrauchen. Keiner von uns kann jetzt noch mehr Schwierigkeiten gebrauchen«, sagte ich.

Er nickte.

»Du bist auf dem besten Wege, reichlich stark zu werden, Melody.«

»Ob ich es will oder nicht«, erwiderte ich. Er lachte, und dann umarmte er mich wieder und küßte mich ausgiebig. Diesmal glitten seine Hände über meine Arme und über meine Taille und kletterten dann zu meinen Brüsten hinauf. Ich stöhnte und ließ mich mit weichen Knien an ihn sinken.

»Cary.«

»Du hast mir ja so sehr gefehlt«, sagte er, »wann können wir wieder so zusammensein wie früher?«

»Bald«, versprach ich ihm. »Sehr bald. Aber jetzt sollten wir besser ins Haus zurückgehen.«

Er nickte widerstrebend. Als wir auf die Hintertür des Hauses zugingen, warf ich einen Blick auf die Kellertreppe, und mir fiel wieder ein, wie Cary mir erstmals Fotos von meiner Mutter gezeigt und mir enthüllt hatte, daß sie bei Großpapa Samuel und Großmama Olivia gelebt hatte und gemeinsam mit meinem

Stiefvater und mit Onkel Jacob aufgewachsen war, als seien die beiden ihre Brüder.

»Großpapa Samuel hat etwas von weiteren Geheimnissen gefaselt, die hier im Keller verborgen sind, Cary. Glaubst du, das ist wahr? Oder ist das nur eine seiner Wahnvorstellungen?«

»Ich bin sicher, daß nichts weiter dahintersteckt«, sagte Cary, doch als wir an der Treppe vorbeikamen, fühlte ich, wie die Schatten mich anlockten, mich in sich hineinziehen wollten und Enthüllungen versprachen, die mich bis ins Mark frösteln lassen würden.

Eines Tages würde ich den Mut aufbringen nachzusehen.

Aber im Moment kostete es mich meinen gesamten Mut, von einer Stunde zur anderen den Alltag zu überstehen.

14
Kostbare Augenblicke

Abgesehen von Theresa Patterson, deren Vater schon für Carys Vater gearbeitet hatte und jetzt für Cary arbeitete, hatte ich in der Highschool nur wenige Freundschaften geschlossen. Nachdem ich auf dem Bunten Abend am Ende des Schuljahres Fiedel gespielt und gesungen hatte, nahmen die Leute mehr Notiz von mir, aber da ich nach Kalifornien geflogen war, hatte ich mich im Lauf des Sommers mit keinem der anderen Mädchen getroffen. Einige von ihnen waren neugierig darauf, wo ich die Zeit verbracht hatte, und als ich ihnen erzählte, ich sei in Hollywood gewesen, um dort Freunde zu besuchen, zeigten sie glühendes Interesse. Da ich mich zu den Einzelheiten meiner Reise nicht wirklich äußern durfte, langweilten sie sich jedoch schon bald und fanden schnell keinen Vorwand mehr, mich vor meinem Spind abzufangen, um mit mir zu plaudern.

Dienstags verbrachte ich nach dem Unterricht jeweils eine gute Stunde mit Miss Burton. Ich fühlte mich inzwischen nicht mehr so sehr in die Defensive getrieben wie bei unserer ersten Begegnung, und ich begann sogar, Miss Burton zu mögen. Ihr Mann war vor fünf Jahren gestorben, und ihre beiden Kinder lebten in Florida. In vieler Hinsicht war sie genauso einsam wie ich.

»Etikette«, erklärte sie mir im Lauf unseres zweiten Treffens, »ist im Grunde genommen nicht mehr als die Umsetzung der Goldenen Regel in die Praxis. Man bildet ganz einfach Umgangsformen, Manieren und ein Benehmen heraus, um andere Menschen so rücksichtsvoll zu behandeln, wie man es sich umgekehrt von ihnen wünschen würde. Man erweist ihnen Respekt und erwartet von ihnen, daß sie einem auch Respekt erweisen. Man behandelt ältere Menschen mit Ehrfurcht und hofft, daß man ebenso behandelt werden wird, wenn man älter wird. Bei den Mahlzeiten dienen die Tischsitten dazu, Unappetitlichkeiten zu vermeiden. Man fände es schließlich auch nicht wünschenswert, andere bei unappetitlichen Gewohnheiten zu beobachten. Und dann gibt es immer wieder Probleme, die daraus entstehen, daß man sich fragt, wie man sich bei besonderen Anlässen benimmt, wie man sich im Umgang mit Adeligen verhält, mit hohen Regierungsbeamten et cetera. Die Etikette gibt uns die Richtlinien, die es uns ermöglichen, in einer solchen Umgebung unbefangen zu sein.

Ist es nicht schön zu wissen, wie man einem Menschen, dessen Namen man vergessen hat, einen anderen Menschen vorstellt? Weshalb sollte man diese Person in Verlegenheit bringen oder ihr Unbehagen einflößen? Ist es nicht wohltuend zu wissen, wie man sich in einer angemessenen Form bei anderen bedankt, sie einlädt oder sie tröstet und wie man sich auf Hochzeiten, Beerdigungen und Geburtstagen verhält? All das ist einem äußerst nützlich, wenn man sich in der Geschäftswelt bewegt oder Karriere machen möchte«, erklärte sie.

Ich gab meinen Widerstand auf, lauschte aufmerksam und lernte einiges dazu. Bei jeder sich bietenden Gelegenheit wies ich Großmama Olivia auf ihre Unzulänglichkeiten und Fehler hin, doch inzwischen begnügte ich mich damit, es bei jeweils einer dieser Kleinigkeiten zu belassen. Besonders großen Spaß bereitete es mir, sie vor einem ihrer vornehmen Gäste auf ihre Nachlässigkeiten hinzuweisen.

Eines Tages legte sie dann ihre Gabel hin, als wir allein miteinander am Eßtisch saßen und aßen. Sie sagte: »Mir ist klar, warum du meine Tischsitten und mein Verhalten bei Esseneinladungen kritisierst, aber du sollst wissen, daß mich das längst nicht mehr so sehr stört, wie du hoffst. Und außerdem freut es mich, daß du diese Dinge lernst und gegen deinen Willen immer kultivierter wirst. Wenn dieses Kapitel erst einmal abgeschlossen ist und du dich nicht mehr wie eine Göre benimmst, dann wirst du eines Tages zu mir kommen und dich bei mir dafür bedanken«, sagte sie voraus. Tief in meinem Innern fragte ich mich unwillkürlich, ob sie recht hatte, und von jenem Tag an hörte ich auf, sie zu korrigieren.

Ich mußte mich auch wirklich bemühen, einen gewissen Frieden zu wahren, da wir beide jetzt allein miteinander in diesem Haus lebten. Gegen Ende der ersten Woche des neuen Schuljahrs war ich eines Tages nach Hause gekommen und hatte erfahren, daß Großpapa Samuel in das Pflegeheim eingeliefert worden war. Es war mir gar nicht klar, bis Großmama Olivia und ich an jenem Abend zum Essen Platz nahmen. Nachdem Loretta uns die Vorspeise serviert hatte, teilte mir Großmama Olivia mit ruhiger Stimme und ohne eine Träne in den Augen mit, daß über Großpapa Samuels Los entschieden worden war.

»Ich mußte Samuel ins Heim einweisen lassen«, sagte sie. »Er wird immer unmöglicher.«

»Dann wird er also für immer dort bleiben?« fragte ich.

»Ja, wie lange das auch sein mag«, erwiderte sie.

Ich nickte.

»Ich werde auch ihn jedesmal besuchen, wenn ich Großmama Belinda einen Besuch abstatte«, kündigte ich an.

»Sei nicht überrascht, wenn er vollständig vergißt, wer du bist. Nach Angaben des Arztes wird es nur noch schlimmer werden«, sagte sie.

»Das tut mir ja so leid. Ich wünschte, es gäbe etwas, was wir für ihn tun könnten.«

»Es ist das Alter. Die Last des Kummers und der Enttäuschung und die Mühsal eines ganzen Lebens fordern von manchen Menschen eher als von anderen einen Tribut. Das wird auch dein Los sein, ebenso wie meines. Es ist besser, sich darauf vorzubereiten, als es leugnen zu wollen. Nur die Schwachen geben sich Illusionen hin. Ich erwarte nicht von dir, daß du mich magst, aber ich hoffe, daß du das, was ich mit dir und für dich zu tun versuche, mit der Zeit respektieren wirst«, fuhr sie fort.

»Meine Söhne sind beide tot. Meine Schwiegertochter war schon immer ein armseliges, zerbrechliches Geschöpf. Ich habe eine taubstumme Enkelin und einen Enkel, der immer noch hofft, daß seine Hirngespinste eines Tages wahr werden. Ja«, sagte sie mit einem Lächeln, »ich weiß durchaus von Carys albernen Träumen, Schiffe zu bauen.«

»Das sind keine albernen Träume.«

»Vom geschäftlichen Standpunkt her sind sie albern. Er wird immer ein Arbeitstier sein. Er ist kein besonders guter Schüler und auch kein guter Geschäftsmann, und er ist mit Sicherheit nicht in der Lage, das Familienvermögen zu verwalten. Du dagegen wirst fähig dazu sein. Das ist eine große Verantwortung ... die Familie. Jede hochstehende Familie ist wie ein Königreich für sich. Die Verantwortung dafür, ob dieses hier Bestand hat oder untergeht, wird eines Tages ausschließlich auf deinen Schultern lasten. Das heißt, auch du wirst Entscheidungen treffen müssen, mit denen du dich nicht gerade beliebt machst, die jedoch zum Besten aller sind. Dann wirst du entweder stark genug sein, um sie zu treffen, oder du wirst diese Kraft nicht aufbringen.

Jede Entscheidung, die du heute fällst, jede Wahl, die du triffst, wirkt sich auf das zukünftige Los dieser Familie aus. Merk dir das, und du wirst deine Sache gut machen«, riet sie mir. »Es ist mir nicht leichtgefallen, meinen Mann in ein Heim zu stecken, aber es war unumgänglich, und jetzt ist es geschehen. Wenn ich darüber jammere und klage, ist damit weder ihm noch mir geholfen«, sagte sie, und es klang, als müßte sie sich selbst und nicht etwa mich davon überzeugen. »Ich werde bei ihm vorbeischauen«, wiederholte ich.

»Tu das, aber komm bloß nicht zu mir gelaufen und bettele darum, daß ich ihn wieder nach Hause hole, wenn er das von dir verlangt«, warnte sie mich. »Das kommt überhaupt nicht in Frage.«

Sie wirkte wie eine Alabasterstatue, als sie auf ihrem Stuhl am Eßtisch saß. Ihre Entscheidung war gefallen und durfte nicht in Frage gestellt werden. Ich nickte, aß schweigend und zog mich hinterher schleunigst in mein Zimmer zurück, um Hausaufgaben zu machen und vor den langen, einsamen Schatten zu fliehen, die Großmama Olivia durch das Haus warf.

Die Tage und Wochen vergingen. Ich widmete den größten Teil meiner Zeit meinen Schularbeiten, und zwar nicht nur, weil Großmama Olivia es so haben wollte, sondern auch, weil es mir wirklich Spaß machte. Der Schauspiellehrer wollte mich überreden, mich für eine Rolle in der Herbstproduktion zu bewerben, doch ich lehnte ab. Ich wollte meine gesamte Freizeit Cary und May zur Verfügung stellen. Ich war da, als Cary mit der Moosbeerernte begann, und wenn ich auch die Schule nicht schwänzte, dann war ich doch gleich nach Schulschluß an seiner Seite und brachte manchmal May nach Hause, damit er die Arbeiten überwachen konnte.

Tante Sara erholte sich von ihrem Kummer, so gut es ihr eben möglich war. Sie hatte einen großen Teil ihres Erwachsenendaseins damit zugebracht, für Onkel Jacob zu sorgen und ihm jeden Wunsch von den Lippen zu lesen, und daher fiel es ihr jetzt schwer, diese Routine abzulegen und sich nicht mehr täglich zu fragen, welches seiner Lieblingsgerichte sie ihm zum Abendessen kochen sollte. Eine Zeitlang wusch sie noch seine Kleidung und bügelte die Sachen, unter dem Vorwand, Cary könnte sie vielleicht gut gebrauchen. Cary versuchte auch tatsächlich, Kleidungsstücke zu tragen, die seinem Vater gehört hatten, doch es bereitete ihm große Schwierigkeiten. Sich Jacobs Habe anzueignen, selbst wenn es nur ein paar Kleidungsstücke waren, hieß für ihn jedesmal wieder das endgültige Eingeständnis, daß sein Vater wirklich und wahrhaftig nicht mehr lebte.

Wenn ich von Tante Sara nach Hause kam, beschäftigte ich mich damit, Briefe an Alice Morgan in Sewell zu schreiben und ihr alles über meine Mutter zu berichten. Ich fand, Alice hätte es verdient, die ganze Wahrheit zu erfahren, denn schließlich war sie diejenige gewesen, die Mommys Foto entdeckt hatte. Alice rief an, nachdem sie meinen ersten Brief gelesen hatte. Sie tröstete mich und versprach mir, nach Provincetown zu kommen, sowie sich ihr eine Gelegenheit dazu bot. Von Mommy hörte ich natürlich nie mehr etwas, aber Holly und Billy rief ich mehrfach an, um mit den beiden zu reden. Holly war sehr besorgt um Kenneth, und ich versprach ihr, ihn so oft wie möglich zu besuchen und ihr Bericht zu erstatten.

Kenneth ging es wesentlich besser als zu dem Zeitpunkt, zu dem ich aus Kalifornien zurückgekehrt war, aber er hatte immer noch kein neues Werk begonnen. Er verbrachte mehr Zeit als gewöhnlich in seiner Lieblingskneipe, und an manchen Tagen ging er fischen oder besuchte einen Freund in Boston. Ich kam mir wie eine Spionin vor, aber immerhin fühlte ich mich wie eine brave Spionin, da ich für Holly auskundschaftete.

Ein weiterer wunder Punkt war, daß Großmama Olivia sich weigerte, mir die Erlaubnis zu geben, Fahrstunden zu nehmen und die Führerscheinprüfung abzulegen. Sie behauptete, das Auto sei der Untergang der jungen Menschen von heute, und ich, eine vielversprechende Debütantin, solle mich von Männern umherfahren lassen oder unseren Chauffeur in Anspruch nehmen. Sie erlaubte mir jedoch die Anschaffung eines Fahrrads, und schon bald war ich in den Straßen von Provincetown ein gewohnter Anblick. Der Weg war zwar ziemlich weit, aber an den Wochenenden radelte ich gelegentlich zu Kenneth hinaus.

An einem Samstag fand ich ihn bei einem einsamen Strandspaziergang vor. Er trug eine seiner zerlumpten Jeans und ein T-Shirt und war barfuß. Ich fuhr hinter ihm her, doch als ich an seiner Seite angelangt war, nahm er eine Zeitlang keine Notiz von meiner Anwesenheit. Statt dessen starrte er einfach nur auf das Wasser hinaus, und als er sich endlich umdrehte, sah ich, daß seine Augen blutunterlaufen waren, ganz so, als hätte er geweint. Oder als hätte er wieder einmal eine Sauftour hinter sich gebracht.

»Was ist passiert, Kenneth?« fragte ich und hielt den Atem an.

»Ist dir nichts aufgefallen?« fragte er und breitete die Arme weit aus. Mit einer umfassenden Geste beschrieb er den Strand und den Weg zu seinem Haus.

»Aufgefallen?« Ich sah mich um, und dann ging es mir schlagartig auf. »Ulysses«, sagte ich.

»Ich habe ihn heute morgen begraben.«

»Oh nein, Kenneth.«

»Heute morgen bin ich aufgewacht, er aber nicht. Das hat ihm ähnlich gesehen, stumm zu sterben. Dieser Hund hat mir nie Scherereien gemacht, noch nicht einmal, als er ein Welpe war. Er war geduldig und anspruchslos, und er hat sensibel auf meine Stimmungen reagiert.« Er lächelte. »Besser als jede Frau, die mir je begegnet ist. Kein Wunder, daß man den Hund als des Menschen besten Freund bezeichnet. Wir waren ein gutes Team«, sagte er, und seine Stimme überschlug sich. »Er fehlt mir.«

»Es tut mir so leid, Kenneth. Mir wird er auch fehlen.«

»Ja, das weiß ich. Wenn ich mich recht erinnere, hat er dich von Anfang an gemocht«, sagte er und rang sich ein tapferes Lächeln ab. Dann holte er tief Atem, und wir liefen nebeneinander über den Strand. Das tiefe Schweigen der Trauer verband uns, während wir beide unseren düsteren Gedanken nachhingen. Schließlich blieb Kenneth stehen und drehte sich lächelnd zu mir um. Diesmal war sein Lächeln echt und ungezwungen.

»Dann erzielst du also schulische Glanzleistungen, wie ich gehört habe, und es sieht so aus, als dürftest du als Klassenbeste die Abschlußrede halten.«

»Wer hat dir das erzählt?«

»Cary«, erwiderte er verschmitzt.

»Er war hier?«

»In der letzten Zeit oft. Ich habe beschlossen, ihn dafür zu engagieren, daß er mir dieses Segelboot baut«, sagte er.

»Ist das wahr, Kenneth?«

»Ja.«

»Das ist ja wunderbar! Er muß schrecklich aufgeregt sein!«

»Er hat einige gute Ideen. Auf seine Art ist er ein sehr kreativer junger Mann, und er ist verrückt nach dir.«

»Ich weiß«, sagte ich errötend.

»Was hält die königliche Hoheit davon?«

»Sie verbietet jeden Gedanken daran«, sagte ich.

»Hm. Und was wirst du tun? Sie regiert mit eiserner Hand«, warnte er mich. »Und wenn sie damit zuschlägt, zerquetscht sie das Opfer im allgemeinen wie eine lästige Fliege.«

»Sie ist unnachgiebig, aber derzeit herrscht eine Art Waffenstillstand zwischen uns. Sie hat so gut wie keinen Grund zur Klage. In den Unterrichtsfächern mache ich mich gut. Ich bin Miss Burtons liebste Schülerin, und ich lausche aufmerksam, wenn Großmama Olivia mir allabendlich ihre Vorträge über Menschen, Verantwortung und die Bedeutung der Familie hält. Sie legt ihre Betonung stets auf die Familie, die Familie, die Familie«, fügte ich mit einer dunklen verstellten Stimme hinzu. Kenneth lachte.

»Du kleines Biest. Du hältst sie tatsächlich bei Laune, egal, mit welchen Mitteln?« fragte er.

»Ich verhalte mich . . . diplomatisch«, sagte ich, und er lachte noch lauter. Wir hörten eine Hupe, und als wir uns umdrehten, sahen wir Cary in seinem Lastwagen über den Dünenpfad holpern.

»Da kommt mein Bootsbauer«, sagte Kenneth. »Ich frage mich, ob er meinetwegen rausgefahren kommt oder ob ihr diplomatische Manöver veranstaltet habt, um euch hier zu einem Rendezvous zu treffen«, neckte er mich. Meine Wangen liefen dunkelrot an. Er lachte, und wir gingen auf das Haus zu.

»Cary Logan«, rief ich aus, als wir näher kamen, »warum hast du mir nichts von diesem Segelboot erzählt, das du für Kenneth baust?« Ich hatte die Arme in die Hüften gestemmt. Cary sah Kenneth an, der breit grinste.

»Ich wollte dich damit überraschen«, sagte er und klemmte

sich eine dicke Rolle Papiere unter den Arm. »Die Entwürfe sind fertig, Kenneth«, sagte er dann.

»Prima. Laß sie uns auf dem Tisch im Atelier genauer ansehen. Ich habe heute morgen portugiesisches Brot und deinen Lieblingskäse gekauft, Melody«, sagte er zu mir.

»Ist das ein Wink mit dem Zaunpfahl? Soll ich uns allen ein paar Sandwiches herrichten?« fragte ich argwöhnisch.

»Jetzt sehe ich es selbst«, sagte Kenneth zu Cary. »Sie ist tatsächlich so schnell von Begriff, wie du es behauptet hast.«

Cary lachte schallend, als die beiden sich in das Atelier begaben. Fünfzehn Minuten später schloß ich mich ihnen mit unseren belegten Broten und Limonade an. Carys Entwürfe für das Segelboot lagen auf dem Tisch, und ich fand, sie wirkten sehr beeindruckend und professionell.

»Es sieht riesig aus«, bemerkte ich.

»Ein Katamaran von knapp sieben Tonnen, mit einem Deck von acht Meter achtzig Länge. In der Kajüte lassen sich bis zu sechs Personen bequem unterbringen«, sagte Cary. »Wie du siehst, ist das Boot ausgesprochen windschnittig, was der Geschwindigkeit zugute kommt, obwohl es gleichzeitig viel Platz bietet. Dieser Doppelkimmenrumpf in Verbindung mit der Prahmplatte gewährleistet ein schnelles Absenken des oberen . . .«

»Cary, du überforderst sie. Sie kommt nicht mehr mit«, hob Kenneth behutsam hervor.

»Was? Oh, entschuldige, bitte«, sagte er.

»Ich glaube, man könnte bedenkenlos sagen, daß er leidenschaftlich bei der Sache ist«, bemerkte Kenneth.

»Es sieht sehr . . . schön aus«, sagte ich unbeholfen.

»Ich bin ganz sicher, daß du das verstehen kannst«, sagte Cary, der sich weigerte, mich so schnell aufzugeben. »Es ist ein sehr geräumiges Boot, und es hat viel Stauraum. Hier am Bug haben wir einen Kettenkasten, gefolgt von einer Doppelkoje. Der Frischwassertank faßt fünfundzwanzig Gallonen, unter den Sitzen ist Platz, um Dinge zu verstauen, und hinter den Sitzen sind Schränke und ein Bücherregal untergebracht. Hier steht der Klapptisch, der am Mittelstück angeschraubt ist. Der Rumpf wird von unten nach oben auf einem Gerippe gebaut, von den Schotten aus werden die Planken angebracht. Keine provisorischen Gußstücke, denn das wäre Platzverschwendung.«

»Schon gekauft«, sagte Kenneth. »Aber könnten wir jetzt bitte etwas essen?«

Cary schaute von den Plänen auf und sah erst Kenneth und dann mich an. Sein Gesicht verzog sich zu einem Lächeln.

»Klar«, sagte er. »Ich bin am Verhungern.«

Später, als wir allein am Strand spazierengingen, tat ich so, als sei ich immer noch böse auf ihn, weil er all das vor mir geheimgehalten hatte.

»Ich wollte dich doch nur überraschen«, protestierte er. »Und außerdem«, fügte er mit gedämpfter Stimme hinzu, »konnte ich nicht sicher sein, ob es Kenneth ernst damit ist. Du weißt doch selbst, wie unberechenbar er in der letzten Zeit gewesen ist. Er hat das Geld für die Entwürfe lockergemacht und mir grünes Licht gegeben, damit ich mit dem Bau beginnen kann. Ich werde das Boot hier draußen zusammenbauen«, sagte er.

»Und was ist mit dem Hummerfang?«

»Ich werde einen Handel mit Roy Patterson abschließen und ihm mehr Verantwortung und einen größeren Teil der Einnahmen abtreten. Ich habe es schon mit Ma besprochen, aber sie begreift nicht wirklich, was ich hier vorhabe, und natürlich sorgt sie sich um uns. Ich hoffe nur, daß ich die richtige Entscheidung getroffen habe«, fügte er hinzu. »Ich habe das Gefühl, das hier ist meine große Chance. Wenn ich erst einmal ein Boot gebaut habe und andere es sehen . . .«

»Du wirst deine Sache gut machen, Cary. Ich bin ganz sicher.«

Er nickte und lächelte matt.

»Ich hoffe es, aber eines weiß ich: Wenn Dad noch am Leben wäre, dann wäre er jetzt vor Wut außer sich.«

»Er haßte Veränderungen, Cary. Es hat nicht in seiner Natur gelegen, sich zu wandeln, aber du bist kreativ, und du hast selbst gehört, daß Kenneth gesagt hat, du seist leidenschaftlich bei der Sache. Wenn jemand wirklich weiß, was es heißt, seine gesamte Leidenschaft in etwas Kreatives einfließen zu lassen, dann ist das Kenneth. Es wird bald soweit sein, daß wir alle sehr stolz auf dich sind.«

»Das hoffe ich, aber im Moment wäre es vielleicht das beste, wenn du Großmama Olivia gegenüber nichts davon erwähnen würdest«, sagte er.

»Ich erwähne dich in ihrem Beisein nie, und sie stellt mir auch keine Fragen. Das ist ein Bestandteil des Waffenstillstands, der derzeit zwischen uns herrscht«, sagte ich.

Er lächelte dankbar.

»Tja, da ich jetzt den größten Teil meiner Zeit hier verbringen werde, können wir einander vielleicht öfter sehen und ...«

»Ich werde so oft wie möglich hier vorbeischauen, und May werde ich auch mitbringen.«

»Kenneth fährt am Wochenende nach Boston«, warf Cary eilig ein. »Er hat gesagt, wenn ich Lust hätte, hier zu schlafen, sei es ihm recht.«

Wir starrten einander einen Moment lang an.

»Ich kann nicht über Nacht wegbleiben, Cary. Sie würde mir die Hunde auf die Fersen hetzen«, sagte ich.

»Es muß ja nicht über Nacht sein, aber wir könnten gemeinsam hier zu Abend essen und vielleicht wenigstens einen Tag lang das Gefühl haben, wir wären ... du weißt schon ... zusammen.«

Ich dachte darüber nach. Irgendwie erschien es mir nicht besonders schlimm, Großmama Olivia zu belügen.

»Ich habe eine Idee. Ich werde morgen mit Theresa reden«, versprach ich ihm. »Sie wird mich sicher decken.« Cary strahlte voller Hoffnung, und wir küßten uns. Der Wind zerzauste unser Haar, und Gischt sprühte uns ins Gesicht. Ich fühlte mich lebhaft und munter.

Cary bestand darauf, mein Fahrrad auf der Ladefläche seines Lastwagens zu transportieren, damit er mich nach Hause fahren konnte. Nur die letzten eineinhalb Meilen legte ich auf meinem Fahrrad zurück. Bei meinem Eintreffen stellte ich fest, daß Richter Childs Großmama Olivia gerade einen Besuch abstattete. Seit Großpapa Samuels Einlieferung in das Pflegeheim kam er öfter als früher zu uns ins Haus. Die beiden verbrachten ihre Zeit gewöhnlich damit, in der Laube Sherry zu nippen. Oft blieb der Richter auch zum Abendessen.

Ich hatte ihm den versprochenen Besuch immer noch nicht abgestattet. Ich wollte nicht über Mommy reden. Es tat mir zu weh, an sie zu denken. Seit meiner Rückkehr aus Kalifornien hatte sie mich nicht angerufen und mir auch nicht geschrieben. Es fiel mir immer noch schwer, mich mit der Tatsache abzufinden, daß sie für immer aus meinem Leben verschwinden wollte. Manchmal kam ich am Friedhof vorbei und sah den Grabstein mit ihrem Namen darauf. Einmal betrat ich den Friedhof sogar, um der armen anonymen Seele meinen Respekt zu erweisen, die man in Mommys Sarg gelegt und in ihrem Grab beerdigt hatte. In den tiefsten, verborgensten Winkeln meines Herzens bedauerte ich sie in derselben Form, in der ich auch mich bedauerte, denn ich malte mir aus, daß diese junge Frau sich wünschte, bei ihrer eigenen Familie zu sein, ganz gleich, wer diese Leute auch sein mochten und wo sie sich aufhielten.

Vielleicht weilte sie ja bei ihnen, sagte ich mir. Vielleicht zählte es nicht, neben den Knochen der Menschen begraben zu sein, die man liebte. Vielleicht gab es etwas Stärkeres, was uns nach dem Tod miteinander verband, eine Art Verknüpfung der Seelen, die dazu führen würde, daß ich eines Tages Papa George, meinen Stiefdaddy und alle anderen Menschen wiedersehen würde, die ich liebte und die mich liebten.

Wenige Tage nachdem ich Cary bei Kenneth getroffen hatte, redete ich beim Mittagessen in der Cafeteria mit Theresa, und gemeinsam heckten wir einen Plan aus, wie ich den größten Teil des kommenden Samstags und der Nacht auf den Sonntag mit

Cary in Kenneths Haus verbringen konnte. Da die Zwischenzeugnisse bevorstanden, konnte ich ohne weiteres behaupten, Theresa und ich wollten gemeinsam für die Prüfungen lernen. Großmama Olivias Reaktion auf die Wahl meiner Freundinnen hatte ich jedoch nicht vorausgesehen. Sie schaute mich unglaublich finster an, als ich ihr meine Geschichte auftischte, und ich hatte das Gefühl, sie hätte meine Ausflüchte und Listen durchschaut, doch ihre Gereiztheit entsprang einem noch verseuchteren Quell.

»Patterson? Ist sie etwa die Tochter desselben Patterson, der für Cary arbeitet? Die Brava?«

»Ja, Roy Patterson ist ihr Vater.«

»Und etwas Besseres bringst du nicht zuwege? Eine bessere Freundin konntest du nicht in der Schule finden? Was ist mit der Tochter der Rudolphs? Oder mit der Tochter von Mark und Carol Parker? Geht nicht auch Betty Hargate, die Tochter des Wirtschaftsprüfers, in deine Klasse?«

»Mit diesen Mädchen komme ich aber nicht so gut aus, und im übrigen sind sie nicht annähernd so gute Schülerinnen wie Theresa, auch wenn du sie eine Brava nennst. Ich schäme mich meiner Freundschaft mit ihr nicht; ich bin sogar stolz darauf, mit ihr befreundet zu sein.«

»Wie ich sehe, habe ich dich nicht schnell genug aus dieser Stadt entfernt«, erwiderte sie.

»Ich ziehe doch nicht bei den Pattersons ein, Großmama Olivia. Ich arbeite lediglich Prüfungsfragen mit Theresa durch. Du willst doch, daß ich als Klassenbeste die Abschlußrede halte, oder nicht?«

Sie zog die Augenbrauen hoch und dachte nach.

»Es gibt keine Frau in diesem Haus.«

»Ihr Vater wird zu Hause sein, und du weißt selbst, daß er ein netter Kerl ist, ein hart arbeitender Mann.«

»Du hast vor, dort zu Abend zu essen?« fragte sie, als wollte ich bei den Aborigines speisen.

»Letztes Jahr habe ich oft bei ihnen gegessen«, sagte ich, »ehe mir klargeworden ist, daß ich eine hochgestellte Persönlichkeit bin.«

»Sei nicht unverschämt. Also gut«, sagte sie, nachdem sie noch einen Moment lang nachdenklich geschwiegen hatte. »Raymond wird dich hinbringen und dich um Punkt neun Uhr abends wieder dort abholen.«

»Um neun an einem Samstagabend?« protestierte ich.

»Dann eben um zehn«, sagte sie und ließ sich ein wenig erweichen.

»Niemand sonst in meiner Klasse muß sich derart strengen Vorschriften beugen«, klagte ich.

»Niemandem sonst sind dein Los und deine Verantwortung bestimmt«, erwiderte sie trocken. »Wir wollen uns diese albernen Diskussionen sparen.«

Ich trat den Rückzug an, da ich das Gefühl hatte, im Moment nicht mehr aus ihr herausschinden zu können. Als ich es Cary berichtete, war er außer sich vor Begeisterung.

»Ich bringe uns Hummer und Krabben zum Abendessen mit«, sagte er. »May kann den Vormittag mit uns hier verbringen, aber am Nachmittag fahre ich sie dann nach Hause.«

»In Ordnung, Cary.«

»Sie möchte wissen, ob sie eines Tages mal auf dem Fahrrad mit dir zu Kenneth rausfahren darf. Ich habe ihr erklärt, wie gefährlich es für sie ist, allein über den Dünenweg zu fahren. Sie kann kein Auto und keinen Lastwagen kommen hören.«

»Gelegentlich hole ich sie ab, und wir fahren zusammen raus. Wir kriegen das schon hin.«

»Sie wird es sicherlich genießen«, sagte er. »In der letzten Zeit konnte ich nicht viel mit ihr unternehmen, und so, wie es Ma geht ...«

»Das ist überhaupt kein Problem, Cary. Ich tue es gern«, versicherte ich ihm.

Am nächsten Tag schmiedeten Theresa und ich in der Schule unsere endgültigen Pläne. Als ich Theresa zum ersten Mal begegnet war, hatte ich sie für ein sehr ernsthaftes Mädchen gehalten, hübsch, aber so verdrossen, daß ihr Mißmut schon an Wut grenzte. Da ich neu in der Schule war, hatte die Schulleitung sie gebeten, mich mit den Räumlichkeiten und dem Tagesablauf vertraut zu machen. Anfangs waren wir gar nicht miteinander ausgekommen, weil sie angenommen hatte, ich würde in derselben Form auf sie hinabschauen, in der es die anderen sogenannten guten Familien taten.

Ich fand, mit ihrem karamelfarbenen Teint, den glänzenden schwarzen Augen und dem ebenholzschwarzen Haar sei sie eines der hübschesten Mädchen in der ganzen Schule. Nachdem sie erkannt hatte, daß ich nicht so wie die anderen war, gestattete sie es mir, ihr näherzukommen, und es dauerte nicht lange, bis wir uns eng miteinander angefreundet hatten.

Theresa gefiel der Gedanke, daß wir gemeinsam ein Komplott gegen meine Großmutter schmiedeten. Sie sah sie so, wie die meisten anderen sie auch sahen – als die Eiserne Jungfrau, die Königin der Snobs.

»Falls sie dich anruft, sorge ich dafür, daß mein Bruder ihr sagt, wir seien in die Bücherei gegangen. Mach dir wegen meines Vaters keine Sorgen. Er stellt keine Fragen. Seit dem Tod meiner Mutter behandelt er mich wie eine Erwachsene. Wirst du die ganze Nacht mit Cary verbringen?« fragte sie, und ihre Augen leuchteten vor Interesse.

»Nein, ich muß vor zehn Uhr wieder bei dir sein. Dann schickt Großmama Olivia nämlich Raymond, damit er mich abholt.«

»So eine Pleite«, stöhnte sie mitfühlend. »Aber wenigstens könnt ihr eine Zeitlang miteinander allein sein.«

»Theresa Patterson, hüte deine Zunge«, sagte ich im Scherz, und wir lachten beide. Alle Schüler in der Cafeteria sahen sich neidisch nach uns um und fragten sich, was für ein köstliches Geheimnis wir wohl miteinander teilten. Unsere versiegelten Lippen riefen nur noch mehr Neugier wach.

Als der Samstag nahte, war ich so nervös, daß ich sicher war, Großmama Olivia würde Verdacht schöpfen, aber sie war vollauf von einer Essenseinladung in Anspruch genommen, die sie für den Kongreßabgeordneten Dunlap und zwei seiner Rechtsberater veranstaltete. Ihre einzige Bemerkung, von der mir flau in der Magengrube wurde, war die, es sei wirklich ein Jammer, daß ich bei diesem Abendessen nicht anwesend sein würde.

»Es ist wichtig, daß du jetzt einflußreiche Leute kennenlernst«, erklärte sie. Ich glaubte schon, sie würde darauf bestehen, daß ich zum Abendessen nach Hause kam, doch sie zögerte und fügte dann hinzu: »Aber es ist auch wichtig, daß du die Schule als Klassenbeste verläßt und die Abschlußrede halten darfst. Du wirst die erste Logan sein, die das geschafft hat.«

Ihr Tonfall sagte alles: Verpatze diese Chance bloß nicht.

Als ich in die Limousine stieg, zitterte ich innerlich, und daher holte ich mehrfach tief Atem und versuchte mich auf der Fahrt zu Theresa wieder zu beruhigen. Sowie Raymond mich abgesetzt hatte und losgefahren war, gab Theresa mir ihr Fahrrad, und ich machte mich auf den Weg zum Strand. Cary und May waren schon da, und Cary arbeitete an dem Boot. Er sah aus wie ein Adonis, als er mit nacktem Oberkörper dastand und seine Muskeln in der Sonne schimmerten.

»Ich hatte schon gefürchtet, daß du nicht herkommen kannst«, sagte er, als ich Theresas Fahrrad über den sandigen Wegabschnitt schob. May kam auf mich zugerannt. Wir umarmten einander, und ich sah Cary an. Wir brauchten keine Worte, denn es stand alles in unseren Augen.

Den größten Teil des Vormittags verbrachte ich mit May. Wir gingen am Strand spazieren, sammelten Muscheln und redeten über die Schule. Sie wollte mehr über Jungen wissen. Wenn es ein Mädchen gab, das dringend eine große Schwester gebraucht hätte, dann war das May. Tante Sara war nicht wohl dabei zumute, sie aufzuklären und ihre Fragen zu beantworten. Sex, Liebe und Romantik waren ihr peinlich. Ich war diejenige, die May den Menstruationsrhythmus erklärt hatte, und ich hatte sie auch darauf vorbereitet, welche Veränderungen sich an ihrem Körper vollziehen würden, welche Empfindungen sich in ihr regen würden. Einmal hatten wir ein langes Gespräch darüber geführt, wie es war, wenn man sich verliebte, und sie hatte mir von einem Klassenkameraden erzählt, den sie mochte, einem Jungen, der sie geküßt hatte. Anscheinend hatte sie während meiner Abwesenheit von ihren Freundinnen in der Schule wesentlich mehr erfahren, denn wenn sie Cary und mich ansah und beobachtete, wie wir miteinander umgingen – die Worte, Blicke und Berührungen, die wir austauschten –, lächelte sie vielsagend.

Während Cary May nach Hause brachte, bereitete ich unser Abendessen vor und deckte den Tisch. Da wir uns ständig darüber bewußt waren, wie begrenzt unsere Zeit war, kosteten wir die Stunden und Minuten aus, die uns bis zu unserer Trennung am frühen Abend blieben. Ich erwartete Cary vor dem Haus am Strand und beobachtete, wie die Abenddämmerung den Himmel überzog und in Rottönen Abschied vom Tag nahm. Die Wolken loderten flammend rot, und durch violette Streifen am Horizont zogen sich Safranfäden. Cary brach auf der Rückfahrt alle bisherigen Rekorde, und sein Lastwagen wurde auf den Furchen des Dünenpfads reichlich durchgerüttelt.

»Das Essen ist fast fertig«, sagte ich, als er aus seinem Laster hopste und mir ins Haus folgte.

»Sieht prima aus«, sagte er, ohne mich dabei aus den Augen zu lassen. Jedesmal, wenn ich mich umdrehte oder von den Töpfen und dem Geschirr aufblickte, stellte ich fest, daß er mich mit ausgehungerten Blicken anstarrte. Mein Körper wurde von einem dumpfen Schmerz erfüllt, von einem Lechzen nach seinen Lippen, nach seinen Berührungen. Vielleicht lag es daran, daß wir so fern von anderen Menschen waren, allein in einer häuslichen Umgebung, und uns wie ein Ehepaar benahmen; jedenfalls hatte ich, aus welchen Gründen auch immer, noch nie zuvor eine solche Leidenschaft und ein solches Verlangen nach ihm verspürt wie an jenem Abend. Wir brachten kaum einen

Bissen herunter, und keiner von uns beiden hatte dem anderen viel zu sagen.

Nachdem wir die Mahlzeit beendet hatten, sprang Cary von seinem Stuhl auf, um mir zu helfen, als ich den Tisch abdeckte und das Geschirr spülte. Alles, was wir taten, diente nur der Selbstbeherrschung. Es war, als sei uns beiden klar, daß wir in dem Moment, in dem wir keine Ablenkung mehr hatten und aufeinander zugehen würden, in Gefahr schwebten, einander zu verschlingen. Schließlich trocknete ich den letzten Teller ab.

Cary trat einen Schritt zurück und sah mich an.

»Melody«, sagte er liebevoll und hielt mir seine Hand hin. Ich nahm sie, und er führte mich ins Gästezimmer. Wir standen in einer engen Umarmung vor dem Bett und küßten uns. »Ich liebe dich«, sagte er.

Ich holte tief Atem, schloß die Augen und nickte.

»Ich liebe dich auch, Cary. Sogar sehr.«

Meine Augen blieben geschlossen, als seine Finger meine Bluse aufknöpften. Ich stand vollkommen regungslos da und wartete, während er die Bluse an meinen Armen hinunterzog, den Reißverschluß meines Rocks aufmachte und ihn über meine Knie gleiten ließ und dann behutsam meine Füße hob, damit ich aus dem Rock hinaussteigen konnte. Dann küßte er meine Schultern und meinen Hals, öffnete den Verschluß meines BHs, und während er ihn von meinen Brüsten nahm, legten sich seine Lippen auf meine Brustwarzen, und er koste meinen Busen mit seinen Wangen. Mein Herz sandte brodelndes Blut durch meinen Körper. Als er die Hände von meinen Brüsten nahm, schrie ich auf, weil ich seine Berührungen vermißte.

Behutsam zog er mir den Slip aus, und ich stand nackt vor ihm und sah ihm fest in die Augen.

»Kenneth könnte deine Schönheit nicht annähernd einfangen«, sagte er. »Selbst dann nicht, wenn er für den Rest seines Lebens täglich daran arbeiten würde.«

Ich lächelte, und Cary zog sich aus. Wenige Momente später

lagen wir im Bett, umarmten uns, bewegten unsere Arme und Beine, wandten uns einander zu und gerieten mit jedem Kuß und mit jeder Berührung mehr in den Sog, den wir aufeinander ausübten.

»Bist du soweit, Cary?« fragte ich und hauchte meinen letzten Rest an Vorsicht aus, ehe mein trommelndes Herz jeden Einlaß für vernünftige Gedanken verriegelte und ich mich nur noch danach verzehrte, ihn in mir zu spüren, damit wir uns eins miteinander fühlten.

»Ja«, sagte er mit einem Lächeln. »Und dir kann nichts passieren.«

Ich spürte, wie ich höher und höher hinaufgezogen wurde, über der Erde schwebte und die köstlichen Martern der Gefahr und des Gefühls der restlosen Hingabe über mich ergehen ließ. Unser Stöhnen verschmolz, bis Carys Stöhnen nicht mehr von meinem zu unterscheiden war. Ich grub die Finger in seine Schultern, um mich an ihm festzuhalten und ihn eng an mich zu pressen. Wir fielen so gierig und ausgehungert übereinander her, wie wir es tatsächlich waren, zwei Menschen, die nach Liebe lechzten, sich nach zärtlichen Berührungen und sehnsüchtigen Worten verzehrten.

Als es vorbei war, brachen wir in einem Zustand genüßlicher Erschöpfung zusammen; wir keuchten und rangen um Atem, und keiner von uns beiden brachte ein Wort heraus. Ich nahm seine Hand und legte sie auf mein Herz.

»Fühle mal, wie das pocht«, sagte ich bebend. »Es ist gespenstisch, aber es ist wunderbar.«

»Mein Herz pocht genauso schnell.«

»Wenn wir beide hier und jetzt gemeinsam sterben, wird sich Großmama Olivia gewaltig ärgern«, sagte ich, und Cary lachte.

»Sie würde alle Beteiligten zur Verschwiegenheit verpflichten, und dann würde sie uns im Meer bestatten.«

»Aber ihre Essenseinladung für heute abend würde sie deshalb noch lange nicht absagen«, fügte ich hinzu.

Er lachte und drehte sich zu mir um, damit er mich in seine

Arme ziehen konnte. Wir lagen da und hielten einander fest, flüsterten uns süße Gelübde ins Ohr, träumten, woben unsere wundervollen Phantasien, spannen uns eng in einen Kokon aus Träumen ein. Nach einer Weile verstummten wir und nickten ein, was beinah in die Katastrophe geführt hätte, denn als ich die Augen wieder öffnete, war es kurz vor halb zehn.

»Cary!«

Ich setzte mich auf und schüttelte ihn, damit er wach wurde.

»Wa ...«

»Mach schnell, zieh dich an. Raymond wird schon bei Theresa warten, wenn du mich dort ablieferst.«

Wir sprangen beide aus dem Bett und schlüpften in unsere Kleider. Wir stiegen in den Laster, und mein Herz überschlug sich, als er nicht anspringen wollte. Der Motor ächzte und stöhnte.

»Cary!«

»Das macht nichts, das kriegen wir schon hin«, sagte er. Er sprang aus dem Wagen, öffnete die Motorhaube und fummelte an Drähten herum.

»Beeil dich, Cary. Wenn sie uns auf die Schliche kommt, wird sie dir und deiner Mutter unglaublichen Ärger machen.«

Er ruckelte an Drähten im näheren Umkreis der Batterie und versuchte es dann noch einmal. Gott sei Dank sprang der Motor diesmal stotternd an. Wir rasten mit einer solchen Geschwindigkeit über den holprigen Dünenpfad, daß ich mir mehrfach fast den Kopf an der Decke des Führerhäuschens gestoßen hätte. Sowie wir auf der Straße angelangt waren, gab Cary noch mehr Gas, bis wir wenige Minuten vor Raymond und der Limousine bei Theresa eintrafen. Ich fand nicht einmal mehr Gelegenheit, Cary einen Gutenachtkuß zu geben. Statt dessen sprang ich mit einem Satz aus dem Laster und rannte auf das Haus zu. Theresa erwartete mich bereits besorgt.

»Das war ja ganz schön knapp«, bemerkte sie mit einem Lächeln.

»Wir sind eingeschlafen«, flüsterte ich.

»Wenigstens hat niemand angerufen.«

Kurz darauf sahen wir die Limousine vorfahren. Ich bedankte mich bei Theresa, eilte aus dem Haus und versprach ihr, sie am nächsten Morgen anzurufen.

Großmama Olivias Gäste waren noch nicht gegangen, als ich nach Hause kam. Sie saßen im Salon und unterhielten sich. Mein Aussehen bereitete mir Sorgen, da ich nicht die Zeit gefunden hatte, meine Kleider glattzustreichen oder das Haar zu kämmen, aber ich wußte, daß Großmama Olivia in Wut geraten würde, wenn ich nicht wenigstens einen schnellen Blick in den Salon warf. Ich blieb in der Tür stehen.

»Guten Abend, Großmama«, sagte ich.

»Habt ihr fleißig gelernt?«

»Ja, Großmama.«

»Das ist gut so. Meine Enkelin hat dieses Jahr die besten Aussichten, die Abschlußrede zu halten.«

Alle nickten beifällig.

»Melody, den Kongreßabgeordneten Dunlap und seine Frau hast du ja schon kennengelernt.«

»Ja. Guten Abend, Herr Kongreßabgeordneter. Nett, Sie zu sehen, Mrs. Dunlap«, sagte ich und trat näher. Die beiden nickten mir lächelnd zu, und Großmama Olivia schien erfreut zu sein.

»Das sind Mr. und Mrs. Steiner und Mr. und Mrs. Becker«, fügte sie hinzu. Ich lächelte und begrüßte die beiden Ehepaare. Dann entschuldigte ich mich unverzüglich und lief eilig die Treppe hinauf.

Ich wusch mich und ging ins Bett, denn die Ermattung hatte jetzt rundum Besitz von mir ergriffen. Trotzdem fühlte ich mich blendend. Als ich die Augen schloß, sah ich Carys liebevolles Gesicht vor mir und stellte mir immer wieder seine Lippen auf meinen vor. Am anderen Ende der Dünen saß er in diesem Augenblick höchstwahrscheinlich auf seinem Dachboden, dachte an mich und schaute auf dasselbe Meer hinaus, das ich durch mein Fenster sah. Das Wasser funkelte im Schein der

Sterne, und jede einzelne der Schaumkronen sah aus wie eine Perlenkette, die wieder ans Ufer gespült wurde.

Unter mir wurden die Stimmen leiser, bis ich sie nicht mehr wahrnahm und ganz allein meinen Gedanken überlassen war, geflüsterten Versprechen und schillernden Träumen, die mich sachte in den Schlaf wiegten.

Im Lauf des nächsten Monats gelang es Cary und mir noch zweimal, uns heimlich zu treffen, und es war jedesmal wieder genauso schön wie bei diesem ersten Mal. Seine Arbeit an Kenneths Boot machte gute Fortschritte, und schon bald begann das Boot Gestalt anzunehmen. Kenneth brachte ein paar Freunde mit, um ihnen Carys Werk zu zeigen, und einer von ihnen zog ernsthaft in Erwägung, ihn zu engagieren und sich ebenfalls ein Segelboot von ihm entwerfen zu lassen.

An einem Frühlingsnachmittag hörte ich, nachdem ich May abgeholt hatte und wir beide auf unseren Rädern zu Kenneth rausfuhren, ein leises Bellen, und kurz darauf sah ich, wie ein niedlicher Welpe den Kopf zur Haustür herausstreckte, ein wunderschöner Golden Retriever. May und ich rannten auf ihn zu, um ihn zu streicheln.

»Ich werde ihn Prometheus nennen«, kündigte Kenneth an. »Ich bleibe bei den Namen aus der Mythologie.«

»Er ist wunderschön, Kenneth.«

»Ich habe mir gleich gedacht, daß er dir gefallen wird.«

May hielt den Welpen in den Armen, und er leckte ihr das Gesicht ab. Das brachte sie zum Lachen.

»Sie wird allmählich auch erwachsen«, sagte Kenneth. »Sie sieht schon fast wie eine junge Dame aus.«

»Ich weiß.«

»Sie wird dich jetzt öfter brauchen als früher«, warnte mich Kenneth. »Als Ersatz für eine ältere Schwester, die sie alles fragen kann.«

»Das hat sie längst getan«, sagte ich. Er riß die Augen auf.

»Ach? Na, wenn das so ist, äh, dann finde ich es prima, daß sie sich dir anvertrauen kann. Ich habe noch eine zweite Überraschung für dich«, kündigte er an, da er offensichtlich möglichst schnell das Thema wechseln wollte. »Ich werde die *Tochter des Neptun* ausstellen . . . endlich. Wir werden in der Galerie eine Vernissage veranstalten und hinterher eine ganz große Party feiern.«

»Und wo findet die Party statt?«

»Ich nehme an, das ist die dritte Überraschung für dich«, sagte er. Mein Herz begann schneller zu schlagen. »Im Hause deines Großvaters.«

»In Richter Childs' Haus? Ist das dein Ernst? Kenneth, das ist ja einfach wunderbar!«

»Er hat von sich aus sein Haus zur Verfügung gestellt, als er von der Vernissage in der Galerie gehört hat, und ich habe mir gesagt, warum eigentlich nicht? Was er mir schuldet, kann er mir ohnehin niemals zurückzahlen. Wenn ich nicht nehme, was ich kriegen kann, dann reißen sich mein Bruder und meine Schwester ja doch nur alles unter den Nagel«, sagte er.

Sein Zynismus gefiel mir nicht, und das konnte er mir im Gesicht ansehen.

»Ich brauche ihn doch wohl nicht zu lieben, um Dinge von ihm anzunehmen, die er mir von sich aus anbietet, oder etwa doch?«

»Doch, Kenneth. Du mußt ihn lieben. Er ist dein Vater, ganz gleich, was passiert ist«, predigte ich ihm.

»Mein Vater . . . ist vor langer Zeit gestorben, in den Nachwehen eines Geständnisses. Dieser Fremde, der denselben Namen trägt und eine gewisse Ähnlichkeit mit ihm aufweist, ist nichts weiter als irgendein reicher alter Mann«, beharrte er. »Jedenfalls tue ich es ohnehin nicht für mich selbst. Ich tue es für die *Tochter des Neptun*. Ich finde, darin liegt eine gewisse Ironie, meinst du nicht auch? Natürlich ist dir das klar«, sagte er, ehe ich etwas darauf erwidern konnte. »Du bist eine der gescheitesten jungen Frauen, die mir je begegnet sind, Melody. Du verstehst viel mehr, als du zu verstehen vorgibst.«

»Aber, Kenneth . . .«

»Laß es sein, Melody«, sagte er. »Laß es einfach bleiben.«

Er lächelte May an, die mit Prometheus schmuste. Dann warf er einen Blick auf Cary und das Boot.

»In einem Monat werden wir alle gemeinsam eine Jungfernfahrt unternehmen, okay?« fragte er mich.

»Ja, klar, Kenneth«, sagte ich. »Vielleicht solltest du Holly zu der Vernissage einladen«, schlug ich vor. Ich wollte, daß er jemanden an seiner Seite hatte.

»Das habe ich bereits getan«, sagte er.

»Und was ist? Kommt sie? Das ist ja wunderbar. Ich kann es kaum erwarten, sie wiederzusehen.«

»Ich habe nicht gesagt, daß sie kommt. Sie muß erst noch die Sterne befragen, ehe sie sicher ist, daß nichts schiefgehen kann«, sagte er im Scherz, und seine Augen funkelten schelmisch.

Wir sahen May nach, die auf Cary zulief, um ihm Prometheus zu zeigen, und dann schaute Kenneth mich ganz merkwürdig an. Ich legte den Kopf zur Seite, weil er mich so seltsam anstarrte, und ein Schatten von Sorge zog über sein Gesicht.

»Was ist los, Kenneth?«

»Mit diesem zarten Lächeln auf dem Gesicht und der Sonne in deinen Augen hast du mich einen Moment lang an Haille erinnert, als sie kaum älter war als du. Es war, als ob . . . als sei die Zeit zurückgedreht worden, als seien all diese schrecklichen Dinge noch nicht passiert.

Halte an diesen Momenten fest, Melody. Klammere dich mit aller Kraft daran fest, so lange es geht.

Zu früh«, sagte er, und seine Augen verfinsterten sich, »schon viel zu früh wird ein Sturm des Neids angebraust kommen und alles ins Meer hinausschwemmen.

Ich hoffe«, schloß er und sah dabei Cary und May an, »das Schicksal wird dich nicht so sehr zum Narren halten wie mich.«

Er wandte sich ab und ging wieder ins Haus, und ich blieb bebend vor Furcht stehen. Kenneth hatte jeden Gedanken, der über das Morgen hinausging, als etwas gräßlich Furchteinflößendes hingestellt. In meinem Innern rangen so viele Gefühle miteinander, daß ich glaubte, ich könnte einfach zerspringen und von diesem Sturm, vor dem er mich gewarnt hatte, davongetrieben werden.

Wie ein Leser, dem davor graut, die Seite umzublättern, wandte ich mich von dem Haus ab und ging auf Cary zu, um ihm die Neuigkeiten zu berichten.

15

Der Schleier lüftet sich

Als der Tag der Vernissage näherrückte, auf der Kenneth die *Tochter des Neptun* vorstellen würde, nahm die Spannung in Provincetown zu. Überregionale Kunstzeitschriften schickten Journalisten und Fotografen. Reporter von Zeitungen in New York City, Boston und sogar aus Washington, D. C., und aus Chicago trafen ein, um Kenneth zu interviewen und Fotos zu machen. Die Einladungen zu der Galaveranstaltung, die auf die Vernissage in der Galerie Mariner's folgen würde, waren sehr begehrt. Kenneth sagte zu mir, da ich inzwischen auf dem Gebiet der Etikette und der guten Umgangsformen eine Expertin sei, würde ich ihm beim Entwurf und dem Wortlaut der Einladungen behilflich sein müssen. Der Galeriebesitzer legte uns eine ausgewählte Namensliste vor und behauptete, das seien die Leute, die entweder bereits in Kunst investiert hätten oder deren Einfluß in der Gemeinde nennenswert sei.

Zwei Tage vor der Eröffnung und der anschließenden Party rief Kenneth an und bat mich, ihn ins Haus des Richters zu begleiten, da er sich dort mit den Leuten vom Partyservice treffen müsse.

»Ich stelle mich in diesen Dingen ungeschickt an«, behauptete er. »Ich brauche jemanden, der einen weiblichen Standpunkt vertritt.«

Ich wußte, daß er in Wirklichkeit nur nervös war, weil er sich in das Haus seines Vaters begeben mußte. Meines Wissens war er seit Jahren nicht mehr dort gewesen. Auch der Richter fieberte dem Besuch entgegen. Das enthüllte mir Großmama Olivia.

»Es sind alle Voraussetzungen für eine ganz wunderbare Veranstaltung gegeben«, sagte sie zu mir, »aber wir müssen dafür sorgen, daß es nicht zu unerfreulichen Zwischenfällen kommt, und insbesondere darf nichts passieren, was dem unstillbaren Appetit der Klatschbasen Nahrung geben könnte. Mir ist klar, daß du übermäßig viel Zeit bei Kenneth zugebracht hast, und obwohl ich das Kunstwerk noch nicht gesehen habe, weiß ich auch, daß du dafür Modell gestanden hast.

Ich verlasse mich darauf, daß du eine Rolle dabei spielen wirst, Schwierigkeiten aus dem Weg zu räumen. Mit anderen Worten heißt das«, sagte sie und verzog hämisch das Gesicht, »du wirst dafür sorgen, daß Kenneth sich benimmt. Sieh zu, ob du ihn dazu bringen kannst, daß er sich anständig anzieht und etwas mit diesem Moos in seinem Gesicht unternimmt, das er als seinen Bart bezeichnet, und mit diesem Staubwedel, den er Haar nennt.«

»Künstler sind nicht direkt Geschäftsleute, Großmama Olivia. Das Publikum versteht Kenneth.«

»Nicht dieses Publikum«, versicherte sie mir. »Im Grunde genommen«, bekannte sie in einem ihrer recht seltenen gutherzigen Momente, »mache ich mir mehr Sorgen um den Richter. Er hat keine einzige Nacht mehr geschlafen, seit er von sich aus das Angebot gemacht hat, diesen Galaempfang in seinem Haus stattfinden zu lassen. Ich habe ihm gleich gesagt, das sei eine blödsinnige Geste, aber er hat darauf bestanden.«

»Es wird schon alles bestens klappen«, sagte ich.

Sie nickte und musterte mich.

»Seit deinem Einzug hier bist du wesentlich reifer und erwachsener geworden. Ich kann dir versichern, daß ich von Seiten deiner Lehrer nur Gutes über dich gehört habe, und die Leute bewundern dich dafür, wie du dich meiner behinderten Enkelin annimmst. Ich fühle mich in dem Vertrauen bestätigt, das ich in dich und dein Potential gesetzt habe. Tu nichts, was dieses Vertrauen mindern würde«, fügte sie in ihrem gewohnten drohenden Tonfall hinzu.

»Danke für die Blumen«, erwiderte ich, und das hätte ihr fast ein Lächeln entlockt.

»Du hast diese Woche meiner Schwester einen Besuch abgestattet und Samuel gesehen?« fragte sie.

»Ja.« Ich fragte mich, ob sie auch wußte, daß Cary mich hingefahren hatte. Wenn ja, dann erwähnte sie es mit keinem Wort. »Es steht um beide etwa gleich. Es ist keine Besserung zu verzeichnen. Großpapa Samuel sitzt die meiste Zeit einfach nur da und starrt vor sich hin, und meine Gegenwart nimmt er kaum zur Kenntnis.«

»Es wird zu keiner Besserung kommen«, sagte sie voraus. »In ein solches Heim geht man nicht, solange noch eine Besserung zu erwarten steht. Man geht dorthin, um zu warten. Es ist das Wartezimmer Gottes«, murmelte sie. »Ich kann mir vorstellen, daß du mich eines Tages auch dort einweisen lassen wirst. Zögere nicht, wenn es soweit ist«, riet sie mir. »Hoffentlich wird es bis dahin noch ein Weilchen dauern, aber wenn meine Zeit gekommen ist, dann ist es eben soweit«, schloß sie.

Großmama Olivia schlug vor, zu der Galaveranstaltung solle ich das Kleid tragen, das Dorothy Livingston mir in Beverly Hills gekauft hatte. In all diesen Monaten hatte sie die beiden kostspieligen Gewänder, die in meinem Kleiderschrank hingen, nie erwähnt, doch mir war klar gewesen, daß sie von ihrer Existenz wußte.

»Es ist sinnlos, solche Dinge verkommen zu lassen. Wenn jemand dumm genug war, soviel Geld dafür auszugeben, nun ... dann solltest du es nutzen. Natürlich sähe ich dich vorher gern darin«, fügte sie hinzu.

Ich lief nach oben, um das Kleid anzuziehen. Als ich wieder nach unten kam, musterte mich Großmama Olivia längere Zeit eingehend und nickte dann zustimmend.

»Für einen solchen Anlaß«, erklärte sie, »ist dieses Kleid angemessen. Du bist jetzt jemand, der in dieser Gemeinde einen hohen Rang bekleidet. Dementsprechend solltest du auch aussehen. Eine ganze Reihe von jungen Männern aus hochstehenden Familien wird zu der Vernissage erscheinen. Ich hoffe, daß du mit einigen dieser Leute Bekanntschaft schließt. Natürlich werde ich dafür sorgen, daß du ihnen in aller Form vorgestellt wirst. Was hast du mit deinem Haar vor?«

»Mit meinem Haar?«

»Ich kann meine Kosmetikerin ins Haus bestellen, damit sie dir eine ganz besondere Frisur macht, wenn du magst.«

»Nein, ich glaube, ich werde mein Haar einfach offen tragen. Vielleicht sollte der Pony ein wenig geschnitten werden. Das kann ich selbst tun.«

»Wenn du darauf bestehst«, sagte sie. »Ich habe eine Kette mit Rubinen und Saphiren, die zu diesem Kleid passen würde«, fügte sie hinzu. »Sie hat meiner Mutter gehört.«

»Wirklich? Danke«, sagte ich und fühlte mich wirklich geehrt, weil sie mir etwas so Kostbares anvertrauen wollte, selbst wenn es nur für einen Abend war.

Ich berichtete Kenneth von Großmama Olivias erfreulichen Veränderungen, als er mich abholte, um zu Richter Childs zu fahren. Ich glaubte, er würde lachen oder seine Scherze über die »Königinmutter« oder dergleichen machen, doch er war abgelenkt und ganz und gar in seine eigenen Gedanken und Ängste versunken. Ich redete die meiste Zeit, damit auf der Fahrt keine Totenstille herrschte.

Als wir in die Straße einbogen, die zum Haus des Richters führte, wäre Kenneth fast umgekehrt.

»Das Ganze ist ein Fehler«, murrte er. »Ich hätte niemals einwilligen sollen. Ein Empfang in der Galerie hätte vollauf genügt.«

»Bitte, Kenneth. Du weißt doch selbst, daß sich alle schon auf eine große Party freuen. Wir werden dafür sorgen, daß sie ihren Spaß haben.«

»Spaß«, sagte er, als sei das ein unanständiges Wort.

Das Haus von Richter Childs kam in Sicht. Ich erinnerte mich wieder an meinen ersten Besuch hier, und mir fiel auch wieder ein, wieviel mehr mich dieses Haus beeindruckt hatte als Großmama Olivias Haus. Der dreistöckige Kolonialbau eines berühmten Architekten war mit einer wedgewoodblauen Holzverkleidung restauriert worden und hatte eine halbkreisförmige Veranda vor der Eingangstür. Noch einzigartiger wirkte das Haus durch die große achteckige Kuppel. Über sämtlichen Fenstern der Fassade befanden sich kunstvoll verzierte Friese.

Die Auffahrt endete in einem Kreis, und dort herrschte enormer Trubel. Ein Heer von Gärtnern und anderen Bediensteten war damit beschäftigt, Sträucher und Bäume zurückzuschneiden und Hecken zu stutzen, die Brunnen und die Steinplatten der Gehwege zu reinigen, Fenster zu putzen und im Steingarten neue Blumen zu pflanzen. Bei unserer Ankunft konnte ich das riesige Partyzelt sehen, vor dem die Leute vom Partyservice standen und mit Richter Childs den Aufbau und die Anordnung besprachen. Neben ihm stand Morton, sein Butler. Alle drehten sich um und sahen uns entgegen.

Kenneth blieb regungslos in dem Jeep sitzen und starrte die Haustür an.

»Es muß sehr schön gewesen sein, hier aufzuwachsen, Kenneth.«

»Ja, das war es wirklich«, sagte er und stieg aus dem Jeep.

Morton kam eilig auf uns zugelaufen, um uns zu begrüßen.

»Na, so was, Mr. Kenneth. Schön, Sie zu sehen, schön, Sie zu sehen«, sagte er und packte Kenneths Hand, ehe er sie ihm hingehalten hatte. Er schüttelte sie kräftig und sah dann mich an. Sein Gesicht strahlte vor Glück. »Und Sie auch, Miss Melody. Sie sehen gut aus. Wenn das kein rauschendes Fest wird! Der Richter war heute morgen schon eine Stunde eher auf als sonst. Keiner von uns konnte schlafen. Schon allein der Gedanke an die Festlichkeiten hat uns den Schlaf geraubt. Schön, daß Sie hier sind, Mr. Kenneth. Haben wir heute nicht einen wunderbaren Tag?«

Er stand da und hoffte darauf, daß Kenneths Züge freundlicher würden, wartete auf ein Zeichen, daß der Krieg zwischen Vater und Sohn beendet war.

»Hallo, Morton. Ich freue mich auch, Sie zu sehen«, sagte Kenneth schließlich und lächelte ihn an. Dann wandte er sich an mich. »Weißt du, der gute Morton war ebensosehr für meine Erziehung verantwortlich wie meine Mutter und mein Vater«, sagte Kenneth.

»Hören Sie bloß auf, Mr. Kenneth. Ich habe doch gar nicht viel für Sie getan.«

»Nein, Sie haben uns Kinder nur überall hingefahren, auf uns aufgepaßt und mit uns gespielt. Sie haben mir beigebracht, wie man einen Baseballschläger schwingt, stimmt's, Morton? Morton hätte ein Profispieler werden können«, sagte er zu mir.

»Oh nein, Miss Melody. Das ist nicht wahr. So gut war ich gar nicht.«

»Er war einfach toll.«

»Der Richter ist fürchterlich aufgeregt«, sagte Morton und schlug die Hände zusammen. »Darf ich Ihnen beiden etwas bringen? Vielleicht ein Glas Limonade, eine Tasse Kaffee oder ...«

»Nein, nichts, Morton. Ich möchte es möglichst schnell hinter mich bringen«, sagte Kenneth. Morton nickte.

»Sie wissen ja, daß ich jederzeit erreichbar bin, falls Sie doch etwas brauchen sollten.«

»Sie waren schon immer jederzeit erreichbar für mich«, sagte Kenneth. »Es ist wirklich schön, Sie zu sehen, Morton«, fügte er freundlicher hinzu. Mortons Augen wurden feucht.

»Und ich freue mich auch, Sie zu sehen. Er redet ständig von Ihnen, Mr. Kenneth. Es vergeht kein Tag, an dem er nicht von Ihnen spricht.«

»Also gut«, sagte Kenneth zu mir. »Wir wollen es hinter uns bringen.«

Ich folgte ihm, und wir überquerten den Rasen und liefen auf die Leute vom Partyservice und auf Richter Childs zu.

»Hallo«, sagte der Richter und sah Kenneth dabei an. Kenneth begrüßte ihn nur mit einem angedeuteten Nicken.

»Viel Zeit habe ich nicht«, waren seine ersten Worte, die er anstelle einer Begrüßung äußerte.

»Oh. Also, dann kommen wir doch am besten gleich zur Sache. James wird uns einen Menüvorschlag machen und erklären, wie er das Büfett aufbauen will. Er schlägt vor, daß wir im Zelt und im Freien Tische aufbauen, aber das Büfett nur auf das Zelt beschränken. Ist das richtig, James?«

»Ja, Richter Childs. Ich glaube, das ließe sich machen. Ich werde drei Tische für die Hauptspeisen aufbauen: Hummer und Krabben, Roastbeef und Entenbrust, Flunder und Barsch. Auf zwei langen Tischen werden die Salate und Gemüse bereitstehen, und natürlich gibt es drei Tische mit den köstlichsten Nachspeisen. Ich schlage vor, daß wir die Bar vor dem Zelt aufbauen. Man handelt sich weniger Komplikationen ein, wenn die flüssigen Erfrischungen nicht zu dicht neben den Speisen ausgeschenkt werden«, fügte er hinzu. »Unser Personal wird jedoch ständig umherlaufen und Champagnergläser herumreichen.«

»Was hältst du von dem Menü?« fragte der Richter.

Kenneth starrte den Anlegesteg an, und ein geistesabwesender Ausdruck stand auf seinem Gesicht.

»Mir soll es recht sein«, murmelte er.

»Und jetzt zur Dekoration«, nahm James den Faden wieder auf. »Ich dachte an einen Strauß Kaisertulpen, Jonquillen und gelbe Narzissen auf jedem Tisch. Als Eingang zum Zelt würde ich gern einen Bogen aus Rosen vorschlagen, und ...«

»Wir feiern doch keine Hochzeit«, fauchte Kenneth. Er sah mich an, weil er sich Bestätigung von mir erhoffte.

»Ich finde, ein paar Blumen auf den Tischen genügen«, sagte ich. James nickte, sichtlich enttäuscht.

»Ich wußte nicht, wie wir es mit der Musik halten sollen«, sagte der Richter. »James hat ein Trio vorgeschlagen. Ich dachte, wir könnten dort drüben eine kleine Bühne für die Musiker aufbauen, gleich rechts neben dem Zelt.« Er deutete auf die Stelle. »Ich werde eine dieser tragbaren Tanzflächen besorgen und ...«

»Das können wir doch wirklich nicht gebrauchen. Weshalb sollen die Leute tanzen?« fragte Kenneth.

»Nein? Also gut. Dann haben wir eben nur Musik. Ich dachte nur . . . aber wenn du glaubst, das geht zu weit . . .«

»Das Ganze geht etwas zu weit«, sagte Kenneth und lief zum Anlegesteg.

Alle sahen ihm schweigend nach.

»Er ist nur nervös wegen der bevorstehenden Eröffnung«, erklärte ich.

»Ja, natürlich«, sagte der Richter. »Also gut, dann kann James uns jetzt die Farben zeigen, die er für die Tischdecken und die Servietten ausgewählt hat.«

»Es liegt alles bereit«, sagte James und deutete auf den Zelteingang. Ich folgte ihm und sah mir seine Vorschläge zu den Dekorationen aus Kreppapier, Luftballons und Lametta an. Ich fand alles reichlich spektakulär. Das freute den Richter.

»Ich werde natürlich jemanden engagieren, der die Wagen der Gäste parkt. Wir wollen hoffen, daß das Wetter schön bleibt. Was haben wir jetzt noch zu tun?« fragte er, doch seine Blicke wandten sich Kenneth zu.

Der Chef des Partyservices rasselte ein halbes Dutzend Punkte herunter, doch der Richter hatte das Interesse verloren.

»Vielleicht wäre es gar keine schlechte Idee, wenn Sie beide sich zusammensetzen und miteinander reden, ehe diese ganze Veranstaltung steigt«, schlug ich behutsam vor. Der Richter sah mich an und nickte.

»Ja, da hast du vermutlich recht.«

Er wirkte müde, alt und alles andere als selbstsicher. Kenneth stand immer noch am Anlegesteg und schaute auf das Meer hinaus.

»Lassen Sie mich erst mit ihm reden«, sagte ich. Der Richter schien erleichtert zu sein. Ich eilte über den Rasen und blieb neben Kenneth stehen.

»So ein Blödsinn«, sagte er. »Die Hälfte dieser Leute, die zu der Eröffnung kommen werden, haben von Kunst keinen Schimmer.«

Ich lachte.

»Es wird bestimmt ein schönes Fest werden, Kenneth. Er will dich ganz groß herausstellen, weil er stolz auf dich ist.«

»Stolz? Du verwechselst wohl Stolz mit Schuldbewußtsein«, verbesserte er mich.

»Ja, vielleicht spielt auch sein Schuldbewußtsein eine Rolle, aber wenigstens macht er sich viel aus dir und ist zerknirscht. Meine Mutter schüttelt Schuldgefühle ab wie lästige Fliegen.« Er sah mich an und lächelte.

»Er tut dir weh, nicht wahr?«

»Ja«, sagte ich.

Er schüttelte den Kopf.

»Ist dir denn nicht klar, daß *er* Haille zu dem gemacht hat, was sie ist?«

»Das stimmt nicht. Du brauchst dir doch nur anzusehen, was sie mir angetan hat«, erwiderte ich. »Und ich werde niemals so werden wie meine Mutter.«

Sein Lächeln wurde freundlicher.

»Rede mit ihm, Kenneth. Schließe wenigstens einen gewissen Frieden mit ihm. Das wird nicht nur ihm gut tun, sondern auch dir.«

Er verzog skeptisch das Gesicht.

»Du hast gesagt, die *Tochter des Neptun* sei dein größtes Kunstwerk, das Werk, auf das du so stolz bist wie bisher noch auf kein anderes. Daher sollte es ein fröhliches Fest werden, vom Anfang bis zum Ende.«

»Melody, Melody, was soll ich bloß mit dir anfangen? Trotz allem drängst du immer noch die grauen Wolken zur Seite und suchst nach dem Regenbogen.«

»Hilf mir dabei, ihn zu finden, Kenneth«, erwiderte ich und sah ihm fest in die Augen. Er nickte, seufzte, schaute auf das Wasser hinaus und wandte sich dann zum Haus um. »Komm mit«, sagte er.

»Ich soll mitkommen?«

»Du bist seine Enkelin. Du gehörst jetzt dazu, wenn Familienstreitigkeiten diskutiert werden. Wir wollen uns in Zukunft nichts mehr vormachen. Das ist meine einzige Bedingung«, sagte er. Ich war an seiner Seite, als er auf das Haus zuging, sein Zuhause, ein Ort, den er seit Jahren nicht mehr aufgesucht hatte, und doch barg dieser Ort all seine Kindheitserinnerungen und die Erinnerung an seine Mutter.

Wir traten ein, und er führte mich durch das ganze Haus.

»Er hat nicht viel verändert. Es ist noch fast alles genau so, wie ich es in Erinnerung hatte«, sagte Kenneth. Er lachte. »Meine Mutter und ihr Fimmel für Antiquitäten. Allerdings muß ich zugeben, daß viele dieser Dinge eine Menge Geld wert sind.« Wir gingen nach oben, und er zeigte mir sein früheres Zimmer. Lange Zeit blieb er regungslos dort stehen, mit einem traurigen Lächeln im Gesicht. Als wir die Treppe hinunterkamen, stand der Richter in der Tür seines Büros.

»Nun«, sagte er und sah erst Kenneth und dann mich an. »Es sieht ganz so aus, als würde diese Veranstaltung das größte Ereignis des Jahres werden, was? Ich habe dein Werk noch nicht gesehen, Kenneth, aber Laurence Baker sagte, es sei einfach wunderbar. Hat schon jemand ein vorläufiges Angebot gemacht? Sonst würde ich gern erste Ansprüche anmelden.«

»Es ist nicht zu verkaufen«, sagte Kenneth.

»Was?«

»Ich spiele mit dem Gedanken, es nach der Eröffnung dem Museum zu spenden.«

Der Mund des Richters sprang auf. »Aber das ist ja eine ganz großartige Idee, Kenneth. Wirklich großartig«, sagte er, als er sich endlich von seinem Schrecken erholt hatte.

»Also, wenn du es verkaufen würdest, dann würde ich es selbst kaufen«, sagte ich, denn ich wünschte, Kenneth würde sich in irgendeiner Form für sein Werk bezahlen lassen.

Beide sahen mich an, und dann lachte Kenneth. Auch das Gesicht des Richters verzog sich zu einem Lächeln.

»Ich wette, sie täte es tatsächlich«, sagte er.

»Ja, allerdings«, stimmte Kenneth ihm zu. Wenigstens waren sie sich in diesem einen Punkt einig.

»Ich bin froh, daß wir die Party hier veranstalten, Ken. Deine Mutter wäre sehr stolz auf dich«, sagte der Richter. »Oh, da fällt mir gerade etwas ein«, fügte er eilig hinzu. »Ich habe erst kürzlich etwas gefunden und mir gedacht, das hättest du vielleicht gern.« Er wandte sich ab und ging in sein Büro. Wir folgten ihm. Er reichte Kenneth einen ledernen Bilderrahmen mit einem Foto, auf dem er mit seiner Mutter abgebildet war, und auf dem Foto konnte Kenneth nicht älter als fünf oder sechs Jahre sein.

»Selbst damals hat er schon diesen ernsthaften künstlerischen Gesichtsausdruck gehabt, nicht wahr?« fragte mich der Richter.

»Er sieht wirklich so aus, als sei er tief in Gedanken versunken«, erwiderte ich.

»Ich kann mich noch an den Tag erinnern, an dem Louise diesen Rahmen gekauft hat. Sie war der Meinung, es sei ein erstklassiger Fund. Dieses Muster ist von Hand eingraviert worden oder so was«, fuhr er fort, während Kenneth weiterhin das Foto von sich und seiner Mutter anstarrte. Dem Richter erschien es notwendig, unablässig weiterzureden. »Ich glaube, sie hat ihn irgendwo in Buzzard's Bay aufgetrieben. Sie ist immer in diesen winzigen Läden gewesen und hat dort alles ausgesiebt wie ein Goldsucher, und manchmal ist sie mit dem verrücktesten Zeug wieder rausgekommen. Als sie diesen Rahmen gefunden hat, hat sie gesagt, sie hätte genau das richtige Bild dafür.«

»Danke«, sagte Kenneth.

»Bitte. Gern geschehen. Nicht der Rede wert. Und wie ist es dir ansonsten ergangen?« fragte der Richter.

»Ansonsten?« Kenneths Mundwinkel zogen sich herunter.

»Ich meine . . .« Der Richter sah mich an.

»Ganz gleich, was du zu sagen hast, Melody kann es ruhig hören. Schließlich ist sie deine Enkelin«, sagte Kenneth.

»Ja, das ist sie«, sagte der Richter nickend, »und ich muß sagen, daß ich stolz auf sie bin.«

»Obwohl all das ein tiefes, finsteres Geheimnis ist?« verspottete ihn Kenneth. Die Augen des Richters wurden kleiner. Er stieß den Atem aus und ließ sich langsam auf das Ledersofa sinken. Sein Blick war auf den Boden gerichtet wie der eines Mannes, der gerade eine sehr schlechte Nachricht erhalten hat. »Es hat keinen Sinn, daß ich mich bei dir entschuldige, Kenneth. Das habe ich schon hundertmal getan, aber du stellst dich taub. Und außerdem erwarte ich ohnehin nicht von dir, daß du mir etwas verzeihst, was ich mir selbst nicht verzeihen kann. Aber«, sagte er und blickte zu Kenneth auf, »nichts von alledem hat bewirken können, daß ich dich nicht mehr liebe, mein Sohn. Ich bin stolz auf dich und auf das, was du geleistet hast. Das einzige, was ich mir erhoffe, ist, daß du mich eines Tages nicht mehr ganz so sehr hassen wirst. Das ist alles«, schloß er mit einem tiefen Seufzer.

Kenneth wandte sich einen Moment lang ab.

»Du hast uns reingelegt, verstehst du, uns alle.«

»Ja, das habe ich getan«, gestand der Richter. »Ich war ein schwacher Mann, und sie ist eine schöne und sehr begehrenswerte Frau gewesen. Das entschuldigt gar nichts; es sollte nur zur Erklärung dienen«, fügte er eilig hinzu.

»Du hast den größten Teil deines Lebens damit zugebracht, andere Menschen zu verurteilen. Wer hat dir den Prozeß gemacht?«

»Du, mein Sohn, und der Preis, den ich bezahlt habe, war zu hoch. Wenn ich die Dinge im nachhinein ändern könnte, dann täte ich es.«

Kenneth schien nicht überzeugt zu sein.

»Ich täte es wirklich. Ich würde lieber sterben, als dir dein Glück zu rauben. Ich wollte nur das Beste für dich. All das hat für mich keine Bedeutung mehr, seit deine Mutter gestorben ist und seit ihr Kinder alle fortgegangen seid.« Er sah mich an. »Es ist wie ein Wunder, daß Melody zu uns zurückgekommen ist.«

Kenneth warf einen Blick auf mich und nickte dann.

»Ja, das kann man wohl sagen.«

»Und es freut mich enorm, daß ihr beide euch so gut miteinander versteht.«

»Sie ist ein echter Quälgeist«, sagte Kenneth im Scherz.

Ich lächelte durch meine Tränen.

»Sie ist begabt, und dann spielt sie auch noch die Fiedel. Du wirst auf dieser Party doch etwas für uns spielen, nicht wahr, Melody?«

»Was? Nein, ich ...«

»Natürlich wird sie es tun«, sagte Kenneth und sah mich von der Seite an. »Das ist ein Teil unserer Abmachungen.«

»Im Ernst?« fragte ich besorgt.

»Also gut«, sagte der Richter und stand wieder auf. Es schien ihm Schwierigkeiten zu bereiten, auf die Füße zu kommen. Er unterdrückte ein Stöhnen und rang sich mühsam ein Lächeln ab. »Ich schätze, ich sollte jetzt besser wieder rausgehen und nachsehen, was dieser geschniegelte Kerl mit mir vorhat. Als nächstes will er beidseits der Auffahrt rosa Rosen spannen«, sagte er, und Kenneth lachte. Gleich darauf schien es, als fielen ihm all seine Vorbehalte wieder ein, und er wurde ernst und ging zur Tür. Dort blieb er stehen, sah noch einmal das Foto von sich und seiner Mutter an und wandte sich dann wieder dem Richter zu.

»Danke.«

»Schon gut.«

»Wir müssen jetzt gehen«, sagte er.

»Ja, es sieht ganz so aus, als müßte ich völlig unerwartet noch ein paar Stunden üben«, scherzte ich, und Kenneth lachte.

Der Richter folgte uns zur Haustür.

»Ich brauche dir kein Glück zu wünschen. Ich weiß jetzt schon, daß alle beeindruckt sein werden«, erklärte er.

Kenneth nickte, und ich konnte ihm ansehen, daß er sich gern bedankt hätte.

Als ich mich nach dem Richter umblickte, sah ich, daß seine Augen randvoll mit Tränen gefüllt waren. Er biß sich auf die Unterlippe, lächelte mich an und ging wieder ins Haus.

»Ich glaube, es tut ihm wirklich leid, Kenneth.«

»Das kann schon sein«, erbarmte er sich zu sagen. Wir

stiegen in den Jeep, und eine Zeitlang saß Kenneth da und beobachtete, wie sein Vater wieder aus dem Haus kam, uns zuwinkte und langsam auf die Leute vom Partyservice zuging.

»Er war ein sehr gutaussehender Mann, schon immer distinguiert und vornehm. Er hat genau so ausgesehen, wie man sich einen Richter vorstellt. Als ich ein kleiner Junge war, habe ich geglaubt, es stünde in seiner Macht, über Leben und Tod zu entscheiden. Setze niemals dein volles Vertrauen in einen anderen Menschen, Melody. Bewahre immer eine gewisse Skepsis. Das ist eine gute Absicherung. Okay«, sagte er und lächelte mich an. »Wir werden unseren Spaß haben. Falls die Königin es erlaubt, bist du heute zum Abendessen eingeladen. Holly wird jeden Moment eintreffen.«

»Wirklich? Das ist ja wunderbar! Natürlich kann ich mit euch essen gehen. Großmama Olivia möchte, daß ich einen guten Einfluß auf dich ausübe und dafür sorge, daß du eher so wirkst wie . . .«

»Wie ein Geschäftsmann, ich weiß. Ich könnte vielleicht eine saubere Hose und ein Paar frische Socken anziehen«, sagte er, und wir lachten beide.

Holly, dachte ich. Ich konnte es kaum erwarten, sie zu sehen.

Als Holly eintraf, war sie mit Geschenken für uns beladen: Amulette und Steine, astrologische Karten, neue Ohrringe für mich und ein Armband für Kenneth. Nach dem Abendessen unternahmen sie und ich allein einen langen Spaziergang am Strand und redeten über meine Reise nach Kalifornien.

»Meine Schwester hat natürlich alles ins Gegenteil verkehrt und mir Vorwürfe gemacht, weil ich ein so junges, leicht zu beeindruckendes Mädchen nach Los Angeles schicke. Philip hat gesagt, es sei nicht weiter verwunderlich«, sagte sie lachend.

»Oh, ich hoffe nur, daß ich dir keine Schwierigkeiten bereitet habe«, sagte ich.

»Diese Diskussion ist nicht neu. Meine Schwester und ihr Mann haben sich schon vor langer Zeit eine Meinung über mich gebildet. Jedenfalls hat Billy mir eingeschärft, ich solle bloß nicht vergessen, dich lieb von ihm zu grüßen und dir seine besten Wünsche zu übermitteln. Er mochte dich vom ersten Moment an.«

»Und ich ihn auch. Als ich in Hollywood war, habe ich oft an ihn und an die Dinge gedacht, die er zu mir gesagt hat.«

»Deine Mutter hatte nicht die geringste ...«

»Sie ist wie verhext, Holly. Wenn ich vorher gewußt hätte, was ich jetzt weiß, wäre ich niemals hingefahren. Manchmal bleibe ich vor ihrem Grab stehen und mache mir vor, es sei wirklich sie, die dort begraben ist. Für mich würde es nichts ändern«, fügte ich hinzu.

Sie lächelte liebevoll und blieb stehen, um die frische Meeresluft tief einzuatmen.

»Das reinigt meinen Verstand«, sagte sie. »Wie ich sehe, hat Cary Kenneths Freundschaft gewonnen und baut jetzt dieses Boot.« Sie wies auf den fertiggestellten Rumpf. »Es sieht so aus, als würde es ein recht beeindruckendes Boot.«

»Er ist von ganzem Herzen bei der Sache«, sagte ich, und mein eigenes Herz schwoll vor Stolz an.

»Nicht von ganzem Herzen. Ein großer Teil seines Herzens ist hier«, sagte sie und deutete auf meine Brust. Ich lachte.

»Erzähl mir mehr über Kenneth«, sagte sie nach einem Moment. »Er wirkt auf mich, als sei er in einer Art Übergangsstadium und hinge etwas in der Luft. Sein Horoskop deutet darauf hin, daß sein Leben eine andere Richtung nehmen wird.«

Ich berichtete ihr von dem Treffen mit seinem Vater und auch davon, daß die beiden das Kriegsbeil mehr oder weniger begraben hatten.

»Sie werden beide älter. Es ist höchste Zeit, daß sie diese Dinge aus der Welt schaffen«, sagte sie, und dann wurde sie nachdenklich. »Redet er oft über mich?«

»Oh, du bist ständig in seinen Gedanken vorhanden«, sagte ich. »Oft sagt er: ›Das hat dir Holly in den Kopf gesetzt.‹ oder: ›Holly hätte dazu eine ganze Menge zu sagen.‹«

»Wirklich?« Sie lächelte. »Mir gefällt es hier. Ich spiele mit dem Gedanken, von New York fortzugehen.«

»Und was ist mit Billy?«

»Ich habe mir überlegt, daß ich ihm den Laden übergeben könnte. Er würde New York niemals verlassen.«

»Und wo willst du leben?« fragte ich.

»Das werden wir ja sehen«, sagte sie und lächelte mich an. »Ich werde sehen, ob ich mir selbst die Zukunft lesen kann«, fügte sie hinzu. »Ich habe ein paar glasklare Hinweise.« Sie strahlte und sah sich nach dem Haus um.

»Ich sollte jetzt besser nach Hause gehen«, sagte ich, denn ich war unsicher, ob ich sie noch genauer ausfragen sollte. »Morgen steht uns allen ein großer Tag bevor, und ich habe es Kenneth zu verdanken, daß ich die Fiedel spielen muß.«

»Das ist ja wunderbar. Ja, es wird ein großer Tag werden.« Sie nahm meine Hand, und wir rannten barfuß über die Sanddünen und lachten, während über uns die Sterne funkelten. Das Meer war ruhig, spiegelglatt und verheißungsvoll. Es tat gut, wieder froh und voller Hoffnung zu sein.

Am nächsten Tag tauchten etliche Leute fast eine halbe Stunde zu früh auf, um als erste in die Galerie eingelassen zu werden. Großmama Olivia zog eines ihrer feinsten Kleider an und trug ihre Perlenkette, ihre Diamantarmbänder und goldene Ringe. Als sie in der Eingangshalle des Hauses erschien, wirkte sie tatsächlich wie eine Königin. Richter Childs kam vorbei, um uns abzuholen, und in seinem dunkelblauen Anzug sah er besser aus denn je.

»Ich habe versucht, Grant und Lillian dazu zu bringen, daß sie kommen«, sagte er. Er sprach von seinen beiden anderen Kindern. »Aber sie haben beide zuviel mit ihrem eigenen Leben zu tun. Es ist eine traurige Angelegenheit, wenn Familien sich auseinanderleben«, erklärte er, und Großmama Olivia stimmte ihm von ganzem Herzen zu.

»Wenn man erst einmal die Bande verliert, die einen miteinander verknüpfen, dann treibt man wie ein Blatt im Wind«, sagte sie. Derzeit sah sie mich nach fast jeder tiefsinnigen Äußerung an, die sie von sich gab, um sicherzugehen, daß ich mir ihre Worte einprägte.

Cary, Tante Sara und May warteten vor der Galerie, als wir auf den Parkplatz fuhren. Sie hatten sich alle feingemacht. Cary sah in seinem Anzug mit Krawatte sehr gut aus, und May, die derzeit wie Sommerweizen wuchs, war jetzt schon gut einen Meter fünfundfünfzig groß. Sogar Tante Sara trug ein helles Kleid in fröhlichen Farben und hatte ein wenig Make-up und Lippenstift aufgetragen.

»Sie werden jetzt jeden Moment die Türen öffnen«, sagte Cary, als wir aus dem Wagen des Richters stiegen. »Diese Leute dort drüben sind Reporter«, fügte er hinzu und wies mit einer Kopfbewegung auf eine kleine Schar, die sich auf dem Bürgersteig versammelt hatte.

»Ist Ken schon hier?« fragte der Richter.

»Nein, Sir. Ich habe ihn noch nicht gesehen.«

»Es sähe ihm ähnlich, gar nicht erst aufzutauchen«, murmelte Großmama Olivia tonlos. »Und wie geht es dir, Sara?«

»So lala, Olivia. Es kommt mir vor, als sei es erst gestern gewesen«, sagte sie, und ihre bleichen Lippen bebten.

»Es war aber nicht erst gestern, und wir alle müssen unser Leben weiterführen. Für den Richter ist heute ein großer Tag, und für ihn ist es ein sehr freudiger Anlaß. Du solltest nicht hier sein, wenn du dich dem nicht gewachsen fühlst«, sagte sie mit scharfer Stimme.

Sara zwang sich zu einem Lächeln.

»Ich werde es schon schaffen, mich zusammenzureißen. Und May ist auch schon ganz aufgeregt«, sagte sie und wies auf Großmama Olivias Enkelin, die diese bisher noch nicht einmal begrüßt hatte.

»Sag ihr, daß ich ihr viel Spaß wünsche«, ordnete sie an und lächelte dann May an, die ebenfalls lächelte und ihr in Zeichensprache etwas bedeutete. Großmama Olivia wartete gar nicht erst ab, um zu erfahren, was sie ihr sagen wollte. Sie trat mit dem Richter an ihrer Seite vor. Die Türen der Galerie wurden gerade geöffnet, und die Leute begannen hineinzuströmen. Die meisten von ihnen begrüßten Großmama Olivia und den Richter, ehe sie ihnen den Weg freigaben. Cary, Tante Sara, May und ich folgten den beiden.

Die *Tochter des Neptun* stand mitten im Saal und war mit einem Tuch bedeckt. Laurence Baker, der Galeriebesitzer, war ein großer, schlanker Mann mit einer finsteren Miene. Die Bewegungen, mit denen er durch den Raum glitt, aber auch seine zurückhaltende, leise Art erinnerten mich an einen Bestattungsunternehmer. Seine Assistenten, ein Mann von vielleicht vier- oder fünfundzwanzig Jahren und eine Frau, die Mitte Dreißig zu sein schien, begrüßten die Besucher ebenfalls. Auf langen Tischen standen bereits Gläser, die mit Champagner gefüllt waren, und daneben ein paar kalte Hors d'œuvres. Die Leute stürzten sich sogleich auf die Erfrischungen, die umsonst angeboten wurden, und schlenderten in der Galerie umher, um sich die anderen Kunstwerke anzusehen, während sie auf die Enthüllung des Meisterwerks warteten.

»Guten Tag, Richter Childs, schön Sie zu sehen«, sagte Laurence Baker. »Guten Tag, Mrs. Logan. Vielen Dank für Ihren Besuch.«

»Haben Sie etwa geglaubt, wir kämen nicht?« fauchte Großmama Olivia ihn an.

»Oh nein, ich meinte nur . . . es freut mich, Sie zu sehen«, sagte er und wandte sich einem anderen Paar zu.

Die Galerie hatte sich schon bald gefüllt, und Kenneth war noch nicht eingetroffen. Allmählich wurde mir flau im Magen, denn ich glaubte, er könnte im letzten Moment beschlossen haben, doch nicht zu erscheinen. Was würden wir dann tun? Wie würde der Richter damit umgehen? Schließlich war die große Party bis in alle Einzelheiten vorbereitet, und Essen und Musik warteten auf uns. Ich sah Cary an.

»Hat er vielleicht gesagt, er käme nicht, als du ihn das letzte Mal gesehen hast?« fragte ich ihn.

»Nein, das hat er nicht gesagt, aber er hat mir erzählt, daß ihm dieser ganze Wirbel überhaupt nicht paßt.«

»Du glaubst doch nicht . . . hat er heute schon etwas getrunken?«

»Nein. Holly war bei ihm, und sie haben den größten Teil des Tages damit zugebracht, am Strand spazierenzugehen und miteinander zu reden. Na ja«, sagte er mit einem gepreßten Lächeln, »vielleicht haben sie auch nicht nur miteinander geredet.«

»Du hast ihnen doch nicht etwa nachspioniert, Cary Logan?«

»Nein«, sagte er entrüstet. »Sie haben sich nur so benommen, daß man ihnen leicht ansehen konnte, wie gut es zwischen ihnen funktioniert.«

Ich wollte mich gerade entschuldigen, doch in dem Moment hörten wir, wie das Murmeln der Menge an Lautstärke zunahm, und als ich mich umdrehte, sah ich Kenneth und Holly in ihrem knallbunten Wagen vorfahren. Kenneth hatte ein Freizeitjackett an, aber er trug eine alte Jeans und Mokassins ohne Socken an den Füßen. Sein Hemd stand am Kragen offen.

Holly trug eines ihrer langen Kleider und Sandalen, und ihre Perlenketten reichten ihr bis auf die Taille. Sie hatte Ohrringe angesteckt und trug auf dem Haar ein Diadem aus Kristallen und anderen Mineralien.

»Künstler«, murrte Großmama Olivia.

Trotz seiner Aufmachung wurde Kenneth mit Applaus empfangen, als er die Galerie betrat. Er lächelte, nickte den Leuten zu und führte Holly zu der *Tochter des Neptun*.

»Also dann«, sagte Laurence Baker und blieb neben Kenneth stehen. »Da der Künstler jetzt eingetroffen ist, können wir sein Werk enthüllen. Wie Sie alle wissen, hat Mr. Childs sein Werk die *Tochter des Neptun* genannt. In den Programmen, die Sie in Ihren Händen halten, beschreibt er sein eigenes Werk als eine Ansicht von Neptuns Tochter, wie sie aus dem Meer steigt und die Metamorphose zu einer wunderschönen Frau vollzieht. Das Werk versucht, diese Metamorphose auf ihrem Höhepunkt einzufangen. Wir wollen Mr. Childs jetzt ohne weitere Umschweife bitten, die *Tochter des Neptun* zu enthüllen.«

Kenneth stand einen Moment lang da und ließ seine Blicke über die Menge gleiten, bis er mich fand. Er sah mich verschmitzt und fröhlich an. Alle hielten den Atem an, als Kenneth an der Schnur zog, um die *Tochter des Neptun* zu enthüllen. Das Tuch fiel von der Statue, und das Publikum keuchte wie aus einer Kehle, gefolgt von lautstarkem Applaus.

Großmama Olivia bekam große Augen, und ihr Mund sprang weit auf. Die Haut über ihren Wangenknochen spannte sich. Dann drehte sie sich zu mir um, und wir sahen einander einen Moment lang an. Sie wußte, daß ich für Kenneth Modell gestanden hatte, aber sie hatte nicht erwartet, eine junge Frau mit nackten Brüsten aus dem Wasser steigen zu sehen. Sie wandte sich wieder der Statue zu.

»Also wirklich, ich muß schon sagen«, murmelte Richter Childs. »Ich habe dir ja schon im voraus gesagt, daß es sein bislang größtes Werk ist. Was hältst du davon, Olivia?«

»Ich finde es schockierend«, verkündete sie. »Ich hätte niemals damit gerechnet, eine derart realistisch porträtierte Frau zu sehen.« Sie trat näher, um das Gesicht zu mustern, und dann sah sie den Richter an.

»Ich weiß«, hörte ich ihn sagen.

»Ich brauche dringend noch ein Glas Champagner«, flüsterte Großmama Olivia, und der Richter führte sie zu dem Tisch, auf dem die Getränke bereitstanden.

»Was hältst du davon, Tante Sara?« fragte ich.

»Sie sieht aus wie Haille«, flüsterte sie. »Genau so wie sie.«

»Ja, das stimmt.«

»Jacob hätte das nicht gutgeheißen«, bemerkte sie mit einem Nicken. »Nein, ganz bestimmt nicht.«

»Von Kunst hat Dad keine Ahnung gehabt«, sagte Cary.

Tante Saras Gesicht hellte sich auf.

»Nein«, sagte sie, »davon hat er wirklich nichts verstanden.«

Ich lachte und unterhielt mich in Zeichensprache mit May,

die sehr aufgeregt war und sich für die Statue begeisterte. Wir hörten, wie andere Besucher sich lobend äußerten und Kenneth Komplimente machten. Diese Form des Zuspruchs schien ihm etwa so wohltuend zu sein wie ein Paar Schuhe, das zwei Nummern zu klein ist.

Cary und ich wollten gerade mit May an die frische Luft gehen, als Teddy Jackson mit seiner Frau Ann, seiner Tochter Michelle und seinem Sohn Adam die Galerie betrat. Ein eisiger Elektroschock zuckte durch mein Rückenmark. Seit meiner Rückkehr aus Kalifornien hatte ich den Mann nicht mehr gesehen, der in Wirklichkeit mein Vater war, und mir hatte vor diesem Augenblick der Begegnung gegraut. Michelle, die eine enorme Abneigung gegen mich hegte, war tatsächlich meine Stiefschwester. Gegen meinen Willen forschte ich in ihrem und in Adams Gesicht nach Ähnlichkeiten zwischen den beiden und mir.

Zum Glück kamen der Galeriebesitzer und einige der Gäste gleich auf die Jacksons zu.

»Laß uns gehen«, drängte ich Cary, und wir schlüpften zur Tür hinaus.

»Da drinnen ist es reichlich heiß. Mom kommt nicht mit zu der Party«, sagte Cary. »Sie möchte, daß ich sie vorher nach Hause fahre. Ich werde May mitbringen, und wir treffen dich dann später dort.«

»Ja, sicher«, erwiderte ich. Ich war immer noch betäubt von Teddy Jacksons Anblick.

»Fährst du mit Kenneth und Holly?«

»Ja«, sagte ich. »Ich bin ihm sozusagen zugeteilt worden, um aufzupassen, daß er auch wirklich dort erscheint«, fügte ich hinzu, und Cary lachte.

Weniger als eine Stunde später begannen die geladenen Gäste, die Galerie zu verlassen und sich auf den Weg zu Richter Childs' Haus zu begeben. Kenneth und Holly tauchten auf wie zwei Menschen, die vor dem Nachsitzen in der Schule geflohen sind, und sie kamen lachend auf mich zugeeilt.

»Und jetzt wollen wir etwas trinken, und zwar schnell«, rief Kenneth. Ich holte meine Fiedel aus dem Wagen des Richters und stieg in den Jeep. Wir fuhren in einem rasanten Tempo los. Der Wind zerzauste mein Haar bis zur Unkenntlichkeit, aber meine Klagen blieben unbeachtet.

»Du hast mir das alles eingebrockt«, rief Kenneth. »Jetzt sei so freundlich, es auch auszulöffeln.«

Wir hatten Glück. Es war einer der schönsten Frühlingstage des ganzen Jahres, der Wind war eine laue Brise, der Himmel nahezu türkis und mit Wattewölkchen gesprenkelt. Als wir ankamen, spielte das Trio bereits, Wagen wurden von dem zuständigen Personal geparkt und Luftballons hopsten im Wind herum. Kenneth und Holly begaben sich direkt an die Bar. Um sie herum drängten sich Menschen, die Kenneth die Hand schüttelten und ihm auf den Rücken klopften. Holly und ich bedienten uns am Büfett und schlenderten durch den Garten.

»Wie schön es hier ist«, bemerkte sie. Ich zeigte ihr auch einen Teil des Hauses. Als wir wieder ins Freie kamen, waren der Richter und Großmama Olivia eingetroffen und bereits in Gespräche mit Gästen vertieft. Ich sah mich um, konnte aber nirgends etwas von Cary oder May entdecken. Als mein Blick wieder auf die Jacksons fiel, fühlte ich, wie ich innerlich schrumpfte.

Die Kellner trugen jetzt das Hauptgericht auf. Ich wollte auf Cary warten, aber er war immer noch nicht da. Ich konnte mir nicht vorstellen, was ihn aufhielt. Schließlich gesellte ich mich zu Kenneth und Holly und aß trotz meiner nervösen Magenschmerzen einen Happen. Nach dem Essen kamen Teddy Jackson und seine Frau an unseren Tisch, um Kenneth zu gratulieren. Teddy Jackson sah mich an, aber ich wandte den Blick ab. Hinter ihm stand Adam und grinste; er wirkte so arrogant wie schon immer, aber er sah auch noch ebenso unverschämt gut aus. Michelle wirkte wie üblich, als langweilte sie sich zu Tode.

Ich hielt den Blick auf den Eingang des Zelts gerichtet, weil ich hoffte, ich würde Cary sehen, doch er war immer noch nicht eingetroffen. Ich wollte gerade ins Haus gehen und ihn anrufen, als der Richter kurz an unseren Tisch kam und Kenneth etwas zuflüsterte. Dann sahen die beiden mich an.

»Es ist aber auch an der Zeit, daß ich aus dem Rampenlicht verschwinden kann«, sagte Kenneth schadenfroh. Ich stöhnte. Sie wollten, daß ich ihnen etwas vorspielte. Eine Ankündigung war zu hören, als ich aufstand, um mich zu der kleinen Bühne zu begeben, auf der ich meine Fiedel schon bei unserem Eintreffen abgelegt hatte. Die meisten Leute kamen aus dem Zelt, weil sie mich hören wollten. Kenneth und Holly standen weiter abseits und strahlten beide von einem Ohr zum anderen. Mein Blick fiel auf Teddy Jackson, auf dessen Gesicht ein zärtliches Lächeln stand; als ich das sah, hämmerte mein Herz derart heftig, daß ich fürchtete, ich könnte vor all diesen Menschen das Bewußtsein verlieren. Endlich fand ich die Kraft, den Bogen zu heben und mein Spiel zu beginnen.

Ich spielte ein Lied, das von der Frau eines Grubenarbeiters handelte. Sie weigerte sich, die Tatsache zu akzeptieren, daß ihr Mann bei einem Grubenunglück ums Leben gekommen war, und daher hielt sie Tag und Nacht Wache am Eingang des Bergwerks und weigerte sich, etwas zu essen oder zu trinken. Und dann tauchte der Bergarbeiter eines Nachts auf, und ein großes Fest wurde gefeiert. Ein- oder zweimal glaubte ich, meine Stimme würde sich überschlagen, doch ich hielt die Augen geschlossen und sah Papa George vor mir, der mir dieses Lied beigebracht hatte. Als das Stück endete, erhielt ich gewaltigen Applaus, und Rufe ertönten und forderten ein weiteres Lied. Ich spielte zwei weitere Lieder und stieg dann vom Podium. Großmama Olivia wirkte äußerst zufrieden, als sie sah, wie einige der jüngeren Männer um meine Aufmerksamkeit wetteiferten. Ich konnte Cary immer noch nicht in der Menge entdecken, und daher entschuldigte ich mich und eilte ins Haus, um ihn anzurufen. Er nahm den Hörer schon nach dem ersten Läuten ab.

»Es tut mir leid«, sagte er. »Ich wollte eben gerade aus dem

Haus gehen. Ma hat furchtbar geweint und war so traurig, daß ich sie einfach nicht allein lassen konnte. Sie hat nur noch an Dad gedacht. Jetzt ist sie endlich eingeschlafen. Hast du schon gespielt?«

»Ja.«

»Verdammt noch mal.«

»Aber für dich werde ich immer wieder spielen, Cary. Komm her, so schnell du kannst.«

»Ich bin schon auf dem Weg«, versprach er mir, und ich legte den Hörer auf. Dann stand ich da und dachte an die arme Tante Sara. Ich war derart gedankenverloren, daß ich nicht hörte, wie Adam von hinten auf mich zukam. Ich nahm ihn erst wahr, als er mir etwas ins Ohr flüsterte und es wagte, mir einen Kuß auf den Nacken zu drücken. Ich sprang mit einem Satz auf.

»Ganz ruhig«, sagte er zu mir, als sei ich ein scheues Pferd, das er zähmen wollte. »Ich habe dich ins Haus gehen sehen, und ich dachte mir, wir könnten uns unter vier Augen unterhalten. Weißt du, du wirst wirklich von Tag zu Tag hübscher. Ich hatte gehofft«, fuhr er fort, ehe ich auch nur ein Wort herausbrachte, »dir sei inzwischen vielleicht klargeworden, was für ein tolles Paar wir beide sein könnten. Ich bin jetzt schon eine Art Star in meiner Studentenverbindung, und es gibt haufenweise Studentinnen, mit denen ich ausgehen kann, aber du gehst mir einfach nicht aus dem Kopf, Melody. Was hältst du davon, uns noch eine Chance zu geben?« fragte er und kam wieder näher.

Ich wich vor ihm zurück und schüttelte den Kopf.

»Laß mich in Ruhe, Adam. Ich begreife nicht, wie du so dreist sein kannst«, sagte ich. Er lächelte.

»Das gefällt mir. Ich mag Mädchen, die nicht leicht zu haben sind.«

»Ich werde niemals für dich zu haben sein. Komm mir bloß nicht zu nah.«

»Warum versuchst du es nicht einfach und gibst uns beiden noch eine Chance? Wir sind jetzt beide etwas älter und . . .«

»Ich habe dir doch gesagt, daß du mir nicht zu nahe kommen

sollst. Laß mich in Ruhe!« schrie ich ihn an, als er die Arme wieder nach mir ausstreckte. Er hielt mitten in der Bewegung inne und schnitt eine Grimasse.

»Was zum Teufel ist bloß los mit dir? Für wen hältst du dich überhaupt, für die Prinzessin von Provincetown, bloß weil du Fiedel spielen und singen kannst? Ich bin dir jetzt wohl nicht mehr gut genug?«

»Nein, es geht hier nicht darum, wer gut genug für wen ist.«

»Worum denn dann? Sag schon, was ist los?« schnauzte er mich an. Er wirkte so wütend, daß ich fürchtete, er könnte mich schlagen.

»Frag deinen Vater«, schrie ich ihn an. Die Worte kamen über meine Lippen, ehe ich sie zurückhalten konnte. Er schüttelte verwirrt den Kopf.

»Was?«

»Frag ihn doch einfach. Frag ihn, warum aus dir und mir nie etwas werden könnte«, schrie ich, und die Tränen strömten über meine Wangen. Ich wandte mich ab, rannte aus dem Zimmer und ließ ihn in einem Strudel der Verwirrung zappeln und strampeln.

Im ersten Moment hatte ich ein schlechtes Gewissen wegen meiner Worte, doch dann war ich froh darüber, daß ich sie ausgesprochen hatte. Ich war sogar regelrecht erleichtert. Es war, als hätte ich den Fluch abgeschüttelt. Die Last war mir von den Schultern genommen und dem wahren Sünder aufgebürdet worden.

16
Abschiede

Kenneth hatte zwar gesagt, die Begeisterung für seine Kunst sei ihm verlorengegangen, doch schon wenige Tage nach der Enthüllung der *Tochter des Neptun* war er mit der Arbeit an einem neuen Werk beschäftigt. Die Kunstkritiker hatten ihm großes Lob ausgesprochen, und in etlichen Wochenzeitschriften und Tageszeitungen wurde ausgiebig über ihn berichtet. Die *Tochter des Neptun* wurde dem Museum überlassen, wie Kenneth es versprochen hatte, und später kam ich dahinter, daß er es Richter Childs gestattet hatte, die Statue zu erwerben und sie dem Museum zu spenden.

Holly blieb nach den Festlichkeiten da. Im Lauf der folgenden zehn Tage aß ich zweimal mit den beiden zu Abend, und einmal fuhren May und ich auf unseren Fahrrädern zum Strand hinaus und aßen mit Holly zu Mittag. Ich sah, daß Cary recht gehabt hatte, als er von einer Annäherung der beiden gesprochen hatte. Sie schienen sehr glücklich miteinander zu sein.

Cary war jetzt bei den Feinarbeiten an Kenneths Segelboot angelangt. Die Einzelteile waren eingetroffen, und er baute alles eigenhändig zusammen. Eine Jungfernfahrt, die einen Tagesausflug für uns vier bedeuten würde, war geplant. Das Boot war jetzt ins Wasser gelassen worden, und Leute aus der Stadt, die von Kenneth Näheres erfahren hatten, kamen rausgefahren, um es sich anzusehen. Mr. Longthorpe, ein Bankier, zeigte sich so interessiert an Carys Arbeit, daß er mit ihm eine Diskussion darüber begann, ob er auch für ihn ein Boot bauen würde. Cary begann mit den Entwürfen für ein weiteres Boot, und wir freuten uns alle sehr für ihn. Ich erzählte es Großmama Olivia, doch sie sagte nur, ausschließlich Männer, die zuviel Geld und zuviel Zeit übrig hätten, würden sich für so etwas interessieren. Nichts, was mit Freizeitbeschäftigungen zu tun hatte, war in ihren Augen wichtig. Unterhaltungskünstler, Sportler und dergleichen sah sie als frivole Gestalten an, Menschen, die man nicht ernst nehmen konnte und die erst noch erwachsen werden mußten. Als ich länger mit ihr darüber redete, begriff ich, daß sie diese Meinungen von ihrem reichlich puritanischen Vater übernommen hatte, sich jedoch daran klammerte wie an einen heiligen Stab, um den Drangsalen und Widrigkeiten gewachsen zu sein, die in ihrer Vorstellung die wahren Dinge waren, die uns das Leben auferlegte. Sie glaubte mit religiösem Eifer daran, daß der Schöpfer uns nur auf Erden wandeln ließ, damit er uns auf die Probe stellen konnte, und daß unser Dasein nur dem Ertragen unserer Leiden diente. Allein auf diesen Glauben beschränkte sich ihre Religiosität, obwohl sie den Pfarrer in ihr Haus einlud und seiner Kirche Spenden zukommen ließ. Sie ließ ihre Vorhaltungen oder Belehrungen niemals ohne einen Hinweis darauf ausklingen, welche Bedeutung dem Schutz der Familie und des Rufs der Familie zukam. Das war die einzige Rüstung, die uns zur Verfügung stand, um »die Gesteinsbrokken und Giftpfeile, die uns ein frevelhaftes Schicksal entgegenschleudert«, abzuwehren.

Allmählich fing ich an zu glauben, sie könnte vielleicht gar nicht einmal so sehr im Unrecht sein. Zwischen uns hatte sich ein gegenseitiger Respekt entwickelt, und wir hatten eine Art Waffenstillstand geschlossen, vor allem, da sich inzwischen mit ziemlich großer Sicherheit sagen ließ, daß ich die Schule als Klassenbeste abschließen würde. Sie hatte für mich einen Termin für ein Vorstellungsgespräch bei der Rektorin einer der Schulen Neuenglands vereinbart, die sich auf die Vorbereitung für das College spezialisiert hatten. In ihren Augen hielt ich mich strikt an ihre Rezepte, die ein tadelloses Leben gewährleisteten, und sie bereitete mich darauf vor, in ihre Fußstapfen zu treten.

Als sich das Schuljahr seinem Ende entgegenneigte, wurden Pläne für den alljährlich stattfindenden Bunten Abend geschmiedet, und der Leiter der Veranstaltung trat mit dem Anliegen an mich heran, ich solle auch in diesem Jahr wieder auftreten. Ich willigte ein, und bald darauf begannen wir mit den Proben. Nach dem zweiten Probenabend kam ich aus dem Schulgebäude und erwartete wie üblich, Raymond vorzufinden, der mich schon erwartete. Er war noch nicht da, doch es lag nicht etwa daran, daß er sich verspätet hatte. Ich hatte nicht damit gerechnet, daß ich schon so früh mit den Proben fertig sein würde, und ich hatte beschlossen, frische Luft zu schnappen und vor dem Haus auf ihn zu warten.

Auf der anderen Straßenseite sah ich einen Wagen stehen, auf dessen Fahrersitz ein Mann saß. Einen Moment lang stand ich da und sah den Mann und den Wagen an, ohne wirklich zu begreifen, wer es war. Als mir die Erkenntnis dämmerte, fühlte ich mich, als sei ich in einen Teich aus Eiswasser eingetaucht. Jedes Gefühl wich aus meinen Beinen. Er kurbelte die Scheibe hinunter und winkte mich zu sich. Ich rührte mich nicht von der Stelle, und er forderte mich noch einmal eindringlicher auf. Niemand sonst war zu sehen. Ich zögerte, ehe ich die Straße überquerte und auf den Wagen zuging. Teddy Jackson, mein richtiger Vater, lächelte mich an und nickte, als ich näher kam.

»Ich versuche schon länger, eine Gelegenheit zu finden, um mit dir zu reden«, sagte er, »schon seit dem Tag, an dem du Adam zu mir geschickt hast. Können wir uns ein paar Minuten miteinander unterhalten?«

Ich warf einen Blick auf meine Armbanduhr. Raymond würde frühestens in fünfzehn Minuten eintreffen.

Ich zuckte die Achseln.

»Weshalb?«

»Das weißt du ganz genau«, sagte er und lächelte mich weiterhin an. Als ich mich nicht von der Stelle rührte, verflog sein Lächeln. »Bitte.«

Er beugte sich rüber und öffnete die Beifahrertür, und ich lief um den Wagen herum und stieg ein.

»Also«, begann er, und wir blickten beide starr vor uns hin, um einander nicht ansehen zu müssen, »ich glaube, in Gedanken habe ich dieses Gespräch schon tausendmal einstudiert.« Er drehte sich zu mir um. »Wie hast du es endlich doch noch herausgefunden?«

»Was ändert das schon?« entgegnete ich.

»Ich dachte, Haille hätte es keinem Menschen erzählt. Ich habe tatsächlich geglaubt, sie hätte dieses Geheimnis mit ins Grab genommen. Hast du es von jemand anderem erfahren?« Ich sah ihn an, und in meinen Augen brannte die Glut meines Herzens.

»Sie fürchten wohl, eine andere Person in dieser Stadt könnte Sie bloßstellen? Darum geht es Ihnen doch nur?« warf ich ihm an den Kopf.

Er starrte mich an und sah dann wieder durch die Windschutzscheibe.

»Ich habe eine Familie, eine Ehefrau, die von alledem nichts ahnt, und eine sehr erfolgreiche Anwaltskanzlei. Ich habe Anlaß zu Befürchtungen«, gab er zu. »Jedenfalls ist mir nicht wohl dabei zumute. Ich habe keine Lust, weiterhin als Feigling dazustehen, und schon gar nicht, wenn ich sehe, wie gut du dich entwickelt hast und wie schön und begabt du bist. Ich würde gern Ansprüche auf dich geltend machen.«

»Ich bin doch kein Grundstück, ein paar Hektar Land oder etwas anderes, was man besitzen kann«, sagte ich. »Auf eine Tochter macht man keine Besitzansprüche geltend.«

»So sollte es nicht klingen. Was ich meinte, war, daß ich auch gern Grund zum Stolz hätte. Du hast Adam zwar nichts erzählt, aber er war trotzdem reichlich außer sich. Er wußte nicht, was für einen Reim er sich darauf machen soll.«

»Was haben Sie ihm erzählt?«

»Nichts. Der Feigling in mir hat wieder einmal gesiegt«, sagte er. »Ich habe so getan, als sei ich ebenso verwirrt wie er. Aber der Junge ist gescheit. Er hat es mir nicht abgekauft, und demnächst werde ich von Mann zu Mann mit ihm reden müssen. Vermutlich findet er es dann nicht mehr besonders toll, ein Jackson zu sein«, fügte er kläglich hinzu.

»Er ist arrogant und verzogen«, sagte ich. »Er hat es bitter nötig, daß man ihn von seinem hohen Roß holt.«

»Ja, er hat etwas von einem Snob an sich Das muß ich wirklich auf mich nehmen. Es ist meine Schuld.« Er unterbrach sich, sah mich an und nickte dann. »Ich nehme an, ich bin dir eine Art Erklärung schuldig.«

»Ich will nichts von Ihnen«, sagte ich.

»Ich würde dir gern etwas mehr darüber erzählen. Bitte.«

Ich sagte nichts. Ich saß einfach nur da. Ein Teil von mir wollte schleunigst aus dem Wagen springen, und der andere Teil wollte sich auf ihn stürzen und eine Erklärung dafür verlangen, daß er in all den Jahren ein solcher Feigling gewesen war. Ich hätte gern mit den Fäusten auf seine Brust getrommelt, ihn geohrfeigt und lauthals geschrien, ihm alles ins Gesicht geschleudert, die Lügen, den Verrat und das Leiden anderer, während er seine hochgeschätzte Anwaltskanzlei aufgebaut und sich im Schoß seiner Familie wunderbar geborgen gefühlt hatte.

»Vor knapp neunzehn Jahren war ich weitaus weniger reif als heute. Ich war nicht unreifer als alle anderen jungen Männer in meinem Alter«, fügte er hinzu, »aber ich war impulsiv und von mir selbst eingenommen. Meine Karriere hatte bereits begonnen. Ich hatte ziemlich schnell Erfolg, was nicht immer förderlich ist, aber in meinem Fall muß ich sagen, daß ich gut damit umgehen konnte. Ich habe mein Geld gut angelegt, ein stetig wachsendes Vermögen zusammengetragen, eine wunderschöne Frau geheiratet und mein erstes Kind bekommen.

Deine Mutter«, fuhr er lächelnd fort, »war damals die attraktivste junge Frau in der ganzen Stadt, und sie war sehr verführerisch. Sie hatte eine Art, sich zu geben, die jeden Widerstand hat schmelzen lassen. Sie hat einem Hirngespinste in den Kopf gesetzt, und sie war«, sagte er lachend, »unglaublich kokett.«

»Ich will nichts mehr über ihre Zügellosigkeit hören«, sagte ich. »Jeder einzelne Mann, der sie gekannt hat und mit dem ich gesprochen habe, stellt sie hin, als hätte sie einen Zauberstab geschwenkt und sie alle hypnotisiert.«

»Das kommt der Wahrheit recht nah.«

»Dann trifft Sie also keine Schuld, darauf läuft es doch hinaus?« warf ich ihm an den Kopf. »Es war einzig und allein ihre Schuld. Sie hat Sie verführt, und da Sie verführt worden sind, haben Sie sich zu nichts verpflichtet gefühlt?« Tränen brannten in meinen Augen, und mein Herz versetzte meinen Rippen winzige Hammerschläge.

»Nein, das wollte ich nicht sagen, obgleich ich es mir selbst eine lange, lange Zeit über genau damit erklärt habe«, erwiderte er in aller Ruhe. »Ich habe zugelassen, daß sie einem anderen die Schuld zugeschoben und den Logans familiäre Probleme bereitet hat. Für mich war das ein leichter Ausweg, und ich habe ihn genommen, als er sich mir geboten hat.«

»Warum hat sie es getan?« fragte ich. »Warum hat sie Sie nicht bloßgestellt?«

»Ich habe sie angefleht, es nicht zu tun, aber ich glaube, daß sie für ihr Handeln andere Gründe hatte. Sie hat es nicht für mich getan. Es hatte mehr mit ihrem Verhältnis zu Olivia Logan und dem Rest dieser Familie zu tun. Ich hatte Glück und bin ungeschoren davongekommen, und dabei habe ich es belassen.

Ich glaube nicht, daß du die unerfreulichen Einzelheiten hören möchtest«, fuhr er fort. »Belassen wir es dabei zu sagen, daß wir einige leidenschaftliche Treffen hatten, und der Rest ist dir bekannt.«

»Ja, der Rest ist mir bekannt«, sagte ich und streckte die Hand nach dem Türgriff aus.

»Warte. Ich bin nicht nur gekommen, um dir all das zu erzählen. Ich wollte dich sprechen, weil ich gern etwas für dich täte«, platzte er heraus.

»Ach? Und woran dachten Sie?«

»Ich weiß es nicht. Gibt es denn nichts, was du brauchst? Etwas, was ich dir kaufen kann?«

»Kaufen Sie mir eine richtige Mutter und einen richtigen Vater«, sagte ich. »Kaufen Sie mir eine richtige Familie, mit Menschen, die einander lieben und füreinander da sind.«

Er schüttelte den Kopf.

»Es tut mir leid. Es wäre niemandem damit gedient, und am allerwenigsten den Logans, wenn ich an die Öffentlichkeit ginge und mich zu allem bekennen würde, oder etwa doch?«

»Nein. Ihr Geständnis müssen Sie einer höheren Stelle ablegen.« Ich öffnete die Tür, doch dann drehte ich mich noch einmal zu ihm um. »Es gibt doch etwas, was Sie für mich tun könnten.«

»Du brauchst es mir nur zu sagen«, warf er schnell ein.

»Sorgen Sie dafür, daß Adam mich in Ruhe läßt«, sagte ich.

»Selbstverständlich. Und noch etwas, Melody. Es tut mir wirklich leid«, sagte er.

Als ich gerade aus dem Wagen stieg, fuhr Raymond mit der Limousine vor. Ich lief über die Straße und stieg ein, ohne mich noch einmal umzusehen, und wir fuhren sofort zu Großmama Olivia zurück.

Mein Vater saß immer noch in seinem geparkten Wagen und sah starr vor sich hin in das trostlose Dunkel, das er sich selbst zuzuschreiben hatte.

An jenem Abend dauerte es ewig, bis ich einschlief. Ich wälzte mich im Bett herum und warf mich von einer Seite auf die andere. Mein Verstand war wie benebelt. Wie jämmerlich mein richtiger Vater doch auf mich gewirkt hatte! Aber all seine Erklärungen, seine Versprechen und seine guten Absichten würden nicht verhindern, daß das Meer über diesen grandiosen Betrug hinwegspülte. Sollte es doch alles auf die offene See hinausgeschwemmt werden, wo es hingehörte, sagte ich mir. Ich lechzte nur noch danach, endlich frei von einer Vergangenheit zu sein, die mich an die Verzweiflung ketten wollte.

Am nächsten Tag war ich unausgeschlafen und erschöpft und stand den Unterricht wie in Trance durch. Theresa fragte mich immer wieder, ob auch wirklich alles in Ordnung mit mir sei. Sie glaubte, meine Verfassung könnte etwas mit Cary zu tun haben, da sie selbst gerade mit ihrem Freund Schluß gemacht hatte. Ich beteuerte ihr immer wieder, es hätte überhaupt nichts damit zu tun, doch sie weigerte sich, mir zu glauben.

»Ruf mich an, wenn du soweit bist, daß du darüber reden willst«, sagte sie, und sie war tatsächlich ein wenig verschnupft.

Ich hatte das Gefühl, zwischen diesen Netzen der Verwirrung gefangen zu sein, die einen daran hindern, das Richtige zu sagen oder irgend etwas richtig zu machen. Es war besser, wenn ich mich einfach in einen Kokon aus Schweigen einspann und wartete, bis dieser Zustand vorüberging.

Als ich an jenem Nachmittag Cary sah, las er in meinem Gesicht so schnell wie die Baupläne für eine neue Jacht.

»Hat es wieder Ärger mit Großmama Olivia gegeben?« erkundigte er sich.

»Nein. Wir umkreisen einander derzeit mit dem nötigen Sicherheitsabstand, wie zwei Wölfe, die ein stummes Abkommen über die Grenzen ihres Territoriums geschlossen haben.«

Er lachte.

»Was ist es denn dann?«

Ich grübelte einen Moment lang. Ich war mit ihm zu Kenneth rausgefahren, um ihm am Anlegesteg Gesellschaft zu leisten, während er der Kajüte den letzten Schliff gab. Es war wirklich ein prachtvolles Boot, und man konnte sich so bequem darauf bewegen, wie er es vorhergesagt hatte. Er wandte sich von dem Ofen ab, den er gerade anschloß, und sah mir mit seinen grünen Augen mitten ins Gesicht.

»Was ist los, Melody? Hast du etwas von deiner Mutter gehört?«

»Wohl kaum«, sagte ich lachend. »Eher würde ich damit rechnen, etwas von der Königin von England zu hören.«

»Also, was ist es dann?« Als ich ihm nicht antwortete, drehte er sich zu mir um und legte seine Werkzeuge aus der Hand.

»Wenn wir beide einander immer noch nicht unsere tiefsten Geheimnisse und Empfindungen anvertrauen können, dann werden wir nie Vertrauen zueinander haben«, sagte er, und ich sah ihn liebevoll und anerkennend an. Ich konnte mich glücklich schätzen, ihn zu haben, sagte ich mir, einen Menschen zu haben, der mir so hingebungsvoll zugetan war. Würde auch nur ein einziger von Großmama Olivias jungen Männern aus den sogenannten vornehmen Familien mich jemals halb so sehr lieben, wie Cary mich liebte, oder würden sie in mir nichts weiter sehen als ein Teilchen des Puzzles, das sie zusammensetzten, damit sie in den Augen ihrer Eltern und ihrer Freunde als erfolgreich dastanden? Als könnte er meine Gedanken lesen, fügte Cary hinzu: »Ich liebe dich, Melody, und dich zu lieben heißt, Schmerz zu empfinden, wenn du ihn empfindest, traurig zu sein, wenn du traurig bist, und glücklich zu sein, wenn du glücklich bist.«

Ich nickte. Er wartete, während ich tief Atem holte.

»Cary, ich weiß, wer mein richtiger Vater ist«, sagte ich, »und er lebt hier, in Provincetown.«

Er starrte mich an, und dann ließ er sich an der Kabinenwand hinabgleiten, setzte sich auf den Fußboden und sah mir wieder ins Gesicht.

»Wer ist es?« fragte er und hielt den Atem an.

»Es ist Teddy Jackson«, enthüllte ich ihm. Einen Moment lang saß er einfach nur benommen da, mit ausdruckslosem Gesicht, und blinzelte mehrfach hintereinander. Dann dämmerte ihm, was das hieß, und seine Lippen öffneten sich einen Spalt weit, während gleichzeitig seine Augen dunkler wurden.

»Bedeutet das etwa, daß dieses Stinktier, dieser Hai, dieser Dreckskerl dein Halbbruder ist?« sagte er. Ich nickte. »Wie hast du das herausgefunden?«

»Mommy hat es mir gesagt, ehe ich Los Angeles verlassen habe«, sagte ich.

»Und in all der Zeit hast du es für dich behalten?«

»Ich wollte es einfach nicht glauben, und ich wollte mich auch nicht damit auseinandersetzen. Ich habe getan, was ich konnte, um ihm und meiner Halbschwester Michelle aus dem Weg zu gehen, die mich ironischerweise nicht ausstehen kann. Ich dachte, ich könnte diese Tatsache gemeinsam mit all den anderen Lügen begraben.«

»Was ist passiert?«

Ich erzählte ihm von der Begegnung mit meinem Vater am vergangenen Abend. Er hörte zu, verzog hämisch das Gesicht und nickte.

»Das sieht ihm ähnlich. Es tut mir leid, aber ich habe dir auch etwas zu gestehen«, sagte er. »Ich muß gestehen, daß ich froh bin.«

»Froh? Bist du etwa froh darüber, daß Teddy Jackson mein richtiger Vater ist? Dich freut doch nicht etwa, daß Adam und Michelle mein Halbbruder und meine Halbschwester sind?«

Er schlug die Augen zum Fußboden nieder.

»Es hat Momente gegeben . . . aufgrund von Dingen, die er gesagt hat, Bemerkungen, die er gemacht hat, manchmal lag es aber auch daran, wie er dich und deine Mutter behandelt hat . . . in denen ich gefürchtet habe . . . den Verdacht hatte . . .« Er blickte zu mir auf. »Ich hatte schreckliche Angst, mein Vater könnte auch dein Vater sein.«

»Was?« Ich wollte schon lächeln, doch dann wurde mir klar, wie gräßlich es für ihn gewesen sein mußte, mit einer solchen Vorstellung zu leben.

»Ich dachte, das sei es gewesen, was er dir an jenem Tag im Krankenhaus in Wirklichkeit gestanden hat, als er dich zu sich gerufen hat, an sein Totenbett, wie er damals glaubte.«

»Aber wenn ich das gewußt hätte, Cary, glaubst du etwa, dann hätte ich . . . dann hätte ich es zugelassen, daß aus uns beiden ein Liebespaar wird?«

»Ich hatte gehofft, das sei die Bestätigung, aber es war trotzdem ein Alptraum für mich.«

»Ich habe mir auch Gedanken darüber gemacht«, sagte ich. »Wir sind nur so entfernt miteinander verwandt, daß es keine Rolle spielt«, äußerte ich mit fester Stimme.

»Das sagst du jetzt, aber Großmama Olivia hat dein Leben restlos verplant. Glaubst du etwa, ich wüßte nicht, warum sie dir feines Benehmen beibringen und dich in diese snobistischen Schulen schicken will?«

»Was sie will, spielt überhaupt keine Rolle. Ich habe es satt, mir Sorgen darüber zu machen, was andere Leute wollen oder von mir erwarten. Du hast recht gehabt, als du gesagt hast, wir sollten allmählich anfangen, uns Gedanken über die Gegenwart und über uns selbst zu machen und die Vergangenheit nicht immer wieder ans Licht zerren«, sagte ich zu ihm.

Er lächelte so liebevoll und zärtlich, daß ich mich am liebsten in seine Arme geworfen hätte. Wieder einmal nahm er meine tiefsten Gefühle wahr, erhob sich und kam auf mich zu. Wir küßten uns, und es war ein langer, zärtlicher und doch fordernder Kuß, der jeden Schmerz und alles Dunkel aus uns sog. Cary nahm mich behutsam auf seine Arme und trug mich zum Sofa, und wir küßten uns wieder und immer wieder und erkundeten mit unseren Lippen das Gesicht und den Nacken des anderen. Seine Hände waren unter meine Bluse geglitten und lagen auf meinen Brüsten. Ich wand mich und stöhnte, und er legte sich neben mich. Irgendwo in meinem Hinterkopf versuchte ein winziges Stimmchen mich zu warnen, und es flehte mich an, mit dem Verstand und nicht mit dem Herzen zu denken, aber Carys Lippen glitten unbeschreiblich zart über meine Brüste, und mich überlief ein Schauer nach dem anderen, und ein Prickeln setzte in meinem Bauch ein und zog sich bis zu meinen Beinen hinunter. Ich hatte das Gefühl, zu treiben und zu versinken, doch ich störte mich nicht daran. Ich hatte es satt, vernünftig und logisch zu handeln, und da ich ausgehungert nach Leichtsinn war, ließ ich alles mit mir geschehen.

Ohne jede Spur von Sorge leistete ich keinerlei Widerstand und half Cary sogar dabei, mir den Rock auszuziehen. Wir liebten uns auf diesem brandneuen Sofa, und der Bezug fühlte sich weich unter meinem nackten Rücken an. Wir bekundeten einander unsere Liebe so leidenschaftlich und hemmungslos, daß keiner von uns beiden auch nur das geringste Zögern verspürte. Er war in mir und hielt mich, und er wühlte mich auf und trieb mich so fernab wie möglich von den Orten der Trübsal in meinem Herzen. Ich dachte an nichts anderes mehr als an den Geschmack seiner Lippen und die Berührung seiner Hände. Wir explodierten gleichzeitig, und unsere Seelen und Körper verschmolzen für einen Moment miteinander. Ich war ebensosehr ein Teil von ihm wie er ein Teil von mir.

Unsere Erschöpfung überraschte uns, und wir mußten beide darüber lachen, wie verzweifelt wir um Atem rangen. Lange Zeit klammerten wir uns aneinander, immer noch nackt und mit pochendem Herzen. Dann stand Cary langsam auf, setzte sich neben mich und schaute auf mich hinunter.

»Ich . . .«

Ich hob eine Hand an seine Lippen, um ihn zum Schweigen zu bringen.

»Nein, entschuldige dich nicht. Sag gar nichts, Cary. Ich bin dir nicht böse.«

Er lächelte.

»Es wäre ohnehin eine Lüge, wenn ich behaupten würde, es täte mir leid«, gestand er, und wir lachten.

Dann hörten wir das aufgeregte Bellen eines Hundes.

»Was hat das zu bedeuten?«

»Es klingt so, als sei es Prometheus. Wir sollten uns jetzt besser wieder anziehen, und zwar schnell«, sagte er. Wir suchten eilig unsere Kleidungsstücke zusammen, schlüpften hinein und hörten auch schon, wie Holly und Kenneth uns riefen. Ich kämmte mir schnell das Haar und warf einen flüchtigen Blick in den Wandspiegel, aber für mehr blieb mir keine Zeit. Sie riefen jetzt lauter nach uns.

»Was ist denn hier los?« fragte Cary, als wir die schmale Treppe zum Bootsdeck hinaufstiegen.

Holly und Kenneth standen auf dem Anlegesteg, und Holly hielt einen Welpen auf dem Arm, ebenfalls einen Golden Retriever mit kastanienbraunem Fell. Prometheus sprang im Kreis um sie herum und bellte.

»Jetzt hat Prometheus Gesellschaft«, erklärte sie. »Wir nennen ihn Neptun, Kenneths Werk zu Ehren.«

»Oh, ist der süß«, sagte ich und sprang vom Boot. Sie hielt mir den Welpen hin, und er leckte mir augenblicklich das Gesicht ab.

»Läuft hier alles gut?« fragte Kenneth Cary, der daraufhin erst mich und dann wieder Kenneth ansah und errötete.

»Ja, alles bestens«, sagte er.

»Dann bleibt es voraussichtlich beim kommenden Samstag?«

»Ich kann mir nicht vorstellen, daß es Probleme damit gibt«, erwiderte Cary entschieden.

»Wenn das so ist, sollten wir es doch auf den Freitag vorverlegen, nicht wahr, Holly?«

»So billig kommst du mir nicht davon, Kenneth Childs.«

»Womit kommt er dir nicht so billig davon?« fragte ich.

»Wenn er auch nur einen Moment lang auf den Gedanken kommt, Flitterwochen . . .«

»Flitterwochen!« riefen Cary und ich gleichzeitig aus.

Sie strahlten uns beide an.

»O Holly, ich gratuliere dir«, rief ich aus, und wir umarmten einander. Neptun war zwischen uns eingezwängt. Als er bellte, um sich zu beschweren, fiel Prometheus in den Chor ein.

»Wir werden nur eine kleine Hochzeitsfeier im Haus meines Vaters veranstalten«, sagte Kenneth.

»Wirklich?«

»Es war Hollys Idee, daß wir uns von ihm trauen lassen könnten. Ich habe mir gesagt, das spart mir Geld, und daher . . .«

»Das ist ja einfach wunderbar, Kenneth«, sagte ich, und mein Gesicht glühte vor Glück, weil ich mich so sehr für die beiden freute.

»Ich habe geahnt, daß du so reagieren wirst«, sagte er. »Ich schätze, jetzt sollte ich mich wieder an die Arbeit machen. Es sieht so aus, als würde meine Schaffensphase an diesem Werk durch etwas unterbrochen, was sich Flitterwochen nennt«, erklärte er.

Cary und ich sahen hinter den beiden her, als sie sich auf den Rückweg zum Haus machten.

»Ich hoffe, eines Tages werden wir an ihrer Stelle sein«, sagte er. Ich nahm seine Hand.

»Ganz bestimmt«, versprach ich ihm.

Er legte einen Arm um mich.

Vielleicht kündigten sich Veränderungen an; vielleicht waren die Stürme, die über uns hinweggebraust waren, endlich weitergezogen, dachte ich.

Zwei Tage später fuhr mich Cary zu Großmama Belinda, der ich jede Woche einen Besuch im Heim abstattete. Cary machte es Spaß, Großpapa Samuel zu besuchen. Er sagte, er hätte ihn inzwischen wenigstens dazu gebracht, über den Hummerfang zu reden. Ich konnte es kaum erwarten, Großmama Belinda all die guten Neuigkeiten zu erzählen. Es schien ganz so, als seien die einzigen Gepäckstücke, die ich sonst bei mir trug, wenn ich sie besuchte, Koffer voller Traurigkeit und Tragödien. Sie verbrachte immer noch sehr viel Zeit mit Mr. Mandel, doch diesmal fand ich ihn im Foyer vor. Er spielte mit einem anderen Mann Dame, doch er blickte bei meinem Eintreten auf, erkannte mich sofort und lächelte mich an.

»Gut, daß du gekommen bist«, sagte er. »Sie braucht dringend Gesellschaft. Ich versuche schon die ganze Woche, Mr. Braxton beim Damespiel zu schlagen, aber ich finde nie die Zeit dafür. Sie läßt mich nicht aus den Augen«, erklärte er und zwinkerte mir zu.

»Das sind alles nur Ausflüchte. Er fürchtet nämlich, er könnte gegen mich verlieren«, sagte Mr. Braxton. »Dieser armen alten Dame die Schuld daran zuzuschieben! Sie sollten sich schämen, Mandel.«

»Wir werden ja gleich sehen, wer sich schämen wird«, erwiderte Mr. Mandel und nahm einen von Mr. Braxtons Damesteinen.

Cary lachte.

»Sie sitzt auf der Bank im Garten«, sagte Mr. Mandel zu mir. Cary und ich trennten uns im Korridor; da er gleich Großpapa Samuel in seinem Zimmer aufsuchen wollte. Es war ein sehr klarer und warmer Nachmittag. Die Blumen standen in voller Blüte. Flieder kletterte mit seinen dunkelvioletten Dolden über die Wände und Tore. Bienen schwirrten über den Heuschrekkenbäumen. Die gelben Teerosen leuchteten besonders hell, und überall blühten Petunien. Ich wußte, wie gern sich Großmama Belinda im Freien aufhielt und wie sehr sie es auskostete, den wärmenden Sonnenschein zu spüren und die herrlichen Regenbogenfarben zu bewundern, von denen sie allseits umgeben war.

Ich sah sie auf ihrer gewohnten Bank sitzen. Sie hatte den Kopf zurückgelegt, die Augen geschlossen und genoß die Sonne mit einem zarten Lächeln auf den Lippen. Die Hände hatte sie auf dem Schoß liegen, und sie trug eines ihrer hübscheren bedruckten Kleider und hatte sich einen perlenbesetzten Kamm ins Haar gesteckt. Ich fragte mich unwillkürlich, ob ich in ihrem Alter wohl so aussehen würde.

»Hallo, Großmama«, sagte ich, als ich näher kam. In der letzten Zeit waren ihre Erinnerungen an mich langsam, aber sicher zurückgekehrt. Dennoch sprach sie nur sehr selten über meine Mutter und stellte keine Fragen nach ihr.

Sie antwortete mir nicht, und daher setzte ich mich neben sie und nahm ihre Hand in meine. In dem Moment, in dem ich das tat, wurde ich von einem immensen Grauen erfaßt. Es durchzuckte mich wie ein Stromschlag, der durch meinen Arm direkt in mein Herz weitergeleitet wurde. Mein Herz blieb erst stehen und schlug dann rasend schnell. Ihre Hand war eiskalt.

»Großmama?« Ich schüttelte sie. Ihr Körper bewegte sich, als ich sie schüttelte, und als ich sie losließ, hielt sie wieder still, doch ihre Augen blieben geschlossen. Ihre Lippen teilten sich ein klein wenig mehr. »Großmama Belinda!«

Ich schüttelte sie kräftiger, und dann drehte ich mich um und rief den nächstbesten Pfleger herbei, um Hilfe zu holen.

»Kommen Sie schnell!« schrie ich. Er kam auf mich zugerannt.

»Was ist passiert?«

»Sie will nicht aufwachen«, sagte ich, und er kniete sich neben sie, fühlte ihren Puls, zog ihre Lider hoch und schüttelte dann den Kopf.

»Sie ist nicht mehr bei uns«, sagte er, als sei sie aufgestanden und kurz fortgegangen.

»Was? Das kann nicht sein. Sie lächelt. Sie ist glücklich und zufrieden.«

»Es tut mir leid«, sagte er kopfschüttelnd.

»Nein. Bitte. Rufen Sie den Arzt. Holen Sie jemanden!«

»Immer mit der Ruhe. Ich werde Mrs. Greene gleich herschicken«, sagte er. Dann beugte er sich zu mir vor. »Wenn es soweit ist, dürfen wir keinen zu großen Wirbel veranstalten. Das mag sie nicht«, flüsterte er mir zu. »Das verstört die anderen, und dann haben wir es hier viel schwerer.«

»Mir ist vollkommen gleichgültig, was sie davon hält. Holen Sie einen Arzt!«

Er stand auf.

»Ich bin gleich wieder da«, versprach er mir und lief eilig los.

»Oh Großmama Belinda, bitte, verlaß mich nicht. Noch nicht. Wir sind doch gerade erst auf dem besten Wege, einander kennenzulernen, und du bist alles, was ich noch habe. Bitte, warte noch damit«, flehte ich sie an und redete dummes Zeug auf sie ein.

Ich nahm ihre kalte Hand wieder in meine und setzte mich neben sie. Tränen strömten über meine Wangen, während ich meine stummen Gebete vor mich hin murmelte und sie weiterhin anflehte, noch ein kleines Weilchen bei uns zu bleiben.

Wenige Momente später kam Mrs. Greene in Begleitung von zwei Pflegern und einer Krankenschwester über den Gartenweg auf uns zugeeilt. Die Krankenschwester rannte voraus, untersuchte Großmama Belinda und gelangte schnell zu derselben Schlußfolgerung, zu der vor ihr schon der Pfleger gekommen war.

»Holen Sie die Tragbahre aus der Krankenstation«, wies Mrs. Greene die Pfleger an. »Bringen Sie sie durch den Seiteneingang heraus, und tragen Sie sie auch zur Seitentür hinein. Ich werde das Bestattungsunternehmen sofort verständigen.«

»Nein!« rief ich aus und begrub mein Gesicht in meinen Händen.

»Du kannst in mein Büro kommen, wenn du willst«, sagte Mrs. Greene kurz angebunden zu mir. »Ich muß Mrs. Logan auf der Stelle anrufen. Mach dir keine Sorgen. Die Vorkehrungen sind getroffen. Dafür sorgen wir immer, wenn wir einen neuen Patienten aufnehmen.«

»Wie praktisch für alle Beteiligten«, erwiderte ich und wischte mir die Tränen von den Wangen.

Sie schob verärgert die Lippen vor und nickte den Pflegern zu, die daraufhin losliefen.

»Bleiben Sie bei ihr«, wies sie die Krankenschwester an. Dann machte sie auf dem Absatz kehrt und stolzierte auf das Gebäude zu.

Ich drehte mich zu Großmama Belinda um und strich ihr das Haar aus dem Gesicht. Die Krankenschwester lächelte mich an.

»Sie ist glücklich gestorben und hat in dem Moment an etwas Schönes gedacht«, sagte sie. »Und sie hat so gern hier draußen gesessen«, fügte sie hinzu.

»Ich weiß«, stöhnte ich durch meine Tränen.

»Es ist besser so, als wenn sich ihr Zustand ständig verschlechtert hätte und sie ewig auf der Krankenstation gelegen hätte«, fuhr die Krankenschwester fort, weniger um Großmama Belindas wegen, als um mich zu trösten.

»Ich muß es Cary erzählen«, sagte ich laut vor mich hin und stand auf.

»Ich bleibe bei ihr«, versprach mir die Krankenschwester.

Ich sah noch einmal auf Großmama Belinda hinunter. Ihre

Lippen verfärbten sich violett, und ihr Lächeln schien vor meinen Augen zu erlöschen. Ich nahm noch einmal ihre Hand, und es kam mir vor, als hätte sich meine Brust in Stein verwandelt, als ich mich auf den Weg zu Cary machte.

Er saß in Großpapa Samuels Zimmer, und Großpapa Samuel hatte sich in seinem Bett aufgesetzt. Er trug seinen Morgenmantel und war unrasiert.

»Heute ist er nicht besonders gesprächig«, begann Cary, doch als er mir ins Gesicht sah, wußte er sofort, daß etwas Schreckliches passiert war. »Was ist los? Du siehst furchtbar aus.«

»Es ist wegen Großmama Belinda, Cary«, jammerte ich. »Sie ist tot. Sie ist gerade eben im Garten gestorben, kurz bevor ich zu ihr gekommen bin!«

Er stand eilig auf und umarmte mich, als ich anfing zu schluchzen. Großpapa Samuel schien uns endlich wahrzunehmen und erwachte langsam aus seinem Dämmerzustand. »Laura?« sagte er. Cary drehte sich zu ihm um.

»Nein, Großpapa. Es ist Melody. Sie kommt gerade von Belinda. Ich fürchte, sie bringt schlechte Nachrichten mit, Großpapa. Belinda ist gestorben.«

»Gestorben?« Er sah mich an und bemerkte mein tränenüberströmtes Gesicht und meine blutunterlaufenen Augen. »Ich habe ihr gleich gesagt, daß sie das nicht tun darf. Ich habe ihr gesagt, daß es unrecht ist, aber sie hat behauptet, es sei besser so, zu unser aller Bestem.« Er sah kopfschüttelnd auf seine Hände hinunter. »Sie hat schon immer gewußt, was das beste für uns ist. Was hätte ich dagegen einwenden können?«

»Er ist noch wirrer im Kopf als sonst«, erklärte Cary. »Und was geschieht jetzt?«

»Sie bringen sie gerade in die Krankenstation und rufen dann Großmama Olivia an. Es sind bereits alle Vorkehrungen getroffen. Fünf Minuten nach ihrer Einlieferung hatten sie das schon geregelt«, fügte ich erbittert hinzu. »Großmama Olivia denkt an alles. Sie plant das Leben anderer und schmiedet Komplotte, und ihr entgeht wirklich nichts, weil sie ständig fürchtet, ihrer ehrenwerten Familie könnten fünf Minuten Peinlichkeit zugemutet werden.«

Cary nickte.

»Aber in Momenten wie diesem«, sagte er, »weiß man es eben doch zu schätzen.«

Ich wollte nicht zugeben, daß er recht hatte und daß wir ihr einiges zu verdanken hatten.

»Bitte, bring mich nach Hause«, sagte ich.

»In Ordnung. Großpapa, wir müssen jetzt gehen. Ich besuche dich bald wieder.«

Großpapa Samuel wandte sich uns wieder zu. Sein Gesicht war sehr ernst, und seine Augen waren klein und finster, als er mit zusammengekniffenen Lippen nickte.

»Sie hat beschlossen, es sei für uns alle das beste«, sagte er. »Aber ich bin mir da nicht so sicher. Geh runter in den Keller. Dann kannst du selbst bestimmen, was richtig ist«, fügte er hinzu.

»Heute brabbelt er unverständliches Zeug«, erklärte Cary. Er drückte Großpapa Samuel liebevoll die Hand, tätschelte seine Schulter und begleitete mich dann hinaus.

Wir schauten nicht in Mrs. Greenes Büro, und wir blieben auch nicht an dem Tisch in der Eingangshalle stehen, an dem die Herren Dame spielten, um Mr. Mandel zu berichten, was vorgefallen war. Ich hielt es für besser, wenn er es selbst herausfand. Außerdem war ich immer noch total benommen.

»Es tut mir leid«, sagte Cary, als wir losfuhren. »Ich weiß, wie gern du sie näher kennengelernt und eine Beziehung zu ihr aufgebaut hättest.«

»Es hat gerade erst angefangen, Cary. Bei jedem meiner Besuche schienen mehr Erinnerungen zurückzukehren.«

»Ich fahre gleich nach Hause und erzähle es Ma«, sagte er, als wir vor Großmama Olivias Haus angekommen waren. »Nimm es dir nicht so sehr zu Herzen. Ich rufe dich dann später an.«

»Ich werde mich schon wieder fangen«, sagte ich und gab ihm einen Kuß.

Ich fand Großmama Olivia in Großpapa Samuels früherem Büro. Sie telefonierte gerade. Bei meinem Auftauchen blickte sie kurz auf, setzte ihr Telefongespräch mit dem Bestattungsunternehmen jedoch fort.

»Ja«, sagte sie, »ich wünsche eine kurze Predigt, aber es bleibt bei den luxuriösen Blumenarrangements. Nein«, fügte sie entschieden hinzu, »Sie können den Sarg sofort aussuchen. Vielen Dank.«

Sie legte den Hörer auf.

»Eigentlich habe ich geglaubt, sie würde länger leben als ich. Sie ist die Jüngere, und nichts hat ihr annähernd so sehr zugesetzt wie mir.«

»Vielleicht hast du nur nie gesehen, wie sehr sie sich alles zu Herzen genommen hat. Du hast sie so gut wie nie in dem Heim besucht«, sagte ich angriffslustig.

»Sprich nicht in diesem Tonfall mit mir. Ich lasse mir nicht vorwerfen, daß ich nicht versucht habe, sie zu beschützen und für sie zu sorgen. Eines Tages wirst du all das begreifen, nämlich dann, wenn du erst einmal siehst, wie die meisten Leute mit kranken Angehörigen umgehen. In diesem Land wimmelt es von verlassenen Menschen«, fuhr sie fort. »Ich habe wenigstens dafür gesorgt, daß sie Tag und Nacht professionelle Hilfe hatte und mit einer gewissen Würde in einer luxuriösen Umgebung gestorben ist.«

»Sie hatte dort nichts zu suchen. Sie hätte zu Hause leben sollen«, klagte ich. »Sie ist nicht verrückt gewesen. Sie war nur verwirrt. Großpapa Samuel gehört auch nicht dorthin. Du hast genug Geld, um Pflegepersonal zu engagieren, damit er hier leben kann, in seinem eigenen Haus, in einer Umgebung, die ihm vertraut ist.«

»Und wie stellst du dir das vor? Soll ich etwa zulassen, daß er den ganzen Tag untätig herumsitzt und sabbert, bis ihm die Spucke über das Kinn läuft, daß er rausgetragen und auf dem

Rasen auf einen Stuhl gesetzt wird, damit alle Welt ihn sehen kann? Keiner seiner sogenannten Kumpel würde ihn besuchen. Die meisten von ihnen sind noch schlimmer dran als er, oder sie sind längst tot. Es wäre peinlich für die ganze Familie, und diese Peinlichkeit würde sich endlos hinziehen; und selbst wenn ich ein Vermögen dafür ausgebe, ihn rund um die Uhr pflegen zu lassen, könnte ich doch nichts an seinem Zustand ändern. Da, wo er jetzt ist, kommt er wenigstens in den Genuß guter ärztlicher Behandlung, ein ausgewogener Speiseplan wird für ihn erarbeitet, und er hat Gesellschaft.

Du darfst nicht so vorschnell über Dinge urteilen, von denen du sehr wenig verstehst«, ermahnte sie mich streng. »Du bist erst spät zu dieser Familie gestoßen. Du machst dir keine wirkliche Vorstellung von den Verwicklungen und Komplikationen, von den Höhen und Tiefen, die wir hinter uns gebracht haben, von den Unwettern, denen ich standgehalten habe. Belinda ist schon immer schwierig gewesen und hat uns in der einen oder anderen Form Probleme bereitet, und mit Samuel habe ich nicht gerade das große Los gezogen, aber ich habe für alle das Beste getan«, schloß sie mit fester Stimme. »Mir kann man nichts vorzuwerfen. Ihre Tochter, das ist diejenige, die die gesamte Schuld trägt.«

Sie holte tief Atem und wirkte einen Moment lang ausgesprochen blaß. Dann sammelte sie ihre Kräfte wieder und stand auf.

»Es gibt noch viel mehr zu tun, obwohl ich mich bemüht habe, alles im voraus zu regeln.« In der Tür blieb sie noch einmal stehen und drehte sich zu mir um. »Bist du da gewesen, als es passiert ist?« fragte sie in einem für ihre Verhältnisse liebevollen und besorgten Tonfall.

»Nein. Sie war schon tot, als ich sie im Garten vorgefunden habe. Sie . . . sie hat gelächelt«, sagte ich.

Großmama Olivia nickte.

»Wahrscheinlich hat sie in dem Sensenmann nichts anderes als einen weiteren vornehmen Herrn gesehen, der sie zu einem Rendezvous auffordert«, sagte sie wehmütig. »Sie war ein hübsches kleines Mädchen. Jeder hat sich dazu geäußert, wie vollendet ihre Gesichtszüge waren. Es wird nicht lange dauern, bis ich mich wieder um sie kümmern muß. Bloß weil man aus dieser Welt scheidet, wirft man seine Bürden noch lange nicht ab«, murmelte sie und verließ das Büro.

Ich stand noch eine Zeitlang da und sah mich um, dachte nach und spürte, wie mich die vielfältigsten Gefühle beschlichen: Traurigkeit und Kummer, Verwirrung und Mitgefühl. Ich ging um den Schreibtisch herum und setzte mich.

Mommy sollte darüber informiert werden, sagte ich mir. Jemand sollte ihr mitteilen, daß ihre Mutter gerade gestorben ist. Ich starrte das Telefon an. Seit meiner Rückkehr hatte ich nicht mehr versucht, Kontakt zu ihr aufzunehmen, und doch hatte ich die Telefonnummer immer noch nicht vergessen. Ich holte tief Atem, nahm den Hörer ab und wählte. Schon nach dem ersten Läuten ertönte eine Stimme auf Band.

»Leider besteht kein Anschluß mehr unter dieser Nummer«, vernahm ich bestürzt.

»Was?«

Ich wählte immer wieder und bekam jedesmal dieselbe Nachricht. Wo steckte sie bloß? fragte ich mich. Sie hatte oft genug betont, wie wichtig das Telefon für jemanden war, der Vorsprechtermine haben wollte und sich um Rollen und Aufträge bewarb. Ich rief die Auskunft an und fragte, ob eine neue Nummer vorgemerkt sei. Sie sagte mir, ihr läge nichts darüber vor, daß das Telefon umgestellt worden war.

In meiner Frustration spielte ich mit dem Gedanken, Mel Jensen anzurufen, aber dann fragte ich mich, wie ich ihm erklären sollte, daß ich nicht wußte, was aus der Frau geworden war, bei der es sich angeblich um meine Schwester handelte. Nichtsdestoweniger rief ich schließlich dort an und sprach mit einem seiner Mitbewohner, da Mel gerade einen Vorsprechtermin hatte.

»Gina Simon?« sagte er. »Die habe ich schon seit einer ganzen Weile nicht mehr gesehen, schon seit Monaten nicht mehr. Ich glaube tatsächlich, Mel hat gesagt, ihr Mietvertrag sei ausgelaufen und der Vermieter sei hinter ihr her gewesen«, fügte er hinzu.

»Ach so. Trotzdem vielen Dank.«

»Soll ich Mel ausrichten, daß er dich zurückruft? Wo bist du?«

»Nein, das ist nicht nötig«, sagte ich und geriet in immer größere Verlegenheit. »Sag ihm einfach nur, daß ich ihm Glück wünsche.«

»Ja, klar.«

Ich legte auf und blieb noch eine Zeitlang sitzen und dachte über Mommy nach. Soweit ich wußte, hatte sie in all den Jahren, in denen ihre Mutter noch am Leben war, nicht allzuviel Interesse an der eigenen Mutter gehabt. Es mochte zwar betrüblich sein, aber ich glaubte, es würde ihr nichts weiter ausmachen, nichts vom Tod ihrer Mutter erfahren zu haben.

Vielleicht hatte Großmama Olivia recht: Vielleicht war Großmama Belinda in dem Heim weitaus besser dran gewesen. Dort gab sich wenigstens niemand für etwas aus, was er nicht war. Man kümmerte sich dort um einen, weil man dafür bezahlt wurde, und wenn die Leute einen mochten und einem einen zusätzlichen Dienst erwiesen, dann war das ehrlich gemeint und aufrichtig.

Großmama Belindas Beerdigung war gut besucht, aber nicht etwa deswegen, weil sich noch viele Leute an sie erinnert hätten. Tatsächlich glaubten manche Menschen sogar, sie sei schon vor langer Zeit gestorben. Die Leute kamen, weil sie Großmama Olivias Schwester war, und Großmama Olivia nötigte der Gemeinde nach wie vor großen Respekt ab. Regierungsbeamte erschienen zu dem Begräbnis, aber auch einflußreiche Geschäftsleute und hochrangige Familien. Ich sah meinen Vater und seine Frau dort, aber ich mied es bewußt, ihm ins Gesicht zu sehen, und er sprach auch kein Wort mit mir.

Großmama Olivia empfing die Trauergäste anschließend nicht zu einer Feier. Wir begaben uns alle auf den Friedhof, und dann gingen die Besucher getrennte Wege, mit Ausnahme von Richter Childs, Kenneth, Holly, Cary, May und Tante Sara, die mit uns ins Haus kamen. Großmama Olivia sagte, Totenfeiern und ein Leichenschmaus für zahlreiche Gäste zögerten den endgültigen Abschied nur hinaus und verhinderten, daß man sein eigenes Leben weiterführen konnte.

Dennoch bekamen wir etwas zu essen, und hinterher setzten wir uns alle auf die Veranda hinter dem Haus und unterhielten uns miteinander. Holly unternahm mit Tante Sara und mit May einen Spaziergang am Strand. Holly und Tante Sara verstanden sich inzwischen sehr gut. Sie war Tante Sara wirklich eine große Hilfe dabei, ihre Trauer abzulegen. Großmama Olivia schlief auf ihrem Stuhl ein, und Cary unterhielt sich mit Richter Childs und mit Kenneth über das Boot.

Schließlich liefen Cary und ich zum Anlegesteg hinunter und beobachteten, wie die Möwen vor dem Anbruch des bevorstehenden Sonnenuntergangs anmutig über das Wasser schwebten.

»Vielleicht hat Holly recht. Ich frage mich, ob wir alle in einen spirituellen Körper zurückkehren, der voller Liebe ist, und dann noch einmal von vorn beginnen«, sagte ich.

Cary schwieg einen Moment lang, und dann drehte er sich zu mir um und lächelte.

»Ich habe einen Neuanfang gemacht. Ich habe noch einmal von vorn begonnen, als du hierhergekommen bist«, sagte er. »Vielleicht ist es wirklich wahr: Vielleicht ist die Liebe das, was uns das Gefühl gibt, am Leben zu sein.«

Ich lehnte mich an seine Schulter, und er schlang einen Arm um mich, und ich fühlte mich geborgen und sicher. Wolken trieben auf den Horizont zu, als wollten auch sie, wie die Sonne, untergehen. Die Möwen schrien in der Dämmerung.

Und ich verabschiedete mich stumm von der Großmutter, die ich kaum gekannt hatte, deren liebevolle Augen mich jedoch an Versprechen erinnerten, die gehalten werden mußten.

17

Das Schweigen endet

Wie Cary es versprochen hatte, war Kenneths Boot am kommenden Wochenende startbereit für die Jungfernfahrt. Natürlich unternahm Cary vorher ein paar Probefahrten und brachte die ganze Woche damit zu, alle Feineinstellungen zu justieren und zu regulieren, bis er endlich zufrieden war. Vom Wetter her gesehen war das Glück auf unserer Seite. Als Cary mich am Samstag morgen früh abholte, war es bereits wunderschön, und nur vereinzelte Wolken waren auf das Gesicht eines blaßblauen Himmels getupft, aber vor allem war die See still, und die Brise reichte zum Segeln gerade aus.

Großmama Olivia äußerte sich weder beifällig noch abfällig zu alledem. Sie wußte genau, was ich vorhatte und warum, doch sie ignorierte meine Vorbereitungen. Im Lauf der Woche nach dem Tod ihrer Schwester hatte sich an ihrem Auftreten ein enormer Wandel vollzogen. Sie war jetzt in sich gekehrt, sprach beim Abendessen weniger und verbrachte mehr Zeit als bisher allein in Großpapa Samuels Büro, um alte Papiere durchzusehen. Sie döste häufig vor sich hin und empfing weniger Besucher.

Richter Childs kam so oft wie sonst auch vorbei, doch die Besuche, die er uns abstattete, waren kürzer, und er aß nur ein einziges Mal bei uns zu Abend. Kurz vor dem Wochenende zogen er und Großmama Olivia sich nach seinem Erscheinen sofort in das Büro zurück und verbrachten hinter geschlossenen Türen eine Stunde damit, sich Dokumente anzusehen. Als er aus dem Büro kam, wirkte er nervös und ermattet. Er sprach kaum ein Wort mit mir, ehe er sich verabschiedete, und nachdem er gegangen war, begab sich Großmama Olivia sofort zu Bett, ohne mich auch nur eines Blickes zu würdigen.

Sie erkundigte sich nach wie vor täglich nach meinen schulischen Leistungen, gab Bemerkungen zu meinem Äußeren von sich und warnte mich eindringlich, meine momentanen und künftigen Erfolge nicht zu gefährden, doch ihre Worte klangen hohler. Sie entsprangen ihrem Pflichtbewußtsein, Worte, die sie automatisch vorbrachte, Sätze, denen es an Leidenschaft entbehrte. Konnte es sein, daß Großmama Belindas Tod ihr wirklich nahegegangen war? fragte ich mich. Allmählich verspürte ich Mitleid mit ihr, und dieses Gefühl kam für mich gänzlich unerwartet.

Cary gegenüber erwähnte ich all das mit keinem Wort, und als wir unsere Jungfernfahrt antraten, kam ich schon gar nicht darauf zu sprechen. Als wir zu Kenneths Strandhaus hinausfuhren, redete er unermüdlich aufgeregt auf mich ein und gab mir kaum Gelegenheit, zwischendurch auch nur ein einziges Wort einzuwerfen. Sein Überschwang brachte mich zum Lachen, und gleichzeitig war ich fasziniert davon.

Holly hatte uns zum Mittagessen kalten Hummer mit portugiesischem Brot, Wein, Kaffee und Karottenkuchen vorbereitet. Sie und Kenneth überraschten uns damit, daß sie sich für die Bootspartie im Partnerlook eingekleidet hatten. Ich sah Holly zum ersten Mal halbwegs modisch gekleidet, und ich fand, daß sie in dieser Aufmachung sehr frisch und attraktiv aussah.

»Schließlich muß ich meiner Rolle jetzt gerecht werden, nicht wahr?« sagte Kenneth, als er uns seine Kapitänsmütze vorführte.

Das Glücksgefühl, das uns alle befallen hatte, war ansteckend. Wir lachten miteinander und hatten unseren Spaß.

Kenneth und Cary holten den Anker ein, und wir stachen in See und ritten auf den Wellen. Der Wind liebkoste unsere Gesichter und ließ uns Haarsträhnen in die Stirn fallen, und wir alle genossen den Sonnenschein und die aufsprühende Gischt.

Das Boot war so geschmeidig und flink, wie Cary es vorhergesagt hatte. Anmutig schnitt es durch das Wasser. Kenneth sagte, es sei derart leicht zu handhaben, daß sogar ein Neuling wie ein erfahrener Matrose gewirkt hätte. Um uns das zu beweisen, überließ er mir das Steuer. Cary strahlte vor Stolz, als er auf dem Deck herumspazierte und alle Verbindungen und die gesamte Mechanik überprüfte.

Als wir auf dem offenen Meer waren, fischten Cary und Kenneth eine Zeitlang, während Holly und ich unser Festmahl zubereiteten. Nachdem wir gegessen hatten, spielte ich ihnen etwas auf der Fiedel vor und brachte ihnen Lieder aus den Bergen bei, die ich von Papa George gelernt hatte. Ich konnte mich nicht daran erinnern, mich jemals in meinem Leben so wohl gefühlt zu haben. Wir legten uns alle hin, um uns eine Zeitlang auszuruhen, und für ein Weilchen nickten wir tatsächlich ein, ehe wir wieder wach wurden, das Boot zur Küste wendeten und schneller zurücksegelten, als wir hinausgefahren waren. Holly und ich kreischten, als die Wellen über die Bootsränder schwappten und uns naßspritzten. Es war einer der unbeschwertesten Tage in meinem Leben gewesen, und es gefiel mir gar nicht, daß dieser Tag zu Ende ging.

Kenneth und Holly hatten beschlossen, sich am kommenden Tag von Richter Childs trauen zu lassen. Sie wollten kein großes Fest veranstalten. Der Richter würde sie im engsten Freundeskreis trauen, und anschließend würden wir zusammen zu Abend essen, ehe Kenneth und Holly für eine Woche nach Montreal aufbrachen, um dort ihre Hochzeitsreise zu verbringen. Cary und ich hatten ihnen versprochen, daß wir nach dem Haus am Strand sehen und uns um Prometheus und Neptun, ihre Welpen, kümmern würden. Cary sagte, er würde die Hunde jeden Abend zu sich nach Hause mitnehmen.

Wir wußten alle, daß er viel zu tun haben würde. Mr. Longthorpe hatte entschieden, Cary zu engagieren, damit er ihm ebenfalls eine Jacht baute. Kenneth stellte Cary sein Haus zur Verfügung, was bedeutete, daß Cary das Atelier und die

Werkstatt benutzen konnte. Jetzt hatte er mehr Grund denn je, sich bei Kenneth aufzuhalten. Während er dort an Kenneths Boot gearbeitet hatte, war das Haus zu unserem kleinen Paradies geworden, zu unserem Unterschlupf, in dem wir uns vor den neugierigen Blicken unserer Umwelt zurückziehen konnten. Die Seeschwalben und andere Vogelarten waren unsere einzigen Zeugen. Jetzt würden wir uns wieder dort treffen.

Da sich außerdem das Schuljahr gen Ende neigte, gestattete ich es mir allmählich, daran zu glauben, daß es tatsächlich so etwas wie den Regenbogen nach dem Unwetter gab. Gedanken an Mommy bedrückten mich nicht mehr. Ich akzeptierte, daß sie aus meinem Leben verschwunden war. Meinen Vater sah ich nur selten, und von Adam bekam ich nie wieder etwas zu hören oder zu sehen. Michelle, der ich schon immer aus dem Weg gegangen war, mied mich noch mehr als ich sie. Es wurde mir leichtgemacht, all das hinter mir zurückzulassen und jetzt endlich an die Zukunft zu denken, eine Zukunft, in der ein Platz für Cary und meine Liebe vorgesehen war.

All das glaubte ich tatsächlich, als wir von unserer Bootspartie zurückkehrten. Ich war braungebrannt, ausgeglichen und zufrieden und freute mich sogar darauf, Großmama Olivia von diesem gelungenen Ausflug zu erzählen. Ich fand das Haus jedoch still und dunkel vor und traf Loretta allein in der Küche an. Sie berichtete mir, Großmama Olivia sei zum Abendessen nicht nach unten gekommen.

»Das sieht ihr gar nicht ähnlich, aber ich habe ihr das Abendessen nach oben gebracht, und sie hat es im Bett zu sich genommen«, berichtete mir Loretta. »Mit dieser Frau stimmt etwas nicht. Da ist was nicht in Ordnung«, verkündete sie, doch in ihren Worten schwang keine liebevolle Sorge mit. Sie äußerte ihre Feststellungen sachlich und nüchtern, und dann wandte sie sich wieder ihren Hausarbeiten zu.

In all der Zeit, seit ich hier eingezogen war, hatte ich immer ein ungutes Gefühl dabei gehabt, Großmama Olivia in ihrem Schlafzimmer aufzusuchen, wenn sie im Bett lag. Auch jetzt schreckte ich davor zurück. Ich brachte zwar inzwischen einen gewissen Respekt für sie auf, aber ich hatte sie deswegen noch lange nicht ins Herz geschlossen. Ich hielt sie ohnehin nicht für einen Menschen von der Sorte, die es anderen gestattete, sie liebevoll zu umsorgen. Sogar der Richter wagte es nur äußerst selten, ein zärtliches Wort an sie zu richten, zumindest in meiner Gegenwart. Es war, als glaubte er, wenn er es täte, würde sie ihn verspotten oder ins Lächerliche ziehen. Dennoch war ich besorgt, und daher pochte ich an ihre Tür. Ich bekam keine Antwort, und daher klopfte ich fester an, bis ich sie fragen hörte: »Was ist denn los?«

Daraufhin öffnete ich die Tür und schaute hinein. In dem riesigen Bett sah sie wie ein kleines Kind aus. Ihr Haar war gelöst, und ihr Körper wirkte durch die überdimensionalen Kissen noch zierlicher, als er es ohnehin schon war.

»Ich wollte nur nachsehen, wie es dir geht. Loretta hat gesagt, du seist zum Abendessen nicht nach unten gekommen, und . . .«

»Mir geht es gut«, sagte sie mit fester Stimme, doch dann fügte sie hinzu: »Den Umständen entsprechend.«

»Brauchst du irgend etwas?«

Sie starrte mich an, und dann stöhnte sie spöttisch, als hätte ich ihr eine unglaublich alberne Frage gestellt.

»Ob ich etwas brauche? Ja, ich brauche einen neuen Körper. Ich brauche meine Jugend wieder. Ich brauche eine Familie, in der es einen starken Mann gibt, so stark, wie mein Vater war. Nein«, sagte sie, »ich brauche nichts, was du mir geben könntest.« Sie unterbrach sich und lächelte mich beinah an. »Du glaubst, du hättest einen Punkt erreicht, an dem du allmählich anfangen könntest, etwas für mich zu tun?«

»Ich meinte nur . . .«

»Ich bin matt, sehr matt sogar. Diese Kämpfe erschöpfen einen. Trotzdem will ich kein Mitgefühl, und ich will auch von niemandem bemitleidet werden. Ich spreche lediglich von Tatsachen, die du eines Tages selbst begreifen wirst. Man lebt, man arbeitet hart, und man stirbt. Erwarte nicht mehr vom Leben, und du wirst nicht enttäuscht werden. Du kannst Loretta zu mir schicken, damit sie das Tablett holt. Das ist das einzige, was du für mich tun kannst«, sagte sie mit einer abwehrenden Handbewegung, als sei ich ihr lästig.

Ich wollte die Tür wieder schließen.

»Einen Moment noch.«

»Ja?«

»Ich glaube nicht, daß ich morgen zu der Hochzeit gehen werde. Festlichkeiten fühle ich mich im Augenblick nicht gewachsen. Und außerdem feiern sie ohnehin kein großes Fest.«

»Wird der Richter nicht enttäuscht sein?«

Diesmal lächelte sie nicht etwa herablassend, sondern lachte spöttisch.

»Ich wüßte nicht, was mir weniger bedeuten würde, als Nelson Childs glücklich zu machen«, sagte sie, und dann ließ sie ihren Kopf eilig auf das Kissen sinken, als sei er plötzlich zu Stein geworden.

Ich starrte sie an. Trotz all ihres Geldes und ihrer Macht tat sie mir leid. Ich verspürte den Drang, es ihr ins Gesicht zu schreien. »Ich bedaure dich, dich und deine Sorge darum, was der Anstand vorschreibt und was gut für die Familie ist. Du brauchst dir doch nur anzusehen, was aus dir geworden ist! Sieh selbst, was dir am Ende deines harten und zornigen Daseins geblieben ist.«

Die Worte wollten über meine Lippen kommen, doch ich schluckte sie herunter, schloß statt dessen die Tür und ging zu Loretta, um ihr zu sagen, sie solle das Tablett holen. Dann ging ich ins Bett, dachte über die bevorstehende Hochzeit von Kenneth und Holly nach und träumte von meiner eigenen Hochzeit, und ich war dankbar dafür, daß es mit mir nicht ein solches Ende nehmen würde wie mit dieser traurigen alten Frau.

Großmama Olivia blieb auch am folgenden Morgen im Bett. Sie fragte nicht nach mir, und ich ging nicht nach oben, um mich von ihr zu verabschieden, ehe ich zu der Hochzeitsfeier aufbrach. Cary, May und Tante Sara holten mich ab und waren alle sehr erstaunt, als sie erfuhren, daß Großmama Olivia nicht mitkommen würde.

»Fühlt sie sich nicht wohl?« fragte Tante Sara.

»Nein, ich glaube nicht, obwohl ich mir keine Krankheit und keinen Virus vorstellen kann, der dreist genug wäre, in ihren Körper einzudringen«, sagte ich. Cary lachte, aber Tante Sara wirkte so, als hätte ich etwas Gotteslästerliches gesagt und sie müßte ihren Schock verbergen.

Es war eine schlichte, aber ganz reizende Trauung. Richter Childs schien sich nicht allzusehr über Großmama Olivias Ausbleiben zu wundern. Er freute sich zu sehr darüber, daß Kenneth ihm gestattet hatte, das Zeremoniell zu vollziehen, und daher ließ er nicht zu, daß seine Freude durch andere Dinge getrübt wurde. Auf der Terrasse war ein langer Tisch aufgebaut worden. Zuerst gab es Champagner und Kaviar und andere erlesene Horsd'œuvres. Dann nahmen wir zum Abendessen Platz und ließen uns von denselben Leuten bedienen, die schon das Fest nach der Vernissage der *Tochter des Neptun* beliefert hatten. Im Anschluß an das Abendessen wurde eine wunderbare Hochzeitstorte aufgetragen.

Ich lernte Kenneths Bruder, seine Schwester und die Familien beider kennen, doch sie waren die ersten, die aufbrachen. Kenneth und Holly verabschiedeten sich bereits früh von all ihren Gästen, da sie nach Boston fahren mußten, um dort den Flug nach Montreal zu erwischen.

»Hüte dich vor Neptun«, ermahnte mich Holly, als ich sie zu dem Jeep begleitete. »Er verscharrt Kenneths Socken gern im Sand, und dir und Cary könnte es ebenso ergehen.«

Wir umarmten einander.

»Ich nehme an, deine astrologischen Berechnungen haben doch gestimmt«, flüsterte ich ihr zu.

»Ja, das kann man wohl sagen, und wenn die Sterne nicht richtig gestanden hätten, dann hätte ich eben eine kleine Korrektur vorgenommen«, sagte sie mit einem schelmischen Lächeln. Dann stieg sie in den Jeep und setzte sich neben Kenneth.

Sie streckte die Hand zum Fenster hinaus und nahm meine Hand.

»Paß auf dich auf«, sagte sie. »Merkur steht in diesem Monat nicht in einer harmonischen Position.«

»Ich verspreche es dir«, sagte ich und ließ ihre Hand in dem Moment los, in dem Cary an meiner Seite auftauchte. Wir wandten uns einander zu, lächelten und dachten an die Tage, die vor uns lagen und in denen wir das Haus am Strand für uns allein hatten, als stünde uns selbst eine Art Flitterwochen bevor.

Es sollte sich jedoch herausstellen, daß wir in der kommenden Woche beide sehr beschäftigt waren. Cary begann mit der Arbeit an Mr. Longthorpes Boot, und ich mußte anfangen, mich auf die Abschlußprüfungen vorzubereiten. Dennoch erwartete er mich jeden Tag nach Schulschluß, und dann holten wir gemeinsam May ab. May hatte inzwischen einige engere Freundschaften geschlossen, und für Cary und mich war es ein Glück, daß sie nach der Schule gern etwas mit ihren Freundinnen unternehmen wollte. Tante Sara erlaubte es ihr meistens, nach der Schule eine Freundin nach Hause mitzubringen oder eine ihrer Freundinnen zu Hause zu besuchen, und daher war sie beschäftigt.

Normalerweise saß ich auf einer Decke und lernte, während Cary an dem neuen Projekt arbeitete. Kurz bevor er seine Arbeit niederlegte, um mich nach Hause zu fahren, unternahmen wir gemeinsam einen Spaziergang am Strand oder saßen einfach nur da und schauten auf das Meer hinaus. Gegen Ende der Woche wurde es ungewöhnlich heiß, und am Donnerstag nachmittag legte Cary sein Werkzeug aus der Hand, drehte sich zu mir um und fragte, ob ich Lust hätte, schwimmen zu gehen.

»Schwimmen?«

»Wir könnten nackt baden«, sagte er provozierend.

Obwohl unser nächster Nachbar weit entfernt wohnte und der Strand fast immer menschenleer war, jagte mir allein schon die Vorstellung, am hellichten Tag nackt zu baden, Angst ein.

»Und was ist, wenn jemand kommt?«

»Es kommt schon niemand.«

»Es könnte aber doch passieren.«

»Also, ich fürchte mich nicht«, sagte er mit einem schalkhaften Lächeln und fing an, sein Hemd aufzuknöpfen. Dann setzte er sich in den Sand und zog seine Schuhe und Socken aus, sah sich nach mir um und entledigte sich seiner Hose und seiner Unterhose. Einen Moment lang saß er einfach nur da und schaute auf das Wasser hinaus. Dann drehte er sich zu mir um, und in seinen Augen stand eine Aufforderung. »Also, was ist?«

Ich hob die Hand, um meine Bluse aufzuknöpfen. Er stand auf und wartete am Wasser auf mich. Sekunden später schloß ich mich ihm an, und er nahm mich an der Hand.

»Bist du soweit?«

»Nein«, sagte ich. »Das Wasser ist bestimmt kalt.«

»Eiskalt, aber köstlich«, versprach er mir, und wir rannten in das Meer hinein und schrien dabei aus voller Kehle. Wir lachten, bis das Wasser uns tatsächlich einhüllte, wenngleich es so schien, als seien wir in Eiszapfen eingepackt. Ich machte kehrt und rannte so schnell wieder aus dem Wasser hinaus, wie ich hineingelaufen war. Cary folgte mir und lachte hysterisch über mein Kreischen. Wir ließen uns beide auf den warmen Sand fallen und schlangen schnell die Arme umeinander.

Ich zitterte, als sein Mund meine Lippen streifte. Er rieb mir kräftig den Rücken, und wir küßten uns wieder. Die Sonne schien warm genug, um uns schnell zu trocknen, doch was die eisige Kälte wirklich aus unseren Knochen vertrieb, war die Glut unserer Leidenschaft. Es war ein prickelndes Gefühl, am hellichten Tage unter freiem Himmel miteinander zu schlafen, und die Vorstellung, daß alle Welt uns hätte sehen können, verlieh dem Ganzen einen zusätzlichen Reiz. Der Wind zerzauste mein Haar, Sand klebte in meinem Gesicht, und meine Lippen waren salzig vom Schwimmen im Meer und von Carys Lippen. Und doch zählte nichts anderes als die enorme Lust, die wir verspürten. Bevor es vorbei war, kam Neptun zu uns und begann uns beide abzulecken, und wir mußten lachen.

»Ich komme mir vor, als seien wir in unserem ganz privaten Garten Eden«, sagte Cary. »Hier kann uns nichts etwas anhaben. Wir können uns glücklich preisen, Melody. Ich bin der glücklichste Mann auf Erden.«

Wir legten einander Liebesschwüre ab, schrieben unsere Gelübde in den Sand, lagen nebeneinander, blickten zu dem blauen Himmel auf und machten uns überhaupt keine Gedanken darüber, daß wir beide nackt waren.

»Ich weiß nicht, wie ich auch nur einen einzigen Tag ohne dich überstehen soll, wenn du erst einmal in diese snobistische Schule gehst«, sagte Cary.

Ich richtete mich auf, stützte mich auf einen Ellbogen und schaute auf das Wasser hinaus.

»Wahrscheinlich wird mir diese Schule verhaßt sein«, sagte ich. »Vielleicht gehe ich gar nicht hin.«

»Was soll das heißen? Ich dachte, es sei längst beschlossen.«

»Großmama Olivia hält es für eine abgemachte Sache, aber ich bin mir da noch nicht so sicher.«

»Im Ernst? Und was hast du statt dessen vor?«

Ich sah ihm ins Gesicht, und er lächelte.

»Würdest du etwa bei mir bleiben?«

»Das könnte schon sein«, sagte ich, und seine Augen strahlten, als seien hinter ihnen kleine Kerzenflammen angezündet worden. Dann verfinsterten sie sich wieder, und er schüttelte den Kopf.

»Du bist die Klassenbeste. Alle Welt wird sagen, du hättest nichts aus deinem Leben gemacht.«

»Ich sehe meinen Lebenszweck nicht darin, allen anderen Freude zu bereiten. Schließlich geht es auch um mich«, sagte ich, doch er setzte sich auf und zog sich an. »Cary?«

»Laß uns keine Pläne schmieden und einander Dinge versprechen, die wir nicht halten können, Melody. Ich sollte dich jetzt besser wieder zu Großmama Olivia fahren.«

Ich schlüpfte schnell in meine Sachen, und wir brachen auf.

»Dieser Nachmittag mit dir war wunderbar, Cary«, sagte ich,

nachdem wir in die Auffahrt zu Großmama Olivias Haus eingebogen waren. »Für unser Wochenende habe ich auch schon Vorbereitungen getroffen. Sie glaubt, daß ich bei Theresa übernachte.«

»Ich weiß, wie sehr dir Lügen verhaßt sind«, sagte er.

»Wenn Lügen dazu dienen, mit dir zusammenzusein, dann sind es keine Lügen. Es ist die schiere Notwendigkeit«, sagte ich, und er lächelte.

»Wir sehen uns dann morgen«, versprach er mir und fuhr los. Als er aus meiner Sicht verschwunden war, wandte ich mich ab und begab mich in das große Haus, ein Haus, das mit jedem Tag, der verging, leerer und finsterer geworden war. In dem Augenblick, in dem ich die Haustür hinter mir schloß, kam Loretta durch die Eingangshalle auf mich zugeeilt.

»Ich glaube, du solltest am besten gleich nach oben gehen und nach deiner Großmutter sehen«, sagte sie.

»Warum? Was ist passiert?«

»Sie antwortet mir nicht, wenn ich mit ihr rede. Ich wollte gerade den Arzt verständigen.«

»Sie antwortet nicht?«

Ich stieg langsam die Treppe hinauf. Loretta sah mir einen Moment lang hinterher und entfernte sich dann, als hätte sie das Problem hiermit an mich weitergereicht. Ich klopfte leise an die Schlafzimmertür, wartete und trat dann ein. Großmama Olivia lag da, und ihr Kopf war in ihrem großen Kissen versunken. Sie drehte sich nicht zu mir um, und es schien sie nicht zu interessieren, wer eingetreten war. Ich näherte mich dem Bett.

»Großmama Olivia.«

Ich schaute auf sie hinunter. Ihre Augen wandten sich mir zu, aber ihr rechter Mundwinkel war grotesk verzerrt. Plötzlich schoß ihre Zunge wie eine kleine Schlange zwischen ihren Lippen heraus, und sie stieß einen gräßlichen kehligen Laut aus, der mich zurückweichen ließ.

»Was fehlt dir?«

Ich hob einen Zipfel der Bettdecke an und sah auf ihren

schmächtigen Körper hinunter. Ihr rechter Arm war angewinkelt, ihre Hand auf ihren Busen gepreßt, und ihre Finger waren zu einer Klaue erstarrt. Ich konnte sehen, wo sie sich die Brust und den Hals gekratzt hatte.

»Ich hole sofort den Arzt!« rief ich und eilte zum Telefon. Anschließend verständigte ich auch Richter Childs.

Später wartete ich unten im Wohnzimmer, während der Arzt sie untersuchte. Nach einer Ewigkeit erschien er, gemeinsam mit Richter Childs.

»Deine Großmutter hat einen Schlaganfall gehabt«, erklärte der Arzt. »Ich wollte einen Krankenwagen bestellen und sie ins Hospital einliefern lassen, aber sie besteht darauf, hier im Haus zu bleiben und sich von einer Krankenschwester pflegen zu lassen. Sie hat den Kopf so heftig geschüttelt, daß er fast von ihrem Hals gefallen wäre, um meinen Vorschlag abzulehnen. Ich habe jemanden ins Haus bestellt, eine Mrs. Grafton, die jeden Moment kommen wird. Sie ist eine sehr gute Krankenschwester, die speziell für solche Fälle ausgebildet ist, aber ich halte es trotzdem nur für eine Frage von Tagen, bis wir deine Großmutter ins Krankenhaus einliefern müssen. Im Moment sind ihre Werte stabil«, fügte er hinzu und drehte sich zu dem Richter um, weil er sehen wollte, ob er noch etwas dazu zu sagen hatte.

»Ich werde mich um alles kümmern«, sagte er.

»Wird sich ihr Zustand wieder bessern?« fragte ich.

»In ihrem Alter ist eine vollständige Genesung unwahrscheinlich. Eine Behandlung könnte helfen, aber sie wird trotz allem eine Zeitlang im Krankenhaus bleiben müssen. Im Moment wäre es mir allerdings lieber, wenn sie sich behaglich und zufrieden fühlt.«

»Zufrieden und behaglich?« Wie konnte sich jemand unter diesen Umständen wohl fühlen? fragte ich mich. Und im übrigen glaubte ich nicht, daß sie sich vor diesem Vorfall allzu wohl gefühlt hatte.

»Sie soll es wenigstens behaglich haben«, sagte der Arzt. »Im

Moment schläft sie. Die Krankenschwester sollte jetzt jeden Augenblick eintreffen«, fügte er hinzu, und dann begleitete ihn der Richter an die Tür, kehrte aber anschließend zu mir zurück.

»Es macht keinen Spaß, alt zu werden«, sagte er mit einem kleinen Lächeln. »Dennoch ist sie eine unglaublich starke Frau. Sie könnte sich schneller davon erholen, als der Arzt glaubt. Jedenfalls bin ich sicher, daß man sie in ein paar Tagen ins Krankenhaus bringen wird. Es wäre mir lieb, wenn du dann bei mir einziehen würdest. Wenigstens bis zum Beginn des neuen Schuljahrs, denn dann wirst du ohnehin fortgehen«, schloß er.

»Danke«, sagte ich, obwohl ich wirklich keine Ahnung hatte, was ich tun würde.

»Tja«, sagte er und richtete den Blick zur Decke, ehe er mich wieder ansah, »wirst du allein zurechtkommen?«

»Ja, sicher. Es wird keine Probleme geben.«

»Ruf mich an, falls du etwas brauchst oder wenn sich ihr Zustand verändert«, sagte er und ging.

Zwanzig Minuten später traf Mrs. Grafton ein, eine stämmige Frau von Mitte Fünfzig, die sehr tüchtig und erfahren wirkte. Ich führte sie in Großmama Olivias Zimmer, und sie untersuchte sie. Dann ließ ich Loretta das Schlafzimmer, das an Großmama Olivias Schlafzimmer grenzte, für Mrs. Grafton herrichten. Anschließend begab ich mich zum Telefon, um Cary anzurufen und ihn und Tante Sara davon zu unterrichten, was vorgefallen war.

»Ich komme sofort rüber«, sagte Cary.

»Nein, das ist wirklich nicht nötig. Ich bin sehr müde und möchte jetzt schlafen gehen. Morgen muß ich eine Mathematikarbeit schreiben.«

»Okay, wir sehen dann morgen nach ihr«, sagte er.

»Ich würde gern in ein oder zwei Tagen zu Großpapa Samuel rausfahren, um es ihm zu sagen, Cary.«

»Er wird dich nicht einmal erkennen«, sagte Cary. »Und er wird schon gar nicht verstehen, was du sagst.«

»Wir sollten es ihm trotzdem sagen. Andernfalls erfährt er es von niemandem.«

»In Ordnung. Eingefleischte Gewohnheiten kann man nicht so leicht ablegen, stimmt's, Melody?«

»Was soll das heißen?« fragte ich.

»Sogar jetzt kannst du es nicht lassen, zuerst an andere zu denken«, sagte er und lachte dann. »Schon gut. Ich habe nur Spaß gemacht. Ich kann mir einfach nicht vorstellen, daß Großmama Olivia einen Schlaganfall gehabt hat.«

»Sie ist auch nur ein Mensch, Cary.«

»Darauf wäre ich von selbst gar nicht gekommen«, sagte er.

Hinterher, ehe ich einschlief, machte ich mir Gedanken darüber, wie schrecklich es doch war, wenn eine Frau derart streng und tyrannisch über ihre Familie geherrscht hatte, daß in Zeiten größter Not niemand Zuneigung, Mitgefühl oder Kummer verspürte. Auch wenn sie es noch so lauthals behauptete, konnte sie doch gewiß nicht mit sich selbst und ihren Errungenschaften zufrieden sein, noch nicht einmal, wenn sie wirklich alles nur für die Familie getan hatte.

Großmama Olivias Zustand verbesserte sich im Lauf der folgenden sechsunddreißig Stunden tatsächlich. Der Arzt kam vorbei und erklärte, sie hätte ihr Sprechvermögen teilweise wiedererlangt.

»Es wird nach wie vor schwierig sein, sie zu verstehen, aber sie hat größere Fortschritte gemacht, als ich es erwartet hätte«, sagte er. »Sogar ihre Hand kann sie wieder besser bewegen. Wir werden ja sehen, wie es weitergeht«, fügte er hinzu, und diesmal war er nicht so sehr wie bei seinem letzten Besuch gewillt, unheilvolle Prophezeiungen von sich zu geben. »Die Krankenschwester wird noch ein paar Tage hierbleiben, und ich werde täglich vorbeikommen«, versprach er.

Auch Richter Childs kam fast täglich. Das berichtete mir Loretta. Sie stellte es so hin, als wollte sie sich darüber beklagen, daß er ihr zusätzliche Arbeit machte. Ich stellte mir vor, daß sie geglaubt hatte, sie hätte jetzt, da Großmama Olivia derart behindert war, weniger zu tun. Als ich am nächsten Nachmittag von der Schule zurückkam, teilte mir Mrs. Grafton mit, meine Großmutter wolle mich sprechen. Ich begab mich augenblicklich zu ihr. Zögernd näherte ich mich ihrem Bett. Mrs. Grafton hatte sie aufrecht hingesetzt und ihr das Haar gebürstet. Ihr Mund war immer noch verzerrt, und ein Arm war gelähmt und verharrte weiterhin in einer seltsamen Haltung, aber als ich näher kam, sah sie mir fest ins Gesicht und streckte den linken Arm aus, um meine Hand zu nehmen und mich noch näher zu sich zu ziehen.

»Neea«, äußerte sie.

»Ganz ruhig, Großmama Olivia«, sagte ich behutsam.

»Niii ... nissss annersss«, fuhr sie fort. Ich schüttelte den Kopf. Ich verstand kein Wort. Sie probierte es wieder und immer wieder, aber dieselben verwirrenden Laute kamen aus ihrem Mund. Schließlich mischte sich Mrs. Grafton ein und löste ihre Hand aus meiner.

»Versuchen Sie bitte, sich zu entspannen, Mrs. Logan.«

Großmama Olivia schüttelte heftig den Kopf.

»Sie ist nicht kleinzukriegen«, sagte Mrs. Grafton. »Voller Schwung und Lebenskraft.«

Großmama Olivia stieß dieselben Laute noch einmal aus. Mrs. Grafton lauschte ihr und lächelte dann.

»Was versucht sie mir zu sagen?« fragte ich.

»Sie hat gesagt: ›Es hat sich nichts geändert.‹ Was auch immer das bedeuten mag«, fügte Mrs. Grafton hinzu.

Ich nickte und sah Großmama Olivia an.

»Ich weiß, was das heißt. Es bedeutet, daß sie selbst jetzt noch über unser aller Leben bestimmen will«, murmelte ich. »Ich bin sicher, daß es ihr bald wieder bessergehen wird.«

Ich schüttelte voller Erstaunen den Kopf und ging dann.

Am nächsten Tag fand Cary die Zeit, mich zu Großpapa Samuel zu fahren. Seit Großmama Belindas Tod war ich nicht mehr dort gewesen, um ihn zu besuchen, und Cary hatte ihn seitdem auch nicht mehr gesehen. Da Großmama Olivia jetzt krank war, flößte es mir noch mehr Schuldbewußtsein ein, daß keiner von uns beiden sich Zeit für ihn genommen hatte. Niemand sonst würde sich darum kümmern, daß gut für ihn gesorgt wurde, sagte ich mir, niemand außer uns.

Die Rückkehr in das Pflegeheim fiel mir schwer. Ich mußte mir immer wieder vor Augen halten, daß Großmama Belinda nicht mehr dort war. Als wir die Eingangshalle betraten, sahen wir Mr. Mandel allein auf einem Sofa sitzen und den Fußboden anstarren. Er blickte auf und lächelte uns an, sowie er uns erkannt hatte.

»Wie geht es Ihnen, Mr. Mandel?« fragte ich.

»Oh, mir geht es gut, meine Liebe. Richtig gut. Schön, dich wiederzusehen. Das ist wirklich eine nette Überraschung.« Seine Augen verschleierten sich bei dem Versuch zu begreifen, warum wir da waren. War Belinda nun gestorben oder nicht? Ich konnte nahezu hören, wie er sich diese Frage stellte.

»Wir sind gekommen, um meinen Großvater zu besuchen«, erklärte ich.

»Ach so. Ja, sicher, ich verstehe. Wie heißt er schnell noch mal?«

»Samuel Logan«, sagte ich.

»Ja, gewiß. Ich glaube nicht, daß ich ihn kenne«, sagte er und nickte vor sich hin. Dann sah er wieder auf den Fußboden hinunter und verstummte. Wir verabschiedeten uns von ihm und machten uns auf den Weg zu Großpapa Samuels Zimmer. Als wir eintraten, saß er mit einer Decke über den Beinen am Fenster und starrte hinaus.

»Hallo, Großpapa«, sagte Cary. Großpapa Samuel wandte sich erst zu uns um, als er seine Hand nahm. »Wie geht es dir, Großpapa?«

Großpapa Samuel starrte ihn an, und dann fiel sein Blick auf mich.

»Ja. Melody ist auch hier, Großpapa.«

Er sah erst Cary an und dann mich.

»Du hast sie also gefunden. Das ist gut, sogar sehr gut«, sagte er, ehe er wieder zum Fenster hinaussah.

Cary schüttelte den Kopf und zuckte die Achseln. Ich trat einen Schritt vor, um ihm Großpapa Samuels Hand abzunehmen.

»Großpapa Samuel, wir sind zu Besuch gekommen, weil wir dir sagen wollten, daß Großmama Olivia krank ist. Sie wird zu Hause von einer Krankenschwester gepflegt«, sagte ich. »Der Arzt hat nicht geglaubt, daß mit einer Besserung zu rechnen ist, aber es geht ihr jetzt schon wieder besser.«

Er sah mich an.

»Ich habe ihr gesagt, daß es so nicht geht, aber sie hat gesagt, es müsste sein. Sag deiner Mutter, daß es mir leid tut«, sagte er. »Ich war von Anfang an dagegen.«

»Es ist zwecklos«, sagte Cary. »Ich habe es dir ja gleich gesagt. Wir verschwenden hier nur unsere Zeit. Er weiß nicht einmal mehr, wo er ist. Hinterher wird er sich nicht daran erinnern, daß wir überhaupt hier gewesen sind, Melody.«

»Vermutlich hast du recht«, sagte ich.

Plötzlich wandte sich Großpapa Samuel wieder an uns, und diesmal stand mehr Leben in seinen Augen.

»Seht selbst nach. Dann wißt ihr, daß ich es nicht war. Ich habe nichts unterschrieben.«

»Wo sollen wir nachsehen?« Ich wandte mich an Cary. »Warum sagt er immer wieder diese Dinge?«

»Du weißt doch selbst, daß er verwirrt ist. Wahrscheinlich hat es gar nichts zu bedeuten«, ermahnte mich Cary.

»Ich habe ihr gesagt, daß sie das nicht tun kann«, wiederholte Großpapa Samuel. »Ich habe ihr gesagt, daß das eine Sünde ist.«

Wir verbrachten noch etwa fünfzehn Minuten mit dem Versuch, Großpapa Samuel begreiflich zu machen, wer wir waren und warum wir zu Besuch gekommen waren, aber er schien keinerlei Zugang zur Gegenwart zu haben. Er war in seinen eigenen Erinnerungen verloren und versank darin.

Auf dem Weg zur Tür beschwerte ich mich bei Mrs. Greene

darüber, daß Großpapa Samuel an einem so schönen Tag in seinem Zimmer eingesperrt war.

»Zu deiner Information«, erwiderte sie, »möchte ich dir mitteilen, daß er den ganzen Vormittag im Freien war und gerade erst wieder in sein Zimmer gebracht worden ist. Solange du nicht vorhast, vierundzwanzig Stunden am Tag hier zu verbringen, würde ich dir raten, keine Kritik zu üben«, fauchte sie mich an und machte auf dem Absatz kehrt.

»Lieber möchte ich in meinem eigenen Bett sterben, als hier eingeliefert zu werden«, sagte ich. »Großmama Olivia ist in diesem Punkt zu Recht stur.«

»Sie hat eben das Glück, daß sie sich rund um die Uhr eine private Krankenschwester leisten kann«, rief mir Cary ins Gedächtnis zurück. »Andernfalls wäre sie inzwischen in einem Heim wie diesem untergebracht.«

Er fuhr mich nach Hause und baute dann an dem neuen Boot weiter. Ich hatte immer noch eine Menge Abschlußprüfungen vor mir, auf die ich mich vorbereiten mußte, aber als ich in meinem Zimmer saß und lernte, kehrten meine Gedanken immer wieder zu Großpapa Samuels Augen und zu seiner enormen Furcht zurück, man könnte ihm Vorwürfe machen. Warum bestand er ausgerechnet jetzt so beharrlich auf seiner Unschuld, zu diesem Zeitpunkt seines Lebens? Lag es vielleicht daran, daß er glaubte, er würde seinem Schöpfer schon bald gegenübertreten?

Wie hatten sie es eigentlich erreicht, meine Großmutter in so jungen Jahren einsperren zu lassen? fragte ich mich. Was für eine Diagnose hatten die Ärzte gestellt? Die Neugier lenkte mich von meiner Arbeit ab, und ich lief die Treppe hinunter, verließ das Haus durch die Hintertür und ging auf die Kellertreppe zu. Dort unten hatte ich die Fotos von Mommy gefunden und war auf die Geheimnisse gestoßen, die diese Familie verscharrt hatte. Ich sagte mir, Großpapa Samuel hätte vielleicht doch recht. Vielleicht sollte ich wirklich noch einmal in diesen Keller gehen und sehen, was ich dort finden konnte.

In der Nordseite des Hauses war eine Kellertür aus Metall eingelassen. Ich glaubte nicht, daß jemand diesen Keller betreten hatte, seit Cary mich im letzten Jahr diese Treppe hinuntergeführt hatte.

Als ich in der Tür stand, zögerte ich. Was erwartete ich dort eigentlich vorzufinden? Und wollte ich tatsächlich darauf stoßen? Wollte ich all diese Schrecklichkeiten lesen?

Ich blieb stehen und dachte über diese verkorkste und kranke alte Frau nach, die jetzt im Bett lag und in ihrem eigenen Körper gefangen war. Vielleicht war ihr Gerechtigkeit widerfahren. Vielleicht war es jetzt wirklich an der Zeit, all diese Vorfälle zu vergessen.

Und doch konnte ich nicht einfach kehrtmachen. Vielleicht war es krankhafte Neugier; vielleicht war es aber auch das dringende Bedürfnis, endlich zu verstehen, was hier vorgegangen war.

Ich lief die Stufen hinunter, öffnete die nächste Tür und zog an einer Schnur, mit der sich eine Glühbirne anschalten ließ, die an der Decke schwang und ihr Licht in den Kellerraum warf. Einen Moment lang blieb ich still stehen und dachte wieder an die Kisten auf den Metallregalen, in denen wir die Fotografien gefunden hatten.

Ich ging auf die Regale zu und begann, mir die Kartons einzeln vorzunehmen, die von der Feuchtigkeit des Kellerraums aufgeweicht waren. Hier wurden unglaublich viele Fotografien, alte Schulhefte und Zeugnisse, alte Rechnungen und Quittungen aufbewahrt, eine endlose Spur von Einkäufen und Ereignissen, denen keinerlei Bedeutung beizumessen war, und doch hinterließ jede einzelne Familie eine solche Spur, sagte ich mir.

Keine der Kisten unterschied sich in ihrem Inhalt von den anderen. Durch Großpapa Samuels altersschwaches Gehirn wanden sich gekrümmte Korridore, die die Tatsachen entstellten, sagte ich mir. Es entsprang alles nur seiner wirren Phantasie.

Ich stieg die Treppe hinauf, um den Keller zu verlassen, als mein Blick auf eine Kiste aus Metall fiel, die auf der anderen Seite des Kellers unter mehreren Holzbrettern verborgen zu sein schien. Ich stieg die Stufen wieder hinunter, zog die Bretter zur Seite und holte die Kiste heraus. Sie war abgeschlossen, und ein Schlüssel war nirgends zu sehen.

Warum war diese Kiste unter den Bodendielen versteckt worden, und wie kam es, daß sie im Gegensatz zu allen anderen Behältnissen abgeschlossen war? Ich entfernte eine dicke Staubschicht und nahm die Kiste mit, als ich den Keller verließ. Ich begab mich nicht gleich wieder ins Haus, sondern lief statt dessen zur Garage, denn ich wußte, daß dort Werkzeug herumlag, und dort fand ich auch tatsächlich einen Schraubenzieher. Es dauerte eine Weile, doch es gelang mir, den Schraubenzieher zwischen die Kiste und ihren Deckel zu zwängen und das Schloß, wenn auch nicht ohne Mühe, aufschnappen zu lassen. Dann hob ich den Deckel und schaute hinein.

In der Kiste lag ein kleiner Packen Dokumente, die alle in hochoffiziellen Umschlägen aufbewahrt wurden. Ich nahm einen dieser Umschläge heraus, öffnete ihn und zog die Unterlagen heraus. Dann setzte ich mich hin und las sie.

Natürlich hatte ich es immer für eine Übertreibung gehalten, wenn die Leute sagten: »Mein Herz verwandelte sich in Stein.« oder »Mein Blut gefror.« Wie konnte ein menschliches Herz stehenbleiben, erschauern, in Stücke brechen und sich jemals wieder davon erholen? Wie konnte ein menschlicher Körper zu Eis erstarren und sich jemals wieder aufwärmen?

Und doch empfand ich all das, und ich glaubte, ich würde niemals wieder in der Lage sein aufzustehen, zu atmen oder auch nur einen Laut von mir zu geben.

Dennoch gab es jetzt keinen Rückzug mehr, kein Leugnen, kein Kopfschütteln, das etwas an der Realität geändert hätte, die mir vor Augen stand.

Ich hielt den Atem an und nahm mir die verbleibenden Dokumente vor, und je länger ich las, desto größer wurde mein Schock. Als ich schließlich sämtliche Unterlagen wieder in die

Kiste packte, sie schloß und mich auf die Füße zog, zitterte ich so heftig, daß ich sicher war, ich würde taumeln und es nicht schaffen, an die frische Luft zu gelangen.

Kein Orkan, kein Tornado, kein Erdbeben würde diese Familie so heftig erschüttern wie diese Papiere, die ich in den Händen hielt.

18
Endlich Liebe

Ich stieg langsam die Treppe hinauf, und jeder meiner Schritte war schwerer als der vorangegangene. Mein Körper versuchte, sich zu widersetzen, als schleppte ich mich auf ein Feuer zu. Ich kam mir vor wie jemand, der sich der Höllenpforte nähert, hinter der ich mit Gewißheit auf die Teufelin persönlich stoßen würde. Die Metallkiste und die gräßlichen Aufschlüsse, die sie mir gegeben hatte, brannten unter meinem Arm.

Die spätnachmittägliche Sonne war hinter dunklen Wolken versunken. Schatten fielen herab und wuchsen vor meinen Augen, als ich durch den Korridor im ersten Stock auf Großmama Olivias Schlafzimmer zuging. Mein Herz donnerte bei jedem Schritt. Ich fühlte mich benommen und betäubt, als bewegte ich mich durch die verworrenen Gänge eines Alptraums voran. Ich war mir nicht einmal sicher, ob ich sprechen konnte. Ich glaubte, wenn ich den Mund aufmachte, käme nichts weiter heraus als ein Zischen.

Als ich die Schlafzimmertür gerade erreicht hatte, öffnete sie sich, und Mrs. Grafton kam heraus. Im ersten Moment sah sie mich nicht in der Dunkelheit. Dann trat ich einen Schritt vor und stand im Lichtkegel der matten Flurlampe. Mein unerwartetes Auftauchen ließ sie erschrocken zusammenzucken, und sie keuchte und schlug sich eine Hand auf das Herz.

»Oh, ich habe dich im ersten Moment gar nicht gesehen«, sagte sie. Sie blieb stehen und blinzelte mehrfach schnell hintereinander, während sie mich musterte. »Bist du sicher, daß dir nichts fehlt?«

»Ich muß mit meiner Großmutter reden«, sagte ich in einem finsteren, trostlosen Tonfall.

»Sie kommt nur zwischendurch manchmal zu sich«, sagte sie.

»Ich muß sie trotzdem sprechen«, sagte ich. Mrs. Grafton zuckte die Achseln.

»Tu, was du willst. Ich gehe nach unten, um einen Happen zu essen, und dann bringe ich ihr das Abendessen nach oben.«

Ich nickte, und sie ging weiter. Dann zögerte ich, und meine Hand erstarrte in der Luft über dem Türknopf. Ich hoffte immer noch, jeden Moment würde sich herausstellen, daß es wirklich nur ein Alptraum war. Vielleicht würde ich erschauernd erwachen und feststellen, daß ich im Bett lag, sowie ich diesen Türknopf berührte. So kam es aber nicht.

Ich drehte den Türknopf um und betrat das Schlafzimmer.

Großmama Olivia saß in einer einigermaßen aufrechten Haltung da. Das Haar fiel ihr gelöst auf die Wangen. Ihr Mund, der aufgedunsen und immer noch verzerrt war, stand einen Spalt weit offen, und ihre Augen waren geschlossen. Verkrüppelt und von dieser Krankheit niedergestreckt, hätte sie jedem von Tausenden anderer älterer Menschen geähnelt, die in den Krankenstationen von Altersheimen auf das letzte Ticken der Uhr warteten. Ihre Diamantringe und ihre Armbänder, ihre kostbare Satinbettwäsche und ihr Nachthemd aus Leinen ließen darauf schließen, daß man es hier immer noch mit einer einflußreichen und angesehenen Frau zu tun hatte. Sie konnte selbst aus dem Grab heraus noch Befehle erteilen.

Ich blieb neben ihrem Bett stehen, sah mit wutentbrannten Augen auf sie herunter und beobachtete, wie sich ihr kleiner Busen hob und senkte. Ihre Nase zuckte, und ihre bebenden Lippen legten graue Zähne frei. Ihre Stirn war in Falten gelegt, während abscheuliche und schmerzhafte Gedanken blitzschnell hinter ihren Augen vorüberzogen und in dem Dunkel ihres Innern widerhallten.

Ich wartete, und dann stellte ich die Metallkiste neben ihr auf dem Bett ab und öffnete sie. Ihre Lider flatterten, schlugen sich auf und schlossen sich dann wieder, ehe sie die Augen wieder öffnete. Sie blickte zu mir auf, und ihre Augen nahmen einen matten Glanz an, als sie zunehmend deutlicher erkannte, wo sie war und wer ich war. Ihr Mund öffnete sich, und sie gab einen Laut von sich. Ich sagte mir, daß es mit Sicherheit ein Befehl sein mußte.

»Ich bin gekommen, um dir ein paar Fragen zu stellen«, sagte ich, »und ich möchte von Anfang an klarstellen, daß deine Krankheit mich nicht daran hindern wird, Antworten zu verlangen.«

Eine Mischung aus Erstaunen und Entrüstung ließ sie die Augen weit aufreißen. Sie wollte Einwände erheben, doch ich packte die Metallkiste und hob sie gerade so weit hoch, daß sie sie sehen konnte. Sie sah erst die Kiste an und dann mich, und ihr Gesicht verzog sich, als neue Ängste von ihr Besitz ergriffen.

»Ja, Großmama, ich habe sie gefunden. Großpapa Samuel hat oft genug darüber geredet, um meine Neugier zu wecken, und ich bin in den Keller hinuntergegangen, in dem du all deine Sünden begraben hast, und dort habe ich diese Kiste und ihren Inhalt gefunden«, sagte ich und zog das erste Dokument heraus. Einen Moment lang hielt ich es in der Hand, und dann stellte ich die Kiste ab und faltete das Blatt auseinander.

Sie fing an, heftig den Kopf zu schütteln, doch ich fuhr fort. »Ich weiß, daß dir durchaus klar ist, worum es hier geht, aber ich will, daß du dir diese Papiere noch einmal ansiehst. Ich bin sicher, daß du all diese Dokumente nur deshalb im Keller verscharrt hast, damit du sie nie wieder zu sehen brauchst, aber jetzt wirst du sie dir noch einmal ansehen müssen.«

Ich hielt ihr das Blatt hin. Ihre Augen glitten darüber, und dann wollte sie sich abwenden, doch ich streckte schnell einen Arm aus, legte meine Hand auf ihre Stirn und konnte ihren Kopf mühelos in seine ursprüngliche Lage bringen, damit sie mich und das Blatt Papier ansehen mußte.

»Für wen hast du dich eigentlich gehalten? Für Gott? Was

hat dir das Recht gegeben, etwas Derartiges zu tun? Wie konntest du dir anmaßen, über den Schmerz und das Leid aller anderen zu bestimmen, ein ganzes Leben in die Hand zu nehmen und über das Schicksal all derer zu verfügen, die sie geliebt haben und die sie geliebt hat? Woher hast du diese Arroganz genommen, und wie konntest du dir eine solche Macht anmaßen?«

Sie begann mit Worten zu ringen.

»Fa . . . mmmmm . . .«

»Wie hast du das bewerkstelligt?« fragte ich und zog ein anderes Dokoment aus der Kiste. »Womit hast du ihn dazu gebracht, das für dich zu tun? Das hat doch etwas mit allem anderen zu tun, nicht wahr? Ich werde es herausfinden, Großmama. Ich werde hinter alles kommen, hinter die schmutzigsten Einzelheiten, und ich werde alles ans Licht bringen«, drohte ich ihr.

Sie riß die Augen unglaublich weit auf, und zum ersten Mal, seit ich sie kannte, sah ich echte Furcht in ihnen glühen. Sie schüttelte heftig den Kopf.

»Naaaaa.«

»Doch, Großmama, doch. Der ach so ehrenwerte Name Logan wird in den Schmutz gezogen werden, in die Gosse, denn dahin gehört er. Du magst zwar Geld und Gut besitzen, aber du bist kein bißchen besser als der gewöhnlichste Verbrecher, und dasselbe gilt für diejenigen, die dir dabei geholfen haben.«

»Fammmmmm.«

»Ach so, du willst mir wohl sagen, daß du auch das nur für die Familie getan hast, richtig?«

Sie nickte.

»Du wolltest nur alle anderen beschützen?« fragte ich mit einem kalten Lächeln. Wieder nickte sie nachdrücklich. Mein Lächeln verflüchtigte sich. »Das ist die größte Lüge aller Zeiten, Großmama Olivia. Was auch immer du getan hast, du hast alles nur für dich selbst getan und um deine hohe, einflußreiche Stellung in der Gemeinde zu bewahren oder deinen überbewerteten Ruf. Und alles, was du nicht dafür getan hast, hast du getan, um dich zu rächen oder um diejenigen zu verletzen, die dir nicht die Liebe und den Respekt entgegengebracht haben, den du deines Erachtens verdienst. Komm mir jetzt bloß nicht wieder mit der Familie. Die Familie ist für dich nichts weiter als ein Vorwand für deine Sünden. Soviel ist mir inzwischen klar.«

Sie hörte auf den Kopf zu schütteln. Statt dessen starrte sie mich jetzt an. Ich packte die Dokumente wieder in die Metallkiste.

»Das Ende der Geschichte kenne ich natürlich noch nicht, aber ich werde sie bis zum bitteren Ende weiterverfolgen«, gelobte ich.

Ich schloß die Kiste und klemmte sie mir wieder unter den Arm.

»Wenn ich dich jetzt ansehe, dann begreife ich, daß du gerade erst einen Vorgeschmack auf das bekommst, was du verdienst, Großmama. Ich hätte fast Mitgefühl mit dir gehabt. Beinah wäre es zu dem gekommen, was dir mehr als alles andere verhaßt ist: Ich hätte dich fast bemitleidet, aber darum brauchst du dir keine Sorgen mehr zu machen. Ich kann dir nicht einmal soweit vergeben, um auch nur einen Funken von Mitgefühl aufzubringen. In der Hinsicht hast du nichts zu befürchten, Großmama«, sagte ich.

»Wenn ich diese Angelegenheit abgeschlossen habe, werde ich dem Arzt sagen, daß er dich in der Krankenstation einliefert, denn dahin gehörst du. Du hast mir gesagt, ich solle nicht zaudern, wenn der Zeitpunkt gekommen ist, stimmt's? Wie tapfer du damals doch gewesen bist! Nun ja, Tante Sara, Cary und ich werden dafür sorgen, daß du dort hinkommst, und sogar Richter Childs wird nichts dagegen einzuwenden haben.«

Ich unterbrach mich.

»Ich nehme an, er war auch darüber informiert, nicht wahr?« fragte ich und hielt die Kiste hoch. Sie starrte mich einen Moment lang an, schloß die Augen, öffnete sie dann wieder und schüttelte den Kopf. »Er hat nichts davon gewußt? Warum denn das? Soll das etwa heißen, er hätte dir doch etwas ausschlagen können? War es das, wovor du dich gefürchtet hast?«

Sie nickte, und dann fing sie an, den Kopf zu schütteln und die linke Hand nach mir auszustrecken, doch ich wich vor ihr zurück.

»Es gibt nichts, was du sagen könntest, keine Worte, keine Gedanken, nicht das geringste, was rechtfertigen würde, was du getan hast und wieviel Leid du anderen angetan hast.«

Ich wandte mich von ihr ab, und sie stieß einen ihrer rauhen Schreie aus, einen kehligen Laut, der in meinem Körper widerhallte. Mit aller Kraft, die ihr noch geblieben war, richtete sie sich im Bett auf und schrie dann noch einmal, doch ich kehrte ihr den Rücken zu und verließ in einer aufrechten Haltung ihr Zimmer und ließ das Echo ihres gräßlichen Schreis hinter mir zurück.

Sowie ich ihr Zimmer verlassen hatte, ging ich nach unten ins Büro und rief Cary an.

»Ich möchte, daß du herkommst und mich abholst, Cary«, sagte ich. »Du mußt mich ganz dringend zu jemandem fahren.«

»Wann?«

»Jetzt sofort«, sagte ich.

»Was ist los? Du wirkst ganz seltsam«, sagte er.

»Tust du das für mich?« erwiderte ich.

»Ja, sicher, aber . . .«

»Danke. Hab Geduld mit mir, und ich werde dir hinterher alles erklären, ja? Bitte«, fügte ich hinzu.

»In Ordnung, Melody«, sagte er. »Ich komme gleich.«

Nachdem ich das Gespräch mit ihm beendet hatte, holte ich tief Atem, nahm mir das Telefonbuch vor, suchte die Nummer heraus und rief meinen Vater an. Seine Frau nahm den Hörer ab.

»Könnte ich Mr. Jackson bitte sprechen?« sagte ich.

»Wen darf ich melden?«

»Melody Logan«, sagte ich kurz angebunden.

»Einen Moment, bitte.«

Wenige Sekunden später kam er ans Telefon.

»Hier spricht Teddy Jackson«, meldete er sich förmlich.

»Treffen Sie sich in einer halben Stunde in Ihrem Büro mit mir«, sagte ich.

»Wie bitte?«

»Treffen Sie mich in Ihrem Büro. Ich muß Ihnen etwas zeigen, und ich habe einige Fragen an Sie. Sogar sehr viele.«

»Ich bin nicht sicher, ob ich dich richtig verstanden habe«, sagte er hilflos.

»Sie werden es schon bald verstehen«, versprach ich ihm. »Ich erwarte Sie dort«, sagte ich dann und legte auf. Mein Herz pochte so heftig, daß ich innehalten und tief durchatmen mußte, um mich wieder zu beruhigen.

Ich sah, wie Mrs. Grafton mit dem Tablett an mir vorbeikam, auf dem sie das Abendessen für meine Großmutter trug. Sie warf einen kurzen Blick auf mich, ging jedoch gleich weiter und stieg die Treppe hinauf.

Großmama Olivia wird heute abend nicht gerade besonders viel Appetit haben, dachte ich.

Zwanzig Minuten später fuhr Cary vor dem Haus vor, und ich rannte zu seinem Lastwagen hinaus.

»Was ist los? Hat es etwas mit Großmama Olivia zu tun? Haben sie sie ins Krankenhaus gebracht?«

»Noch nicht«, sagte ich. »Bring mich in die Stadt, Cary.«

»Und wohin?«

»Zum Büro meines Vaters«, sagte ich.

»Was?«

»Bitte.«

Er starrte mich einen Moment lang an.

»Was ist in dieser Kiste?«

»Ich verspreche dir, daß ich dir alles erklären werde, sobald ich kann«, sagte ich. »Vertrau mir.«

»Klar.« Er zuckte die Achseln, ließ den Motor wieder an, und wir fuhren los.

»Was auch immer passiert ist, ich hoffe nur, daß du es mich

bald wissen läßt«, sagte er auf dem Weg zur Commercial Street. Er warf einen Seitenblick auf mich. »Ich kann mich nicht erinnern, wann du dich jemals so seltsam benommen hättest, Melody.«

Ich holte tief Atem, sagte jedoch kein Wort. Er schüttelte den Kopf und fuhr schneller. Als wir Teddy Jacksons Anwaltskanzlei erreichten, sahen wir, daß drinnen Licht brannte, und sein Wagen stand auf dem Parkplatz, der für ihn reserviert war. Cary wollte aus dem Lastwagen aussteigen.

»Warte bitte im Wagen auf mich, Cary«, sagte ich.

»Warum denn das?«

»Es geht hier um etwas, was ich allein erledigen muß. Bitte.«

»Das gefällt mir gar nicht, Melody. Du steckst in irgendwelchen Schwierigkeiten. Du solltest mir Genaueres erzählen und zulassen, daß ich dir helfe.«

»Ich stecke nicht in Schwierigkeiten, Cary. Darum geht es hier überhaupt nicht. Bitte, hab noch ein wenig Geduld mit mir«, sagte ich.

Widerstrebend stieg er in den Lastwagen und schloß die Tür hinter sich.

»Danke«, sagte ich und stieg aus.

Die Büroräume meines Vaters waren elegant eingerichtet, mit hochflorigem Teppichboden, echten Ledersofas im Wartezimmer, holzgetäfelten Wänden und Ölgemälden. Es gab eine gewaltige juristische Bibliothek, und sein eigenes Büro war überdimensional und hatte Panoramafenster, die einen Ausblick auf den Hafen boten. Bei meinem Eintreten stand er mit den Händen in den Hosentaschen am Fenster.

»Was hat das alles zu bedeuten?« fragte er, und ich konnte deutlich erkennen, wie sehr es ihn erbost hatte, daß ich ihn einfach herzitierte.

»Das hier«, sagte ich und stellte die Metallkiste auf seinem großen, dunklen Mahagonischreibtisch ab. Er starrte sie einen Moment lang an und kam dann auf mich zu.

»Was ist das?« Er öffnete die Kiste und zog eines der Dokumente heraus. Während er es las, nahm sein Gesicht einen rötlichen Ton an. Er blickte zu mir auf, legte die Unterlagen hin und las das nächste Dokument durch. »Das hat sie dir gegeben?«

»Nein. Sie hatte die gesamten Unterlagen im Keller versteckt«, sagte ich.

Er nickte, schnaufte hörbar und setzte sich dann hinter seinen Schreibtisch.

»Wer weiß sonst noch darüber Bescheid?«

»Im Moment nur ich«, sagte ich. »Cary wartet draußen in seinem Lastwagen auf mich, aber ich habe ihm bisher noch nichts davon erzählt. Ich will erst alles ganz genau wissen, bis in die kleinsten Einzelheiten.«

»Über die Einzelheiten ist mir nichts bekannt«, erwiderte er mit scharfer Stimme. Ich funkelte ihn wütend an, und er wandte schuldbewußt den Blick ab. »Ich wollte es nicht tun, aber sie hat mich erpreßt«, begann er und sah mich bei diesen Worten wieder an.

Ich nahm ihm gegenüber Platz.

»Reden Sie weiter«, sagte ich.

»Ich habe nicht geglaubt, daß sie über Haille und mich Bescheid gewußt hat. Ich bin mir immer noch nicht sicher, wie sie es herausgefunden hat, aber ich habe den Verdacht, daß Haille es ihr erzählt hat, sie vielleicht sogar damit verhöhnt hat. Ich weiß es nicht.«

Er nahm eine aufrechtere Haltung auf seinem Stuhl ein.

»Sie ist an jenem Abend hier erschienen, und sie hat mich fast in derselben Form wie du in dieses Büro zitiert«, fügte er mit einem gepreßten Lächeln hinzu. »Sie hat mir berichtet, was passiert ist, und sie hat mir klipp und klar gesagt, was sie will und was ich zu tun habe.

Erst wollte ich mich ihr widersetzen, und daraufhin hat sie gesagt, sie würde nicht davor zurückschrecken, mich bloßzustellen, Haille hierher zurückzuholen und meine Karriere zu zerstören, als sich gerade erst alles wunderbar angelassen hat.

Daher habe ich getan, was sie wollte. Ich habe mich um die rechtliche Seite der ganzen Angelegenheit gekümmert«, gestand er. »Das hat mir alles gar nicht gefallen, und ich konnte Jacob und Sara nicht mehr ins Gesicht sehen, aber mit der Zeit hat sie mir eingeredet, es sei schließlich zum Besten aller.«

»Ja, ich bin sicher, daß Sie sich vorher Sorgen gemacht haben«, sagte ich abfällig.

»Nun, ich ... sieh mal, es war ihre Entscheidung«, wandte er ein.

»Sie war weder die Mutter noch der Vater. Die Entscheidung hat nicht bei ihr gelegen. Sie haben zugelassen, daß sie Gott gespielt hat!« schrie ich ihn an.

Er schien auf seinem Stuhl in sich zusammenzusinken. Im nächsten Moment schlug er die Augen nieder.

»Was ist aus ihr geworden?« fragte ich. Ich wollte Cary kein Wort sagen, solange ich nicht sicher war, daß ich alle Einzelheiten in Erfahrung gebracht hatte und über ihr endgültiges Los informiert war.

Er blickte auf. »Olivia hat dir nichts gesagt?«

»Großmama Olivia hatte einen Schlaganfall. Ich dachte, das hätte sich inzwischen in Provincetown herumgesprochen. Sie kann nicht reden.«

»Ach so.«

»Also, was ist?«

»Ich weiß nur, was mir berichtet worden ist, Melody. Laura und Robert Royce sind segeln gegangen. Sie sind in einen Sturm geraten, und Robert ist ertrunken. Olivia hat mir erzählt, Karl Hansen hätte sie in seinem Fischerkahn geborgen und sie sofort zu ihr gebracht. Sie hat getobt und gewütet wie eine Irre, weil sie an einem traumatisch bedingten Gedächtnisverlust gelitten hat. Als er sie auf offener See gefunden hat, war sie nackt, und Olivia, nun ja, Olivia hat natürlich nur an das Schlimmste gedacht. Jedenfalls hat Karl damals für Samuel gearbeitet, und er hat genau gewußt, wer Laura war. Danach hat Olivia alles in die Hand genommen. Sie hat dafür gesorgt, daß Karl niemandem auch nur ein Wort davon erzählt, und dann hat sie beschlossen, Laura heimlich in eine Anstalt einweisen zu lassen. Ich glaube, die ganze Geschichte war ihr ungeheuer peinlich. Sie hat die gesetzliche Vormundschaft für sie übernommen, und Laura ist eingewiesen worden und hält sich meines Wissens bis zum heutigen Tage in dieser Anstalt auf. Ich habe nie ...«

»Sie haben sich nie die Mühe gemacht, Näheres herauszufinden?«

»Ich hatte keinen Einfluß mehr darauf«, wandte er ein. »Im Lauf der Jahre bin ich ganz einfach davon ausgegangen, daß sie nie ... daß es zu ihrem eigenen Besten war.«

»Und damit haben Sie Ihr eigenes Gewissen beschwichtigt«, klagte ich ihn an. Ich erhob mich. »Ich rechne damit, daß Sie uns jetzt in jeder denkbaren Form unterstützen werden«, sagte ich. Er nickte.

»Nachdem ich herausgefunden hatte, daß der Mann, den ich immer für meinen Vater gehalten habe, in Wirklichkeit mein Stiefvater war, habe ich häufig von dem Mann geträumt, der in Wirklichkeit mein Vater ist. Ich habe mir immer wieder vorgestellt, er sei ein wunderbarer Mensch, jemand, der möglicherweise noch nicht einmal weiß, daß er mich zur Tochter hat, doch sowie er es herausfinden würde, würde er angerannt kommen, und es würde sein größter Wunsch sein, mich zu lieben und alles Erdenkliche für mich zu tun. In meinen Träumen habe ich mir immer wieder ausgemalt, wir würden endlich eine Tochter-Vater-Beziehung zueinander aufbauen.«

»Melody ...«

»Jetzt«, fuhr ich eilig fort, »bin ich dankbar dafür, daß Sie damals ein Feigling waren. Ich möchte nicht, daß jemals auch nur ein Mensch erfährt, daß Sie mein richtiger Vater sind«, sagte ich. »Diese Schande könnte ich nicht verkraften.«

Er starrte mich mit knallrotem Kopf an, während ich die Papiere zusammenpackte und sie wieder in die Metallkiste steckte.

»Im Grunde genommen sind Sie ihr sehr ähnlich«, sagte ich.

»Kein Wunder, daß das Schicksal Sie mit meiner Mutter zusammengeführt hat.«

»Melody ...«

Ich wandte mich ab und ließ ihn stehen, hoffentlich für immer.

Cary verschlang die Dokumente heißhungrig, und als er die Papiere niederlegte und mich ansah, waren seine Augen weit aufgerissen, und seine Lippen waren an den Mundwinkeln derart fest zusammengepreßt, daß sie wirkten, als seien sie kurz vor dem Zerreißen.

»Ich verstehe das nicht«, sagte er. Er schüttelte den Kopf und weigerte sich, an ein solches Maß an Lug und Trug zu glauben, an einen derart immensen Verrat.

Wir saßen im Lastwagen, der vor seinem Haus geparkt war. Gemeinsam mit der Dämmerung waren dunkle Wolken aufgezogen, und jetzt regnete es unermüdlich. Ich berichtete ihm alles, was mein Vater mir erzählt hatte.

»Und in all der Zeit haben wir geglaubt, daß Großpapa Samuel darüber faselt, was Großmama Belinda angetan worden ist«, schloß ich.

»Wie konnte das nur passieren? Und warum?«

Tränen flossen ihm aus den Augen und rannen über seine Wangen, als seien sie winzige wässrige Geschöpfe, die sich befreiten. Er schien es nicht wahrzunehmen, nicht einmal dann, wenn sie von seinem Kinn tropften.

»Ihre eigene Großmutter«, sagte er. »Die Mutter meines Vaters ...«

»In ihrer eigenartigen krankhaften Vorstellung hat sie sich eingebildet, damit würde sie die Familie vor Schimpf und Schande bewahren. Was sie getan hat, ist durch nichts zu rechtfertigen, und ich verdamme sie ebenso sehr dafür, wie du es tun wirst«, sagte ich, »aber nachdem ich eine Zeitlang mit ihr zusammengelebt und halbwegs begriffen habe, was für ein Mensch sie ist, woran sie glaubt und was sie sonst noch getan hat, verstehe ich, wie es dazu kommen konnte.«

»Ich nicht. Ich werde es niemals begreifen.«

Er schloß die Augen und legte den Kopf in den Nacken, als wollte er einen gewaltigen Schmerz hinunterschlucken.

»Mein Vater ... mein Vater hat wegen Laura an großen Schuldgefühlen gelitten.«

»Ja, ich weiß.«

»Und Großmama Olivia hat es auch gewußt. Sie muß es gewußt haben«, fügte er eilig hinzu.

»Das kann schon sein. Vielleicht hat sie aber auch nur ihre eigenen Schuldgefühle gesehen, ihren eigenen Schmerz, ihre eigenen Ängste, Cary.«

»Sie hat nicht einen Funken Liebe im Leib«, murmelte er durch zusammengebissene Zähne. »Ich hasse sie mehr, als ich jemals in meinem ganzen Leben irgendeinen Menschen gehaßt habe. Und es freut mich, daß sie einen Schlaganfall gehabt hat. Ich hoffe, sie stirbt noch heute nacht«, sagte er.

»Du darfst nicht so werden wie sie, Cary. Du wärest derart von Haß erfüllt, daß du keinen Menschen mehr lieben könntest.«

Er starrte einen Moment lang vor sich hin.

»Und was tun wir jetzt? Soll ich es Ma gleich erzählen?«

»Nein. Laß uns sie erst besuchen«, sagte ich. »Vielleicht ... können wir sie nach Hause holen.«

Er nickte lächelnd.

»Ja, das kann schon sein.« Dann wollte er den Zündschlüssel umdrehen.

»Wir fahren morgen früh hin, Cary. Jetzt ist es zu spät«, sagte ich.

»Nein. Ich will mir keine fünf Minuten länger vorstellen, daß sie dort untergebracht ist«, sagte er. »Wir müssen jetzt sofort hinfahren«, beharrte er. Er warf einen Blick auf die Papiere. »Ich weiß, wo das ist. Es ist eine Fahrt von vier bis viereinhalb Stunden.«

»Aber wir werden mitten in der Nacht dort ankommen«, rief ich ihm ins Gedächtnis zurück.

»Na und, wen stört das schon?« sagte er und ließ den Motor an. »Wenn du willst, setze ich dich zu Hause ab.«

»Cary Logan, glaubst du im Ernst, ich würde dich allein hinfahren lassen?«

Er schüttelte den Kopf.

»In Ordnung, laß uns losfahren«, sagte ich. »Wahrscheinlich könnten wir ohnehin nicht schlafen. Solltest du deiner Mutter nicht Bescheid geben?«

»Nein. Ich möchte nie mehr lügen müssen, noch nicht einmal eine Notlüge«, sagte er.

Ich lächelte.

»In Ordnung, aber wir müssen auf alles vorbereitet sein, Cary.«

»Ich bin auf alles vorbereitet«, sagte er und fuhr los. »Besser könnte ich gar nicht vorbereitet sein.«

Es war eine lange, anstrengende Fahrt. Cary sprach mehr denn je über Laura und erinnerte sich an Dinge, die sie gemeinsam unternommen hatten, Dinge, die sie häufig zueinander gesagt hatten. Ich ahnte, daß es sich dabei um Gedanken handelte, die er in den letzten Jahren verdrängt hatte. Er hatte Angst davor gehabt, was ein erneutes Auflebenlassen dieser Erinnerungen ihm antun könnte.

Zwischendurch saß er mehrfach schweigend am Steuer und weinte. Die Tränen strömten über sein Gesicht, während er die Tragödie und den Kummer aller Beteiligten noch einmal durchlebte.

Wie hatte Großmama Olivia es bloß geschafft, im vollen Bewußtsein dessen, was sie getan hatte, die Beerdigung zu besuchen? fragte ich mich. Wie hatte sie so zuversichtlich daran glauben können, daß sie das Richtige für die Familie tat, so absolut sicher, daß sie ihre eigenen Gefühle begraben konnte, ihren Sohn leiden sehen und kein Wort sagen konnte? Anstelle eines Herzens mußte dieser Brust ein Eisbrocken innewohnen, sagte ich mir. Wie gräßlich mußten ihre eigenen Eltern sie behandelt haben, um sie zu der Frau zu machen, die aus ihr geworden war?

Es hätte mich nicht überraschen dürfen. Sie hatte ohne die leisesten Bedenken ihre Schwester in eine Anstalt sperren lassen, und dasselbe hatte sie später mit ihrem eigenen Mann getan. Angesichts ihres fanatischen Glaubens an den Familiennamen bedeutete ihr ein Individuum überhaupt nichts. Liebe war nichts weiter als eine belanglose Unannehmlichkeit. Korrektes Benehmen, Prestige, Respekt, Reichtum und Macht, das waren die fünf Zacken ihres Sterns, und dieser Stern war in ihre Seele eingraviert.

Ich lehnte mich zurück, schloß die Augen und döste eine Zeitlang vor mich hin. Als ich wach wurde, waren wir in der Nähe einer Stadt. Ich sah die Lichter eines Restaurants, das auch nachts geöffnet war.

»Möchtest du eine Tasse Kaffee oder etwas anderes?« fragte Cary.

»Ja, gern«, sagte ich, und wir bogen von der Straße ab und bestellten Kaffee und Doughnuts.

Cary sagte kein Wort. Sein Blick war voller Wut, und die boshaften Gedanken, die dahinter lauerten, ließen seine Augen glühen. Ich sagte auch nichts. Nach einer Weile nahm ich seine Hand und lächelte ihn an. Er riß sich gewaltsam aus seiner Betäubung heraus und nickte.

»Es ist alles in Ordnung«, sagte er. »Wir schaffen das schon.«

»Ja, wir werden es schaffen, Cary. Ganz bestimmt«, beteuerte ich ihm.

Wir hatte noch eine einstündige Fahrt vor uns, ehe wir den Eingang der Anstalt fanden. Es war ein großer grauer Steinblock mit einem Parkplatz zu seiner Linken. Es war zu dunkel, um etwas Genaueres zu erkennen, doch wir sahen, daß das Gebäude von hübschen Anlagen umgeben war. Hinter den hohen Zäunen schienen sich Wälder zu erstrecken.

Die Außenbeleuchtung des Gebäudes war grell. Wir parkten, und nachdem Cary den Motor abgeschaltet hatte, saßen wir einfach nur da und versuchten beide, Kraft zu schöpfen.

»Bist du soweit?« fragte er mich schließlich. Ich nickte, und wir stiegen aus und gingen auf den Eingang zu. Die Tür war abgeschlossen, doch daneben befand sich eine Klingel mit einem kleinen Schild darunter, auf dem stand: NUR NACH ZEHN UHR ABENDS ZU BENUTZEN. Cary drückte auf die Klingel, und wir warteten. Da sich die Außenbeleuchtung in der Glasscheibe der Tür spiegelte, konnten wir im Hausinnern nicht viel erkennen. Es schien, als stünden wir vor einem winzigen Eingangsbereich, hinter dem sich geschlossene Doppeltüren verbargen. Als niemand kam, drückte Cary noch einmal auf die Klingel und hielt sie diesmal länger gepreßt.

»Es ist schon ziemlich spät, Cary.«

»Jemand muß doch da sein«, sagte er unerschrocken.

Endlich wurden die Doppeltüren geöffnet, und ein rothaariger Mann in einer weißen Hose und einem hellblauen Hemd trat heraus. Er schien nicht älter als dreißig Jahre zu sein, und er war schlank und hatte schmale Hüften, war mindestens einen Meter achtzig groß und hatte Sommersprossen auf der Stirn und auf den Wangen. Er warf einen Blick durch die Glasscheibe und sah uns finster an, ehe er schnell die Tür öffnete.

»Was wollen Sie?« fragte er barsch.

»Wir sind gekommen, um jemanden abzuholen«, sagte Cary mit fester Stimme.

»He?«

»Meine Schwester«, sagte Cary.

»Was zum Teufel soll das heißen? Wir haben kurz vor drei«, sagte der rothaarige Mann.

»Mir ist vollkommen egal, wie spät es ist. Sie hat hier nichts zu suchen«, sagte Cary und stellte sich zwischen den Mann und die Tür. Der Rothaarige wich zurück, als glaubte er, Cary wolle ihn ohrfeigen.

»Sie können jetzt nicht reinkommen. Die Besuchszeit beginnt morgens um zehn«, sagte er.

»Wir sind aber jetzt hier, und wir denken gar nicht daran umzukehren. Holen Sie irgendeinen Verantwortlichen her«, befahl Cary.

Der Rothaarige sah von ihm zu mir und ging dann auf die Doppeltür zu. Cary streckte die Hand aus, um zu verhindern, daß die Doppeltüren sich vor uns schlossen.

»Damit werden Sie sich eine Menge Ärger einhandeln«, drohte ihm der Rothaarige.

»Das soll mir recht sein«, sagte Cary. »Und jetzt verschwinden Sie, und holen Sie einen Aufseher oder sonst was. Wird's bald?« ordnete Cary so grimmig an, daß der Mann augenblicklich loseilte. Cary und ich folgten ihm in die Empfangshalle. Vor uns sahen wir einen verglasten Schalter. Zu unserer Rechten standen Sofas und Stühle, kleine Tische, Zeitschriftenständer und ein Fernsehapparat. Ich dachte mir, daß die Tür direkt vor uns wahrscheinlich in die Anstalt führte.

Wir warteten und hörten schließlich Schritte auf der anderen Seite der Tür. Sie wurde geöffnet, und eine sehr dicke Frau in einer Schwesterntracht kam herausgestürzt. Ihr dunkelbraunes Haar war im Nacken und um die Ohrläppchen herum sehr ungleichmäßig geschnitten, und ihre Hüften, die sich an dem steifen Stoff der Schwesterntracht rieben, verursachten ein lautes Rascheln.

»Was hat das alles zu bedeuten?« fragte sie schroff und sah Cary mit ihren kleinen, funkelnden schwarzen Augen an. Sie verschränkte die Arme über ihren massigen Brüsten und blieb wie ein Rammbock wenige Zentimeter vor Cary stehen. »Meine Schwester ist mit ungesetzlichen Maßnahmen hier eingeliefert worden«, sagte Cary. »Wir sind gekommen, um sie nach Hause zu holen.«

Sie starrte ihn einen Moment lang an, verzog selbstsicher das Gesicht und warf dann dem Rothaarigen einen Blick zu.

»Soll ich die Polizei rufen?« fragte er.

»Noch nicht«, sagte sie. Ihre Neugier war angestachelt. »Wer sind Sie, und wer ist diese Schwester, die Sie suchen?« fragte sie.

»Ich heiße Cary Logan. Und das ist Melody Logan. Meine Schwester heißt Laura. Zeig es ihr«, sagte Cary, und ich zog einige der Dokumente heraus, die ich in der Metallkiste gefunden hatte. Die Krankenschwester sah mich argwöhnisch an, ehe sie mir die Papiere aus der Hand nahm und zu lesen begann. Als sie die Unterlagen genauer angesehen hatte, stellte ich fest, daß ihr Gesichtsausdruck etwas milder geworden war.

»Ihr habt das alles gerade erst herausgefunden?« fragte sie.

»Ja, heute«, sagte Cary. »Diese Papiere sind ungültig. Meine Schwester hat Eltern gehabt und war keinem gesetzlichen Vormund unterstellt«, sagte er.

»Wo sind eure Eltern? Und warum sind sie nicht mit euch gekommen, wenn es sich so verhält?«

»Mein Vater ist erst kürzlich gestorben, und meine Mutter ... meine Mutter ist einer solchen Reise nicht gewachsen. Wenn Sie es genau wissen wollen, sie ist bisher noch nicht über die Wahrheit informiert«, erklärte Cary.

Die Krankenschwester gab mir die Unterlagen zurück.

»Hier geht es um eine rechtliche Angelegenheit«, sagte sie. »Dementsprechend müssen die Dinge gehandhabt werden.«

»Sehen Sie mal ...«

»Aber was Ihre Schwester angeht, die Sie abholen wollen«, fuhr sie fort, »fürchte ich, daß Sie zu spät kommen.«

»Was?«

Mein Herzschlag setzte aus. Ich trat eilig vor und nahm Carys Hand in meine.

»Die junge Dame ist leider kurz nach ihrer Einlieferung gestorben«, sagte sie.

»Gestorben? Woran?« fragte ich.

»Sie ist ertrunken. Wir haben die Großmutter verständigt. Sie war als nächste Angehörige angegeben.«

»Wie konnte sie ertrinken?«

»Es war ein vorsätzlicher Entschluß, und sie hat ihren Tod selbst herbeigeführt«, gestand die Krankenschwester nach einem Moment. »Es steht mir nicht zu, in die Einzelheiten zu gehen. Wenn etwas dergleichen passiert, gibt es hinterher immer rechtliche Dinge zu regeln. Es war allerdings nicht unsere

Schuld«, fügte sie eilig hinzu. »Mir ist wirklich nicht ganz klar, wer ihr seid und warum ihr hergekommen seid«, fuhr sie fort.

Cary starrte sie einfach nur an und weigerte sich, ihr zu glauben.

»Ich will meine Schwester jetzt sofort sehen«, sagte er nach einer Weile.

Die Krankenschwester schaute mich an, um sicherzugehen, daß sie sich nicht verhört hatte.

»Haben Sie denn nicht verstanden, was ich gesagt habe?« fragte sie dann.

»Komm mit, Cary«, sagte ich.

»Nein. Ich will sie jetzt sofort sehen. Ich gehe nicht fort von hier, ehe ich sie gesehen habe«, beharrte er.

»Rufen Sie die Polizei«, sagte die Krankenschwester zu dem Rothaarigen. Er wandte sich sofort ab und verschwand durch die Tür.

»Es ist zwecklos, Cary«, drängte ich ihn. Er schüttelte den Kopf.

»Sie lügen«, sagte er zu der Krankenschwester. »Sie hat Sie auch bestochen. Man hat Ihnen gesagt, daß Sie mir diese Geschichte vorsetzen sollen, falls ich jemals hier aufkreuze, stimmt's?«

»Nein, absolut nicht. Ich habe noch nie etwas von Ihnen gehört«, sagte die Krankenschwester. »Und ich setze keine Lügen über meine Patienten in Umlauf.«

Ein weiterer Wärter traf ein, ein kräftigerer älterer Mann.

»Sie haben anscheinend Schwierigkeiten, Mrs. Kleckner«, sagte er.

»Ja«, erwiderte sie. »Die Polizei ist schon verständigt worden, Morris.« Sie sah Cary bei diesen Worten fest an.

»Laß uns gehen, Cary«, flehte ich, aber er war so steif und unnachgiebig wie eine von Kenneths Statuen. Es war, als versuchte ich, einen Baum zu entwurzeln.

Der kräftigere Wärter bezog seinen Posten in der Tür. Mrs. Kleckner wandte sich an mich.

»Ich erzähle Ihnen keine Lügen. Beschreiten Sie den Rechtsweg, und aus den entsprechenden Quellen werden Sie erfahren, daß ich Ihnen die Wahrheit gesagt habe. Sie machen sich das Leben andernfalls nur schwerer.«

»Es tut mir leid«, sagte ich. »Aber Sie müssen verstehen, daß wir all das gerade erst erfahren haben, und die Einweisung ist wirklich unrechtmäßig erfolgt. Sie können sich den Schock doch sicher vorstellen. Deshalb ist er derart außer sich. Er will Ihnen keine Schwierigkeiten machen. Verstehen Sie das, bitte«, flehte ich.

Sie dachte darüber nach und nickte dann.

»Warten Sie hier. Ich habe etwas, was Ihnen dabei helfen könnte, mir zu glauben, was ich Ihnen gesagt habe«, erklärte sie und ging. Der Rothaarige schloß sich dem anderen stämmigeren Wärter an, und sie verstellten beide Ausgänge.

»Die Bullen sind schon auf dem Weg«, sagte er voller Schadenfreude.

»Cary, wir handeln uns nur noch mehr Schwierigkeiten ein«, flüsterte ich ihm zu. Er hörte mich nicht. Mit finsteren Blicken sah er die beiden Wärter an. Wenige Momente später kam die Krankenschwester mit einer kleinen Stofftasche zurück.

»Das war ihre persönliche Habe. Darunter befindet sich auch das«, sagte sie und zog ein dickes Notizbuch aus der Tasche. »Es ist ihr Tagebuch. Die Ärzte haben sie ermutigt, Tagebuch zu führen, weil sie sich davon erhofft haben, Erinnerungen und Gedanken würden ihr helfen, ihre Identität wiederzufinden. Offenbar ist nie jemand gekommen, um ihre Sachen abzuholen. Wenn sie noch hier wäre«, fuhr die Krankenschwester in einem unfreundlicheren Tonfall fort, »dann würde ich Ihnen diese Dinge doch nicht anvertrauen, oder?« Ich nahm die Tasche und das Notizbuch an mich, und dann zerrte ich an Carys Hand.

»Bitte, Cary. Sie hat recht.«

Er fiel in sich zusammen und akzeptierte endlich, was ihm berichtet worden war.

»Wo ist sie bestattet?« fragte er mit leiser Stimme.

»Ich weiß es nicht. Sie werden sich morgen an Mr. Crowley wenden und ihn nach den Einzelheiten fragen müssen. Er ist der Verwalter dieses Heims. Um neun Uhr treffen Sie ihn in seinem Büro an. Ich möchte Sie jetzt bitten, dieses Gebäude zu verlassen. Die Polizei ist schon unterwegs, und wenn Sie jetzt nicht gehen, wird man Sie festnehmen«, drohte sie.

»Cary ...«

»Wir sind zu spät gekommen«, sagte er mehr zu sich selbst als zu mir.

»Es tut mir leid«, sagte Mrs. Kleckner, »aber ich habe Ihnen die Wahrheit gesagt. Ich habe ohnehin schon mehr getan, als meine Pflicht ist, und gewiß auch mehr als das, was Mr. Crowley gutheißen wird.«

»Ich danke Ihnen«, sagte ich und zog fester an Carys Hand. Er ließ sich von mir führen.

»Laura«, sagte er kopfschüttelnd. »Es tut mir leid, daß wir zu spät gekommen sind.«

Wir erreichten den Lastwagen in dem Moment, in dem die Polizisten in ihrem Streifenwagen eintrafen. Die Beamten sprachen mit Mrs. Kleckner und verhörten uns anschließend. Als ich ihnen zusicherte, daß wir sofort verschwinden würden, ließen sie uns laufen.

Nur seine Wut und sein Haß gaben Cary die Kraft für die Rückfahrt. Wir redeten kaum ein Wort miteinander. Das einzige, was für ihn jetzt noch zählte, war herauszufinden, wo Laura begraben lag. Am späten Vormittag bogen wir in Großmama Olivias Einfahrt ein. Wir waren beide körperlich erschöpft, aber unsere heftigen Gefühle gaben uns die Kraft weiterzumachen.

Loretta kam in die Eingangshalle gestürzt, sowie wir das Haus betraten.

»Wo bist du gewesen?« fragte sie.

»Was ist passiert?«

»Der Zustand deiner Großmutter hat sich letzte Nacht verschlechtert, und sie ist ins Krankenhaus eingeliefert worden«, sagte sie.

»Sie wird nicht sterben«, sagte Cary und sah mich kopfschüttelnd an. »So leicht kommt sie mir nicht davon.«

Loretta traten fast die Augen aus dem Kopf.

»Was soll das heißen?«

»Nichts. Wir fahren gleich ins Krankenhaus«, sagte ich zu ihr, und wir machten uns sofort auf den Weg.

Bei unserem Eintreffen fanden wir Richter Childs im Empfangsraum vor. Er redete gerade mit dem Arzt.

»Melody? Wo habt ihr beide bloß gesteckt?« fragte er. »Wir waren alle krank vor Sorge.«

»Das spielt jetzt keine Rolle«, sagte Cary. »Wie geht es ihr? Kann sie sprechen?«

»Ich fürchte, nein«, sagte der Arzt. »Sie liegt im Koma.«

Carys Schultern sanken hinunter. Dann hellte eine Überlegung sein Gesicht auf.

»Wissen Sie Bescheid über Laura?« fragte er den Richter.

»Was? Was ist mit Laura?«

»Er weiß nichts davon, Cary«, sagte ich. »Sie hat es mir selbst gesagt.«

»Wovon spricht er, Melody?« fragte der Richter.

Wir gingen in die Cafeteria des Krankenhauses, und ich erzählte meinem Großvater die ganze Geschichte. Er lauschte mir voller Entsetzen.

»Vermutlich habe ich sie nie wirklich gekannt«, sagte er. »Allein der Gedanke, daß sie mir all das vorenthalten hat. Sie war eine sehr entschlossene und eigenwillige Frau, die buchstäblich niemanden gebraucht hat«, sagte er zu Cary. »Ich werde alles herausfinden, was du wissen willst. Ich verspreche es dir«, sagte er. »Ihr beide solltet jetzt nach Hause fahren und euch ausruhen. Überlaßt mir diese ganze Angelegenheit.«

»Danke, Großpapa«, sagte ich, und er lächelte.

Ich fuhr mit Cary nach Hause, um ihm dabei zu helfen, Tante Sara und May alles beizubringen, und anschließend zogen wir uns auf seinen Dachboden zurück und schliefen engumschlungen ein.

In dem Moment schien es auf Erden keinen sichereren Ort zu geben.

Epilog

Großmama Olivia starb zwei Tage später, ohne vorher das Bewußtsein wiederzuerlangen. Ihr Arzt sagte, es sei ein Segen, denn wenn sie aus dem Koma erwacht wäre, hätte sich ihr Zustand im Vergleich zu vorher deutlich verschlechtert, und Olivia Logan war keine Frau von der Sorte, die sich in einer Anstalt pflegen lassen konnte.

Cary wollte nicht zu ihrer Beerdigung erscheinen, aber mir passierte etwas ganz Seltsames. Ich sah die Dinge plötzlich aus Großmama Olivias Perspektive. Weshalb sollten wir unsere schmutzige Wäsche in der Öffentlichkeit waschen? Wozu sollten wir die Familie in Verlegenheit bringen?

»Schließlich«, erklärte ich ihm, »willst du trotz allem hier leben und dir hier etwas aufbauen, Cary.«

Er hörte mir zu und schüttelte dann lächelnd den Kopf.

»Wahrscheinlich hat Großmama Olivia die richtige Wahl getroffen, als sie dich zu ihrer Thronfolgerin erwählt hat, Melody. Das muß ich ihr wirklich lassen, aber das ist auch schon alles«, fügte er mit fester Stimme hinzu. »Also gut, ich werde eine entsprechende Miene aufsetzen. Ich sehe schon, daß ich dich brauchen werde, damit jemand dafür sorgt, daß ich von jetzt an alles richtig mache«, sagte er im Scherz.

Kenneth und Holly waren von ihren Flitterwochen zurückgekehrt, und wir hatten alle vier einen Abend miteinander verbracht, um die jüngsten Ereignisse zu besprechen.

»Sie war eine harte, kalte Frau, und sie war derart furchteinflößend, daß die meisten Männer es nicht gewagt haben, ihre

Position in Frage zu stellen, und ihre männlichen Verwandten schon gar nicht«, bemerkte Kenneth. »Ich kann mich noch gut daran erinnern, wie sehr ich mich vor ihr gefürchtet habe, als ich noch jünger war und Haille, Chester und Jacob oft dort besucht habe. Wenn sie uns etwas vorgeschrieben hat, dann haben wir es getan, und zwar schleunigst. Aber ich habe sie nie für eine glückliche Frau gehalten.«

»Sie hat aber auch niemand anderem gegönnt, daß er glücklich wird«, murrte Cary.

Keiner von uns sagte etwas. Es war besser, wenn das Gewitter sich von selbst entlud und wir auf den Sonnenschein danach warteten.

Die Beerdigung war ein so großes Ereignis, wie wir es erwartet hatten. Wir beschlossen, Großpapa Samuel nicht aus dem Heim zu holen. Er begriff ohnehin nicht, was geschah, und wir einigten uns alle darauf, daß es ihn nur noch mehr verwirrt und geängstigt hätte.

Ich weiß nicht, wie ich meine Abschlußprüfungen überstand, doch ich brachte sie hinter mich, und meine Noten waren so gut, wie ich es mir erhofft hatte. Ich zog zu Tante Sara und schloß mich in Lauras früherem Zimmer ein. Dort brachte ich fast zwei Tage damit zu, meine Abschlußrede zu verfassen und sie immer wieder umzuschreiben.

Seit Großmama Olivias Einlieferung ins Krankenhaus und ihrem darauffolgenden Tod wohnte ich wieder bei Cary, Tante Sara und May. Mir graute bei der Vorstellung, in dieser großen, leeren Villa zu hausen, die mit Dunkelheit, Schatten der Vergangenheit und Familiengeheimnissen angefüllt war.

Der Richter begann, sämtliche Dokumente für uns durchzusehen, die den Nachlaß betrafen, und eines Tages fuhren wir alle zu ihm, um uns anzuhören, was nun geschehen würde. Großmama Olivia hatte ihr Versprechen gehalten . . . sie hatte Anweisungen hinterlassen, in denen sie verfügte, ich solle diejenige sein, die schließlich die Kontrolle über das Vermögen der Familie bekäme. Bis dahin wurde es als Treuhandvermögen angelegt, das von ihren Bankiers und von ihren Börsenmaklern verwaltet wurde, und der Richter war zum Treuhandverwalter und Vollstrecker ernannt worden.

»Du wirst eine Entscheidung treffen müssen, was das Haus angeht«, sagte er. »Du kannst es zum Verkauf anbieten, aber ihr könnt auch dort einziehen.«

»Wir wollen es zum Verkauf anbieten«, sagte ich eilig. »Ich glaube nicht, daß für die Familie glückliche Erinnerungen damit verbunden sind.«

»Das kann ich gut verstehen«, sagte der Richter.

Da jetzt ein derartiges Vermögen an uns gefallen war, konnte Cary zuversichtlich sein, daß sich seine Pläne, in Zukunft Boote zu bauen, verwirklichen ließen. Er konnte auf den kleinen Erfolgen aufbauen, die er selbst erzielt hatte, und er konnte sich eine eigene Firma aufbauen. Kenneth erteilte ihm Ratschläge, und die beiden sahen sich nach einem geeigneten Gelände um, auf dem man eine Fabrikhalle aufbauen konnte. Am Abend vor meiner Abschlußfeier gingen Cary und ich am Strand spazieren. Ich war ohnehin zu nervös und hätte nicht schlafen können. Seit Großmama Olivias Tod standen ich und meine Familie im Mittelpunkt der Aufmerksamkeit. Ich war verunsichert, denn ich mußte davon ausgehen, daß das Publikum jedes einzelne Wort meiner Abschlußrede genau verfolgen würde.

»Hast du dir schon Gedanken darüber gemacht, was du jetzt tun willst, Melody?« fragte mich Cary. Wir blieben am Wasser stehen und starrten auf das Mondlicht hinaus, das zum Ende der Welt führte.

»Ich werde diese vornehme Schule nicht besuchen, Cary. Ein Leben von der Sorte, wie Großmama Olivia es für mich geplant hatte, ist nicht das, was ich mir selbst wünsche«, sagte ich. »Ich habe keine Lust, mich dafür abzurackern, daß mein Name in die Klatschspalten kommt.«

»Ich weiß, daß du sehr klug bist und wahrscheinlich das College besuchen solltest, aber . . .«

»Ich habe keine Lust, nur deshalb das College zu besuchen,

damit ich sagen kann, daß ich am College bin, Cary. Vielleicht tue ich es ja im nächsten Jahr. Aber dann irgendwo hier in der Nähe. Ich habe eine klare Vorstellung davon, was ich im Moment tun möchte.«

»Und was ist das?« fragte er und drehte sich zu mir um.

»Ich will etwas, was ich noch nie gehabt habe, Cary. Ich will eine echte Familie, und ich will wahre Liebe.«

»Könnte ich dir das bieten? Jetzt?« fragte er furchtsam. »Wir könnten dieses Geschäft gemeinsam aufbauen, und wir könnten uns ein eigenes Haus bauen und ...«

Ich legte einen Finger auf seine Lippen.

»Ich frage mich schon seit einer ganzen Weile, wann du wohl endlich den Mut aufbringst, mir einen Heiratsantrag zu machen«, sagte ich, und er lachte.

Wir küßten uns und hielten einander in den Armen. Das Meer schien seinen Glanz zu vertiefen, und die Sterne, ja, die Sterne leuchteten heller denn je.

Am nächsten Morgen brach ein prachtvoller Tag an. Der Himmel war wolkenlos, der Wind eine laue Brise, und wir konnten die Examensfeier im Freien veranstalten. Ich begann meine Rede mit den ersten Sätzen eines Liedes aus dem Gebirge, das mir Papa George vor langen, langen Jahren beigebracht hatte.

> »Von meiner fernen Heimat habe ich einen langen Weg zurückgelegt, mit nichts weiter ausgerüstet als Hoffnung und einem Gebet, aber ich habe einen Koffer voller Erinnerungen, an denen ich mich in einsamen Nächten wärmen kann.«

Ich drehte mich zu meinen Mitschülerinnen um, die ebenfalls ihr Examen bestanden hatten, und ich äußerte mich zu der Abschlußprüfung in einer Form, als bedeute es in einem übertragenen Sinne, den Anker einzuholen und die Segel zu setzen – von nun an würde jeder von uns Kapitän seines eigenen Schiffes sein. Wir würden unsere Eltern, unsere Freunde und unsere Lehrer an der Küste zurücklassen und einen selbstgewählten

Kurs einschlagen. Ich sprach über Mut und Chancen, und ich bedankte mich bei unseren Familien und bei unseren Lehrern dafür, daß sie uns beides gegeben hatten. Zum Abschluß sang ich den ersten Vers von *This Land Is Your Land,* und etwas ganz Erstaunliches passierte: Das gesamte Publikum fiel ein und sang das Lied bis zum Ende.

Der Applaus und die anschließenden Glückwünsche überwältigten mich. Menschen, die mich eigentlich nicht gut kannten, sagten zu mir, wie stolz Großmama Olivia auf mich gewesen wäre. Carys Augen verfinsterten sich, und er wurde zornig, aber als ich ihn ermahnend ansah, behielt er seine Entrüstung für sich.

Hinterher feierten wir bei Tante Sara eine Party. Kenneth, Holly und Richter Childs erschienen, aber auch Roy Patterson und Theresa. Cary bereitete gebackene Muscheln zu, und ich spielte auf der Fiedel. Richter Childs sagte, er würde am kommenden Tag Großpapa Samuel besuchen und ihm etwas von dem Kuchen bringen.

Kurz darauf legten Cary und ich einen Termin für unsere Hochzeit fest. In der Zwischenzeit verbrachte ich meine Sommertage mit May und Tante Sara, während Cary an dem neuen Boot arbeitete und die Fabrik auf dem Gelände aufbaute, das er und Kenneth ausgesucht hatten.

Eines Morgens brachte May die Post ins Haus und schwenkte aufgeregt eine Postkarte durch die Luft. Sie kam aus Palm Springs, Kalifornien. Viel Text stand nicht darauf.

Hi,
ich dachte mir, ich schreibe dir ein paar Zeilen, damit du weißt, daß ich nicht mehr mit Richard zusammen bin. Diesmal habe ich einen richtigen Agenten. Er hat mich sogar nach Palm Springs eingeladen, und er sagt, ich hätte gute Chancen, es zu schaffen.
Wünsch mir Glück.
Gina Simon

»Wer ist Gina Simon?« bedeutete mir May und sprach den Namen dann so klar aus, wie es ihr möglich war.

»Jemand, den ich früher einmal gekannt habe«, sagte ich. »Niemand, der mir etwas bedeutet.«

Ich warf die Karte in den Abfalleimer, aber später ging ich dann hin und holte sie wieder heraus.

Ich konnte nichts dafür. Ich kam mir vor wie ein Mensch, der sich in der Wüste verirrt hat, und jemand verwöhnt ihn mit einem Tropfen Wasser. Was hätte ich denn sonst schon tun können?

Ich ging nach oben und verstaute die Postkarte bei meinen anderen Erinnerungsstücken.

Und dann sah ich die Stofftasche mit Lauras Habe an, den einzigen Gegenständen, die von ihrem seltsamen und tragischen Dasein zurückgeblieben waren. Cary und ich konnten uns beide nicht dazu bringen, etwas damit anzufangen.

Ich konnte diese Tasche aber auch nicht länger unbeachtet lassen. Daher griff ich hinein und zog das dicke Notizbuch heraus, das früher einmal ihr Tagebuch gewesen war. Dann ging ich nach unten und setzte mich auf den großen hölzernen Stuhl hinter dem Haus, der dem Meer zugewandt war, und ich begann zu lesen.

Vor langer Zeit habe ich wie im Märchen gelebt, begann der Text. Ich blickte von der Seite auf und holte tief Atem.

In der Ferne schien ein Segelboot von der Windstille betroffen zu sein. Es rührte sich nicht von der Stelle und wirkte ganz so, als sei es auf den blauen Horizont gemalt, während darüber weiße Wattewolken auf denselben Windhauch warteten.

Die ganze Welt stand still und hielt den Atem an. Sogar die Seeschwalben verharrten auf dem Strand und blickten in meine Richtung.

Als der Wind wieder einsetzte, trug er ein Lied mit sich, von dem ich mir wünschte, er sänge es für Laura, für Cary, für uns alle.

Ich würde es selbst singen, beschloß ich.

Jetzt würde ich es endlich singen.